鲁枢元作品

WORKS
by
LU SHUYUAN

生态文艺学

鲁枢元 著

浙江文艺出版社
Zhejiang Literature & Art Publishing House

图书在版编目（CIP）数据

生态文艺学 / 鲁枢元著 . —杭州 : 浙江文艺出版社，
2024.3
　ISBN 978-7-5339-7523-4

　Ⅰ. ①生… Ⅱ. ①鲁… Ⅲ. ①文艺学—研究—中国
Ⅳ. ① I0

　中国国家版本馆 CIP 数据核字 (2024) 第 053141 号

策划统筹　曹元勇
责任编辑　苏牧晴
文字编辑　黄煜尔
营销编辑　耿德加　胡凤凡
责任印制　吴春娟　睢静静
封面设计　胡斌工作室

生态文艺学
鲁枢元　著

出版发行　浙江文艺出版社
地　　址　杭州市体育场路 347 号
邮　　编　310006
电　　话　0571-85176953（总编办）
　　　　　0571-85152727（市场部）
印　　刷　上海盛通时代印刷有限公司
开　　本　700 毫米 × 1000 毫米　1/16
字　　数　450 千字
印　　张　35
插　　页　13
版　　次　2024 年 3 月第 1 版
印　　次　2024 年 3 月第 1 次印刷
书　　号　ISBN 978-7-5339-7523-4
定　　价　89.00 元（精装）

2000 年，鲁枢元在海南完成《生态文艺学》的写作

1987 年 9 月 16 日，中国作家代表团出访意大利期间，
鲁枢元（左 1 ）、魏巍（左 2 ）、杨佩瑾（左 5 ）造访罗马俱乐部并与该组织学者会谈

2006 年秋，鲁枢元与余谋昌先生（中）曾繁仁先生（左）在海南儋州东坡书院

中国"人与生物圈国家委员会"主席许智宏院士给鲁枢元颁发委员证书

2018 年，鲁枢元在克莱蒙特拜访美国人文科学院院士、
中美后现代发展研究院创院院长小约翰·柯布（John B. Cobb, Jr.）

2018 年，鲁枢元在美国科罗拉多大学会见"生态伦理学之父"
霍尔姆斯·罗尔斯顿（Holmes Rolston），中为著名旅美生态学者王治河

鲁枢元在上海会见美国著名自然文学作家、
诗人特丽·坦皮斯特·威廉斯（Terry Tempest Williams）

总　序

胡大白[*]

　　上世纪 80 年代初,鲁枢元教授是我在郑州大学的同事,我的专业是现代文学,他的专业是文艺理论。在课堂教学上鲁枢元是一位深受学生爱戴的教师;在中国学术界,鲁枢元是一位颇具个人特色的学者。他出身寒门,没有骄人的学历,却一步一步攀登上中国学术领域的高地;他为人谦让、宽厚,治学道路上却不守成规、一意孤行;他自称文化保守主义者,始终坚守着自己脚下的土地,而他的一些研究成果却在不经意间辐射到西方。

　　鲁枢元治学的一个显著特色,是将传统的文艺学学科的边界拓展到心理学、语言学、生态学诸多领域。在新时期文学史中,他被视为文艺心理学学科重建的代表人物之一;他的《超越语言》一书同时受到文学界、语言学界的共同关注却又引发激烈争议。王蒙先生曾夸奖他的文学评论"别树一帜"。进入 21 世纪以来,他专注于生态文化研究,坚持不懈地将"生态"这一原本属于自然科学的概念导入现代人的精神文化领域,把"人类精神"作为地球生物圈中一个异常活跃的变量引入生态学学科。他面对日益严峻的生态困境,认真汲

---

　　[*] 胡大白,黄河科技学院创建人、教授,中国当代教育名家,第八届世界大学女校长论坛"终身荣誉奖"获得者。

取东、西方先民积淀的生存智慧，试图让"低物质消费的高品位生活"成为新时代的期许。因此，他被誉为中国生态批评里程碑式的人物、中国生态文艺学及精神生态研究领域的奠基人。

这部文集共十二卷，收录了他从 1977 年开始撰写的约 400 万字的文章。其中，包含三个方面的内容：学科理论建设；作家作品评论；散文、随笔以及日记、书信等日常写作。这些体裁不同、跨越近半个世纪的文章，从一个侧面呈现出中国社会生活的变革、国民心态的起伏、文化艺术理论的创新及中西当代学术交流的轨迹，在一定程度上反映了时代的精神状况，或许还为当代文化心态史的研究提供某些参照。

2015 年春天，鲁枢元于苏州大学退休后，在我的邀请下入驻黄河科技学院并创建生态文化研究中心。在我看来，鲁枢元是一位既能持守东方传统文化精神同时又拥有开放的世界眼光的学者，我相信他发自内心的学术探讨一定也是利国利民的，因此全力支持他做他自己愿意做的事，不设任何框框，不附加任何条件。事实证明，这样做的结果充分发挥了他治学的自由度与能动性，入驻黄河科技学院的这一时期，成为他学术生涯的又一高峰。与此同时，他出色的学术活动也为黄河科技学院的生态文化研究带来世界性的声誉。

鲁枢元是一位真诚的学者，在他的治学生涯中，他坚信性情先于知识，观念重于方法，创新的前提是精神自由。同时他还认为生态时代应该拥有与时代相应的"绿色话语形态"，学术文章也应该蕴含情怀与诗意，应该透递出作者个体生命的呼吸与体温。钱谷融先生曾经赞誉鲁枢元的属文风格：既是思想深邃的学术著作，又是抒发性灵的优美散文。读者或许不难从这套作品集中获得阅读的愉悦。

鲁枢元曾对我说过，他希望他的文字比他的生命活得长久些。我相信凡是用个体生命书写下的文字，必将是生命在历史长河中的延续。适值他的十二卷作品集出版，作为他多年的老友，特向他表示衷心祝贺！

目 录

自 序

西方文学理论界的生态批评(Ecocriticism)兴起于 20 世纪末,哈佛大学教授劳伦斯·布伊尔(Lawrence Buell)是这一领域的首倡者、开拓者,他出版的《环境想象》(1995)、《环境批评的未来》(2005),被认为是这一学科领域的奠基之作。新世纪伊始,布伊尔开始在中国受到广泛关注。

这本《生态文艺学》初版于 2000 年,写作大约开始于 1996 年,那时我刚到海南岛不久,在海南大学社会科学研究中心成立了精神生态研究所并筹办了内部学术交流刊物《精神生态研究通讯》。由于地处偏远,更因为自己学识浅陋,在出版这本关于文学艺术的生态批评著述之前,我对于西方的生态批评基本上没有什么了解。

况且,当初我并没有计划要写一本生态文艺学的书。计划中要写的是一本《精神生态学引论》,观察的视角是我所熟悉的文学艺术。恰恰这时,中国社会科学院科学技术和社会研究中心(STS)在筹划出版一套"生态文化丛书",邀我来撰写其中的一种,而且一定要做成"学科"模样。于是,我仓促上阵,便有了这本《生态文艺学》。

我大学毕业后一直从事文艺学的教学与研究,20 世纪 80 年代曾经参与中国"文艺心理学"学科重建,90年代之后注意力转向生态学与文艺学的跨学科研究,曾发表过一些文章,可以说这些便是我撰写《生态文艺学》的前提。

如今回忆起来,我写作这本书时缺少西方生态批评的最新信息,而我能够凭依的学术资源是以下几个方面:

一、怀特海(Alfred Whitehead)的过程哲学使我坚定地把世界视为一个有机整体,没有任何已经进化的事物与其他事物毫不相干地独立存在,所有事物都是相互联系的,所有事物都是有机整体的组成部分。怀特海在《科学与近代世界》中对工业社会的反思、对未来社会的企划,让我对生态时代充满期待。贝塔朗菲(Ludwig Von Bertalanffy)的《人的系统观》启发我将人的精神纳入地球生态系统,他说过的一句话,"我们已经征服了世界,但却在征途的某个地方失去了灵魂",成了我守护"精神生态"的一面旗帜。

二、海德格尔(Martin Heidegger)的后期存在主义现象学特别关注地球人面临的生态危机,他指出:当人类囿于技术的框架,只从技术的视角去看待一切自然事物时,那将意味着对自然生态的全面破坏。海德格尔不同凡响地寄重整破碎的自然与重建衰败的人文精神的希望于文学艺术,他宣称:只有一个上帝可以救渡我们,那就是诗。舍勒(Max Scheler)的精神现象学更善于从资产者的人格结构与资本主义的精神气质上揭示其"贪婪""算计"的本质。他说,正是这批人主宰了现代社会,把整个社会变成了"数量的""商品的""消费的"的社会。舍勒也认为诗人是"最深切地根植于自然幽深处的人、原生自然中的人"。

三、马克思、恩格斯关于自然报复人类的精辟论述,使我恍然大悟:人类在整体意义上也是会犯错误的,高智商的现代人则会犯下更大的错误。法兰克福学派的霍克海默(Max Horkheimer)、马尔库塞(Herbert Marcuse)等人持守的批判理论指出:启蒙运动已经走向了它的反面,工具理性已经化为资产阶级的意识形态,工业时代控制与统治大自然的那种力量实际上也在控制、统治着广大人民群众。在这样的社会里,就连文学艺术也已经"物化",被纳入一体化的"文化工业"的生产营销流水线,"独特的个性""细腻的感情""自由的精神"如果不能被制作、包装成时髦的商品投放市场,就会被视作"无用的东西"遭遗弃。真正的艺术精神会通过让物化了的世界讲话、唱歌,甚或起舞,来同物化作斗争。

四、在当时的条件下我能够搜求到的几本生态学的专业书。其中有比利时学者迪维诺(Paul Duvigneaud)的《生态学概论》、美国学者莫兰(Joseph M. Moran)的《环境科学导论》、德国学者萨克塞(Hans Sachsse)的《生态哲学》及我国学者马世骏主编的《现代生态学透视》、余谋昌的《当代社会与环境科学》等。读这些书,我等于通过自学了解到一些生态学的基本概念、基本知识,以及生态学研究的动态。

五、生态文化经典论著。比如,史怀泽(Albert Schweitzer)的《敬畏生命》、利奥波德(Aldo Leopold)的《沙乡年鉴》、拉兹洛(Ervin László)的《决定命运的选择》、罗尔斯顿(Holmes Rolston Ⅲ)的《哲学走向荒野》、麦茜特(Carolyn Merchant)的《自然之死》、戈尔(Albert Arnold Gore, Jr.)的《濒临失衡的地球》、格里芬(David Griffin)的《后现代精神》,还有罗马俱乐部(Club of Rome)发布的关于人类当前与未来的处境的第一份报告《增长的极限》。还有一些中西方自然写作的文本,如梭罗的《瓦尔登湖》、卡森(Rachel Carson)的《寂静的春天》、苇岸的《大地上的事情》、徐刚的《守望家园》等。

利奥波德写下的一句话强烈地震撼了我:有机会看到大雁要比看电视更为重要,有机会看到一朵白头翁花如同自由谈话一样是一种不可剥夺的权利。

拉兹洛再三强调:人类面临的生死存亡不是外部物质极限,而是人的内在限度引发的恶性竞争、管理失当、盲目自大、鼠目寸光,社会生态被严重扭曲。拉兹洛也认定伟大的艺术与美学经验能够帮助人们恢复在追逐财富与权力过程中丧失的整体意识。

格里芬关于"后现代思想是彻底的生态主义"的判断,使我开始相信后现代是生态时代,建设性的后现代或许能够协调现代与前现代的差异,创造一个人与人、人与自然更和谐的时代。

六、古代中国典籍《老子》《庄子》《列子》《淮南子》中呈现的宇宙图景及对于理想社会的憧憬,是我关于生态文化思考的底色。我的故乡豫东平原,是老子、列子、庄子的出生地,诸如"人法地,地法天,天法道,道法自然""天地与我并生,万物与我为一""知白守黑、抱朴怀素""物无贵贱,万物为一""万物有灵,善待万物""敬畏自然,顺遂自然""反者道之动,弱者道之用""明道若昧,进道若退""柔弱胜刚强,欲速则不达"这些传统文化精神也许早已存在于我内心深处的潜意识中。中华民族古老的生存智慧,如今看来也应该是为现代人尊重、借鉴的生态意识。

七、我在课堂上近30年讲授文艺理论积攒下来一点家底,尤其是上世纪80年代,在文艺学与心理学的跨界研究中,接触到精神分析心理学、格式塔心理学的一些理论知识,其中荣格(Carl Gustav Jung)的集体无意识与原型理论对我产生了较大的影响。

我的这本《生态文艺学》,就是在上述学术土壤中"早产"的一株稚弱的小草。虽然稚弱,但它毕竟是存活于我自己的学术生命之中的。

"生态文艺学",并不是我自己的标新立异,原本是丛书主编的安排。既然已经做成这个样子,我想,还是有必要正一下名。

"文艺学"这个概念,目前在我们中国高等教育界的学科设置中看就有些紊乱。顾名思义,"文艺"应该包括文学和艺术,但在当下大学文学院的教学中,竟直截了当地定位为:"文艺学"是一门以文学为对象,以揭示文学基本规律,研究文学的性质和特点及其发生、发展规律为目的的科学;文艺学的三个组成部分为文学理论、文学史、文学批评。"文艺学"中的"艺术"没有了,只剩下了"文学"。按照这个定义,"文艺学"应该改为"文学学"才对,然而"文学学"从字面上看显得很别扭。况且真要让文学院的文艺学教师同时讲授音乐、绘画、雕塑,那也太为难了,如今这些已经放到"艺术学概论"中,另设为一门学科了。由此看来,中国的"文艺学"只应叫作"文学理论",仅相当于西方的"文学批评"。

　　"文艺学"的原意并不是这样。上海辞书出版社 1979 年出版、陈望道主编的《辞海》中,"文艺学"条目为:"研究文艺的各种现象,从而阐明其基本规律及基本原理的科学,亦称'文艺科学'。它的主要内容包括文艺理论、文艺史、文艺批评三个方面。"其中的"文艺"是既包括文学,也包括其他艺术门类的。更早一些的先秦时代,"文",也不单指文章,《论语·八佾》中的"郁郁乎文哉",就包括了"礼乐典章"。古代的文化人,像白居易、苏东坡,不但会写诗著文,也都是通音律、善书画的。直到民国时代,像李叔同、丰子恺也还都是诗文、音乐、绘画的通才;鲁迅对于绘画、雕塑绝对是内行;沈从文后来转业从事服饰研究,水平高出一般专家。只是到了现代社会,专业越分越细,教授文学的专家也就绝缘于其他艺术门类了。

　　这本《生态文艺学》中"文艺学"的含义,还是更接近《辞海》中的解释,既包括文学,也涵盖艺术。只是我对于文学之外的其他艺术领域也知之不多,只能勉力而为,还是以文学为主要对象。概而言之,我持守的"生态文艺学"的宗旨即:努力以现代生态学的视野观察、阐释文学艺术现象。这与西方的"生态批评"专以文学为对象也是不同的。

　　布伊尔教授本人对生态批评的空间倒是持全方位开放的姿态。2002 年他到中国来,在和我国青年学者韦清琦博士的对话中,曾谈到他关于生态批评的见解:生态批评通常是在一种环境运动实践精神下开展的,生态批评家不赞成美学上的形式主义,不坚持学科上的自足性。生态批评特别注重从跨学科研究中吸取阐释模型。随着生态运动的持续开展,"生态批评"这一术语的含义也会越来越复杂,其批评的领域也将不断扩大,它批评的对象不仅是自然写作、环境写作和以生态内容为题材的作品,还将包括一切"有形式的话语"。因此,不同的生态批评家之间可能呈现巨大差异。①

_____

① 　参见韦清琦:《打开中美生态批评的对话窗口——访劳伦斯·布伊尔》,《文艺研究》2004 年第 1 期。

侥幸的是,我的"不专业性"反倒让我在更开放的批评空间里的摸索少了许多限制,布伊尔教授的宽容也为我的生态批评留下一席之地。

早期生态学中的"生态",原本指的就是"自然生态",是大自然中的生物体与自然环境的相互关系;生态学就是一门自然科学。一旦这个"生物体"由动物、植物、微生物转换成"人类"时,生态学就顿时变得复杂起来,它不得不同时面对人类社会发生的所有问题。雷切尔·卡森之所以伟大,就是因为她在1962年出版的《寂静的春天》将原本属于生态科学中的问题转换成生态文化问题,为生态学的发展前景开拓出一片崭新天地。

通过研读上述学术资源,西方生态科学家们撰写的《生态学概论》《环境科学导论》让我初步领略了"自然生态"方面的常识;马克思、马尔库塞的社会批判学说将我的视野由"自然生态"扩展到"社会生态"领域;舍勒、海德格尔的现象学又启发我在自然与社会之上窥见一个"精神生态"的层面,而且这个层面与文学艺术、与审美拥有"本源"性的密切关联。所有这些,我又可以在中国古代思想文化传统中找到原始的、浑沦的踪迹,这给了我一定的自信。

也正是因为我读书的纷杂,我的这本《生态文艺学》并没有局限于"文学与自然环境的关系",而是让文学艺术面对整个开放的生态世界——从自然生态到社会生态,乃至精神生态。生态学在我这里变成一种世界观;从自然、社会、精神的"生态三层面"分析评价文学艺术现象,成为我用来观察古往今来的文学艺术的方法。

也许还可以有另一种写法,对文学艺术家、文学艺术创作活动,从其自然属性、身体属性、生理属性分析探究,从而对开拓、丰富现代生态学理论做出贡献。这种研究的落脚点在生态学,可以命名为"文艺生态学"。而我所能够做的还仍然不过是"文艺学"研究,是将文学艺术问题作为一种精神现象加以研究的文艺学。

没有想到,差不多就在我思考精神生态问题的同时,法国著名哲学家菲利克斯·加塔利(Felix Guattari)出版了他的《三重生态学》(1989)一书,书中论证了生态学的三重性——"精神生态学""社会生态学"和"自然生态学"。有人猜想我或许是借鉴了加塔利的说法,实际上我在撰写《生态文艺学》时并没有读到他的书,甚至也不清楚这个人。这一"巧遇"倒是能够说明"生态无国界",在生态问题日益全球化的语境下,东西方的生态智慧(Ecosophy)总会呈现出彼此呼应、相互生成的状态。①

我自知我的学养与我的初心并不般配,2000年版的《生态文艺学》无论从哪种意义上来说都是粗疏的、青涩的,它至多不过是为构建一门学科尝试着搭起一层脚手架。

本书原为14章,分为上下两卷。上卷,侧重揭示时代面临的生态困境,从自然、社会、精神三个层面大致论述了生态学因应时代变化做出的拓展。我试图将"精神"作为地球生态系统中的一个重要变量引进生态学学科;同时将"生态"作为一个美学范畴导入审美与文学艺术研究领域,期待作为人类精神活动的文学艺术参与到世界生态运动中来。下卷,努力运用生态学的知识与理论对文艺学中一些固有的基本问题,诸如创作主体、创作动力、创作题材、文学艺术鉴赏、文学艺术的价值、文学艺术的地域风格、文学艺术的历史演替、文艺批评的尺度等做出新的阐释。概言之,上卷带有总论性质,下卷则重在发挥理论针对具体文艺学问题的实际应用。

说是"实际应用",但也很少落实到具体的诗人、作家、艺术家和他们的作品,这固然是由于一本书的容量毕竟有限,同时也因为仓促成书,尚未能沉下心来在具体的作家、作品上下功夫。让理论在批评实践中得到检验与充实,对于一门学科的建树是必不可少的。劳伦斯·布伊尔就曾强调把对于作家、作品的生态解读作为生态批评建构的基础,他欣赏的案例是利物浦大学教授乔纳森·贝特(Jonathan Bate)从文化与环境的视野对19世纪作家简·奥斯汀

---

① 参见胡艳秋:《三重生态学及其精神之维》,《当代文坛》2021年第1期。

（Jane Austen）和托马斯·哈代（Thomas Hardy）的分析评论。这两个人，一位是以细腻笔调描绘小城风情的女性作家，她的书中展现了尚未受到工业革命冲击的英国乡村的人际关系与田园风光；另一位是出身底层的小说家，以赤子之心与古朴的文字抵御工业文明对自然的侵袭，从而守护了心中那片天然的荒野。布伊尔称赞他们的创作为英国文学乃至文化批评指明了"绿色方向"。

我将生态文艺学的观念落实到具体的作家、作品的评论之中，已经是在这本书出版10年、20年之后了。我选定的是两位中国古代诗人、小说家，一位是一千六百年前的陶渊明，一位是三百多年前的蒲松龄。其成果一是2012年出版的《陶渊明的幽灵》，一是2023年出版的《天地之中说聊斋》。

在我看来，面对当下世界性的生态危机，中国古代的陶渊明与西方现代的梭罗，其价值和意义都在于创造了一种与自然和解的生态型的生存方式，我把它称作"低物质消耗的高品位生活"，其实也就是"诗意地栖居在大地上"。在《陶渊明的幽灵》中，我希望以陶渊明的心灵之光在这个天空毒雾腾腾、大地污水漫漫、人间物欲炎炎的时代，为世人点燃青灯一盏，照亮世人内心潜伏的自然。

在《天地之中说聊斋》中，我希望在生态文化的视野里，运用生态批评的方法对中华民族的文学瑰宝《聊斋志异》做出新的阐释，由此展现伟大作家蒲松龄为女性造像、为荒野立言、守护人类天性、善待自然万物的淳朴人格与博大情怀，从而在民众间营造良好的社会生态与精神生态。

这两部书的成败，对我的生态文艺学观念显然是一个严峻的验证。我也衷心希望有机会读到这本《生态文艺学》的朋友，也关注一下我心目中的陶渊明与蒲松龄、桃花源与聊斋。

《生态文艺学》出版后的一个意外收获是，书中提出的"生态学三分法"，如今似乎为年轻的研究生们提供了一个似乎很是"顺手"的写作模式，这是我撰写此书时从未想到的。日前有人在互联网上检索，截至2019年竟有150余篇研究生学位论文运用了"生态学三分法"的理论方法，论述的对象堪称横跨中西、丰富多样。看到自己提出的理论得到诸多青年学子的采纳，当然感到欣慰；但我衷心希望大家更要对作为新时代世界观的生态学多一些深入的理解，以免把自己的文思局限在一个固定的框架里。

这本书从初版面世到如今已经22年，写作的初衷原本是受到日渐严重的生态灾难的逼迫，所谓"发愤著述"的激情时时流露于字里行间。22年，从时间跨度上看已经超过了人生的四分之一，22年前出生的婴儿也已经长成堂堂成年人。22年过去，地球的生态状况是否已经有了根本性的好转？我只能悲伤地回答：没有。不但没有根本的好转，局部的好转也不多，地球整体的生态状况还在持续恶化。聊以为慰的是生态意识已经开始在社会的各个层面逐渐普及，在不同的社会制度之间达成少有的共识；从科技创新、社会管理等方面对环境问题进行治理已经受到重视，并且投入逐渐加大。遗憾的是，仍旧说得多做得少，实际成效不足；防污治污本末倒置，结果犹如扬汤止沸。而且，其中还不免掺杂一些口是心非、借助生态工程牟取私利的投机者，败坏了生态运动的声誉。

本书曾将拯救的希望寄托于人们的精神变革、伦理变革，寄托于由文学艺术导向的心灵变革。现代人内心、精神的清洁与丰盈，才是地球生态清新与平衡的根本保证。今天看来，人文学科的发展踟蹰不前，"日常生活审美化"完全为资本市场掌控，能否畅销与盈利成了衡量文艺作品优劣的尺度，精神世界的颓败让期许中的生态前景依然暗淡迷茫。

在《生态文艺学》出版后的一个时期内，我对生态运动及社会转型充满热情和信心。我曾豪情满怀地宣告：人类历史已经到了该"转弯""改道"的时刻。工业社会之后的理想社会，不是工业社会的持续发展，而是一个超越了现状的新社会。在这个时代，生态学将起到关键作用，人们将摆脱机械思维的束缚，走出经济利益的狭窄牢笼，人们对权力和财富的贪欲将受到抑制，"人类福祉"将与"自然生态"融为一体，人类对地球的压力将由此得到减缓。文化的、审美的、象征性的价值一旦得到社会的普遍重视，人在大地上的诗意栖居将同时降临。

至今我仍然相信自己的判断。只是随着老之将至，自己的心情已经变得愈加沉重。我越来越感到，解救现代社会的生态困境不会是一两代人的事，人们应该做长久的打算。

现代人的急功近利，本是启蒙理性的固有之义。人类从使用火来烤肉到用火把水烧成蒸汽用来推磨，即将热能转换成动能，至少用去30万年的时间；而从蒸汽机到核电站，将热能转换成核能，只用了300年。工业革命之前，人口繁衍至6亿用了20万年；工业革命后，地球人口猛增至72亿，仅仅用了不到300年！现代人在"大干快上"的时候只看到当前的利益，看不到日后的结果，甚至全不顾及未来可能产生的后果。300年的成就辉煌灿烂，300年酿下的祸端也地覆天翻，而且这些灾难性的后果几乎总是不可逆的。在许多时候，人类将自己当作自然万物的中心，并不考虑自然自身的价值与规律，一味地自作聪明。最终，人算不如天算，聪明反被聪明误，一次次遭到自然的报复，一步步走进自己挖下的陷阱。

20世纪中后期，同时也是生态运动的高涨期，中西学界几乎都认为人类历史上第二个轴心时代已经到来，也就是说一个创造新文明时代的机遇已经降临。在上一个轴心时代，人类创造出了辉煌灿烂的农耕文明与工业文明；新时代的文明应是与农耕时代、工业时代都不相同的文明，即生态文明。第一个轴心时代从公元前7世纪到前3世纪，绵延了500多年，而实现这一时代的理想又花费了2 000年。那么新轴心时代的到来以及"新轴心思想"的开花结果，即使不说2 500年，起码也要500年吧。

前方的道路尚有九十九道弯，急于求成是不行的，但必须从当下就开始出发。

近20年来，尽管困难重重，中国的生态美学、生态文艺学、生态文化批评等研究领域还是取得了一定的成绩。伴随着中国社会的改革开放，中西方之间的学术交往增多并建立起切实的联系，人文学界的许多中青年学者跨进生态学的研究领域并取得了显著成绩，生态哲学、生态伦理学、生态心理学、生态经济学、生态政治学都有了长足的发展。生态批评由早先较为狭窄的文学领域拓展到电影、戏剧、美术、音乐、舞蹈、电子传媒各个方面。尤其是在建设美丽乡村及传承非物质文化遗产方面,生态美学理论的介入发挥了良好的作用。与20多年前撰写《生态文艺学》时相比,所有这些都为我当下的修订提供了太多的方便。

在这样的情况下,完全可以重新写一部《生态文艺学》,然而我已经深感心力不足,这只能寄望于更年轻一些的同道。况且,作为一本中国生态批评发轫期的著述,我还是想让它留下一点历史的光影,作为一个时代的参照。

鉴此,这次修订集中表现在以下方面:吸收国内外相关的一些新的资讯,采纳学术界某些重要研究成果;更新部分过时的相关数据,补充一些生态保护运动中出现的典型事例;某些章节做了适当调整,书后增加了对于生态批评、生态文艺学、生态文化研究领域一些常用术语的界定。

从整体上看,修订版仍然保留了原书的基本框架和主要观点,保留了原书的书写风格,保持了与初版的连续性。

前面我已经说过,撰写《生态文艺学》本是承接中国社会科学院 STS 研究中心的一宗"订货","生态文艺学"作为一门学科至今仍然没有被官方认可,今后也不一定会。新世纪以来,我对"学科建设"的热诚已经消减。一门学科的建成,既是时代的需求,更是几代学人不懈努力的结果。作为个体学者,倒是应该把精力放在对于具体问题的分析研究上。于是,在这本《生态文艺学》出版之后,我又出版过《生态批评的空间》《生态时代的文化反思》,以及由我主编的《生态文化研究资源库》。在这里,我也衷心希望读者能够把这些视为《生态文艺学》一书的拓展与补充。

世界生态运动方兴未艾,生态社会的到来长途漫漫,作为一个生命个体,能够融入时代大潮中,成为洪流中的一滴水、一粒沙子,是侥幸的,也是荣幸的。

2022 年清明时节,姑苏独墅湖暮雨楼

引论：走进生态学领域的文学艺术

我们人类的祖先在没有语言，还不会说话的时候就已经会歌唱；在还不熟练直立行走的时候就已经会跳舞；在远没有文字的时候就已经会画画，你看那些 18 000 年前画在西班牙阿尔塔米拉洞窟里的野牛、野鹿和猛犸的形象是如此逼真生动！由此显然可以得出一个结论：艺术与人类与生来与俱，拥有一种本源的、近乎天然的关系；艺术活动是人类个体生命本真的表现，是人类生存的必然方式之一。如果用海德格尔那晦涩的哲学语言表述，艺术就是"作为无蔽的真理的一种现身方式"，"艺术就是真理的生成和发生"，"艺术在其本质中就是一个本源"，即"创作者和保存者的本源"。[①]

生态学讲的是生物体与其生存环境的相互关系。从生态学的立场看，所谓世界的"本源"就是宇宙间独一无二的地球生态系统，而文学艺术就是人的生命在这个系统中生生不息的生成和发生，一种作为"绝对需要""最高使命"的生存方式。

如此看来，生态学与文艺学的关系也应属于"本源性"的。文学艺术既然

---

① ［德］马丁·海德格尔：《林中路》，上海译文出版社 1997 年版，第 55 页，第 61 页。

是人类生命存在的本真活动,生态也就应该是文学艺术研究的应有之义。"生态文艺学"试图探讨文学艺术与整个地球生态系统的关系,进而运用现代生态学的观点来审视文学艺术。这看似一个新鲜的问题、新颖的学科,其实在人类的源头就已经存在。只不过在现代人距离本源愈行愈远的当下,这个源头已经被渐渐遗忘;只不过在生态运动日益高涨的今天,这个源头才又以新鲜的面目突显出来。

这里,让我们首先回顾一下文学艺术置身的时代与生态学的发展去向。

0.1　天翻地覆的时代

那位精通数学又热爱艺术,同时对自然环境也充满爱心的英国哲学家怀特海说:"到了 1700 年的时候,牛顿完成了巨著《自然科学的数学原理》①,整个世界也就进入了崭新的时代。"②

从那时到现在,已经三百多年过去。

这个所谓的"崭新时代",显然就是目前我们仍然置身其中的"工业时代",与人类社会发展史中所经过的另外两个时代——"原始时代"和"农业时代"相比,不能不承认这的确是一个截然不同的时代。

牛顿对这个时代做出的贡献在于,他给人们提供了一种不同于以往的、切实而又可靠的"宇宙观":自然、物质是外在于人的,世界是客观存在着的,人凭着自己的理性(科学知识、技术工具)可以有效地认识、控制、利用、改造这个世界。

---

① 《自然科学的数学原理》又译《自然哲学的数学原理》,出版时间应为 1687 年。所引怀特海的叙述,出自其演讲稿辑录。
② [英] 怀特海:《科学与近代世界》,商务印书馆 2019 年版,第 10 页。

更有人把这种观念概括为简单的六个字："擅理智"，"役自然"。①

异常复杂的事物，说到底却又往往如此简单。就是在这样一种观念的支配下，在牛顿之后的三百多年里，人类的世界发生了天翻地覆的变化。三百年间，人类凭借自己的理智，凭借自己发明创造的先进的科学技术手段，向自然进军，向自然索取，开发自然，改造自然，一心一意地要为自己在地上建造起人间天堂。这条道路一直延续到今天，三百年来的历史，又被称作世界"现代化"的进程。

变化是如此深刻，而且如此迅速。法国著名生物学家、诺贝尔奖获得者雅克·莫诺（Jacques Monod）在回顾这三百年时曾概括指出："在过去三个世纪中，人们在所有知识领域取得了巨大成就，迫使他对于他自身的以及他同世界的关系的概念，忍痛地作了全面的修正。"②"在三个世纪的历程中，建立在客观性假设基础上的科学，已在社会中和人类实践中赢得了自己的地位""现代社会是建立在科学之上的"③。

在科学之光的照射下，天庭不再是万众仰望的上帝居所，而不过是由物质构成的广漠空间；地球不再是宇宙的中心，而只是银河系中一颗小小的行星；大地也不再是上帝的血肉之躯，而不过可供工农业生产开发利用的资源；人类与其说是上帝的孩子，不如说是猿猴的后代；上帝本人也已经被科学的实证追逼得无处藏身。

东方圣人老子在两千多年前所描绘的"人法地，地法天，天法道，道法自然"的混沌圆融的宇宙图像已经被拆解得支离破碎；西方哲人海德格尔痴心向往的古希腊时代的"天、地、神、人"四重协奏曲已成为日渐泯灭的绝唱。三百年来，人类在改造自然的过程中充分显示了自己的力量，人们可以截流江河、移山填海，可以九天揽月、太空摘星，可以制造出取代自己的机器人，可以制造

---

① ［美］艾恺：《世界范围内的反现代化思潮》，贵州人民出版社1991年版，第5页。
② ［法］雅克·莫诺：《偶然性和必然性：略论现代生物学的自然哲学》，上海人民出版社1977年版，第122页。
③ 同上，第127页。

出让人类自己毁灭许多遍的原子弹。正是由于人类自己改天换地的努力，人类的生存状况已经发生天翻地覆的变化。

三百年间，人类的收获是无比丰盛的：人们的物质生活水平普遍提高，医疗卫生条件普遍改善，人类的寿命大大延长，接受教育的层面普遍有所扩展，社会组织化的程度(尤其是城市化)显著加强，社会生产部门与生产者的专业化进程日益加快；与此同时，生产与消费领域的世界一体化进程也在逐渐加快。当下北京城里一位平民小姑娘，在日常生活中能够享受到的舒适与方便，已经远远超过当年作威作福的慈禧太后！

有人曾经运用形象的手法比喻道：原始社会如果像一个狰狞可怖的旷野，农业社会像一座劳苦而又贫瘠的庄园，那现代社会就是高速高效的生产流水线、瞬息万变的证券交易所、货品琳琅满目的超级市场。

通常，人们把这些称作现代社会的进步，现代社会也就顺理成章地获得了绝大多数现代人的拥护。

现代社会究竟是一个怎样的社会呢？

当代学者查尔斯·哈珀(Charles Harper)曾经对现代工业社会的"主导范式"做出以下归纳[①]：

一、经济增长压倒一切，自然环境只不过是理应受人支配的生产产品的资源。

二、人人关注个人的、当下的需求与幸福。

三、对科学和高技术的信念是有利可图；以市场调节生产；为追求财富最大化敢冒最大风险。

四、相信生产与消费的增长永无极限，科学进步与技术发明可以解

---

① 参见[美]查尔斯·哈珀：《环境与社会：环境问题中的人文视野》，天津人民出版社 1998 年版，第 60—61 页。

决社会发展中的一切问题。

五、强调竞争与民主，强调专业与效率，强调等级制度与组织控制，倡导快速、便捷的生活方式。

现代社会的上述运作法则，被视为现代社会合理性、合法性存在的依据，甚至被当作人类社会发展进步的必然规律，实际上也正是由于这些法则的有效履行，地球在一段短暂的时间里才发生了如此剧烈的变化。

以往我们喜欢用"天翻地覆"形容社会进步的功绩，但从生态学的立场来看，天空与大地出现了翻转与颠覆的巨大变化，注定不是好事，而是巨大的生态灾难。

到了上世纪 60 年代，人们渐渐发现人类凭借先进的科学技术对大自然攻掠式的无度开发，已经大大损耗了地球上的有限的资源，破坏了天地间自然生态的平衡，污染了人类及其他生命物质的生存环境，给人类的基本生活带来严重的危机，而且这种危机仍在日益加剧。

森林锐减、物种灭绝。根据联合国粮农组织 2020 年 9 月报道，过去 20 年间，全球森林覆盖面积减少了近 1 亿公顷，地球上每分钟有 40 个足球场大小的林区从地球上消失，其中 1/3 是难以恢复的原始雨林。照此下去，150 年后，全世界的森林将消失殆尽。森林是地球的肺，森林正在消失等于一个人面临着肺切除。

大量植被消失的又一恶果是土壤流失、土地沙漠化。2018 年欧洲委员会联合研究中心出版的《世界沙漠化地图集》评估，由于人口激增和消费模式变化给地球自然资源带来的愈来愈沉重的负荷，地球上超过 75% 的土地已经退化，到 2050 年将有超过 90% 的土地退化。土地退化不仅会导致农作物产量缩减，造成世界性粮食危机，地球上许多动物、植物也将由于生存环境遭到破坏而面临灭绝的危险。因为人类活动的干扰，当前鸟类和哺乳类动物灭绝的速度比自然灭绝提高了 1 000 倍。自工业革命以来，欧洲野马、澳洲袋狼、北美白狼、非洲斑驴、加拿大驯鹿、墨西哥灰熊、缅因州海鼬、中国犀牛、地中海僧海豹、长江白鳍豚、塔希提黑头鹦鹉、麦岛斑秧鸡都已灭绝或濒临灭绝。据世界自然基金会（WWF）2022 年在全球发布的最新《地球生命力报告》（*The Living Planet Report*，LPR），野生动物种群数量在近 50 年内下降了 69%。美国杜克大学著名生物学家斯图亚特·皮姆（Stuart Pimm）认为，如果不采取果断措施，物种以这样的速度减少下去，到 2050 年，1/4 到一半的物种将会从地球上永远消失。

资源枯竭、环境污染。对于现代工业社会的运转来说，石油相当于人体内流动的血液，天上的飞机、海里的轮船、家家户户离不开的汽车全都依赖石油的开采，然而地球上石油的储量是有限的。2019 年 12 月，美国《油气杂志》（*Oil & Gas Journal*）发布了 2019 年全球石油产量和油气储量报告：全球储量排名前 20 位的国家可供人类开采的石油距离资源耗尽的平均年限为 46.8 年，中国仅为 37.7 年。

自来水的发明给人们带来了意想不到的方便，同时也使生活用水、工业用水、灌溉用水、牲畜用水量激增。从 1960 年到 2014 年，世界范围内人类的用水量增加了 250%。然而，可以供人类使用的淡水资源也是有限的。据《人民日报》2019 年 8 月 23 日报道，全球有超过 10 亿人生活在缺水地区，到 2025 年将有 35 亿人天天喊渴！更有专家估计，到 2070 年，全球稳定径流量将全部用光，全人类将被逼上"上甘岭"。

人们大概不会想到，须臾离不开的氧气，一直也在呈耗减趋势。近 120 年里，由于工业高速发展，人口大量增殖，大量砍伐森林，大量燃煤燃油，大量生产耗氧的轻化工业产品，大气中的氧气减损总量已达 5 000 亿吨，空气中各种气体的比例在发生微妙变化。空气中氧气的减耗意味着"空气在老化"，在一些高度发达的大都市里，已经有人在做"氧吧"的生意。

空气中氧气减少的同时，对人体有害的气体含量也在急剧上升。一般人也许暂时还不会遇到氧气匮乏的危机，但大量燃煤燃油以及各种化学工业生产带来的空气污染,却已经在危害每个人的健康呼吸。已经发现的大气中由于人类活动产生的有害气体达100多种,如一氧化碳、二氧化硫、氮氧化合物、碳氢化合物等。世界卫生组织统计,全球每年有700万人死于空气污染,中低收入国家所受影响更为严重。中国作为后发展国家,最严重的时期受"雾霾"影响的人口已达6亿之多。"雾霾"作为有毒的物质,不但给人们带来呼吸道、心血管的种种疾病,还会影响儿童的生长发育,导致男性不育,引发老年痴呆。由于塑料制品的大量使用,最近意大利的科学家竟然在母乳中普遍发现塑料的微粒!糟糕的是科学家们也还闹不清这些微粒是通过什么渠道进入人的乳腺,也不知道具体将产生什么样的危害!

快速的工业化、城市化进程还造成了严重的水体污染和土地污染。上世纪六七十年代,日本处于经济快速增长期,而在熊本县却爆发了震惊世界的"水俣病",染病者会变得口齿不清、步履蹒跚,甚至出现视觉丧失、手足变形、身躯佝偻、神经失能和痴呆的症状,其景象惨绝人寰。究其原因,是采矿厂、化工厂将大量含有重金属的工业废水任意排放,有毒物质先是污染了水体和土地,进而污染了田地里的庄稼与海洋里的鱼类,最终进入人体。事情虽然已经过去半个世纪,后遗症至今未能完全清除,近年来,日本为了修复被污染的土地,每年都要投入十几万亿日元。

中国的情况亦不容乐观。《2015年中国环境状况公报》显示,中国七大水系中四类以下水质仅占27.9%。作为北方重要水源的黄河,有38.7%基本丧失使用功能,三大湖泊——太湖、巢湖和滇池都受到了不同程度的污染。华南部分城市50%的耕地遭重金属污染。在长江中下游经济发达地区,环境污染已经给民生带来严重危害。

全球变暖、地球升温。生态灾难总是"祸不单行"且始料不及。煤炭、石油等有机矿产的无度消费不但造成资源枯竭和环境污染,大量有害气体的排放同时还引发了"温室效应",造成地球升温、全球变暖。研究表明,如果大气中二氧化碳含量增加25%,近地面气温会升高0.5~2℃;如果增加100%,近地面温度会升高 1.5~6℃。有专家认为,如果大气中的二氧化碳含量照当下速度增加下去,会使得南北极的冰融化加速,不但会导致异常气候频繁,还会在本世纪内让海平面升高 0.88 米。这意味着某些太平洋岛国将沉没,一些世界级大城市如纽约、伦敦、威尼斯、东京、悉尼、上海、广州等将被海水侵蚀。

人类社会发展的突飞猛进,反而使人们最基本的生存需求——呼吸与饮食都成了问题,这就暴露了人类在大自然面前的渺小与脆弱、自大与愚妄。种种生态灾难的纷至沓来,也逼迫现代人开始对于现代社会进行反思。1972 年,联合国在瑞典召开了"人类环境大会";1992 年,联合国召集更多国家在巴西召开了"环境与发展大会";1997 年在日本京都、2015 年在法国巴黎分别召开了气候大会,其宗旨皆在尽快解决紧紧逼迫着人类的生态问题。然而,许多年过去了,全球的环境问题、生态问题从局部看可能有所改善,从整体上看,却仍然在继续恶化着。面对自然与环境频频向人们亮出的"黄牌",人类显得捉襟见肘、一筹莫展。

0.2 生态困境中的精神变量

随着现代化运动在全球的节节胜利,现代社会却日益显露出其内在的重重危机,其中有一些危机也许早在古希腊时代柏拉图的《理想国》里就已经埋下伏笔,在莫尔的《乌托邦》、培根的《新大西岛》为未来时代设计的蓝图中就已经留下隐患。于是,对于三百年前发轫的这一工业时代的反思,就成了现代思想界的重大课题。

早期的审视与批判来自马克思和恩格斯。

早在上个世纪,正当工业时代仍在蒸蒸日上的时候,恩格斯就曾经指出:

> 我们不要过分陶醉于我们对自然界的胜利。对于每一次这样的胜

利,自然界都报复了我们。每一次胜利,在第一步都确实取得了我们预期的结果,但是在第二步和第三步却有了完全不同的、出乎预料的影响,常常把第一个结果取消了。①

马克思则更尖锐地指出:

在我们这个时代,每一种事物好像都包含有自己的反面。我们看到……技术的胜利,似乎是以道德的败坏为代价换来的。随着人类日益控制自然,个人却似乎愈益成为别人的奴隶或自身卑劣行为的奴隶。甚至科学的纯洁光辉仿佛也只能在愚昧无知的黑暗背景上闪耀。我们的一切发现和进步,似乎结果是使物质力量具有理智生命,而人的生命则化为愚钝的物质力量。②

恩格斯与马克思分明看出了人的智力的局限性,人的愚昧无知往往表现为自作聪明。在这里,他们分别从"自然的有机完整"与"人性的健康发展"这两个十分重要的方面,权衡了工业时代的利弊,解释了隐含在时代进步中的复杂而辩证的"人与自然""人与人"以及"人与自我"的关系,这也是后来的许多文化精英人士反复议论的话题。现代人身陷其中的生态危机不仅表现在物质生活方面,恶性的病变同时还发生在现代人的心灵深处与精神层面。

马克斯·舍勒在《资本主义的未来》中,试图从人格与个人精神生活的角度探究现代社会的症结。他指出这个"仅仅依靠外力去征服其他的人和物,去征服自然和宇宙"的外向型、功利型的现代社会,也片面地培养、造就了现代人贪婪务实、善于算计、头脑精明而又心肠冷酷的人格。宗教般的神圣化、心灵

① [德] 马克思、恩格斯:《马克思恩格斯全集》第 20 卷,人民出版社 1965 年版,第 519 页。
② [德] 马克思、恩格斯:《马克思恩格斯选集》,人民出版社 1976 年版,第 78—79 页。

化的境界遭到蔑视，个人的精神生活变得异常贫乏，人的"意志能量"不再"向上"仰望，而是"向下"，向着永远填不满的物欲之壑猛扑过去。这时，一心攻掠外物的"猛士"，其实已经普遍沦为被外物拘禁的"奴隶"。

海德格尔则把审视的目光对准现代社会中"技术的本质"，在他看来，技术时代的真正危险还不是由某些技术引发的那些对人类不利的后果，比如原子弹、核武器；真正的危险在于现代技术在人与自然及世界的关系上"砍进深深的一刀"，从而对人、对自然的自身性存在都造成了扭曲与伤害。他举例说：早先的时候，新墨西哥州的印第安人在春耕时拒绝使用钢犁并且要从马蹄上摘下铁制的马掌，因为害怕划伤正在孕育万物的大地。大地，对这些印第安的土著居民来说是至亲至爱的母亲。而在现代工业社会里，"100马力的拖拉机带着六道双向锋利的钢制犁铧"在大地上隆隆开过，继而是施入化肥、喷进农药，勒逼大地交出更多的食品。大地由受人崇拜的万物之母沦为受人宰割的案上鱼肉，而此时的人，也已经变成工业机器上的附属物。"由于这个技术的意志，一切东西在事先因此也在事后都不可阻挡地变成贯彻着的生产的物质。地球及其环境变成原料，人变成人力物质，被用于预先规定的目的。"①在强大的技术力量统治下，人变成人力资源，森林变成木材，大地变成房地产、江河流水变成水利水电。社会的精神生活与情感生活被大大简化了，日渐富裕的时代却又成了一个日趋贫乏的时代。

法兰克福学派的创始人之一霍克海默则试图运用辨证的方法，说明启蒙运动已经走向了它的反面。在他看来，"自然界作为人类操纵和控制的一个领域这一新概念，是与人自身作为统治对象的观念相似的"，"人对自然工具性的操纵不可避免地产生人与人之间的关系"。工业时代，控制与统治大自然的那种力量实际上也在控制并统治着广大人民群众，"启蒙在这里是和

---

① ［德］冈特·绍伊博尔德：《海德格尔分析新时代的科技》，中国社会科学出版社1993年版，第35页。

资产阶级思想统一的"，工具理性已经化为资产阶级的意识形态。① 自然、人、国家全都变成为了实现一个既定的目的机械运转着的机器，想象力、创造力因此日趋干涸。在这样的社会里，就连文学艺术也已经纳入一体化的"文化工业"的生产营销流水线，"独特的个性""细腻的感情""自由的精神"如果不能被制作、包装成时髦的商品投放市场，就要被视作"无用的东西"，被众人嘲笑、遗弃。

怀特海从其有机整体论哲学出发，认为在人类的身上存在着两种性质不同而又密切相关的力量：一种表现为宗教的虔诚、道德的完善、审美的玄思、艺术的感悟；另一种表现为精确的观察、逻辑的推理、严格的控制、有效的操作。怀特海认为，科学的认知既不能包笼更不能取代审美的感悟，"你理解了太阳、大气层和地球运转的一切问题，你仍然可能遗漏了太阳落山时的光辉"，"夕阳无限好"，那该是一个审美的境界。而审美的境界总是与自然密切相关，"伟大的艺术就是处理环境，使它为灵魂创造生动的、转瞬即逝的价值"。② 工业时代迅猛发展的300年里，人的第二种力量被推向了极致，第一种力量则被冷落，被忽视，结果，既破坏了人与自然的有机完整，也造成了这个时代的文明的偏颇，这个时代中人的生存状态的失衡。

雅斯贝斯(Karl Jaspers)把它叫作"技术进步中的精神萎缩"。"信念的普遍丧失，可以说是技术机器世界的控诉。人所取得的惊人进步使他能够在很大的程度上支配自然，赋予物质世界以符合自己意愿的形式。但是，这些进步不仅有人口的巨大增长相伴随，而且有无数人的精神萎缩相伴随，而谁也无法要求这些人对他们的生活的起源和进程的现实负起责任。"③

日渐加剧的生态危机已经提供了充分的征兆，地球上人类社会中的生态失衡、环境污染正在不知不觉地向着人类的心灵世界、精神世界迅速蔓

---

① 参见［美］马丁·杰：《法兰克福学派史》，广东人民出版社1996年版，第292页，第297页，第294页。
② 参见［英］怀特海：《科学与近代世界》，商务印书馆2019年版，第219页，第222页。
③ ［德］雅斯贝斯：《时代的精神状况》，上海译文出版社1997年版，第130页。

延。当人们肆无忌惮地伤害自然时,也伤害了自己的同情心;当城市的地面被——硬化的时候,城市里的人心也已经变得又冷又硬;当一个人把自然当作算计、控制、支配的物质对象时,也会把他人当作对象来算计、控制、支配,同时也会被他人当作算计、控制、支配的对象,人与人之间的温情与道义也就荡然无存。

在波及全球的生态危机中,有一个显而易见而又未被充分关注的现象是:在自然生态系统蒙受严重损伤的同时,人们的精神状态也在随之颓败;随着人类精神状况的败坏,自然生态的危机也在日益严重。

人类世界面对的生态问题与其他生物界不同,多出了一个精神文化问题。人类精神的偏执导致自然生态的恶化,自然生态的恶化则进一步加快人类精神的沦落。在地球生态系统中,人类精神是一个极为重要的变量,几乎发挥着决定性的作用。然而,在人们试图破解深陷其中的生态困境时,却往往忽略了这一变量。于是,生态救治成为扬汤止沸,所有努力全都变成从一个陷阱跳进另一个陷阱,另一个更昏暗不明的陷阱。

截至目前,人们仍然只把最终解决生态问题的希望寄托在科学技术的进步与社会管理的完善上。从整体实践看,效果并不显著;从系统理论看,并非没有疑惑之处。翻检一下人类社会的历史,不难看出,人类今日面临的生态困境,总是与科学技术的进步和社会体制现代化的进程相伴而生的。更先进的技术带给人类的也并不全是福祉,同时还带来了意想不到的灾难。地球在宇宙间基本上是一个相对封闭的系统,任何局部上的获益,都很难不对整体造成伤害。这正如在一个人口密集的大都市里,家家安装空调设备,人人希望把室内的污浊空气排放到室外,把室外的清新空气吸入室内,那么所谓"室外的新鲜空气"也就成了一厢情愿的空谈。这时,想要把室外已经被污染的空气变成清新空气,就要耗费更多的能量、更多的资源,污染更多的环境!

如今,伴随着全球化进程,现代人走到哪里,哪里就生态失衡、环境败坏。现代人自身已经成为自然界的天敌、环境恶化的污染源。人类大约尚未料到,正在人们试图以高科技的手段解决人类生态危机的时候，生态的危机却已伴随着高新科技的推广普及，向着人类生存天地的纵深、向着人类的精神活动空间扩展开来。

据说，一些一流的科学家已经做出如此大胆的设计：策划着当地球上的污染不堪忍受时，便将地球扔掉，像扔一只破鞋子一样，然后凭借更先进的科学技术力量把人类搬迁到月球、火星或别的什么星球上去。且不说在其他星球上建立一个舒适的生存空间是多么困难，即使这种尝试成功了，人类的观念如果依旧不变，月球或者火星能够免于一意孤行的人类对它的污染吗？

现代人面对日益严重的生存危机，无论如何都应该反省一下自己的精神取向与精神状态。人类精神，显然已经成为地球生态系统内部一个至为重要的维度，一个不容忽视的变量。

当下地球上严峻的生态困境，本来就是由于人类历史上某种观念的偏差造成的，解铃还须系铃人——要真正有效地解决地球上的生态问题，还必须从人类自身寻找原因，尤其是从人类内在的精神深处找原因。对此，汤因比（Arnold Joseph Toynbee）一针见血地指出："我也认为要根治现代社会的弊病，只能依靠来自人的内心世界的精神革命。社会的弊病不是靠组织机构的变革就能治愈的。这种尝试都是浮皮搔痒的……唯一有效的治愈方法最终还是精神上的。"①

联合国教科文组织前任总干事拉兹洛对于如何走出生态困境、如何走向人类社会的未来持有不同寻常的见解，他的出发点也是要在人类的内部世界发动一场革命："世界上许多问题是由外部极限引起的，但根子却在内在限度。世界上几乎没有什么问题不是因人而起，几乎没有什么问题不可以通过改善人的行为得到解决。就连物质和生态问题，其最根本的原因也是人的眼光和

---

① ［英］汤因比、［日］池田大作：《展望二十一世纪》，国际文化出版公司1985年版，第149页。

价值观的内部限制……我们苦苦思索，想要改变地球上的一切，唯独没想过改变我们自己。"①

比这两位西方学者更早一些提出"精神救治"问题的，是中国一位近代启蒙学者杜亚泉，他在中国迈进现代化之初就发出警示："精神文明之优势，不能以富强贵贱为衡。""盖近数十年中，吾国民所得倡导之物质救国论，将酿成物质亡国之事实，反其道而蔽之，则精神救国论之本旨也。"②

至于如何从精神领域改变我们自己的内在世界，世界各国的学者提出各自不同的建议。

生态伦理学之父罗尔斯顿希望从整体上改变人们的价值观念入手，建立一种新的伦理观念，即以大地为道德基础的伦理学。他要求人们重新面对荒野，恢复大地与人类的亲情关系，认可荒野与人类精神之间所包含的发生学的意义。他呼吁在"整体生命系统中的多种生命形式"之间建立一种"情感生态学"，因为他坚信，不但生态学是诉诸情感的，在任何一种伟大的当代思想的后面，都"往往有着某种与环境相联的关怀"。③

戈尔则毫不犹疑地断言："环境危机就是精神危机。"④他提出"需要培育一种崭新的'精神上的环保主义'"，要维护地球生态系统平衡，首先是要协调人类自身精神生态的平衡，改善人类生存的精神状态，重新恢复人与自然的精神纽带，进而把人类精神作为一个重要的调节因素引入地球生物圈中，使自然与人文保持健康的、良好的互动关系。

国外学术界几乎一致认为宗教活动的复苏与生态运动的兴起存在着内在的、必然的联系。自然的"复魅"和重新神圣化与宗教的人间化双向互动，使得生态与宗教相互走近。怀特海的有机过程哲学被认作现代生态运动的思想指

---

① ［美］拉兹洛：《人类的内在限度》，社会科学文献出版社 2004 年版，第 5 页。
② 许纪霖、田建业编：《杜亚泉文存》，上海教育出版社 2003 年版，第 54 页。
③ ［美］霍尔姆斯·罗尔斯顿：《哲学走向荒野》，吉林人民出版社 2000 年版，第 461 页。
④ ［美］阿尔·戈尔：《濒临失衡的地球》导论，中央编译出版社 1997 年版，第 2 页。

南,而怀特海就曾说过"有机哲学似乎更接近于印度或中国的某些思想特征,而不是像西亚或欧洲的思想特征"①。他的再传弟子小约翰·柯布(John B. Cobb,Jr.)则更明白地阐发了这一见解:"深深吸引我的过程哲学,更接近佛教思维而不是西方思维。"②

除了哲学、伦理、宗教,在人类的精神活动领域还有一个不可忽视的向度,那就是诗与文学艺术。伟大的印度诗人泰戈尔在1924年访华时对青少年听众发表讲演,他指责当下这个时代是一个自然破碎、精神堕落的时代,但他并不失望。他说他把希望寄托给诗和诗人:"我的心唱着歌宣告,'诗人的使命,是捕捉空中听不见的声音,是把信念注入未实现的梦想,是为布满猜疑的世界上率先送来未绽放的鲜花的音讯'。""正是伟大未来中包含的信念,在创造着未来。"③在他看来,满目疮痍的天地自然的康复,正有待于诗歌、文学艺术的复兴。

如果诗可以看作一切艺术的核心,那么诗歌的兴衰,可以说明艺术在一个时代的一般命运。用舍勒的话说,诗人是"最深切地根植于地球和自然的幽深处的人,产生所有自然现象的'原生的自然'中的人。"④在以往的时代,无论东方还是西方,诗人都拥有崇高的地位,甚至被喻为"无冕之王";诗歌则被赋予了"动天地而泣鬼神""和四时而育万物"的力量,尤其是古代中国,简直就是一个诗的国度。现在,无论是西方还是东方,不但诗歌已经被远远地边缘化,文学也已经被有些人宣告终结。文学的力量亦即人的精神力量原本是植根于天地自然之中的,所以,当天地自然蒙受贬抑、伤害的时候,文学艺术也就失去了它的根源,失去了它的本性。

拯救的道路,依然漫漫无际。

---

① [英] 怀特海:《过程与实在》,商务印书馆 2011 年版,第 15 页。
② [美] 小约翰·柯布:《柯布自传》,华文出版社 2018 年版,第 141 页。
③ [印] 泰戈尔:《泰戈尔与中国》,漓江出版社 2016 年版,第 11 页。
④ [德] 马克斯·舍勒:《人在宇宙中的地位》,贵州人民出版社 1989 年版,第 226 页。

0.3 黑格尔的艺术难题

早在 19 世纪初，当欧洲刚刚掀起工业化的时代浪潮不久，黑格尔就曾不无遗憾地指出：艺术遇到了困难，遇到了危机。"就它的最高的职能来说，艺术对于我们现代人已是过去的事了。因此，它也已丧失了真正的真实和生命，已不复能维持它从前的在现实中的必需和崇高地位。"①

因为在黑格尔看来，艺术本质上是"一种内在的生气，情感，灵魂，风骨和精神"，艺术美是诉之于感觉、感情、知觉和想象的，不属于思考的范围；艺术用感性的形式表现最崇高的东西。黑格尔认为，在古希腊时代，艺术曾经是人们的"最高使命""绝对需要"；当下的时代却是一个偏重于理性和理智、偏重于技术和工具、偏重于概念和规则、偏重于职能和权利的时代，这样的时代对于艺术是不利的，随着这个时代的向前发展，艺术终将走向解体，走向消亡。

按照通常的解释：社会发展进步了，诗歌与艺术反而将走向衰亡。这便是黑格尔提出的"艺术难题"。

毫无疑问，黑格尔是热爱、同情艺术的，但从他的理论体系看来，艺术只是"绝对理念"呈现的低级阶段，艺术被科学所取代应该是社会进步的结果。但事实要比理论复杂得多，一个多世纪过后，黑格尔的"绝对理念"的形而上学体系早已被人们遗弃，而由他明确表述的这一艺术难题却一直是西方、东方许多有识之士深为关注的时代焦点。②

人们切入问题的角度有所不同，得出的结论却大体一致：文学艺术在现代社会中正日益被误解、受冷落、遭排挤，正日趋衰落、萎缩、退化、变质。

---

① ［德］黑格尔：《美学》第 1 卷，商务印书馆 1979 年版，第 15 页。
② 以下论述参见薛华：《黑格尔与艺术难题》，中国社会科学出版社 1986 版。

胡塞尔(Edmund Husserl)在构筑他的现象学体系时特别肯定了艺术问题的复杂性与困难性,认为艺术现象和艺术生活是一个不能凭借自然科学和技术观点解释的领域。艺术创造与物质生产不同,审美感悟与科学思维不同,近代社会中科学技术对文学艺术的贬抑和代替,导致了艺术和美学的危机。这一危机则又是与"欧洲人片面发展"的社会危机连结在一起的。

维特根斯坦(Ludwig Wittgensein)在建立他的逻辑分析哲学时也曾注意到文学艺术的特殊性,与上文我们提到的怀特海的观点相似,他也认为科学问题之外还有艺术问题,艺术问题也许还要大于科学问题。"甚至当所有可能有的科学问题都得到了回答,我们的问题还全然不曾触及。"在维特根斯坦看来,艺术属于一个不可言说的"神秘"领域,科学与艺术的关系类似于科学与神秘的关系,在近代启蒙运动对世界祛魅的同时,艺术也随之受到伤害。现代社会中,艺术创造活动的衰落与生活风格的退化以及生活方式的简化、单一化是一致的。

当时代越来越趋向于物质、技术、实用、功利的时候,一些心理学家开始致力于对人的精神、心灵、情感、艺术创造活动的研究,在弗洛伊德(Sigmund Freud)看来,时代的偏颇必将导致对艺术的伤害。他从性爱的角度解释:艺术与性爱之间较具有一致性;科学则不同,科学可以成为排挤性爱的手段,从而成为排挤艺术的手段。在弗洛伊德之后,性爱与艺术面临的问题更加严峻,美国心理学家罗洛·梅(Rollo May)对此做出了更为尖锐深刻的论述:在现代工业技术社会中,复杂的两性关系被简化了,生物性的性欲取代了精神性的爱欲,性的技术取代了爱的艺术。爱,几乎全部被成功地从两性关系中清除出去。"男女之间共同建筑一种亲密关系,共同分享趣味、梦想、憧憬,共同寄希望于未来和共同分担过去的忧愁——所有这一切都似乎比共同上床更另人害羞和尴尬。"①这一切都是因为,现代工业技术社会需要一种简单化的人,机器

---

① [美] 罗洛·梅:《爱的意志》,国际文化出版公司 1987 年版,第 38 页。

的规则性、普泛性的运作,也必然要求人像机器一样。真正的爱情是属于诗意的,在一个连爱情都已经化为灰烬的年代,难道还能够期待诗歌艺术的繁荣?

海德格尔曾以极为认真的态度探究过黑格尔的这一艺术难题,在他看来,确认艺术是否已经成为过去,等于对西方社会过去的历史做出裁决。在裁决之前,艺术的衰败的确是一个事实,艺术的确已经不再是这个社会的"最高使命"和"绝对需要"。但海德格尔并不像黑格尔那样认为历史的演进是绝对合理的,在他看来,历史有时也会出问题,也会走弯路、走错路。因此,黑格尔关于艺术的论断既是确切的,又是不确定的。海德格尔认定是时代出了问题,当下的时代是一个"贫乏的时代",贫乏的时代造成了情感的贫乏、精神的贫乏、诗意的贫乏、艺术的贫乏。这一艺术难题的价值在于:这个漏洞百出的时代是否还有可能获救,它是否可能会有一个不再贫乏的未来?那么,艺术的存亡实际上就关乎着时代的未来。海德格尔鼓动诗和艺术积极参与造就一个理想的未来,并且期待诗和艺术在这一过程中重放光彩!

在黑格尔提出他的艺术难题之后,200年过去,这个难题仍然在一直发酵。新世纪伊始,美国著名文学批评家希利斯·米勒(Hillis Miller)提出了他的"文学终结论"。如果说在黑格尔的时代,文学面临的只是"崇高地位不再",此时,文学面对的已是"危在旦夕"。

米勒是在后现代的语境中判断"文学终结"的,他征引雅克·德里达(Jacques Derrida)《明信片》中的观点:在特定的电信技术王国中,整个的所谓"文学的时代"将不复存在;哲学、精神分析学都在劫难逃,甚至连情书也不能幸免。米勒由此展开自己的阐述,他认为文学的终结源自信息科学技术的冲击,一个由高科技制造出来的虚拟世界主宰了人们的价值观、心理活动和行为方式,瓦解了人们对民族语言和传统文化的认同,甚至也改变了大学文学教学与研究的传统方式。信息时代,亦即其认同的"后现代"正在通过改变文学存在的前提和共生因素(concomitants)将文学引向终结。

由于中国社会当时尚未具备"后现代"的充足条件,信息科学刚刚进入初始阶段,新媒体对于传统文学书写方式的冲击尚未显示出来,况且中国的"新时期文学浪潮"仍存有余韵,米勒的"文学终结论"在中国便受到了主流文艺理论界的抵制。一些资深教授坚守"文学是人类表现情感的方式,只要人类和人类情感不会消失的话,那么作为人类情感的表现形式也是不会消失的";"文学的主体是人,虽然进入了图像世界,但文学仍然是人的文学,信息技术仍然不能否定文学的存在。"

实际上,问题要更为复杂。

米勒、德里达的"文学终结论"与黑格尔的"艺术消亡论"实际上是一脉相承的,"终结"与"消亡"都是社会发展进步的结果,是科学技术对"哲学"与"信仰"的取代。舍勒在其《价值的颠覆》中对此就曾有过深刻的论述:以往时代的文化架构是"信仰·哲学·科学",到了工业时代便成了"科学·哲学·信仰";哲学如果仍然存在,也已经变成"科学哲学",尤其是"信仰"已经渐渐被抛置在现代文化之外。这样的话,作为精神文化形态的文学艺术无论"终结"或是"消亡"都不足为怪了。因此便可以说,文学艺术的消亡正是工业社会亦即现代社会发展的结果。不同的是:黑格尔将其视为人类社会历史发展的内在逻辑——"绝对理念"自身发展演进的必然;德里达、米勒则认为这是一个崭新时代——信息时代或后现代呈现出来的文化征象,同时也是对于现代文化的有效拆解。

无论如何解说,文学艺术的消解已经成为一个现实。我这里还可以增补一个例证:纽约大学教授尼尔·波兹曼(Neil Postman)在上世纪80年代出版了一本很有影响的书《童年的消失》,他的"童年消失论"与米勒的"文学终结论"的依据是相同的,其推助力都是以高新科技为龙头的信息网络传播时代的新媒体。"童年"与"文学"又拥有如此密切的内在关联。俄国著名作家巴乌斯托夫斯基在其名著《金蔷薇》中就曾写道:"对我们周围一切诗意的感受,是童年时代给我们的最伟大的馈赠。如果一个人在悠长而严肃的岁月中没有失去这个馈赠,那他就是诗人或作家。"为此我自己早先曾在我的文学心理学课堂上做过测试,让每位同学写一篇对自己童年生活的回忆,结果全都是充满诗情画意的散文诗!如今,人的童年时代都已经消失,还能够期望文学继续存在吗?

问题任然存在进一步探讨的空间:黑格尔将社会发展进步的顶峰设置为"科学";德里达们将信息社会设置为一个新时代,即"后现代",二者都是可以质疑的。黑格尔对社会发展做出判断的依据——"理性主义"已经在"现代性反思"中被思想界遗弃;也有人指出,德里达们的"后现代"仍然不过是现代社会的延续,所谓"信息社会"仍然不过是更精致、更极致的以高新科学技术为生产力的"工业社会"。真正意义上的"后现代社会"应该是拥有与现代工业社会完全不同的价值观念的"生态社会",生态时代才是真正意义上的"后现代"!我是赞同这一说法的。

文学艺术遭遇到的"终结""消亡",实际上也是一场生态灾难。爱因斯坦曾对此发出深沉的叹息:是那无可忍受的生态灾难熄灭了艺术的纯真声音。[1]在现代工业社会,自然环境大多已为人工环境取代,人们从童年时代就已经被剥夺了对自然界的直接体验,远离事物的原生态。无论是视觉、听觉、触觉、味觉、嗅觉,我们所体验和理解的世界都已经被现代工业技术深度加工处理过了。我们对世界的体验再也称不上是初始的或本源的,这样的生活现实无论是对于诗歌的创造者还是鉴赏者,都是致命的。

在这个精神气息异常稀薄的时代,原本已经有待拯救的文学艺术,是否还可能成为拯救者呢?回答应当是肯定的。文学艺术既然是与自然一道"蒙难"的,也将与自然一道"重生"。所以,在救治地球生态危机的里程中,作为人类精神力量的文学艺术是可以与哲学甚至科学并肩而行的。其实,在对现代性进行哲学、社会学反思的过程中,不少著名哲学家将伟大诗人引为知己,在其创作中寻求观念的印证。如海德格尔与荷尔德林(Friedrich Hölderlin),怀特

---

① [美]爱因斯坦:《爱因斯坦文集》(第三卷),商务印书馆1979年版,第320页。

海与华兹华斯（William Wordsworth），杜赞奇（Prasenjit Duara）与泰戈尔；我早前也曾呼吁过，中国的哲学家应该与伟大诗人陶渊明"喜结连理"！而在自然科学界，那些享有最高声望的科学家如爱因斯坦、玻尔、海森伯全都对未来社会充满人文情怀的期待。

21世纪初，时代的格局已经悄悄发生了某些变化，三百年来的战无不胜者有可能成为被挑战的对象，而今日的有待拯救者，比如自然生态与文学艺术则有可能担负起救助的使命。在人类社会的那个最初的"原点"，诗歌、艺术曾经就是人类的生长、繁衍、创造、自娱、憧憬、期盼，就是人类生活本身，就是吹拂在天、地、神、人之间的和风，就是灌注在自然万物之中的灵气，就是人生的"绝对使命""最高存在"。人类曾经与诗歌、艺术一道成长发育，凭借着诗歌与艺术栖居于天地自然之中，而不是凌驾于天地自然之上或对峙于天地自然之外。我们完全可以期待，在下一个新的历史纪元中，文学艺术在救治自身的同时将救治世界，在完善世界的同时将完善自身。

与此同时，生态学面对新的时代诉求，有必要对自己学科的视野与发展方向做出相应的调整。

0.4 生态学的人文转向与生态文艺学

纵观现代社会地球人类的生存状况：一方面是科学技术的进步，工业生产的发展，市场经济的兴盛，都市建设的繁荣，物质生活的富裕，人类寿命的延长；一方面是自然生态环境的破坏，社会竞争的激化，精神文化的衰落，情感生活的贫乏，文学艺术的衰败，个人生命意义的丧失与精神疾病的蔓延，而这两种相互对立的情景竟然是同时展开的。

时代的高速发展与社会的失衡失控，这也许就是我们这个"伟大"时代的"重大"的不幸。

贝塔郎菲曾经如此宣告：由文艺复兴和启蒙运动开创的西方文明已经完成了自己的使命，它的伟大创造周期已经结束。也还有人说，人类史上只出现过两次"真正的革命"，一次是"农业革命"，一次是"工业革命"。当前，"第三次真正的革命"正向我们走来，继"农业文明""工业文明"之后，人们将迎来新的文明——"生态文明"。

我们赞同这一判断，相信即将来临的时代是一个"人类生态学的时代"。①人类社会的这一转变，应该是前人始料不及的。

"生态学"（Ecology）在 1866 年刚由恩斯特·海克尔（Ernst Haeckel）提出时，只不过是生物学中的一个分支，一门研究"三叶草""金龟子""花斑鸠""黄鼠狼"之间相互关系的生动有趣但又无关宏旨的学问。生态学发展的最初阶段，所研究的课题还仅仅局限在人类之外的自然界，基本上采取的也是自然科学的研究方法和手段，其结果是建立了诸如"昆虫生态学""草原生态学""森林生态学""海洋生态学""湿地生态学""微生物生态学"等一些专门化的学科。正是在这些研究的基础上，生态学渐渐形成了整体的、系统的、有机的、动态的、开放的、跨学科的研究原则。

进入 20 世纪后，随着地球生态环境的日益恶化，生态灾难已经愈来愈严重地危及人类自身的生存，在社会学、人类学领域开始有人把生态学的原则运用到人类社会的研究中来，生态学开始渗入人类社会的种族、文化、政治、经济各个方面。朱利安·斯图尔德（Julian Steward）的《文化生态学》将人类文化纳入生态学研究的视野，成为生态学人文转向的一个标志。

人类以及人类生活其中的地球如何才能走出生态困境的危途，生态学家、环境学家及其他方面的科学家已经设计过许多出路，比如：提高工艺水平、加强科学管理、开发新的能源、搞好废物利用等，这些无疑都对缓解生态危机的进一步恶化发挥了一定的积极作用。而事实却是无情的，技术虽然在飞速发

---

① ［美］拉兹洛：《即将来临的人类生态学时代》，《国外社会科学》1985 年第 10 期。

展,管理虽然日益严密,但原有的生态问题尚未解决,新的生态问题又接踵而来。看来,解决人类面临的生态危机,仅仅依靠科学技术水平及社会管理水平的提升怕是不行的。

1962 年,美国女作家雷切尔·卡森①的《寂静的春天》一书问世,作者一反常态地把满腔的同情倾泻给饱受工业技术摧残的生物界、自然界,从根本上改变了人与自然对立的态度,并以生动的笔触将哲学思考、伦理评判、审美体验引入生态学视野。原本属于自然科学中分支的生态学,从此以后便延伸到社会生活、人类行为的各个方面,与我们的时代息息相关起来。人们曾经这样评价卡森对于开创生态时代新文明的意义:"她将继续提醒我们,在现今过度组织化、过度机械化的时代,个人的动力与勇气仍然能发生效用;变化是可以制造的,不是借助战争或暴力性的革命,而是改变我们对世界的看法。"②卡森对于具体事件的陈述和对于自己内心情愫的吐露,也为生态纪实文学树立了一个众所公认的典型。此后,北美、欧洲、日本、韩国以及中国台湾的文学界追随《寂静的春天》,很快掀起一个为自然写作、发声的浪潮,女作家雷切尔·卡森成了当代生态文学的开创者。

生态学迅速地展现出由自然科学向社会科学,乃至人文学科扩展、跨越的态势,生态学者的目光也渐渐由自然生态扩展到人类的社会生态、文化生态、精神生态层面上来。这不但促使一批新的社会科学诞生,如"经济生态学""政治生态学""民族生态学""城市生态学"等;"生态哲学""生态伦理学""生态语言学""生态心理学""生态美学""环境美学""生态文艺学"都已经成为目前生态学研究的一些新的生长点,生态学呈现出越来越浓重的人文色彩。

有趣的是,生态学的这种人文转向,竟也呈现在中国当代新儒家的"生态学转向"过程中。

---

① 中国台湾地区译为瑞秋·卡森。
② [美] 瑞秋·卡森:《寂静的春天》前言,晨星出版社(中国台湾)1997 年版。

被誉为新儒学一代宗师的钱穆先生是一位拔起于民间、自学成才的现代知识人,面对风雨飘摇的故国黎民,他以济世匡时、光大种族、造福华夏为己任,坚持以学术利国家、利大众、利社会进步的儒学操守。他努力顺应历史的潮流,以儒家正统思想改造老庄哲学中空无不实的东西,促使新儒学能够为推进社会现代化所用。钱穆先生的学术立场骨子里是与中国社会现代化伊始所推崇的启蒙理性相一致的。

方东美先生只比钱穆先生小 4 岁,他们虽然都以发扬儒家思想为己任,然而在对待现代性的态度上,似乎已经被分别搁置在两个不同的时代。方东美从青年时代就受到西方当代学术思想的严格训练,柏格森(Henri Bergson)、怀特海、弗洛伊德都曾是他的精神导师。如果说钱穆是力促儒家学说配合启蒙理性以更好地推动社会现代化,方东美的思想锋芒首先是指向了对于现代性的反思,以东方儒家精神的精华揭示西方现代社会的流弊,矫正西方社会发展中的偏失。方东美的基本立场固然是儒家,更多时候他却是站在《周易》的原始高地上,寻觅着中国哲学思想的滥觞;儒家的"德"也被他赋予了自然的品格,成为"自然灵魂的道德"。① 在他看来,中国传统哲学中自然与人的生命之关系是如此密切,中国的诗人、艺术家因此也最能"徜徉自然之间,最能参悟大化生机而浑然合一"②,中国古代的"生生哲学"被他设置为"生生美学",几近于当下的"生态美学"了!

当前,高高举起"儒家的生态学转向"旗帜的是作为"当代新儒家第三代传人"的杜维明先生。面对全球化带来的日益严峻的生态危机,他强调人类社会发展必须"重新定向","为了人类的绵延长存,无论在理论还是实践上,我们与自然的关系都需要有一个根本性的转变。"③他蓄意要把以往那种"现代主义"的儒学扭转回"自然主义""生态主义"的道路上来,重新使"天人合一"

① 方东美:《生命理想与文化类型》,中国广播电视出版社 1992 年版,第 413 页。
② 同上,第 381 页。
③ 杜维明:《对话与创新》,广西师范大学出版社 2005 年版,第 182 页。

的理念焕发活力。他认为生态学是一种新的世界观,一种"人类宇宙统一论的世界观"。要建构这种后现代的、生态型的世界观、人生观,应该从中国传统思想文化中汲取生机与活力,即把地球视为一个"生机勃勃的生命共同体"。"就重估儒家思想而言,这种世界观通过强调人与大地之间的相互作用标志着儒学的生态转向。"①杜维明的生态型"新儒学"因此也就渲染上后现代,即生态时代的色彩。当代新儒家的生态学转向,也成了世界上生态学人文转向的一个有机组成部分!

至此,所谓"生态学",已经不再仅仅是一门专业化的学问,它已经衍化为一种观点,一种统观了自然、社会、生命、环境、物质、文化、机体、精神的观点,一种崭新的,尚且有待进一步完善的世界观。

对此,舍勒似乎已经发出过先知先觉的呼唤:"人类必须再一次学会把握那种伟大的、无形的、共同的、存在于生活中的人性的一致性,存在于永恒精神领域的一切精神的同契性(Solidaritat)",才能进入自然与社会、物理与心理、技术与文化、西方与东方、男性与女性、资本主义与社会主义的"协调时代"(Ausgleich)。② 舍勒心仪的这个"协调时代"应该说就是我们这里所说的"生态时代"。

文学艺术与整个地球生态系统的关系是什么?文学艺术在当代的生态学家的心目中居于何等地位?文学艺术在即将到来的生态学时代将发挥什么作用?在日益深入的生态学研究、生态运动的发展中,文学艺术自身又将发生哪些变化?概而言之:生态学与文艺学之间有些什么关联?这些已经成为十分重要而且非常有趣的问题。

对于这些问题,前人曾试图给出某些答案。

怀特海认为,人与自然的统一,更多地保留在真正的诗人和诗歌那里,诗

---

① 杜维明:《对话与创新》,广西师范大学出版社 2005 年版,第 183 页。
② 刘小枫选编:《舍勒选集》(下册),上海三联书店 1999 年版,第 1429 页,第 1416 页。

歌中表现出的艺术精神,是人与环境和谐共处的一个标志。他在论及 19 世纪英国文学时指出:正是这一时期的诗歌,证明了人类的审美直觉和科学的机械论之间的矛盾;审美价值是一种有机的整体的价值,与自然的价值类似,"雪莱与华兹华斯都十分强调地证明,自然不可与审美价值分离"。①

在海德格尔看来,重整破碎的自然与重建衰败的人文精神是一致的,他把拯救地球、拯救人类社会的一线希望寄托在文学艺术上:神话限制着科技的肆意扩张,歌唱命名着万物之母的大地,后期印象派绘画大师凡·高笔下的一双农鞋便能够轻易地沟通天、地、神、人之间的美妙关系。人与自然相处的最高境界是人在大地上的"诗意的栖居";诗,"不只是一种文化现象",更不只是一种表达的技巧,"人类此在在其根基处就是'诗意的'"。"诗的活动领域是语言","唯有在这一区域中,从对象及其表象的领域到心灵空间之最内在领域的回归才是可完成的。"②他甚至宣称,只有一个上帝可以救渡我们,那就是诗。海德格尔的这些存在主义哲学的表述可能带有他自己的某些偏爱与夸饰,但从那时起,文学艺术的原则、审美的原则与现代社会中人类生存状态的关系,倒是越来越受到人们的注意。

马尔库塞在批判资本主义社会对人的"物化"时指出:艺术比哲学、宗教更贴近真实的人性与理想的生活,"艺术通过让物化了的世界讲话、唱歌,甚或起舞,来同物化做斗争",唯有艺术有可能"在增长人类幸福潜能的原则下,重建人类社会和自然界"。③

法国社会学家费里(Jean-Marc Ferry)也曾经乐观地预言:"未来环境整体化不能靠应用科学或政治知识来实现,只能靠应用美学知识来实现","我们周围的环境可能有一天会由于'美学革命'而发生天翻地覆的变化……生态学以

---

① [英]怀特海:《科学与近代世界》,商务印书馆 2019 年版,第 100 页。
② 孙周兴选编:《海德格尔选集》(上册),上海三联书店 1996 年版,第 319 页,第 451 页。
③ [美]马尔库塞:《审美之维》,生活·读书·新知三联书店 1989 年版,第 257 页,第 245 页。

及与之有关的一切,预示着一种受美学理论支配的现代化新浪潮的出现"。①

由此看来,将"生态"概念引进美学、文艺学领域,将"诗意""审美"导入生态保护的实践,不但是可行的,也是时代的需求。从近年来的文学艺术创作实践看,被称作"环境文学""自然文学""绿色写作""环保艺术""大地艺术"的创作运动已渐渐汇成浪潮,优秀的生态文艺作品已蔚为大观,建立一门"生态文艺学"的尝试,已成为时代的呼唤。

在中国,促进生态学的人文转向的重要学者是中国社会科学院资深研究员余谋昌先生,从上世纪70年代以来,他就开始从事生态哲学、生态文化、环境科学、生态伦理学领域的研究。余先生年长我十岁,他从武汉大学哲学系毕业时,我还在高中读书,属于我的师长一辈。早在1995年,我在海南大学筹办《精神生态研究通讯》时就曾向他请教,从他那里受益很多,并从那时与他建立了深厚的友谊。《生态文艺学》的写作与出版,都曾受他的关心、提携。后来,他还发表专文阐述了生态学与文艺学的关系。

余谋昌先生在文章中写道:生态文艺学的提出,意味着文艺学理论范式的转换。生态学是关于生物与其环境相互关系的科学,文艺学是关于文学艺术现象及其规律的研究;前者是自然科学,后者属人文学科。长期以来,人们把统一的世界分为人类社会和自然界,自然科学与社会科学、科学精神与人文精神、科学与艺术长期的分离和对立,产生了非常严重的不良后果。"生态文艺学"透过生态学的视野,依据整体性观念,既从人考察自然界,又从自然界考察人,同时运用生态学的基本理论对文学艺术现象进行系统的考察,为当代文学艺术研究开拓了一片新天地。

余先生还着重对生态文艺学的"合法性"进行了生态学论证:生态学也是关于地球之美的科学。从生态学的视野看,生命创造了地球之美,追求美、鉴赏美是生命的本性和生命的本能。自然生态美是客观存在的,追求美、欣赏美

---

① [法]J-M.费里:《现代化与协商一致》,载法国《神灵》杂志1985年第5期。

是生命的本性,更是人类的本性,而大自然为人类的美的需求提供了丰富的资源。生态文艺学研究有助于我们在利用自然之美的同时,保护自然之美,创建和谐美好的人类社会。

余先生还指出,中国古代虽然没有生态文艺学,但是古代思想家关注宇宙与人生,有丰富深刻的关于人与生命、人与自然的生态学精神,以及人与自然和谐发展的深刻论述,即古典形态的生态文艺学思想,完全可以为生态文艺学学科的建设提供思想的根基。①

---

① 余谋昌:《生态学与文艺学》,《渤海大学学报》2007 年第 6 期;又见余谋昌:《生态文明论》第 8 章,中央编译出版社 2010 年版。

上卷

第 1 章　生态学：新时代的世界观

　　女性生态批评家卡洛琳·麦茜特在其《自然之死》一书的开篇,便强调提出两个问题:一、"生态学已经成了一门颠覆性的科学";二、"生态学将成为一个时代新的世界观"。[①] 这两个问题实际上是一个问题,即生态学将颠覆旧时代二元对立的机械论的世界观,树立有机整体的世界观,从而开启一个不同于当下工业时代的新时代——生态时代。

　　麦茜特的思想并不孤立,在西方世界拥有诸多同道。

　　1985 年,当我还正在热衷于文艺心理学的研究时,我读到了《国外社会科学》杂志发表的一篇题为《即将来临的人类生态学时代》的文章,署名是 E. 拉兹洛。现在,我还一直保留着这篇文章的复印件,上面画满了阅读时所作的种种记号,说明它曾那么强烈地激发起我的阅读兴趣。在这篇文章的末尾,他预言:"在人类生态学时代,重点将转移到非物质生活领域的进步。这种进步将使生活的质量显著提高。"[②]

---

① ［美］卡洛琳·麦茜特:《自然之死:妇女、生态和科学革命》,吉林人民出版社 1999 年版,导论第 2 页、前言第 5 页。

② ［美］拉兹洛:《即将来临的人类生态学时代》,《国外社会科学》1985 年第 10 期。

关于拉兹洛，当时我一无所知。

多年以后，当我转向精神生态研究时，才知道他原来是罗马俱乐部的一位中坚分子、联合国教科文组织的顾问，还是一位著述甚丰的学者和一位颇有功底的钢琴演奏家。于是，我又读到拉兹洛的另外一些著作，如《决定命运的选择》《有创造力的宇宙》等。而且，我与国内组织翻译拉兹洛这些著作的闵家胤先生，也曾有过一面之交和一些书信往来，这也已经是30多年前的事了。

现在想来，我关于"生态学时代"的概念，就是从拉兹洛的那篇文章中获致的。

把"后现代"与"生态学时代"联系在一起的，是美国克莱蒙特研究生院教授、中美后现代发展研究院院长大卫·雷·格里芬，他的学说的宗旨是：即将来临的社会既有别于前现代社会，也不同于现代社会；在这个社会中人将走出经济利益的狭窄牢笼，将摆脱机械思想对于人的控制，"人的福祉"将与"生态的考虑"融为一体。他说，这是一种真正的精神回归。由他组织编撰的《后现代精神》《后现代科学》已经在我国学术界产生了不小的影响。

拉兹洛与格里芬的共同之处是，他们都把文化因素、精神因素置入当代社会面临的生态问题中，同时为"生态学"与"后现代学"输入了新鲜血液，从而使"生态学"闪烁出精神的光辉，使"后现代"映照上理想的色彩。由此，也就为生态学时代的文学艺术的创新提供了新的视野、新的依据。

1.1　人类的元问题

相对于20世纪初西方学界提出的"元数学""元逻辑""元语言""元科学"的概念，我这里讲的"元问题"有与其相似的地方，但又不相同。

英语世界中的"元问题"（Meta-Question）含有"在上、在外、在后"的意思，意味着被"抽象化""形式化""逻辑化"的最终问题，体现了西方逻辑实证主义、科学主义的学术精神。而汉语词汇"元"的本义为人的"头脑",是人的生命的根本,进而引申为"首要""初始""本源""重大"之义,其组合的词汇,如"元气""元命""元化"多与自然的本体、宇宙的运演相关。同时,"元"又通"玄","元"又附带了许多幽远、玄奥的精神气场。

我这里所说的"元问题",具有 Meta-Question 的超越性,却并不具备 Meta-Question 将问题抽象化、形式化、逻辑化的倾向,我希望赋予这一用语更多一些的汉语言文字的意味与情调。

这里说的"元问题",即"初始的""本源的"当然也是"宏大的"的问题,在时间上先于其他所有问题,在空间上笼罩其他所有问题。它是其他所有问题的源头,它决定其他所有问题的性质与得失,这一问题的解决是解决其他问题的背景与前提。

有这样的问题存在吗?

在我看来,这个问题就是"人与自然"的问题。或者换一种说法,就是地球人类所面对的"自然问题"。人类如何对待这一问题,不但决定了人类社会的性质,也决定了人类的生存状况,甚至还同时决定了人类在某一时期的文化状况、精神状况。

对于中华民族来说,"天人之际"既是一个古老而又核心的哲学问题,又是绵延于整个历史、覆盖了所有生存空间的的文化意蕴。司马迁说"究天人之际,通古今之变,成一家之言",就是对于天道、天命、人世、时代的高度概括,他所指认的也正是那个"人与自然""自然与人"的元问题。

中国古代哲学经典中讲到的"天地与我并生,万物与我为一",亦即后人所说的"天地与我同根,万物与我一体"。人性本于天性,"知其性,则知天矣。存其心,养其性,所以事天也"。人性即天性,人心、人性的源头在天,在宇宙。孔夫子言说的"天",相当于"宇宙最高的道德秩序",近乎西方宗教中"有意志的上帝"。这种天人合一的宇宙论,既是天道,又是人情,曾作为中国古代道家文化、儒家文化的理论核心,长期支配着中华民族的思维方式。

英国当代人类学家贝特森(Gregory Bateson)晚年出版的一本专著《心灵与自然：应然的合一》，讲述的也是人与自然的关系。仅从书的名字也可以看出，贝特森认定了心灵或心智与自然的关系应该是"合一"的，即使表象上存在着许多差异，实质上也应该是"合一"的；即使当下存在严重的冲突，最终也还是趋向"合一"的。①

　　如此看来，中国古代宇宙论中的"天人合一"与西方哲学关于宇宙与生命共一体的理论是能够遥相呼应的。

　　《老子》一书又被称作《道德经》，其中《道经》多讲自然，《德经》多言人事，一部《道德经》可以看作是对"自然与人"这一元问题的一份东方答卷。

　　马克思曾把"人与自然"问题看作"历史之谜"，而自然与人之间矛盾的"真正解决"，是理想中的共产主义。他说："这种共产主义，作为完成了的自然主义，等于人道主义，而作为完成了的人道主义，等于自然主义。"这是马克思关于"历史之谜"的解答，也可以看作他对"自然与人"这一元问题的应对。②

　　在"人与自然"这个元问题中，人与自然原本是一个有机整体，之所以成了问题，就是因为在人类的实践活动中，这个统一体常常被割裂、被对立。当前生态运动的首要任务就是重新处理人与自然的关系，将自然与人重新整合起来，使其成为一个健康运转的有机整体。这也将是文化的重建，一个新时代的生态文明的诞生。

　　现代化进程错置了人与自然的关系、损伤了作为人的外部生存环境的自然界，扭曲了人的内在自然的人类天性，从而酿下自然界与人类内在精神的双重危机。回顾百余年来西方思想界对于现代社会的反思，尽管思路广阔、思绪万千，在这一问题上，从马克思、恩格斯到尼采、舍勒，从韦伯、西美尔(Georg Simmel)到马尔库塞、海德格尔，从怀特海、德日进(Pierre T. de Chardin)、贝塔

---

① ［英］贝特森：《心灵与自然：应然的合一》，北京师范大学出版社 2019 年版。
② ［德］马克思：《1844 年经济学哲学手稿》，人民出版社 1985 年版，第 77 页。

朗菲到利奥塔、德里达,这些思想家全都表达过相似的看法。

　　遗憾的是,尽管有一些先知先觉的提醒,人们对这一性命攸关的"元问题"长期以来或置若罔闻,或做出片面的、错误的回应。20 世纪 60 年代之后,生态灾难临头、生态运动蓬勃兴起,人与自然的问题,或曰人类的"自然问题",再度被强化,并日益突显地成为众所瞩目的焦点。数十年来一直投身于生态运动的法国学者塞尔日·莫斯科维奇(Serge Moscovici)曾借歌德之口宣称:"自然不是一个问题,而是唯一的问题。"他又借伽达默尔之口宣布:自然问题成为世人关注的焦点,"或许这是世界局势危急时刻出现的第一个希望"。①

　　如何处理好人与自然的关系,这里我想以中西方三位诗哲作为案例加以说明。所谓"诗哲",或是拥有哲学思考的诗人,或是充满诗性的哲学家。三位诗哲分别是中国古代诗人陶渊明,法国哲学家卢梭,美国诗人、作家兼学者梭罗。三位诗哲虽然属于不同时代、不同国度、不同民族,但在面对"自然与人"这一元问题时,却做出了相近的回应,这大概不会是出于巧合,而是呈现出人类中最优秀的个体的生存智慧及生命感悟。

　　在中国思想史上,公元 5 世纪的伟大诗人陶渊明被看作"自然"的象征,梁启超在评价陶渊明时一口气用了好几个"自然",说他热爱自然,顺应自然,做人自然,作文也自然,把融入自然作为生命的最高理想,把违背自然看作人生的最大痛苦。② 陶渊明在他 41 岁的时候依然辞去在政府担任的官职,甘愿返回田野,终其一生做一个辛勤、贫苦的农民,却在清贫的生活中创造出诗意的葱茏与精神的丰盈。"久在樊笼里,复得返自然"是人性向着天真的复返;"遥遥望白云,怀古一何深"是诗歌向着世界本源的回归;"纵浪大化中,不喜亦不惧"意味着人与自然的同化与和谐。他的"采菊东篱下,悠然见南山"决不仅是一种闲情逸致,那还是人类渴望在精神上与自然融为一体的心境,是一种在

① 塞尔日·莫斯科维奇:《还自然之魅》,生活·读书·新知三联书店 2005 年版,第 9 页,第 211 页。
② 梁启超:《陶渊明》,商务印书馆 1932 年版,第 6 页。

诗意中栖居的生命存在方式。

法国 18 世纪思想家卢梭终其一生的奋斗目标是：在一个被人类文明败坏的堕落社会中，去探寻如何可能保存人的天性，过上一种符合自然的生活。也就是去探寻如何超越文明发展导致的"去自然化"，从而实现人类社会的"整全"。在卢梭的全部著述后边，始终潜伏着的一个主题，即厘清"自然"与"文明"之间的纠葛，调谐"自然人"（L'homme naturel）与"文明人"（L'homme cultured）之间的冲突。《新爱洛漪丝》是对"自然"的颂扬；《爱弥儿》是对"自然人"的呼唤；《社会契约论》则是对回归自然状态、重建人类文明的社会政治学设计；而《忏悔录》《对话录》都是对这一总体设计的反复核对与审订。在卢梭这里，社会伦理、国家法律应当与包括人的天性在内的"自然律"和谐一致。卢梭的理想终未实现，晚年的卢梭是孤独的。在瑞士的比安纳湖畔，他常常一个人徜徉在乡间小路上，弓着腰，穿一件宽大的粗布衣服，右手挂根拐杖，左手一束野花，久久凝视着远方，沉浸在无边的宁静中。此时的卢梭俨然一位十八世纪法国的陶渊明！卢梭自己也曾说过，与他的那些高度文明化的法国同胞相比，"自己更像是一个东方人"！

1845 年开春，美国青年梭罗从日益工业化、市场化的城市抽身而退，毅然走进瓦尔登湖畔的森林，自己动手盖房、开荒，开始了他自然主义诗学的实践。他说：让生活像自然一样简单、纯洁，"如大自然一般自然地过一天吧"！人不应为物所役，而应把更多的时间留给与自然的交流、融合，并在与自然的交流、融合中享受天地间最高的精神愉悦。他在瓦尔登湖一住就是两年零两个月，他在湖畔创作的杰作《瓦尔登湖》在 100 年后被诗人徐迟翻译成汉语在中国出版。20 世纪 80 年代之后，这本书几乎成了中国年轻一代自然写作者的"圣经"。已故诗人苇岸说：《瓦尔登湖》给他带来了精神喜悦和灵魂颤动，他和梭罗之间有一种血脉相连的亲近。[①] 这瓦尔登湖究竟是怎样一个湖呢？梭罗的

---

① 苇岸：《太阳升起以后》，中国工人出版社 2000 年版，第 117 页。

书中有整整一章动情的描绘：瓦尔登的风景看上去是卑微的，它"深邃"而又"清澈"，"隐秘"而又"明亮"，如同"大地的眼睛"，"望着它可以便可以测出自己天性的深浅"。梭罗还说，他希望用"最高贵、最有价值的人的名字"来为"最美的风景"命名。我们这里很想问一问梭罗的在天之灵：用"陶渊明"来称呼瓦尔登湖，是否恰切？陶渊明就是瓦尔登湖。

以上三位思想家，梭罗面对的是工业技术对自然的伤害；卢梭面对的是启蒙理性对人与自然整体性的撕裂；陶渊明面对的是人的自然天性被社会体制扭曲。

站在生态学的立场来看，人类作为生命有机体原本就是自然的有机组成部分，人类既应该尊重自认、敬畏自然，同时也应该通过自身的创造性活动在重塑自身的过程中重塑自然，而这一切又应该服从自然的总的法则。

不幸的是随着时代的进展，自然被视为人类的对立面，人与自然的冲突愈演愈烈。有人说，当今世界遭遇的一切灾难，全都与17世纪以来人们关于"自然"观念的改变相关。"自然"观念的改变也许在更早的时代就已经开始，不只在陶渊明的时代之前，甚至在柏拉图、亚里士多德之前。人类要想走出历史的"死胡同"，不能仅仅停留在对于"现代性"的反思中；反思还应向前推进一步，从老子、苏格拉底之前，从根本上、从源头处反思人类文明与自然之间的关系。

1.2　作为世界观的生态哲学

生态学"Ecology"，英文字头"eco"，其希腊文的原意为"居所""家园""栖居地"。

生态学的定义：一门研究生物体与其生存环境之间交互关系，以及生物彼此间交互关系的学科。其中的生物体包括植物、动物、微生物；栖息环境指物理环境如空气、水分、光线、温度、岩石、土壤以及磁场、射线等;生物环境即与生物体生存相关的其他生物存在。

生态学是一门既古老又新颖的学科。说古老,因为早在古希腊时期,亚里士多德就写下了关于生物体之间相互关系的卓越论著;说新颖,是因为作为一门正式的学科,直到 19 世纪中期才奠定基础。1866 年海克尔为这个学科命名;1926 年乌克兰人弗拉基米尔·维尔纳茨基(Vladimir I. Vernadsky)出版了《生物圈》一书;1935 年阿瑟·坦斯利(Arthur Tansley)提出了"生态系统"(Ecosystem)概念;1979 年詹姆斯·洛夫洛克(James Lovelock,又译拉伍洛克)发布了"盖娅假说",方才一步步将生态学丰富完善起来。

生态学强调地球上的生物体与其环境是一个拥有不同层级的有机整体,重视物种的多样性及不同物种之间的复杂关系,强调系统内部和谐稳定的物质、能量、信息的流动与循环。最近半个多世纪,在生态危机的逼迫下,生态学得到迅速发展,由原本生物科学的一个分支很快覆盖了人类社会的各个方面,上升为人类的生存智慧学、和谐发展学、"家政管理"学,成为一种人们观察世界的新的"观念"。

什么叫哲学?按照通常的说法,哲学是关于世界观的系统化学说,是人类自然知识、社会知识、思维知识的概括与归纳,同时也是人们实践行为的思想指南。

截至目前,主导人类社会发展的依然是以"启蒙理性"为核心的现代哲学。三百多年前,这一哲学由欧洲三位学者奠定基础,他们是:笛卡尔、培根、牛顿。

在笛卡尔看来,世界万物中人是最宝贵的,人的可贵在于他独自拥有的"理性",即透过现象洞察事物本质的运思能力。人的精神与作为物质世界的大自然是二元的,拥有理性使人在自然面前取得了自主和主动的地位,理性的思维能力是人类存在的根本,即"我思故我在"。

培根认为理性的最高体现是知识与科学技术,科技是人们征服自然的"力量"与"工具"。人,因为拥有了这种力量、掌握了这一工具,成为自然万物的主宰,从而取代了原先上帝的位置。

牛顿则从物理学实验的层面给人们提供了一种不同于以往的、切实而又可靠的"宇宙观":自然、物质以及时间、空间是外在于人的客观存在,人凭着自己的理性(科学知识、技术工具)可以掌握其本质与规律,有效地认识、控制、利用、改造这个世界。

美国当代汉学家艾恺(Guy Alitto)曾经用六个字概括现代文明的实质:"擅理智","役自然"。他指出"擅理智"(rationalization),即高度发挥人的理性功能;"役自然"(world mastery)即凭借人类理智的结晶——科学技术驱使自然服从人类的意志。他解释说,"现代化"即可界定为:"一个范围及于社会、经济、政治的过程,其组织与制度的全体朝向以役使自然为目标的系统化的理智运用过程。"①就是在这样一种观念的支配下,在牛顿之后的三百多年里,人类的世界发生了天翻地覆的变化。

三百年间,人类凭借自己的理智,凭借自己发明创造的先进的科学技术手段,向自然进军,向自然索取,开发自然,改造自然,一心一意地要为自己在地上建造起人间天堂。这条道路一直延续到今天,三百年的历史,同时又被称作世界"现代化"的进程。

三百年间,当理性与科学被推上至高无上的地位并被赋予战无不胜的力量时,现代社会也就开始了它突飞猛进、一日千里的发展过程,积累了巨大财富的现代社会似乎就要变成人间天堂。而与此同时,自然却遭到了空前的噩运,变得一天比一天破碎、错乱、污浊、肮脏起来,大自然被驱赶上一条悲惨而又卑微的末路;生态恶化已经威胁到呼吸与饮水等人类的基本生存需求。笛卡尔、培根与牛顿,这三位工业社会的揭幕人,既是人类社会走向现代化的功臣,又无可推卸地成了让自然蒙受羞辱和灾难的肇始者。

更令人担忧的是,如今发生在自然界的生态危机已经威胁到人类社会的

---

① [美]艾恺:《世界范围内的反现代化思潮》,贵州人民出版社1991年版,第5页。

各个方面,从自然环境的清新、社会生活的和谐,到个人精神的丰盈与健康。

大地由受人崇拜的万物之母沦为受人宰割的案上鱼肉,而此时的人,也已经变成工业机器上的附属物。一切东西都不可阻挡地变成生产物质、积累财富的原材料:人变成人力资源,森林变成木材,土地变成房地产、江河变成水利水电、牛羊鸡鸭不过是厨房里的一堆肉。在强大的技术力量的统治下,社会的精神生活与情感生活被大大简化了,日渐繁荣富裕的时代在精神、心灵、道德、情感领域却成了一个日趋干涸、贫乏的时代。

人类社会再度面临选择与变革的十字路口,而选择与变革的前提是观念的转变,一种新的哲学便应运而生,那就是生态哲学。

所谓生态哲学,是在对于启蒙理念、工业社会、现代性的反思与批判中渐渐生成的。在当今的思想界,生态哲学领域还没有出现像柏拉图、康德、黑格尔那样的"专业权威大师",却涌现出一大批对生态哲学做出贡献的思想家,如西方的梭罗、西美尔、怀特海、舍勒、荣格、史怀泽、德日进、利奥波德、海德格尔、马尔库塞、贝塔朗菲、佩切伊、卡森、柯布、拉兹洛、罗尔斯顿、格里芬、洛夫洛克等,还有中国的杜亚泉、辜鸿铭、熊十力、张君劢、梁漱溟、方东美,印度的甘地、泰戈尔等。

下边,让我们对照工业时代的主流哲学,将生态哲学的要点简介如下:

一、本体论

工业时代的主流哲学认为:自然界的存在是物质的、客观的、外在于人的、朝着一个方向运动的;自然界本身没有意识、没有意志、没有目的、没有精神,只有人类才拥有这些,因而人是万物之灵。人与自然是对立的,精神与物质是对立的,分别属于主观与客观两个不同范畴。世界的根本存在是二元对立的,矛盾、竞争、斗争是世界存在的绝对律令。自然界必须服从人的支配,服务于人类的福祉。

生态哲学则认为:世界的存在是一个由人、人类社会、自然界组成的有机整体,一个复合的生态系统。只要人类存在,人与自然就是不可分割的。人与其他万物之间具有普遍的联系,互生互存、一损俱损。在这个世界上,人总是生活在自然中的人,人类本身就是自然机体中的一部分;人类社会也只能是建立在一定自然环境中的社会,人与自然之间其实并没有截然的界限。人体内的液态循环(血液、水分)联系着自然界的江河湖海;自然界的大气里也一定含有人类的气息。人类自命高贵,我们的遗传基因组却在96%以上与猴子、黑猩猩是相同的;即使是令人讨厌的苍蝇,也有60%的基因组与我们是相同的。更不要说,构成我们身体的基本化学元素与自然界其他动物、植物、微生物乃至无机物的构成元素是相同的。舍勒为了捍卫人与动物的"亲缘"关系,曾经对他的同代人、我们生态学界十分尊敬的恩斯特·海克尔大发脾气:人根本没有脱离动物世界,人过去是、现在是,并将永远是动物,"是哪种妄自尊大迷住了他的心窍,使他以为自己'发展'到了脱离动物世界,以为自己完全可以以某种方式'回顾'动物世界这个'已被克服的立足点'呢?"舍勒甚至得出这样的结论:"人是动物,是病态的、'迷了路'的动物。"①

　　人与自然互为主体,我们常说自然,比如山水、丛林、原野,是人的环境,人是主体;其实人也是自然界中其他存在物的环境,换一个视角,人类也是山水林木的环境。比如对于生长在马路边的花木,人流、汽车、摩托车、废气、噪音就造成了一种难以忍受又不能不忍受的恶劣环境。迈克尔·波伦(Michael Pollan)在《植物的欲望》一书开头便讲述了"蜜蜂采花蜜、植物利用蜜蜂传授花粉"的例子,以说明"蜜蜂"与"植物的花"互为主体、互利互生的道理。所谓人类中心,只不过是一种"蜜蜂的幻觉"。人类与自然的关系,以及人类中个体与个体之间的关系,从根本上来说,应当是互助互生的,生命的原则是和谐,是爱;而不是仇恨,不是争斗,更不是杀戮。

　　怀特海的有机过程哲学强调:"要在个体有机发展的同时进化出一个有利的环境,最简单的方法之一就是,每一个有机体对环境的影响都应当有利于其

_____

① 参见刘小枫选编:《舍勒选集》(下册),上海三联书店1999年版,第1306页,第1305页。

他同类有机体的持续。"如果一个物种的活动导致环境恶化乃至威胁到其他物种的存在,那其实都是在自杀!①

二、认识论

牛顿-笛卡尔式的认识论是理性主义的,其中包括原子论、本质论、决定论、还原论。

所谓原子论,即把世界视为一架机器,整体上是由许多零部件组成的;大零件由小零件组成,分子由原子组成,原子由更小的微粒组成。认识是一个由局部到整体循序渐进的过程,因此"分析"成为其认识论的主要方法,"逻辑"成为思维的规律。

所谓本质论,即复杂的现象下边隐藏着本质,相对于现象,本质总是共同的、单一的、普适的。由现象到本质是一个由复杂到单一的"简化"过程,其依靠的是"概念—推理—判断"的逻辑思维过程。

所谓决定论,即本质决定现象,一个原因必定产生相应的结果,本质总是唯一的、固有的,世界万物的存在都有一定的规律,找出这个规律,便是科学的使命。

所谓还原论,符合科学的事物总是可以重复印证的(氢气与氧气合成可以生成水,水的分解可以生成氢气与氧气,屡试不爽),即可以还原的。反之,不可还原的事物就不是科学的。

在这种认识论看来,人是富有理性的动物,因此唯有人才可以认识、证实、把握这些法则和定律;科学是衡量真理的唯一尺度,"理性"成了人性的核心内容。因此,这种认识论注定是要以人类为中心的。

这样的认识论是建立在牛顿的实验物理学之上的,在牛顿的世界里("中观世界"),总是有效的;而一旦进入"宏观世界"(太空)、"微观世界"(原子内部),即使在物理学的意义上,也不再适用。时间与空间之间、物质与能量之

---

① [美] 菲利浦·罗斯:《怀特海》,中华书局 2002 年版,第 68 页。

间、物质与暗物质之间的关系比牛顿时代要复杂得多,这已经为爱因斯坦的相对论物理学与玻尔、海森伯们的量子物理学所揭示,传统认识论的"科学神话"已经被打破。

如果说世界在牛顿、笛卡尔的眼光里是一台庞大复杂的建筑或机器;那么,在贝塔朗菲、怀特海这些新一代哲学家的心目中,世界是一个相互关联的系统,一个生生不息运转着的过程,一个生机盎然的复杂的活体。生态哲学的认识论是建立在世界的整体性、有机性、系统性、生成性、复杂性之上的。

整体性:即有机性、系统性、普遍联系性。局部的属性是由整体决定的,一件事情的好坏是由它与其他事物的关系决定的。部分元素的有机整合将会涌现出新的意义;整体并非局部的机械相加,而是局部的有机"整合",整体的意义大于(或小于)局部之和。这与格式塔心理学中的原理相似:每一局部的性质取决于它与整体的关系,局部组成整体的同时就可能"涌现"出一种新质、新的属性、新的创化物。某些解构主义的哲学家否定世界的整体性、有机性,将多元与共生对立起来,并由此消解了"宏大叙事"的合法性基础。这并不符合地球生态系统的实际存在状况,生态哲学永远把整体性、有机性、多元共生视为根基。

生成性:事物体现为一个变化的过程。事物总是处于运动变化的过程之中,总在不停息地湮灭与诞生,升腾的同时也坠落,并不存在固定的本质。有机过程哲学的创始人怀特海认为:世界中的一切都处于变化的过程之中,从原子到星云、从社会到人都是处于不同等级的机体。机体有自己的个性、结构、自我创生能力,过程就是机体内部各个因子之间持续的创造活动。在过程的背后并不存在不变的物质实体,其唯一的持续性就是活动的结构,所以自然界是鲜活的、富有生机的。

复杂性:传统哲学也承认事物的复杂性,但与生态哲学所讲的复杂性不同。复杂性研究是近年来国际学术研究的热门课题,被称为"21世纪的科学"。王耘教授在他的《复杂性生态哲学》一书中讲到:"复杂性理论"是建立在贝塔朗菲一般系统论与普里戈金(Ilya Prigogine)的耗散结构理论基础之上的一种崭新的理论体系。"是一种与经典科学全然不同的理论……复杂性理论不仅对经典科学有着清醒的批判,而且彻底超越了经典科学所秉持的理性逻辑——学者们正在振奋人心地构建一个跨学科的生机勃勃的复杂性系统。""我们笃信,复杂性理论系统将为深层生态哲学的整体论背景提供一种具有实际意义的解释。"①

以往的哲学认为,再复杂的事物最终都有一个解,而且最好的解只有一个。生态哲学认为决定事物性质的不只是因果链,更有关系场。一个原因可能带来许多结果,一个问题的解决可能造成更多问题的发生;事物常常处于不确定之中,"剪不断,理还乱",许多问题有可能"越解越复杂"。生态问题的科技解决尤其如此,就如同俄罗斯童话中的"三头凶龙",斩掉一个头颅后又将生长出三个头颅,可能会制造出更多难以预测的麻烦。

由此看来,生态学的认知渠道,仅仅靠已知概念加以推理不行,更多地要依靠生态模型,理性与感性结合,不但在空间的维度,同时也在时间的维度,对事物的发展变化做跟踪描述,以此来应对事物的复杂性与不确定性。

就认识主体而言,生态哲学与工业时代的世界观也不相同。生态学的认识论并不仅仅以人类为主体;人之外的其他生物,同样具有对于周边环境的认知、判断能力。美国著名动物学家葛兰汀(Temple Grandin)指出,与人类相比,动物在某些方面有着远非人类所及的才能与天赋:飞行中的蝙蝠凭借声呐可以"看到"30英尺之外蚊虫的身影;被唤作"屎壳郎"的蜣螂,能够凭借视网膜对月光偏振的敏感定向、定位,顺利找到回家的路;大象能够运用次声波与振动波与远在60华里之外的家族成员协调行动。② 葛兰汀还说,邻居家的一只老猫在女主人回家之前5分钟,就总是已经守候在门内了。

---

① 王耘:《复杂性生态哲学》,社会科学文献出版社2008年版,第153页。
② 编者注:1英尺=0.304 8米。1华里=500米。

从整体上说，人类的智慧当然远远高于其他生物；但也不要忘记，正因为如此，人类犯下的错误之多、之重，也远远甚于其他生物！

三、价值论

价值是一个含义十分复杂的范畴。在现代启蒙哲学中，"价值"被定义为：现实的人的需要与事物属性之间的一种关系。某种事物或现象具有价值，就是该事物或现象能满足人们的某种需要，成为人们的兴趣、目的所指涉的对象。价值观是指主体对自身及外界事物的价值定位，是人们判断事物有无价值及价值大小、是善还是恶、是美还是丑、是荣耀还是耻辱的标准。任何一个社会在一定的历史发展阶段上，都会形成与其根本制度相适应的、主导全社会思想和行为的价值体系，即社会核心价值体系。

以上关于"价值"的所谓权威性论证在社会上长期流行，并被我们的学术界奉为圭臬。其核心为：人是主体，是尺度，是核心，是目的。只有从人的欲望、需求、意志、利益出发，才有"价值"可言；人类才是价值取向、价值目标、价值尺度的制定者。例如动物园里关于大象的说明牌："大象，目前世界陆地上最大的哺乳动物，长鼻目，象科，喜欢群居。经人类驯养可作为家畜，供骑乘、表演或服劳役。象牙可作名贵雕刻材料，价格昂贵。"这显然是站在人类的价值立场上对大象的解说。在这样的价值观念驱动下，象群遭到大肆滥捕、虐待与杀害，已经濒临物种灭绝。

其实，大象智商很高，记忆力强，性情温顺憨厚，但也嫉恶如仇。大象社会组织性强，每个象群由一位德高望重的老祖母带领。大象的恋爱方式堪称文明，每当繁殖期到来，雌象便开始寻找安静僻静之处，用鼻子挖坑，建筑新房，然后摆上礼品，等候雄象的到来。母象怀孕22个月，每胎一崽，小象跟着母亲吃奶到3岁，14、15岁进入青春期后才独立生活，最长寿的大象能活60到70岁。但在动物园中饲养的大象寿命要比野生大象短得多，许多大象在动物园的铁栅里患上心脏病、抑郁症，死于非命。作为同一星球上的生物，大象或其他动物与我们人类拥有许多相似之处。如果换位思考，让大象把人关进铁栅里供大象们观赏,解说词或许就会这样写:这是一种丑陋的、凶残的、自命不凡又什么都吃的、可怕的两脚动物。看到他们要尽快逃离。如果让老虎来为人类编写解说词,大概还会加上一句:人类的肉比较细嫩,味道鲜美,容易消化!

在生态哲学看来,所谓价值,不仅属于人类,也属于整个生物界、生态系统。一条大河、一片森林、一群藏羚羊,在人类发现它、开发它、利用它之前,难道就没有价值可言?一条大河、一片森林、一片珊瑚礁、一群藏羚羊,甚至包括在人类看来如此卑微的蜂蝶、蝼蚁、细菌,其价值绝不仅仅是由对于人类有用还是无用定义的。它们的存在并不是一定要为人类负责、做出贡献,他们存在的意义在于为整个自然界负责,为整个地球生物圈的健康运作负责,它们的价值存在于整个生物链的平衡演进中。

蜜蜂的价值远不仅仅是为人类提供蜂蜜,而是还要为大地上的植物传授花粉,确保林木、草原的茂盛。珊瑚在地球上已经存在5亿年,绝不是专用来给人们做饰物的,珊瑚礁的存在为海洋中的许多动植物提供了生活环境,维护了海洋的生态平衡。价值,不只属于人类,而是属于整个地球生态系统——包括人类在内的自然界的。应该说:互为主体的、互利互生的生态哲学的价值论较之"自由""民主""人权""法制"等社会性的普世价值,还要更具"普世"意义。

以上,我们对生态哲学的内涵从"本体论""认识论""价值论"三个方面进行了简单的介绍。由于这是一种新的世界观,所以,对其的认识还有待于深化。

1.3 生态批评的知识空间

20世纪50年代,贝塔朗菲提出了一个颇为自负的观点:生物学的世界观正在取代物理学的世界观,"19 世纪的世界观是物理学的世界观",而"生物学对现代世界观的形成作出了根本性的贡献"。① 物理学世界观向着生物学世界观的这一转换甚至还被称作人类文明史上"第二次哥白尼革命"。

最初引发人类生活世界变革的,可能是一套"知识系统"。人类社会的生产能力、经济水平、国家政体、法律条文、教育方针、道德信念、审美趣味全都免不了受到这一知识系统的制约和监控。正如贝塔朗菲在谈到"物理学的世界观"时所说:"承认生物是机器,承认由技术统治现代世界以及人类的机械化,这只不过是物理学机械论概念的扩充和实际运用。"②

迄今为止,人类文明史上已经出现过的,大体有这样三种知识系统:神学知识系统、物理学知识系统、生物学知识系统。贝塔朗菲对于它们的哲学概括分别是:"活力论""机械论""整体论"。

在对于人、自然以及二者关系的解释上,三种知识系统得出的结论显然各不相同。

在神学知识系统看来,人和自然万物都是神的造物,神把一种灵气吹进人体或物体之中,于是"万物有灵",人和物便具有了生命。神是超验的,是君临于人与自然万物之上的一种统摄性的存在。日月运行、季节转换、朝代更迭、生老病死全都是由于神的指令或暗示。天地万物统归神的主宰,神的意志就是天命,同时又是自然。天命不可违,对于天命的敬畏、信奉和景仰,对于自然的亲和与顺应,是人类社会安定幸福的保障。在这一知识系统中,人们凭借自己的"心灵"和"精神"感受、领悟知识的真实与否,"信则灵","信仰"成了知识有效性的前提。

在物理学知识系统中,人和自然在本质上都不过是一种物质和能量,一种按照一定法则和定律运转的装置或器械。这些法则和定律就是"物之理",对

① [奥] 路德维希·冯·贝塔朗菲:《生命问题:现代生物学思想评价》,商务印书馆 1999 年版,第 1 页。
② 同上,第 206 页。

于这些法则定律的计算与测试、归纳和论证就是"科学"。人是富有理性的动物，唯有人可以认识、证实、把握、掌控这些法则和定律，首先是自然界的法则和定律，并进而利用其征服、操纵自然为人类造福。在这一知识系统中，即使是活生生的人，也必须符合并服从严格的科学定律。知识与价值无关，知识的客观性是科学的唯一保证。"科学"就是实证，经验的实证或逻辑的实证，科学成了判定知识真伪的法官；"理性"成了获取知识，同时也创造福利的工具，甚至成了人性的全部内容。

看似超然于世的文学理论、文学批评，其实也很难超出一个时代的"知识系统"的规约和限定；更多的情况下倒是自觉不自觉地趋附、投合所处时代的知识系统，以便为自己的理论批评成果寻求一个稳定、牢靠的基础，争取更为广泛的社会效应。同时，文学批评自身也就成为飘浮在那一知识系统上空的一只象征性的风筝。

公元 220 年至 589 年，即中国的魏晋南北朝时期，这在中国是一个"神学"空前繁荣的时期，道教、佛教、玄学、禅宗不但成为上层社会与知识界的日常功课，而且在普通民众中也获得了广泛的普及。云冈石窟、龙门石窟这些大型佛教圣地都始建于这一时期；"南朝四百八十寺"，说的也是这一时期。

正是在这一时期，曹丕的《文论》、陆机的《文赋》、刘勰的《文心雕龙》、司空图的《诗品》异峰突起，分别在"主体论""创作论""鉴赏论""文学总论"诸领域树起丰碑，将中国的古典文学理论推向鼎盛，这绝非出于偶然。以刘勰为例：他推重儒学、谙熟老庄，其实还是大半个"和尚"；青年时代曾"依沙门僧佑"，长期栖居寺院，抄撰编订了《三藏记》《法苑记》《释迦谱》《弘明集》等大量佛教经藏，去世之前乃"燔鬓变服"，正式剃度，皈依佛门，取法名慧地。"玄佛并用、儒佛合一、三教同流"最终使他成就了中国文论史上一部辉煌巨著。

中国古代文学理论在观念方面的特点为：重无轻有、重神轻形、重内轻外、重意轻言、重直觉轻思辨、重自然轻人工、重虚静轻功利，这些显然是为中国那一时代的知识系统所规定的。当时一批中国古代文学理论家认为，文学艺术与天地人心、自然万物全都是"道"的衍化物，并被统摄在"道"的运行轨迹中。"道可道，非常道"，"道之为物，唯恍唯惚"，中国古代知识系统中的这个"道"其实是不适宜言说解析的。作为一个"涵盖万有而又空无一有"的绝对存在，"道"就是"天"，就是"神"，它只能被信仰、被感悟，而不需要被解释、被实证。正是在这样一个知识系统中，才孕育出神理、神思、神趣、神韵、神游、神遇、神品、神化这些"神"字号的文学理论用语；也正是在这样一个知识系统内，才诞生了"大音希声、大象希形""得意忘象、得象忘言""物外传心，空中造色""行神如空、行气如虹""羚羊挂角、无迹可求""但见性情，不见文字""不著一字，尽得风流"这样独异的文学理论；而也只有在中国古代的"神学知识系统"内，这些貌似怪诞诡谲的文学理论才可以是被领会的。

在物理学世界观占据统治地位的现代西方国家，文学理论及批评早已彻底抛弃了对于一切不能把握、不能言说的事物的迷恋，而表现出对于理性、科学、分析、实证乃至方法、技术的偏爱，从而在文学艺术领域落实了物理学的知识原则。"20世纪各种文论派别，都在试图把文学之外的学科规范和方法论引入文学理论，'科学化'看来是20世纪文论的一般性趋势。"①在20世纪上半期近50年的时间里，俄国的"形式主义批评"及英美文学界的"语义学批评""新批评""结构主义批评"将这一倾向推向了极致。

形式主义批评的创始人罗曼·雅各布森（Roman Jakobson）的目的是建立一门"独立的文学科学""真正的科学"，并且把"手法""技巧"看作这门"科学"的核心；艾弗·瑞恰兹（Ivor A. Richards）把文学的语义学批评称作"应用科学"；新批评的主将勒内·韦勒克（Rene Wellek）视文学理论为"工具论"。鲍里斯·艾亨鲍姆（Boris Eikhenbaum）表白得更为坦率："我们决心以对待事实的客观的科学方法，来反对象征主义的主观主义的美学原理。由此产生了

---

① 赵毅衡：《新批评：一种独特的形式主义文论》，中国社会科学出版社1986年版，第116页。

形式主义所特有的实证主义的新热情;哲学和美学的臆想被抛弃了。"①到了结构主义那里,不但"哲学和美学的臆想"被抛弃了,自然万物、人类历史、作家心灵、社会生活、创作意图、文学题材全都被排除在文学之外,文学的图景与物理学家设想的原子内部结构的图景相似,成了一具纯粹的、透明的架构。

20世纪60年代的中国文学界注定还做不出这种类似原子结构的文学解释,但却曾经流行一种所谓"三结合"的文学创作方法,即"领导出思想,群众出生活,作家出技巧",把文学创作看作一个类似拼装工业产品的流水作业过程。这种看似低劣的文学创作方法,其实正是与中国低下的工业生产方式相一致的,同样以西方现代知识系统为背景,是同一种机械论世界观的产物,与中国的传统文学理论毫不相干。就在那时,法国的一位名叫皮埃尔·马歇里(Pierre Macherey)的文学理论家也曾出版过一本《文学生产的理论》,认为文学生产也像工业生产一样,作家只不过是把早已存在的社会生活、思想意识、文学体裁、语言符号加工安装成为最终的产品,就像机械工人把金属材料经过切削、焊接、磨光制造成各种零件并把它安装成一架飞机一样。这种露骨的"机械论"文学批评理论似乎不值一提,然而,一位西方学者却深刻地指出:马歇里的文学生产理论与俄国形式主义者把作家看成是运用技巧进行写作的艺人,与结构主义者巴尔特强调借用代码生产作品的思路是一致的。②

在现代物理学看来,神学的那些"知识"根本就算不得知识,那只不过是"迷信",说得好听一点也只能算是"信仰"。在人类文明史上,物理学的知识系统是在与神学知识系统的生死搏斗中确立的,一些物理学家甚至还为此牺牲了生命。一般的历史书中都把物理学对于神学的胜利看作科学对于无知的战胜、理性对于蒙昧的战胜,看作人类社会的进步。从那时起,随着科学技术的节节胜利,随着神学知识系统的土崩瓦解,对于某种超验的东西的"信仰",

---

① 赵毅衡:《新批评:一种独特的形式主义文论》,中国社会科学出版社1986年版,第115页。
② 同上,第115页,第183页。

已在现代人的精神生活中淡化乃至完全消解了。在人类的知识系统由"神学"转向"物理学"时,人们收获的是知识以及由知识带来的力量;失去的是精神上的虔诚、敬畏和信仰。回顾20世纪历经的第一、第二次世界大战以及核战争的威胁、生存环境的恶化,人们才渐渐发现,这个似乎无往不胜的知识体系存在着太多的漏隙和空洞。

那些"物理学化"的文学理论对于自然、人心、文学现象是否也同样留下了太多的漏隙和空洞呢?

按照贝塔朗菲的说法:物理学的世界观已经成为即将翻过去的一页,"生物学世界观是随着生物学在科学等级体系中占据中心地位而诞生的",在研究现代理智生命的生物学具有更为深刻的含义。今天,所有的学科都牵涉"整体""组织"或"格式塔"这些概念表征的问题,而这些概念在生物学领域中都有它们的根基。"从这个意义上说,生物学对现代世界观的形成做出了根本性的贡献。"①

生物学的知识系统是在20世纪中期逐渐形成并渐渐完善起来的。生物学知识系统日趋成熟表现在两个方面:一方面是对于有机分子、病毒、细胞原生质、遗传基因、生命的自组织、生物的超个体组织、机体行为的历史性、生物群落、生态系统、生物圈的动态平衡等一系列生物现象做出了科学的解释和验证。另一方面是这些生物学的原理开始被广泛地应用到生理学、解剖学、胚胎学、遗传学、生物物理学、生物化学以及医学、农学、林学、仿生学、航天学等各个领域;同时,生物学已经开始在心理学、经济学、社会学、政治学以及人类的精神活动领域施加自己的影响,甚至导致了一些基本的哲学概念的产生。生物学开始在人类社会生活中占据中心地位。

但是,生物学真正成为一种独立的世界观,关键之处还在于它对牛顿物理学知识系统的超越。开始的时候,生物学还只能依赖物理学中力学、声学、光

---

① [奥]路德维希·冯·贝塔朗菲:《生命问题:现代生物学思想评价》,商务印书馆1999年版,第1页。

学、电学、热学、磁学的原理来解释生命现象。现在,在物理学的知识系统之外,生物学发现了完全属于自己的真正的问题,拥有了自己的独特的领域。这些问题领域包括:生物有机体或生态系统的目的性、选择性、自组织性、自调适性、动态的整体相关性。面对这些问题,物理学机械论的世界观受到严重挑战:原先所谓的"客观世界"突然拥有了自己的"目的性"和"主动性";原先所谓的铁定的"科学定律"在一个生物系统内几乎变成了"自由的选择";原先所谓的纯粹的结构在一个生物有机体那里其实也是有历史、有意志,甚至拥有自己的"评价能力"的;原先所谓的主、客体的对立其实是一个系统内的相依相存;原先所谓的科学领域的"可逆性""重复性"在生物学领域几乎完全成了"一个独特的事件""一次性的创造"。传统物理学中实证的、数量化的方法在新的生物学、生态学面前不再总是有效的。

于是,"有机性"进入了现代物理学,"原子变成一个有机体"(贝塔朗菲,1952);"精神"进入了生物学,"精神比病毒更像生物存在"(莫兰,1974);"人的良心"进入了生态系统,"人性,包括人的意识和良心,正如人的肉体一样,也是存在于生物圈中的"(汤因比,1996)[①]。地球,这个在茫茫太空中运行的天体,似乎一下子变成了一个拥有自己独立生命的"活物",就像一个"巨大的单个细胞"(刘易斯·托马斯,1992)。法国当代著名生物学家埃德加·莫兰(Edgar Morin)在他的《迷失的范式》一书卷首题词中写道:"一切都促使我结束关于一个非人类的自然和一个非自然的人类的观点。"[②]人与天地自然的界限完全被拆除了,正如罗尔斯顿指出的,"地球上的大气汇流应当包括人类的呼吸,人类的循环系统应当包括地球上的江河湖海"。[③]

可以作为案例的,便是生态学界提出的"盖娅假说"(Gaia hypothesis):地球是一个整体的、复杂的系统,具有类似于生物性的本体感受系统,地球孕育

---

① [英]汤因比:《人类与大地母亲》,上海人民出版社 2001 年版,第 6 页。
② [法]埃德加·莫兰:《迷失的范式:人性研究》,北京大学出版社 1999 年版,第 1 页。
③ [美]霍尔姆斯·罗尔斯顿:《环境伦理学的类型》,见《哲学译丛》1999 年第 4 期。

了大地上的一切生命,而地球当下的生态状况又是靠地球上所有的生命之物——动物、植物、微生物,包括人类一起来维护的。虽然不能说"地球就是一个生物",但是,从生物学的知识原则看,"地球有一个能够承受复杂的生理过程的身体"。①

如此一来,是否意味着曾经被物理学击败的"活力论""万物有灵论"又死灰复燃、反攻倒算了呢?

问题决非如此简单。在贝塔朗菲看来,物理学的"机械论"和神学的"活力论"都没有能够恰当地解释世界。"机械论用预先建造的机器的模式解释有机体中过程的有序性","活力论则乞求超自然的力量",两种观点都不足取。他认为,"与这两种观点相对照,还有第三种可能",即一种崭新的、超越了这两种观点的世界观,那就是"生物学的整体有机论"。

20世纪50年代以后,生态学的迅速发展使新的生物学原则进一步在人类社会生活的各个领域发生效用,生态学已经逸出原先的"科学"的藩篱,在人文领域生根开花。作为人类文明史第三阶段形成的"生物学知识系统"已经超越了先前的"物理学知识系统",即贝塔朗菲所说的,"生物规律比物理规律更具有普遍性"。② 那么,我们难道还应当继续使用物理学的科学定则来规约生物学、生态学的知识系统吗?

作为一位20世纪的生物学家,贝塔朗菲希望对已经成为"世界观"的生物学知识系统仍然作出严格的、"科学"意义上的解释,但是他没有成功。他说"目前还没有例子能够实际地证明从生物规律中推导出物理规律(以及从心理规律中推导出生物规律)的'简化演绎'的程序",他于是不得不承认:"整体论是一种思辩哲学"。③

跨越了20世纪的生物学家埃德加·莫兰则认为应当建立一门"新科学",

① 参见[美]林恩·马古利斯:《生物共生的行星:进化的新景观》第8章,上海科技出版社1999年版。
② [奥]路德维希·冯·贝塔朗菲:《生命问题:现代生物学思想评价》,商务印书馆1999年版,第202页。
③ 同上。

即"人与大自然的普遍科学"，这门科学应当包容文化领域与精神领域的问题，以及宗教、伦理、形而上学方面的问题，把"世界、生命、人类、认识、行动"当作一个"充满活力"的"开放系统"。① 这样的"科学"如果存在的话，距离物理学家们认可的"科学"恐怕已经十万八千里了！

"严格的科学"对于人类来说并不总是友好的。如果按照严格的"科学"说法，人类根本不是生命的中心，甚至也不靠近生命的中心，它只是地球上那个庞大的生命整体中一个迅速滋生起来的部分，就像人体上长出的肿瘤一样，已经对地球生命之网带来了巨大威胁。地球生命系统中完全可以没有人类，但却不能少了细菌。假如地球上没有了人类，地球生态系统反倒会更加和谐。由此看来，生态伦理学中的"非人类中心主义"恰恰是站在"科学立场"上的。反过来讲，也正是由于这个绝对的"科学立场"，非人类中心的伦理学在人类社会中又是不合逻辑、难以实践的，它的真诚的论证、热烈的呼吁在一些严肃的学者看来，只不过是一种先验的"信念"，乃至"意识形态""宣传策略"。面临这种局面，我们需要磋商：是继续把人的憧憬和目的、愿望和信念排除在我们的理论体系之外，还是将它们纳入新的知识谱系中来？

生物学家、诺贝尔奖得主雅克·莫诺在讨论"知识的客观性"时指出："知识来源于对原始价值的伦理选择"，"知识的伦理学……同时也是一种坚定的理想主义"，甚至"是一个乌托邦"。照此推论，一切知识的起源都离不开人的最初的信仰，这种信仰不是"天意"而是人的目的、人的祈盼，是人类做出抉择的前提。在一个现代生物学家那里，知识与信仰之间的界面开始渗透起来。②

一个既超越了活力论，又超越了机械论，同时又整合了这两个知识系统的新的知识形态，有无可能最终将知识与价值、理性和情绪、实证和信仰、科学与神话、实体与灵魂这样一些水火不容的界面整合在一起呢？ 现在回答还为时

---

① 参见[法]埃德加·莫兰：《迷失的范式：人性研究》第 6 章，北京大学出版社 1999 年版。

② 参见[法]雅克·莫诺：《偶然性和必然性：略论现代生物学的自然哲学》，上海人民出版社 1977 年版，第 132—135 页。

过早,正如埃德加·莫兰所说:我们还只处于认识的或意识的开端。这种极端之间的整合,似乎中国古代老子的哲学与印度古代神话"湿婆"的传说中曾经隐约暗示过,不过只是一种原始质朴的表露,在新的世纪里,后来的人类也许会做得更好。

整体论更容易接纳神话和诗歌,"盖娅假说"这一著名的生态学理论,恰恰就是由于文学家威廉·戈尔丁向生物学家洛夫洛克介绍了古代希腊女神盖娅的故事而隆重诞生的,这是文学家配合生物学家利用神话题材完成的一次成功的"捏造"。人类文明史中的"第三代"知识系统,将对包括神话、诗歌在内的文学艺术表现出更多的善意。一些著名生物学家那里已经传递出许多这样的信息。埃德加·莫兰认为在"大自然的普遍科学"中,人类不能只有"技术的面孔""理性的面孔","应该在人类的面孔上也看到神话、节庆、舞蹈、歌唱、痴迷、爱情、死亡、放纵……"[①]雅克·莫诺甚至还赞美了"万物有灵论"对人类的精神创造做出的贡献:"原始的万物有灵论提出这种十分直率、坦白和严谨的假设,使自然界充满了一些令人感到亲切的或可畏的神话和神话人物,几个世纪以来,这些神话也哺育了美术和诗歌。"[②]

面对这样的一个生态学时代,相应于已经渐渐成型的"生物学知识系统",我们的文学批评、文学理论是否也应当改变一下自己的学科形态了呢?

变化已经开始。

20 世纪 70 年代陆续登场的"女性批评""后殖民批评",尤其是随后跟上的"生态批评"就是显著的征兆。文学研究的兴趣已由解读,即集中研究语言本身及其性质的能力,转移到各种形式的阐释学解释上,即关注语言同上帝、自然、社会、历史等被看作是语言之外的事物的关系。[③] 这次文学理论的"转

---

① [法] 埃德加·莫兰:《迷失的范式:人性研究》,北京大学出版社 1999 年版,第 180 页。
② [法] 雅克·莫诺:《偶然性和必然性:略论现代生物学的自然哲学》,上海人民出版社 1977 年版,第 22 页。
③ [美] 拉尔夫·科恩编:《文学理论的末来》,中国社会科学出版社 1993 年版,第 121 页。

移"，应是一次基于"人类文明知识系统"大转移之上的文学批评的"时代性转移"。如果这样的转移真的已经开始，那么，人们甚至还可以期待，这次转移将为人类历史悠久的文学艺术提供一次"重建宏大叙事，再造深度模式"的机遇。

1.4　后现代是生态时代

20 世纪 60 年代，丹尼尔·贝尔（Daniel Bell）首先提出了"后工业社会"的概念，从而向人们昭示了在工业社会高速发展 300 年后，已经有一个异样的社会形态出现。

贝尔的这一见解立即在世界范围内引起强烈反响。从那时到现在，将近半个世纪过去了，所谓"后工业社会"已经在现实中表明了它的真实不虚的存在。然而，在理论界，关于"后工业社会"的争论至今仍在持续。

"后工业社会"问题事关现下各阶层的切身利益，事关人类社会的发展趋向，事关地球今后的命运，可以说是一个超级巨大的"问题团块"。因此，在国际学术界形成了各执一端、相持不下的局面。仅仅是对这个社会的命名就有数十种之多，如："后工业社会""后资本主义社会""后传统社会""后基督教社会""后市场社会""后消费社会""后福利社会""后匮乏社会""后意识形态社会""超工业社会""电子技术社会""信息社会""知识价值社会""非物质化社会"，等等。总之，相对于已经持续发展 300 多年的"现代社会"而言，人们已经迎来一个前所不同的时代——"后现代社会"（Postmodern Society）。

文学艺术不能不面对这一现实。也许，文学艺术倒是更早一些地就感觉到了这个社会来临的征兆，像建筑艺术中的后现代主义的出现甚至比贝尔的"后工业社会"的提法还要更早一些。

面对如此名目繁多的"后现代"，起码目前还没有办法将它们归纳为一个确定的概念，也还不能将它们统一成一个单整的理论体系；而这种"多元性"与

"未定性"也许正是不同的后现代理论的一个共同的特点。

众多的后现代理论面对的却是同一个基本的社会现实：由于科学技术的进一步发展，由于电子、激光、集成电路、互联网、生物工程以及包括大众传媒在内的新的信息处理、信息传递、信息复制技术的迅速普及，社会的经济生产方式已经发生了由物质产品向知识产品的转换，产业结构已经发生了由工农业向第三产业的转换，由此进一步引发了社会各阶层利益的重新组合，引发了世界范围内国家职能的重新调整，引发了人们价值观念、伦理观念、消费方式、行为模式的巨大改变。同时，现代社会的高速发展在一个不长时间里给人们带来的巨大的、始料不及的生态灾难，也在逼迫人们对现代社会的原则与范式进行反思，加以清理，做出补救。鉴于这些巨大变化，"后学"理论家们一致认为：一个新的社会阶段到来了。

不同的是理论家们对待这一新的社会阶段的态度与评价。

一种意见认为，后现代社会的出现是人类以往的历史发展、演进的必然结果，其势无可阻拦。科学技术已经成为一种独立推动世界运转的力量，不管人们是否情愿，这个社会都将一往无前地发展下去。

持这种观点的学者当中又有两种截然不同的态度。

一种是乐观派，代表人物可推德国哲学家哈贝马斯（Jürgen Habermas）。这位早年曾寄身法兰克福学派的人物，后来却完全放弃了社会批判的武器，变成一个现代社会的积极的拥戴者，向工业社会表现出恭顺的姿态。在他那里，"先进的科学技术"取代"阶级斗争"成了推动社会进步、集体富裕的力量源泉，成了一个社会合理、合法存在的基础。他当然也看到了"工具理性"给人类生活带来的种种弊端，但他认为这些都可以通过"公共生活空间"的不断扩大，通过人和人、国和国、民族和民族之间的"理性的交往"加以解决。资本主义社会正在通过科学技术的进步和一个明智的官僚体系对于经济行为的有效控制，逐步使自己走向完美、完善。

一种是悲观派，或曰怀疑派，法国的利奥塔（Jean-Francois Lyotard）是一个代表。在他看来,工业社会持续发展到今天,"把发展称为进步已不再可能了"。"发展",已经发展出太多事与愿违的东西。新技术,包括最新的信息技术、太空技术在内,"把人类带到了远离大地的太空,而人类生存的大地却被压缩为宇宙的零点"。技术革新以一种"性恶论"为基础,进入了无限发展的角逐中。这种角逐甚至也已经侵入了文学艺术领域,艺术创作变成了艺术制作,市场的冲动取代了创作的冲动,公共空间被转化为文化商品市场,人文话语的合法性遭遇空前的危机。

利奥塔认为,面对这个所谓的后现代社会唱一曲怀乡的恋歌,那只不过是无济于事的病态呻吟;而蓄意奉承的"随波逐流"更是令人不齿的堕落沉沦。拯救几乎是无望的。利奥塔倾向于把人类在这条道路上的毁灭性进军看作是地球上从一开始就存在着的"熵"的表现形式;甚至,在地球毁灭之际,在人类"大逃亡的飞船上掌舵的仍将是熵"![1]

尽管这样,在利奥塔看来无望的拯救仍然是必要的,这正是人的精神之所在。拯救的努力表现为对理性迷信、科学迷信、进步迷信的矫正和清理,对那个从柏拉图以来建造的庞大而牢固的"元叙事"的怀疑和批判。批判,是一种没有固定目的的持续"重写","重写现代性"就是对现代社会进行解构重组。即使人类终究难免一死,也要在死亡降临之前活得更富有精神和人性。

另一种意见认为,社会发展并没有太多的外在的决定性的必然规律,"现代社会""后现代社会"都是人类自己选择的结果。既然如此,那么人就有重新选择的权利和能力。如何选择,还靠人类自己。现代工业社会发展到所谓的"后工业""后现代"阶段,已经在自然生态环境、文化历史传统、人的精神生活诸方面暴露了太多的问题,人类社会不能再"照直前进",工业社会之后的那个理想社会不应该是工业社会的延续发展,那应该是一个超越了现状的新社会、新时代。历史已经到了该"转弯"的时刻了。

---

[1] [法]利奥塔:《后现代性与公正游戏:利奥塔访谈书信录》,上海人民出版社 1997 年版,第 232 页。

持这种意见的学者中,由于各自视野的不同,又可划分为两类。

一类侧重于从政治、文化的角度解析后现代社会的矛盾,并试图以政治、文化的制衡作用,来消解商品与技术给社会带来的危机。

贝尔就是这类人的一个代表。他认为,后工业社会的主要病灶是资本主义的经济与其政治、文化之间的脱节与断裂,以及经济技术体制对政治、文化的排挤和挟制。为此,他提出了"公众家庭"的设想:财政向社会公开,哲学面向大众,宗教回归圣灵。经济上借鉴社会主义,政治上保障自由主义,文化上发扬传统主义、保守主义。在贝尔看来,"唯有如此,资本主义社会才能恢复它赖以生存发展的道德正当性和文化连续性。反之,古代文明由苦行到奢华,由强悍团结到纷争内乱的覆灭之路必将为当代西方人重蹈。"[1]

詹姆逊(Fredric Jameson,又译詹明信、杰姆逊)与贝尔的政治立场截然相反,在他看来贝尔是一个"反动分子",是马克思主义的敌人;但他们的学术视野却十分接近,詹姆逊与贝尔一样也把对后现代的考察主要地放在政治、经济、文化的视域之内。

詹姆逊是在西方当代仍旧坚持马克思主义,高举社会批判旗帜且富有学术成就的少数学者之一。他认为所谓"后现代"只不过是资本主义社会发展的第三阶段——"跨国资本主义"(或曰"多国化的资本主义"),这是一个就形式而言"比以前任何一个阶段都要纯粹的资本主义"。前两个阶段分别是"国家资本主义""垄断资本主义",与其相对应的文化范式是"现实主义""现代主义",其行为模式是"重建规范""消除规范"。而与"跨国资本主义"阶段相对应的文化范式是"后现代主义",行为模式则是"精神分裂",自我完全零星化了,完全失去了在时间中的连续性,失去了历史和意义。在詹姆逊看来,被称作"后现代"的晚期资本主义的文化逻辑,是资本主义在全球范围内,以及在自然和人心中最后一次也是最彻底的一次"侵袭"。詹姆逊把抗击侵袭的一线希

---

[1] [美]丹尼尔·贝尔:《资本主义文化矛盾》,生活·读书·新知三联书店 1992 年版,第18—19 页。

望寄托在第三世界,即欠发达国家的觉醒上,希望通过第三世界文化的介入,打破第一世界文化的霸权,改变这个世界的格局。

另一类学者侧重从"生态"和"精神"领域考察工业社会给地球和人类带来的灾难,并希望通过人们自觉的选择,在"现代社会"之后建立起一个明智的、灵活的、既有利于自然生态养护又有利于人类全面发展的世界新秩序。小约翰·柯布、拉兹洛和格里芬是这一类后现代学者的代表人物。

小约翰·柯布,美国国家人文科学院院士、中美后现代发展研究院创院院长,过程哲学家、生态经济学家、后现代思想家。他是怀特海的再传弟子,成功地将怀特海的有机过程哲学引进当代生态运动。他和他的学生格里芬提出"建设性后现代主义"的观念,针对现代社会中的二元论、机械论、功利主义、科学主义、个人主义、男性中心主义进行了反思,并提出了自己的后现代世界观:强调人与自然是一个有机的整体,强调内在关系的重要性;强调发挥人的创造性思维;反对男权主义,倡导政治生活女性化;强调历史的连续性和统一性,提倡立足现在、总结过去、面向未来的时间观。不同于罗蒂(Richard Rorty)、德里达、利奥塔、福柯等人对现代社会的"解构",他们更关注一个新时代的建造,因此把自己的后现代主张称作"建设性后现代"。

格里芬认定后现代思想的核心是生态精神:"后现代思想是彻底的生态主义的,它为生态学运动所倡导的持久的见识提供了哲学和意识形态方面的根据。事实上,如果这种见识成了我们新文化范式的基础,后世公民将会成长为具有生态意识的人,在这种意识中,一切事物的价值都将得到尊重,一切事物的相互关系都将受到重视。"①他特别看重"精神"力量,以及"终极意义"和"绝对价值"在重建现代社会中的作用。他认为后现代性应当朝向一种"真正的精神的回归"。这一"回归运动"可能会吸收"前现代精神"的某些成分,但决非复旧;它也会保留并发扬现代社会的许多遗产,但从根本上它将扬弃这个

---

① 〔美〕格里芬编:《后现代精神》,中央编译出版社 1998 年版,第 227 页。

社会,"不再让人类从属于机器,不再让社会的、道德的、审美的、生态的考虑从属于经济利益",这个时代尤其要"把对人的福祉的特别关注与生态的考虑融为一体"。①

中美后现代发展研究院执行院长、旅美学者王治河博士是格里芬的学生,建设性后现代主义至此已经形成师承有序、享有盛誉的克莱蒙特(Claremont)学派。王治河指出,建设性后现代主义的重要贡献是促使人们重新省察人与自然的关系、人与人的关系。在人与自然的关系上,要摈弃现代机械世界观,倡导有机整体观,不仅要实现由"征服自然"向"保护自然"的转变,而且要实现由"我保护自然"向"自然保护我"的转变,从而培养人对自然母亲的敬畏与爱戴之情。在人与人的关系上,摈弃激进的个人主义,主张通过倡导"主体间性"(intersubjectivity)和"关系中的自我"(self-in-relation)来消除人我之间的对立,以及按照"伙伴关系原则"重建男人与女人的关系。他特别指出:建设性后现代主义本然具备"生态取向",倡导生态自由。生态自由涵盖宇宙间其他生命的自由,这是后现代自由观与现代自由观的另一重大分水岭。"所谓生态自由是一种'天人合一'的自由。它不仅关心人类的自由,而且关心地球上一切生命的自由,并且强调这两种自由之间的密不可分性。"②

拉兹洛曾多次指出,目前我们面对的这个时代是一个大转变的时代,一个过渡的时代,也是一个杂乱无章的时代,"在任何一个人的一生中,生存的模式很少发生现在这样重大的变化"。同时,他又坚定不移地预言:度过这个时期,"人类可以指望进入一个更具有承受力和更公正的时代。那时,人类生态学将起关键的作用",可以遇见的即将来临的时代是一个"人类生态学的时代"。③ 拉兹洛似乎有些过于乐观,他曾把"中国的一句带有神秘意味的古语"——"愿尔等躬逢盛世",作为他的《决定命运的选择》一书的引言。在他

---

① [美] 格里芬:《后现代精神》,中央编译出版社 1998 年版,第 3 页,第 23 页。
② 王治河、樊美筠:《第二次启蒙》,北京大学出版社 2011 年版,第 345 页。
③ [美] 拉兹洛:《即将来临的人类生态学时代》,载《国外社会科学》1985 年第 10 期。

看来,在工业时代之后的这个"生态学时代"里,人们对权力和财富的贪欲将受到抑制,人类对地球造成的压力将由此得到缓解,审美的、象征性的价值将重新引起社会的普遍重视,生活的质量和品位也将由此得以提高,这样的"后现代社会"应该是一个"人间盛世"。

以上我们分析了西方学术界关于"后现代"的几类不同的理论主张,现在是否可以从中得出一个"后现代"的准确概念了呢?似乎仍然很困难。

作为"始作俑者"的丹尼尔·贝尔自己也早已表达了对这一"后学"的困惑。他说:

> 过去的"伟大的"文字修饰语是"超"(super)字,如超悲剧、超文化、超社会,等等;今天社会学的修饰语已变成"后"字,在宗教方面有后清教徒式、后新教徒式和后基督式,在意识形态方面有后意识形态,在文化方面有后文学文化,在社会方面有后传统社会,在历史方面有后历史人类。
>
> 在社会发展的问题上使用"后"字,是由于对先进工业社会的未来感到迷惘,是由于一种"无可奈何花落去"的时代终了感,使用"后"字,正是这种踏步不前的感觉和生活在空白间歇期的感觉的表现,其目的在于说明人们正在进入的一种过渡性的时代。①

这些话自然是坦诚之议。

尽管如此,在这个新旧世纪之交探索"生态问题""精神问题"乃至"生态文艺学问题",显然回避不了"后现代"这一话语环境。我们虽然不能为"后现代"下达一个确切的定义,但仍然不能不"认领"一个我们自己倾心的"后现代"。如果非要"选边站",我们倒是愿意站在拉兹洛、小约翰·柯布们的一

---

① 转引自秦麟征:《后工业社会理论和信息社会》,辽宁人民出版社 1986 年版,第 56 页。

边：后现代是生态学时代。

需要特别说明的是，利奥塔一再声明"后现代"的"后"并不具备时间的序位，后现代主义不过是现代主义的组成部分，"后现代总是隐含在现代里，因为现代性，现代的暂时性，自身包含着一种超越自身，进入一种不同于自身的冲动"。他还说："和现代性正相反的不是后现代，而是古典时代。"①利奥塔如此强调，与他自己的研究策略相关。但我们这本书中所讲的"后现代"无疑是具备时间序位的：现代社会之前是"前现代""前工业时代"，即利奥塔所说的"古典时代"；而生态时代作为"后现代"，注定是一个位于现代社会之后、与现代社会的理念根本不同的新社会。

1.5　重建乌托邦

法国哲学家利奥塔的《后现代状态》在1979年出版，使他名噪一时，获得国际性的声望。书中最常被人引用的句子是将后现代描述为"对元叙事的怀疑"，正如他本人在书中所言："简化到极致，我把后现代定义为对元叙事的怀疑。"利奥塔把对"现代性"的反思、质疑、批判概括为对"元叙事"的怀疑，确是一条便捷、通达的路径。这里的"元叙事"又被称为"宏大叙事"，而现代社会得以建立的根基乃是西方文化传统中的宏大叙事——"乌托邦思想"。也就是从这时起，在现代思想史上曾经辉煌灿烂的乌托邦城堡，突然面临"墙倒众人推"的预势，批判、锤击乌托邦，成了中外学术界的兴奋点。

西方的乌托邦思想传统可以追溯到古希腊时期柏拉图的《理想国》，其关于社会制度的设计与国家的管理手段已经孕育着现代社会的雏形。到了文艺复兴时期，英国大法官托马斯·莫尔的《乌托邦》已经为民主社会体制

---

① ［法］利奥塔：《后现代性与公正游戏：利奥塔访谈书信录》，上海人民出版社1997年版，第154页。

绘制出一幅清晰的蓝图。稍后,培根的乌托邦杰作《新大西岛》则为这幅未来社会的蓝图标示了以科学技术为主导的发展方向,人们将利用科技手段开发自然、创造财富,过上越来越富裕的生活。接踵而来的是康帕内拉(Tommaso Campanella)的《太阳城》、哈林顿(James Harrington)的《大洋国》、圣西门(Henri de Saint-Simon)的"新工业体系"、欧文(Robert Owen)的"新和谐公社"、傅立叶(Charles Fourier)的实验社区"法郎吉",他们全都为推动工业社会的进展做出了各种尝试。19世纪前后的欧洲还曾涌现三位乌托邦史中的"圣斗士":巴贝夫(Francois N. Babeyf)、卡贝(Etienne Cabet)、魏特林(Wilhelm C. Weitling),他们试图凭借革命斗争推翻现有制度,把想象中的天堂搬到人间,他们的愿望最后在列宁、斯大林的"苏维埃"那里得以实现。

早先那些乌托邦设计者的初心无须怀疑,不少人为自己的理想受苦受难甚至献出生命:圣西门为此经济破产,疾病缠身,妻离子散;魏特林多次被捕,披枷游街,客死他乡;巴贝夫在35岁时被送上断头台。声望最高的乌托邦大师莫尔竟被英国王室肢解后将脑袋切下来挂在伦敦桥头,四肢分别钉在四座城门上,惨烈不逊于当年耶稣在十字架上受难。然而,他们那些号称"最完美设计"的乌托邦的五彩云霞,一旦飘落在地,竟化作一片污泥浊水!

美妙无比的乌托邦变成危机四伏的社会现实,乌托邦在历史的演进中逐渐走向反面。进入20世纪以来,一个新名词诞生了——Dystopia,即负面的、恶劣的、令人绝望的乌托邦,简称"反乌托邦"。对"反乌托邦"做出生动描述的是四位文学家的四部经典小说:扎米亚京(Yevgeny I. Zamyatin)的《我们》、奥威尔(George Orwell)的《1984》、赫胥黎(Aldous L. Huxley)的《美丽新世界》、莱文(Ira Levin)的《这完美的一天》。这些作品已经被翻译成70多种文字,发行数千万册,在世界范围内产生了巨大影响。在他们的笔下,往昔那些精心设计、幸福美满的乌托邦,一旦变为现实,则全成了邪恶、凶险、令人无法忍受的牢狱:国家在"造福者"的神圣统治下,采用严密的数字化统一管理,每个公民都生活在透明的玻璃房里，遵循着统一的作息时间，吃饭、穿衣、婚配、娱乐都按照统一标准进行；每个人都成为代码被编入程序，个体精神和自然属性荡然无存。整个世界被一台"统一电脑"控制，没有人能够逃脱。在"幸福生活"的许诺下，人人泯灭了个性成为"圈养的猪"。独裁者追逐权力最大化，以篡改历史、改造语言等极端手段掌控国人的精神和本能；用高科技的"电幕"与"思想警察"监视人们的思想与行动；以对独裁者的绝对忠诚和对假设的国内外敌人的强烈仇恨维持社会的运转。人性被强权彻底扼杀，思想受到严酷钳制，生活陷入单调乏味的循环，人们接受着各种安于现状的教育，每个人都成了那台超稳定机器的奴隶。

如果从莫尔的《乌托邦》诞生算起，五百年来的社会发展史说明，在人类居住的这个星球上，无论是资本主义社会还是社会主义社会，都可以看到当年乌托邦这棵理想之树上结下的实实在在的果实，包括政治的果实、经济的果实、社会管理的果实、伦理道德的果实以及科学技术与文化教育的果实。只是这些果实并不都是甜蜜美好的果实，甚至多半成了苦涩的果实、腐烂的果实、有毒的果实。20世纪是乌托邦纷纷开花结果的世纪；不幸的是，20世纪同时也成了噩梦联翩、灾难重重的世纪。两次世界大战以及接连不断的战火彰显了人性的残酷，经济高速发展带来的生态危机不但毁坏了人们生存的环境，也助长了人心的贪婪，腐蚀了现代人的心灵。

一部乌托邦的历史，本是人类自我设计的历史；事实也已经证明，一部乌托邦的历史就是人们迈向现代社会的心路历程。以理性主义为指导思想，以政治经济为核心，以增长人类的物质财富为目的，以发展科学技术为手段，以实用主义为准则，以计划性的一元化建构为社会模式，乌托邦的这些基本信条也成了现代工业社会的原罪。到了20世纪后期，所有负面的结果全都显现了出来：经济的高速发展，严重破坏了地球的自然生态环境；物质生活的极度丰富，导致人类精神世界的沉沦；理性主义的极端化，造成世界的同质化、个人选择的丧失。

有学者指出,人类社会的发展应该是一个自然的过程,也就是说有其内在的规律,人类应当遵循这一规律,不应该自作聪明。此言似乎有理,然而很难经得住推敲:一是人类社会发展的那个"内在的必然规律"是否存在?再就是人类社会的发展是否就一定要排斥人类自身的努力,包括其想象与设计?问题恐怕要复杂得多。

在众多猛烈炮火的轰击下,乌托邦已经变成了一片废墟。阿多尔诺(Theodor Adorno)说:在奥斯维辛集中营的煤气焚人炉的熊熊烈焰中,乌托邦已化作一缕烟尘,人间的诗意也从此消去。丹尼尔·贝尔也说:曾经支撑了现代化的乌托邦思想,现在已呈现出一片过于惨淡的景象。福柯之辈的解构主义批判者则以他们的聪明才智成功地熄灭了西方现代文化的自信心与乌托邦的最后一点火花。

现代乌托邦力量的消竭,还有其内在的心理成因。一是现代社会已经在很大程度上满足了,甚至过剩地满足了先前那些乌托邦的构想,尤其是在群众的物质生活、社会福利方面的构想。比如,生活在现代大都市里的人,高效的电子设备就可以包办工作、生活中的一切事情,无论是通讯、购物、煲饭、洗衣、读书、写字、办公、炒股、交友、娱乐,只要按动一下电键就可以了。在欲望和目的之间,再没有任何精神活动的余地。与此同时,现代乌托邦工程在实施过程中引爆了许多意想不到的生存难题与心灵危机,环境灾难与精神障碍使人类正在失去生命的外部空间与内在意义。以上两点意味着:如果把原初的乌托邦冲动视为人类的想象能力、人类的精神创造能力,那么,乌托邦冲动的消解也许会给人类带来新的损伤。

从心理发生学的意义上讲,乌托邦应该是源于生命体对于超越自身、超越现状的渴望,源于人类童年的梦幻,源于人类早期神话中的想象,这同时也是文学艺术创造的原动力。令人深思的是,在柏拉图、莫尔、培根、卡贝、魏特林的乌托邦设计中,几乎都没有文学艺术的位置。像柏拉图、魏特林,都是以敌视艺术家出了名的乌托邦思想家。

那么,在理性、科学性的乌托邦之外,是否还存在诗性、艺术性的乌托邦?在工厂型的乌托邦之外是否还存在田园型的乌托邦?

哈贝马斯谈到乌托邦在当代的命运时,倒是曾发表过一个堪称中肯的观点:"不是整个乌托邦力量从历史意识中消失。到达终点的毋宁说是一种过去结晶成劳动社会潜能的特定的乌托邦。"①这就是说,自20世纪60年代以来,随着"后现代社会"的临盆,曾经引导人们摸索、奋进三百年的那种乌托邦,只不过是一种特定类型的乌托邦,一种根植于西方理性主义文化传统中的乌托邦。这种现代取向的乌托邦的消亡也许只不过是人类乌托邦史上的一个插曲,如果我们愿意超越乌托邦现代社会学的意义,从心理美学的层面上把它看作一个以"渴求"与"空缺"为两极的充满希望张力的心理场,那么,"远芳侵古道,晴翠接荒城",在通向乌托邦的这条古道上,"荒城"的后面应当还会有气象迥异的"新城"。

被称为"浪漫马克思主义者"的德国哲学家恩斯特·布洛赫(Ernst Bloch)就是一位执着的乌托邦精神守望者。在乌托邦面临墙倒众人推的残局中,他力排众议,将"乌托邦精神"化为"希望的原理",守护着乌托邦这面古老的旗帜。他坚信艺术的伟大价值和永恒魅力就在于其乌托邦精神。"世界地图如果少了乌托邦这个国度,整个地图就不堪一顾!"他还说,象征天堂之门的佛罗伦萨大教堂的大门,应当用精美的青铜雕刻艺术制作,这道"门槛"必然与窗中的蓝色和金色一道,作为伟大的艺术作品更深一层的乌托邦特征真诚地存在下去。乌托邦作为一种精神的取向是永不会泯灭的,它将"载负着精神之果向着将来延续"。②

以往那些为亿万人向往的乌托邦是建立在西方理性主义思想传统之上的,其核心理念是人类的自我中心主义,将自己固执地设立在自然之外、自然

---

① 薛华:《哈贝马斯的商谈伦理学》,辽宁教育出版社1988年版,第91页。
② 转引自董学文编:《现代美学新维度》,北京大学出版社1990年版,第198页。

之上，片面地将物质财富的积累视为个人奋斗、社会发展的目的。此类乌托邦的理念，在很大程度上暴露了现代人盲目自大的愚妄与偏执。

那么，在现代型的乌托邦落下帷幕之后，"后现代型"的乌托邦是否可能生成？新一轮的乌托邦又将是何种形态？

回顾以上所述的"乌托邦"以及"反乌托邦"，似乎都是西方人的专利。上述乌托邦思想发源于欧洲，盛行于英国、法国。有人断言：东方没有乌托邦，中国没有乌托邦。洪秀全的"太平天国"、康有为的"大同世界"曾被视为中国式的乌托邦，但其骨子里还是仿照西方乌托邦做文章。

东方有自己的乌托邦吗？

梁启超在他1933年出版的《陶渊明》一书中曾指出：在《桃花源记并诗》里，有陶渊明理想的社会组织。"至于这篇文的内容，我就想起他一个名叫作东方的 Utopia。"①之后，朱光潜也做出过类似的判断："渊明身当乱世，眼见所谓典章制度徒足以扰民，而农业国家的命脉还是系于耕作，人生真正的乐趣也在桑麻闲话，樽酒消愁，所以寄怀于'桃花源'那样一个纯朴的乌托邦。"②

至于桃花源里的社会结构与生活情境，陶渊明在诗中如此写道：

> 相命肆农耕，日入从所憩。
>
> 桑竹垂余荫，菽稷随时艺。
>
> 春蚕收长丝，秋熟靡王税。
>
> 荒路暧交通，鸡犬互鸣吠。
>
> 俎豆犹古法，衣裳无新制。
>
> 童孺纵行歌，斑白欢游诣。
>
> 草荣识节和，木衰知风厉。

---

① 梁启超：《陶渊明》，商务印书馆民国二十二年版，第25页。

② 朱光潜：《朱光潜美学文集》第2卷，上海文艺出版社1982年版，第217—218页。

虽无纪历志，四时自成岁。

怡然有余乐，于何劳智慧！

　　这里描绘的是想象中的一幅原始农业社会的日常情景：人们日出而作，日入而息，斗转星移，春华秋实，顺从自然，不劳智慧，不设官府，不交赋税，阡陌交通，鸡犬相闻，生活简朴，邻里和谐，男女老少怡然自乐，过着平静、愉悦的生活。

　　这显然也是中国古代首席哲学家老子学说中的理想社会：人法地，地法天，天法道，道法自然。圣人循道治国，以百姓心为心，轻税薄赋，休战息兵，利而不害，为而不争，知足常乐，宁静和平，民风淳朴，家庭和谐，社会稳定。中华民族历史上是否真的存在过这样一段时期，是在"无忧氏"时代，还是在"葛天氏"时代，恐怕也如这桃花源一样难以确认。但你不能排除它从来就真实地存在于中国历代思想家、诗人的心中——一个想象中的理想的社会。

　　究其乌托邦的本义，是不能实现的理想国度。"桃花源"作为乌托邦，从空间上说，隐藏于人世之外，"一朝敞神界，旋复还幽蔽"；从时间上看，"不知有汉，无论魏晋"，全都虚无缥缈，这是比乌托邦还要乌托邦！

　　可以称得上东方乌托邦的，还可以举出一个现代的例子：日本著名导演黑泽明（Akira Kurosawa）的"水车村"，这是他在生命后期创作的电影《梦》中最后一个梦。水车村没有任何工业化、现代化的东西，照明靠蜡烛、亚麻子，取火靠柴草、牛粪，耕田靠牛马，因此村子里的天是蓝的、水是清的，白天有飘浮的云彩，夜间有闪亮的繁星。村子里的人是淳朴的，衣着古朴，或穿草鞋，或打赤脚。村子里的人是善良的、充满爱心的，"落地为兄弟，何必骨肉亲"。村子里的人又是安详、愉快的。影片中那位老爷爷对偶尔闯入的来访者说：自然最伟大，人不过是大自然的一部分，那些学者们自认为拥有知识可以改造世界，结果发明了许多到头来使人不快乐的东西，却把自然送到了死亡的边缘；最好的东西是清爽的天空、清洁的水源，是树木，是植物。老爷爷还谈到生与死：有生就有死，年纪大了，自然会死，在世活着时愉快地劳作，死亡降临就坦然地接受，顺着自然生死，永远保持平静愉悦的心情。

水车村里的人生，也是自然的人生。这位日本乡村老爷爷的谈论，恍若出自陶渊明的诗文；或者说，"水车村"俨然又是一个"桃花源"，一位当代日本艺术家心目中的"桃花源"。这也是艺术家的一个梦境，一个在现实社会中不能实现的梦境。

柏拉图的"理想国"与老子的"理想国"虽然都产生在公元前5世纪的"轴心时代"，但内涵却截然不同。英国莫尔、培根们的乌托邦与中国陶渊明的桃花源、日本黑泽明的水车村也截然不同。前者是物质的、务实的、理性的、豪华版的、工业型的；后者则是精神的、虚幻的、诗性的、节俭版的、农业型的。前者是向前看的、进取的，指引人们走向未来的；后者是向后看的、退隐的，诱导人们回归过往的。前者是科学的、技术的、工业的、城市的；后者是诗意的、艺术的、乡土的、田园的。

柏拉图、莫尔、培根、魏特林们的乌托邦不断"进步"的结果，终于在人间落到实处。然而，美梦却变成噩梦。陶渊明的乌托邦，一再呼喊"归去来兮"，呼喊了一千多年，仍然不能落实，仍然虚悬在诗歌中、梦境中、想象中。不过，美梦依然还是美梦！

像陶渊明的桃花源这种既不能在人间实现，又还总是呼唤倒退回归的乌托邦有什么意义呢？我认为：对于当下我们身处的这个始终高速发展、激烈竞争、日益奢华、一往无前的社会，多一些回顾、多一些反省、多一些冷静、多一些收敛、多一些节俭、多一些调适是完全必要的。尤其是当人们都已经认识到过往的社会发展已经走进死胡同，社会已经开始转型、时代已经开始转向之际，桃花源型的乌托邦，正可以作为反思现代社会、构建后现代社会的一个参照系。尤其是当人们将后现代定为"生态时代"时，这一参照系的意义就更为显著，就更不能缺席。

中国古话说：知白守黑，负阴抱阳，温故知新，以退为进。人类最初与最终面对的问题其实是大抵相似的，圣贤们对此的见地也基本相同。在柏拉图、苏格拉底之前，在公元前7世纪，更早的年代，在希伯来先知们那里，其乌托邦之思与东方智者相似，同样倾向于约束人类无度的欲望，敬畏上天（也是自然）的绝对存在，守护人的内在的本真情感，达成人与自然的和谐共处。如被誉为"盛世危言的正义先知"的阿摩司，一位牧羊人、园丁，他曾警告王朝的国民不要被表面的繁荣富强蒙蔽了良知，物质财富并不能决定国家的命运，在富裕、奢侈的生活中沉溺太久，将导致道德沦亡、宗教腐败、政坛不稳，使国家濒临衰亡，只有振作起清净、和平、温顺、诚挚、谦卑的精神，才能免于上天的惩罚。另一位以色列先知以塞亚在弥漫着腐败与血腥的现实中，却憧憬着新世纪的创生，枯木重新发出嫩芽，在荆棘丛生的荒漠里辟出一座枝叶繁茂的葡萄园。在这个未来的新天新地里，沙漠将变成绿洲，干裂的土地将水涌如泉，居民们健康长寿、安居乐业，世上不再有欺凌、伤害或邪恶的事，人与土地结下美满姻缘，"豺狼将与羊羔同居，猎豹与山羊同卧，狮子与牛犊同群，婴儿与蟒蛇在一起玩耍，整个生物界将由一个孩童统领"。[①] 这些希伯来先知们的乌托邦构想与中国先秦时代那些真人、圣人们对理想社会的憧憬倒是相差无几。

　　建设性的后现代社会不仅对现代社会进行反思、批判，同时也要继承工业社会有益于人类与自然的方面；不仅要继承发扬农业时代的生存智慧，还应该珍惜人类童年时期的情绪记忆与生活体验。在当下我们身处的这个始终高速发展、激烈竞争、日益奢华、一往无前的社会，回顾一下以赛亚、老子、陶渊明的那些看似消极、平和的乌托邦精神，以诗意的、艺术的、乡土的、田园的乌托邦想象矫正、弥补科学的、技术的、工业的、城市的乌托邦理念，不但是必要的，也是完全可能做到的。

　　美国生态批评家卡洛琳·麦茜特，在其《自然之死》一书中曾揭示另一种乌托邦——"生态乌托邦"，一种与工业社会相对的"有机社会的乌托邦"。她

----

① 参见《圣经》中的《阿摩司书》《以赛亚书》。

强调，这种乌托邦"秉承自然与社会之连结的古代传统"，是一个以自然生态哲学为基础、自给自足、周而复始的生态社会。她所向往的未来的生态社会也是一种田园式的社会形态，与陶渊明的"桃花源"、黑泽明的"水车村"，乃至以赛亚的"葡萄园"都有些相似：

> 这一"回归自然"运动的领导成员主要是由女性组成的，人们生活在小型的、分散的、被重新森林化的原野分割开来的乡村共同体或微型城市里，城市街道全都是林荫道，有树、有花、有蕨、有竹、有流水、有瀑布，水都是经过污水处理的循环水……在这个生态社会里，对树木、水和野生动植物的敬畏通过祷告、诗歌和小小的神殿等形式表达了一种生态宗教。分散化的共同体、扩展了的家庭自发性的活动、激情表达的自由无拘、消解竞争本能的仪式化的战争游戏等，构成这一文化的习俗和价值特色。①

这一生态乌托邦的构想也许显得有些幼稚，但有迹象表明，在柏拉图之后两千多年的今天，人类的乌托邦之思可能又将回流到最初的那个"人与自然和解的原点"。当然，后现代乌托邦的重建注定是在一个更高的层面上。

经历过惨重的教训之后，重建乌托邦的人们应该留心的是：实施理想或想象的过程之中一定要具备足够的反思能力和试错意识，去芜存菁、改恶从善、知进知退、不断调适；乌托邦设计无须排斥诗人艺术家们的天真想象，而要严防集权、专制、独裁者一意孤行的掌控。

---

① ［美］卡洛琳·麦茜特：《自然之死：妇女、生态和科学革命》，吉林人民出版社1999年版，第108页。

第2章　文学艺术在地球生态系统中的序位

　　"序位"，在这里我们是借用了生态学理论中关于"生态序"和"生态位"的说法。生态序（Ecological Order）是指一个生态系统内部的结构、功能及其环境条件在空间与时间中的秩序；生态位（Niche）是在一个大的生态系统或生态群落中，某一个物种实际上或潜在地能够占据、生存的空间和地位。① niche 一词的原意即"合适的处所""相称的职责"，即"安身立命之地"。

　　在我们看来，地球是一个大的生态系统，文学艺术是地球上人类这一独有生物的生命活动、精神活动，是一个在一定的环境中创生、发育、成长着的功能系统，文学艺术在地球生态系统中注定享有一定的"序"和"位"，而这一"序位"，即文学艺术的"安身立命之地"。

　　在中国古代，有文学、艺术的观念，没有"地球""生态系统"的知识。但是，中国古人在探讨文学艺术活动的秘奥时，也总是将其置入人类社会框架与天地宇宙图像之中。比如音乐活动，两千年前秦汉时代的《乐记》中就曾写道：

---

① 参见马世骏主编：《现代生态学透视》，科学出版社 1990 年版，第 74 页；安树青主编：《生态学词典》，东北农业大学出版社 1994 年版，第 244 页，第 246 页。

"大乐与天地同和,大礼与天地同节。""天高地下,万物散殊,而礼制行也;流而不息,合同而化,而乐兴也。春作夏长,仁也;秋敛冬藏,义也。仁近于乐,义近于礼。乐者敦和,率神而从天;礼者辨宜,居鬼而从地。故圣人作乐以应天,作礼以配地。礼乐明备,天地官矣。""地气上隮,天气下降,阴阳相摩。天地相荡,鼓之以雷霆,奋之以风雨,动之以四时,暖之以日月,而百化兴焉,如此则乐者天地之和也。"①这里反复论述的是:音乐活动位于天地之间,在自然万物的流动变化过程中生成,并对人类社会、自然万物的平衡、和谐产生积极的作用。中国古人的这一美学原则,是建立在农业时代"天人合一"的世界观之中的。

关于"天人合一"的评价,现代人的看法并不一致。人文学者季羡林认为,"天人合一"是一个非常伟大的、含义异常深远的思想。历史学家钱穆说过,"天人合一"论是中国文化对人类最大的贡献。他们都认为"天人合一"思想可以用来补救西方二元对立的世界观,以维护地球生态平衡。而以诺贝尔物理学奖得主杨振宁为代表的一些科学家却认为,"天人合一"思想是人对自然的顺应与屈从,中国要想科学繁盛就必须摆脱"天人合一"的观念。但也有学者认为,"天人合一"的哲学观念并非中国、东方独有,古今中外的所有哲学都是以"天人合一"为起点,同时又以"天人合一"为归宿的,否则就不是哲学。

哲学家金岳霖在美国讲学时曾经把"天人合一"中的"天"译为"自然""带有神性的自然";中国当代文学理论中有一个广为流传的说法——"文学是人学"。由此看来,我们这一章谈论的问题——文学艺术在地球生态系统中的序位,也应该是"天人合一"这一问题视阈中的一个有机组成部分

2.1 "盖娅假说": 地球是一个"活物"

美国生物学家、人文科学院院士刘易斯·托马斯(Lewis Thomas)在思考地

---

① 司马迁:《史记·卷四·书》,中华书局 1982 年版,第 1189 页,第 1193 页,第 1195 页。

球上生命的同一性时,曾写下这样一段话:

> 近来,我一直把地球看作某一种生物,但总嫌说不通。我不能那样想。它太大,太复杂,那么多部件缺乏可见的联系。前几天的一个晚上,驱车穿过新英格兰南部树木浓密的山地时,我又在琢磨这事儿。如果它不像一个生物,那么它像什么,它最像什么东西呢?我忽然想出了叫我一时还算满意的答案:它最像一个单个的细胞。①

只是这个"细胞"的确有些太大了,站在地球上的人不太容易想象得到,也不太容易把它与宇宙间的其他天体进行比较。若干年过后,托马斯再次做出判断:"地球是一个活的生物","整个地球是活的,是一个整体,一个活的东西,一个生物,它为我们也为自己呼吸着"。② 他的依据是洛夫洛克的"盖娅假说"。

20 世纪 70 年代,英国气象学家詹姆斯·洛夫洛克在从事气候与环境关系研究时发现:地球上的各种生物有效地调节着大气的温度和化学构成;地球上各种生物体的生命活动影响着环境,而环境又反过来影响着生物进化过程;各种生物与自然界之间相互反馈的复杂关系维系着地球生态的平衡稳定;地球的物理、化学稳定状态不仅取决于生物圈,而且在一定意义上为了生物圈;各种生物自行调节其环境状态,以便创造优化的生存条件。这就是说:地球生物圈内地表的冷暖、水源的丰欠、土壤的肥瘠、大气质量的优劣是由地球上所有生命存在物的总体与其环境的调节反馈过程所决定的,地球孕育出了自然界中的生命,也给自身赋予了生机,"地球系统本身也

---

① [美] 刘易斯·托马斯:《细胞生命的赞礼:一个生物学观察者的手记》,湖南科学技术出版社 1992 年版,第 3 页。

② [美] 刘易斯·托马斯:《脆弱的物种》,湖南科学技术出版社 2011 年版,第 23 页。

就成了一个有机的生命体"。① 这个神秘奥妙、变化莫测的生命体就是现代生态学塑造的"地母盖娅"。

洛夫洛克是一位科学怪才,他的这一研究始于他最初的一个直觉:

当我头脑中第一次出现盖娅这个形象时,我就感受到宇航员在太空看见我们的家园——地球——时的那种体验。我意识到盖娅是一个单一的活的实体,它由地球的生物圈、大气、海洋及陆地所组成。所有这四部分构成了一个反馈体系,此反馈体系为地球上的生命创造了一个适宜生存的最佳自然条件。是这一整个体系,远不是它的各个组成部分赋予地球以超越后者的素质(qualities)。盖娅不同于其他活有机体,就像我们人不同于我们身体内的活细胞群体那样。盖娅是最大的生命体系,是我们的超巨有机体(superorganism)。

在我看来,太空研究的最大收益不在于对太空有哪些了解,而在于我们对地球的认识。人类历史上,人们首次得以从太空观看地球。这种远距离观察,揭示了行星地球的整体面貌,使我们能够看到它是由空气、水体、陆地及生物组合而成的单一实体。②

如今,越来越多的人飞到了地外空间,甚至站在月亮之上看地球,只见茫茫苍穹中轻盈地飘浮着一个蓝白相间、云蒸霞蔚、氤氲混沌、生机蓬勃的圆球体,相对于月球、火星那枯骨死灰般的地貌,它含情脉脉、温柔敦厚、雍容大度。洛夫洛克听从了他的好友、著名文学家威廉·戈尔丁的建议,将他的这一学说命名为"盖娅假说"。在希腊神话谱系中,盖娅被称作"地母""大地女神",是一位相当原始古老的神灵,巨人安泰是她与海神波塞东所生的儿子,创造了人

① 参见马世骏编:《现代生态学透视》,科学出版社1990年版,第321页。
② [美]夏欣:《生命故事:世界著名科学家的口述》,生活·读书·新知三联书店2005年版,第12页。

类并且造福于人类的人类始祖普罗米修斯按说还是她的一个孙子。盖娅成了大地和自然的象征,成了孕育了人与万物的母亲。

洛夫洛克的"盖娅假说"在美国生物学家林恩·马古利斯(Lynn Margulis)的全力支持下,突出了"万物共生""地球是一个生命共同体"的理念,"假说"一步步落到实处。

> 盖娅毫不含糊是一个养育了我们的大地母亲的精巧概念。盖娅假说是科学。盖娅假说认定……地球这个行星的表面,不仅仅是物理学的、地质学的、化学的,或者地球化学的,它还应当是地球生理学的;它展示一个由聚居在地球表面的不断相互作用的生命组成的活跃的整体。[1]

"盖娅假说"对于当代生态运动的贡献在于强调了人与自然相互关联的内在机制,强调了地球作为一个生命共同体的存在,强调了地球的状态与命运维系于地球上所有生命的通体合作,从根本上破解了人类社会长期形成的人与自然、主观与客观、精神与物质二元对立的世界观,从而为稳定地球的生态平衡提供了不同的思路。"盖娅假说"为"深层生态学"的诞生奠定了理论根基。在一些更为激进的生态学家看来,人与自然、人类与非人类、自我与世界、精神与物质、有机界与无机界之间本没有十分明确的疆界,"生命的过程就是建立跨越疆界的联系,形成不间断的相互渗透","自然与我同为一体,自然是充分延伸和扩散了的自我",地球上的大气回流应当包括人类的呼吸,而人类的内循环系统还应当包括进地球上的江河湖海![2]

目前人们掌握的知识已经证明,地球上现存的所有生命体之间以及生命体与非生命体之间,都存在着普遍的联系。构成我们身体的几万万亿个的基

---

① [美]林恩·马古利斯:《生物共生的行星》,上海科技出版社1999年版,第98页。

② [美]霍尔姆斯·罗尔斯顿:《环境伦理学的类型》,《哲学译丛》1999年第4期。

本粒子是在150亿年前宇宙初创时生成的，人类身上带有地球和宇宙的特性，与自然是完全一致的。有人甚至推测，地球上林林总总、千差万别的生物种类归根结底都是来自最初的一个单细胞。地球在宇宙中生成之后的早期阶段，并没有任何生物，只是由于一个偶然的机会，由于一道撕裂长空的闪电，一声震撼大地的炸雷，在地球之表的"原始汤"内化合孕育了第一个有生命的细胞，这个细胞便是地球上芸芸众生的始祖，小如苔藓、荇藻、草履虫、微生物、细菌、病毒，大如猛犸、恐龙、犀牛、狮子、老虎，甚至人，无一例外。所有生物都由同样的两类高分子即蛋白质和核酸构成。所有的生物体，无论是动物还是植物，其体内的高分子都是由相同的残基（residue）集合装配而成的。作为生命体内重要催化剂和活性物质的酶（enzyme），在鲸鱼机体内的酶与野草中的酶有着共同的基因；同样，叶绿素既存在于森林中的橡树叶里，也存在于海洋中巨蛤的吸管里；而人类血液中的盐分与海水中的盐分的比例是一致的；人体中的化学元素的含量与地壳岩石中的含量在比例上也是相似的。不但地球上的生命界是一个有机联系的整体，生命界与无生命的物理世界也存在于同一个有机联系的整体之内。

如果说地球上的生命活物全都是地球自己孕育生长出来的，那么，是否就可以得出这样的结论：地上万物的生命也可以看作地球自身的生命。作为万物之灵的人类的心灵，说到底也不过是地球生物自身的结果，那么，人类的心灵是否也应当看作地球的心灵呢？如果真是这样的话，那么地球就真的可以"活"起来了。

上个世纪末，生态哲学家余谋昌先生曾在与我的通信中讨论过"盖娅假说"，他显然是赞成这一学说的，并在给我的信中提出了以下六点理由：地球经历了前生物阶段、生物阶段和人类阶段的演化，地球是"活的"；世界有目的性，包括无机自然界的目的性，动物、植物的目的性，人的目的性；世界有主动性，依主体的性质不同，可分为物质的主动性、生物的主动性、人的主动性；世界有"评价能力"，明显地表现在动物、植物对于环境的评价上；自然万物都是有价值的,存在着统一的"价值进化"方向;自然中存在着"生态智慧",这是"仿生学"的基础。① 我完全同意余谋昌先生的意见,我想补充的一点是:新世纪的生态学不应把自己的根基仅仅建立在科学的底盘上,它同时还应当是哲学的玄思与审美的想象,是艺术和诗。

"盖娅假说"在哲学界乃至生态学界还面临着许多异议,尤其是关于它涉嫌"泛灵论""活力论"的指责。

泛灵论又叫万物有灵论,与其说它是一个哲学流派,不如说它是一种原始的思维方式。这是早期人类对生命现象、自然现象的一种天真的解释。原始人没有现代社会中的那些科学知识,他们认为包括人类、动物、植物、山脉、江河、风云、雷电在内的一切生命活动、自然现象都受一种精气、灵气的支配,冥冥之中有一位大神在主宰着天地万物的命运。活力论则认为在生物体内有一种先天的、非物质的、非人工的、不可分析的、难以复制的因素,这种活力的充盈灌注,是生物界的一个显著标志。

以往这些扎根于原始思维、神话世界中的泛灵论与活力论观点,全都笼罩着神秘主义的光环。三百多年来,在现代化的工业浪潮中,它们早已被启蒙的理性思维、科学的实验手段批驳得"体无完肤",它们的天真、幼稚、牵强、粗糙已受尽拥有大量先进科学知识的现代人的嘲弄,似乎就要被"扔进历史的垃圾堆"了。

然而历史并没有终结。到了20世纪初,活力论与泛灵论竟又在西方哲学界结出了两颗引人注目的果实,即柏格森的生命哲学与德日进的精神哲学。

柏格森将原始的生命力与科学的知解力相对抗,认为生命的冲动是一种绵延不息的宇宙运动过程,生命力是天地间唯一的生生不息的创造力,一切生命形式、物质实体都不过是这种生命运动的不同的呈现方式。

德日进则认为天地间普遍存在着一种生机勃勃的向上的能量,这是一种

---

① 海南省社会科学界联合会、海南大学精神生态研究所联合主办:《精神生态通讯》(内部)1999 年第 9 期。

引导、推动人和自然不断进化提升的内在的精神能量,人类的历史是生物进化的延伸,生物进化则是地球本身演化的组成部分。

柏格森、德日进的哲学或许可以视为现代生态学中的"盖娅假说"的先声,在新的历史条件下,"活力论""泛灵论"仍在为自身寻求着解释与同情。

2.2 生物圈与精神圈

生态学家喜欢用"多层同心圆"的系统模式描述地球上的生态景观,认为在这个独一无二、美丽奇妙的天体上是可以划分出许多"圈"的。

提出较早且已经为学术界普遍认可的,有以下这些"圈":

岩石圈(Lithosphere)是地球上部相对于软流圈而言的坚硬的岩石圈层,包括地壳和上地幔的上部。岩石圈厚度不一,中国东部岩石圈厚度约 100 千米,西部青藏高原岩石圈则在在 160 千米以上,而海洋深处的岩石圈要薄很多。岩石圈为地球上各种生物的活动搭起一个支架,地质学中讲的欧亚板块、太平洋板块、美洲板块、非洲板块、印度洋板块、南极洲板块就是在岩石圈的基础上形成的。岩石圈中蕴藏有巨量的各种矿物,岩石圈的风化为土壤的生成提供了必要的元素,对于地球生态而言,岩石圈的存在是基础中的基础。

土壤圈(Pedosphere)指岩石圈外层疏松风化的部分,其上或其中有生物栖息。地球上土壤圈的平均厚度为 5 米,不同地域差别很大,我国黄土高原的土壤厚度可达百米以上。《说文解字》中讲:土为地之吐生万物者,柔土无块者曰壤。土壤为孕育生命的温床,其肥力不等,通常颜色越深肥力越强,1 立方米的黑色土壤中生存的微生物可达 10 亿个之多。

水圈(Hydrosphere)是地球上各种形态的水的总和,包括地表上、地表下以及大气中的水和生物体内的水,主要是海洋、河流、地下水、冰川、湖泊五种类型。其中淡水只占地球总水量的万分之一。水能以液态、气态和固态的方式存在,通过热量交换而相互转化,上界可达大气对流层顶部,下界可至深层地下水的下限,包括大气中的水汽、地表水、土壤水和生物体内的水。任何生物体都不能脱离水而存在,一个成年人体内水的总量占总体重的70%以上。地球上的水循环不仅调节气候、净化大气、养育万物生长,而且会在一个长时段里促成地理环境的改变与演化。

大气圈又称大气层(Atmosphere)是包裹着地球的一层混合气体,俗称空气,厚度大约在1 000千米,但没有确切的上界,最高可达16 000千米高空。其中最活跃、对地球生态影响最大的是地面上厚约12千米的对流层,风雨雷电的天气变化主要发生在这一层面。空气中占据98.9%的成分是氮和氧,氮气是植物生长所依赖的基本元素,氧气是人类以及所有生物呼吸所必需的气体。上个世纪初,科学家发现大气圈的上层中还存在一个由O_3组成的臭氧层,它既可以让地球上的人类和动植物免遭紫外线的伤害,又积极参与地球温室效应的变化,绝不可以忽视其存在。

生物圈(Biosphere)指地球上所有生命体活动的领域,包括生命体与其生存的环境,是地球上所有生态系统的统合整体。生物圈在35亿年前生命起源后逐渐演化而成,是生物界与水圈、大气圈及岩石圈、土壤圈长期相互作用的结果,是地球上生命物质与非生命物质的自我调节系统。它是地球的一个外层圈,其范围大约为海平面上下垂直约10千米,对于地球来说只是薄薄的一层,相当于一只篮球上包裹的一层薄纸。生物圈虽然具有自我维持稳态的能力,但这种能力是有限度的。生物圈内物种繁多,已经被人们命名的约150万种,不及全部物种的1/10。人类由于擅用智力,已经成为地球生物圈中占据统治地位的物种,人类力量、人类活动、人类现象在各个方面都对生物圈造成了巨大影响,甚至已经酿下种种生态灾难,对生物圈的稳态构成严重威胁。

随着生态学的人文化转向,人类开始被划入生态学研究的对象,人类的存在、人类的行为、人类的思想观念、人类的价值取向、人类的审美偏好也很快进入生态学的研究领域。以上五大圈显然已经不能满足现代生态学发展的需要,于是,人们开始在地球上划出另外一些"圈",一些与人类相关、对地球生态产生重大影响的"圈"。

前苏联的一些学者曾在 20 世纪 40 年代提出了"社会圈"的概念。他们认为社会圈是地球生态系统发展的高级阶段,在这个阶段,系统中的物质、能量及其交换的方式都出现了全新的变化,人类的生产和社会活动成了这一阶段的主要特征。这就是说,我们的这个地球上,除了"自然生态"之外,还存在着一个"社会生态"。与此同时,在全世界范围内,人类对于自身在现代社会中的境遇越来越关心,结果便促生了"社会生态学"这门新的学科。[1] 社会生态学把人类社会经济生产活动中的物资、能源、人口、环境、技术作为研究的重心。苏联时代的社会生态学家马尔科夫已经意识到人类的行为开始对地球生态产生重大影响,曾经提出"智力圈""技术圈"的概念,但支配这些学者的指导思想仍然是工具理性、实践哲学,目的仍然在于人对自然的改造、利用。[2]

地球上的多层同心圆的"圈"划到此就"圆满"了吗?仔细想一想,似乎还有不少东西遗漏在外边,而且,这些东西决不是不重要的。

那就是上述诸"圈"之外作为个体的人的心理的、意识的存在,包括思想的、情感的、信仰的、心灵性的、精神性的存在。人在这些领域的主要活动的表现形式为:科学、宗教、哲学、文学艺术。这是一个或潜隐存在,或超越存在的更不易把握的领域,这就是"精神圈"。

那么,地球生态系统中是否还应当有一个"精神圈"存在呢?

"精神圈"(Noosphere)是德日进的重要哲学论著《人的现象》中的一个关键词。

早年我是从德国学者古斯塔夫·豪克(Gustav Hocke)的《绝望与信心》

---

① 参见丁鸿富等著:《社会生态学》,浙江教育出版社 1987 年版,第 26 页。
② 参见[苏联] 马尔科夫:《社会生态学》,中国环境科学出版社 1989 年版,第 61 页。

中看到这个用语的,他在书中写道:地球上"除了生物圈外,还有一个通过综合产生意识的精神圈",精神圈的产生是"从普遍的物质到精神之金"的变化结果,是通过"信仰"攀登上的"人类发展的峰巅",它体现为"对世界的信仰,对世界中精神的信仰,对世界中精神不朽的信仰和对世界中不断增长的人格的信仰"。① 那时我对精神生态的研究刚刚起步,这个"精神圈"便给我留下深刻的印象。后来我才从德日进的著作里直接看到他关于"精神圈"的许多论述。

德日进在《人的现象》中指出:"在'生物圈'之外,逾越它的还有一个'精神圈'。"②"精神圈"成了德日进这部书中的一个核心概念。

有些遗憾的是,德日进发明的这个极为重要的术语"Noosphère"(法文),由于译者不同,有人译为"精神圈",有人则译为"智慧圈""智能层""心智层""智力圈"。翻译者中不乏大家,问题不是出在翻译的能力,而是由于对德日进学术观念的理解存在差异,以及对于汉语词汇的选择不同。我请教了从事外文教学的朋友,"noo"是拉丁文,与英文"mind"对等,可以译为心思、智慧,同时又含有情感、感悟、想象等心理活动的因素,是可以译为"心灵""精神"的;英文"sphere"意为圆球、范围,"noosphère"加开口音符号后成为法文。因此,我最终还是选择了美国耶鲁大学博士、纽约市立大学亚洲研究系主任李弘祺先生的译法——"精神圈"。德日进划出来的这个"圈",不仅包含了科学认知之类的智力活动,更包含了人类的伦理、信仰、教育、审美,尤其是同情、博爱等精神活动。关于"精神圈",德日进有许多相关的论述:

> 地球在它存在于宇宙的历史过程中只有一次将它自己和生命包容在一起。同样地,生命越过反省的门槛也只有一次。思想和生命都各只有

---

① 参见[德]古斯塔夫·豪克:《绝望与信心》,中国社会科学出版社1992年版,第218页。
② [法]德日进:《人的现象》,新星出版社2006年版,第120页。

一个季节。我们更不可忘记从思想诞生以后,人类一直是生命树的主干。所以说"精神圈"的未来指望完全集中在人身上。①

在"精神圈"的透视里,时间和空间都真的人性化了——或应说是超人性化了。宇宙全体和位格绝不互相排斥,它们是提携并进,同时达到峰巅。②

从今以后,我们会进入另一种转折性心智的排列,其中有一点是值得注意的。这就是今后我们在帮助精神圈往前发展时,除非有别的成功或进步的机会,我们不必再弯腰驼背了。③

当夜幕低垂时,人类会不会在现场看到末日的景象呢?再者,在那宇宙性大变局之前的过渡期间,地上生命层又会发生什么?随着年代与复杂性的增加,生物圈与精神圈核心的内在危险加于我们的威胁也更大。细菌的侵袭、有机性的反演化、荒芜、战争、革命——结局的花样可真不小。但还有一个更可怕,那便是老而不死。④

说实在,靠着学习过去,我们虽也多少对那些散漫的物质元素有所了解,但说到"精神圈"的效果有多大,我们仍然茫无所知。⑤

德日进的书很有些深奥,不易理解,在后边的章节里我还会说到他。现在我们大约已经可以认定,在以往的生态学划定的岩石圈、水圈、大气圈、土壤

---

① [法] 德日进:《人的现象》,新星出版社 2006 年版,第 197 页。
② 同上,第 184 页。
③ 同上,第 158 页。
④ 同上,第 196 页。
⑤ 同上,第 205 页。

圈、生物圈之外或之上,还存在着一个由人类的天性、情感、智慧、信仰构成的"圈",一个"精神圈"。无论是对于现在的地球,或是现在的人类,这个"圈"都绝不是无足轻重的。生态美学、生态文艺学尤其不能忽略地球"精神圈"的存在。

德日进一生关注的课题即人类与地球生物圈的关系。不知是否受到德日进思想的影响,联合国教科文组织于 1970 年设立了"人与生物圈计划"(Man and Biosphere Programme, MAB),中国于 1972 年当选这一计划的理事国,并于 1978 年成立了中华人民共和国人与生物圈国家委员会。该计划致力于将自然科学、社会科学、人文学科、精神文化结合起来,改善人与人、人与自然之间的关系,建设人类与生物圈和谐共处的新世界。多年来,我能够以"文学人"的身份参与其中,奉献自己的一份微薄之力,深以为荣。

2.3　三座"金字塔"

在论及地球与人的存在状况时,不同领域的学者曾经描绘过多种不同的"金字塔"的图景。

生态学家似乎很喜欢运用金字塔形状表示特定内容,如:能量金字塔(Energypyramid)、生物量金字塔(Biomasspyramid)、生物数量金字塔(Eltonian pyramid)。为人熟知的是那座展示生物圈中营养级位之间能量转移的金字塔①:最底部是广袤丰厚的大地,是大地为一切生物提供的水分、热量、矿物质。大地之上是植物,诸如苔藓、荇藻、草原、森林、庄稼、蔬菜。植物上面是动物,较低层面上的是食草的昆虫和小动物,比如蚱蜢、蝼蛄、蟋蟀、蜜蜂、麻雀、鼹鼠、野兔;再往上是以这些昆虫、动物为食的动物,如蟾蜍、蜥蜴、狐狸、黄鼬;

----

① 参见[美] J. M. 莫兰、M. D. 摩根、J. H. 威斯麦:《环境科学导论》,海洋出版社 1987 年版,第 11 页。

再上面一层,是吃这些动物的大型动物,如鹰隼、蟒蛇、豺狼、虎豹、狮子。而位于这座金字塔顶端的,是统吃以上各层面动植物的人类。

另一座金字塔是心理学的。美国著名人本主义心理学家马斯洛(Abraham Maslow)在阐述人的基本需要时曾经绘制了另一座"人类多层次需求"的金字塔①:最底层是人的"基本生理需要",其主要内涵是人对呼吸、吃喝、睡眠、性交的需要;再上一层是"安全需要",即生活资料充足、生活秩序稳定、人身健康、家庭安全;再上一层是"归属、交往、爱的需要",即渴望在团体和家庭中占有一个位置,渴望与他人接触并被他人理解、接纳,渴望与他人建立一种亲密的关系,爱别人,也被别人所爱;继续往上,是对于"尊重的需要",包括自尊和被他人尊重,既相信自己人格上的独立自由,相信自己的能力和实力,又希望得到社会的认可与赞赏,从而获得荣誉和声望;接近这座金字塔顶端的需求,是"自我实现",即充分发挥自己的一切潜能,使自己成为从本来意义上可以成为的独特自主的人;马斯洛最后提出的,是人类的"审美需要",并把它置于这座金字塔的峰巅。在他看来,审美的需要是一种对于神秘事物的好奇心,一种对于形式、结构近乎过敏的感受力,一种可以追溯到原始洞穴时代的冲动和热望,处于这种状态的人具有一种欣喜若狂、如醉如痴的感觉,即所谓"高峰体验"。然而,这种需要的满足可以使人变得更健康、更高尚、更美好,"使人性中的神性日益升高"②。

还有一种金字塔是美学、文艺学的,这座金字塔不像前两种那么为人熟知,是由杰出的俄国现代主义美术家康定斯基(Wassily Kandinsky)描绘出来的——"人类的精神生活可以用一个巨大的锐角三角形来表示,并将它用水平线分割成不等的若干部分","整个三角形缓慢地、几乎不为人们觉察地向前和向上运动。今天的顶点位置,明天将为第二部分所取代","三角形的每一层上

---

① 参见马斯洛:《动机与人格》,华夏出版社1987年版,第40—59页。
② [美]爱德华·霍夫曼编:《洞察未来:马斯洛未发表过的文章》,改革出版社1998年版,第141页。

都有艺术家,凡是能把视线越出自己那一层的界限的艺术家就是先知,他起着进步作用"。康定斯基的金字塔是精神型的,而艺术则是这座金字塔的生机与活力,"在艺术得不到人们的维护,同时又缺乏真正的精神食粮的时代,精神世界是衰微的。灵魂不断从高处跌落到三角形的底部,整个三角形显得死气沉沉,甚至倒退和下滑。"这种艺术精神又是内在于每一个人的身心之中的,"任何人,只要他把整个身心投入自己的艺术的内在宝库,都是通向天堂的精神金字塔的值得羡慕的建设者"。① "三角形的顶端经常站着一个人",在康定斯基看来,这个人就是像荷马、但丁、莎士比亚、贝多芬、德彪西、梅特林克、莫奈、凡·高、马蒂斯、毕加索这样的伟大艺术家。

综上所述,第一座金字塔是由自然到人的;第二座金字塔是由生物性的人到社会性的人再到精神性的人的;第三座金字塔则是由人类的精神生活到文学艺术创造的,三座金字塔从不同的方面描绘了人在自然中存在的基本状况。

如果把三座"金字塔"像叠罗汉那样依次架构起来——自然、人类社会、个人精神,相当于形象地展示出"生物圈"加上"精神圈"的内涵,这也是完整的地球生态系统的内涵。

这样得出的结论竟然是:地球生态系统的"峰值"竟然是一位艺术家!尽管是稀少如珍宝的伟大艺术家,这仍然很难让人们接受。

我想,这不应该理解为诗歌、音乐、绘画就一定比食物、饮料、空气更为高贵,就像不能说狮子、老虎、人类比泥土、森林、昆虫更为高贵一样。我们这里希望表明的只是文学艺术在地球生态系统中的序位,即它在地球生态系统这一周而复始、生生不息的循环、演化中占据的空间,承担的职责,发挥的效用。

这里仍然会牵扯出文艺理论中一个陈年旧题:文学艺术的本体与属性。

我们不妨先来看看马克思主义文艺理论的说法。

马克思、恩格斯在《德意志意识形态》中对人类社会的存在模式做出过自

---

① [俄]康定斯基:《论艺术的精神》,中国社会科学出版社1987年版,第17页,第18页,第31页。

己的独特描述:人类社会好像一座规模庞大的建筑物,我们不妨姑且将它当成坐落在渤海之滨的蓬莱仙阁,最底层的是台地,台地之上是宫阙,宫阙之内还有高耸的楼阁与宝塔。一个社会的生产力、生产关系等经济因素是这座建筑的基础;在这个基础之上建立的政治体制、法律制度、组织设施(如政府、政党、军队、法庭、学校、教会)是基础之上的主体建筑;政治、法律、道德等意识形态则是上层建筑中更高层次、更精致的部分。再往上是什么呢?是"意识形态的形式"和"精神的形式",是哲学、宗教、文学、艺术。恩格斯在致康拉德·施米特的信中称其为"更高地悬浮于空中的意识形态的领域"。①

西方马克思主义者马尔库塞在其《审美之维》一书中谈到人类的精神文化时,说过与此颇为类似的话:"就社会允许的真理性的范围和可达到的幸福形式的广度看,艺术是在肯定文化中最高级、最有代表性的领域","在显示对立的高处云端,飘浮着文化上团结一致的王国"。②

还是回到我们的比喻中,这些"更高地悬浮于空中""飘浮在高处云端"的东西,就如同仙阁上空飘扬的彩幢、宝塔顶端放射出的毫光、百尺危楼之上缭绕的紫气和弥漫的芬芳,它们就是人类精神开出的结果实与不结果实的花朵。

从生态学的常识看,看似悬浮高空的云彩其实并不虚无缥缈,而是真真切切包裹在地球之表的一层厚约 10 千米的大气,它们不仅仍然是地球这一星体的有机组成部分,而且与地球的实体在同一轨道上运动着。如果乘宇宙飞船从太空看地球,我们就不会再说"天上的云霓",而应该说"地球上的云霓",自由飘浮在地球之表的云霞虹霓与坚实的大地仍然属于同一个有机整体。对于人类来说,地球上当然不能没有森林、田野、山川、河流,地球上也不能没有云彩、虹霓、晚霞、晨曦,而且正是这些形质无定的云和气调节了地球上的风雨寒

---

① 《恩格斯致康拉德·施米特(1890 年 10 月 27 日)》,《马克思恩格斯文集》(第十卷),人民出版社 2009 年版,第 598 页。

② [美]马尔库塞:《审美之维:马尔库塞美学论著集》,生活·读书·新知三联书店 1989 年版,第 30 页,第 37 页。

暑,使有生命的万物得以欢愉地存活。宇航员从外部空间拍下的照片还证明,正是因为有了这层云气,人类居住的这个星体才披挂上了蓝色的光环、白色的羽纱、绿色的彩带,显得比别的星体更加奇妙瑰丽。

2.4　生存的辉煌景观

在广袤无际的茫茫宇宙里,大约只有我们这个星球拥有生命,并因而存在着"生存问题"。想到这里,每一位地球人都不能不珍惜自己的生命和其他生命的存在,尊重其他生命,也让自己的生命活得更好一些。

如何算好?现代人很容易让那些铺天盖地的商业广告误导,舌尖上的美食、时尚的服饰、气派的豪车、富丽的别墅、豪华的游轮、昂贵的私人飞机,这些被视为人生成功的标志,甚至成为一个国家强盛的标志。遗憾的是,当这些物质财富日益上升到峰巅时,时代的精神诉求反而沉降到低谷。记得在 20 世纪80 年代初,那时的青年男女多是 1960 年前后大饥荒年头出生的一代人,在征婚广告上却往往写上"喜欢艺术""会写诗歌",这样,在爱情的天平上就会多一些分量。如今谁要这样写,准被当成神经病!如今的征婚广告上,最有吸引力的是有房、有车、月薪 8 000 元。

诗歌、艺术真的如此不堪吗?一位享有世界声誉的思想家说:诗和艺术是人生的辉煌景观!当然,他说的艺术不是那些披挂在"成功人士"身上的艺术制品,也不是为市场张目的所谓"日常生活审美化";文学艺术在他这里就是生命个体内在的有机组成部分,像一个人的呼吸、心跳、性爱、生育一样。这个人就是尼采。

在尼采看来:"艺术是生命的本来使命,艺术是生命的形而上活动。"[①]人

---

① ［德］尼采:《悲剧的诞生:尼采美学文选》,生活·读书·新知三联书店 1986 年版,第 387 页。

的艺术活动既是生物性的,又是精神性的,是人的肉身与人的精神的完美结合:

> 艺术使我们想起动物活力的状态;它一方面是旺盛的肉体活力向形象世界和意愿世界的涌流喷射,另一方面是借助崇高生活的形象和意愿对动物性机能的诱发;它是生命感的高涨,也是生命感的激发。

> 艺术是一种生物机能,我们发现它被置入'爱'的天使般的本能之中,我们发现它是生命的最强大的动力。

> 艺术在本质上是肯定,是祝福,是存在的神化。①

尼采说:"艺术家比迄今为止的全部哲学家更正确,因为他们没有离开生命循之而前进的总轨道。"②而人作为人是从他成为艺术的人那一天开始的,人生应当是一个艺术创造的过程,人应当是他自己不断创造完成的一件艺术品。生存的最高境界是把人生化为一首诗,将自身创化成艺术作品。作为艺术品的人的实现,是生存的最为辉煌灿烂的景观。中外文学史中,我们不难找到许多在艰难困苦的社会环境里,将自己活成伟大艺术品、活成杰出诗篇、活出灿烂辉煌的人。

在西方,伊索出身于奴隶,卢梭曾流浪街头,杰克·伦敦跑街卖报,狄更斯在鞋油作坊当童工,欧·亨利在药房当学徒,卡夫卡在保险公司做小职员,涅克拉索夫因为热爱文学被赶出家门成了贫困生,他们最终都因为诗歌与文学活出了精彩,成为人中之龙凤。丹麦的安徒生出生在一个经济贫困、

---

① [德]尼采:《悲剧的诞生:尼采美学文选》,生活·读书·新知三联书店1986年版,第351页,第356页,第365页。
② 同上,第364页。

地位卑微的家庭,第一个父亲是鞋匠,父亲死后母亲带着他改嫁,第二个父亲还是鞋匠。他从孩提时代就到农田里捡麦穗,到织布厂当童工,甚至一度成了流浪街头的乞儿,受尽了苦难和凌辱。困苦的生活养成了他怯懦而善良、谦卑而敏感、柔弱而多情的个性。这个柔弱的鞋匠的儿子最终以他那同样温情、柔弱的文字,攀登上人类精神的峰巅,永远地活在世人心里。还有,如果不是绘画艺术,印象主义画派大师高更不过是巴黎市井中一个平庸得近乎猥琐的银行小职员。

中国东晋时代的伟大诗人陶渊明,不愿意趋奉权贵,放着"县长"不做,选择了返乡务农,由于体力不济,大田里"草盛豆苗稀",收成不好,五个孩子常常衣食无着,有时不得不到朋友家讨口吃的。而正是诗歌在清贫中的坚守,使他活成了千载不死的精灵。清代的蒲松龄,在科举道路上一再受挫,连续"八届高考"都是落榜生,一辈子只是一位"乡村民办小学教师",只能靠微薄的一点"束脩"养家糊口,最终由于《聊斋志异》使他超越了同代的许多进士、状元、达官贵人,活出了人生的灿烂辉煌。比他晚一点的曹雪芹虽然出身世家,但家业早已经败落,先是在宗族的学堂里当"杂役",后来靠卖画、扎风筝维持生计,穷得连稀饭也喝不饱,最终因为创作《红楼梦》,让生命放射出万丈光芒。还有,那位身世不明、赌博、吸毒、嫖妓、沿街乞讨的蚁民"瞎子阿炳",一曲《二泉映月》作为他的生命的升华,像一股永不干涸的清泉,至今仍然滋润着亿万中国民众的心田。

尼采说:"艺术是苦难者的救星,它通往那一境界,在那里,苦难成为心甘情愿的事情,闪放着光辉,被神圣化了,苦难成了巨大喜悦的一种形式。"[1]"艺术,除了艺术别无他物!它是使生命成为可能的伟大手段,是求生的伟大诱因,是生命的伟大兴奋剂(Stimulans)"[2]上述诗人、艺术家足可以作为明证。

---

[1] [德]尼采:《悲剧的诞生:尼采美学文选》,生活·读书·新知三联书店1986年版,第386页。
[2] 同上,第385页。

人类对于自身的研究，目前还存在着许多分歧，但在以下两点却基本取得了共识：一、人类是地球上生命进化的最高形式；二、精神是人类进化的最高形式。我们是否还可以再补充一点，即文学艺术，其中包括由原始劳动产生的宗教仪式、由原始思维产生的神话故事、由原始审美活动产生的音乐绘画，都是人类最初的生命活动的真实呈现，又可以看作人类最初精神结构中至关重要的基因。

在地球人类那个最初的原点，诗歌、绘画、音乐曾经就是本然的存在，就是生活本身，与人们的生长、繁息、创造、嬉戏、憧憬、祈盼共生同在。艺术就是吹拂在天地神人之间的和风，就是灌注在自然万物之中的灵气，也是黑格尔所说的那种"绝对使命""最高存在"。人们曾经与诗歌、艺术一道成长发育，靠诗歌、艺术与自然结为一体，诗意地栖居于天地自然之中，而不是凌驾于天地自然之上或对峙于天地自然之外。

艺术是人类生命进化史中一个包容诸多的"原点"，而这个"原点"又使它在人类生命活动史中永远占据一个制高点。

艺术在人类生活与人类历史中的定位使它拥有了这样一些"天性"：它既根植于大地，又仰望着天空；它既是真实的生活，又是虚幻的想象；它既是本能的喷涌，又是理性的张扬；它既拥有肉体的丰厚，又拥有精神的空灵；它既是对于往昔的追忆，又是对于未来的憧憬。它拒绝一切形式的人与自然的割裂、物质与精神的偏执、思维与本能的对立、本体与现象的拆解、理智与情感的剥离。它始终追求的是一种圆满、充盈的生命形式，一个真实、独特、富有创造活力的个体。这样的艺术，几乎就是地球生态系统中天地神人和谐相处、健康发育的一个楷模。这样的艺术就不仅仅是对于现实社会生活的模仿、再现，也不仅仅是天才人物的心灵表现，更不只是能工巧匠的熟练操作，它应该就是那个完整的"世界"，就是"存在"本身。

就如海德格尔所说，艺术就是"作为无蔽的真理的一种现身方式"，"艺术就是真理的生成和发生"，"艺术在其本质中就是一个本源"。艺术还是艺作品的本源,因此,"也就是创作者和保存者的本源"。① 而从生态学的立场看,这"世界存在的本源"不是别的,就是宇宙间这个独一无二的地球生态系统,而文学艺术就是人在这个系统中的一种生存方式,一种曾经作为"绝对需要""最高使命"的生存方式。

进入 20 世纪以来,地球生态的败坏也表现在文学艺术的地位与价值在地球生态系统中的沦落与衰败。现代社会里,随着印刷复制技术的发展,人们在日常生活中占有的"艺术品"似乎越来越多,但"艺术品"中的"艺术精神"却越来越稀薄。语言艺术、音乐艺术、造型艺术要么沦为用于市场竞争的商业广告,要么沦为政治宣传的工具,要么沦为巨量倾销的玩具和游戏,尤其是电子游戏。制造了地球生态灾难的那些罪魁,也是损害了诗与艺术的祸首。诗歌、艺术被金钱、权力劫持,反倒成了破坏地球生态系统的帮凶!舍勒说:诗人是最深切地根植于地球和自然的幽深处的人,产生所有自然现象的"原生的自然"中的人。文学艺术的力量亦即人的精神力量原本是植根于天地自然之中的,当天地自然蒙受贬抑、伤害、羞辱、遗弃的时候,文学艺术也就失去了它的根本,也就必然衰败枯萎下去。爱因斯坦曾对此发出深沉的叹息:那无可忍受的生态灾难熄灭了艺术的纯真声音。

进入工业时代以来,许多杰出的思想家因为痛心于现代文明中人与自然、精神与物质、技术与情感、智慧与良心的割裂对抗,返身求助于艺术,求助于人类诞生时那个完美而又完善的"原点",希望重新点燃艺术精神之火来照亮这个日趋黯淡颓废的社会,温暖世人那颗冷漠孤寂的心,乃至重新塑造一代"全面发展的人""超越现时代的人"。

如今,在这个人与自然严重割裂对立的时代,艺术还有可能填平物质与精神之间的鸿沟、抚慰人和自然之间的创伤、开创新时代的和谐与均衡吗?

我们应当看到,在这个分裂的时代,艺术也早已蒙受重重伤害。现在需要

---

① ［德］海德格尔:《林中路》,上海译文出版社 1997 年版,第 55 页,第 61 页。

的是高扬真正的艺术精神,凭着这种精神,艺术也许将会把我们重新带回涌动生长的大地,带向至高至上的神圣。文学艺术与生态养护有着天然的联系,文学艺术在救治自身的同时将救治世界,在完善世界的同时将完善自身。

说到底,文学艺术还是人类的一种近乎本能的精神需求,一种根本意义上的存在方式,一种人类生命活动辉煌灿烂的景观。文学艺术并不是某些天才人物的专利,从创作心理学的意义上讲,当你心头泛起一层审美的激动,涌出一股清新的诗意时,你就是一位诗人、艺术家!

我们也许应该做出这样的期待:在下一个或下下一个世纪里,诗意将化入我们的生命,艺术将真正地融进我们的生活,人类个体将得到全面的发展,人与自然的对立将得到缓解,人将变得更丰富、更优秀、更美好,地球上的生态景观将变得更健全、更清新、更加朝气蓬勃。

我们不能不做出这样的期待,否则,人类不就愧对"地球生命"这一宇宙的伟大奇迹的称号了吗?

2.5　"文学是人学"的再探讨

"文学是人学",是华东师范大学教授钱谷融先生在 1957 年发表的一篇论文的中心论题。[①] 这篇文章一发表,便在中国文坛引发了一场轩然大波,钱谷融先生也因此受到全国性的批判。半个多世纪过去,世事沉浮、几经沧桑,"文学是人学"的主张不但没有被扼杀掉,反而在中国文坛上产生了广泛的影响,并在中国一代又一代的诗人、作家心中扎下根来。

现在的青年人无论如何不会想到,这样一个普普通通的命题当时怎么会遭遇如此残酷的压制与打击?然而,在那个把人当作"齿轮""螺丝钉",把文

---

① 钱谷融:《论"文学是人学"》,《文艺月报》1957 年第 8 期。

学当作"喇叭""号筒"的时代,谈人性,谈文学是人学,就是大逆不道,就是罪该万死!

在以往浊浪排空的险恶政治环境中,"文学是人学"的提出表现了中国老一代学人勇敢、坦诚、灵慧的文学良知。在后来所谓"消费社会"富贵升平的景象中,"文学是人学"的观念依然透递出中国文化人执着、沉静、清纯的文学信守。

而在我们呼吁的生态时代,"文学是人学"的命题却染上"人类中心主义"的嫌疑。由于"文学是人学"的理论主张有着如此重大、持久的影响,所以,我们这里想拿它作为一个例证,放在"后现代""生态学时代"的语境之中,重新探讨一下它固有的内涵,并尝试做出某些添补。

1957 年,当钱谷融先生的《论"文学是人学"》一文发表时,美国女记者雷切尔·卡森引发社会生态学争论的重要著作尚未问世,丹尼尔·贝尔关于"后现代"的理论还在腹中酝酿,罗尔斯顿的"环境伦理学"还要再等 30 年才能诞生。所以,我们不能要求钱先生在他的这篇文章中加进"后现代"的视野、"生态学"的内容。但这并不等于说"文学是人学"的论题就不会与"后现代""生态学"发生潜在的理论纠葛。

重读《论"文学是人学"》,通篇反复强调的是:文学创作不能把写人当作手段,当作反映某种"本质""规律"或反映某种"现实""生活"的工具。写人就是写人,写人本身就是目的,写人的目的就是让读者从作家描写刻画的人物形象身上"了解自己",从而激励自己、提高自己、丰富自己、完善自己。文学就是这样一门由人写人,同时又感染人、同化人的艺术。

要想写好人,作家一定要坚持"把人当作人",要维护自己人格的独立自主,同时尊重他人、同情他人,要拥有一种"深厚纯真的感情"、一颗自然清新的"赤子之心"。要写好人物就必须从现实生活出发、从真实人性出发,而不能从抽象的理念出发,不能把人物当傀儡,不能把"典型人物"当作"某一社会历史现象本质"的图解。从这篇文章的总体倾向上看,作者对现代生活中占主导地位的崇尚"本质"、迷信"规律"、推重"概念"的理性主义专断深表怀疑,对于把文学作品中的"人物"以及现实中的"人"当作工具和手段的工具理性尤为反感。也许是出自作者酷爱自然和自由的天性,他对现代工业社会的思维模式表现出"先天式"的反叛。

也可以说,"文学是人学"的主张出自欧洲文艺复兴时期的"人道主义""人性论",倡导者钱谷融的人道主义立场与托尔斯泰、易卜生、巴尔扎克、狄更斯一脉相连。不过,文学中的"人道主义"并不仅仅局限于启蒙思想,正如钱先生在文章中指明的:"人道主义精神,人道主义理想,却是从古以来一直活在人们的心里,一直流行、传播在人们的口头、笔下的。"①在人道主义的原野上,培根找到的是"人是控制驾御自然的万物之灵",卢梭找到的是"回归自然本性",孟德斯鸠找到的是"法律面前人人平等",萨特找到的是"以人类的相互依存对付资本主义的恶性竞争"。钱谷融先生找到的是"把人当作人"。这更多的是在抗拒"人的异化",抗拒把人"化"作"本质""概念""规律",化作"傀儡""道具""齿轮""螺丝钉"。这既是抗拒现实政治生活中的极"左"路线,也是在抗拒社会现代化进程中那个大一统的"元叙事"。

至于"人性论"的内涵,现代思想界众说纷纭,莫衷一是。钱谷融先生在这篇文章中并没有特别强调"人是社会关系的总和"以及"大写的人"这些在当时社会上特别流行的字眼,他所一再强调的"人性"却是一个颇带"自然主义"意味的说法——"赤子之心",即"童心"。老子在《道德经》中讲:"常德不离,复归于婴儿",又以"沌沌兮,如婴儿之未孩"形容得道之状态,可以看作"童心说"的滥觞。中国古代力倡"童心说"的是明代思想家李贽,他说童心就是"本心"或"初心",亦即"赤子之心";就是"真心",诚挚无伪之心、坦荡无碍之心;又是"纯心",纯正质朴之心,未经世事污染之心。这是一种不会算计、不会策划、不会操作、也不会竞争的心。在西方现代文学史中推重"童心"的诗人,有

---

① 钱谷融:《艺术·人·真诚》,华东师范大学出版社 1995 年版,第 81 页。

英国湖畔派诗人华兹华斯,他更多地是从人与自然的关系上肯定童心的:婴儿、儿童由于没有受到世俗思想的熏染,更多地葆有"神圣之灵性",比之成年人就更容易领悟宇宙间不朽的信息,更容易接近自然中真实的生命,接近人性中的本真,接近人的天性。

钱谷融先生一生评人论文始终坚持的标准,概而言之也就是这个天真诚挚的"赤子之心"。纵览他的文集,经常可以看到他用这样一些字眼赞美他所喜欢的作家、作品:"志行高洁""自然真率""直抒胸臆,不假雕饰""清新秀丽,一尘不染""素淡雅洁,超然脱俗""清水出芙蓉,天然去雕饰""喁喁独语,自吐心曲"(这简直就是摇篮中的婴儿的常态)。

究其底里,是因为评论者本人就拥有一颗"赤子之心"。

"赤子之心"作为文学批评的标准,比起结构主义文本学、解构主义叙事学的那些繁文缛节要简洁、单纯得多。但这简洁、单纯却要比那繁难、复杂更为难得,不过,这已经是一个超越了认识论和知识学的话题。"赤子之心"属于情性的天地,它的简洁单纯就像一片澄澈明净的湖水,正是由于它的简洁单纯方才能够映照出流变的天光云影、隐约的青山红树,以及纷扰的大千世界、幽微的心灵秘境。

赤子之心,或许可以视为中国古代哲人为人性设置的一种理想境界,一种人性的乌托邦。即使这样,它也不失为一种独具东方色彩的人性论。舍勒把人性设置为一种"向着上帝飞升的意向",中国先哲把人性认作"向着自然回归的心灵",看似截然对立,实则异曲同工,无论"上天"还是"入地",其目标都是做一个与天地共通、共生的人,一个更"是其所是"的人。

关于"文学是人学"的命题,评述到这里,读者也许已经发现这与我们在21世纪张扬的"生态学精神"有颇多吻合之处。"赤子之心"象征着人性的源头,同时象征着人性的高度,既是返璞归真,又是止于至善。这简直就是近于德日进对"上帝位格"的评价:既是起点,又是终点!如果说"赤子之心"是属于"精神圈"的,那么它同时也是属于"生物圈"的。在谈及人性与自然的关系时,钱谷融先生在文章中就曾明确地写下了这样的话:一旦拥有了"赤子之心",就会使"我们对人、对自然界更加接近"。①

在通读全文之后,我们还是发现了两处与当前生态运动的主张、与作者在文章中的基本立意不尽协调的文字。

一处是作者在批评自然主义的文学创作方法时说:"自然主义者则是把人当作地球上的生物之一,当作一种具有一切'原始感情',即兽性,的动物来看待的。因而是用蔑视人、仇恨人的反人道主义的态度来描写人、对待人的。"②前一句的表述并没有错怪自然主义;问题在于后一句,给人以将"人性"与"兽性"截然对立起来的感觉。依照当下生态伦理学的观点,地球上人类之外的其他生物,包括"野兽"在内,都处于同一个地球生态系统之中,人与它们是相依相存的,它们的内在价值也应当得到承认。况且,在人身上除了社会性、文化性、精神性之外,也仍然有生物性的存在。其实,钱先生怎么会不知道,在现实生活中、在文学作品中,有些人身上的缺点和毛病真是比动物还严重;而有些动物在某些方面,也可能拥有一颗"赤子之心",比如,深为钱先生所喜爱的俄罗斯作家屠格涅夫小说中的那条名叫"木木"的狗。

另一处文字:"高尔基心目中的'人',是'生活的主人',是'伟大的创造者',是能够征服第一自然而创造'第二自然'的人。"③半个世纪过去了,现在看来,"人"这个伟大的创造者对"第一自然"的征服已经造成如此多的生态灾难;而它所创造出来的"第二自然"又给人的心灵生活带来如此多的损伤。在20世纪50年代的中国,这注定是钱谷融先生无法料到的。当时的中国人全都被一种建设祖国、改天换地的热情鼓舞着,诸多要命的问题,只是后来"发展"出来的。

以上两段文字,或许都是受到当时苏联文艺理论的影响。从生态学的角

---

① 钱谷融:《艺术·人·真诚》,华东师范大学出版社1995年版,第78页。
② 同上,第86页。
③ 同上,第91页。

度当然也可以批评作者在某种程度上受到了"人类中心主义"思想的影响。但是,把钱谷融一贯的文艺思想连贯起来看,我们不难发现,在他那里"人"与"艺术"几乎总是融为一体的,在他的艺术本体论中,"真正的人"与"真正的艺术"同质同构。这些思想集中地表现在他的《关于文艺特征的断想》一文中。这首先在于他坚持把文学艺术现象看作"生命现象",这不但表现为艺术本身拥有生命的活力,而且还表现为艺术必须把它遇到的一切对象全"当作有生命的东西"。钱谷融的文学理论是可以视为"生命诗学"的。为此,他在引证了歌德关于艺术与自然的谈话之后进一步解释说:"真正的艺术作品和真正的大自然的作品一样,都是有生命的,同生活之树一样是常青的。""只有艺术才是自然的最称职的解释者,因为只有艺术才能把握住自然的生命。""艺术家从自然那里所得到的体会,原是艺术家自己灌注到自然身上去的;自然从艺术家那里得到的赞美,原是自然本身从艺术家心底召唤起来的。譬如李白的诗句:向看两不厌,只有敬亭山。"①这些论述,涉及文学与自然的深度关系与有机联系,显然又都是精辟的"生态文艺学"的识见。

---

① 钱谷融:《艺术·人·真诚》,华东师范大学出版社 1995 年版,第 167—168 页。

第3章　文学艺术是一个有机开放系统

　　英国植物生态学家坦斯利于1935年提出生态系统学说，经几代学者的补充完善，现已运用到生态学研究与世界生态运动的各个方面。生态系统被定义为：在一定的空间与时间的范围内，生物成分和非生物成分之间通过物质、能量或信息的交流，构成的一个相互依存、相互作用的生态学功能单位。

　　当代生态学家们根据不同对象在地球上划分出八个大的生态系统：森林生态系统、草原生态系统、海洋生态系统、淡水生态系统、湿地生态系统、冻原生态系统、农田生态系统、城市生态系统。农田生态系统与城市生态系统的消费者主要是人类。生态系统研究已经跨越、涵盖了从亚细胞基粒到个体、种群、区域、国家、跨国家组织乃至全地球的各个层面，从自然到经济、政治、社会、文化的各个领域。如今，人在生态系统中的作用比以往更加受到关注，人已被纳入生态系统内部，由外在因素变成了内在因素，变成了生态系统自组织、自调节、自斡旋的重要因素。那么，作为人类重要行为之一的文学艺术活动，是否也可以自成一个生态系统呢？

　　一些生态文化学者为我们揭示了这样一种现象：在中国学划分出来的十

大生态系统中,除了农田系统、城市系统,还有热带雨林、落叶阔叶林、稀树疏林、草原、荒漠、高寒草甸、苔原、红树林八大系统。而这些生态系统中的人类多为少数民族,如热带雨林系统中的苗族和黎族,草原系统中的蒙古族,荒漠与高寒草甸系统中的藏族。这些民族的人们拥有自发的生态保护意识,自古以来与栖居地的自然环境和谐相处、融为一体,同时他们又拥有天生的艺术才华。与生活在大城市里的居民不同,这些民族的男男女女,"会说话就会唱歌,会走路就会跳舞",即使不认字的也会"吟诗"(民歌俚曲)。他们的这些艺术活动的生态属性是什么?这些活动与他们置身其中的生态系统有什么关系?还很少有人做过深入具体的研究。

上世纪 80 年代,厦门大学中文系的林兴宅先生以运用一般系统论的哲学方法研究《阿 Q 正传》中阿 Q 的艺术形象,从结构的多层次、功能的多因素分析了阿 Q 复杂多变、对立统一的性格内涵,取得卓越的成效,轰动一时。一般系统论从整体出发研究系统整体和整体中各要素在结构、功能各方面的相互关系,是处于科学与哲学之间的一门学问,本是源于生物学的生物机体论。这一章暂且不讲系统论哲学方法在文学艺术研究中的运用,而是希望溯源而上,追溯一下文学艺术与生态系统的关系,从而确定文学艺术的生态属性,以及文学艺术自身的系统机制。

3.1　文学艺术的生物性隐喻

以往我们的文艺理论教科书中,常常把文学、艺术比作"镜子",如"放大镜""显微镜",强调其如实反映社会生活的功能;政治活动中又常常将其比作"匕首""投枪""传声筒""齿轮""螺丝钉",当作斗争的武器和工具。这些比喻多出现在近百年来的工业社会,与文学艺术的内在属性并无太多的关系。诗歌、音乐、绘画、雕刻这些不同门类的艺术表达方式原是人类本真的生命活动,与人类童年时代的采集狩猎活动、种植畜牧活动相伴而生,如前所述,是人在地球生物圈内有机活动的组成部分。如果要讲文学艺术的属性,更重要的、更根本的还是要弄清它和生物性的关系。

关于文学艺术生物属性的隐喻,在中国古代文论中比比皆是。

三国时代的陆机,将门之后,一心想在沙场建功立业,不幸盛年惨死于宫廷权斗,让他名垂青史的却是一篇谈论文学创作心理的论著《文赋》。我在撰写《超越语言》一书时,就深深得益于陆机的启示。

在《文赋》中,陆机以垂钓、射猎比喻文学创作心境中的突发灵感、驰骋想象;以花开花落、朝华夕秀比喻文学精神在岁月长河中的传承接续:"浮天渊以安流,濯下泉而潜浸。于是沉辞怫悦,若游鱼衔钩,而出重渊之深;浮藻联翩,若翰鸟婴缴,而坠曾云之峻。收百世之阙文,采千载之遗韵。谢朝华于已披,启夕秀于未振。观古今于须臾,抚四海于一瞬。"①

陆机强调创作主体如同一棵大树的树干,文辞语言就像这棵大树生发出来的枝叶,有了主体内心世界的充实与丰盈,语言文辞才会酣畅淋漓地倾泻于笔端,即所谓"笼天地于形内,挫万物于笔端。始踯躅于燥吻,终流离于濡翰。理扶质以立干,文垂条而结繁"。"函绵邈于尺素,吐滂沛乎寸心。言恢之而弥广,思按之而逾深。播芳蕤之馥馥,发青条之森森。粲风飞而猋竖,郁云起乎翰林。"②

南朝时代的刘勰在其《文心雕龙》中,开篇一段话就淋漓酣畅地表达了文学艺术与天地自然的有机联系、文学艺术与自然环境相依相融的属性:

　　文之为德也大矣,与天地并生者何哉?夫玄黄色杂,方圆体分,日月叠璧,以垂丽天之象;山川焕绮,以铺理地之形:此盖道之文也。仰观吐

---

① 张少康:《文赋集释》,人民文学出版社 2022 年版,第 36 页。
② 同上,第 60 页,第 89 页。

曜,俯察含章,高卑定位,故两仪既生矣。惟人参之,性灵所锺,是谓三才。为五行之秀,实天地之心,心生而言立,言立而文明,自然之道也。

旁及万品,动植皆文:龙凤以藻绘呈瑞,虎豹以炳蔚凝姿;云霞雕色,有逾画工之妙;草木贲华,无待锦匠之奇。夫岂外饰,盖自然耳。至于林籁结响,调如竽瑟;泉石激韵,和若球锽:故形立则文生矣,声发则文生矣。夫以无识之物,郁然有采,有心之器,其无文欤?①

这段文字先说文章产生于天、地、人心之间,乃"自然之道",然后铺陈开来说自然界的动植万品全都有文采,化生于天地间的文学艺术依自然万物而生:绘画源于"虎豹炳蔚""草木贲华";音乐源自"泉石激韵""林籁结响";文学乃人的"性灵所锺""心生而言立,言立而文明"。

在《神思》《风骨》《情采》《隐秀》诸篇,许多脍炙人口的名句皆是以动物、植物譬喻文学艺术的创造过程与审美功用,如:"辞为肌肤,志实骨髓""吐纳英华,莫非性情""水性虚而沦漪结,木体实而花萼振""风骨乏采,鸷集翰林;采乏风骨,雉窜林间""自然会妙,譬卉木之耀英华;润色取美,譬缯帛之染朱绿。朱绿染缯,深而繁鲜;英华曜树,浅而炜烨",等等。

唐朝末年诗人司空图的《诗品》,将诗的风格分为二十四品,其中充满对自然主义诗风的偏爱,有许多以自然风物隐喻诗歌品貌的佳句,如"采采流水,蓬蓬远春。窈窕深谷,时见美人。碧桃满树,风日水滨。柳阴路曲,流莺比邻"形容诗风的"纤浓";以"明漪绝底,奇花初胎。青春鹦鹉,杨柳楼台。碧山人来,清酒深杯。生气远出,不著死灰"赞扬诗风的"精神"。有趣的是北宋大诗人苏东坡评价司空图的诗风与趣味,使用的也是"生物性"的话语:"梅止于酸,盐止于咸,饮食不可无盐梅,而其美常在咸酸之外。"犹如说司空图诗歌的高妙乃"意在言外","不著一字,尽得风流"。

---

① 刘勰著、周振甫注:《文心雕龙注释》原道第一,人民文学出版社 1983 年版,第 1 页。

司空图之后,宋元明清历代仿作《诗品》的文人墨客不计其数,以自然风物喻诗词文赋的创作与鉴赏更是花样翻新:如以"足踏蛟鲸、手鞭鼋鼍"喻"雄浑",以"幽兰被厓,芳草满汀"喻"清丽",以"鸿雁高飞,草木陨黄"喻"悲壮",以"骅骝骋步,鹰隼脱鞴"喻豪迈,以"杂花欲放,细柳初丝。上有好鸟,微风拂之。明月未上,美人来迟"喻"神韵",以"绿水鸳鸯,芙蓉池沼。游鱼往来,穿萍织藻。燕舞莺歌,花梢林表"喻灵活生动、随意宛转的文笔,等等。在近代中外作家的创作谈中,我们有时也会看到一些著名作家将自己的创作过程比作"蜜蜂采花酿蜜""春蚕食桑吐丝""十月怀胎,一朝分娩",这些也都是将文学艺术创造视为生命活动的例证。

　　被誉为"当代东方诗哲"的方东美先生学贯中西,他以西方文化视野洞悉中国古代精神遗产,视宇宙、生命、艺术为一体,议论起文学艺术来总能高人一筹。在他看来,宇宙之所以伟大,即在于大化流衍,生生不息。天拥有大生之德,是原创力的源头,天德施生,好比"云行雨施"一般滋润万物,促使一切万有各得其养而蓬勃茂育。而地拥有广生之德,好比慈母一般呵护照顾子女,温柔敦厚,沉毅不屈,时间万物遍受其厚载而攸行尽性。天地之心,交泰和会,协然互荡,盎然并进,周流六虚,正如海水之波澜无定,浩浩长流,一脉相承,后先相续,生化无已。这种绵延雄奇的生命之流,恰似水波之影,载阳之春,可以充分表现无比焕发之新机,故其创造活力气脉幽深、含弘光大、气概飞扬、光辉笃实,这种雄奇的宇宙生命一旦弥漫宣畅,就能淡化一切自然。"而人类受此感召,更能奋能有兴,振作生命劲气,激发生命狂澜,一旦化为外在形式,即成艺术珍品。"这无疑说艺术就是宇宙生命绽放的花朵。①

　　在西方现代美学史中,不少学者试图将文学艺术活动与人的机体的生理活动联系起来,以生命活动解释艺术活动。比如,美学家丹纳(Hippolyte Taine)把文学艺术看作"芦荟或松树""燕麦或玉蜀黍",看作田野中的动物和

---

① 方东美:《生命理想与文化类型》,中国广播电视出版社 1992 年版,第 368 页。

植物,并且断言:"精神文明的产物和动植物界的产物一样,只能用各自的环境来解释。"①他的观点已经很接近于当前的"生态文艺学"了。

李普斯(Theodor Lipps)和谷鲁斯(Karl Groos)一派美学家把审美的本质说成是"移情于物",是审美主体针对审美对象的"生命灌注",是审美主体作为生命有机体对审美对象的"内模仿",他们的美学的立足点都是建立在人的生物属性、人的生理活动的基础之上的。

美国自然主义美学家、诗人桑塔耶那(George Santayana)在其撰著的《美感》一书中,抛弃了理性主义长期支配的思辨美学,他认为自然是一个自我包容、自我满足、自我说明的体系,人世万物都是由自然这个"唯一"演进化生出来的,人的精神活动也不例外,人的感性与理性全都植根于人的生物性之中,黑格尔所谓的"绝对精神"是不存在的。在审美和艺术领域,他认定:艺术是自然现象,审美是人的天性,创造是人的本能。他将感觉经验作为美学的奠基石,将美与人的感觉器官紧紧相连,提出了美的"快感说"和艺术的"冲动论"。他在论及人的性欲、自然、艺术的关系时说:"性绝不是性欲的唯一对象。当爱情尚未有它的具体对象,当爱情尚未觉醒,或者已经为别的利益而牺牲,我们便见到那被压抑的欲火向各方面爆发出来。或者是献身于宗教,或者是热衷于慈善,或者是溺爱于犬马,但是最幸运的选择是热爱自然和热爱艺术。"自然、诗歌、艺术就相当于人们的"第二情人",是爱欲释放的优选对象!②

美国当代著名美学家门罗(Thomas Munro)说得更为明确:美感与艺术像所有生物现象一样,是生物性的个体对环境适应的产物,因而也有从低级到高级的进化过程。门罗坚信,艺术中不存在"与地球上生命的自然过程和物质实体的进化过程完全脱离的因素","艺术作品及与之有关的经验,也同思想和其他人类活动一样,是一种自然现象"③。他的具体表述要更系统周严一些,在

---

① ［法］丹纳:《艺术哲学》,人民文学出版社 1981 年版,第 9 页。
② ［美］乔治·桑塔耶纳:《美感:美学大纲》,中国社会科学出版社 1982 年版,第 41 页。
③ 转引自朱立元主编:《现代西方美学史》,上海文艺出版社 1993 年版,第 80 页,第 667 页。

他看来,从自然界到人类社会的发展是一个漫长的进化过程,从物理现象到生物现象再到人类的精神现象,是一个前后相连的进化过程,人类的思想、意识与审美活动是这一进化过程的高级阶段,但与自然界的物理现象、生物现象之间并没有本质的不同。美感与艺术现象一样,是生物性的个体对环境适应的产物。

当代德裔美国哲学家苏珊·朗格(Susan Langer)的学说影响巨大,她认为艺术即人类知觉形式与情感符号形式的创造基于人类生命,近乎人类本能。她在其《艺术问题》一书中,从"有机体的特征""情感情绪与有机体的关系""艺术创造与有机体类似的特征""文学艺术家的创作心理"几个方面进行了缜密细致的论述,从而断定:"艺术的形式与生命的形式相类似","艺术结构与生命的结构相类似",而且"这里所说的生命结构包括着从低级生物的生命结构到人类情感和人类本性这样一些高级复杂的生命结构","每一件艺术品都应当是一个有机的形式","任何一个成功的艺术品也都像一个高级的生命体"。[①] 何况,作为艺术创造主体的文学艺术家无疑就是一个"高级的生命体"呢!起码,文学艺术也应该算是"高级生命体"活动的衍生物,是应该拥有它自己的生态系统或"准生态系统"的。

她说,在艺术评论中广泛应用的一种暗喻便是将艺术品比作"生命的形式"。每一个艺术家都能在一个优秀的艺术作品中看到"生命""活力""生机"。一幅绘画、一首奏鸣曲就是一件"活的"或"栩栩如生的生命体"。当然,艺术品并不真正地等同于那些具有生物机能的有机体,绘画本身并不能呼吸,也没有脉搏的跳动;奏鸣曲本身也不能吃饭、睡眠,更不能像生物那样自我复制,如果小说被放置在图书馆里,它们也不会像生物那样生育繁殖,等等。但是,在艺术领域中所流行的这一"生命形式"或"有机形式"的暗喻具有如此强大的影响力,以至于当一个严肃的和热爱思考的艺术家听到我们将刚才引用

---

① [美] 苏珊·朗格:《艺术问题》,中国社会科学出版社 1983 年版,第 41—42 页。

的那些字眼称之为暗喻时，会对这种肤浅的说法感到吃惊。①

美国学者迪萨纳亚克（Ellen Dissanayake）试图建立一种"达尔文主义文艺学"，她根据考古资料和对南太平洋土著的调查提出：要到生物学中寻找艺术的理由，"把艺术看作一种生物需求不仅能够给我们提供一种更好地理解艺术的方式，而且通过把艺术理解成我们的自然组成部分，我们就能够把自己理解成自然的一部分"。②从人类行为学出发，他认为把人看成在特定环境中以特定生活方式进化的一个动物物种，就能够解释他们之所以拥有艺术的原因，就像从行为学观点看狼就可以解释它们嗥叫、戏耍和分享食物的原因一样。艺术就像嬉戏、像分享食物、像嗥叫那样是一种行为、一种"需求"，它帮助人类生存，而且生存得更好。

我自己当然也是一贯将文学艺术的创造与欣赏活动视为与主体密切相关的生命活动的，甚至视其与人的生理活动密切相关。早年，我曾在一篇文章中写下：文学艺术活动不只是作家对生活的理解和认识，文艺作品不只是用来表达某些思想意义的物质外壳，而是文学家的知觉活动方式、思维活动方式、想象活动方式和情感活动方式；就是文学家心脏的搏动和呼吸的节律，血液的流动和气息的运行。它带着诗人或作家自己体肤的温暖和芬芳，它是诗人或作家发自心灵深处的情不自禁的歌唱。文学艺术的创作过程是一个包括文学家自己的需求、欲望、感觉、知觉、思维、情感、注意、记忆、直觉、想象等心理活动、生理活动在内的复杂的过程。就像大作家王蒙讲过的，一个作家在写作中，有时甚至连脚掌、脚指头也要用上的。③

由此看来，人类的文学艺术活动可以说是与人类的整体存在状况密切相关的，它既是一种幻化高蹈的精神现象，又是一种有声有色、紧贴自然的生命现象，它与宇宙间这个独一无二的地球生态系统血肉相连，它本身也是一个有

---

① 参见［美］苏珊·朗格：《艺术问题》，中国社会科学出版社1983年版，第41—42页。
② ［美］迪萨纳亚克：《审美的人》，商务印书馆2004年版，第64页。
③ 鲁枢元：《用心理学的眼光看文学》，《文学评论》1985年第4期。

机、生长、开放着的系统。传统科学,诸如物理学、数学对于它的解释或许会部分有效,但若是要对它做出较为贴切的解说,或许需要新的学问,需要一种与自然、与生命、与人的存在更为贴近的学问,一门更有利于从整体上、系统上解说的学问,一门可以涵盖哲学、生态学、人类学、社会学、宗教学、伦理学、美学、文艺学等学科领域在内的学问。

3.2 怀特海与华兹华斯

一种更有益于从整体上、系统上解释自然、生命、人的存在以及人的精神活动、文学艺术活动的学问,有可能吗? 如果有,我们的选择是哲学家怀特海的有机过程哲学。

前边我们已经多次提到这位英国哲学家,但他在中国思想界长期以来并不为人们重视。2005 年出版的《西方哲学史》中,怀特海仅仅在第八卷第五章第二节"英国的新实在论"中被提及,远远没有他的剑桥学生罗素的地位显著,更没有达到他的徒孙维特根斯坦受到推重的程度。只是近年来,伴随着世界性生态运动的高涨,伴随着后现代思潮与生态运动的相互交汇,怀特海作为超越型的思想家的形象才日益凸显出来。

怀特海于 1861 出生在英国东南部肯特郡一个牧师家庭,19 岁入读剑桥大学三一学院,毕业后留校任教。他的专业是为数学、力学,但他同时对文学、哲学、社会学、宗教学怀有浓厚兴趣,并在相对论、量子物理学的启示下渐渐形成对于宇宙的总的观念,最终建构起自己的有机过程宇宙论体系。在他看来,整个世界表现为一种活动的过程,在过程的背后并不存在不变的物质实体,其唯一的持续性就是活动的结构,而这种结构是进化的,所以自然界是活生生的、有生机的。自然和生命的有机融合构成真正的实在,亦即宇宙。怀特海的哲学在对现实存在进行分析时,以动态过程取代静态结构;以系统分析代替要素分析，"在自然界诸种生命活动整体中为人类定位"，因此透递出浓郁的生态学氛围，甚至被称作"意义深远的生态学"。①

我和怀特海的哲学思想相遇，可以说很晚，也可以说很早。说很晚，我最初读到商务印书馆 1989 年版怀特海的《科学与近代世界》一书，是在京广线上的绿皮火车里，书页的眉批上记载着"1990 年 7 月 16 日夜 11 时零时 5 分，186 次火车待闭长葛站"。这与中国老一代学者如胡适、张申府、贺麟、方东美结识怀特海或亲聆教诲相比已经晚了半个多世纪。这本《科学与近代世界》本是随手带上旅途的书，不料却引起我浓厚的兴趣。说很早，则是因为在我的同辈学者中，尤其是从事文艺学研究的学者，我接触怀特海算是比较早的，当时我是从我正在思考的文学艺术问题的角度走进怀特海的。有人说《科学与近代世界》是怀特海所有著作中最容易读的一部，也是最受欢迎、最为重要的一部。这部书在历来互不相容的人文学科与自然科学之间架起桥梁，对近代以来西欧的"二元对立"的主流哲学观进行了颠覆性的批判，让"诸存在既相互包容又分别多样化地实现各自的价值和目的"，有机过程哲学就是在这部书中最终成型的。②

怀特海的这部谈论宇宙论、世界观的书，却又是如此地推重文学艺术，他说："中世纪前期的艺术具有一种无与伦比的、扣人心弦的迷人之处。它的使命超越了艺术自身为达成审美目的而存在的范围，成了深藏在自然界内部的事物的象征。这样便增强了它的内在的品质。在这个象征主义的时期，中世纪艺术以自然为媒介而繁荣起来，但它却是倾向另一世界的。"③在这里，怀特海没有仅仅将艺术视为个体心灵的产物，而是将艺术和审美置于"自然界内部"，"自然"也是一台戏，万物都在这个大舞台上扮演自己的角色。也正是因为这样，"如果要理解一个世纪的内在思想，就必须谈谈文学，尤其是诗歌和喜

---

① ［日］田中裕：《怀特海：有机哲学》，河北教育出版社 2001 年版，第 17 页。
② 同上，第 87 页。
③ ［英］怀特海：《科学与近代世界》，商务印书馆 2019 年版，第 18—19 页。

剧等较具体的文学形式。"①他甚至认为,"一切现实的或实在的关系都是审美关系"。②

在现代学术界,陈寅恪曾经开启了"以诗证史"的先河;怀特海要做的则是"以诗歌解释哲学",他选定的诗人是他所崇仰的英国浪漫主义诗人,同时也是他的剑桥学长的华兹华斯。后来的海德格尔也是这样做的,他选择的诗人是荷尔德林,不知是否受到怀特海的启示。

华兹华斯喜爱大自然,倾心传统农村生活,厌恶工业时代的城市文明和冷酷的金钱关系,他与好友柯勒律治、骚塞一道隐居在昆布兰、格拉斯米尔的湖光山色中,与孤云鸣禽相伴,创作了大量描绘自然风貌、谱写平民生活、抒发个人怀抱的诗篇,他们被文学史誉为"湖畔派"。尤其是华兹华斯,在他那看似散淡的文字中却饱含人生的喟叹,深蕴天地间的哲理。他认为诗非等闲之物,"诗是一切知识的开端和终结,同人心一样不朽",诗人是"人性的最坚强的保护者,支持者和维护者",杰出的诗人拥有来源于大自然的辉煌的智慧,能够与精神世界作融通无碍的交流。他的诗句"朴素生活,高尚思考"(Plain living and high thinking.)被牛津大学基布尔学院作为格言。

怀特海比华兹华斯晚生近百年,对华兹华斯却情有独钟,由衷地赞颂他"天姿超绝",是一位难得的天才:"有人说斯宾诺莎醉心于上帝,我们同样也可以说华兹华斯醉心于自然。但他是一个好学深思的人,对哲学很感兴趣,头脑清晰到几乎干净无暇的程度。"③他能够用诗的语言表达被科学标准概念局限、歪曲、遮蔽了的真实:

> 华兹华斯到底发现自然界中有什么东西还没有在科学中体现出来呢?我是为着科学本身的利益而提出这个问题的……华兹华斯决不是把

---

① [英]怀特海:《科学与近代世界》,商务印书馆2019年版,第86页。
② [美]菲利浦·罗斯:《怀特海》,中华书局2002年版,第6页。
③ [英]怀特海:《科学与近代世界》,商务印书馆2019年版,第94页。

无机物交给科学去公道处理,而认为生物机体中存在着科学不能分析的东西。他当然认识到了生物在某种意义上是不同于无生物的,这是谁也不怀疑的。但这并不是他的主要论点。他始终不能忘怀的倒是萦绕心头的山景。他的理论认为自然是一个整体。换句话说,他认为不论我们把任何分离的要素作为单个自为的个体来确定,周围事物都会神秘地出现在其中。他经常把捉住特殊事例的情调中所牵涉的自然整体。这就是他为什么会和水仙花一同欢笑,并在樱草花中找到了"涕泪不足以尽其情的深思"。

华兹华斯远优于其余作品的最佳诗作是"序曲"第一卷。其中充满了为自然形象所萦绕的情调。有好几段极其雄壮的诗句表达了这一概念。只是原文太长了,没法引出来。当然,华兹华斯是一个写诗的人,他并不关心枯燥无味的哲学叙述。但他对自然的感情体现得最清楚。他认为自然是由许多错综复杂的包容统一体组成的,每个统一体都充满其他统一体的样态表象。①

在华兹华斯看来,"科学不该完全沉浸于抽象观念之中",科学不该遗漏"自然界中最重要的事实","生物体中存在着科学不能分析的东西"。相对于华兹华斯的诗歌,现代科学赋予我们的自然观念是多么贫乏枯燥,多么令人惶惑而迷惘,正是这些引起了怀特海对华兹华斯的关注。

一般人都会认为19世纪的浪漫主义诗人都是反对科学的,华兹华斯也不例外。如果系统地读一读华兹华斯的诗歌并加以深入一些的研究,就会发现他对科学的态度是复杂的:一方面认可科学为人类带来的无可置疑的福祉,另一方面对科学技术飞速发展给自然、人心造成的损害不无隐忧。尤其是科学对于生命与人性的冷漠,更让诗人不能容忍。

---

① [英]怀特海:《科学与近代世界》,商务印书馆2019年版,第95页。

在华兹华斯生活的 19 世纪初期，主导时代进程的科学是牛顿的物理学，一种建立在唯物机械论基础之上的科学，它可以解释并作用于物质世界，却无法适用于充盈活力的生物世界。"生物具有自身的活力，即根据需要追求生命终极目的的精神动因，这种精神动因无法被物理定律所决定，生命因而是自由的。""构成大脑的物质不同于一般的物质，它本身具有独特的活力——因此，大脑的物质基础无法否定人类心智在构造知识与改造世界的过程中所展现的生命力。"①人的自由生命、人的心智活动与充满活力的自然界联结而成的有机、流动的生命整体，才是科学应该面对的整个问题。

华兹华斯以及"湖畔派"的其他诗人对于科学都怀有浓厚的兴趣，并且与许多科学家建立了深厚的友谊。著名化学家、发明家，英国皇家学会主席，文学爱好者汉弗莱·戴维就是华兹华斯的好友，他相信，诗歌像科学一样具有改变人类状况之潜能。看来，华兹华斯并不一概反对科学，他反对的只是当时占据统治地位的牛顿、培根式的科学，机械论的科学，那种无视"我们内在心灵生活本身"的物质性或工具性科学，"仅仅为事实本身而收集事实"的"小写科学"。这种"小写科学"以理性认知模式破坏了情感体验，以工具性手段扼杀了想象力。仅仅拥有此类科学的社会，将会变成人性的荒漠；在这样的社会里，人终将蜕变为机器。② 怀特海在他的《科学与近代世界》中同样强调：机械唯物论的哲学不能解释生命现象，不能解释心理、精神在事件整体中的情境，有机过程哲学才是一种关于宇宙万物的宏大叙事，既可以解释心灵活动的自由意志，也可以解释电子在生物体内的运行。华兹华斯所向往的"大写的科学"，不就是怀特海的有机过程哲学吗？这正是一种能够将物质与生命、物理与人文、自然与精神整合在一起的科学，是那种"能将心灵提升至可在其造物中沉思上帝"的"大写科学"。正是在这里，怀特海与华兹华斯相会了，并结为

① 杨靖：《华兹华斯的科学之友》，《中国科学报》（学术版）2019 年 9 月 18 日。
② 参见同上。

同契。华兹华斯的诗学观念为怀特海哲学提供了丰腴的底蕴；怀特海的哲学则实现了华兹华斯关于"大写科学"的夙愿。

华兹华斯在其代表作《序曲》中，曾讲述过一名船长被抛弃在孤岛时借几何学来打发时光的故事，并宣称如果自己遇到这样的情况，必定也会做出同样的选择，因为"对一颗被各种形象困扰、自我纠缠不清的心灵，那些抽象的概念具有巨大的魅力"，并且这背后还有更深的内涵，即"一个独立存在的世界，诞生于精纯精湛的心智"。诗人从数学尤其是几何学抽象的理性世界领悟到一种与想象力同源的、超越时空的诗意境界，这种境界又是华兹华斯后期宗教思想的折射。几何学是关于自然的知识，诗歌则关乎人生和社会，但在华兹华斯这里，两者之间似乎并不存在区别，并不存在主观心灵世界和自然客观世界规律的严格区分，而是同属于一个生命整体的，都能通向关于存在的最高真理，也就是他的上帝。在华兹华斯这里，以几何学为代表的科学与诗歌、与宗教是完全可以"圆融"在同一个宇宙之中。在怀特海这里也是这样：以数学为代表的科学与哲学、诗歌、神学也是可以有效地运行在同一个系统之中的，这个系统也相当于地球的生态系统。

正因为人的心灵与文学艺术都是这个宇宙大系统的组成部分，与宇宙整体息息相关，其存在对于整个系统的生死存亡都是一种不可忽视的变量。因此，追随怀特海的日本过程哲学家田中裕就坚定地认为：在怀特海的哲学里，人类与世界的关系是"生死相连"的。在以往的世界观看来，环境保护运动不过是以更精明、更高效地开发、利用资源，来达到人类更长久地驾驭自然、消费自然的目标。在怀特海的这种"大写哲学"看来，地球生态危机的解救与改善，终须"彻底转变人类自身的生存方式，采取与过去不同的生活模式"，在这里，物理学与伦理学处于同一架构之内，这也就是"深绿生态学"的含义之所在。①怀特海的再传弟子、小约翰·柯布指出：1925 年，怀特海写了一本流传很广的

① ［日］田中裕：《怀特海：有机哲学》，河北教育出版社 2001 年版，第 144 页。

书《科学与近代世界》，给走进迷途的现代人提供了一种新的世界观，同时也开启了一个新的时代。

人的一生之中许多事看似偶然，若干年过去，尤其是到了人的晚年，回首望去，似乎又是环环相扣，犹如一条曲折却又连贯的岁月之链。32 年前，我在中国京广线一辆火车上读怀特海的书；从那时 28 年过后，我在美国洛杉矶的克莱蒙小镇见到了 93 岁高龄的柯布老人，向他当面请教过程哲学。

3.3 佛祖的碗与汉字"风"

怀特海的"大写哲学"思想，即将自然、社会、人类有机融汇于一个流动过程之中的系统思想，在东方世界的古代传统文化中本是固有之义，在中国是老子的道家学说，道法自然，道生万物，道大、天大、地大、人亦大、有无相生、天长地久、周行不殆；在印度是释迦牟尼的佛学，宇宙万物是一个生命共同体，互缘而生，相依相存，生生灭灭，循环不息。怀特海自己是知道这些的，他说过，道教与佛教最初产生时，首要的并不是信仰的宗教，而是智慧的宗教，觉悟的宗教，更好生存的宗教，"就一般的立场来看，有机哲学似乎更接近于印度或中国的某些思想特征，而不是像西亚或欧洲的思想特征"。[①]

柯布也曾不止一次地指出："怀特海本人就注意到了，他的思想与中国思想相似。"[②]他还说他的老师、怀特海生前的助理哈特肖恩就曾向他强调佛教教义与过程哲学的相似性："我认识到，佛教对实在有一种深度哲理的见解，也有坚定的精神戒律。我了解到，深深吸引我的过程哲学，更接近佛教思维而不是西方思维。"[③]

---

① ［英］怀特海：《过程与实在》，商务印书馆 2011 年版，第 15 页。
② ［美］小约翰·柯布：《柯布自传》，华文出版社 2018 年版，第 163 页。
③ 同上，第 141 页。

在生态运动的情势下，在生态文化的语境中，怀特海的哲学与中国、印度的精神文化传统相互映照，将显示出灿烂妙曼的辉光。

佛教史记载，佛祖悉达多最初便是在旷野中修炼并进入禅定的。与他同修的是大自然中的树林、河流、鸟雀以及草丛里的昆虫、泥土里的虫蚁，那实际上就是生态学里讲的"地球生物圈"。佛祖悉达多得道成佛的过程是在大自然的怀抱中完成的，而得道的验证，就是他将自己与天地万物融为了一体。一行禅师在《故道白云》一书中写道：成佛的悉达多"可以辨察到当时他身体内存在着无数众生。这包括了有机物和无机物、矿物、草苔、昆虫、动物和人等。他也察视到其他所有众生就是他自己……他看见自己体内的每一个细胞都蕴藏着天地万物，而且跨越过去，现在和未来。"①这段话也可以理解为得道后的佛祖其实就是宇宙的化身。

怀特海的有机哲学与现代生态学的第一法则都认为：世界是一个运转流变着的有机整体，万物之间存在着生生不息的普遍联系，从日月、星辰、风雨、雷电、山川、河流、森林、土地，到包括人类在内的一切有生之物——动物、植物、微生物，都是这个整体中合理存在的一部分，都拥有自己的价值和意义，都拥有自身存在的权利。最终，它们只服从那个统一的宇宙精神。

恰恰在这个"根本大法"上，佛教与生态学的基本观念是一致的。佛陀在世时，曾经用一只碗开示信徒：碗里盛满了水，水倒出去后碗里还有什么？按照常人之见，是一只空碗，什么都没有了。多一点心思的人会说里边还有空气。仅仅是空气吗？佛祖开导他的信众说：我们还应该看到这只碗里有制陶用的水和泥土、柴草与火焰，有令草木生长的风雪雨露，有制陶匠人的心思与技艺。佛祖说："比丘们，这碗并不能独立存在。它在这里是有赖所有其他非碗的存在物，如泥土、水、火、陶匠等所致的。一切法也如是。每一法都与其他

---

① ［越南］一行禅师：《故道白云》，线装书局 2007 年版，第 65 页。

法相互而存。"①即使一片树叶，其中也蕴含着太阳、月亮、星辰的光芒，蕴含着空气、泥土、时间、空间与心识，蕴含着整个宇宙！

得道后的佛陀教导他身边的信众：我们不但是人类，我们还是稻米、水果、河流、空气，我们存在于这个互缘而生、相依相存的生命共同体中，这是一个生生灭灭、循环不息的共同体，这个共同体养护了我们，我们与众生也为这个共同体做出了自己的奉献。佛祖的这些开示，充满了怀特海哲学中"有机整体论"的意蕴，他说的这个生命共同体，也应该就是地球生物系统。

历史上科学与宗教的冲突可能被有意放大了，怀特海说："宗教与科学之间的冲突只是一件无伤大雅的事。""宗教和科学所处理的事情形制各不相同。科学所从事的是观察某些控制物理现象的一半条件，而宗教则完全沉浸于道德与美学价值的玄思中。一方面拥有的是引力定律，另一方面拥有的则是神性的美的玄思。一方面看见的东西另一方面没有看见，而另一方面看见的东西这一方面又没有看见。"②从上边的例子可以看出，释迦牟尼这只"空碗"显示的既是佛学的经义，也是哲学的智慧，同时不也是道德与美学的玄思吗！

下边，我们再举一个中国文化的例子，也是我曾经在多种场合讲述过的：汉字"风"与中国古代生态文化精神。

"风"，在汉语中是一个常用字，又是一个拥有旺盛"生殖能力"的"根词"，1979 年版的《辞海》收录了以"风"字打头的条目 204 个。中华民族在其悠久的历史中创造性地发明并使用了"风"这一汉字，赋予了"风"字以繁多的衍生义、派生义、象征义、假借义、隐喻义，从而形成了一个由"风"字构成的语义网络，一个活力充盈的"语义场"。

稍加审视便可以发现，由这个"风"字辐射的语义场，几乎覆盖了炎黄子孙

---

① ［越南］一行禅师：《故道白云》，线装书局 2007 年版，第 245 页。
② ［英］怀特海：《科学与近代世界》，商务印书馆 2019 年版，第 203 页。

日常生活的各个领域,几乎贯穿了中华民族传统文化的所有层面,并且集中体现了中华民族传统的生态文化精神。

"风"的语义场可以归纳为以下四个层面:

自然层面:"风"的本义指一种常见的"天气现象",即刮风下雨的"风"、风吹日晒的"风"。古人解释这种自然现象的成因与现代也颇为相近,《庄子》中说"大块噫气,其名曰风","风"是大地的呼吸;《淮南子》进一步解释说,"气聚一方,流而为风","风"即"气"在天地间的流动。

在先秦时代的中国古人看来,"风",并非单纯的"自然现象",同时也是"天"的情绪和意志。在中国古代传统文化中,人是由天地自然孕育化生而成的,"天出其精,地出其形,合此以为人",人与自然原本就是一体化的。因此,大地上、天空中的"风",也同样以某种方式存在于人体之内。人体内有风,人体内的"风"与天地间的"风"可以相互交流、相互感应。这是中国传统文化别开生面的创举,并成为"中医学"重要的理论支柱。《黄帝内经》讲,人体的"九窍、五脏、十二节,皆通于天气",人体中的"气脉"与"天气""地气"之间的冲突、失调,是造成各种疾病的根本原因,中医谓之"伤风""中风""风湿""风痹""产褥风""白癜风"。"风池""风市""风门""风府"都是中医针灸学中重要的穴位。

社会层面:在漫长的农业社会中,自然界的风的方向、时节、强弱、干湿不同,直接影响着农业生产收成的好坏,影响着国计民生。看一看殷墟甲骨文的大量记载,不难发现"风"和"雨"对于那个时代的意义,差不多就等于"石油"和"煤炭"对于现代工业社会的作用,直接关系到社会的稳定和动荡、战争与和平。"风调雨顺"就意味着"物阜民丰""安居乐业""太平盛世"。于是,一个地域、一个时期的道德崇尚和文化习俗也全都和"风"字联系在了一起,被称作"世风""民风""风俗""风情""风土""风气""风化""风尚";甚至,一个朝代的国家法度、朝廷纲纪、民众心态、政府吏治也都被笼罩在"风"字头下,如"风宪""风裁""风纪""风教"等。自然界的"风"便因此拥有了社会学、政治学的含义，甚至还促生了以"风"为研究对象的专业知识、专门技术，那就是"风角"与"风水"。"风角"是观风占吉凶，从风的来向、强弱、燥湿、清浊、寒热、声响、明晦辨认出是"祥风"还是"妖风"，是"政体清明风"还是"刀兵将至风"，对风的观察研究成了社会政治的预测系统。"风水"，古代又称"堪舆"。在中国古人看来，"风"和"水"是人类生存最为重要的因素，居住环境周围的"风"和"水"对于人的生理、心理乃至家庭生活、家族命运将产生直接的影响，这种影响甚至还可以通过祖宗的埋葬地作用于子孙后代。

风，对人类社会的作用如此重要，因此古代帝王巡幸，"车驾出入，相风前引"，排在仪仗队最前边的就是"相风"，就是一个类似如今"风向仪"的东西。

艺术层面： 在中国古代，"风"与音乐歌舞、文学艺术的联系源远流长。最显著的例子是《诗经》中"国风"的命名，刘勰在《文心雕龙》中指出，"诗总六艺，风冠其首"，《诗经》中的《国风》加上《楚辞》中的《离骚》共同合成的"风骚"一词，在中国竟成了"文学才华"的代名词。

一个地域、一个时期的音乐歌舞集中体现了彼时彼地的风土、风俗、风尚、风情，"风"便成了一个地区"民歌""民谣"的代名词。历代官方都设有"采风""省风"的专门机构，"采风"就是对一个地区民歌、民谣、民谚、民俗的收集整理，"省风"是通过对民间歌谣乐舞的分析鉴别来把握民心民意，并及时加以疏导宣泄。音乐歌舞、文学艺术既能通天地自然之"风气"，又能通世事人心之"风气"，甚至还能调养个人生理、心理方面的"气脉"，就像刘勰所说，"吐纳文艺，务在节宣，清和其心，调畅其气"。

"风"的语义场辐射到音乐、歌舞、诗词、绘画的诸多领域之后，便衍生出许多"风"字头的文艺学和美学的术语，如"风雅""风致""风趣""风韵""风骨""风格"等。翻一翻唐诗宋词，"风"字成了历代文人墨客最偏爱的字眼之一。

人格层面： 最典型的例证是中国美学史上的一个术语——"魏晋风度"。

在《世说新语》《昭明文选》等典籍中，以"风"表述人物性情、品德、胸襟、才智的话语比比皆是，如"风仪伟长""风神高迈""风标锋颖""风格峻峭""风姿端雅""风趣高奇""风概简旷"……被赞誉的人物有曹植、嵇康、阮籍、谢安、王羲之等等。

中国古代哲学认为"风"既可以存在于个人体外，又可以存在于个人体内。存在于体外的"风"，即作为人的生存环境的天气、地气、风土、风俗、风化、风尚；存在于体内的"风"，即作为人的生命主体的生气、精气、神气、脏腑之气、营卫之气。所谓"八风之序立，万民之性成"，讲的就是作为"风土"的外气对于人性的影响。所谓"养吾浩然之气"，则是作为"精神"本原的内气对于人的心灵的作用，目的在于培养自己的"风操""风情"。内气、外气的交互作用，对一个人的气度、姿态、仪表都将产生决定性的影响。正是江南秀丽的"风土"、东晋偏安的"世风"，加上一代知识分子自觉的"养气修身"，才终于造就了彪炳史册的"魏晋风度"。

综上所述，在中国古代传统文化中，风调雨顺的风、世风民风的风、风骚风流的风、高风亮节的风、风水望气的风、感冒伤风的风……归根结底都是那个古老汉字"风"的衍生物；"风"的语义场辐射到中国古代哲学、农学、医学、社会学、伦理学、心理学、美学、文艺学、风水学（现代人则谓之"生态建筑学"）各个领域，将人类生活的各个方面，同时也将人类与其生存的环境融会贯通为一个和谐统一、生气充盈的系统，从而体现出中华民族古典文化高度的有机性与整合性。

由汉字"风"的语义场昭示的"宇宙图像"，与佛祖释迦牟尼演化的那只无所不包的"空碗"，与华兹华斯谱写的吟诵大自然的序诗，与怀特海的包容了物质与精神、自然与人文的"大写哲学"是一致的，都是那个人类置身其中的最大的生态系统"地球生物圈"，用当下时尚的话语来说——"生命共同体"。

这也可以归结为柯布的一段陈述："生态系统作为一个整体，具有相互依赖和统一的特性。价值存在于这个完整的体系之中，而不是存在于每一个单个的造物中。个体是作为这个整体的一员存在的,只有它们投身于整体的复杂的关系网中才是有价值的。顺从这个整体,一种强烈的神圣感会油然而生。若背离这个整体,便会产生强烈的负罪感。"①

3.4 刘若愚的"文学循环系统"

有的人治学,可以从一座山头一跃而飞达另一座山头。我不行,外在的、内在的层面我都不具备这种天赋,只能一步步爬下山谷,再一步步攀向对面的山坡。我最初着手进行生态文艺学研究时,由于直接的生态学资料不足,我是从怀特海的有机哲学、贝塔朗菲的一般系统论渐渐走进生态学的。当初以为走了弯路,现在看来倒是无意间摸索到了源头。

据说,现代系统思维最早出现在 1921 年建立的格式塔心理学中,而我恰恰在 20 世纪 80 年代讲授文艺心理学课程时特别关注过格式塔心理学。1925 年怀特海的《科学与近代世界》出版,倡导用机体论代替机械论,认为只有把生命体看成是一个有机整体,才能解释复杂的生命现象。之后,奥地利理论生物学家贝塔朗菲接连撰文著书,强调要把有机体当作一个整体或系统来研究,把协调、有序、目的性等概念用于研究有机体,形成研究生命体的系统性观念、动态性观念、层次性观念及统一性观念。我是从他的《人的系统观》《生命问题:现代生物学思想评价》两本书中接受了他的一般系统论的观念。

英国生态学家坦斯利于 1935 年在生物圈的基础上提出生态系统的概念,将系统论的研究方法引进生态学研究领域,强调生物体与其环境之间的有机

① [美]小约翰·柯布:《生态学、科学和宗教:走向一种后现代世界观》,转引自[美]格里芬编:《后现代科学》,中央编译出版社 1998 年版,第 148 页。

整体性,以及生物体与其环境之间通过相互影响、相互作用、相互依赖、相互制约达成动态平衡的过程。地球生物圈就是目前所知道的宇宙中最大的生态系统,即地球生态系统。围绕地球生态系统的研究,已经汇集了诸多学科,如生物学、天文学、气象学、水文学、海洋学、地质学以及量子物理学、高分子化学等。但长期以来几乎没有人将哲学、伦理学、美学、诗学、文艺学等人文精神学科纳入地球生态系统的研究范围。在德日进看来,这是一个重大缺失;而他提出的"精神圈"正是对这一缺失的弥补。在精神圈里,人类的活动、人与生物圈的生态互动上升到空前的高度。我们这里要讨论的文学艺术,作为人类的一种情感活动、想象活动、精神创造活动,作为人类言语符号活动的一个出色的领域,显然应该是"精神圈"的有机组成部分,是地球生态系统中一个复杂而又生动的"子系统"。

生态学家将"生态系统"的内涵归纳为以下九个方面:

一、系统主要由生物体与其环境构成;

二、生物体可分为生产者、消费者、分解者;

三、系统是一个各部分、各因素普遍联系、相互作用的整体;

四、系统中可有不同的等级和层面,大系统可拥有若干小系统;

五、系统内部有着物质、能量或信息的流动;

六、这种流动是交互的、反馈的、循环的、自调节的;

七、自调节的能力随着系统内部物种数量的增加而增加;

八、系统在整体上是运动变化着的,这些变化是可感、可测、可控的;

九、变化可以是优化也可以是退化;生态可以走向繁荣也可以走向衰败。

人的文学艺术活动具备这些因素吗?是否有可能成为这样一个"生态系统"呢?

美国斯坦福大学"中国文学暨比较文学"华裔教授刘若愚（James J. Y. Liu）先生曾经绘制过一幅图，用以揭示"文学循环系统"的情境。

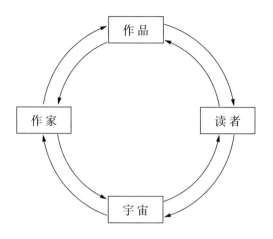

图中呈环形依次罗列了四个要素：宇宙（universe）、作家（writer）、作品（work）、读者（reader），每两个因素之间又用两条双向逆动的弧线连接起来。刘若愚的这一图表，据他自己说，是根据艾布拉姆斯（Meyer H. Abrams）的《镜与灯》一书所提供的四要素重新设计的。艾布拉姆斯原先的排列是以"作品"为中心，向着"宇宙""艺术家""观众"三个方向作星状辐射，刘若愚却把它改造成一个文学的系统循环过程，并对这一过程做出如下解释：

> 我所谓的艺术过程，不仅仅是指作家的创作过程和读者的审美体验，而且还指先于作家的创作过程和读者审美体验之后的活动。在第一阶段，宇宙影响了作家，作家反映了宇宙；基于这种反映，作家创作了作品，这是第二阶段。当作品及于读者，直接作用于读者，是为第三阶段。在第四阶段，读者对宇宙的反映因他对作品的体验而改变。这样，整个过程形成了一个完整的循环体系。与此同时，因为宇宙影响读者的方面也作用于读者对作品的反映，还因为通过体验作品，他又同作家的心灵产生联系，从而在体验作家对宇宙的反映；这样，循环便向相反的方向运行，因

而,图表中的箭头具顺时针和逆时针两个方向。①

最后,他又补充说,宇宙和作品之间虽没有箭头,却是通过作家作品联系着的;读者和作家之间虽然没有箭头,却是通过作品和宇宙相联系的。

20世纪80年代,钱谷融先生和我共同主编《文学心理学教程》一书时,曾经引用过这幅图表并加以发挥:

> 从这个模式中我们可以看出,宇宙或世界、文学家、文学作品、读者是文学艺术现象中的四项基本要素。在整个系统中,人与世界、精神与物质、主体与客体又呈现出一种互为前提、变动不居、周而复始的关系。从文学现象的这一混沌有机、流动变化的统一体中,我们可以将其划分为两种不同的存在形态:一种是文学现象中呈较为稳固状态的"心理结构"(即方框内部分);一种是文学现象中呈运转回流状态的"心理过程"(即弧线箭头所示)。如若具体划分,心理结构部分则可以包括"文学艺术家的个性心理结构""作品的心理层次结构""读者的心理个性结构""社会的文化心理结构"等。心理过程则可以包括由社会生活到文学艺术家的反射、反映、反应过程;由作家到作品的再现、表现、体现过程;由作品到读者的阅读、辨识、接受、再创造过程;由读者到社会实践化的过程,等等。上述的每一个方面,都是可以成为一门相应独立的学科的,如"文学艺术家心理学""创作心理学""作品分析心理学""鉴赏心理学""文学批评心理学"等。②

当时我们的注意力集中在文学心理学的建设上,行文时也总是围绕这个

---

① [美]刘若愚:《中国的文学理论》,中州古籍出版社1986年版,第13页。
② 钱谷融、鲁枢元:《文学心理学》,华东师范大学出版社1987年版,第23页。

中心进行,并没有涉及生态学方面的知识,况且,就我本人而言,那时对于生态学的知识知之甚少。尽管如此,我们从这一图表中仍然可以明显地感觉到,在文学艺术领域存在着一个有机的、生长的、开放的系统。而能够从整体上、从其内在联系上对这一系统做出阐释的,应该就是"生态文艺学"。

换上生态学的视野,让我们对照审核一下,文学艺术领域究竟具备了一个"生态系统"所应具备的哪些因素与特点。

一、文学艺术活动中当然不会没有"生物体",那就是作为"创造者""鉴赏者""评论者"的人,从目前来说,这是地球生物圈内数量众多、影响巨大的一种生物体;人们在从事文学艺术活动时必然是在一定环境中进行的,那环境就是人所处的世界,就是人所处的地理环境、文化环境、社会环境、政治环境以及一个时代的精神氛围等。

二、文学艺术活动中的这些"生物体"恰恰是可以分为"生产者""消费者""分解者"的,即"创作者""欣赏者""批评者"。当然,文艺领域的情况要更复杂些,比如艺术的消费不仅是消费,还应该同时也是创造。

三、在文学艺术领域内,它的各个组成部分,如感受、体验、创作、出版、展演、欣赏、批评、组织、管理,都是相互联系的,而且分别处于不同的等级与层面上。

四、文学艺术活动系统内的信息流动是显而易见的,文学言语学、艺术符号学对此多有贡献;精神能量的交流也应当可以得到说明,比如以往的文学理论中经常提到的"共鸣说",在心理学中是已经得到印证的;至于物质的流动,包括作品赖以表现的介质、传播交流所必须的媒体,虽说不能简单地与自然系统、社会系统的物质流动相比附,但也并非不能做出生态学的解释。

五、信息、能量等在文学艺术活动过程中的流动是"交互的、反馈的、循环的",这从刘若愚的那个"流程图"中就可以看得明白,现代"解释学""接受美学"对此已经提供了更充分的论据。

六、在文学艺术领域内,也存在着许多不同的"物种",如诗歌、散文、小说、音乐、绘画、雕塑、电影、电视、戏曲，而戏曲中又有京剧、昆曲、豫剧、越剧、川剧、琼剧、花鼓戏、黄梅戏、二人转、二夹弦、四平调、大油梆、的笃班、碗碗腔等。由于"物种"众多，文学艺术领域内的自调节能力历来很强，各艺术门类之间或渗融互补，或侵蚀吞并，其消长起落随处可见。

七、随便拿起一部文学史或艺术史，不管它是中国的或是外国的，都可以看出文学或艺术在时间和空间维度上的运动变化，或者繁荣，或者衰败，或者由衰败走向繁荣，或者由繁荣走向衰败，和时代有关，和地域有关，和种族也有关系。所谓"平衡"，那也是动态中的平衡。这与自然界中某一生态系统的"演替"极为相似。

以上七点，可以说与生态系统的九个特点大抵对应。至此，我们大约可以断定，人类的文学艺术活动可以看作整个地球生态系统中的一个"子系统"，这是我们研究"生态文艺学"的一个必要的前提。

在中国当代文艺理论界，最初涉足生态学领域而且进行了较为深入探索的学者是夏中义，他在他的《艺术链》一书中专门设置了《文学生态论》一章。

夏中义的文学生态论的前提，首先也是要确立文学的生态流程系统，这也是《艺术链》一书的全部宗旨。作者以他敏锐的识见、过人的才华堪称精彩地完成了这一使命，明确地得出了这样的结论：

> 我把艺术链看成是一个在心理美学水平上运行的，由作家造型、读者接受、专家批评所串联的长距文学流程。其中每一阶段如造型又由素材、想象、灵感、传达等环节依次衔接，环环相扣。这一功能性链式流程尽管简洁，却仍然蕴涵着某种有机系统的生命感，即只要任何一环被卡，整个艺术链旋即停止运转。于是，艺术链的畅通或淤塞，在一定意义上就成为衡量文学生态优化与否的美学尺度之一。①

---

① 夏中义：《艺术链》，上海文艺出版社 1988 年版，第 267 页。

在这部书中，夏中义把"优化文学生态"看作决定文学事业兴衰成败的关键，把优化文学生态的希望寄托在"外部生态环境"的改善与"内在生命主体"的健全上。他说："文学繁荣所需的最佳生态，是以两大外因即文化转换与政治气候的历史际会为标记的。""人格结构是主体精神调节器，是人为了平衡主、客体关系而设置的自我安魂机制，它将有助于主体适应环境而使主体活在世上觉得安适自在。"①20世纪80年代的中国文坛，正处于思想解放的高潮之中。刚刚从长期政治浩劫中走出来的一代青年学者，几乎把自己的全部精力都用在了对于中国现实社会问题的反思上，在他们这一时期的学术性写作中，政治意识显得特别浓重，政治责任感也表现得特别强烈，也许那时的学术问题本身就已经成了政治问题。夏中义的《艺术链》也不例外。

需要继续做下去的工作，是扩大生态文艺学的视野，把文学艺术生态系统放在整个地球生态系统中加以探究，以便从中获得较多一些的生态文艺学方面的知识。

3.5　"生态学三分法"

一般系统论原理指出，"层次性"是系统的根本属性之一，一个系统总是由若干子系统组成的，该系统本身又可看作是更大的系统的一个子系统，最终归属于一个最大的系统——地球生态系统。不同层次上的系统有其内在的特点，在研究复杂系统时必须考虑到各个层级系统的不同内涵及它们之间的关系。人类的文学艺术活动既然可以视为一个生态系统，那么也可以从中划分出不同的层次。鉴于文学艺术与人类生生相依的关系，这种划分也应该可以

---

① 夏中义：《艺术链》，上海文艺出版社1988年版，第273页，第279页。

运用到整个人类生存活动中。

在早先的生态学词典里，并没有"自然生态"的条目，所谓"生态"就是自然生态，"生态学"就是一门严谨的自然科学，而人类似乎只是面对生态学的一个旁观者、研究者。这种观念忽略了人类也是生物，也是地球生物圈中的一员。这种情形直到人类面临的环境污染越来越严重、生态灾难频频发生时，学术界才开始认真地审视人类自己的生态属性，"人类生态学""社会生态学"渐渐进入学术界的视野。美国女记者卡森的《寂静的春天》的出版成为生态学"人文转向"的里程碑，"人"被列入生态学研究对象，而且迅速上升为主要研究对象。人类虽然也是生物，但与其他生物体相比，比如蝴蝶、鲸鱼、松树、苔藓、大肠杆菌，也有不尽相同的地方，那就是人类拥有更突出的社会属性、精神属性。既然人类如今已经成为地球上占据统治地位的生物体，那么，在如今的地球生态系统之内，除了"自然生态"，还应该存在着"社会生态""精神生态"的不同层面，我将其称为"生态学三分法"。"三分法"并不是要把三者隔离开来，而恰恰是要在地球生物圈的有机整体中，深入考察其位置、属性、功能、价值，以及三者之间的相互作用。

中国文化典籍如《周易》中，有描绘宇宙图像的"天地人"三才说。刘勰的《文心雕龙》中的《原道篇》将三才说近乎完美地运用到对于文学的阐释中："天地之辉光""生民之耳目""夫子之辞令"同为一体。宇宙自然、社会人生、文学艺术三个层面构成一个浑然有机、活力充盈、大化流行、生生不息的整体。应该说早在《文心雕龙》里，就已经出现了生态文艺学中自然生态、社会生态、精神生态的基本框架了！

人类在对自己的世界做出解释的时候，往往会自觉不自觉地采取三分法。

在古代亚洲地区广为流传的原始宗教"萨满教"认为，宇宙有三个不同的层次："下界""中界""上界"，分别为"魔鬼""生人""神灵"居住的地方；人类有三个不同的灵魂："生命之魂""思想之魂""转生之魂"。

佛教的经典《起世因本经》也把有情众生的生存境界一分为三："欲界"

"色界""无色界"。欲界,众生受食欲、性欲等生物性本能驱使,属低境界;色界,众生虽然仍拥有肉身,但已摆脱食、色的诱惑,进入修行的中境界;无色界又称作"空界",众生已脱离凡胎肉身进入虚静澄明之境,是形而上的高境界。

西方的基督教对于冥界的区划也是运用的三分法——"地狱""净界""天堂"。地狱是人性沉沦之所,幽深而又凄惨;净界又称作"炼狱",是涤罪自新的劳教场,人性的挣扎之所;天堂则高高在上、无限光明,尽善尽美,是人性的升华完善之所。

现代思想家中,许多人在阐发他们的学说时也都是采用三分法的。

弗洛伊德在解释人类的精神现象时运用了类似基督教教义的三分法——"本我""自我""超我"。本我属于人的生物本能层面,恍若人性的地域;自我属于人的现实社会生活层面,相当于炼狱;超我属于人的道德、信仰层面,闪烁着天堂的辉光。本我的主要内涵是生理性的,自我的主要内涵是心理性的,超我的主要内涵是精神性的。

犹太裔思想家波普尔对世界本体论的解释也是按照三分法的,分为"世界1""世界2""世界3"。世界1包括了从星云、基本粒子、电场、磁场到生物体、人体的生理活动、神经活动等;世界2主要包括人的心理状态和心理过程,即人的感觉、知觉、直觉、思维、想象、意向、情感等;世界3包含有"思想的客观内容""客观意义的观念""思想的客体"以及"语言文字",这是一个"科学思想、诗的思想和艺术作品的世界"。

德国思想家舍勒在《论人的理念》中也曾试图从人与上帝、人与历史、人与自然三个方面对人的存在做出鸟瞰式、全方位的考察。在《论哲学的本质即哲学人士的道德条件》中,他从价值的意义上排定信仰、哲学、科学三者之间的序位,也是基于人与上帝、人与历史、人与自然的关系。哲学是信仰的"婢女",是科学的"女皇";而在现代社会这些关系被完全颠倒了,科学升为信仰的"主子",哲学沦为科学的"妓女"。在舍勒看来,现代社会的一切荒谬与堕落,皆源自这种"价值的颠覆"。①

在中国,梁漱溟先生是活学活用三分法的大师,他提出的"三种文化""三条路向""三种人生态度"都影响了后世。在《东西文化及其哲学》一书中,他指出一个民族的生活不外乎三个方面:

> 一、精神生活方面,如宗教、哲学、科学、艺术等是。宗教、文艺是偏于情感的,哲学、科学是偏于理智的。

> 二、社会生活方面,我们对于周围的人——家族、朋友、社会、国家、世界——之间的生活方法都属于社会生活一方面,如社会组织、伦理习惯、政治制度及经济关系是。

> 三、物质生活方面,如饮食、起居种种享用,人类对于自然界求生存的各种是。②

后来他在《人心与人生》一书中提出"人生三大问题",即人对物的问题、人对人的问题、人对自身存在的问题。梁先生的这些"三分法"思想,成了我构建自然生态、社会生态、精神生态三重生态架构的重要依据。生态学大体上大约也可以这样划分:以相对独立的自然界为研究对象的"自然生态学",以人类社会的政治、经济生活为主要研究对象的"社会生态学",以人的内在的情感生活与精神生活为研究对象的"精神生态学"。

自然、社会、精神能否合理地成为一个关系整体中的三个层次呢?这里,我们不妨以"男女关系"作为例证。男女关系也可以看作一个复杂的系统,从中可以划分出性欲、婚姻、爱情三个层面。性欲是生物自然性的;婚姻是人类社会性的;爱情则属于个人的内在精神性的。三者之间有着极为密切的联系,

---

① 刘小枫选编:《舍勒选集》(上册),上海三联书店 1999 年版,第 221 页。

② 参见《梁漱溟全集》(第一卷),山东人民出版社 2005 年版,第 339 页。

但是，三者之间绝不完全等同，不能相互取代，如马尔库塞所说的，人类的性交并不是把生殖器简单地弄到一块，人类最美好、最销魂的性交是在爱的交流、诗意的氛围内进行的。

精神生态在人类世界中的位置，就像爱情在男女世界中的位置。尽管与自然生态、社会生态有着密切的联系，也仍然可以划出一个相对独立的研究领域。就现实的人的存在来说，人既是一种生物性的存在，又是一种社会性的存在，同时，更是一种精神性的存在。雅斯贝斯就曾说过："人就是精神，而人之为人的处境，就是一种精神的处境。"①于自然生态学、社会生态学之外建立一门精神生态学，应当说是有着充分依据的。

这样划分当然也不能完全避免学科之间的交叉，但却要明白得多，并且显然还有一个好处，那就是把"精神"这个以往总是被生态学家遗漏而又日益成为重大问题的领域突出出来。这既合乎生态学在新世纪发展的总的趋势，也将为生态学这棵百年大树促生出新的枝叶。

没有想到，差不多就在我思考精神生态问题以及地球生态系统三分法的时候，法国著名哲学家加塔利出版了他的《三重生态学》一书，书中论证了生态学的三重性："精神生态学"（Mental Ecology）、"社会生态学"（Social Ecology）和"自然生态学"（Environmental Ecology）。

国内已经有学者对此做出专门研究：加塔利是一位哲学家、精神分析学家，同时又是一位社会活动家，他关注人类潜在的精神状态与社会活动之间的关系。他看到"世界资本主义一体化"不仅在破坏自然环境、侵蚀社会关系，同时也在以一种更为隐秘和无形的方式对人类的态度、情感和心灵进行渗透"。他洞悉了时下人类危机的联动性，并指出要规避危机必须关注"不断生成的主体性；持续变异的社会场；处于再造过程中的环境"。这三点横贯精神、社会、自然三个领域，便形成了他的"三重生态学"体系或曰三重"生态智慧"体系。

---

① ［德］雅斯贝斯：《当代的精神处境》，生活·读书·新知三联书店 1992 年版，第 3—4 页。

其中,精神生态学的核心诉求是:打破科学理念的钳制,遏制消费主义的泛滥,拒绝媒介技术对人类标准化的形塑,力求以艺术化、审美化的方式唤起主体感知的丰富性和独特性,重塑人类的精神价值体系,推动主体性生产。社会生态学致力于群体存在模式的重建和"社会各个层面人际关系的重建",不仅要对当下的人类负责,也要对人类的后代负责;不仅要对占据优势地位的人负责,也要对处于弱势地位的人负责;不仅要对人类负责,也要对非人类生命负责。自然生态学探讨处于再造过程中的自然环境的变化,面对自然平衡与人类干预之间关联性的与日俱增,建立旨在维护自然生态内涵多样化的宏大的生态纲领,以期对生态问题进行全方位的治理。

论者还指出:加塔利和我的"三重生态学"有各自独立的生成过程。加塔利的生态智慧关乎生态,关乎伦理,关乎人类主体更为艺术化、审美化的生存方式,被称为"伦理美学范式庇护下的生态智慧"。我的生态智慧关注文学艺术与生态之间的关系,关注人类主体与非人类他者之间的伦理秩序,同时脱胎于中国传统的自然思想,更看重天、地、人三者原始的有机整体性,是典型的东方化生态智慧。但二者都主张扩大"生态"的范畴,以精神生态学为核心,以人类主体性生产和重塑为动力,以"全息"的视角考察生态问题,进而建立总体性、系统性的"生态智慧"。①

多年过去,"生态学三分法"如今已经为不少人认可。在互联网上略微翻一翻,便可看到上百篇运用"生态学三分法"理论撰写的学位论文。论述的对象堪称"琳琅满目",其中有:狄更斯《艰难时世》、德莱塞《珍妮姑娘》、劳伦斯《查特莱夫人的情人》《白孔雀》、哈代《远离尘嚣》、奥威尔《一九八四》、斯坦贝克《珍珠》、赛珍珠《大地》、川端康成《雪国》、乔治《山居岁月》、福克纳《我弥留之际》、谭恩美《沉没之鱼》、麦卡锡《血色子午线》、贝娄《勿失良辰》、胡塞尼《追风筝的人》、凯瑟《我的安东尼娅》、威利《推销员之死》、伯内特《秘密花

---

① 参见胡艳秋:《三重生态学及其精神之维》,《当代文坛》2021 年第 1 期。

园》、莫里森《所罗门之歌》、布莱克《与狼共舞》、阿特伍德《羚羊与秧鸡》、叶芝《茵纳斯弗利岛》、品钦《葡萄园》等等。还有对中国古代经典《淮南子》《陶渊明诗文》《聊斋志异》的分析,对中国现当代作家张炜、阿来创作理念的品评,乃至对中国当代国画油画做出分析论述的。看来,生态学三分法中的自然生态、社会生态、精神生态为分析阐释中外文学艺术作品提供了一个方便实施的架构;但要真正深入到这些作品的深沉微妙处,还需要对三分法中自然生态、社会生态、精神生态拥有更多的理解。下边三章,我们将对这三个生态层面做出具体的研讨。

第4章 文学艺术与自然生态

　　1984年初冬,在杭州陆军疗养院举办的"青年作家与评论家对话会议"上,韩少功、李陀、阿城、郑万隆、李杭育等人提出"寻根文学"的倡议。之后,韩少功发表了《文学的"根"》一文,被视为文学寻根运动的宣言。他说:文学有根,文学之根深植于民族传统的文化土壤里,根不深则叶不茂。随后,中国文学界出现了"寻根文学"的创作高潮,作家以及部分艺术家开始摒弃对生活和历史进行单纯政治层面表现的创作途径,把探寻的笔触伸进民族历史文化的心理结构中去,在民族文化历史的地层中寻求文学之根。

　　这一"文学寻根"思潮为繁荣新时期中国文坛发挥了重大作用。本书在这里希望进一步提出问题:文化,还不是文学艺术最深处的根,在文化的底层还有"自然","自然"是人类的根,也是文学艺术更悠远、更初始的根。美国当代思想家罗尔斯顿说他自己曾经历了一个"从文化转向自然的"的过程,"我的职责是要引导文化去正确地评价我们仍然栖居于其中的自然"。他还曾讲道:

　　　　文化容易使我忘记自然中有着我的根,而在荒野中旅行则会使我又想到这一点。我珍视文化给我提供的通过受教育认识世界的机会,但这还不够:我也珍视荒野,因为在历史上是荒野产生了我,而且现在荒野代表的生态过程也还在造就着我。想到我们遗传上的根,这是一个极有价值的体验,而荒野正能迫使我们想到这一点。①

这里说的"荒野"就是"自然",他提醒人们在谈论文化时,切不可忘记了养育并造就了人和文化的自然。澳大利亚生态批评家凯特·瑞格比(Kate Rigby)对于现代文学理论界长期忽略"自然"的现状曾表示极大不满:

> 对文学文本的研究竟伴随着对土地的忘却……现代文学批评只是在19世纪早期才得以学院化为一种学术研究,而那正是"自然"与"人文"科学开始被生硬割裂开来的时期。②

在学院派的文艺批评研究中,文学艺术与自然割裂是与工业社会的发展理念相伴而生的。随着工业社会生态危机的到来,人与自然的关系再度回到人们的视野,文学艺术与自然的关系必将受到再度重视。

人类文化是在大自然的怀抱中孕育出来的,遗憾的是,现代社会的人们已经忘记了自己的"根"原本是深扎在自然之中的。人类在为自己建造更多的文化,如物质文化、技术文化、市场文化时竟然视自然为对手,向自然开战,一心要征服自然。其结果,大家都已经看到,那就是酿成了今天世界性的、代价惨重的生态灾难。而走出这一困境的唯一有效的途径,是人类重新认识自然,主动改善与自然的关系,变革人类社会发展前进的道路。由于文学艺术与自然

① [美] 霍尔姆斯·罗尔斯顿:《哲学走向荒野》,吉林人民出版社 2000 年版,第 213 页。

② K. Rigby:"Ecocriticism," in Julian Wolfreys ed., *Introducing Criticism at the 21ˢᵗ Century*, Edinburgh: Edinburgh University Press, 2002, p.152. 转引自鲁枢元主编:《自然与人文》(下册),学林出版社 2006 年版,第 987 页。

的特殊的共生关系、亲缘关系,因而在这一新的历史进程中,文学艺术是可以发挥重大作用的。

4.1　人生天地间

中国的一首古诗《敕勒川》中曾经留下了如此优美的句子:"天苍苍,野茫茫,风吹草低现牛羊。"牛羊的旁边当然还有人,人和牛羊就生存于天、野之间,那高远的苍天之下,浑莽的大地之上。

比这些优美的诗句更早的,是文字,是在史前时代由那位传说中的"四只眼睛的仓颉"造下的那些文字。比如"大"字就是一个伸开两臂、叉开两腿、站立着的人;"立"就是在这个人的脚下加一横线,那横线就是大地;如果在这个人的头顶上方加一横线那就是"天"。这就叫作"人生天地间"。所谓"王"者,就是能够顶天立地贯通天、地、人三项存在的神圣。

仓颉造字的意象也体现了远古时代的人们的观念:人是天地间的生灵,天、地为人提供了生存的环境,也为人的生存框定了界限,人只能生存在地之上、天之下,要想"上天入地"比什么都难。天、地、人共同遵循的"道路",是那"独立而不改,周行而不殆"的自然法则。大中华的首席哲学家老子,把原始初民的感悟概括成哲学语言:"故道大,天大,地大,人亦大。域中有四大,而人居其一焉"。"人法地,地法天,天法道,道法自然。"①《易》与天地准,故能弥纶天地之道。中国古人仰观天文、俯察地理,在《易经》中描摹的宇宙图式与自然宇宙是一致的、同构的。"乾为天,坤为地",人处于天地之中,天、地、人是一个有机整体。《易经》里的天地境界经宋代哲学家张载阐发,愈加呈现出古典生态文化精神:

---

① 老子:《道德经》,第二十五章。

乾称父,坤称母;予兹藐焉,乃混然中处。故天地之塞,吾其体;天地之帅,吾其性。民吾同胞,物吾与也。①

翻译成白话:天是我的父亲,地是我的母亲,我个人虽然藐小,却能够与天地浑然一体。天地间的生机与精气生成了我的身体与性情,所有人都可以视为我的同胞,其他物种都应该是我的亲密伙伴。张载的这段话,生动地体现了生态学的第一法则:世界是一个运转着的有机整体,万物之间存在着生生不息的普遍联系,从日月、星辰、风雨、雷电、山川、河流、森林、土地,到包括人类在内的动物、植物、微生物、一切有生之物,都是这个整体中合理存在的一部分,都拥有自己的价值和意义,都拥有自身存在的权利,共同为地球生态系统健康、和谐的运转承担责任、做出奉献。

上古时代的民风是"尊天敬地",人们把苍天大地当作生身父母,当作祖宗祖先,称作"皇天后土";而把"战天斗地"看作不祥,把"天翻地覆"认作动乱。在他们看来,只有遵循了天地间自然的法则,才可以天长地久、国泰民安。在东方先民的生活中,自然的法则、天地的法则与社会的法则是一致的,与人类艺术活动的法则也是完全一致的。这在我国一部谈论音乐艺术的古籍《乐记》中有着详细的论述:

> 乐者,天地之和也。礼者,天地之序也。和故百物皆化,序故群物皆别。乐由天作,礼以地制。过制则乱,过作则暴。明于天地,然后能兴礼乐也。
>
> 大乐与天地同和,大礼与天地同节。和故百物不失,节故祀天祭地,明则有礼乐,幽则有鬼神。如此,则四海之内,合敬同爱矣。

---

① 张载:《西铭》。

春作夏长,仁也;秋敛冬藏,义也。仁近于乐,义近于礼。乐者敦和,率神而从天,礼者别居,居鬼而从地。故圣人作乐以应天,制礼以配地。礼乐明备,天地官矣。

地气上齐,天气下降,阴阳相摩,天地相荡,鼓之以雷霆,奋之以风雨,动之以四时,暖之以日月,而百化兴焉。如此,则乐者天地之和也。

及夫礼乐之极乎天而蟠乎地,行乎阴阳而通乎鬼神,穷高极远而测深厚。乐著大始,而礼居成物。著不息者天也,著不动者地也。一动一静者天地之间也。

土敝则草木不长,水烦则鱼鳖不大,气衰则生物不遂,世乱则礼慝而乐淫。是故其声哀而不庄,乐而不安,慢易以犯节,流湎以忘本。广则容奸狭则思欲。感条畅之气而灭平和之德。是以君子贱之也。①

以上显然是在讲述音乐艺术与天地秩序、自然时序、百物位序以及世道人心、伦理纲常全都有着直接的联系。音乐艺术其实就是由"天地之和"孕育生化出来的。音乐的贵贱雅俗、生灭兴衰与天时的运行、天象的变幻、地气的升降、地貌的显隐息息相关,与自然界生态境况的优劣,如土壤的肥瘠、草木的荣枯、水源的丰减、鱼虾的多寡、时气的盛弱、物种的增减血肉相连,同时又与社会的治乱、人心的沉浮一脉相系。

这种音乐理论不讲艺术是对于现实的模仿,也不讲艺术是人对于美的主观体验,不讲音乐是哪些元素的组织结构,也不讲艺术是技巧的表现;却把音乐看作天地间本然的、真实的一种存在,看作天地万物的"普遍本质"在声音、节拍、旋律中的呈现,看作"存在者之真理在艺术中的发生"。这种音乐理论带有浓重的自然主义的、存在主义的、生态主义的意味,与二十多个世纪之后西方世界出现的海德格尔的诗学原理更为接近。

---

① 《礼记·乐记》,见《十三经》上册,国际文化出版公司1993年版,第514—516页。

海德格尔在阐述他的艺术理论时，也是在"域中四大"的框架中进行的，他将其比作一曲交响乐："有四种声音在鸣响：天空、大地、人、神。在这四种声音中，命运把整个无限的关系聚集起来。"①海德格尔说："大地是承受者，开花结果者，它伸展为岩石和水流，涌现为植物和动物。""天空是日月运行，群星闪烁，四季轮换，是昼之光明和隐晦，是夜之暗沉和启明，是节气的温寒，是白云的飘忽和天穹的湛蓝深远。"大地上，天空下，是有生有死的人。"'在大地上'就意味着'在天空下'。两者一道意指'在神面前持留'，并且包含着一种'进入人的并存的归属'。从一种原始的统一性而来，天、地、神、人'四方'归于一体"。② 而艺术，就是这个浑然一体者的敞开与显现。

海德格尔首先选定的是一双鞋，这是凡·高的一幅著名的油画。他认定凡·高画的是一双农妇穿过的破烂不堪的鞋：

> 从鞋具磨损的内部那黑洞洞的敞口中，凝聚着劳动步履的艰辛。这硬梆梆、沉甸甸的破旧农鞋里，聚集着那寒风陡峭中迈动在一望无际的永远单调的田垄上的步履的坚韧和滞缓。皮制农鞋上粘着湿润而肥沃的泥土。暮色降临，这双鞋在田野小径上踽踽而行。在这鞋具里，回响着大地无声的召唤，显示着大地对成熟的谷物的宁静的馈赠，表征着大地在冬闲的荒芜田野里朦胧的冬眠。这器具浸透着对面包的隐靠性的无怨无艾的焦虑，以及那战胜了贫困的无言的喜悦，隐含着分娩阵痛时的哆嗦，死亡逼近时的战栗。③

我们从海德格尔生动的描绘中不难体会到，这也是一双"天苍苍，野茫茫"中的农鞋，它属于大地，也属于天空，属于那料峭的寒风，也属于那苍茫的暮

---

① ［德］海德格尔：《荷尔德林诗的阐释》，商务印书馆 2000 年版，第 210 页。
② 孙周兴选编：《海德格尔选集》(下册)，上海三联书店 1996 年版，第 1192—1193 页。
③ ［德］海德格尔：《林中路》，上海译文出版社 2004 年版，第 30 页。

色,属于那隐忍的焦虑,也属于那无言的喜悦,这一切全都在那个农妇的世界里得到了保存。

与此相似的,还有深为海德格尔钟爱的里尔克(Rainer M. Rilke)的诗歌以及他诗歌般的散文。这位敏感的奥地利诗人也曾如此描写到"天"和"地":

> 无垠的天幕下横躺着苍茫的田野,起伏的山丘犹如长长的波浪,无数的石楠草迎风摆首,旁边是布满茬儿的田地,刚割倒的荞麦茎红红的,叶黄黄的,真像精美的丝绸。这一切赫然眼前,那么近,那么强大,那么真实,不可能看不见,也不可能再忘记。温和的空气中每时每刻都会有些什么:一棵树,一幢房,一架有气无力转着的磨,一个披着黑衣的男人,一头高大的母牛,或者一头威武矍拗的山羊渐渐远去,隐没在天际。①

里尔克的这些描绘,几乎就是一首"欧化"的《敕勒川》。按照海德格尔的说法,正是《敕勒川》中的诗行、凡·高的油画、里尔克的文章"把大地本身挪入一个世界的敞开领域中,并使之保持于其中"。"作品使大地成为大地",在作品中"大地上的万物,亦即大地整体本身,汇聚于一种交响齐奏之中",艺术对于大地以及自然的这种澄明敞开的显现,是任何科学技术的解释分析难以比拟的,大地"只有当它尚未被揭示、未被解释之际,它才显示自身"。"因此,大地使任何纯粹计算式的胡搅蛮缠彻底幻灭了。"②

在这里,自然的法则、人的法则、艺术的法则是一致的,甚至可以说是"三位一体"的。人生天地间,艺术也生在天地间,天地同时也在艺术与人心中展现。

---

① [德] 霍尔特胡森:《里尔克》,生活·读书·新知三联书店1988年版,第76页。
② 同上。

在以往文艺学的教科书中,往往只把自然视为与人相对的自然界,视为与作为主体存在的人的相对的客观存在,视为人的活动的背景或环境,或作为文艺创作的素材,文艺作品中的题材,这种认识有一定的道理,但未免太肤浅了。从生态批评的意义上看,人与自然是存在于同一个有机整体、同一个历史的演进过程之中的,人与自然中的万物互为主体,人与自然之间存在着太多的已知与未知的秘奥。

"天地玄黄,宇宙洪荒",人生天地间,人类的根原本扎在天地浑然的自然中,作为人类精神活动的文学艺术,其根也在自然,这应该是我们考察文学艺术现象的原点,也是生态批评的一个最根本的观念。

我在文艺学课堂上曾经多次讲过:人类在不会说话时就已经会唱歌,在还不怎么会直立行走时就已经会跳舞,在没有文字的时候就已经会画画。黑格尔还说人类在没有文字的时候就已经有了诗、诗的意象,那时,人类可没有这么多的文化! 人类这些最初的精神性活动,同时也是生物性活动,甚至可以说出自人类的动物性本能,这并没有任何贬低人类和艺术的意思。

这里让我们以音乐与歌唱作为例证,来探讨一下艺术与人类的自然属性、生物属性——说得好听一些即人的"天性",之间的关系。

黑格尔在其《美学》第三卷中曾经指证歌唱的天然性:"人的歌唱和旋律表现正像鸟儿在树枝上,云雀在天空中,唱出欢畅动人的歌调,是为歌唱而歌唱,是纯粹的'天籁'。"①这种"纯粹的"歌唱,并不是没有目的,这目的不是文明人类的心思,而是动物性的需求,或出于觅食,或出于交配,或出于争斗。

美国当代生物学家斯蒂芬·哈特(Stephen Hart)在他的《动物的语言》一书中有许多描述:苍头燕在它性成熟之前就开始学习歌唱;每一只雄鸟的鸣叫都有其独特的节奏和旋律的变化,当一只雌鸟听到它喜欢的叫声时,就会扇

---

① [德] 黑格尔:《美学》第三卷,商务印书馆 1979 年版,第 390 页。

动翅膀、眨动眼睛暗示它的赞成和喜悦,并以呢喃的吟唱回应雄鸟的歌声。而夏季夜幕降临的池塘,青蛙们则时常举行一群对另一群的"赛歌会",其中,"属繁殖期的青蛙叫得最为响亮",就在这样此起彼伏的歌唱声中,青蛙们在月光朦胧、草木葱茏的仲夏之夜度过了一年一度的幸福的爱情与婚姻生活。人类中先民们最初的歌唱亦和他的鸟兽兄弟姐妹们大抵相同。《诗经》中的"讴歌相感,随处野合"与苍头燕们林间枝头的呢喃不是颇为相似吗?云南民歌《月下对口调》中咏唱的情境:(男声)月亮出来月亮圆,不会唱歌也为难,不会唱歌也想唱,唱得不好妹包涵。(女声)月亮出来月亮青,山歌打动妹的心,哥唱一声妹来跟,一唱一跟到天明。这种此起彼伏、相呼相应的歌唱与青蛙们在夏夜池塘边的鸣叫,其"原理"是一致的。

有趣的是,中国古籍《管子·地员篇》中,在解释中国音乐学中的五声音阶"宫、商、角、徵、羽"时,竟然形象地以五种动物在不同情境下的叫声加以表示:"凡听徵,如负猪豕觉而骇。凡听羽,如鸣马在野。凡听宫,如牛鸣窌中。凡听商,如离群羊。凡听角,如雉登木以鸣,音疾以清。"翻译成白话其大意即:"徵声,就像母猪发现猪崽被人背走后的惊叫;羽声,就像马在荒野中嘶鸣;宫声,像是黄牛困在地窖中哞哞吼叫;商声,像离群的羊发出的咩咩哀叫;角声,就像树上野鸡的鸣唱,激越清亮。"

还有人认为,民族传统乐器的原型,最初都不过是原始人类随手拣取的自然物,全都与原始人类的求生活动相关,如:木头、兽皮之于鼓,竹管、兽骨之于笛,柳枝、芦苇之于哨,石头之于磬,泥巴之于埙,树叶之于簧,兽筋之于弦,葫芦之于笙,海螺之于号,等等。

自然界中一种最基本的声音——因碰撞产生的声音(包括敲打、拍击),可能就是音乐演奏与欣赏的最原始的形式:拍掌和敲鼓以及因这种拍打而引起的"回响"和"响应"。这种"敲打"与心脏的"搏动"一致,反过来,"敲打"又能够使人心"鼓舞振奋"、情绪高涨。正如音乐学家哈里森(Sidney Harrison)教授一再提醒的:"在我们倾听音乐时,永远也不要忘记它和心跳相一致的节奏。"

音乐的节奏受限制于人体活动的节奏,人类音乐的基本节奏为什么会是两拍子呢?这是因为:

> 自然界本身的韵律是两拍子:人类是有两只眼睛、两只耳朵、两对肢体的生灵;我们的呼吸是两拍子;心脏的搏动是两拍子;黑夜与白昼、播种与收获、离别与团聚构成了人类生活的全部内容。如此循环往复、流动不息,直到停止的一刻……①

伟大的达尔文坚信人类的歌唱能力是根植于人类的本能亦即人类的动物属性之中的,人类最初的歌唱与鸟兽昆虫的叫声具有同构性。甚至,人类与其他物种之间在听觉审美方面也是相通的,那是由于神经系统的类似性,同一种声音在包括人类在内的各种动物中都能够引起快感,这种情形是常见的。如百灵鸟的啼鸣,夏夜雨后的蛙声。"稻花香里说丰年,听取蛙声一片",从中不也可以听出中国宋代词人辛弃疾愉悦的心情吗?在达尔文看来,动物歌唱的功能主要有"交配繁殖""守护领地""宣泄情绪",这同时也是人类早期歌唱的功能,即所谓"情歌""战歌""喜歌""悲歌"。②

通常,人们断定鸟类会歌唱,而植物不会歌唱,这也靠不住,说不准只是由于人类自己耳朵的局限而听不到含羞草的低吟与喇叭花的高唱呢!"人是万物之灵",也许不过是人类自封的,并没有经过地球大家庭里所有居民的投票。事实上,如果我们能够丢开人类的自高自大,能够较为平等地对待地球上的其他生物,能够心平气和地看待我们自己以及其他动物们的生命活动,我们也许能够得出一些更为智慧的结论,也许就会同意英国著名哲学家塞缪尔·亚历山大(Samuel Alexander)的这种说法:"艺术家的构造活动是通过某种题材所

---

① [英]哈里森:《通向音乐之路》,人民音乐出版社1999年版,第3页。
② 参见[英]达尔文:《人与动物的情感》,四川人民出版社1999年版,第78—81页。

唤起的兴奋在他心中激发产生的。在这一点上,他并不比他的兄弟夜莺,以及更为卑贱和猥琐的海狸要伟大多少。他吟咏,他建造,只因为他不得不这样。"①

类似的话,我们的庄子早就说过:"天地与我并生,而万物与我为一。"②

4.2 自然神话与世界复魅

远古时代的神话,无论它是属于哪个民族的,几乎全都是以自然作为其描述对象、表达内容的。

这里所说的"远古时代",大抵是指距今 10 000 年左右的"新石器时代";所说的"自然",包括日月星辰、风雨雷电、山石泥土、江河湖海、春夏秋冬、寒暑冷暖;当然,还有森林草原、飞禽走兽,即那些数不清的动物、植物。有人推测,那是因为这一时期的人们以狩猎、采集为生,他们的生活更贴近自然,更贴近自然界中的动物、植物。这话固然不错,但是自从人类在地球上出现起,狩猎、采集生活已经持续了几十万年、上百万年,为何到这时仿佛才刚刚睁开眼睛,突然发现这么一个五颜六色、光怪陆离、瑰丽奇崛、可敬而又可畏的大自然?

于是,对于远古神话的研究便成了现代文明人的一门饶有趣味的学问。大量的研究成果都在努力证实:远古神话是尚处童贞的人类对世界做出的质朴而又虚幻的描绘,远古神话是人性与自然最初一次美妙无比的交媾,远古神话是孕育了宗教、艺术、哲学的伟大胚胎,远古神话是人类原始思维结出的第一批精神硕果,远古神话是现代人类文明的一个灿烂辉煌的起点。

---

① [美] 亚历山大:《艺术、价值与自然》,华夏出版社 2000 年版,第 36 页。
② 《庄子·齐物论》。

通过了解艺术与神话的关系,我们可以进一步审视文学艺术与自然的关系,即文学艺术的自然生态层面。

神话与文学艺术的关系是显而易见的。

谢林(Friedrich Schelling)曾经在慕尼黑担任"神话哲学"教授,对于远古神话有着精湛的研究,他断言:"神话是任何艺术所不可或缺的条件和原初质料。""所谓神话,无非是尤为壮伟的、其绝对面貌的宇宙,名副其实的自在宇宙,无非是神祇形象创造中那种生活与奇迹迭现的混沌两者之景象;这种景象本身即已构成诗歌,同时又是自我提供的诗歌质料和元素。它(神话)既是世界,可以说又是土壤;唯有植根于此,艺术作品始可吐蕊争艳、繁荣兴盛。"谢林的话是非常明确的:神话本身就是诗,就是一种原始的艺术形式;同时,它又是诗歌及一切艺术的土壤和源泉。至于神话、艺术、自然三者之间的关系,谢林也明白地指出:"艺术和自然所处的地位极为相近,而神话则似为艺术和自然两者的中介。"①

原始思维是人类处于童年时代的思维,又被叫做"童年思维",即使在现代人的生活中,每个人的童年也还保留着这种思维的残迹。神话的这一"中介"使命,是通过"原始思维"过程达成的。原始思维的特征是表象的而非概念的、感性的而非抽象的、直觉的而非逻辑的、浑然的而非分析的。因此,在这个由原始思维创造的神话世界中,主体与客体、精神与物质、形象与理念、人类与自然都还是浑然不分的;甚至,动物和植物、人与动物与植物、有生物与无生物之间也还没有明确的分界线。列维-布留尔(L. Lévy-Bruhl)在其专著《原始思维》中指出:原始思维很少使用抽象,也不像逻辑思维那样使用概念,原始部族的人们总是凭借自己对自然现象的感觉与直觉得出结论。他以北美印第安人克拉玛特族为例:"克拉玛特语有一个极为突出的倾向,这就是盖捷特所说的'绘声绘影'倾向,也就是如画地描绘出说话人想要

---

① 转引自[苏联] 梅列金斯基:《神话的诗学》,商务印书馆1990年版,第14页。

表现的那种东西的倾向。""简而言之,克拉玛特语首先力求表现空间关系,表现那一切可以以视觉记忆和肌肉记忆把握住并再现的东西。"①这就是说,原始思维是一种形象思维,而形象思维则是一切神话与艺术创造活动中的思维方式。

如维柯(Giovanni Vico)所言,"在世界的童年时期,人按其本性就是些崇高的诗人","一切野蛮民族的历史都是从寓言故事开始的","最初的哲人都是些神学诗人",这些民族起源时都一定具有诗的特性。② 原始人类在大地上繁衍生息,处处依赖着自然,直觉到自己来源于自然,把人和自然看作浑然一体。神话主要就是对大自然的生命、人的起源、人与自然之间关系的幻想的讲述,神话就是原始的诗。以中国古代神话为例,天地万物乃是一位名叫"盘古"的大神的躯体的化身:脑袋和胳膊、大腿化作山岳,血液化为江河,肌肉化为土壤,毛发化为草木,眼睛化为日月,汗水化为雨泽,牙齿化为金石,精髓化为珠玉,呼吸化为风云,声音化为雷霆,喜怒化为晴阴,醒眠化为昼夜,人(或曰神)身上的一切机体与功能全部在宇宙内做了充分又合理的安排。

反转过来,一些神话中又讲,人是由泥土掺水造成的。如《太平御览》记载的"女娲抟黄土作人",看似荒诞,倒是与一切生命都发生于水与土壤之中的科学史是一致的。

在中国远古的神话中,所有的神灵几乎全是半人半兽的"怪物":盘古是龙首蛇身,女娲是人面蛇身,西王母"豹尾虎齿、蓬发戴盛",黄帝长着一颗牛头,大禹的化身是一只熊,他太太涂山氏的家族则是长着九条尾巴的白狐狸。另一方面,许多动物又拥有人的、神的灵性。如此的神话世界显然是一个生长着、运动着、循环着的混沌体。我们在前面讲到的哲学上的"活力论""万物有

---

① [法] 列维-布留尔:《原始思维》,商务印书馆 1981 年版,第 139—140 页。
② [意] 维柯:《新科学》,人民文学出版社 1986 年版,第 98 页,第 101 页。

灵论"其实都是由这一神话思维的土壤中萌发的。在这个神话的世界里,天地间自然万物的真实存在、生发过程与艺术的想象、艺术的变形、艺术的隐喻、艺术的象征天然地对应结合起来。

加拿大的神话学派文艺批评家弗赖(Northrop Frye)曾对自然、神话、诗歌艺术之间的对应关系、同一性进行过周密的研究,结论是:诗歌的节律(广义说来即文学艺术的节律),通过有机体与自然节奏(如太阳年)的共时性,同自然周期紧密相联。神话中的仪典也产生于这种共时性。而自然生活的节律(一年中的节律或一天中的节律)与神话的种种意象、原型又是一一对应的。于是,在弗赖这里,自然界的生态节律、神话思维的内容、艺术的体裁和类型取得了完备的一致性。他曾开列出下面这张清单:

一、朝霞、春、出生——关于英雄出世的神话、关于复苏与复生的神话、关于幽暗、严冬、死亡的肇始和消泯的神话。人物为父亲和母亲。酒神颂歌、行吟诗歌及抒情诗的原始型。

二、中午、夏、结亲、凯旋——关于尊奉为神、圣婚、进入天堂的神话。人物为伴侣和未婚妻。戏剧、牧歌、田园诗的原始型。

三、落日、秋、死亡——关于衰落、神祇之死、强制以身相殉、献祭、英雄的孤立无援的神话。人物是背叛者和妖女。悲剧和哀诗的原始型。

四、黑夜、冬、逆境——关于黑暗势力得逞的神话、关于洪水灭世和混沌复返的神话、关于英雄和神祇亡故的神话。人物是巨灵和妖婆。讽刺之作的原始型。[①]

弗赖的归纳或许有某些机械呆板之嫌,但我国古籍《淮南子》一书中,也曾详细地记载了由于季节、月份的变化,天象、时气、地表动植物也必然有

---

① 转引自[苏联] 梅列金斯基:《神话的诗学》,商务印书馆 1990 年版,第 119 页。

所变化;与此相应,所祭祀的神祇也不同,祭祀仪典在色彩、音乐、服饰、道具上也将随之做出变更;同时,人们的行为举止也必须做出相对的反应。比如:

　　孟春之月,尾星在南天正中。东风吹来,土地解冻,大雁北飞。祭祀的神祇是木神太皞。祭祀时排演的音乐为"角"调,主要乐器是琴和瑟,男女穿青色的服饰、佩青色的玉器、舞青色的彩旗。在此季节,人们决不能砍伐正在生长的树木,不能捣毁鸟巢,要保护怀孕孵卵的动物,特别是幼小的麋鹿。

　　孟夏之月,婺星在南天正中。瓜菜丰茂,青蛙鸣叫,蚯蚓出土。祭祀的神祇是火神炎帝。祭祀时排演的音乐为"徵"调,主要乐器是竽和笙,男女穿红色的服饰、佩红色的玉器、舞红色的彩旗。在此季节不砍大树,不大兴土木,驱逐危害农田的野兽,采集成熟的药草。

　　孟秋之月,斗星在南天正中。蝉鸣高枝,秋风送爽,白露夜降。祭祀的神祇是金神少昊。祭祀时排演的音乐为"商"调,主要乐器是编钟,男女穿白色服饰,佩带白色玉器,舞白色彩旗。在此季节,要厉兵秣马,加强国防,修缮堤坝,防备水患。

　　孟冬之月,危星在南天正中。彩虹隐去,田地霜冻,水面结冰。祭祀的神祇是水神颛顼。祭祀时排演的音乐为"羽"调,主要乐器是石磬,男女穿黑色服饰,佩带黑色玉器,舞黑色彩旗。在此季节,要管好城门锁钥,禁止居民迁徙,贮藏过冬的粮食,抚恤贫寒孤寡。[①]

　　拿上述引文与弗赖的那张清单对比,便可以再次证明,在自然、神话、艺术之间的确是存在着一种"共时性"的关系的。尤其是中国的这部《淮南子》,同时还生动深刻地体现出自然、神话、艺术与人类的生态环境保护之间的密切关

---

① 《淮南子》第五,《时则训》。译文参考了陈广忠译注:《淮南子译注》,吉林文史出版社1990年版。

系,实在难能可贵!

工业文明时代的人们,把产生神话的时代叫作"蒙昧时代"或"野蛮时代",这些明显带有贬义的用语,多半是出于误解和偏见。长期以来,我们对于神话的宣传,也往往流于偏颇,差不多总是只强调人与自然相对立、相对抗的一面,比如"精卫填海""后羿射日""愚公移山""夸父逐日"等,均被解释为人类对于自然的斗争与征服。人与自然相对立的一面固然是存在的,但自然与人相关相联、相依相存的一面却被忽视了,而这些,在远古神话中更为常见。比如"图腾崇拜",便突出地表现了人类对于自然的依赖与敬畏。图腾,实则是神话时代的人们供奉的某种自然物,或者是蟒蛇、虎豹、豺狼、熊罴、鼠兔、鱼鳖、鹰隼,或者是树木、花草、昆虫,甚至是太阳、月亮、山石、河流。一旦部落的人把某种自然物奉为自己的祖先,便会把它画在洞穴中、刻在柱子上、供在神庙里,视为不可侵犯的神圣。他们甚至还不惜把这些自然物的形象刺在或刻在自己的皮肉上,以便随时得到图腾祖先的护佑。

比如"天人交媾""人兽交媾",这对于现代社会的文明人来说当然是不可思议的,但根据神话传说,我们中华民族的好几位杰出的祖先,都是这类交媾生下的"怪物"。如"附宝见大电光绕北斗权星,照郊野,感而孕,二十五月而生黄帝轩辕于寿丘。""庆都盖大帝之女……年二十,寄伊长孺家。无夫,出观三河。奄然阴风,赤龙与庆都合,有娠而生尧。""殷契,母曰简狄,有娀氏之长女,为帝喾次妃。三人行浴,见玄鸟坠其卵,简狄取吞之,因孕生契。"至于大禹的出生,则是因为他妈妈吞吃了一颗薏米似的珠子,最后从胸口将他生了出来:"禹母修己,吞神珠如薏苡,胸拆生禹。"[1]在这些神话传说中,"天人合一"的中国古代哲学精神得到淋漓尽致的表现,这里的"天",就是神圣化了的大自然。

在中国早期历史的话语体系中,对于人与兽之间的道德评判并不总是站

---

[1] 袁珂、周明编:《中国神话资料萃编》,四川社科出版社 1985 年版,第 66 页,第 168 页,第 152 页,第 243 页。

在人类一边的，《列子》中有着一段特别动人的论说：人未必没有兽心，野兽也未必没有人心。夏桀殷纣虽具人形却禽兽不如；禽兽之中"牝牡相偶、母子相亲"，"避平依险、畏寒就温"，"饮者相携、食则鸣群"的天性比人还要纯真。在远古时代，野兽与人原本是"并行共处"的；只是到了"帝王之世"，人见野兽或野兽见到人才"惊骇散乱"起来；至于到了"末世"，野兽由于屡屡遭到人的侵害，才"隐伏逃窜"，难得见其踪影。①《列子》中的这段议论，完全可以作为现代"深层生态伦理学"的经典之作。

在古代中国，做人的最高境界是做成"神仙"，究竟何谓神仙？按照中国道家大量的文字阐发，按照我自己对这些文字的理解：所谓神仙，其实就是那些能够与天地自然无限亲近的人，能够融入自然、与自然化而为一的人。《庄子》中讲，修炼成仙的人"大泽焚而不能热，河汉沍而不能寒，疾雷破山、飘风振海而不能惊"②。为什么？最好的答案只能是：因为他们自己也是大泽、是河汉、是飘风、是山峦！

自启蒙运动以来，远古神话就走上了背运。300年来，神话以及神话赖以产生的神话思维，受到了科学思想的彻底清算。如今的现代人看到夜间的月亮不会再想到吴刚、嫦娥、玉兔、桂树，想到的只能是一个荒漠死寂的天体，飞往太空的宇宙飞船。面对江河，不会想象出龙王、夜叉，只会想到水力发电；进入山林，也不会担心遇上山魈林妖，却期待着发现矿藏资源。神话不再产生，神话的神秘性与感召力都不复存在，剩下的只是关于神话的科学研究。20世纪初，马克斯·韦伯(Max Weber)曾把近代思想的这一运行轨迹形象地概括为"世界的祛魅"(disenchantment of the world)，世界明朗化了，却永久地失去了精神的魅力。

"祛魅"实际上发挥了两个方面的作用：一，祛除了千万年来沉积在人类

---

① 参见《列子·黄帝》。
② 《庄子·齐物论》。

心中的错觉、幻觉和幼稚无知,促进了知识的增长、科学的发展;二,同时也祛除了人性中长期守护的质朴与纯真、信仰与敬畏,增进了人性的复杂、人心的机巧。如此,便清除了诗歌、艺术,尤其是理想主义、浪漫主义文学艺术生长发育的土壤。而且,"祛魅"早已越出艺术领域而扩展到现代社会生活的一切方面,现代人变得越来越缺乏想象、越来越工于算计;越来越机灵、聪明,也越来越不讲操守、不讲信誉。正如法兰克福社会研究所的学者们指出的:"世界的祛魅"已经走得太远了,"理性自己的原初内容也被劫掠一空",所谓理性,实际上已经沦为技术统治的奴婢。

一旦因神话的退场造下明显的缺失后,人们便又开始了新的一轮的呼唤。

目前在西方,已经又有人呼唤"时代的复魅"(reenchantment of the world),当然,"复魅"并不是要人们重新回到人类原初的蒙昧状态,况且那也是不可能的。"复魅"的切实目的在于把人与自然重新整合起来,把自然放到一个与人血脉相关的位置上去。伊曼纽尔·沃勒斯坦(Immanuel Wallerstein,前译华勒斯坦)曾具体解释道:"'世界的复魅'是一个完全不同的要求,它并不是在号召把世界重新神秘化。事实上,它要求打破人与自然之间的人为界限,使人们认识到,两者都是通过时间之箭而构筑起来的单一宇宙的一部分。'世界的复魅'意在更进一步地解放人的思想。"①"复魅",其实也就是让人重新融入自然,人在自然之中将获得自然的丰蕴、自然的奇妙、自然的恢宏、自然的无限。

20世纪的欧洲、美洲、拉丁美洲似乎又出现了一些远古神话的传人,其中较为人们认可的有卡夫卡、叶芝、庞德、博尔赫斯、马尔克斯等,即所谓的神秘主义、荒诞主义、魔幻主义的作家。至于他们是否真的能够赓续远古自然神话的血脉,恐怕并不是一件确定的事。神话的"回归"或曰"世界的复魅",也还有待于全体人类对于自己当前的生存环境、生存状态、生存需求、生存意义的全面的反思。

---

① [美]华勒斯坦等:《开放社会科学》,生活·读书·新知三联书店1997年版,第81页。

4.3 自在的自然美

一位当代西方学者曾经哀叹：长期以来，关于"自然美"的研究已经在美学领域中消失了，尽管当代人热衷于远足、旅游、野餐、露营等，对自然的严重的审美危机今天成了一种相当普遍的现象。法兰克福学派的创始人之一阿多尔诺曾经密切关注过这一现象，他认为：自然美从美学中的消失，与现存的工业时代有关，具体说来，是与工业时代对待自然的态度联系在一起的。

从哲学史进行反思，阿多尔诺把"自然美的消失"归罪于康德、席勒、黑格尔诸位大哲学家、美学家，认为正是他们高扬的人本思潮排斥、摒弃了自然美。其中表现得最为蛮横的是黑格尔。

面对阿多尔诺的这一指责，黑格尔是无可推脱的。因为他在《美学》一书中开宗明义地武断界定：美学的对象就是美的艺术，美学的含义就是艺术哲学。他颇有几分自得地声称：如此，我们便把自然美开除了！

黑格尔这样做显然并不是为了研究的方便而为自己界定一个学科的范围，他将自然美开除于美学之外出自他的基本哲学观念，即"只有心灵才是真实的，只有心灵才涵盖一切"。"艺术美高于自然美。因为艺术美是由心灵产生和再生的美……自然美只是属于心灵的那种美的反映，它所反映的只是一种不完全不完善的形态，而按照它的实体，这种形态原已包涵在心灵里。"这就是说，自然本身是不具备美的内涵的，自然只有被人的心灵灌注生气之后才拥有美的资质，然而，这时的自然从"实体"上讲已经不再是自然，它已经又在作为艺术美而存在了。于是，黑格尔明白地做出结论："就自然美来说，概念既不确定，又没有什么标准，因此这种比较研究就不会有什么意思。"①

---

① ［德］黑格尔《美学》第一卷，商务印书馆 1979 年版，第 5 页。

在黑格尔看来,自然是一个与人对立的概念,人的心灵高踞于自然之上,黑格尔的美学观点遵循的依然是欧洲启蒙主义的基本路线——人与自然的二元对立及人类中心主义。

从批判工具理性着眼,阿多尔诺认为现代人对于自然的轻蔑与对于人工产品的推崇是一致的,现代人对于自然美鉴赏的漠视与对于自然物实用的热衷是一致的。正是工业文明与自然的冲突,导致了自然美从人类视野中的消失。他希望从实践的观点,通过对人与自然的全部关系以及人对自然拥有的整体经验的考察中,恢复自然在审美领域中的地位。他指出,人与自然的关系存在着三个不同的层面:一,自然作为认知的对象,自然成了自然科学;二,自然作为实用的对象,自然成了生产资料;三,自然作为审美的对象,自然成了"文化风景",成了艺术,甚至成了艺术作品的楷模。由于现代社会遗漏了人与自然之间的审美关系,仅仅把自然当作生产资料与科学把握的对象,现代社会便成了一个残缺不全的社会。

阿多尔诺的这一批判无疑具有重大的现实意义,然而,自然究竟是如何成为美的?自然本身是否就拥有美?他却没有提供明确的答案。他在解释自然何以成为美时,所强调的似乎只是历史对自然的渗透,包括人的记忆、人的无意识在自然物中的积淀。"没有历史的回想,便可能没有任何美的东西。"①"历史的回想"当然是人的回想,因而,自然美依然就不过是"自然的人化",从哲学的基本原理上看,阿多尔诺并没有走出黑格尔很远,他依然是站在一种人本主义的立场之上的。黑格尔说自然融入人的东西之后就不再是自然,阿多尔诺说融入了人的东西的自然还是自然,仅从逻辑关系上看,老黑格尔似乎比阿多尔诺还要更周严些。

美学(Aesthetics),又被称作感觉学,顾名思义,美的本质及其意义基于人的感觉。美学原本是哲学的一个分支,由德国哲学家鲍姆嘉通(Alexander

---

① 参见薛华《黑格尔与艺术难题》,中国社科出版社 1986 年版,第 213 页。

Baumgarten）首次提出，他在《美学》一书中明白无误地断言：美永远是属于人的，脱离开人就无所谓美，世界上不存在客观的美。我们的美学教育常年来依据的也是这一法则：美学问题永远是以人类为核心的，离开人的"自然美"是没有意义的，是不存在的。

美是依人存在的，美还是自在的？那在人类的感觉之外是否还存在美？换一个说法：自然本身是否具有美的属性、美的价值？人类的爱好或厌恶是否是审美判断的唯一尺度？应该说，这是一个几乎难以解决的难题。

让我们暂且撇开哲学家们理论上的论辩，听一听诗人的言说。

法国著名印象派诗人瓦莱里（Paul Valery）有一天在海边的沙滩上散步，偶然捡到一只美丽的贝壳，灵感一下子触动，他由最初的激动进入深沉的思考，像一位中国古代哲人一样，在无知无念的情况下，对这个贝壳进行了一番"格物致知"，得出了一大堆感悟和推理。最后，他还把它演绎成一篇颇有影响的文章——《人与贝壳》。

他首先为贝壳那坚实洁净、晶莹似玉的质地，贝壳上那旋转的花纹、神奇的理路、变幻的色彩、诱人的斑点深深打动。至于这些美妙的东西是如何"制造"出来的，他想到人类熟悉的知识和方法：材料、手段、目的、构思、运动、次序、几何学的观念、物理学的定律……人们常常因自己掌握了这么多的知识手段趾高气扬，然而对于自然来说似乎全不需要，自然在浑然无知的情况下便造就了这只贝壳。诗人结合自己的创作体会相比较：

> 为了获得形式与物质之间的关系，有时甚至是为了表示自己在这一点上有所成功，我们往往不惜含辛茹苦。可是，对于大自然来说，这不过是小孩子们的把戏。……我们的活动是复合的，过去如此，今后亦然。所以，我们在自己的对象上永远也不能像这沉默不语的造物那样实现物质和形式的巧妙的统一。

> 大自然知道如何造就一棵植物，如何制作鼻孔、口腔和生殖器，它也

知道如何制造眼窝；当它要展开一只耳朵时，又会突然联想到贝壳。①

况且，大自然不仅会造出"这一只"贝壳或者耳朵，它还会造出许多只形色各异、互不雷同的贝壳和耳朵。面对大自然的造物，瓦莱里这位杰出的诗歌艺术家深深地感到自愧弗如。

与黑格尔不同，与阿多尔诺也不同，瓦莱里显然是认为大自然本身是存在着美的，存在着美的创造力的，既不需要人去灌注它，也不需要人去设定它、规范它。而且，从整体上说，大自然创造美的能力还要远远大于人类。

作为一个热爱文学、热爱艺术、热爱自然的人，瓦莱里关于贝壳的这段充满激情的议论能够引起我强烈的共鸣。我自己也有过类似的体验，虽然我没有像瓦莱里那样用心地去琢磨过一个贝壳，但我曾面对一堆"石头"。我的天性里也许有着喜爱石头的癖好，在我写作的这间房子里，书案上就置放着几块石头：一块剖面光洁的玛瑙，那流转妙曼的纹路丝毫不逊于现代派绘画的色彩；一块比拳头还大的天然水晶，那六面柱体之匀称精确不亚于电脑的精确设计；一块墨色深沉的菊花石里栩栩如生地绽开三朵晶莹剔透的菊花，恍如国画大师吴昌硕的水墨画，然而却是"生长"在石头里面的；还有一种石头是硅化的木变石，那历历可数的年轮在诉说着岁月的悠远。案上还有一块大石头，竟有四十多斤重，是我不久前到贵州进行生态考察时，路过广西柳州，从一个农民手中买下的。那农民说，他家住龙江回流村，石头是从他家门前的洞河里捡来的。这石头完全未经雕凿，也并非在册在谱的名贵家族，只是浑然的一块。石质凝重而温润，嫣紫的底色中生长出赭黄的、鸦青的纹理，像山，像树，像洞，像瀑，像云，像雾，我曾怀疑这石头把那龙江山野的风情全印在了自己上面。但仔细再看，却又什么都不是，它只是一块石头，一个"自自然然"的存在，一个在亘古洪荒中神秘生成，在栉风沐雨

① ［美］M.李普曼编：《当代美学》，光明日报出版社1986年版，第348—349页。

中历尽万劫,至今仍旧怡然自得的"自然"。我似乎已经察觉,这石头之所以能够给我以审美感受,不仅仅因为它的色彩、纹路、如山、似树,甚至也不仅仅因为它那神秘的历史,还因为它本身就是"自然"。我和它之间的沟通几乎是无条件的。而且,当我写作劳累,面对这块石头稍事休息时,我的心顿时也会变得安定踏实、凝重沉静起来。这时候我只觉得我不但没有向石头里面灌注什么,石头的"灵魂"反而潜入我的内心,使我变得"心如磐石"。与黑格尔或阿多尔诺的美学理论不同,我没有将石头"人化",反而被石头"石化"了、"自然化"了。这时我只是觉得,在这块石头之中的确是蕴含着一些神秘的审美因素的。

那么,这就是作为自然存在的石头的"自在之美"吗?

感觉是一回事,从理论上说清楚则是另一回事。

人之外,真的存在着自然美吗? 这等于清除掉审美主体的感受体验去谈论美,这无疑是非常冒险的。这意味着必须为美制定一套客观的测量标准,那就必须精细地确定瓦莱里贝壳上那些花纹的几何属性与物理属性。这样,也许又要把美学推向科学的实验室去。况且,即使在现代物理学的实验室中,要想制定一个纯粹"客观"的测量标准都已经不再可能。

自然美的客观性就一定不存在吗? 那就意味着自然的尺度只能是人的尺度,人的思想、感情、需求、兴趣是自然美存在的唯一依据。在自然审美的领域里,人仍然是主宰一切的上帝,自然仍然没有自己独立存在的意义。这就是说,瓦莱里的贝壳上的那些美奂美伦的形体、构造、色彩、纹理在人类出现以前就全不具备审美的意义。只是因为有了人这个上帝,世界才有了光,贝壳才显示出自己的美丽。这仍旧不过是人类中心主义、人类至上主义。

自从生态学渗透进人文学科之后,一些从事美学研究的学者开始用另一种眼光透视自然美。刘成纪教授曾经指出:"在生态哲学的语境下,由于人与自然实现了对生命的共享,这就不但使自然独立的审美特质被肯定,而且人与自然的审美关系也必然发生改变。即: 美不再是人的'单美',而是人与自然的'共美';审美活动不再是单向度地'人审自然',而是人与自然的互赏。"①这等于宣示了"自然具有独立的审美特质","人与自然拥有共同的审美趋向",这对于康德、黑格尔都是难以想象的。

从生态学的立场出发,如果像"盖娅假说"所设想的,把包括人与自然在内的地球看作一个有机联系的整体,一个生命与生命之间、生命与非生命的物质之间不断跨越疆界、不断相互渗透、自行运动着的大系统,"大气的回流中也涵纳有人类的呼吸,人体的循环系统中也包括有江河湖海",而不是把人与自然设置为紧张对立的关系,人和自然之间的审美关系也许会得到新的解释。

怀特海的有机整体论哲学就是这样看待美的问题的。怀特海认为:美,"就栖居于整体与部分的和谐关系之中";美,就是整体的和谐,就是相互适应。

> 这种相互适应或自由一致不局限于认知经验的要素。相反,美是自在自为存在的事态的一个本体论特征。换言之,美不单纯是认知经验的一个特征,而是世界本身的一个特征。②

怀特海甚至宣称,人类和世界的历史都不过是"对美的追求",对于中世纪提出的"真、善、美"三分法来说,美才是更具广延性和效验性的一方!

有人曾提出这样一个问题和他讨论,玫瑰花原本是红色的呢,还是仅仅对于我们的眼睛来说是红色的?怀特海是这样回答的:包含玫瑰的自然等级正是包含人类连同他们的眼睛和心灵的同一个等级。在我们所讨论的情形中,人类和玫瑰都同样地真实,都是有机统一体中平等的元素。玫瑰的色彩和美丽是那个统一体中真实的特征,它们不是仅仅存在于玫瑰中(或人类的心灵中),而是存在于那个统一体中。

---

① 刘成纪:《自然美的哲学基础》,中国社会科学出版社 2020 年版,第 235 页。
② [美] 菲利浦·罗斯:《怀特海》,中华书局 2002 年版,第 88—89 页。

与康德、黑格尔的美学相比较,怀特海的美学观代表的是一种完全不同的新的世界观。

对自在的自然美可以做出解释的,还有格式塔心理学的理论。

阿恩海姆(Rudolf Arnheim)把格式塔心理学引入审美和艺术领域,提出了"异质同型说",在"方法论"的层面取得了令人信服的成效。

按照阿恩海姆的"异质同型说",在人与自然的网络中,物质的物理活动机制与人体的生理活动机制、人的大脑的心理活动机制之间存在着"同一性"的关系。比如:"春风摆柳"的自然景色与轻柔明快的"舞蹈动作"、欢悦舒畅的"心情心绪"具有同一性;巍然屹立的山峰与刚健沉稳的身躯、坚定不移的信念具有同一性。

阿恩海姆认为,自然界的万物,大至天体、山岩、海水、沙滩,小至树干、树枝、飞鸟、游鱼、龟甲、贝壳,其状貌全都是自然力长期作用的结果,表现为某种"力的结构"或"力的图式"。自然界的"树木山石"、生物体的"躯干四肢"、精神活动中的"心境心绪"这些显然异质的东西,在"力的结构图式"上却可以具有一致的倾向。

在日常用语中,人们对许多词汇的语感及其运用也都是建立在"自然"与"人事""心境"的共同的"力的结构"或"力的图式"之中的。如:"军令如山""胸有成竹""荆天棘地""冰清玉洁""行云流水""清风朗月""杨花水性""招花惹草""心猿意马"……在阿恩海姆看来,这种力的图式:

> 不仅在于它对那个拥有这种结构的客观事物本身具有意义,而且在于它对于一般的物理世界和精神世界均有意义。像上升和下降、统治和服从、软弱和坚强、和谐和混乱、前进和退让等等基调,实际上乃是一切存在物的基本存在形式。不论是在我们自己的心灵中,还是在自然现象中,都存在着这样一些基调。那诉诸人的知觉的表现论,要想完成它自己的使命,就不能仅仅靠我们自己感情的共鸣。我们必须认识到,那推动我们

自己的情感活动起来的力,与那些作用于整个宇宙的普遍性的力,实际上是同一种力。只有这样去看问题,我们才能意识到自身在整个宇宙中所处的地位,以及这个整体的内在的统一。①

显然,这里讲的也是"人与自然"的整合为一,整合为一个"有机统一体",中国古代哲学的表述即"天人合一"。用现代生态哲学的话语表述,这个由自然与人类、由"天"与"人"整合而成的"一",就是地球生物圈。

心理学似乎更容易走进生态学的领域,阿恩海姆的这段论述就消解了人与自然的二元对立,对于地球生态系统内部的有机联系,包括由物理层面到生理层面、精神层面上的联系作出了颇具新意的描述。

如果借用阿恩海姆的理论回头再来端详瓦莱里的那只贝壳,贝壳上那些令诗人大惑不解的造型和纹路也许就可以得到一种更好一些的解释。贝壳中蕴涵的那些审美因素,既是自然生成的、客观存在的;同时又是人类的审美机制中固有的,更多的时候又是被个人的意识、经验、心境所强化的。或者,用怀特海的话语表达,在审美领域,人与自然是共处于同一个"有机统一体"之中的,是扎根于同一块生存土壤之中的。

4.4 女性·自然·艺术

量子物理学博士、印度生态女性运动发起人、"柯布共同福祉奖"得主范达娜·席娃(Vandana Shiva)曾经指出:女性原则是生命的神圣性和生存的可持续性,那也是自然的原则。向女性和自然界学习生态智慧,重建人与自然、人与人的公道和谐。

---

① [美]鲁道夫·阿恩海姆:《艺术与视知觉》,中国社会科学出版社1984年版,第625页。

女性的原则、自然的原则,以及艺术的原则三者之间具有天然的同一性。

几乎在所有的民族中,人们都习惯地把大地比作母亲,把少女比作春天。而司掌艺术和美的神祇则多半又是女性,比如希腊的阿芙洛狄忒、罗马的维纳斯、巴比伦的米莉塔。她们还往往同时司掌草木繁茂、田园丰收。在中国,也有人把巫山神女瑶姬视为美神、文艺女神的,她不但美丽多情,还掌握着性爱的主动权,激励着诗人们的创作热情。

荷马曾在他的《颂歌》中吟咏:"我要歌颂大地,万物之母、牢靠的根基、最最年长的生物。她养育一切在神圣的土地上行走、在海里漂游、在天上飞翔的创造物。它们全都靠着她的丰饶来获取生存的幸福。"文艺复兴时期由卢卡斯·克拉那赫创作的那幅名画《春天女神》,正是把少女与地球结合起来加以描绘的:青春焕发的少女躺卧在鲜花芳草中,那丰腴的肌肤同时也是肥沃的土地,美丽的鸽子、小鹿是少女亲密的伙伴,茂密的树林、湍流的河溪与少女的裸体一样,象征着自然的旺盛的生命力。在这里,诗歌、艺术、自然、女性是融会一体的。

也正因为如此,当自然遭逢劫掠时,女性也受到奴役,艺术也将走向衰微。

工业时代的旗手弗朗西斯·培根曾经说过一句名言:让科学技术与自然结成婚姻,把自然嫁给科技为妻。从那时以来,自然这个健康美丽的女人便受尽了科学技术这个强壮有力的男人的无情的驱使奴役,最后成了一个形容枯槁、肌肤破损、满身污秽、秀发脱尽、三焦堵塞、高烧不已的病妇。对于自然来说,培根实在是一个居心不良的恶"媒婆"。

许多女权主义理论家都认为,男性对于女性的奴役,是从人类对于自然的奴役开始的。在人类文明史上,这种奴役已经开始很久,全面的、彻底的奴役则是在工业化时代的资本主义社会中完成的。这一见解,使女权主义运动进入了它的生态学时代,也使妇女解放与生态保护、批判资本主义结合起来。

早期的一些激进的女性运动也曾经走进误区,或者说曾经掉进男性文化的陷阱。那时的女权主义者认为,女人要改善自己的处境、提高自己的地位、摆脱男性的控制和统治，就要使自己变得和男人一样，"时代不同了，男女都一样"成了一个时代的口号。与农业社会的"男尊女卑"不同，工业社会的"男女平等"并不一概排斥女人向男人看齐，有时还有意地加以鼓励。其结果是女人只有在男性化之后，才有可能在工业社会中分得一杯残羹。更糟糕的是，涌现了一批高度男性化、男人化的"女强人"。从整体上看，男人社会的强权统治不但没有削弱，反而又被加强了。

舍勒曾在《女性运动的意义》一文中，从"资本主义内在悲剧"的角度，对这一现象进行过深入分析。

舍勒认为，必须承认女性与男性的差异，这是女性运动无须回避的一个前提。而且他还认为，女性与男性之间的差异不仅存在于生物方面和生理方面，还存在于心灵的最深处与精神的最高处。他形象地描述：男人就如同他们的生殖器官一样，是外向的、显突的；如同他们的性行为一样，是放射的、挥霍的。女人相应却是内含的、收缩的、接受的、敛聚的。男人的阳具像一把工具或武器，比如锤子、手枪；女人的子宫则像一尊容器，比如瓶子、罐子。女人更像植物，比如一棵树，她自己就是她的身体，就是那棵开花结果的树；男人更像一头动物，比如一只猴子、一条狗，而且他的身体还并不总是他自己，身体只是被他自己的欲望牵引的一只猴子、一条狗。舍勒归纳说：

> 女人是更契合大地、更为植物性的生物，一切体验都更为统一，比男人更受本能、感觉、爱情左右，天性上保守，是传统、习俗和所有古旧思维形式和意志形式的保护者，是阻止文明和文化大车朝单纯理性的和单纯"进步"的目标奔驰的永恒制动力。①

在舍勒看来，"自从大地的崇拜消失以来，西方关于上帝的概念就一直较

---

① ［德］马克斯·舍勒：《资本主义的未来》，生活·读书·新知三联书店1997年版，第89页。

片面地受男性的和逻辑的因素影响"，工业社会是一个"男权社会"。西方现代文明中的一切偏颇、一切过错、一切邪恶，都是女人天性的严重流丧、男人意志的恶性膨胀造成的结果。

在我们的国土上有一曲广为传唱的戏文——《谁说女子不如男》，女演员以高亢激昂的唱腔呼吁女子们向男人看齐，鼓励女子们建功立业，在每一点上都要赶上男人、超过男人。据2018年美国国家统计局发布的世界各国劳动参与率显示，中国女性劳动参与率达70%，居世界第一。这是中国近30年中经济高速发展时期的一个突出现象，显得有些超常。

舍勒分析，工业社会的制度是由男人为自己制定的，"在这一制度中，在同样的财产和地位的前提下，只有非女性化的女人才能靠自己的力量攀上经济独立的高度"，这些"非女性化的女人"就是我们这里赞美的"女强人"。20世纪80年代时，我供职的那所大学的学生会曾经对在校女生做过一次"民意测验"，250名女大学生竟然有204人渴望做"女强人"，而愿意为"爱情"奉献一切的仅8人，不足5%。这也怪不得我们的女学生，因为舍勒紧接着就说："当工业制度越提高男人的经济地位，男人越具有计算的天性，他们就越少地倾向于娶一位激起他们心中爱情的穷姑娘。"随着工业社会的高速发展，纯真的爱情在急剧贬值，在这样的情况下，为爱情奉献就意味着奉献给贫穷。在电影电视中扮演着爱情悲剧角色的漂亮的女人们，在现实生活中却争着嫁给服装公司、烟草公司的老板。而那些既没有能力成为"强人"，又没有机会成为影视明星的漂亮女人较之她们的母亲或祖母就更惨了。舍勒叹息道：在这样的制度里，"有女性味的女人则只好处于与'卖淫'只有一步之隔的境地"，"更纯真、更富女性味的女人在一步步地沉沦"。① 舍勒说这话的时候是在本世纪初的1913年，他没有料到，到了世纪末，在广州、深圳、海口，在中国沿海的"经济发达地区"，不少年轻、天真、秀美、靓丽、浑身散发着女性气息的少女们，选择了

① 参见[德] 马克斯·舍勒：《资本主义的未来》，生活·读书·新知三联书店1997年版，第98—99页。

"三陪女""二奶""金丝雀"这些"与卖淫只有一步之隔"的"职业"。这也许可以解释为社会进步必须付出的代价，也许只能说是"社会工业化"进程中必然遇到的尴尬。

自19世纪以来，女权运动已经走过了将近200年的历史，最初它只是渴望在政治经济生活中从男人那里争得自己的一席之地，后来也只是希望从社会的文化的意义上确立自己的身份。在第三次浪潮中，女人们变得更加聪明起来，她们开始寻找到自己的"法身"，与自己在宇宙间的最大的伙伴——"自然"结为生死同盟。生态女性主义(Ecofeminisme)的代表人物沃伦教授(Karen Warren)的理论贡献就在于她从哲学的高度、从逻辑的推理中得出男性统治女性与人类统治自然之间的同一性，以及女性危机、生态危机乃至社会的道德危机之间的同步关系。正如德国绿党领袖佩·克吕所宣称的："女权主义就是生态学，生态学就是女权主义；这是观察事物的一种整体方法。"[①]最近组建的新一届芬兰政府中，总理、内政部长、财政部长、教育部长都是30岁出头的清新健康的女性。如此一个历史悠久的民族国家同时也是一个优秀的现代国家被交付在几位"女流之辈"的手中，或许这才是人类社会的真正的进步！

女性与自然的联手、女权运动与生态运动的联手，给人们带来许多新的启迪。女性的真正的解放，在于恢复女性长久以来被压抑、被扭曲的天性，发扬女性在人类历史进程中的独特优势，这表现为大地崇拜的女性精神、护佑万物的女性伦理、充满感性与温情的女性思维。这样做，对于恢复自然的创伤、挽救艺术的颓势显然也是大有助益的。反之，艺术精神的振兴、生态运动的深入开展，也必将进一步突出女性在当今社会上的地位。

女性，是文学艺术重要的表现对象，也是文学批评的重要话题。女性主义文学批评，志在为女性张目、破除男性的强权，从而弥合男性、女性之间顽劣的

① 沈国明、朱彦敏等编：《国外社会科学前沿(1997)》，上海社会科学出版社1998年版，第173页。

二元对立,在上个世纪已经形成一股强劲的文学思潮。如今,女性又成为生态批评的话题,女性生态批评努力让弱势的女性与大自然结盟,将男性与女性融入同一个相互尊重、相互扶持、互补互生、互为主体的有机生命共同体中。

在中国古典文学名著中,一般认为写女性最集中、最成功的是曹雪芹的《红楼梦》;其实,在塑造女性形象方面,蒲松龄的《聊斋志异》亦不输于《红楼梦》,若是从生态批评的视野看,或许还更具特色,具有更开阔的阐释空间。

《聊斋志异》中写了许多女性,给人留下鲜明印象的有近百位,如婴宁、连琐、娇娜、小翠、小谢、阿宝、阿霞、阿绣、阿纤、红玉、香玉、青凤、竹青、翩翩、细柳、聂小倩、陈云栖、白秋练、孟芸娘、封三娘、辛十四娘等等。蒲松龄是明代初年生活在齐鲁大地上的一位乡村知识分子,他天性醇厚、生活简朴,深深热爱着脚下这片田野。他虽然并不具备现代生态女性主义的理念,甚至书中不时也会流露出一些男权意识,但他却能够始终尊重女性、始终以"温和、柔软、博爱"的心肠与女性相知相交,怀着善意与慧心为女性群体造像。

曹雪芹与蒲松龄都是具有"女性主义"倾向的古代作家,他们尽力为中国农业时代的女性唱赞歌,但他们选择的视角有所不同。曹雪芹出身于名门贵族,他笔下的女性多为仕女、名媛、宝眷、命妇,这些人物生活的环境是一座奢华的人造空间、一座结构严实的樊笼"大观园";蒲松龄出身于农家,他笔下的女性多是村姑、民妇、商女、仆佣。这些女性活动的环境总是开放型的,从庭院巷陌、市井村落到山野丛林、江河湖海。更具备生态意味的是,《聊斋志异》中的许多女性并不是人世间普通的女子,而是山野间野生动物或植物的化身,如狐狸、白兔、香獐、老鼠、鹳雀、仙鹤、乌鸦、黄蜂、牡丹、菊花、荷花、海棠等等。还有许多是已经摆脱人类社会束缚的旷野中的孤鬼游魂。概而言之,蒲松龄笔下的女性大多是生存在"青林黑塞"中的"狐鬼花妖",是与大自然结为一体,在社会生活中相对独立、自主的女性。

《聊斋志异》中的这些女性往往凭借其本尊,即来自"青林黑塞"的"狐鬼花妖"的法力与野性,便获得跋山涉水、上天入地、出生入死、死而复生的独立性与自由空间。"上穷碧落下黄泉",从阴曹地府到天庭凌霄,其顽强的生命力一如旷野中那些生生不息的精灵。

蒲松龄的《聊斋志异》或许已经印证了印度生态学者范达娜·席娃的判断:女性原则是生命的神圣性和生存的可持续性,那也是自然的原则。我们应该向女性和自然界学习生态智慧,重建人与自然、人与人的公道和谐。

女性的原则、自然的原则,以及艺术的原则三者之间具有天然的同一性。大地母亲盖娅、人类社会中的女人、文艺女神缪斯,如此"女性三位一体",这是我们生存天地中的另一极,或许还是更为重要的一极。忽略了这一极的存在,任何"生态平衡"都将无从谈起。

4.5　怀乡症与回归诗学

诗人们似乎都患有一种顽固的"怀乡症"。

在中国古代的诗苑中,"怀乡诗"比比皆是,而且绝不乏传唱千古的佳句。比如,李白的"举头望明月,低头思故乡",杜甫的"露从今夜白,月是故乡明",李益的"不知何处吹芦管,一夜征人尽望乡",崔颢的"日暮乡关何处是,烟波江上使人愁"。不但愁,而且愁得泪落涟涟:"故园东望路漫漫,双袖龙钟泪不干";愁得雪染双鬓:"人生岂得长无谓,怀古思乡共白头";愁得肝肠俱断:"不堪肠断思乡处,红槿花中越鸟啼。"不仅中国的诗人如此,外国诗人也是一样。荷尔德林就曾经写下一本《故乡集》,反复吟诵着他的"故乡恋""故乡吟"以及"还乡曲",由衷地发出如此深情的呼唤:"故乡的天空啊,请重新收容和祝福我的生活吧!"看来,中外诗人都怀着一种思乡情结。比李白、杜甫的年代还要久远一些的大诗人陶渊明曾经做过这样的解释:"羁鸟恋旧林,池鱼思故渊",这就是说,人的对于故地旧居的思恋与鸟兽一样,是一种与生俱来的天性,或者说是由那些生物性的遗传基因决定的,这未必就没有道理。

或许还应该有其他更复杂的原因,那就必须首先弄清楚"故乡"的含义究竟是什么。

　　我曾查检了陶诗中描绘故园乡居的用语,其中出现频率最高的有:林野、山泽、和风、明月、荆扉、柴门、茅檐、瓦舍、榆柳、桑麻、桃林、菊花、鸡犬、水井、灶台、绿酒、春醪,此外,还少不了亲切友爱的"邻曲"。这显然是一幅"乡村自然生态"的图画。

　　一千多年过去,我素所景仰的老诗人、也是我的长辈同乡的苏金伞,他的诗歌中故乡的景色仍然是:田亩、池塘、绿苇、白杨、落日、晨雾、斑鸠、鹧鸪,农家院里的老鸹窝、石榴树,父亲的水烟袋,母亲的纺花车,还有满头白发、亲切慈祥的外祖母。

　　诗人沈苇流落北疆,在天山脚下思念起故乡江南时,诗行中也还是跳动着这样的词句:田野、村庄、荒草、小路、桑树、苦楝树、水稻、蚕茧、迷迷蒙蒙的雨雾、若隐若现的笛声、呼唤着"我的乳名"的乡邻,以及乡邻家的回窝下蛋的母鸡和缩头缩脑的老狗。

　　"故乡"究竟是什么? 当年,旅居法国的韩少功曾经写过一篇题为《我心归去》的随笔,似乎在有意地回答这个问题:

　　　　"故乡"是什么?"故乡"意味着故乡的小路,故乡的月夜,月夜下草坡泛起的银色光泽,意味着田野上金麦穗和蓝天下的赶车谣,意味着一只日落未归的小羊,一只歇息在路边的犁头,意味着二胡演奏出的略带悲怆哀惋的《良宵》《二泉映月》,意味着童年和亲情,意味着母亲与妻子、女儿熟睡的模样,甚至也还意味着浮粪四溢的墟场。①

　　一个人的故乡对于另一个人来说,也可能是一个旅游点。但故乡总是要

----

① 这段文字已经引用者缩写。

比旅游点多一点东西,韩少功说,那就是你自己的血、泪,还有汗水!已故老诗人苏金伞故意用生理学中的术语风趣地写道:那就是你自己的"身高、体重、肺活量,以及血液的浓度、大脑的容积"!我自己是在青年时代离开故乡开封的,我认同苏老的话,故乡的那片土地、那条河流、那片天空、那段岁月似乎已经生长在我的身体里,成为我的生命的一部分,生长着的一部分,"离根恰如春草,更行更远还生"。

至此,我们差不多可以为"故乡"归纳出大致的涵义了:

故乡是一块自然环境,是天空,大地,动物,植物,时光,岁月;故乡是一支聚集的种群,是宗族,是血亲,是祖父祖母、外婆外公、父亲母亲、邻里乡亲、童年玩伴、初恋情人;故乡是生命的源头、人生的起点,是一个由受孕到妊娠到分娩到呱呱坠地到生长发育的过程,是故乡的水土与空气合成了你的身体。因此,故乡拥有双重自然的涵义:它是养育了一个人的自然环境;它还是一个人血肉之躯的生命元素,而这两个属性都是扎根于天地自然之中的。由于故乡又是一个现下已经不再在场的、被记忆虚拟的、被情感熏染的、被想象幻化的心灵境域,所以它又成为诗人、作家、艺术家表现的对象。在"故乡"这个语汇中,蕴涵着丰富的生态学、生理学、心理学、诗学、美学、文艺学的意义。

诗人、作家、艺术家的怀乡,象征着人类对于自己生命的源头的眷恋、情感的寄托的凭依、心灵的栖息的安顿。遗憾的是,随着人类社会的发展进步,故乡的幻影在人类的心目中反倒越来越暗淡了,就像日落后的晚霞,正消失在无边无际的夜幕。

如果说李白、杜甫们的怀乡多是美好的回忆,至多不过添加几分淡淡的惆怅;现代的诗人们在怀乡时却掩饰不住内心的失望和颓唐。这在中国,从鲁迅的那篇题为《故乡》的小说就已经开始了:"苍黄的天底下,远近横着几个萧索的荒村,没有一些活气。"作者说:"我的心禁不住悲凉起来了……我所记得的故乡全不如此。我的故乡好得多了。"在诗人沈苇的故乡,羞涩的少女已变成粗夯的妇人,伯伯两年前死于心脏病,婶婶的床头已变得冷清,青蛙与草虫的鸣唱也失去了往昔的热情。诗人说,他告别故乡就像在告别一种"古老而绝望的艺术"。①

在工业社会高度发展的今天,当火车的铁轮从大地隆隆碾过,当飞机的钢翼从天空呼啸划过,当无线电波把一种统一制作的声音和图像送进各家各户,当一种叫作"美元"的纸片成为人世间一切价值的换算代码时,那个自然的、有机的、淳朴的、温情的、诗意的故乡已不复存在,返乡之路已经中断。

里尔克的一首诗中曾经写到"金属的还乡":"金属怀着乡愁病,生机渺渺无处寻。"金属的"故乡"是深山,后来被从矿洞里开采出来,从熔炉中冶炼出来,那时它还不失其天然的本色。再后来,金属被做成皇冠、货币,被制造成齿轮、机器,为人们所霸占,为人们所操作,为人们所算计,金属已经身不由己,那么它如何还能够再返回大山的腹中呢。

阿尔·戈尔在他出任美国副总统之前写下的一本谈"生态与人类精神"的书中,曾讲到"面包的还乡":生产面包用的麦子原本是从麦子地里生长出来的,它的故乡在田野,后来才被汽车、火车、轮船拉进面粉加工厂、食品加工厂,被添加进发酵剂、着色剂、甜味剂、芳香剂、防腐剂制作成面包,然后,包装上五彩缤纷的塑料纸摆上超级市场的货架。戈尔说,我们的小孩子一定会认为面包是从商店的货架上长出来的。"田野"作为面包的故乡早已经被遗忘。戈尔下面的一段议论堪称精彩:"在感性上,我们离超级市场更近,而不是麦田,我们对包装面包的五彩塑料纸给予更多的关注,却较少关注麦田表土的流失。于是,我们越来越关注用技术手段来满足自己的需求,我们与自然界相联系的感受离却变得麻木不仁了。"②

他们两人诉求的"还乡",也是"回归",向着自然回归。现代社会酿成的情感危机、道德危机、精神危机最先并且最强烈地煎熬着诗人、艺术家的那颗

---

① 沈苇:《高处的深渊》,新疆青少年出版社 1997 年版,第 57 页。

② [美] 阿尔·戈尔:《濒临失衡的地球》,中央编译出版社 1997 年版,第 177 页。

敏感的心。然而,面对强大的社会现实,这又是一颗过于纤细柔弱的心,他们采取的抗争方式多半只能是"逃避"。当时代一日千里飞速向前发展时,他们却想逃往远古;当科学日新月异步步攀上尖端时,他们却想退回简朴;当城市化已经成为人类社会的主导生活方式时,他们又倾心向往着乡村的牧草和田园。

卢梭可以说是一位典型的代表人物,是他率先打出了"远离社会,回归自然"的旗帜,提出了"自然使人善良,社会使人邪恶;自然使人自由、社会使人奴役;自然使人幸福,社会使人痛苦"的主张。色彩斑斓的草地、清爽宜人的树林、碧波荡漾的湖水、繁星密布的夜空成了他躲避现实社会的世外桃源。出于对自然的崇敬,卢梭说"动物是幸福的,君王很悲惨"。

英国湖畔派诗人华兹华斯则把文学的自然主义崇拜推向顶峰,在他看来,只有乡村生活才最有利于人类的本性与基本感情;天真的孩子、襁褓中的婴儿由于没有受过"庄严思想"的熏染,更多地葆有"神圣的灵性",因此要比成年人、尊长者更容易领悟宇宙间"不朽的信息",更接近自然中"真实的生命"。华兹华斯曾把一首长诗献给一头驴子,把这头驴子视为自己引以为荣的兄弟。

在东方,崇尚自然、憎恶现代工业社会的则有印度诗哲泰戈尔。他愤激地指责:喷着浓烟的工厂,吞吐着金钱的贸易,以其秽物污染大地,以其喧嚣震聋人间,以其重压疲惫世界,以其贪婪撕裂苍生,这种"以效率的铰钉铆合在一起、架在野心车轮上的社会是维持不长的"。只有那幼稚的孩童、清纯的处女、涧上的新月、枝头的黄鹂、温馨的爱、诚挚的诗才是永恒的天国的福音。

如果说存在一种"回归诗学",最早的呼唤来自1600年前中国的伟大诗人陶渊明。"归去来兮,田园将芜胡不归!"陶渊明的名字总是与"归"联系在一起的。陶诗中"归鸟""归人""归田""归心""归园田""归去""归尽""归空无",层出不穷。钱锺书先生在其《管锥篇》中曾围绕《归去来兮辞》大展笔墨,借前人之口盛赞"晋文章唯此一篇"。人们历来都把"回归"看作陶渊明的精神象征。"悟已往之不谏,知来者之可追;实迷途其未远,觉今是而昨非。"回归,就是反省反思,就是返回本源。古代陶渊明的诗性回归与 20 世纪西方现代性反思中诞生的"回归哲学"具有"异质同构"关系,梭罗、尼采、舍勒、西美尔、施特劳斯、海德格尔、德里达、福柯……都是这样一些"迷途思返"的人。

以往,我们总是把这些主张逃离现实、回归自然的诗人贬为"消极浪漫主义者",甚至斥之为"反动""开历史倒车"。时至今日,当地球的生态危机逼迫人们重新审视人类与自然的关系、重新审视人类社会发展的历史时,已经有人在大声赞扬这种"反动":"生病的地球,唯有对主流价值观进行逆转,对经济优先进行革命,才有可能最后恢复健康。在这个意义上,世界必须再次倒转。"①

人类究竟在何时遇上了"岔道",走上了"歧路"?人类的选择究竟在何时出现了差错,以至酿成了现代文明的严重偏颇,说法不一。多数人是从启蒙运动算起,认为启蒙运动把人与自然对立起来,把一个有机完整的世界分割拆解了。还有人把责任追溯到文艺复兴,因为从那时起,理性的力量就已经被过度推崇,人类开始被抬举到万物之上、世界的中心。也有人断言,从柏拉图、亚里士多德那里就已经闹出了偏差,就如存在主义哲学家巴雷特(William Barrett)指出的:这两位希腊人的发现代表了人类的一个巨大而且必要的进步,但同时又是一种损失,因为原有的人类存在的完整性被分开了,从此,理性被看得越来越重,情性被看得越来越轻。正是这两个人,以他们的聪明才智制定了理念的法则与逻辑的法则,并把理念与逻辑高悬于存在之上,以所谓的"形而上学"开启了古代希腊的"童蒙"之心,开始了人类对自然以及对人类自身的算计、解析、简化、控制。最初的启蒙应当说是从这里开始的。柏拉图与亚里士多德是一个开端,同时又是一个终结。他们开启的是一个条理清晰、井然有序的理性社会,终结的是一个"天、地、神、人"浑然和谐的诗意境界。这种说法似乎与中国古代的庄子在一则寓言中的判断是一致的,原初的那个"混沌"世界

---

① [美]卡洛琳·麦茜特:《自然之死》,吉林人民出版社 1999 年版,第 327 页。

死于"倏忽"以善良的愿望对其混沌状态的开凿。那"开凿",也就相当于"启蒙"。

"来路"已经如此漫长,那么我们还能够返回最初的原点吗?

事过境迁,情随事迁,现在的人群和土地已经不是老子、庄子、柏拉图、亚里士多德时代的人群和土地,现在的社会和自然也已经不是神农氏、伏羲氏、阿波罗、雅典娜时代的社会和自然,真要巴望在 20 世纪的今天捡回人类史前社会的那个原点,无异刻舟求剑。况且,那样一个原点,也只是一个尚且未经"孵化"的"蛋",它的"有机"只是"混沌",它的"统一"只是"单一",它的"和谐"只是"浑然",它的"原生"同时也是"荒蛮",应该说这样的"有机统一"是处在人类生命进化的较低层面上的。现在大约可以断定,诗人们潜心吟唱的"回归",只是一种感伤的情绪,一种美好的憧憬,一些不无夸饰的言辞,虽说饱含着深刻的审美意义与批判意义,毕竟只是一片缥缈的幻影。

返回原点已经绝不可能,照直前进则山高水险。现代社会中一些深入思索人类命运前途的智者,在探测"回归之路"时,已经为"回归"赋予了新的含义:"回归"并不等于机械的"倒退",不是从来路倒退回原点。海德格尔曾明确指出:当代人"不能退回到那个时期的未受伤害的乡村风貌,也不能退回到那个时期的有限的自然知识","没有人会想到这样的意见:我们这个行星的状况在不久或一般而言可以又变成乡村的田园风光"。[①] 但是,"情况仍然会从根本上改观"! 未来的社会应当"从人类的根源处萌发出新的世界"![②] 这就是被哲学家赋予了新含义的"回归"。"根源"即最初时人与自然和谐共处的那个有机统一的天地,这个天地虽然已经被现代社会搅得破裂颠倒,但神圣的原则依然在历史的缥缈处赫然高悬,"回归"即寻回这个长久以来被人遗忘的存在。在海德格尔看来,"回归"是回望原点为现代重新提供一个行走的基

---

① 转引自[德]冈特·绍伊博尔德:《海德格尔分析新时代的科技》,中国社会科学出版社 1933 年版,第240 页。

② 转引自宋祖良:《拯救地球和人类未来》,中国社会科学出版社 1993 年版,第 158 页。

础，"借着这个基础，我们能在技术世界内而又不受它损害地存在着"。①

舍勒在声讨当代资本主义社会时也说过类似的话："人类必须再一次把握那种伟大的、无形的、共同的、存在于生活中的人性的一致性，存在于永恒精神领域中的一切精神的同契性，以及这个第一推动力和世界进程的同契性。"②在舍勒看来，"回归"同时也是人类精神的一次自我"超越"，是向着人性丰富与崇高维度的艰难攀登。

文学艺术在这场事关地球命运、人类前途、历史进程的"回归运动"中，将如何呈现自己，如何发挥作用呢？在那个最初的原点，诗歌、艺术曾经就是存在与生存，就是人的生活本身，就是生长、繁息、创造、自娱、憧憬、祈盼，就是吹拂在天地神人之间的和风，就是灌注在自然万物之中的灵气。就是黑格尔所说的那种"绝对使命""最高存在"。人们曾经与诗歌、艺术一道成长发育，靠诗歌、艺术栖居于天地自然之中而不是凌驾于天地自然之上或对峙于天地自然之外。在这个分裂的时代，诗与艺术也许将会把我们重新带回涌动生长的大地，带向至高至上的神圣。文学艺术在救治自身的同时将救治世界，在完善世界的同时将完善自身。

---

① 转引自[德] 冈特·绍伊博尔德：《海德格尔分析新时代的科技》，中国社会科学出版社 1933 年版，第 243 页。

② [德] 马克斯·舍勒：《资本主义的未来》，生活·读书·新知三联书店 1997 年版，第 231 页。

第5章　文学艺术与社会生态

地球在宇宙间生成大约已经有 45 亿年的历史,人类的出现不过几百万年,人类社会的成形当然还要晚很多。有人戏称,人类社会的历史与地球的年龄相比,只不过是一昼夜 24 小时的最后 3 秒钟。然而,就这么一眨眼的工夫,人类却把地球几十亿年苦心经营下来的局面搅了个面目全非。

人类的社会生活,已经给地球生物圈的各个角落打上了人类活动的烙印。天空布满了废气、烟尘、电磁波,难以再见蓝天白云;大地铺满沥青、混凝土,连草地也改由人工栽培;高山大漠被剖开胸腹,亿万年蕴积而成的“乌金”一瞬间灰飞烟灭;江河被拦腰切断,神气十足的“龙王”被牵去推动发电机上的涡轮。早年,人类社会为了相互联络交通方便,曾经发明了骑牛、骑马、骑驴、骑骆驼、骑大象,不管骑什么,总还是骑在活的生物上,与别的生命结成一体,体现出生命与生命的亲近。后来人们却发明了自行车、摩托车、火车、汽车、飞机、轮船,人们改为“骑”在拼接起来的钢铁与燃烧着的火焰上。“牧牛背上横笛声”“细雨骑驴入剑门”都曾经是绘画做诗的题材,你却无法想象有谁还能够坐在拖拉机上吹笛子、骑在摩托车上吟诗。海德格尔曾经抱怨说,以前的人用脚走路,坐在汽车里面的现代人却“用手”走路,“用手走路”那显然是有违“自然”的。

问题还不仅在于"手""脚",按照詹姆逊的说法,后现代社会已经在通过微电子技术和基因改造工程朝着人的遗传机制和无意识领域做最后的冲刺,人的本能与人的自然天性都有可能从根本上被自己改变得面目全非。

在人类社会的发展进程中,随着人对自然的控制管理日益严密,人对人的控制管理也越来越高度集中划一。从氏族群落、原始部落到城邦国、诸侯国、帝国、共和国、联合国、世界共同体,从旧石器时代、新石器时代、农业时代、工业时代直至当下的所谓电子时代、信息时代、网络时代,人们创造了经济、政治、军事、法制、宣传、教育一套套的法则与规矩。从以物易物、逛圩赶集、行贩坐商到百货大楼、超级市场、跨国商业托拉斯、世界经济贸易组织;从府库、账房、当铺、钱庄到银行、交易所、股票上市公司、国际货币基金组织;从散碎银两、开元通宝、交子、会子到硬币、纸币、汇票、支票、电子信用卡、加密数字货币;从汉谟拉比法典、秦律、汉律、大明律到法院、检察院、国际刑警组织、海牙国际法庭;从勾栏、瓦舍、堂会、庙会到电影院、歌舞厅、夜总会、迪士尼公园、游乐大世界;从秀才、举人、国子监、弘文馆到硕士、博士、大学、研究院;从诏狱、大理寺、东厂、锦衣卫到派出所、公安局、最高法院、中央情报局;从腰牌、度牒、良民证到粮本、户口本、护照、身份证;从酋长、国王、皇帝、侯爵、臣僚到总统、主席、首相、部长、议员……如此种种,人类社会朝着技术化、自动化、一体化的方向高歌猛进,人们将这些视为社会的发展进步。

目前,经济生产的高度自动化与社会分工的高度精细化、社会组织的高度一体化仍在加速推行。依此逻辑推理下去,在科技进一步发展、全世界通过电脑联成一个"大网"之后,人类社会的命运也许就会集中在最后一个"终端系统"的最后一个按钮上。如此"世界大同",大概已经远远超出往古圣贤们的想象。

上述种种,属于地球人类在一定的社会环境中的生存状况,主要是经济状况与政治状况,通常称之为社会生态。

伴随着生态学的人文转向,久久被忽略的社会生态学终于走进人们的视野,引起广泛的关注。

文学艺术是社会生活的反映,文学艺术家要深入社会生活、服务于社会生活,这是我们文艺理论教科书的基本理念。文学艺术与社会生活的实际关系却要复杂得多。如今,社会生活已经出现如此繁杂的新问题,尤其是面对日益严重的生态危机,文学艺术家在面对这些问题时,除了人的立场和社会的立场,还应当有一个更为基本的立场,那就是生态学的立场,社会生态学的立场。站在生态学的立场上如何审视人类的社会生活,历来都是文学艺术的重大课题。

5.1　社会生态系统的构成

"社会生态学"这一术语,最早是在 1921 年由美国社会学家罗伯特·帕克(Robert Ezra Park)提出来的,至今已经一百年了。遗憾的是作为一门现代学科,社会生态学至今仍然是一门很不成熟的学科,与时代的社会生活对它的期待相距甚远。

帕克的社会生态学被称作"Humanecology",直译应为"人类生态学",在斯图尔德这里又被视为"Culturalecology",即"文化生态学"。看来,社会生态学的内涵终归还是人类文化。如今,"社会生态学"(Socioecology)被定义为研究人类社会和自然环境相互作用的科学。虽然被称作"科学",至今仍然未能总结出"放之四海而皆准"的规律,甚至在一些重大问题上从来没有得出一致的意见。

这样也好,为我们下边的探讨留下足够的空间。

人类是社会性动物,这是一个古老的判断。亚里士多德就曾经指出:"从本质上讲,人是一种社会性动物;那些生来离群索居的个体,要么不值得我们关注,要么不是人类。社会从本质上看是先于个体而存在的。那些不能过公共生活,或者可以自给自足不需要过公共生活,因而不参与社会的,要么是兽类,要么是上帝。"①上帝是否过集体生活,我们不知道。但像狮群、象群、狼群、猴群、羊群、蜂群、蚁群中的这些兽类、虫类,无疑也都属于社会性的动物,一个孤立的个体必须在群体之中才能够存活下来。这样的个体,不但要处理与自然环境的关系,还要处理与其他个体、与集体的关系。作为社会性的动物,人类最初与狮子、大象、蜜蜂、蚂蚁或许没有本质的不同,不外乎是结群行动、协同捕食、分享成果。但人类这一群体很快就发生了巨大变化,在社会性方面显示出超复杂性。

首先是人类数量剧增。

一万年前,地球上的总人口只有 500 万,相当于如今中国内地一个中等规模的三线城市的人口。如今,地球人口即将达到 80 亿。用生物学家威尔逊(Edward O. Wilson)的话说,在灵长类动物中,人口的增长就像细菌一样急速扩增。作为哺乳动物,人类以及人工豢养的哺乳动物已经占据地球上哺乳动物总量的 90%,而在一千年前还不足 2%。人类的生存排挤掉其他生物的生存空间,人类社会成为一个妄自尊大的"独联体"!

其次是人类生态支撑系统规模的不断扩大。

一个生命的存活繁衍,总是需要一个生态系统来支撑的,这个系统也被称作生命支撑系统。比如,一只蚱蜢需要一块草地,一只青蛙需要一片池塘,一条蛆虫只需要一堆粪便。即使是"百兽之王"老虎,它的生命支撑系统也不过是一片寂静的山林罢了。即使是被人工豢养起来的动物,它们的生命支撑系统也很简单:一头牛,一捆青草一桶水;一群鸡,一座鸡笼一堆饲料。唯有人类,尤其是进入现代生活的人,却需要一个庞大复杂的系统来支撑他那越来越脆弱娇贵、越来越铺张奢靡的生命,从出生时的妇产医院到死亡时的殡仪馆;

---

① 转引自〔美〕艾略特·阿伦森等:《社会性动物》,华东师范大学出版社 2022 年版,第 7 页。

小至一支口红，大至公寓别墅，以及地上跑的高速火车、天上飞的波音飞机、水上漂的航空母舰。

自人类进入工业社会以来，"人工制造的生活环境"正在急剧膨胀，就目前我国一个中等收入家庭来说，一般都有电灯、电话、电脑、电视、洗衣机、空调机、电冰箱、电饭煲、微波炉、热水器、电动车、汽车，这些东西已经成为生活中的必需品。但仅仅为了生产这些东西，就必须具备现代的矿业能源开发体系、现代的科学技术实验研究体系、现代的机器制造工业体系、现代的商业营销体系、现代的公路铁路航海航空运输体系、现代的通讯联络体系、现代的金融流通体系以及相应的行政管理体系；此外，再加上位于城市之外的农、牧、渔业的生产体系。一个体重不过几十千克的人，竟然需要这么多层层叠叠的构架来支撑他的生命，如果站在纯粹地球生物圈的立场上看，这真是亘古未有的荒诞。然而，这却是地球上的现实，人类社会生活的现实。

人口数量的激增、社会消费体量的激增，使人类与自然的关系发生质的变化，人类不再是大自然的子民，一变成为戕害大自然的暴君，危及全球的生态灾难因此而蔓延开来。

人类内心欲望愈演愈烈，生态支撑系统规模不断扩大，人与人之间的冲突激增，对于生活物资、生存空间、权力地位的争夺导致战争的频发。已经发生的历史事实证明，随着社会发展进程的不断加快，战争的频率、规模、烈度也在不断增加。

近300年来，人口越来越多，人的欲望越来越大，人的科学技术水准越来越高，人对外部世界的改造也越来越普遍、深刻。于是渐渐造成了这样的局面：社会越是进步，人们距离自然就越远；社会发展的程度越高，人类改造自然的力量越强大，人类历史的进程似乎就是在这样一条直线上不停地向前迈进的。在高度发达的社会生态系统内部，人工的生产制作活动已经渐渐把人与自然剥离开来。这个系统内部的能量流、物质流、信息流的运动循环已经发生了与自然生态系统完全不同,甚至与传统社会也有很大不同的改变。地球生态系统的重重危机就是这样酿成的,地球上人类社会的诸多紧张局势也是这样产生的。

这里,让我们以"麦田"为例,对比一下社会性的人工生态系统与原生自然生态系统的不同,以及生态灾难的成因。

现代化农业的麦田与刀耕火种时期的农田截然不同,亩产可达千斤以上,但是,除麦苗之外,连一根杂草也不容许生存。人工麦田生态系统产量激增而物种单一。麦子产量的增加是以更大的费用投入为代价的。为了维护这一高产量的持续,就必须不断进行能量与物质的补偿,如机械耕作,水利灌溉,化肥、农药、除草剂的施放等等。据统计,这一农业"工业化"的结果,要使每公顷(15 亩)的麦田多消耗相当于 1 000 升柴油的能量。在传统农业社会的漫长岁月中,人们除了少量的地热和风力,主要是靠燃烧某些植物、靠牛马之类的家畜供给生活与生产必须的能量,所谓"三十亩地一头牛",牛就是个体农业社会的能源,而现在的麦子都是由石油变成的。原生态的田野是一个有机的整体,1 公顷优质土壤中平均含有 1 000 公斤蚯蚓、150 公斤原生动物、150 公斤水藻、1 700 公斤细菌、2 700 公斤真菌。这些原本都是农田生态系统中的良性因素,由于化肥、农药的大量使用,这些因素已经不复存在。天然的有机性被破坏后,系统的稳定性大大削弱,意外的灾变愈演愈烈。比如,现代农田储存雨水的能力普遍下降,而土壤流失的速度却在迅速上升。在美国,每年平均要花 30 美元来抽取地下水为每公顷农田做出补充,每过 15 年就会有 2.5 厘米的表层土壤流失!

比起农田来,城市更是生态人工化的典型。现代人不但在生存环境方面提出了"电子自动化居室"的目标,甚至连生命自身人工化的进程也已经开始。"人造模式"已经成为人们的现代崇拜,"人造"的对象物也开始由自然攀升到人类自身,由人造革、人造棉、人造奶酪、人工饲料、人工降雨、人工造林、人造卫星到人造双眼皮、人造高鼻梁、人造乳房、人造心脏、人造处女膜,以及减轻体重的器械、增加身高的药物、制造梦幻改变记忆的化学试剂都已经出现。还有人开始设计往人的大脑中嵌进一些"电子芯片",让电脑与人脑联体;还有人宣告,将基因改造工程运用到人类身上,人工"克隆"出一个大活人来也已经为期不远。社会发展到如今,谁也不再相信"上帝造人"的神话,而"科学造人"却正在成为现实。未来的社会也许将全部由科学造就的人来主持,那难道真的就是人类社会值得信赖的福音吗?

现代社会成了一个体量巨大、高速运行却又充满矛盾冲突、超级复杂的复合体。这个复合体包揽了以下内容:人口及人种、族群,即社会生态系统的主体;与人类相关的其他生物物种,植物、动物、微生物;基本的自然环境,如大气、水系、土壤、气候;地球储备的物质资源、能量资源,如煤炭、石油及其他矿产;社会生产过程中开垦的人工生态系统,如农田、果园、牧场、渔场;社会生产过程中人类创建的生活设施与科技设施,如房屋、广场、医院、饭店、公路、铁路、机场、矿山、电站、互联网、火箭发射场;社会生产的技术方式、专业化程度,包括科学技术研发和社会生产的管理;社会的经济架构、社会制度、政治体制、意识形态即相应的管理机构与相关设施。相对于自然生态系统,社会性的人与其环境之间所构成的生态系统被称作社会生态系统,这也就是社会生态学的研究对象。

苏联社会生态学家马尔科夫(Yuri G. Markov)乐于将社会生态系统比作"社会有机体"的"社会新陈代谢"①,我是赞同这一比喻的,只是这个有机体太大了,大到等于宇宙间这个蔚蓝色的星球。社会生态系统关乎一个全球性的、充满矛盾、冲突的复杂系统的动态平衡,社会生态学覆盖了经济学、政治学、人类学、社会学、生态学、心理学各个学科领域。面对这样一个庞大复杂的宇宙谜团,社会生态学只是一个咿呀学语的幼儿。

---

① 参见[苏联]马尔科夫:《社会生态学》,中国环境科学出版社1989年版,第22—23页。

5.2 资本主义的原罪

人们在谈论地球生态危机时,总是把环境污染、资源短缺、水土流失、物种锐减的原因归结为人口的增长与科学技术的滥施。应当说,这只是表层现象,因为在人与自然之间还横亘着一个庞大而又复杂的社会生态系统,在地球生态危机的背后,有一个强大的社会范式在起着支配作用,在制造并导演着一幕幕生态悲剧,那就是"资本主义"的社会体制。"资本主义"萌生于欧洲的文艺复兴运动,启动于英国的工业革命,遵循的是启蒙理性,恪守的是自由经济与民主政治,最终由欧洲推向北美,推向世界各地。

按照耶鲁大学巴林顿·摩尔(Barrington Moore)教授的说法,以英美为代表的"议会民主制资本主义"只是现代工业社会的一种社会形态,另外两种是右翼的反动的法西斯主义和左翼的激进的共产主义。三者是同一历史阶段的产物。① 20世纪中期以来,随着德、意、日法西斯政权的覆灭,以及苏联共产主义大厦的坍塌,"资本主义"成为一家独大。当人们追诉世界性生态灾难的罪魁祸首时,"资本主义"理所当然地成为众矢之的。

人与自然的对立、人对自然的开发利用及由此引发的对于自然生态的损害,并非源自资本主义社会,而是从人类具备独立意识、掌握了工具制造和火的利用之后就开始了的。但这个过程的进展一直是缓慢的,对自然的破坏是局部的、表浅的。对地球生态系统大规模的、全方位的、深层次的破坏,是近三百年来的事。在我生活过的海南岛,一万年前就已经有人类居住,但直到一百年前西方传教士刚踏上这片土地时,他们还会看到巨蜥时而从门前遛过,孔雀雉会飞到院子里来。一位作家朋友回忆说,他小时候拿只破竹篮子就可

①　参见[美]巴林顿·摩尔:《专制与民主的社会起源》,上海译文出版社2012年版,第427页。

以在村头的海水里捞到海马;遇到灾荒年,粮食不足,便到林子里随意逮些蟒蛇、穿山甲聊以充饥。待到海南建省,被规划为"特区"实施现代经济开发,良好的生态才被彻底破坏。海南珍稀动物黑长臂猿,开发前尚有两千多只,四十年过去,如今几乎已经绝迹;就连早年常见的蟒蛇、穿山甲,也全不见了踪影。

生态危机、环境恶化随着现代工业社会的发展、繁荣、普及而急遽蔓延开来。旧石器时代每一千年才有一个物种灭绝,而现在几乎每天都有物种在地球上永远地消失掉。大规模的工农业现代化生产破坏了动植物的生长栖息地,受暴利驱使的人们对野生动植物无休止的滥杀、滥伐,是大量物种在当代灭绝的主要原因。从生态学的观点看,秉承启蒙理念的资本主义是敌视生命的,随着资本主义向全球的胜利进军,地球上的有生之物却在迅速走向灭绝,连现任弗朗西斯教皇也做出如此判断:"资本主义的本质是谋杀。"

自然生态在资本主义的社会体制下遭此荼毒,是由资本主义的特性与资本主义的特定"人格"决定的,即由资本主义的"原罪"决定的。樊美筠教授在《柯布与中国》一书中指出:"工业文明是一种内含自毁基因的文明。""现代工业文明的危机实质上是一种生态危机,是整个星球的危机。这也是为什么柯布博士用'选择死亡'来形容现代文明。"①

对于资本主义社会的属性,19 世纪的马克思,20 世纪之初的韦伯、舍勒都曾做出过经典性的论述。

马克思侧重于从资本家对于工人的盘剥这一关系层面上揭露资本主义的本性。"作为资本家,他只是人格化的资本。他的灵魂就是资本的灵魂。而资本只有一种生活本能,这就是增殖自身,获取剩余价值,用自己的不变部分即生产资料吮吸尽可能多的剩余劳动。资本是死劳动,它像吸血鬼一样,只有吮吸活劳动才有生命,吮吸的活劳动越多,它的生命就越旺盛。"②

---

① 樊美筠等:《柯布与中国》,中央编译出版社 2022 年版,第 14 页,第 23 页。

② 杨柄编:《马克思、恩格斯论文艺和美学》,文化艺术出版社 1982 年版,第 499—500 页。

韦伯在其代表作《新教伦理与资本主义精神》中着力从宗教文化的渊源与演变中深挖资产阶级的劣根性,在他看来,正是加尔文的新教教义为早期资产者"勤奋工作、拼命攫取、贪婪积累"的行为提供了依据。在早期资产者那里,所谓勤奋、节俭、正直、信义,只不过是其"经营机器的润滑剂","从牛身上刮油,从人身上刮钱",大胆盘剥、精心算计,"利润的高效率增加"才是唯一的目的,而且既是上帝赋予的神圣使命,又是教徒负有的光荣职责。韦伯认为,正是这种奇特的行为方式,才"导致了资本的过度积累"。

关于资产阶级早期的带有浓重宗教色彩的禁欲与节俭,马克思就曾经指出,这种禁欲与节俭的背后,"总是隐藏着最肮脏的贪欲和最小心的盘算"。韦伯赞同马克思的这一判断,也把资产者早期的禁欲与节俭看作其进行原始积累的手段;随着资产者财富的增长,其宗教的本质"也就以同样的比例减少了"。在大获全胜的资本主义那里,"寻求上帝的天国的狂热开始逐渐转变为冷静的经济德性;宗教的根慢慢枯死,让位于世俗的功利","物质产品对人类的生存开始获得一种前所未有的控制力量","变成一只铁的牢笼"。① 宗教的禁欲主义只不过是资产阶级手中的一块敲门砖,一旦打开了"资本主义富裕繁荣的大门",他们的挥霍、奢靡便远远超过了历代的贵族和皇帝。在韦伯看来,资本家为了实现他们的贪婪的野心,不但盘剥了民众,而且还利用了上帝、耍弄了上帝!

在马克思的《1844 年经济学哲学手稿》发表半个世纪之后,韦伯在文章中再次指出,欧洲的民众仍然生活在资本主义构建的"钢铁牢笼"中,资本主义的经济秩序仍然在"深受机器生产的技术和经济条件的制约"。"今天这些条件正以不可抗拒的力量决定着降生于这一机制中的每一个人的生活,而且不仅仅是那些直接参与经济获利的人的生活。也许,这种决定性作用会一直持续

---

① [德] 马克斯·韦伯:《新教伦理与资本主义精神》,生活·读书·新知三联书店 1987 年版,第 138 页,第 142 页。

到人类烧光最后一吨煤的时刻。"①现在看来,"烧光最后一吨煤的时刻"可能会提前到来,而资本主义的"决定性作用"仍然不会停止。

舍勒则善于从资产者的人格结构与资本主义的精神气质上来揭示其"贪婪""算计"的本质。他指出,资产者的心理似乎是一种扭曲的、癫狂般的变态心理,而不是人的正常天性。他们是实干的,又是冒险的;是富裕进取的,又是勇于掠夺的;他们怀着强烈的盈利的欲望,又具备精密的计算心计,同时还拥有支配他人与自然的顽强意志。正是这样一批人,成了一个社会中"经济生活的带头人",进而把整个社会变成了"数量的""商品的""经济的",归根结底是"金钱的""资本的",即"资本主义的社会"。

进而,资产者还把他们的心理特质、价值偏爱、生活方式变成了一种时代精神、世界潮流,不但已经在很大程度上渗透到其敌对阶级——无产阶级的意识里,还正在顺利地将它扩展到地球上人类居住的各个角落。资本主义作为危及地球生态的祸水,正是在这个时候才突显出来的。

马克思是通过对"劳动的异化""人的异化"的剖析来表达他的忧虑的。他指出:"对于通过劳动而占有自然界的工人说来,占有就表现为异化,自主活动表现为替他人活动和他人的活动,生命过程表现为生命的牺牲,对象的生产表现为对象的丧失,即对象转归异己力量、异己的人所有。"②他认为,由资本主义制度所强化了的这种人与自然的对立,只有在通往共产主义的过程中才可能得到和解,因为"这种共产主义,作为完成了的自然主义,等于人道主义,而作为完成了的人道主义,等于自然主义,它是人和自然之间、人和人之间的矛盾的真正解决,是存在和本质、对象化和自我确证、自由和必然、个体和类之间的斗争的真正解决。"③

舍勒则更倾心于从精神文化的维度救治资本主义的弊病,他盼望能够有

① [德]马克斯·韦伯:《新教伦理与资本主义精神》,生活·读书·新知三联书店 1987 年版,第 142 页。
② [德]马克思:《1844 年经济学哲学手稿》,人民出版社 1985 年版,第 59 页。
③ 同上,第 77 页。

一种新类型的人出现,这类人能够超越资本主义的"经济秩序""技术文明""法的形态","断绝与资本主义的内在关系",在资本主义的文化制度与精神氛围之外,生长出一种"新的文化思想"来。舍勒在其1928年初次发表的《"谐调时代"中的人》一文中,再次明确指出,这类人是那些"最深切地根植于地球和自然的幽深处的人,产生所有自然现象的'原生的自然'中的人,同时,作为一种精神存在的人"。这些人是把"人的原则""自然的原则""精神的原则"和"生命的原则"谐调起来的人。①

以工业为主导的资本主义社会是建立在启蒙时代理性主义的基础之上的,以感性为灵魂的诗歌与文学似乎就是它的天敌。

按照黑格尔的说法,资本主义社会对于理想的艺术是不利的。而在马克思看来,资本主义不但是非艺术的,而且是反艺术的,"资本主义生产就同某些精神生产部门如艺术和诗歌相敌对"。② 近三百年来,资本主义发展的同时总是伴随着对于资本主义的批判,而文学艺术家正是这一批判队伍的重要成员。18世纪末,欧洲的资本主义前途似锦,德国诗人哈曼联合他的战友诺瓦利斯、施莱格尔、威廉·布莱克开始向整个工业时代展开猛烈攻击。观念史学家赛亚·柏林指出:哈曼"是第一个以最公开、最激烈、最全面的方式向启蒙主义宣战的人"③。这个人"给了启蒙运动最沉重的打击,启动了浪漫主义的进程,启动了整个反叛启蒙主义理念的进程"。④ 稍后是英国的湖畔诗派、欧洲的批判现实主义文学,直到20世纪兴起的现代派文学,全都继承了文学反抗资本主义的传统。一般说来,他们多是为了求完整和美好的人性,出于对资产阶级的厌恶,才自觉或不自觉地把批判的矛头对准在历史的进程中雄心勃勃、志满意得的资本主义的。

① [德] 马克斯·舍勒:《资本主义的未来》,生活·读书·新知三联书店1997年版,第226页。
② 杨柄编:《马克思、恩格斯论文艺和美学》,文化艺术出版社1982年版,第512页。
③ [英] 以赛亚·柏林:《浪漫主义的根源》,译林出版社2008年版,第51页。
④ 同上,第45页。

当代理论家詹姆逊判定:"资产阶级文学,包括大多数现代主义文学,都是反对资产阶级的,这是那些伟大的资产阶级文学的特点。"①正是因为这样,资本主义社会才拥有了文学艺术。当前生态文学创作运动的日益高涨,也可以说是继承了文学艺术对抗资本主义这一光辉传统的。

马克思主义的生态运动斗士福斯特(John Bellamy Foster)在其《生态危机与资本主义》一书中明确指出:生态和资本主义是相互对立的两个领域,资本主义具有内在的反环境特征;资本主义崇拜增长速度、崇拜快捷地赚取利润,在耗尽地球资源的同时又制造了巨量的垃圾;资本主义国家为了减缓自己国家的生态赤字,将生态损耗、生态污染转移到待发展的国家与地区,因此在世界范围引发诸多矛盾冲突。他说资本主义已经在当今世界"滋生了滔天罪恶"。②而且,这些罪恶仍然在世界范围内加速扩展。福斯特认为改良是无效的,应该从根本上改变资本主义赖以立足的理念,"逆转"社会发展的方向,掀起一场生态学的世界革命!

普遍发生在世界各国的生态危机实际上还要更复杂。生态危机的深层原因是在启蒙运动中确立的人类与自然相对立的工具理性主义,它既是建设工业社会的利器,同时也是酿造生态灾难的祸根。所以,几乎出于同样的原因,生态危机也会发生在社会主义国家,处于发展阶段的社会主义国家的生态状况甚至会表现得更为严重。就以中国为例,在改革开放的 30 年高峰期里,中国经济高速发展,成为世界上最大的经济实体之一,同时也迎来环境破坏、生态污染的高危期,一时间垃圾围城、污水四溢、黄河断流、雾霾弥天。世界自然基金会于 2012 年 12 月 12 日发布的《中国生态足迹报告》指出:由于中国在过去 30 年间推动的迅速工业化和城市化,中国正以 2.5 倍的速度消耗着生态环境资源,中国的生态赤字严重超标达 2 倍。这与发达国家对欠发达国家的生

① [美] 杰姆逊:《后现代主义与文化理论》,北京大学出版社 1997 年版,第 192 页。
② 参见[美] 福斯特:《生态危机与资本主义》,上海译文出版社 2006 年版,第 16 页。

态霸凌无关,深层原因是社会主义与资本主义在社会发展理念的许多方面是相同的。如走工业化、城市化道路,自然资源是人类的财富,科学技术是生产力,国民消费是硬指标,经济的高速发展、持续发展是硬道理,等等。从根子上讲,资本主义、社会主义本是启蒙运动、工业革命孕育出的一对双胞胎,只是因为政党理念、国家体制与意识形态的不同,这对兄弟才反目为仇成了势不两立的对头。

在 21 世纪,生态已经成为世界各国都必须面对的重大现实问题,社会生态也是如此。但社会生态学界对于治理、改善社会生态的理念与方略仍存在很大的差异,有学者从中归纳出两大"谱系"[①]:

一是以马尔科夫为代表的兴起于苏联、发展于中国的社会生态学谱系;一是以布克钦(Murray Bookchin)为代表的美国社会生态学谱系。马尔科夫在《社会生态学》中强调,既要对自然进行改造和规划,又要对社会经济、行政组织机构等社会现象进行改进和完善,社会生态学的任务就是要为此建立一系列的相关学科,如构造地理学、自然保护生物学、生态工程学、生态经济学、人类生态学等,将多学科的知识与方法围绕社会生态问题进行专门研究,从而将专业知识领域付诸解决问题的实践过程。中国学者在这条路径上继续努力,构成了苏联-中国社会生态学谱系。

社会生态学的另一谱系是由著名美国左翼学者、生态哲学家布克钦创设的。布克钦深受法兰克福学派批判哲学的影响,1970 年他在其著作《生态学与革命思想》中提出,社会制度尤其是社会政治制度才是生态危机的真正元凶,人对自然的支配本质上源于人对人的支配。要使人类真正走出当下的社会生态困境,就必须批判和消解社会等级制,寻求走向生态社会的道路。在布克钦看来,生态难题的政治解决方案也是一种生态方案,因为生态社会只能出

---

① 参见李亮、王国聘:《社会生态学的谱系比较及发展前瞻》,《南京林业大学学报·人文社科版》2008 年第 3 期。

现在一个彻底摆脱了特权与寡头支配的、全民自觉参与的社会当中。

不难看出,上述两个谱系分别属于社会主义、资本主义两个学术领地。前者注重对于社会生活中具体生态问题的解决;后者立意从根本上颠覆现存的社会体制,创建一个新型社会,即生态社会。

进入 21 世纪以来,世界不再像上世纪冷战年代那样划分为截然对立的两个阵营。像高度资本主义化的美国,在自由的市场经济之外,也鼓励增进国民共同福祉的非市场、非营利的公共事业的发展。政府着力支持对低收入人群减免费用的教育、医疗、育儿、养老机构的发展,其中也包括对于生态安全的公共投入,以确保所有公民过上体面的生活。而在坚定走社会主义道路的中国,也正是由于开明的政治领导人一度不再斤斤计较"姓资还是姓社",一度高效利用资本的杠杆、对市场经济打开方便之门,中国社会的现代化水平才得以迅速提升,国民的生活水平才有了重大改观。

5.3　城市生态·乡村生态

《城市生态·乡村生态》是科普作家、巴黎大学地球科学学院院长克洛德·阿莱格尔(Claude Allegre)在 1993 年出版的一本书。他后来还写过一本《气候骗局》,讨伐持地球升温观点的学者,引起生态学界的众怒。看来这是一位喜欢抬杠、情绪冲动的人。他关于"精神圈"的说法,我也难以苟同;但他关于城市生态与乡村生态的许多见解,我很欣赏。

他在这本书的开篇就厉声宣告:"如果听命于一个政权或一种意识形态、依附于工业或金融的利益、掺和于政治运动,那么科学的活动便不复存在。"[①]应该说,这体现了一位学者的良知与良心。而在城市与乡村的问题上,做出决

---

① ［法］阿莱格尔:《城市生态·乡村生态》,商务印书馆 2005 年版,第 1 页。

定的恰恰是政权的意识形态和市场的金融利益。

现代大都市是工业社会营造的最为辉煌的成果。一次夜间航行,我乘飞机飞越香港上空,低头望去,密集的城市灯火犹如火山大爆发时漫野四溢的岩浆,惊心动魄!如今这样的大城市已经遍布地球各国,被视为国家的实力、政权的荣耀。与此伴生的,则是世界各国乡村社会一步步走向衰败。

当下,一个国家社会生态的割裂与变异,往往体现在城市生态的畸形扩张、乡村生态的萎缩退化中。城市与乡村的对立,正是启蒙理性二元对立世界观长期实践的结果。如果任其发展下去,对立的双方必将遭遇两败俱伤的结局。

阿莱格尔曾敬告城市人:

> 我们必须发展一个城市生态学。如果说大浮冰上的企鹅的命运或喜马拉雅山中的老虎的命运确实令人不安的话,那么拉各斯、那不勒斯、洛杉矶、达卡或墨西哥城的市民的命运起码是同样令人不安的。①

一个眼前的例子,2021 年 7 月 20 日郑州市暴雨成灾,马路变成激流,广场变为汪洋,据国务院调查结果发布,在这场大雨中有 380 人遇难失踪,其中一部分是在地铁的车厢里、在市内快速路现代化的隧道里因大水漫顶而遇难的。经调查组查实,许多地方的设施连"五年一遇"的标准都达不到,灾难的形成,是天灾也是人祸。

当然,这只是一件突发极端事件。在现代大都市里每天都在蔓延的生态灾难并没有受到人们足够的重视,甚至已经被习惯性地忍受。

呼吸艰难。为大城市居民衣食住行提供诸多方便的物流、人流,尤其是密集的车流,同时也严重地污染了空气。城市中一氧化碳、二氧化氮、甲烷、乙烯

---

① [法] 阿莱格尔:《城市生态·乡村生态》,商务印书馆 2005 年版,第 128 页。

等有害有毒气体加上固体灰尘等致癌物质,其密度要比未经现代工业开发的乡村高出上千、上万倍。阿莱格尔的书中指出:在一个严重污染的城市中,一个人一年中会吸入36克灰尘(又称气溶胶),即使通过咳嗽、吐痰排出绝大部分,10年时间也会积聚下数十克的此类有害物质,气管炎、哮喘、肺癌也就成了城市人的常见多发病。在中国城市化建设突飞猛进大奏凯歌的同时,雾霾对各个大中城市的侵袭同时达到高峰。据官方统计,2013年首都北京的雾霾天气有189天,占全年时日的一多半,重度污染有58天,每周爆发一次,蓝天白云成了珍稀景观。

垃圾围城。 在传统乡村,基本上不存在垃圾问题,人类牲畜家禽的粪便、厨房的残余食材柴草灰烬、旧房的拆迁废土都是堆积有机肥的最佳原料,最终返回农田,再度转化为稻谷黍稷、瓜果菜蔬。我童年时代生活的开封小街,垃圾中除了炉渣、煤灰就是菜叶、菜根,偶而夹杂一点陶瓷和玻璃的碎片,那时垃圾的颜色是灰色的,就像那时的照片是黑白的一样,单纯而又朴实。现在的垃圾真是丰富多彩、绚丽多姿,除了原先的那些成分外,又增加了塑料袋、尼龙、易拉罐、包装盒、废电器、烂沙发以及装修废料。随着城市生活的消费升高,垃圾的数量剧增。据统计,人类每年生产的垃圾已达300亿吨之多,特鲁多、纽约位居榜首,每人每天垃圾"产量"为2.2公斤;北京约为1.2公斤。如今,人们已经成功地将垃圾抛撒到南极洲、北冰洋、珠穆朗玛峰和太空里去,地球生态系统内其实已经又多了一道"圈"——"垃圾圈"。现代都市垃圾产量大而又难以消解,利用燃烧化解,既增加了能源消耗又污染了周边空气;利用填埋处理,既占用大量土地,又污染了地下水源。垃圾处理给市政管理带来巨大压力。

热岛效应。 地球在变暖,而升温最快的则是城市,尤其是大都市。房地产业无度开发,密密麻麻的高楼大厦破坏了空间原有的自然通风渠道;钢筋混凝土覆盖了地面上的池塘溪流与自然植被,地面变成干燥炽热的"炉灶",而半空中的雾霾又给炉灶加上一层"锅盖"。今年刚刚入夏不久,郑州市的气温就连日超过 40 摄氏度,而深圳市路面温度竟然飙高到 70 度,路面上可以煎鸡蛋了!为了降温,家家户户安装的空调机在为市内降温的同时将热气排到户外,进一步让城市的气温升高。据气象部门测试,一个 100 万人以上的城市,年平均气温可能比周围农村气温高出 1 至 3 摄氏度,晚间的差异更大。

交通拥堵。20 年前我初到韩国参观现代汽车生产流水线,体验了高速公路上的"生活区",看到我们这个小小的邻国已经进入"汽车时代",心中多少有些羡慕。不料想中国很快就后来者居上,各类品牌高低不等的汽车已经开进亿万百姓家。据中国政府公安部发布数据显示,截至 2022 年 6 月底,全国机动车保有量达 4.06 亿辆,其中汽车 3.1 亿辆,绝大部分集中在城市之中。汽车数量的剧增带来交通事故频发,近年来因交通事故伤亡人数均在 30 万以上。2020 年死亡 61 703 人,平均每天有 169 人丧命于车轮之下。除了生命的死伤,还有生命的"浪费",即交通拥堵。在 2021 年百城通勤高峰交通拥堵榜单中,北京的年度平均通勤时耗达到 47.6 分钟,许多人每天花费在上下班途中的时间超过两小时。早些年,国务院参事、中国科学院可持续发展战略研究组首席科学家牛文元教授领衔完成的一项研究成果表明:由于交通拥堵,中国 15 座城市每天因额外的通勤耗时带来的经济损失高达 10 亿人民币!

戾气浓重。柏拉图在《理想国》中说理想的城邦人口是 5 万。生物学中的阿利氏定律指出:动物种群有一个最适种群密度,过低或过密都可能对种群产生负面影响。比较心理学实验证明:饲养在笼子里的小白鼠增殖到一定限度时,白鼠们便开始情绪紊乱、暴躁不安、相互攻击撕咬,呈现出精神失常与行为失常的症状。如今大都市动辄数百万、上千万人口,已经远远违背阿利氏定律,人们日益变得戾气浓重——冷漠、轻狂、暴躁、易怒,一言不合便挥刀相向,恶性治安事件层出不穷。据美国媒体报道,近年来城市枪支犯罪有增无减,仅 2022 年上半年萨克拉门托市的枪击案就造成 6 人死亡,至少 9 人受伤。纽约州布法罗市一家超市发生的枪击事件造成至少 10 人死亡、3 人受伤。芝加哥市中心的一起枪击事件，造成 2 人死亡，7 人受伤。中国法律不允许私人拥有枪支，但暴戾事件却以另一些形式发生。2017 年春，武昌火车站附近的一家面馆店主与顾客因为一块钱发生口角，顾客胡某操起菜刀将店主的头颅砍下扔进垃圾桶！2018 年秋，重庆万州市公交车上一名乘客因为多坐一站与驾驶员发生争斗致使车辆失控坠江，15 位乘客一同身亡。此外还有常常引发血案的"医患冲突"，据医疗法律界专业团队统计，2017 年全国医疗纠纷案件竟达 7 683 件，多发生在大、中城市，青海、西藏等所谓"欠发达地区"则几无一例。

审美紊乱。在一个地区，城市是政治与经济的中心，文化艺术总是处于从属的、被动的地位。在城市生活的营建与运转中，官员的政绩与商人的利润，总是在收买、利用、戏弄着民众的艺术体验与审美感受。看似五颜六色、光怪陆离的时尚艺术却显得愈来愈功利化、粗鄙化，大都市里充满了审美的紊乱。在开封古城，市政当局花费巨量国帑在一座千年古塔上玩起"灯光秀"；在号称中国威尼斯的苏州，执政者竟在水面上建起长达 208 米的电子激光五彩音乐喷泉，不但喷水，还喷火，每到双休日的夜晚，火光、烟雾笼罩姑苏城外半边天，观者如堵如潮，成为苏州房地产业开发的一张光彩夺目的名片。对此，我曾和来访的世界美学学会会长伯林特谈起我担心：审美艺术在现代城市经济、政治功能干预下已经失去本真的意义，失去生态学的、人的本真性的内涵，在城市日常生活中制造大量的"艺术垃圾"，污染了人们的视觉与听觉。伯林特提醒说：中国的城市化在许多方面正沿着在西方已被证明不好的方向推进。①

疫情多发。20 世纪 90 年代疯牛病在欧美、禽流感在东亚曾肆虐一时，促使我撰写并出版了《精神守望》一书，我在初版序言中写道："这样的'怪

---

① 参见鲁枢元：《城市之忧与环境美学：记与美国环境美学家阿诺德·伯林特的一次学术交流》，《艺术百家》2010 年第 6 期。

病'在新世纪里将会层出不穷。"不幸竟被我言中,先是 2002 年的"非典",后来就是时至今天仍在全球蔓延不已的"新冠",接踵而来的还有"猴痘",一次比一次凶险。此时的统计数字显示,"新冠"病毒已经索取 6 401 046 人的性命!世界卫生组织新任总干事谭德塞说:"这是以前从未见过的瘟疫大流行。"这些"怪病",最初的生成或许是在偏远的落后地区,但大规模的爆发与迅速传播流行无一例外是在大城市,尤其是现代化程度较高的大都市,如纽约、伦敦、巴黎、孟买、马尼拉、里约热内卢,以及中国的武汉、西安、上海、天津。这与这些城市高密度的人口、高效的交通运输、快捷的物流交换体系、频仍的社交活动直接相关。为了应对疫情传播,国计民生已经付出惨痛的代价!不仅物质方面的代价,还有精神方面的代价。此时相对安全、消停的倒是偏僻的乡村。

尽管以上我们罗列了现代城市的诸多弊端与病症,世界上绝大多数人都仍然向往着城市生活,居住在城市里的人也很少迁徙到乡村。这是因为较之乡村,城市实际上拥有太多的优势,如丰富充裕的商品供应、舒适方便的现代居室、优越的教育体系、先进的医疗卫生设施、完备的交通联络工具、多姿多彩的文化娱乐场所等等。相比之下,许多国家的乡村仍然处于相对贫困、闭塞、落后甚至衰败的境地。

城乡之间的巨大落差并不是天然形成的,归根结底是由启蒙理性指引的社会进步理念制造出来的。从最初英国的被喻为"羊吃人"的圈地运动,到中国 20 世纪 80 年代的"农民打工潮",其基本路径大抵相同:在乡村与农民付出重大牺牲后,换来了工业的高速发展、城市的快速繁荣、公私资本的急剧积累、国力的日渐强盛。而在城市日渐繁荣兴盛的同时,乡村却变得更加空乏虚脱,城乡之间的不平衡进一步加剧。

四川女孩郑小琼被打工潮由四川农村卷到广东省东莞市,在一家五金工厂的车间流水线上一干就是十多年。侥幸的是这位聪慧的女孩喜欢文学,用诗歌记录下她的打工生涯,成为千万"农民工"的代言人。对于这些走出乡土、进城打工的青年农民来说，农村已经完全失去价值与意义，但在城市中，在他们参与建设开发的城市中，他们又很难找到自身的意义，她在诗中写道：

> 这些年，城市在辉煌着
>
> 而我们正在老去，有过的
>
> 悲伤和喜悦，幸运与不幸
>
> 泪水与汗水都让城市收藏砌进墙里
>
> 钉在制品，或者埋在水泥道间
>
> 成为风景，温暖着别人的梦①

这种城市与乡村严重失衡的现象已经受到政界与学界的关注，上海人文学者王晓明教授在他主编的《"城"长的烦恼》一书中，甚至提出这样的疑问：大工业、大城市的发展道路是不是每个国家的城市发展必经之路？第三世界国家能不能选择不走城市化的道路呢？不搞"城市化"，不搞"城市化运动"，并不是说不要城市，不要城市的发展，而是在城乡的建设发展中求取平衡。如阿莱格尔在他的书中所讲：人类的未来押宝在乡村建设、乡村复兴，应该制定一项重返乡村的计划，在衷心呼唤城市生态的同时，重新建立一个新的乡村生态，由此发展一种城市-乡村之间的平衡。②

城市与乡村，应该属于两个不同的生态系统，乡村更接近于自然，城市更侧重于人工。由钢筋水泥构筑的城市，总不能取代溪流环绕、草木繁茂的乡村；城市里昼夜通明的灯火也不能替代乡村的星空与月夜。城市与乡村之间的平衡和谐，还意味着人类与自然之间的平衡和谐。以往的错误出于将农业

---

① 郑小琼：《郑小琼诗选》，花城出版社 2008 年版，第 58 页。

② 参见[法] 阿莱格尔：《城市生态·乡村生态》，商务印书馆 2005 年版，第 129—130 页。

现代化等同于农业机械化、工业化、产业化、市场化，忽略了土地不只是资源，还是人类的生命之根；农业不只是生产，还是延续了千年、万年的人类文化，是人类的生命活动的有机整体过程。如何让城市与乡村在互补过程中均衡发展，这也是当代许多思想家潜心研究的课题。

美国人文地理学家段义孚曾在《恋地情结》中分析过欧洲建设"花园城市"的历程。"最初的动力在于城市的衰败和人们对高品质生活的追求"，核心问题依然是城市的公共职能与自然生态环境的协调共处，"让城市景观展现出自然风貌"，"让大自然的力量能够治愈社会的痼疾"。运用的主要手段则是大面积的绿化。结果并不总能让人满意，"能称之为经典的人居环境理念可谓凤毛麟角"。①段院士在书的结尾显得有些颓丧，他说：理想的环境"从根本上讲它可能会是两种相反的图景：一种是纯净的花园，另一种是宇宙。大地上的产育为我们提供生活的保障，而星空的和谐更增添了几分宏伟。所以我们在这两者之间摇摆——从面包树下的阴凉到天空之下的疗养院，从家庭到广场，从郊区到城市，从海边度假到欣赏繁复的艺术品，只是为了找到本不属于这个世界的那个平衡点"。②

柯布则志在建设后现代生态文明的有机农业，他立足于有机过程哲学的原理，在总结现代工业社会发展弊病的基础上，提出了他的"后现代生态文明农业观"，为建设新型的"农村健康社区"提出一系列振聋发聩的主张：后现代农业将人类和所有生命的"共同福祉"作为农业发展的首要考量，将人类与自然的和谐共荣、社会经济系统与自然生态系统的和谐共荣作为农业发展的根本内容。后现代农业社区不但要解决贫困、医疗保险等问题，"它的最终目标是建立一个富有创造性的、爱心的、平等的、尊重多样性的、精神富足的有机和谐的共同体"。"这样一个社区将唤醒人的生态良知，培育人的生态情怀、生态

---

① ［美］段义孚：《恋地情结》，商务印书馆2018年版，第366页，第367页。

② 同上，第373页。

责任以及对环境的忠诚,从而保持人与自然之间关系的良性互动,达到人与自然的真正和谐。"①

5.4 全球化·互联网·人类纪

"全球化",指的是全球经济一体化,这是人类社会在 20 世纪 60 年代之后日益加速的一个带有主导性的进程。由于这个阶段的开始,不少人甚至认为,人类社会继"农业文明""工业文明"之后,已经进入一种新的文明。还有人将这一文明命名为"信息文明"。"信息文明"的出现,与信息的制作、处理、传输技术密切相关。如今计算机、互联网、智能手机这些"高智能技术产品"日趋普及和完善,其对世界经济产生的影响是始料未及的。其中一个最为重大的成就,便是直接推动了"全球化"的进程。

"全球化"好像是在实现人们一个美梦,即整个地球成为一个社会共同体。在中国古代与近代圣人那里是"大同世界",在无产阶级革命导师的信念里是"让红旗插遍五洲四海","全球同此凉热"。如今看来,最有可能实现这一美梦的不是圣人与导师,而是现代科技与其背后资本的力量。"全球化"的核心要义是全球经济一体化,科技与市场的完美结合正在以任何人都无法逆转的方式改造全球社会体制、改变人类生活方式、构建世界新秩序。跨国公司与世界金融机构正在波澜壮阔地将同一种价值观念、同一种生存模式推向全球,从而深度改变人类的社会生态。

"全球化"被视为人类社会在 20 世纪 60 年代之后带有主导性的进程,人类社会由此迈向继"农业文明""工业文明"之后的一种新的文明样式。美国经济学家莱斯特·瑟罗(Lester C. Thurow)在其《资本主义的未来》一书

---

① 樊美筠等:《柯布与中国》,中央编译出版社 2022 年版,第 116 页。

开篇扬扬得意地指出,新的时代将制定出"新规则""新策略","胜利将属于那些学会参与新赛局的人们"。① 美国匹兹堡大学社会学教授罗兰·罗伯逊(Roland Robertson)也说,"全球化"也将变成新的"思想的游戏地带"。②

早些时候的经济贸易,是将成吨的钢铁、煤炭、粮食、木材、工业产品车装船载运往异地,从地区差价中赚取利润。跨国公司的出现,可以就地取材,就地生产,就地发货,利用当地廉价的自然资源、廉价的劳动力赚取更多的利润。跨国的产业公司很快就被跨国的投资公司、跨国的金融公司所取代。这时的资本家调动的已经不再是物资和人力,而是技术与货币,甚至只是关于技术与货币的信息,一些代码与数据。

电子计算机的世界性联网,使得"资本"能够以接近"光速"的速度突袭或者闪击世界上任何一个国家和地区。当然,像一切贪婪而又凶猛的野兽一样,它们袭击的总是地球上那些既"丰腴"又"柔软"的部位,那些弱小的、一心渴望富裕强大起来的国家和地区。

由于先进的信息技术赋予跨国公司的纵横捭阖的自由度,由于跨国公司迅速积累起的真正"富可敌国"的财力,时间的阻隔、地域的阻隔在跨国资本面前霎时化为云烟;那些千百年来统治严密、封闭牢固的民族国家,也不得不放弃他们的信念与尊严,自动开放关口,迎接资本的大驾光临。"资本"作为征服全球的现代战神,这次使用的武器不再是当年拿破仑、希特勒的"铁与火",而是"消费主义的人生价值观",温和而舒适,然而也更彻底。由全球化推进的狂热的全球性消费浪潮,正以自由落体的加速度消解掉地球亿万年来集聚下来的不可再生的自然资源,同时也销蚀掉人类社会千百年来赖以维系的文化精神与传统美德。

至此,我们大约可以明白,什么叫"全球化"? 全球化就是资本在全球"狩

---

① [美] 莱斯特·瑟罗:《资本主义的未来》,中国社会科学出版社1998年版,第4页。
② [美] 罗兰·罗伯逊:《为全球化定位:全球化作为中心概念》,转引自杨展编:《全球化话语》,生活·读书·新知三联书店2002年版,第3页。

猎""套利"的自由化,就是全球变成一个大市场,就是资本对于全球市场的垄断。法国当代著名历史学家费尔南·布罗代尔(Fernand Braudel)曾多次向人们提示:商品和市场,并不是资本主义独有的表征,只有"垄断"才是资本主义的本质属性。高度的垄断,是资本主义制度发展的必然结果;高新科学技术也不像人们所想象的那样,总是能够成为推动社会进步、为人民群众谋取幸福的工具,其最大的受益者首先总是资本家,尤其是垄断性的资本家;"每次技术大突破对于垄断领域便是一次新的推动"。① 互联网技术的实施,再次印证了这位历史学家的论断。对于跨国资本的全球扩张来说,以互联网为核心的现代科技实际上起到为虎添翼的作用。

资本主义意识形态在其全球化的过程中,其实也涵盖了形形色色社会主义、共产主义制度设计者的部分"崇高"理想:高度发达的生产力,物质产品的极大富裕,资源与生产力的统一调配,以人为本的劳动者的有序自由组合以及科层制的各尽所能、按需分配,等等。于是,这一由资本运作、将启蒙理性贯穿始终的全球化不但有效地消解了它的宿敌共产主义,而且得到多数地球人的赞同和拥护。有人以素朴直白的语句概括了如此全球化的核心价值与逻辑原理:在文化意识形态领域内全球资本主义的计划是:劝说人们进行超出他们"生理需求"的消费;目的是为了将资本积累永久进行下去,以聚敛私有利润。消费主义的文化意识形态宣称,生活的意义就存在于我们所拥有的东西中。因此,消费充分体现了我们的生机和活力,而要保持生机和活力,我们就得不停地消费下去。

在全球化以排山倒海之势扑面而来时,也还是有人持保留乃至对抗态度,认为"全球化"不过是"全球资本化""资本主义在全球的制度化"。在这个"新时代"里,尽管地域被网络取代、权力专制被商品控制替补、民族国家开始被跨国市场消解,但资本的逻辑、发展的信条作为游戏的平台始终没有从根本上改

---

① [法]布罗代尔:《资本主义的动力》,生活·读书·新知三联书店1997年版,第86页。

变,反而是被强化、被拓展了。

就政治经济方面来说,全球化在许多情况下演变为变相的殖民化,成为新殖民者,即跨国资本对欠发达地区和国家大肆剽掠的光鲜借口。这种剽掠较之旧殖民者的海盗行径表面上更文明更温和些,但由于他们的视野更宏阔、手段更高明、财力更巨大、技术更先进,因此他们的殖民效益也就更突出。而受新殖民者控制的贫弱国家,在失去自己传统的有机生活模式之后,仍然不能跃入先进国家的行列,其中的大多数正在充满繁荣富强的梦想中一天天走向败落和混乱。全球化进一步打破了世界经济的均衡,使富国、富人更富,穷人、穷国更穷,新的不平等将日益扩大,世界财富将高度集中在极少部分人的手中。社会经济生活的不公正,历来都是社会动乱的激发因素,一个国家内新的阶级分化、阶级对立完全有可能引发新的阶级冲突。况且,强国之间对于经济利益的自由角逐,在协调制衡失败的情况下,有可能引发世界政治生活的动荡,甚至战争。

从生态学的角度讲,正是全球经济的一体化把生态危机扩散到全球的。跨国公司对于一个投资地区的选择,其标准是:资源丰富、劳动力低廉、生态意识淡薄、环保法制不够健全。那些在环境保护事业中取得"模范"称号的发达国家,实际上是通过跨国公司的经济行为,把种种"污染"塞进了欠发达国家的后院。查尔斯·哈珀在其《环境与社会》一书中曾列数了跨国公司在世界经济一体化进程中对于生态环境的破坏:

> 由于全球一体化,跨国公司可以把不能在本国生产、经销的农药、除莠剂、避孕药、制冷剂放在不发达的国家生产、经销;它们还可以把在富裕国家被禁止倾倒的有毒矿渣、医院垃圾、放射性废物公开地或暗自地运送到某些经济贫困的国家。
>
> 像日本,在本国制定了一系列严格的森林资源保护措施,却鼓励它们的跨国公司到印度尼西亚、马来西亚大肆砍伐那里的热带雨林,使得那里

的森林生态一片狼藉。

德士古公司在厄瓜多尔使用远低于国际标准的管理技术支配当地的石油工业，二十年中造下三十次泄漏事故，严重地污染了亚马孙河在该国的流段。

1991年，世界关贸协定对于墨西哥金枪鱼出口的解禁，使得成千上万的可爱的海豚死于非命。

更为糟糕的是，跨国公司对于贫困地区的投资，诱导这些地区的政府从事单一的矿产、农林作物——如咖啡、香蕉、坚木、铜矿石的大宗出口，使得当地的单一化的经济生产十分脆弱、对外的依赖性大大增多，从而使得这些国家从自然生态到社会生态都一步步走向恶化。①

从当前世界上的总体情况看，倡导自由贸易的跨国公司无疑是地球生态系统的最危险的敌人。在生态灾难面前，穷人和富人之间表现出更多的不平等：现在地球上的巨大的生态灾难都是由于"先进"国家的大规模的工业生产酿成的，而穷人、穷国也必须无偿地分担这种恶果。富人在灾难过后依然可以过富裕舒适的生活；穷人生存所依赖的自然条件一旦被破坏，差不多就等于被全部剥夺了生存的权利。

我们的一些学者，尤其是当代文艺理论研究领域信奉"无限发展进步"的"客观规律"的学者，对于包括"全球化"在内的"世界新潮流"总是抱着几分好奇、几分敬畏、几分善意的揣测、几分软弱的顺应。有些学者甚至糊涂地认为，全球化将加强各国、各民族之间的密切联系，将促进人类彼此在各个方面更紧密的协调、合作与交流，将更有利于"实现各国各民族的人民群众的物质生活的日益富裕和精神质量的不断提高"，这不过是一厢情愿的梦话。

---

① 参见［美］查尔斯·哈珀：《环境与社会》，天津人民出版社1998年版，第454—458页。

"全球化"对地球上现存文化生态的影响,也已经显示出诸多负面效应。20世纪末期才逐渐建立起来的国际互联网本是由资本支持的,因而主要地是为资本效力的。正如一位新西兰学者指出的:在高科技信息传播网络中,"全球化首先意味着金钱成了文化中无所不在的氧气"。他由此得出三点推论:所有的人在今天都是物质主义者;所有文化现在都成了跨国联盟的潜在的对手;文化再也难以集合为整体和传统。^① 所谓文化,已经成了某种信息与金钱的混合体。伴随着货币对不同民族价值尺度的同一化,文化也正在消泯它的民族的、传统的内涵,变成标准划一的东西。

　　几乎可以肯定,在互联网推进下的世界经济一体化,同时又是资本侵蚀人文的进程,也是西方侵吞本土、现代消解传统的进程。在此新的价值构架下,人文学者将失去它固有的内涵与品格,本土文化将失去它存在的理由和空间,民族传统将失去它的价值与意义。在此势态下,最富有个人特点、本土色彩的文学艺术,也只有纳入"资本运转"的轨道,被赋予一种"工业生产"的模式,方才能获得其社会价值。作品成为商品,审美化作消费,精神的艺术遂为无休无止的休闲娱乐取代。在人类文化领域,与自然界类似,也必将面临"物种锐减""系统崩溃"的危险。

　　阿多尔诺曾以"音乐"为例,对文学艺术在资本主义不同时期的不同遭遇进行过分析。他认为,在西方现代音乐史上,斯特劳斯是最后一个有"意义"的资产阶级作曲家。但即使是他的音乐,也已经失去了全部否定性,失去了对于资本主义的全部批判力,而成了"世界经济流通的象征"。在斯特劳斯之后,音乐艺术几乎成了纯粹的商品,民间音乐名存实亡。而流行音乐只不过是一种"彻头彻尾的社会技巧",一种"虚假的个体",一种"被阉割了的性";"自发的民族性"在"所有的流行文化沦落为受上面操纵、利用的傀儡的过程中被毁灭

---

① 转引自王宁、薛晓源主编:《全球化与后殖民批评》,中央编译出版社1998年版,第140页。

了"。① 我们只要看一看眼下风行全球的"红歌星"如何被音乐界的资本大亨包装制作、气派宏大的"演唱会"如何被经纪人策划运营，我们便不能不同情这位社会学家的愤激之言。

美国的一位批评家指出："因特网造就了一种新的生活方式，人们可以称它为电子游牧生活，同时它也是一种电子殖民主义"，"因特网的力量最终表现在它让整个世界都像北美人一样去思考、去写"。② 这个由于频繁的跨国贸易而使人类生活方式同质化的世界，又是一个"虚拟的世界"，在这个世界里，资本家卖的不仅仅是汽车、冰箱、服装、牛肉、可口可乐，他们还出售储存在电子软件上的各种"声音"和"图象"、"观念"和"思想"、"情绪"和"想象"。资本不仅用各种各样的"货物"占据你房屋里的环境空间，同时还以各种信息占领了你大脑中的想象空间，以及心灵与心灵的交流空间。至此，商品的消费已经成了整合社会与人心的唯一有效的方式。

吉登斯（Anthony Giddens）是一位现实主义的社会政治理论家、一位谨慎的社会进步论者，他也曾指出：这个被现代传媒"全球化"了的世界，同时又在时间与空间上被重新组合，从而构筑了一种"抽离化机制"，但这个时代并没有创造出"新的可供信任的秩序，反而是在'抽离化'的过程中导致了一系列危机的出现"。③ 这样的世界，其实最有利于个人体验的普泛化、个体行为的同一化、思维模式的标准化乃至话语方式的规范化，这就必然使文学艺术赖以发生的那些民族的、地域的、传统的、私人的、情景性的东西失去了价值。文学艺术失去了原创力，复制的艺术比原创的艺术拥有更广阔的市场、更丰厚的报酬。艺术变成了制作的技艺。当前美国好莱坞投入巨额资金、充分运用高新科学技术拍摄的那些"巨片"，在一刹那间便风行全球，不仅轻易地摧毁了许多民族国家的电影事业，而且还成功地把世界各国人民的思想、观念、情绪、想象

---

① ［美］马丁·杰：《法兰克福学派史》，广东人民出版社 1996 年版，第 214 页。
② 王列等编译：《全球化与世界》，中央编译出版社 1998 年版，第 11—12 页。
③ ［英］安东尼·吉登斯：《社会的构成》，生活·读书·新知三联书店 1998 年版，第 16 页。

全都一股脑地收拢到一个商业投机的圈套中！又如，与资本、市场有着连理姻缘的"广告艺术"竟成了全球化时代的最高艺术形式。眼下，一部正经八百的"纯文学艺术作品"，要想获得稍稍多一点的读者或观众，也不得不求告于"广告"的神通。

正当我们的某些文艺理论家一心一意将当代文学创作的繁荣寄托于互联网技术的时候，倒是寄身科技媒体、谙熟网络底蕴的一些学者反而能够更多地窥见互联网的"至暗时刻"：互联网的发展模式不外乎两种，一种是由资本市场这个无形之手操纵的西方模式；一种是由强监管、严准入、威权掌控的东方模式。更为复杂的是，互联网似乎具有自己的独立意志，并不完全听命于人类社会的颐指气使，民主国家担心互联网破坏了民主，独裁国家害怕互联网挣脱自己的独裁。民众在积极投身互联网的同时，又担心互联网裸露了自己的隐私。结果，人人都在依赖互联网，人人都在责怪互联网，互联网成了万能法宝，也成了万恶之源。意想不到的还有，人手一部的智能手机使互联网的传播功能达到最大化，但同时也在促成不同阶层信息格差与知识格差(也称作信息沟与知识沟)急剧扩大，信息的获得与金钱、权力、地位的拥有成正比，贫困者与卑微者(俗称"韭菜""蚁民""吃瓜群众")，注定也只能拥有少量的、低劣的信息。① 于是，不同阶层、不同族群之间的撕裂更加严重，真正的沟通则几乎成为不可能。这对于营造良好的社会生态可以说是致命的戕害。

种种迹象说明，在公元第三个千年的起首，文学艺术置身其中的社会生态并不美妙。

相对于以"经济发展"为核心的"全球化"，当下我们应当更关心一个以"生态养护"为核心的世界性用语，那就是"人类纪"。一些拥有宏观视野的自

① 参见署名"评论尸"网文：《互联网是人类历史的一段弯路吗？》，http://www.tuicool.com/articles/7JFvEfi. 又见：硬核财经 2020.12.17。

然科学家在新世纪伊始提出了另一说法：地球已经进入了它的新的地质年代——"人类纪"（亦作"人类世"，The Anthropocene）。做出这一判断的两位科学家，一位是诺贝尔奖得主保罗·克鲁岑（Paul Crutzen），一位是地壳与生物圈研究国际计划领导人兼国际全球环境变化人文因素计划（IHDP）执行主任威尔·史蒂芬（Will Steffen）。克鲁岑指出：人们一直认为我们生活的这个地质时期应称为"全新世"。"历经了漫长的地质时期之后，目前的地球已经进入一个全新的发展时期——'人类纪'。与之前相比，这个时期，人类的活动显示出了巨大的影响作用，并不亚于大自然本身的活动，现在的人类，正在以惊人的力量改变着我们所居住的星球，其中最为引人注目的'成就'就是已导致气候变化。科学家们已经认识到，人类需要建立一种与地球现状相适应的新的生活方式和发展模式，一个健康稳定的环境不仅是我们所需要的，也是我们的子孙后代所需要的。"①克鲁岑把"人类纪"的肇始确定在 1784 年，因为在那一年瓦特发明了蒸汽机，从而快速推进了人类社会工业化的进程。从那时以来，人类似乎已经掌握了神话中"天神"拥有的巨大威力，可以把江河截流，可以让海洋升高，可以叫陆地下沉，可以把高山夷平，可以使日月无光，可以让狮子大象、狼虫虎豹纷纷消失，可以将机器变成人、将男人变为女人、让老鼠身上长出人的耳朵……这一切都证实了自工业革命以来二百多年里，人类对地球的影响能力已经不亚于小行星撞击地球、恐龙大灭绝遭遇的自然力。

然而这对于地球生物圈的健康维护而言并非善事。

不妨以人类在金融领域的活动为例：当代庞大无比、无孔不入的世界经济的金融系统，在互联网的支撑下，从世界银行大厦到各个地区的股票交易所，从遍布街头的 ATM 到几乎人手一个的"支付宝"，其在地球上的密集程度如同布满人体的血管、毛细血管。切不要仅仅认为这些血管内日夜不息流淌着的只是无声无息的货币、单纯清澈的数字，实际上它流动的就是"物质"，或

---

① 《克鲁岑北大谈环保与社会发展》，《科学时报》2005 年 4 月 14 日。

曰"物流"。流动的是钢铁、水泥、木材、橡胶、塑料,是酰胺、萘酚、戊二酮、多溴联苯、丙烯酸甲酯,实际上流动着的是碳、氢、硫、氮、氧……当这些东西经过人为的操纵充塞了地球的机体时,就必然改变了地球固有的化学状态、物理状态、生物学状态。地球的命运不再由自然掌控,大权已经落入人类的手中,人类如何作为将影响地球万物的生死存亡,正是这样,人类就不得不担负起维护整个地球生态状况的职责,这就是"人类纪"的真实含义。

与"人类纪"相呼应的,还有一个术语叫作"生态足迹"(Ecological Footprint),这是加拿大资源生态学教授威廉·里斯(William E. Rees)在20世纪90年代初提出的概念。它可以形象地被理解为现代人类的一双"大脚"对自然的践踏,通过测量这只大脚在地球上踩踏的脚印大小,便可得出不同地区、不同国度的人类对生态资源侵占与损坏的程度。

生态足迹取决于这一地区的人口规模、物质生活水平、技术条件和生态生产力。研究表明,当前全球人均生态足迹为2.8公顷,而可利用生物生产面积仅为2公顷,全球人均生态赤字0.8公顷。打一个比方,就像一群贪吃的大象突然涌进一座面积有限的香蕉园,吃喝拉撒、肆意踩踏,这座生意盎然的绿色园林很快就要濒临崩溃了。人类只有地球这一个家园,推行"全球化"就不能忽略"生态足迹"的践踏效应,生态足迹超过生态承载能力,全球的可持续发展就是不可持续的。何况,从生态经济学、生态政治学的立场审视现行的全球化,结论不仅是不可持续的,也是缺失正义与公平的。

与以往人们所熟知的"寒武纪""泥盆纪""侏罗纪""白垩纪"等相比,"人类纪"本该是一个地质学的术语,然而在今天,"人类纪"已经涵盖了地球上人类社会与自然环境交互关联的各个方面,包容了地球上不同国家、不同种族共同面对的经济、政治、安全、教育、文化、信仰的全部问题。"人类纪"时代人类的每一项重大活动,都将引发全球环境与国际社会的剧烈震荡。"人类纪"已经远不仅是一个地质科学概念,同时也成了一个人文科学概念,一个社会生态学概念,一个跨越了人文与自然多学科的概念,一个全体地球人类都必须密切关注的整体性概念。从这个意义上说，"人类纪"也是"全球化"，一种整体性的"全球化"，一种充盈着浓郁生态意味的"全球化"，一种全体地球人类都必须平等面对的"全球化"。

近年来世界各国不断有顶级科学家联名建议正式宣布地球进入"人类纪"，我国杰出地质学专家刘东生院士对此持积极赞赏态度，他生前曾经指出：人类的活动，尤其是工业革命后的人类的活动，已经成了一种地质营造力。在传统的地质学那儿，人是不包括在地质营造力里的。而克鲁岑的这个概念则把人包括了进来，人也是一种地质营力，而且在瓦特发明蒸汽机以后，人已经成了一种主导的力量。院士说他本人很欣赏克鲁岑的提法。人类世的提出是鉴于当前生态环境的恶化，并承认人类活动的重要性，而不仅仅是划分一个新的地质时期。① 从生态学的立场考虑，应当以"人类纪"的冷静思索取代"全球化"的狂热宣传。

5.5 怀特海的社会生态学预见

在霍农（Alfred Hornung）与赵白生共同主编的《生态学与生命写作》一书中，有学者指出我在撰写《生态文艺学》时有大量关于怀特海著述的解读，并在此基础上形成了自己的生态文学观。② 在中国，哲学家怀特海在很长一段时间里并没有受到应有的关注，我承认我的生态文艺学观念深受怀特海有机过程哲学的影响，我甚至怀疑我和怀特海之间在冥冥之中似乎存在一种微妙的关联。2016 年夏天，在黄河科技学院"建设性后现代哲学与生态文化研究中心"成立大会上，我曾当面向与会的美国过程哲学研究中心执行

① 熊卫民：《人类世之反思：访刘东生院士》，《科学文化评论》2004 年第 2 期。
② ［德］霍农、赵白生主编：《生态学与生命写作》，中国社会科学出版社 2016 年版，第 79 页。

主任克莱顿博士(Philip Clayton)一行讲述了我与怀特海哲学的"奇遇"：

> 具体说是 1990 年 7 月 16 日夜,在京广线的火车上,我读怀特海的
> 《科学与近代世界》。老式的绿皮车厢里闷热如蒸笼,而我读怀特海读得
> 如痴如醉(有书页上的眉批为证)。这与中国老一代学者如胡适、张申府、
> 贺麟、方东美结识怀特海并亲聆教诲已经晚了半个多世纪,但在当代从事
> 文学艺术研究的学者中,我接触怀特海该算是比较早的。怀特海的《科学
> 与近代世界》一书如此地推重文学:"如果要理解一个世纪的内在思想,就
> 必须谈谈文学,尤其是诗歌和戏剧等较具体的文学形式。"后来,怀特海的
> 《科学与近代世界》便成了我撰写《生态文艺学》一书的动因与出发点。
> 这本书开章明义便引用了怀特海的语录,后边又撰写了"怀特海的社会生
> 态学预见"的专节,表达了我对怀特海由衷的崇敬与爱戴。在中国,有"半
> 部论语治天下"的说法。对于我来说,怀特海的一本《科学与近代世界》,
> 也许可以支撑我后半生的学术生涯。①

再后来,我意外获得以小约翰·柯布院士命名的"柯布共同福祉奖",而柯
布院士正是怀特海的嫡传弟子,那一年我在克莱蒙大学城亲聆这位 93 岁老人
的教诲。

怀特海对于时代的贡献在于他提出了一种新的哲学,一种新的世界观,他
希望自己能够"引导出一套不把自然建筑在物质的观念上而把它建筑在机体
的观念上的思想体系"。② 在他看来,自然界中的实在就是自然界中的事件,
一个发生发展的过程。个体不仅仅是个体,而是存在于不断变化的关系之中、
整体之中。就像棋盘上的一个棋子,棋盘上的所有"基点"(位态)都与这个棋

---

① 参见黄河科技学院生态文化研究中心编印:《生态文化研究通讯》(内部交流),2016 年第 4 期。
② [英]怀特海:《科学与近代世界》,商务印书馆 2019 年版,第 86 页。

子存在着潜在的关联,不管它是否走进这个基点。事物只能在整体变化的过程中才能得到解释。一个现实存在的体系中总是含有人的因素,是逻辑理性与审美属性的统一。

怀特海以有机过程论取代了机械唯物论与形而上学神学论,从而消解了科学唯实论与神学唯灵论的对立,在批判神权专制与技术专制的基础上,奠定了生态社会的历史逻辑与哲学前提。

早在20世纪初,在工业社会仍然葆有巨大发展潜力的局势下,怀特海就曾针对当时存在的社会问题,发表了许多富有警示性的预见。

关于科学。怀特海指出,"时代思潮是由社会的有教养的阶层中实际占统治地位的宇宙观产生的",科学、美学、伦理学、宗教都可以产生宇宙观,每一种宇宙观都有自己的局限,而现代社会的科学思想正是这种局限的典型例证。[①] 近300年里的宇宙观是在"科学"的基础上产生的,即在物理学、数学的学科基础上产生的,教会烧死布鲁诺是一个象征性的事件。科学观念的流通与移植,要比民族文化、宗教精神容易得多。于是,科学的理念迅速在世界各地传播,已经成为现代世界的"流通粮票"。然而,科学的标准概念即便对于科学本身来说也都显得太狭窄了。"在20世纪的今天,科学界的思想对于它自身所要分析的具体事务是太狭隘了。这一点在物理学中表现得很明显,在生物学中就更加明显。"[②] 如果我们仍然要坚持"遵循科学精神"处理人类面临的一切事物,那就注定要犯下以偏概全的错误。

关于竞争。怀特海说:"在过去三个世代中,完全把注意力导向了生存竞争这一面。于是就产生了特别严重的灾难。19世纪的口号就是生存竞争、竞争、阶级斗争、国与国之间的商业竞争、武装斗争,等等。生存竞争已经注到仇恨的福音中去了。"[③] 然而,在怀特海之后,世界上的竞争和因竞争引发的战争

---

① 参见[英]怀特海:《科学与近代世界》,商务印书馆2019年版,第1页。
② 同上,第77页。
③ 同上,第226页。

却一次比一次惨烈。怀特海从生物学的常识矫正现代社会一个普遍的误区：物种的共存并非以相互的残杀为前提，实际上只有彼此提供有利的条件才能共存下来。可恶的是某些政治家、社会学家别有用心地夸大了达尔文进化论中生物之间竞争与冲突的方面，将弱肉强食视为"丛林法则"，引进社会学理论，认定弱小的国家或民族就要被霸凌、被压榨，从而将竞争绝对化，将惨烈的争斗法理化。①

关于发展的可持续性。怀特海是从对于有机体生存状态的研究得出这一结论的："一切意义取决于持续。持续就是在时间过程中保持价值的达成态。持续的东西是自身固有模式的同一。持续需要有利的条件。整个科学的问题就是环绕着持续机体的问题"②。工业时代的盛大成就使人们乐观地认为社会的持续发展是一个"客观的历史规律"，直到20世纪中期，人们才突然发现社会发展能否"持续"下去是一个严峻的现实问题。在怀特海这里，持续就是在时间过程中保持价值的达成态，持续需要有利的条件，"任何自然客体如果由于自身的影响破坏了自己的环境，就是自取灭亡"③。不幸又被怀特海一言中的，当前引发人们对于"社会可持续发展"高度焦虑的，正是环境的破坏。持续难以为继，灭亡在一步步逼近！

关于"专业化"。怀特海当年曾经指出，"专业化的趋势所产生的危险是很大的"，在西方社会尤其如此。专家的知识由于是专门化的，因而往往也是处于隔离状态的。他举例说："一个现代化学家可能对动物学方面的知识很差，而对伊利莎白时代的戏剧的一般知识就更差，对英文诗的韵律毫无所知，而对古代史的知识更是一窍不通。""每一个专业都将进步，但它却只能在自己那一个角落里进步。"照此下去，"社会的专化职能可以完成得更好、进步得更快，但总的方向却发生了迷乱。细节上的进步只能增加由于调度不当而产生

---

① 参见［英］怀特海：《科学与近代世界》，商务印书馆2019年版，第126页。
② 同上，第214页。
③ 同上，第125页。

的危险。"①从全球的发展趋势看，随着跨国公司对某些国家职能的取代，专家也正在取代先前的政治家、战略家以及政府中传统意义上的官员。其中尤为走俏的专家，当然是"金融专家"和"电脑软件设计专家"。专家充任领导，往往以治理其专业的方式来治理一个人群的生活空间。现代社会面临的混乱与危险，不能说与怀特海担忧的"专业化"问题无关。况且，即使不考虑专家们的道德品质方面的因素，仅从技术的角度看，专家也是会出错的，在他的专业技术领域之外，专家可能出现的过错也许比常人还多。而且，在高科技的情况下，专家的一个轻微的、不经意的失误，就可以铸成巨大的灾难。这也许是人类社会今后必须准备承受的最大风险。更糟糕的是一个社会有时还会遇到这种情况：不同的部门专家林立，各司其职，而国家的最高统帅却是一个目光短浅、刚愎自用、缺乏统筹能力的庸人，这个社会便会在总的方向上发生迷乱，迅速走向衰败。

关于教育。怀特海认为，把教育的目的规定在"培养专门家"及"实用人才"上，这样的教育必然偏重于"知识的分析""与"公式的求证"，由"抽象的概念"到更多的"抽象的概念"。这样的教育培养出来的人，可能是专业的，但也必然是单一的；可能是实用型的，但也必然是工具型的。针对现代教育的这一偏颇，怀特海倡导教育要重视人的感性的、直觉的能力的培养。他说："在伊甸乐园中，亚当看见动物的时候，并不能指出它的名字来。但在我们的传统体系中，儿童倒先知道动物的名字，然后才看见动物。"②怀特海还建议教育应当注意到知识的有机整体性，某一知识在特定情境中的意义，其中还应当包括对其价值意义的认定，甚至是对其审美价值意义的认定：不但要能够"理解太阳、大气层和地球运转的一切问题"，还要能够感受到"太阳落下时的光辉"，这已经属于审美教育领域的问题了。③

---

① ［英］怀特海：《科学与近代世界》，商务印书馆 2019 年版，第 217 页。
② 同上，第 219 页。
③ 同上，第 219 页。

关于审美和文学艺术。怀特海的《科学与近代世界》篇幅不大,却屡屡提到文学艺术界的人物与作品,如希腊神话、达·芬奇、莎士比亚、塞万提斯、弥尔顿、华兹华斯、雪莱、济慈、惠特曼,等等。在人类认识世界的道路上,他将审美艺术活动与科学逻辑思维视为两种相对独立、并行不悖的选择。好的文学艺术可以不受科学的影响,神话总是产生在科学展露之前的所谓"蒙昧时代"。杰出的诗人、文学家都是不受科学思想左右的人;优秀的文学家甚至可以对科学一无所知,比如华兹华斯。这些伟大诗人的伟大诗句能够流传千古,"就证明它们表现了一种深刻的人类直觉,洞察到具体事务的普遍性质中去了"。①对于现代工业社会,华兹华斯的"唯一动力只是一种道德上的反感。他认为有些东西被遗漏了,而被遗漏的每一件东西又都是很重要的。"②"自然界的重要事实逃脱了科学方法的掌控",却在华兹华斯的诗歌里得到最完美的表现。81逻辑和谐靠的是严密的论证;审美和谐靠的是精微的感觉;生态和谐靠的应是博大的慈悲心,即道德上的持守。

怀特海提出,"伟大的艺术就是处理环境,使它为灵魂创造生动的但转瞬即逝的价值","灵魂若没有转瞬即逝的经验来充实就会枯萎下去"。在他看来,"艺术的创造性"与"环境的新颖性""灵魂的丰富性""精神的永恒性"是一致的。"为灵魂增添自我达成的恒定的丰富内容",这是艺术和审美的天职。③

不幸的是"在工业化最发达的国家中,艺术被看成一种儿戏!"④任何有意义的事都被当作"工程",民生工程、文化工程、艺术工程,只有实用的、能够掌控的才是有意义的。他举出的例子是在伦敦城区风景秀美的泰晤士河湾上,竟然架上了一座"铁路桥",大桥的设计者根本没有考虑到风景的审美

---

① [英]怀特海:《科学与近代世界》,商务印书馆2019年版,第99页。
② 同上,第88页。
③ 参见同上,第223页。
④ 同上,第216页。

价值以及桥与环境的谐调。在此之后，此类错误至今仍然屡屡出现，前年我在中国的三门峡市又看见一座这样的"大桥"，是腾空横架在黄河湿地野天鹅自然保护区里的一座高速公路桥。"落霞与孤鹜齐飞"变成了"汽车与天鹅赛跑"。

关于世界一体化。在怀特海所处的那个时代，世界经济一体化的迹象还没有清晰地显露出来，他却已经预见了世界"一体化"对人类社会健康发展的危害，他说："划一的福音也几乎是同样危险的。国家与民族彼此之间的差异，对于保持高度发展的条件是必要的。"但他反对闭关锁国、自我封闭，倡导国家与国家、民族与民族之间开放、流动、交往、相互借鉴。一体化不应该是同一化，而是统一与多样的协调，在精神文化领域更是如此："人类精神上的奥德赛必须由社会的多样化来供给材料和内驱力。习俗不同的其他国家并不是敌人。它们是天赐之福。人类需要邻人们有足够的相似处以便互相理解，具有足够的相异处以便引起注意，具有足够的伟大处以便引起羡慕。"①当下的"全球化"，在经济全球化、科技的全球化的同时，正在抹平各个民族、地区的精神独立与文化差异，怀特海的担心显然是富有预见性的。

怀特海同时也在寻求着走出困境的途径和挽救颓势的办法，他依然不失乐观地认为"伟大的世纪都是不安定的世纪"：

> 目前世界已经面临着一种无法控制的体系。这种情形有它的危险性，也有它的好处。显然，物力的增长将为社会福利的增进提供机会。假如人类能善处难局的话，在我们的前面确实存在着一个有益于创造的黄金时代。但物力本身在伦理上讲来是中性的。它也能向错误的方面发展。现在的问题不是怎样产生伟大的人物，而是怎样产生伟大的社会。

---

① ［英］怀特海：《科学与近代世界》，商务印书馆 2019 年版，第 228 页。

伟大的社会将使人知道如何应付这局面。①

总之,怀特海虽然并没有标榜自己在从事社会生态学的研究,但他提出的这些问题却全都关系着人类社会的存在根基与健康发展。怀特海辞世已经半个多世纪,而我们对于现代化以及现代社会的理解,还停留在怀特海之前:对科技工程的迷恋,对专业化的推崇,对发展速度的追求,对量化的倚重,对审美教育、人文精神的漠视,他所期待的那个"伟大的社会"仍然没有降临,一个世纪过去了,他提醒人们警觉的那些问题依然存在。

---

① ［英］怀特海:《科学与近代世界》,商务印书馆 2019 年版,第 226 页。

第6章 文学艺术与精神生态

在本书的第2章中,我们曾讲到地球生态系统中"精神圈"的存在,从20世纪人类社会的发展趋势看,地球精神圈内发生的事情越来越让人忧虑,在这个物质越来越富足、物欲越来越强烈、人的物化进程越来越紧迫的年头,"精神"问题越来越显突出来。而且,更多的人开始把精神问题与现代社会的固有症结、与地球生态的日趋恶化、与人类未来的安危联系起来。

20世纪的哲学大战中,科学哲学、实证哲学、实用哲学、形式哲学、分析哲学曾联合起来向传统的精神哲学发难,希望能够毕其功于一役。《美国哲学季刊》1999年第2期社论对战况的统计表明,关于精神的哲学研究在围剿者密集的炮火下依然生机勃勃!

阿尔·戈尔在担任美国副总统之前曾经写过一部题为《濒临失衡的地球》的书,副标题即"生态与人类精神"。他认为环境危机从根本上说就是"现代文明"和"生态系统"之间的冲突:"我们似乎日益沉溺于文化、社会、技术、媒体和生产消费仪典的形式中,但付出的代价是丧失自己的精神生活。"他进而阐述道:我们对地球以及社会生活的体验方式是由一种"内在的生态规律"控制的,凭借这一"内在的生态规律",我们把自己的"感受、情绪、思维以及抉择同我们自身之外的各种力量联系起来"。现在的问题是,在"科学和技术革命"的冲击下,人类的这一"内在生态规律"彻底失去了平衡,人们在"物"的丰收中迷失了"心"的意向,更深层的生态危机发生在人的精神领域。为此,戈尔呼吁:"需要培养一种崭新的精神上的环保主义!"①

与此同时,在美国的书市上畅销着一本名为《塞莱斯廷预言》的小说,据说很快发行到数百万册,名列 1996 年全美畅销书榜首,被赞誉为"人类在走向新的一千年时迈出的第一步"。就艺术水准来说,它不过套用了一个"寻宝"的陈旧的故事,它对读者的吸引力,主要来自书中提出的既警策又富有昭告意味的问题,而这些问题正是现代人,尤其是现代西方社会中的人们所倾心关注的。小说作者指出:

> 人们对物质生活的关切已演变成一种偏执。我们沉湎于构造一种世俗的、物质的安全感,来代替已经失去的精神上的安全感。我们为什么活着,我们的精神上的实际状况如何,这类问题慢慢地被搁置起来,最终完全被消解掉。
>
> 现在该是从这种偏执中觉醒,反省我们的根本问题的时候了。②

小说作者把这一跨越世纪的、新千年的希望寄托在人们"精神方面的自觉的进化"与"精神能量的积极的开发"。

无论是学者的理论还是作家的小说,有一点似乎是共同的:都在努力把精神当作一个至关重要的因素引进地球生态系统中来,并且开始探讨精神活动自身的生态学属性。法国当代思想家德日进认为"精神的创生是一个宇宙现象","宇宙的价值在人的精神里升华并凝聚"。他在一系列著作中,包括

---

① [美] 阿尔·戈尔:《濒临失衡的地球:生态与人类精神》,中央编译出版社 1998 年版,第 191 页。
② [美] 詹姆斯·莱德菲尔德:《塞莱斯廷预言》,昆仑出版社 1996 年版,第 29 页,第 31 页。

《人的现象》《人的能量》《人的未来》等,倾毕生之力为此做出艰难的探索。

英国人类学家格雷戈里·贝特森在继承德日进的学术遗产的基础上曾出版《心灵生态学导论》,临终前用尽其最后的生命力又写下《心灵与自然:应然的合一》,竭力将精神活动与生物进化过程、将人类个体自我与生态系统智慧纳为一体加以统合研究。学界认为:贝特森是 20 世纪真正的智者之一,他的著作远远领先他的时代,他的"心灵生态学"为我们反思人类更大的环境责任提供了一个框架。[①]

从生态学界的现状看,不仅自然生态学,即使是社会生态学、文化生态学都还没有真正把人的精神活动纳入自己的视野。偶尔提到文学艺术,往往只是把它放在社会生活的"消闲、娱乐"层面上说几句无关大旨的话。

在生态学的众多分支中应当有一门专门研究精神与生态的学问,或曰:精神生态学。人们的主要的精神活动,比如感知、意向、言语、思维、信仰、憧憬、玄思、想象、审美、博爱、慈悲、善良……以及它们与自然生态系统、社会生态系统的关系,都应该在这门学科中得到研究。文学艺术实质上是一种精神活动,它有可能在一个较高的层面上对人类的地球生活,乃至整个地球生态系统的平衡发挥着重要作用。选择生态学的视野,从人类精神生活的高度,重新审视文学艺术的特质、属性及其价值意义应当是非常必要的。

6.1　德日进的宇宙精神学说

德日进与我国的鲁迅同年生,1881 年出生于法国多姆山省的一个天主教徒家庭,祖上曾获得过贵族称号。他本人也是一位天主教徒,曾在法国圣路易学院学习三年经院哲学,在英国哈斯丁学院攻读四年神学,获有神父教职,后

---

① 参见 [英] 格雷戈里·贝特森:《心灵与自然:应然的合一》,北京师范大学出版社 2019 年版。

由于持不同见解被教会取消教学资格。他还拥有巴黎大学地质学博士学位，于1923年来到中国从事生物考古的实践与研究工作，直到1946年返回巴黎。北京周口店、河南仰韶村、宁夏水洞沟、甘肃幸家沟、内蒙古萨拉乌苏的史前文化遗址都曾留下他的足迹。他是中国旧石器时代考古学的奠基人之一，惊动世界的北京猿人的头盖骨就是经由他鉴定成为共识的，中国现代考古学界的大师裴文中、贾兰坡都是他的学生，他的许多重要著作都是在中国完成的。

德日进不仅是一位考古科学家，同时还是一位在欧美学术界享有盛誉的哲学家、思想家，英国历史学家汤因比称赞他既是科学家又是精神巨人。德日进在世时，他的思想对外界影响甚微，他的最重要的哲学著作《人的现象》直到临死都未能出版。人们对他的思想可以存有异议，但不能不承认他的许多思想是超越他所生活的那个时代的。20世纪晚期，随着世界生态运动的高涨，随着学科跨界研究的盛行，他的思想的先导性、启迪性才日益显露出来，越来越受到世界的关注。

由于不熟悉德日进思想的神学背景，我对他的独特的精神学说很难做出深入、贴切的理解；但这并不减少我对他的兴趣与倾慕，他的许多观念为我的精神生态研究提供了重要依据。在我们生态文化研究中心，德日进的照片与梭罗、卡森、怀特海、利奥波德以及杜亚泉、梁漱溟的照片一起悬挂在墙上。2017年9月，来访的美国德日进研究学会主席约翰·格瑞姆（John Grim）及夫人玛丽·伊芙琳·塔克教授（Mary Evelyn Tucker）看到后非常兴奋，遂在照片前合影留下这一难忘的时刻。

德日进在探讨人的现象时，其逻辑起点是把个人与人类放在一起，把人类与整个生命界放在一起，把生命界与全宇宙放在一起，宇宙、生命、人类是一个有机统一的整体。在他看来，"精神的创生是一个宇宙现象，而宇宙也由这个创生本身构成"。① 地球上的生命和思维，也是宇宙的生命和思维。德日进是

---

① ［法］德日进：《人的能量》，贵州人民出版社2018年版，第7页。

一位地质学家、一位古生物学家、一位神学家,他的宇宙观是在生物学中获得的,同时他又将其延伸到宗教学领域,他始终是以这样一个无比宏阔的视野来观察生命与人类现象,尤其是精神现象的。在他看来,人类的一切社会现象、精神现象,都可以从地质学、生物学找到最初的源头。

德日进反复向人们解释:宇宙的最初形态是由大爆炸生成的无限多的物质的细微"颗粒",即基本粒子,如质子、中子、电子、介子、光子等,它们之间相互碰撞形成不同的原子、同位素;原子聚合生成分子;诸多分子合成新分子,即复杂的大分子;复杂的大分子演化为单细胞;单细胞合成多细胞,即可以新陈代谢、繁殖生育的生物体,微生物、植物、动物;动物长期进化,诞生了人类,由原始人类到现代人类。在德日进看来,生命的演化是地球演化的复杂性过程,是一个物质的复杂度不断增加、愈加精细、日渐扩充的过程;生物性上越复杂的生命心智的程度就越高。与众不同的是,德日进坚信生命不会无中生有,"在完整的世界图画里,生命的存在必然要以无限延伸的生命前的存在为前提"。[1] "我们无法替生命之到临拟定一个绝对零的时间。"[2] 最初的那些"粒子"中就包含有化生的动机,即生机、生命的动力,"在所有的物质系统中都具有潜在的心智"。[3] 那些基本粒子相互作用的能力,在德日进看来也可以视为组织结构的运作能力,前意识、前生命力。早期地球的化学成分,就是后来植物、动物、人类的生命之源。用他那生动的话语表述:"'前生命'在地球刚生成那瞬间就马上从一种命定在空中漂浮扩散的冷滞麻痹的状态中觉醒了起来。"[4]德日进认定物质与精神的对立、质与量的鸿沟、无机物与有机物的界线,是完全不存在的。"生命的种子""意识的微粒"早在生命体出现之前就已经存在,他一生的努力就是要在生命的物理属

---

① [法] 德日进:《人的现象》,译林出版社 2012 年版,第 19—20 页。
② [法] 德日进:《人的现象》,新星出版社 2006 年版,第 35 页。
③ 同上,英译本序第 5 页。
④ 同上,第 30 页。

性与心灵属性两岸间建立一座桥梁。

格瑞姆与塔克那次造访我们研究中心时,曾赠送一部他们最新制作的专题电视片《宇宙的旅程》。在这部片子中,他们以生动的画面、精彩的解说进一步阐发了德日进的观点:物质不但拥有能量,拥有信息,也拥有"意识",即"宇宙的动态自组织能力"。宇宙从一开始就具有生命,也就是它的自我创造力,创造出那么多的星系。而在世界各国的许多神话里,星星不也是有生命的吗?星系像一切生命体一样,也有一个诞生、成长、衰老、死亡的过程。在流传甚广的星相学里,天上的星星与地上的人类也是息息相关的。至于太阳,就像地球的"子宫",地球从太阳的运转中诞生,地球上的万物凭借着太阳母亲的光和热产生光合作用,从而生长出草原、森林、牛羊、虎豹、海藻、鱼虾。而地球也凭着自己的生态智慧调节着自身的体温、心跳与呼吸,合理地利用太阳的能量。"人类的起源可以追溯至140亿年前宇宙的诞生,因此与宇宙中的万事万物一样,人类也是由相同的能量和量子所构成的。人类的出现,离不开40亿年前出现的第一个细胞,所以人类在遗传学上是所有生物的表亲。"最后,专题片的解说词用诗一般的语言描述说:

> 宇宙用身体孕育了人类的身体,宇宙的动态自组织孕育了人类的灵魂,我们属于这里,我们一直属于这里。在140亿年的时间长河中,星系将自己转化为山脉,蝴蝶,巴赫音乐,你和我,这些流进我们血脉的能量,可能会让地球的面目焕然一新。

德日进相信进化论,认为宇宙从基本粒子、原子、分子到简单细胞、多细胞,从无机物到有机物,逐渐进化出生命乃至进化出人类,直到当下的文明社会,是一个持续不断的完整的"进化过程"。与达尔文的进化论不同,他虽然承认外部环境对于进化的影响,却更强调物体的内在精神才是物质演化的主要动力;每一种东西的伟大定向演化,都是更高程度的"内在自发成长",生命演化的复杂性过程是宇宙自身的心智化由细微向丰蕴的内在运动,是宇宙朝向自身的反复转动过程。德日进否定了物质、精神二元对立的习见,认为物质和精神从一开始就具有内在联系:物质的演变促生了内涵的精神;精神的出现推动着物质的变化。物质是"物之表",精神是"物之里",就像一张纸的两面,在整个进化过程中互为表里、相辅相成。这样,德日进就为达尔文的生物进化论增添了宇宙的精神与灵光。

在德日进看来,如果说生命体的诞生是地球上发生的一件大事,人类的出现,人类思想、精神的生成更是宇宙间一件惊天地、动鬼神的事,他把它称作"星球的门槛"。

在生物进化的链条上,脑的进化决定了生物体心智水准的高低。灵长类动物之所以居于进化的高端是因为大脑的发达,类人猿更高出一等是因为达到了手脑并用的程度。人类与类人猿不同,是因为人类拥有了思想。思想的核心在于"反思""反省"。德日进说:"在一个具有生命的个体物内,一旦本能在其自己的镜子内看见自己,整个世界便向前迈进一步。"①

> "反省"乃意识获得转向自己和掌握自己的能力,认自己为具有特殊的统一性与价值的对象——不再只了解别的东西,而且了解自己;不只知道,而且知道自己知道,这是人从自己的深处认识自己。

> 这个身为自己反省对象的新生命,正由于有这种返回自身的能力,才能即刻提升自己进入更高领域。这样一个新世界诞生了。抽象、逻辑、理智的抉择和发明,数学、艺术、时空的计算,忧虑以及爱之幻想等等——这些内在生命的活动都只是这个新形成的中心从自我爆裂以后所激引的奔腾。②

---

① [法]德日进:《人的现象》,新星出版社 2006 年版,第 119 页。
② 同上,第 106—107 页。

反省能力，即生命体自己对自身的审视、思考、回顾、预测能力，成为人类思想的一面旗帜。反省改变了主体与环境的关系，不再是被动地适应环境；反省使人类的知识得以层层累积，拥有了文化历史；反省建构起整个世界的统一性并纳入主体心中从而创发了充盈的心灵；反省不断地改变自己、是自己成为自己在人格化的过程中成为真正的人，成为一个独一无二的个体；由于个体的存在，人类便取得无限进化的能力；反省也使得一个民族成为更成熟、更强壮、更伟大的民族。德日进指出："这个升华的伟大过程，可用'人化'（hominization）一词称之。'人化'可以用以称呼个体从本能进入思想的顿跃，但也可以广泛地指称在人类文明中从动物世界转入精神世界的过程。"德日进还说：从此，精神创生了，地球的生物圈之外增添了一个"精神圈"，"地球得了'一层新皮'，更要紧的是地球发现了它的灵魂"。①

语言、文字的出现让人的思想、人的精神进入符号化、信息化的更高层面，并由此点燃了人的潜能，放大了人的历史存在，促进人积极主动参与自然与自身的创造，人类成了地球的心脏与大脑，人类成为"生物界大综合的上升之箭"，人类成为万物之灵！

至于人类的未来，德日进是一位"自然乐观主义者"，他相信社会进步论："我们确实进步了，我们还可以取得更大的进步。但是，我们要正确地认清前进的方向，果断地选择正确的道路。"②他认为，就如同原子结合为分子、分子聚合成细胞、细胞生成生物体、生物体集合成生物群落一样，当下阶级对抗、民族撕裂、国家冲突的人类社会也必将走向汇合统一，这是宇宙间的定律所决定的。就如同一个巨大的圆锥体一样，上升的最后必然要汇拢到那个居于顶端的点——欧米伽点。德日进把这个过程称作"全球化"，德日进不愧为"全球化理念"的先驱！但是，德日进的全球化与当今人们热衷的全球化不同，它既

---

① ［法］德日进：《人的现象》，新星出版社 2006 年版，第 120 页。
② ［法］德日进：《人的未来》，贵州人民出版社 2018 年版，第 53 页。

不是跨国公司、世界银行操纵下的市场全球化，更不是他深恶痛绝的极权政治统治下将世界蚁垤化的全球化。他向往的"人类全球化"凭借的是"同情"与"博爱"，"这种相亲相爱不是出于外部力量的作用，也不是单纯出于谋取物质利益的行为，而是直接出于同一精神范围内的共识"，"唯有通过同情，才能指望获得高级的整合"。①

> 我说的是我们内心地平线上升起一个宇宙精神中心，一个至上意识制高点，使世界的所有基本意识得以向这个制高点汇聚，在这个制高点中互敬互爱。②

德日进的宇宙精神约略可以概括为：精神是内在的，内在于人，也内在于宇宙；精神是超越的，是升腾在本能之上的光；精神是恢宏的，弥漫于全宇宙、绵延于全过程；精神是巨大的能量，是生命螺旋上升的原动力；精神在上升中汇聚为光辉的定点。最终，德日进把这个制高点的呈现归结为"神的升起"，人升格到上帝的位置，人成了宇宙现世中的神。到此，德日进的科学、哲学、神学也在他的宇宙论中实现了统一。

读德日进的书，我发现了这位科学家超常的冷静，这些多半是在第二次世界大战血肉横飞中写下的文字，竟很少受到战火的影响。他的一些观点似乎又是我在我的这本书中有所非议的，如人类至上与社会进步论。德日进并非没有看到当下人类的作恶、自然的受损、生态环境的破坏。但他选择的是宇宙的视野，选择的是历史的长时段，甚至在地质时段里论述他的问题，不是 500 年，甚至也不是 1 000 年。谁能想象得到 10 万年之后人类以及地球上的自然界将会变得怎样！100 万年后，也许真的会有"神灵"出现；也许，人类未老先

---

① ［法］德日进：《人的未来》，贵州人民出版社 2018 年版，第 109 页。
② 同上，第 110 页。

衰,甚或早早夭亡。

分子生物学家雅克·莫诺曾经对包括柏格森、德日进在内的活力论、万物有灵论进行过严格的批判。他说柏格森言语专断而缺乏逻辑,德日进的著作概念模糊、文笔晦涩、稀松一团,他们的学说在当代生物科学的意义上都是站不住脚的。但同时他又对他们充满掩饰不住的同情与赞赏。他说,原始的万物有灵论使自然界充满了令人感到亲切或可畏的神话,这些神话孕育了一代又一代的美术与诗歌。柏格森反抗理性、看重本能的冲动和张扬创造的自发性已经成了"我们时代的标记"。德日进把一种上升的演化的力量安置在自然界内,充满"诗意的壮美",那是他的"神灵",他希望凭借这个神灵把人与自然重新弥合起来。① 雅克·莫诺自己则致力于生物细胞内、有机物分子内目的性、选择性的研究,他认定"生物的全部目的性结构和行为的最终结论包藏在构成球蛋白的胚胎–多肽纤维的残基顺序之中","如果有人不仅能描述这些顺序,而且能确定这些顺序装配的定律,那么他就可以宣称,他已洞察了秘密,他已发现了最终结论"。② 莫诺作为一位严谨的科学家,同时又拥有绘画、音乐的艺术天赋,所以他尽管对"地球是一个活物"的判断保持异议,却能够充分理解它的人文的含义与审美的魅力。

6.2　精神的涵义与精神生态学

"精神",在日常生活中是一个被人们运用最为频繁的词汇之一,而人们对其内涵又很难得出一致的意见。

大约是 1993 年,在海南岛召开的一次笔会上,我曾对与会的海内外一些

---

① 参见［法］雅克·莫诺:《偶然性和必然性:略论现代生物学的自然哲学》第 2 章,上海人民出版社 1977 年版。

② 同上,第 71 页。

诗人、作家、学者进行过一次问卷调查,题目是:何谓精神?我要求被试者尽量凭自己的直觉进行回答。感谢当时的诸位都"交了作业",兹摘要如下:

出生于马来西亚,就读于美利坚,定居于新加坡,现任新加坡作家协会会长的小说家黄孟文写道:精神是物质的对称。除物质上的需求之外,精神或心灵上也有所需求。精神是独立于物质之外的浩然之气,是心灵的感受,是物质之外人的生命存在的又一根支柱。

中国大陆著名老诗人公刘回答说:北方民间管精神叫作精气神,并视其为人命之宝,与天上日月之宝相提并论,可见其重要性之一斑。我体验到的精神,就是老子所说的"元气",它表面上似乎有点形而上,其实还是物质的东西,而且是物质发展的尖端和最高阶段。不妨理解为一种心灵的充沛、强壮、亢奋、开放状态,一种生命力,一种自信,一种人格力量的结晶,一种坚毅纯粹的殉难意志。

台湾著名诗人罗门认为:精神是心灵对存在的沉思默想,是内在生命的形而上活动。透过文学的符号,我们要听见的是"精神家园"中人类无限美好的生命回声,不是冷漠的物化空间。人应当有高度的智慧,使人站在物质文明之上去拓展辉煌的精神领域。

哥伦比亚大学东亚语言文化学博士唐翼明的答案是:所谓精神,即是一个人的灵魂生活于其中的内宇宙,这是一个无比广袤、无比深邃、交织着光明与黑暗、充满诱惑与陷阱的世界,其神秘复杂深奥与对人的不可或缺,无论哪一方面,丝毫都不逊色于人的肉体所生活于其中的外宇宙。

历史学博士张三夕试图在语用学的描述中逼近"精神"的主要含义:

首先，"精神"属人的思想和思想活动。其次，"精神"是人依照一定观念创造的文本意义的显现或言说。第三，"精神"是与人的生理、心理、心灵等相关的状态。

香港诗人、报刊专栏作家王一桃说：人是万物之灵，以其心力创造了世界。所谓精神，乃是人的思想意识，人的感情意志，人的智慧才华。概括来说就是人性、人品、人格。

中国社会科学院哲学所研究员徐友渔："精神"的一义相对于"生理""肉体"而言，又称为"心"，故哲学中有"心身问题"，它侧重于指人的意识、认知、意图、愿望之类的活动或活动内容。另一义相对于"物质"而言，超越现世而指向彼岸，和艺术、道德、宗教相关联。中国人言精神，偏重于后者（spirit）；英国哲学界的主要刊物之一叫 *Mind*，说明他们强调经验和认知的传统。

哲学教授陈家琪的答卷是后补的，洋洋洒洒写了近两千字，体现了他惯常的悉心严谨的风度：关于"精神"……德语"精神"（Geist）无论译成mind（精神）、spirit（精神）、ghost（灵魂）、soul（心灵），还是 wit（智慧），都表达不全 geist 的意思……我们只能从自己的"偏见"出发，在"误读"中形成自己的理解……罗素认为科学即拯救现象，神学即拯救灵魂，哲学乃是某种介乎神学与科学之间的东西，"但是唯有这两者在某种程度上同时存在，才能构成哲学的特征"……我只能从哲学的角度出发把精神理解为符号化了的现象世界。在此前提下，再把符号化了的现象世界作为一个类似于人的"生态环境"的东西接受下来。①

---

① 引文为节选，各家更为具体的表述，参见鲁枢元：《精神守望》，浙江文艺出版社 2023 年版，第 400—410 页。

这些诗人、作家、学者各自对于"精神"的体悟，闪现着他们自己精神世界的光彩，然而，要从中归纳出一个关于"精神"的定义来，依然是困难的。但是，我们可以看出这些华人作家、学者关于"精神"的感悟与解读，和德日进的宇宙精神学说却又总是能够有所联系，如"人的精气神与天上的日月星辰"，"内宇宙与外宇宙"，"精神是对存在的沉思默想"，"精神是对于现世的超越"，"精神是符号化的现象世界"，等等。

这倒可以证实"精神"是有着丰蕴的内涵的。

在中国的古代，"精神"一语乃道家的学术渊源。根据有典可查的记载，"精神"一词最早见诸《庄子》。《庄子》成书之前，《周易》《老子》中已经有了"精"与"神"的最初的概念；《庄子》问世之后，《淮南子》《说苑》《列子》对"精神"的阐发臻于完善。需要说明的是，在这些典籍中，更多的时候是用"精"或"神"表达"精神"的指谓。

一、"精神生于道"（《庄子·知北游》），"精神，天之有也；形骸者，地之有也"（《列子·天瑞》），精神是一种空灵微妙的宇宙基质，精神于形骸相对，是一种形而上的存在。

二、"精神四达并流，无所不极，上际于天，下蟠于地。化育万物，不可为象，其名为同帝"（《庄子·刻意》），精神是流动的、弥漫性的，充盈于天地间，潜隐于万物中，君临于有形者之上。

三、老子讲"道中有精""精生万物"，庄子讲精神"化育万物"，《素问》中讲"精神者，生之源"，精神是一切生命的本源和真义。

四、在庄子看来，"天地之平"与"道德之质"是一致的，"天伦"与"人生"是一致的，真人、至人、圣人、神人"静而与阴同德，动而与阳同波"（《庄子·刻意》）。"循天之理"，天道自然运行的准则也是世人精神的最高境界修养的准则。

五、"精神"这种充盈天地间的"生机"与"灵气"，在人身上得以集中体现,人死之后,"形返于气之实,精返于气之虚",生命又返回诞生之前的自然状态。然而,真人、至人的精神并不随着肉体的化解而泯灭,却可以"清醇不改""精而又精""反以相天","上以益三光之明,下以滋百昌之荣,流风荡于两间,生理集善气以复合"。(王船山:《庄子解·卷十九》)这就是说"清醇的精神"将在个人的体外流传,层层累积,施惠于天地的祥和、人世的繁盛。

概观以上五点,可以看出在中国古代哲人那里,"精神"是宇宙间一种形而上的真实存在,一种流动着、绵延着、富有活力的生命基质,一种自我创生又生生不息的宇宙属性,同时又是人性中尊贵与崇高的构成因素。

在西方与老子、庄子差不多同一时期的柏拉图、亚里士多德的著述中,"精神"更倾向于被看作一种纯粹"观念""理念"的东西;精神是一种规划世界万物的先验的、共同的、固定的形式,是事物内部的本质、规律、秩序、逻辑。这些东西作为"模型""原理"在世界之外先在地悬置着。现世的万物,不过是这一原理的感性呈现,不过是对这一模型的"摹写"与"仿造"。在柏拉图、亚里士多德那里,精神形同食物的"本质",是纯粹理性的、思辨的、形式化的,因而也是抽象的。

从那以后,无论是笛卡尔的"我思故我在"、斯宾诺沙的"理性直观"、爱尔维修的"判断思维能力",还是康德的"自在之物"、黑格尔的"绝对理念",虽然在唯心、唯物上各有差异,但无一例外地都把精神等同于理性,把精神等同于思维和以思维为内核的人的意识,等同于人的认识事物本质规律的能力。这也正是近代欧洲启蒙思想家们主要接受的那笔思想遗产,这当然也成了西方现代社会科学认识世界、有效开发世界的哲学依据。

到了19世纪末20世纪初,当西方社会的工业文明渐渐暴露出越来越多的弊端时,西方便展开了对于自己生存模式、发展道路的反思,包括对于西方哲学中理性主义传统的反思。其中关于"精神"涵义的重新界定,成了这一反思运动最为醒目的一页。

首先发难的是以狄尔泰、奥伊肯（又译倭铿）、柏格森、齐美尔为代表的生命哲学。在狄尔泰看来，生命哲学主要就是对"人类精神文化活动"的反思。他不同意黑格尔把精神看作抽象的理念原则，同时他又不满意康德的认识论哲学，认为在康德一类哲学家那里，"人的血管里的鲜血被稀释了"，只剩下了"纯粹理性的汁液"，那些精心编制的"理智之网"并不能把握人类丰富、鲜活的精神生活。生命哲学的要义，是把人的精神生活看成一个有机的、流动的、个别存在的、绵延不断创造着的整体过程，在理性之外，还应当包含有生命的本能、情绪的冲动、心灵的直觉。此外，人的精神并非只是用来对付外部世界的"理性工具"，精神本身就是生命个体的内在需求，就是个体生命的价值和目的。生命哲学扩大了西方传统意义上的"精神"内涵，把非理性的东西纳入精神的研究视野之中。这一趋向在心理学界就得到了弗洛伊德精神分析学说的呼应。

弗洛伊德为人们描绘出的精神结构是"冰山"式的，意识、理性只是冰山露出水面的一部分，而且只是很小的一部分；对于人的行为起决定性作用的是冰山潜隐在海平面之下的那部分，那是一个非理性的黑暗王国，其中包含着原始的本能、野性的冲动、被压抑的欲望、郁积的情绪、遗忘的记忆。弗洛伊德的精神分析心理学同时也是"动力学"的，在他看来，精神的推动力就是"性欲"，这是一种被命名为"力比多"的原始能量。

瑞士心理学家荣格作为弗洛伊德钦定的"王储"，却不同意弗洛伊德把"精神"局限于个体生命之中，也不同意他把精神的动力单单归之于"性欲"。他自己描绘出的精神图像有些像"地质考古"，人的精神如同大海之中的"岛屿"。岛屿露出水面的部分相当于理性和意识，浸在水中的部分是个人的潜意识；岛屿与冰山不同，它是有"根"的，岛屿注定要和海底更深处、更隐蔽、更古老的地层连接在一起。在荣格看来，这个绵延无限的"根"便是人类精神的"集体无意识"，可以追溯到人的祖先、原始人类、类人猿、脊椎动物、腔肠动物，乃至单细胞的生命体……"精神"是亿万年来人类乃至地球生物界在特定生存环境中进化、累积的结果。一个人的精神世界,同时也包含了他的种族乃至整个人类进化过程中的全部的文化积淀。

与荣格同时代的德国哲学家马克斯·舍勒为现代精神现象学做出了杰出贡献。

舍勒对于人类精神现象的论述是丰富的,也是深刻的。他既批判地吸收了生命哲学关于精神现象的一些见解,又开启了存在主义哲学对人类精神问题的关注,同时,他的精神学说还影响到现代神学的发展去向。舍勒关于精神内涵的大量论述可以简约地归纳为以下五点:

一、精神是自由的、独立的。"'精神'的本质的基本规定便是它的存在的无限制、自由","这样一个'精神'的本质不再受本能和环境的制约","是对世界开放(Weltoffen)"。

二、精神是自我意识,是一种自我超越、自我提升的意向。"精神是唯一能使自身成为对象的存在",精神能够在人本身成为"一个远远超越有机体与周围环境的对峙的中心","以便在越来越高的阶段中、在新的领域中自己觉察自己,为的是最终在人身上自己完全占有和认识自己。"[1]

三、精神是永远属于"人本身"的,是一种时刻产生着的"行为的秩序结构"[2];对于每一个人来说,"这精神气质的根本乃首先在于爱与恨的秩序"。[3] 爱,是人类永恒的价值。精神的价值判断与情感的价值判断是一致的。

四、作为一种心灵的意向,"精神为生命的本能指明方向"。作为人本身的"高级存在形式",它却又总是孱弱的,"精神原本是天生没有自己

---

[1] 刘小枫选编:《舍勒选集》(下册),上海三联书店 1999 年版,第 1338 页,第 1334 页。

[2] 同上,第 1338 页。

[3] 同上,第 739 页。

的能量的"，它必须与生命本能相结合，"通过升华的过程赢得力"。①

　　五、精神在情性或心灵中"理性"地把握世界的本质，把本质与此在分离开。理性是人的一种禀赋和能力，"通过把这些本质观点变为功能，不断创造和塑造新的思维与观照形式，以及爱与价值的判断形式"。他说，这构成了"人的精神的根本特征"，也构成了"人的精神一切别的特征的基础"。②

　　舍勒与和他同时代的荣格一样，在批判西方传统精神理论时，对于中国乃至东方的精神文化遗产都表现出亲近的态度。在他看来，中国、日本、印度的古老智慧中"关于存在与生命的最高原则"已经开始"以相当大的规模"进入当代西方哲学的"精神主体"，并"将其成功地命名为自己的所有物"。尤其是20世纪中期跨进生态时代之后，在生态精神的感召下，东西方关于"精神"的阐发越来越相互渗透、越来越相互交融。那么我们是否可以为"精神"界定一个概念了呢？舍勒曾慨叹：精神，以一个词便惹出如此多的麻烦，是极少见的，其中能通过谈论确定下来的东西并不多。我在这里罗列了一些前人关于精神内涵的说法，只是给读者提供一些围绕着"精神"的学术气息，还是希望人们能够通过自己的情性或灵性从中品味出某些精神的真谛。这样做，也许更符合精神属性的要求。

　　我在20世纪90年代为什么选取"精神生态"作为自己的研究对象，并竭力将"精神"作为一个重要的变量引进生态学理论中来？我一度甚至还产生了筹建"精神生态学"的热情。这除了受到时代现实生活中种种精神颓败、生态失衡的刺激，还和我此前从事的文艺心理学研究有着内在联系。整个80年代，为了科研与教学的需要，我曾经下了些工夫梳理西方现代心理学史，出版

---

① 刘小枫选编：《舍勒选集》（下册），上海三联书店1999年版，第1352页。
② 同上，第1341页。

过专著《文艺心理阐释》。从这本书中可以看出我对机能主义心理学、精神分析心理学、格式塔心理学情有独钟,这些学派的核心观念是主体性、内在性、整体性、有机性、创化性,试图在心灵领域打通人类与自然的界限、探求人类心灵深处的奥秘。正是这些心理学的理论与知识为我打开通往精神生态研究的门径。当年,为了回答学界人士对于"精神生态"的疑问,我曾特意在《精神生态通讯》中做出如下解释:

> 人的存在,可以划分为三个层面:生物性存在、社会性存在、精神性存在,分别体现为人与自然的关系、人与他人的关系、人与自我内心世界的关系,三个层面既密切相关联,却又不等同,更不能相互取代。因此,人类的生存便拥有自然生态、社会生态、精神生态三个层面。

> 精神属性,是人作为人的重要属性。精神的主要内涵包括人的情绪活动、思维活动和意志活动,集中体现为人的反思能力、价值取向、宗教信仰、审美偏爱。精神作为人类的一种创生着、运动着、变化着、绵延着的生命活动,具有内在的能量吞吐转换机制,与其所处环境感应互动。它本身就是一个充满生机与活力的开放系统,一个"生态系统"。生活的质量、生命的价值,个人的幸福感,其实在很大程度上取决于这一生态系统的良好运转。

> 在地球生态系统中除了"岩石圈""水圈""大气圈""生物圈",还存在着一个"精神圈"。人类发展至今,精神作为人的一种自主的、能动的生命活动,已经对地球生态系统产生了巨大影响,并且仍在继续施加更大的影响。在工业时代,人类的精神已经成为地球生态系统中几乎占据主导地位的因素。

> 在现代社会中,自然界的生态危机与人类社会的精神危机是同时发生的。在自然环境遭受污染的同时,精神也在蒙受污染;在植被破坏、水土流失、酸雨成灾、大地荒漠化、物种锐减、资源枯竭的同时,人的物化、人的类化、人的单一化、人的表浅化、人的空心化、人的粗鄙化的进程也在加

剧;人的信仰与操守的丧失、道德感与同情心的丧失、历史感与使命感的丧失也在日益加剧。精神生态学是一门研究作为精神性存在主体的人与其生存环境(包括自然环境、社会环境、文化环境)之间相互关系的学科。它一方面关涉到精神主体的健康成长,一方面关涉到地球生态系统在这一精神变量参与下的良性运转。

精神生态学研究的目的在于:(一)弄清精神生态系统的内在结构及其活动方式,促进个人精神生活乃至整个社会精神取向的协调与平衡;(二)把"精神因素"引进地球的整体生态系统中来,从人类自身行为的反思出发,重新审视工业社会的主导范式、重新调整现代人与自然的关系,为日趋绝境的生态危机寻求一条出路。[①]

这或许可以看作我为创建"精神生态学"草拟的一个提纲。但此后我再没有为促进这门学科建设付出更多的努力,这可以说是我自认功力不抵的知难而退,也或许是还因为我隐约感到在精神领域就做不出这门学科。

6.3 现代人的精神病症

面对 21 世纪,有人做出这样的预言:新的世纪将是一个"精神障碍症大流行"的时代。文学艺术则不能不面对这样一个可能出现的重大而又严峻的前景做出自己的判断。

日渐深入的生态危机已经提供了充分的征兆,地球上人类社会中的生态失衡、环境污染正在不知不觉地向着人类的心灵世界、精神世界迅速蔓延,发

---

① 参见海南省社会科学界联合会、海南大学精神生态研究所联合主办:《精神生态通讯》(内部)2000 年第 11 期。本文有所订正。

生在人类自身内部的"精神污染"成了当下人类不得不面对的更为严重的生态灾难。自从人类进入现代社会以来，随着现代化的推进，精神的失落、精神的衰微越来越引人注目，不少人对此表示惆怅和忧虑，表示痛心甚至绝望。

文学家詹姆斯·乔伊斯在一篇论及文艺复兴的文章中说："与文艺复兴运动一脉相承的物质主义，摧毁了人的精神功能，使人们无法进一步完善。""现代人征服了空间、征服了大地、征服了疾病、征服了愚昧，但是所有这些伟大的胜利，都只不过在精神的熔炉里化为一滴泪水！"①

哲学家海德格尔说：新时代的本质是由非神化、由上帝和神灵从世上消失所决定，地球变成了一颗"迷失的星球"，而人则被"从大地上连根拔起"，"丢失了自己的精神家园"。②

心理学家弗洛姆接受了马克思的异化学说，认为"过多的有用的东西的生产会生产出过多的无用的人口"，在精神健康的意义上，20世纪甚至比19世纪病得更厉害。③

阿尔贝特·史怀泽说："我们的灾难在于：它的物质发展过分地超过了它的精神的发展。它们之间的平衡被破坏了……""在不可缺少强有力的精神文化的地方，我们则荒废了它。"④

系统论的创始人贝塔朗菲则更直截了当地说："简而言之，我们已经征服了世界，但是却在征途的某个地方失去了灵魂。"⑤

正式提出"精神污染"这一概念的，是一位生态学家——比利时的生态学教授保罗·迪维诺，早在20世纪70年代初，他在其《生态学概论》的最后一章中就明确提出，存在着一种"精神污染"：

---

① [法] 詹姆斯·乔伊斯：《文艺复兴运动的普遍意义》，《外国文学报道》1985年第6期。
② [德] 冈特·绍伊博尔德：《海德格尔分析新时代的科技》，中国社会科学出版社1993年版，第195页。
③ [美] 埃里希·弗洛姆：《在幻想锁链的彼岸》，湖南人民出版社1986年版，第73页。
④ [德] 阿尔贝特·史怀泽：《敬畏生命》，上海社会科学出版社1995年版，第44—55页。
⑤ [奥] 路德维希·冯·贝塔朗菲：《人的系统观》，华夏出版社1989年版，第19页。

在现代社会中,精神污染成了越来越严重的问题……人们的生活越来越活跃,运输工具越来越迅速,交通越来越频繁;人们生活在越来越容易气愤和污染越来越严重的环境之内。这些情况使人们好像成了被追捕的野兽;人们成了文明病的受害者。于是高血压患者出现了;而社会心理的紧张则导致人们的不满,并引起了强盗行为、自杀和吸毒。①

迪维诺在这里所说的"精神污染"针对的是现代社会中科技文明对人的健康心态的侵扰,物欲文化对人的心灵渠道的壅塞,商品经济对人的美好情感的腐蚀。当代人的许多精神问题,都是与社会发展同步俱来的,"精神污染"在这里是一个超越了国度、民族、阶级、意识形态的概念,一个生态学的概念。我国当代小说家张承志曾写过一篇颇有影响的散文《清洁的精神》,试图为发热发昏的现代人找回"一种清冽、干净的感觉","为美的精神制造哪怕是微弱的回声",其着力点即在于清除这种生态学意义上的"精神污染"。

西方的科技史学家通常把人类的文明发展史划分为三次浪潮或三次震荡:

第一次震荡,随着农业畜牧业的发展,出现了森林锐减、草场退化、水土流失、物种消亡,人的外部生存空间受到剥蚀,人类最初开创的一些文明圣地终于随着大地的沙漠化而化为历史陈迹。

第二次震荡,随着冶炼工业、机械工业、化学工业的发达,大气污染、水源污染、食物污染、噪声污染以及频仍的交通事故、高科技的现代战争,给人的肌体造成直接的伤害。

自20世纪60年代以来的第三次震荡,以前的生存危机仍在蔓延,新的威胁又汹涌而来:随着集成电路、激光电缆、生物工程的开发,电脑、电视、手机、因特网、机器人、基因再造、试管婴儿、人造器官等电子产品、生化产品滚滚涌

---

① [比利时]迪维诺:《生态学概论》,科学出版社1987年版,第333页。

进入们的日常生活;与此同时,现代人的精神危机也在日益加剧。这次震荡引发的结果是人类的"脑震荡"!

精神领域内这种生态学意义的污染,可能比我们估计的还要严重。复旦大学哲学教授俞吾金先生辞世前曾经表述过他对我们这个时代的精神沦落与病变的深刻忧虑:

> 毋庸讳言,这个时代不但不是一个思想开朗、生气勃勃的时代,反是一个精神消沉、委琐卑微的时代。它表现出震荡、断裂、无序、失范、浮躁、媚俗、贪婪、虚假、做作、伪善等种种病症,无论是这个时代,还是生活在这个时代中的人的精神,都显得浅薄平庸、飘荡无根。正如英国学者卡莱尔在《文明的忧思》一书中所说的:"人们从流漂荡,茫然无助,只剩下了求生的本能!"

> 事实上,这个时代的精神病症也绝不会在我们的消极等待中自行解除。我们唯一可取的态度就是以批判的方式对待这个时代及其精神病症。[①]

以上先贤与哲人谈论的"精神病症",不是临床医学上的神经障碍、精神分裂,而是一个时代内由于生存观念的偏失而引发的人的精神生态的紊乱、迷失、沉降、颓败。

据当代西方一些学者的研究成果,现代人表现出的精神症状可以概括为以下几个方面:

心灵的"拜物化"。拜物化,是当年马克思批判资本主义商品经济时使用过的一个概念,被看作资本主义文化的一个基本特征:人把自己生产的产品

---

① 俞吾金:《新十批判书》,商务印书馆 2018 年版,第5—6页。

当作异己的对象盲目崇拜。法兰克福学派的学者阿多尔诺继承了马克思的这一观点,认为拜物教产生的根源在于"交换价值统治的社会中的商品的特性",它已经为现代人的心灵生活、精神生活蒙上灾难深重的阴影。在现代社会中,原本内涵丰富的人,现在已经完全被指代为"消费者"!消费成了生活的唯一目的、最大乐趣,甚至成了如同抽烟、酗酒、吸食海洛因一样顽固的瘾嗜。过度消费、冗余消费目前仍在世界各地攀附飙升。不妨检查一下我们自己的家里,大约都可以清理出为数不少的被兴致勃勃购买回来却又没有什么用处的商品,以及那些华而不实的奢侈包装。这就是说,包括我们自己在内的现代社会中的许多人全都染上了这种"拜物病"。中国的市场经济开放之初,人们在追求财富时表现出来的浮躁与疯狂甚嚣尘上。

对于商品与金钱的崇拜将人的精神物欲化、心灵物质化,随之而来的是人的体验感悟能力的贫瘠、记忆想象能力的迟钝、审美感受能力的退化。对此,阿多尔诺曾评述说:"他们的听觉能力已经退化,不仅是生理上,也在心理上。这个倒退不是倒回早期音乐时代,而是回到一种驯服的并害怕任何新东西的婴儿状态,这一状态与弗洛姆在《无能感》中所描述的被动的依赖很相似。"①

精神的"真空化"。现代人既失去了动物的自信的本能,又失去了文化上的传统价值尺度,生活失去了意义,生活中普遍感到无聊和绝望。贝塔朗菲对此的解释是:人类赖以支撑自己精神信念的"符号宇宙"已经坍塌。古斯塔夫·豪克把这种症状称作"精神真空病",据他披露,在德国、奥地利、瑞士,大约有40%的青年陷入"生存的真空",在美国则有80%的青年主观上感觉自己的存在"没有意义"。"他们甚至不再知道,他们自己究竟需要什么,于是乎就只好随波逐流了。"②

---

① 转引自[美]马丁·杰:《法兰克福学派史》,广东人民出版社1996年版,第219页。
② [德]古斯塔夫·豪克:《绝望与信心》,中国社会科学出版社1992年版,第25页。

填补真空的途径通常有两个:一是自戕,即吸毒和自杀。二是害人,即暴力犯罪,甚至无缘无故地杀人。吸毒的精神原因是借助虚幻的精神上的快感,把自我从生活的空虚绝望中解脱出来。毒品为何屡禁不止,原因仍在于现代人的精神空虚。有人甚至还表示出这样的忧虑:如果根本的问题不解决,仅仅靠法令取缔一切麻醉品,可能将会导致更多的犯罪现象发生。精神空虚的一个重要原因是信仰丧失。人活着总得信仰一点什么,包括宗教信仰,那也是人的精神支柱。当代人沉溺在大众传媒用巧饰的话语、华丽的画面编织起来的虚拟的世界中,一切都是公司、平台、程序员的精心设计,犹如一个温柔的陷阱,只需躺平其中,就可以对周围生活中真实地发生着的一切视而不见,听而不闻。看似流光溢彩、色香诱人的情境,其实都是填补人精神空虚的垃圾!

行为的"无能化"。这是心理学家弗洛姆在描述现代人失去生存勇气、一味被动依赖时使用的一个用语,他为此曾写下一本书,书名就叫《无能感》。现代人的身心承受着无形的、无奈的控制与强迫,个人显得越来越无能为力,越来越孤苦无援,越来越依附成性,进而引发了内心无端的紧张、焦虑与恐惧。

这种被控制感、被逼迫感是由"技术""资本"和"强权"合力造成的。

爱因斯坦,20世纪最伟大的科学家,与众不同的是他不仅拥有巨大的科学成就,而且还怀着强烈的人文关怀。他曾经指出:"透彻的研究和锐利的科学工作,对人类往往具有悲剧的含义。一方面,它们所产生的发明把人从精疲力竭的体力劳动中解放出来,使生活更加舒适而富裕;另一方面,给人的生活带来严重的不安,使人成为技术环境的奴隶。"[1]

汽车使国家的青年一代失去了双腿,电视、智能手机使孩子变成了白痴,信用卡在给家庭主妇带来购物方便的同时使她们负债累累,计算器则使中、小学生丧失了基本的心理运算能力,导航软件荒废了人们识别方向的能力,电子

---

[1] 《爱因斯坦文集》第一卷,科学出版社1982年版,第260页。

摄像探头的密集安装盗取了每个人的隐私,即使是能够七十二变的孙悟空,也逃不出现代社会的天罗地网。被剥夺殆尽的当代人除了"躺平",还能有什么作为?

现代社会是一个消费型社会,不断开发高新科学技术,以花样翻新、层出不穷的商品牢牢地控制住了消费者的灵和肉,人们为了得到更多供应自己享乐的东西,又要紧张、繁忙地工作,如此工作的结果,又让更多的新一轮的商品把自己围困起来。现代人目前所处的这一境况,有点像是现代养鸡场圈养的鸡,饥寒无虑、养尊处优,却被这一社会体制强迫着,要么快快长肉,要么多多下蛋。这样下去,这些鸡渐渐地连反抗的意识也丧失了,成了一架制作肉、蛋的生物机器。处于强力控制下的主体常常是这样的:要么陷入无从反抗的焦灼,要么沦为处处顺应的奴隶。从心理学的意义上看,一味的顺应是更为严重的精神病变,由于骨头里钙质的流失,精神的脊梁已经被折断。

生活风格的"齐一化"。现代的高效率的文化工业,催促着现代社会生活"齐一化"的到来。这是雅斯贝斯在分析当代人的精神处境时的一个提法。他说,他以恐怖的心情注视到:"在热带的种植园里以及在地球北端的渔村,都在放映来自大都市的电影。人们的穿着彼此相似。日常交往的习俗通行于世界。同样的舞蹈、同样的思维方式以及同样的通行语言(它是一种来自启蒙运动、来自英国实证主义以及来自神学传统的混合语言),正在走向世界。""历史形成的各种文明与文化开始同自己的根源相脱离,他们都融合到技术-经济的世界中,融合到一种空洞的理智主义中。"①

霍克海默和阿多尔诺在《启蒙辩证法》一书中进一步阐发了这种看法:文化工业以统一的文化观念、文化方式占领了人们全部的业余生活,个人的思考以及个性的展现全都没有了自己的时间和空间。这样的社会鼓励人们泯灭自己的个性,放弃独立的思考,一切希望保持个人独立而不愿顺应潮流的人,由

---

① [德]雅斯贝斯:《时代的精神状况》,上海译文出版社1997年版,第73页。

于越过了现代文化的保护线,由于经济上的无能为力,就会被划为多余的人、精神上怪僻的人,而被这个社会所遗弃。

说到底,推动"齐一化"的乃是现代商业社会的"营销计谋",唯利是图、全无良心的市场法则。日本的一位著名而又开明的资本家对此曾发出深沉的慨叹:以往的资本主义尚且一手高举着《圣经》,一手高举着算盘;现在的资本家两只手中紧紧把握的都是算盘。"资本主义的精神已变得极不健全。""'普遍的赚钱哲学'甚至已经成为日本人的共性。实际上支配今天日本人生活的规范,就是'能赚钱就好'。然后是打高尔夫球、唱卡拉 OK。在今天的社会里,愈是头脑空空,生活得越舒服。不能不说这正在变成一种可怕的精神状态。"①

存在的"疏离化"。集中表现在人与自然的疏离、人与人的疏离、人与自己的内心世界的疏离。

人与自然的疏离:在以往的时代,哪怕人们自己并不经意,实际上人却是生活在大自然的怀抱中的。这表现在衣食住行的各个方面:喝的是井水、河水、泉水,住的是瓦房、茅屋、窑洞,穿的是棉、麻、丝、绸,吃的是麦、豆、米、面,行走代步的是驴、骡、马、牛。以往的人随时都在与充满生机的自然进行着对话和交流,现代人却很少直接亲近自然,而只与自己制造的工业产品,诸如尼龙、涤纶、塑料、涂料、钢筋、水泥、汽车、电视、电脑、手机做着单一向度的独白。本来有可能亲近自然的外出旅游,在商业机构的悉心策划下,也被设置了许多有形无形的障碍。在装修极佳、拥有空调设备的公寓里,人们不但呼吸不到清新的空气、感受不到自然的阳光,甚至也已经失去了对于"春、夏、秋、冬"的季节的体验。

人与人的疏离也深受技术因素的催化。当自来水龙头通往各家各户的厨房乃至村社街区的公用水井纷纷废弃时,当各自房间里的电视机取代了村前街后的戏台、戏院时,人与人的疏离也就加速度地拓展了。这种存在性

---

① [日]稻盛和夫、梅原猛:《回归哲学》,学林出版社 1996 年版,第 123 页。

的疏离,甚至从一个人的幼小时代就开始了,那是因为四合院里孩子们的"跳皮筋""丢手绢""踢瓦瓦""捉迷藏"已经全被斗室中电子屏幕上虚设的游戏程序所取代。孩子们游戏的时间也许并没有减少,但游戏本身却发生了"结构性的病变",已经由群体中个体间的交感运动变为孤立个体的被动的、固定的、单一的重复。人与人身心之间的亲近衍变为一个人的指尖与电键之间的亲近。

更为惨烈的是社会对"竞争"的鼓励,"竞争""拼搏"不仅发生在职场、官场,同时也发生在幼儿与青少年的基础教育中,在"绝不输在起跑线上"的社会气氛中,关爱、同情、人际间真诚无私的合作互助再也无法生根开花,取而代之的是社会生态意义上的"内卷",不惜以邻为壑、相互比拼、相互绞杀,结果往往是两败俱伤;不仅是现实中的挫败,还有心灵上的扭曲、精神上的寂灭。

人与自己内心世界的疏离表现在信仰的丧失、理想的丧失、自我反思能力的丧失。精神人格丧失,自我丧失了立足之地。现代人不但倾听不到邻人发出的声音,也听不到自己内心发出的声音。外部世界铺天盖地的物质洪流差不多总能有效地摧毁一个人的人格稳定和自我认同;而心灵的呵护、精神的守望,常常在强大的物欲攻势面前破碎成泡影。放弃自我的坚守,在滚滚时代红尘中浑浑噩噩、人云亦云、随波逐流、醉生梦死便成了这个时代的精神流行病。

现代人在遭遇三重疏离之后,生命中一切积极的、向上的、富有创造性的动机动力几乎全被瓦解,剩下的只有无法排遣的软弱、孤独、冷漠、麻木、空虚、绝望,表现出来的症状要么是抑郁,要么是暴戾,人们似乎已经司空见惯,我们也就不必再举例说明了吧。

互联网痴癖症(Internet Dementia)。又称"网络综合症""网瘾综合症""手机依赖症",是近年来随着互联网、智能手机的普及迅速蔓延的一种精神疾病。其表现是:无节制地上网、沉溺于虚拟空间,心情抑郁、思维迟钝、时空倒错、情绪波动、只愿上网"遨游",不愿与人交往。随后发展为躯体依赖,表现为情绪低落、头昏眼花、食欲不振、疲乏无力等。进而使人体的植物神经功能严重紊乱,导致失眠、紧张性头痛,甚至会出现幻觉、痴迷和妄想,造成人体免疫机能严重下降。

感染此病的人上网后精神极度亢奋并乐此不疲,随波逐流行为不能自制,通过上网来逃避现实,于是性格越来越孤僻,导致与家人、朋友关系紧张,越来越趋向于与人、与社会疏离。长时间地游荡在虚幻的环境中,造成思维定式错位、心理失衡、丧失自信、丧失自控力,还可能出现短时幻觉、妄想,为坏人实施网络诈骗留下宽阔的空间。

互联网痴癖症还会造成道德情感的淡漠、道德意志的消磨、道德判断力的丧失,日久将滋生出偏执型人格、自恋型人格、边缘型人格等等。由于互联网的隐身性、群集性;由于互联网的表达成本低、扩散的收益高,网络施暴也成为流行病,极端主义、仇恨言论、人身攻击在现实生活中注定要受到重重约束,而在网上却可以畅行无阻、迅速放大,从而给整个社会带来海啸般的伤害。

据最新统计,全世界两亿多网民中,就有一千多万人患有不同程度的网络综合症,其中青少年占据更大的比重。这就是说互联网引发的种种精神疾病有可能断送人类社会的美好未来!

人们曾经对互联网抱有种种乌托邦式的幻想,包括全人类知识的共享、观点和视角的自由交流、四海之内皆兄弟的友谊,到如今似乎都已渐渐转为噩梦般的威胁。网络给你力量,也剥夺你的力量;网络给你声音,也剥夺你的声音。在这个互联网的世界里,被认可、被接纳、被信任、被尊重的渴望有多强烈,被拒绝、被排斥、被羞辱、被暴打的恐惧就有多深。① 人类作为地球上的一种"高级生物",其实还远不够成熟,先前与"自然"分庭抗礼损折了自己,如今又沦

---

① 参见北京大学新闻与传播学院胡泳教授的博文,http://huyong.blog.caixin.com。

陷在自己制造的"网络"中。

以上概括讲到的现代人精神领域日渐泛滥的拜物化、真空化、无能化、齐一化、疏离化以及近年出现的互联网痴癖症,只是现代社会精神生态恶化的一些熟为人知的症候。现代人的精神病症还远不止于此。比如,新近的研究成果证明,由于环境保护中难以避免的疏忽大意,人们在广泛使用化肥、农药、油漆、涂料、化妆品、洗涤剂、除草剂、保鲜剂、制冷剂、饲料添加剂、合成橡胶、塑料制品以及焚烧垃圾时,把大量"扰乱内分泌的化学物质"散播到空气、水源、土壤、动植物的身体中去,散播到人类生存的环境里。经过严密监测发现,这些被称作"环境荷尔蒙"(endocrine disrupting chemicals)的东西直接影响到人的神经系统功能的正常运作,并有效地诱发精神上的抑郁症、狂躁症、歇斯底里和暴力冲动。还会在扰乱人的内分泌系统时造成男子精液中精子数量和质量急剧下降,妇女怀孕时胎儿畸形率的迅速提升,这已经开始危及人类自身的生产。这对于已经重病缠身的现代人来说,无疑是雪上加霜!

近三年来"新冠病毒"在全球肆虐,可以视为自然对人类的报复。一些人为的举措失当,给人的精神生态造成严重的伤害,尤其是对正在求学的青少年群体,在心灵上蒙受的损失与挫败,将会影响终生,给一个民族留下难以弥补的空洞。由于知识精英的被污名化、被清退出局,言论空间被一些卑污的"超级网络大鳄"垄断,社会拿不出有效的救治途径,网络却在营销"解压""治愈"的妙法:喝酒、蹦迪、打游戏、买彩票、热水泡脚、闷头大睡。更有网商制作出解除精神压力、填补精神空白的视频:削驴蹄、遛纸狗、抠藤壶、挤痘痘、挖耳屎等等,实乃饮鸩止渴,竟让上亿网民看得如痴如醉。

一百多年前,梁漱溟的父亲梁济先生问儿子:"这个世界会好吗?"三天后梁老先生投湖自尽。晚年的梁漱溟又问来访的美国学者艾恺:"这个世界会好吗?"

艾恺的老师、著名汉学家史华慈(Benjamin Schwartz)临终前叹息:"这个世界不再让人迷恋。"

历史学家、美国匹兹堡大学教授许倬云著书发问:"这个世界病了吗?"

莫非这世界真的就像海德格尔警告的那样:在原子弹、氢弹毁灭掉人类之前,人类可能在精神上已经先毁灭掉自己?

6.4　菩提树·开花的树

"菩提"为梵文 Bodhi 的音译,意思是觉悟、智慧。两千五百多年前,古印度北部的迦毗罗卫国青年王子乔达摩·悉达多便是在菩提树下静坐七天七夜,战胜了种种邪恶诱惑,终于获得大彻大悟修炼成佛的。从此,菩提树便成了佛教的象征。唐代高僧神秀曾写下"身是菩提树,心如明镜台,时时勤拂拭,莫使惹尘埃"的诗句,流传至今。

怀特海指出:宗教是一种精神现象。他在《科学与近代世界》中用类似老子《道德经》中的句式写道:

> 宗教是某种精神的异象。这种东西既处在常川不住的事物之流中,同时又处在事物的外面和后面。这种东西是真实的,但还有待于体现;它是一个渺茫的可能,但又是最伟大的当前事实;它使所有发生的事情具有一定意义,同时又不开了人们的理解;它拥有的是终极的善,然而又可望不可及;它是终极的理想,然而又是达不到愿望的探求。①

他认为,真正的宗教精神是一种精神的进取,是追求不可达到的目标的行动。如果高尚的进取心被窒息,那就是宗教灭亡的来临。

国外学术界几乎一致认为宗教活动在 20 世纪后期的复苏与生态运动的

---

① ［英］怀特海:《科学与近代世界》,商务印书馆 2019 年版,第 183 页。

兴起存在着内在的、必然的联系。自然的重新神圣化与宗教的渐进人间化双向互动，使得生态与宗教相互走近。在世界上现存的各种宗教中，影响最大且与生态观念最能够融会贯通的，或许就是佛教。佛教，也可以说是一门心灵学、精神哲学，佛法辛勤耕耘的是人类的"心田"。在王舍城南郊，释迦牟尼曾对一位富裕的农场主说：我们耕作的是人们的心田，我们把信念的种子播在至诚的心田中，我们的犁是细心专注，而我们的水牛是精进的修行，我们的收成则是爱心和觉悟。佛教注重的是人的精神领域的修炼，佛教中的禅宗更是如此。"达摩东来，直指人心。明心见性，见性成佛。"《维摩诘经》中指引的道路是"众生心净则佛土净"。对此，虚云大师曾有许多简明透彻的开示：佛是治疗众生心病的良医；"菩提只向心觅，何劳向外求玄"，可以说佛学就是心灵学，就是导引心灵走向健康圆满的心灵学。"转移天心，消弭灾祸，应从转移人心做起，从人类道德做起，人人能履行五戒十善，正心修身，仁爱信义，才可转移天心"，佛是治疗众生心病的良医，佛法乃善法，与世间一切善法实无差别。生态养护也是人间的善法，佛法中的"戒定慧"如果换成精神生态中的说法，那就是：戒除不良生活方式、坚定健康人生理念、开发生存大智慧、营造人与自然和谐共处的美好空间。

江西万杉寺是国内创建生态寺院的楷模，寺院住持能行大法师也曾在文章中指出："心态决定生态，心境牵动环境，生态问题是关于人与自然的关系问题，归根结底还是人类心灵的问题，人类若想更好地处理外在的生态问题，必须先解决好内在的心态问题。近代佛教界根据《维摩诘经·佛国品》中'若菩萨欲得净土，当净其心；随其心净，则佛土净'提出了心灵环保的理念，较好地诠释了佛教的生态理论，得到了社会各界的广泛认同，成为佛教生态智慧的重要结晶，随着研究的不断深入，心灵环保的佛教理论也正在不断丰富和发展。"[①]

---

① 释能行：《佛教文化与生态文明》，见胡振鹏主编《生态庐山》，江西教育出版社 2019 年版，第 59 页。

著名艺术家、艺术教育家丰子恺居士曾经以弘一法师为例解说佛法的精义:"人生"犹如三层楼:一是物质生活,二是精神生活,三是灵魂生活。物质生活就是衣食住行;精神生活是学术和文学艺术;灵魂生活是宗教。住第一层的人,看重的是丰衣足食,荣华富贵,子孙满堂。上二层楼的人,淡泊名利,专心学术,寄情山水,追求生活中的自由和诗意。一心攀登三层楼的则是宗教徒,他们放弃一切物质生活的享受,探求灵魂的来源、宇宙的根本、人生的终极意义。丰子恺说他自己是住进二层楼、仰望三层楼的人,弘一法师才是三层楼上的典范。

　　一个人的一生是否活得有价值、有意义,并不以他拥有的物质财富为依据。佛陀曾经开导一位养尊处优而百无聊赖的富商子弟:"如果生活得简单健康,而不被余年贪求所奴役,你是可以体验到生命的奇妙美好的。你向四周观望吧,你可以看到树木在薄雾里吗?它们不是很美丽吗?月亮星星、山河大地、阳光鸟语和淙淙山泉,都是宇宙间可提供无穷快乐的现象。"①佛陀的话也许影响到后世的那位美国人梭罗,梭罗自谓曾在哈佛大学图书馆广泛涉猎东方佛教经典的译著,他来到瓦尔登湖畔也正是要寻求佛陀指引的这种生活。

　　在《弥勒菩萨本愿经》中,弥勒菩萨曾立下恢宏誓愿:令国中人民绝无污垢瑕秽,国土异常清净,人民丰衣足食,生活安宁幸福。在这片国土上,空气清新洁净,天空风和日丽,水源清冽甜美,树木茂密繁盛,花草鲜艳芬芳,鸟兽繁衍兴旺,众生三业清净皆行十善,人与天地万物达成高度和谐。佛经中推崇的这方净土,相比我们当今置身的这个大地污水漫漫,天空毒雾腾腾,人心欲火炎炎的社会,显然是一个美丽的生态愿景!

　　佛教天台宗、华严宗、净土宗、禅宗都把"圆融"视为佛法中的最高理趣。圆者,整体上的周流遍布;融者,各种关系之间的融和通融。圆融即多元统一

---

① ［越南］一行禅师:《故道白云》,线装书局2007年版,第83页。

体内的谐调与平衡，也就是天地神人之间和谐共处，这显然也是生态学的理想境界。

1993年8月，美国芝加哥召开的世界宗教大会《宣言》指出："宗教可以提供单靠经济计划、政治纲领或法律条款不能得到的东西，即内在取向的改变，整个心态的改变，人的心灵的改变。"①我想，这正是宗教本体性的体现，也正是世界生态运动有求于宗教的。

与宗教类似，文学艺术也存在本体性的问题。

长期以来，我们过多地强调文学艺术的工具性、实用性，其中包括它的教育性、娱乐性，这曾经是一个时代的导向。我们习惯于把文艺作品比作"匕首投枪"，把文学艺术家比作"齿轮和螺丝钉"，比作"灵魂的工程师"，这些其实都是工业社会的主流价值取向。

文学艺术究其本真意义讲也是人的一种精神活动，而精神是人的存在的内在的依据，精神活动的特点首先是指向主体自身的，是由自身内在启动的一种活动意向。诺贝特·埃利亚斯（Norbert Elias）在区别德语中"文化"与"文明"的不同含义时，把文明看作更实用、更外显、更技术化的东西；而文化则拥有更自我、更内在、更心灵化的属性。德语中"文化"的概念，其核心内涵乃是指文学、艺术、宗教和哲学，这是一些自生自存的东西。他引证斯宾格勒（Oswald Spengler）的话说，它们"就像'田野里的花'"，是一种"精神的自然"。斯宾格勒的原话是这样的：

> 这些文化，这些最高级的"生物"就像田野里的花一样，是在一种崇高的无目的中成长起来的。它们和田野里的花一样属于歌德笔下活生生的大自然，而不属于牛顿的死的自然。②

---

① 孔汉思、库舍尔编：《全球伦理：世界宗教议会宣言》，四川人民出版社1997年版，第13页。
② 转引自[德]诺贝特·埃利亚斯《文明的进程》，生活·读书·新知三联书店1998年版，第333页。

同是德国人的海德格尔在谈到这类"精神的自然"时,曾引用前人的诗句:

> 玫瑰是没有什么的,
> 它开花,
> 因为它开花。
> 它不注意它自身,
> 并不问人们是否看见它。①

更好的比喻也是海德格尔做出的:文学艺术就是那"田野中开花的树"。在这里,他借用了海贝尔(Johann P. Hebel)诗一般的句子,并将它一咏三叹:

> 优秀作品的成熟不都植根于故乡的大地中吗? 约翰·彼德·海贝尔写道:"我们是植物,不管我们愿意承认与否,必须连根从大地中成长起来,为的是能在天穹中开花结果。"
> 诗人想说:在真正欢乐而健朗的人类作品成长的地方,人一定能够从故乡大地的深处伸展到天穹。天穹在这里意味着:高空的自由空气,精神的敞开领域。②

善于运思的德国人都如此乐于把人类的精神产物比作大自然中的植物。在中国古代,许多杰出的诗人也都吟颂过大自然中那"开花的树"。王维歌唱过"开花的木笔树":

> 木末芙蓉花,

---

① 转引自宋祖良:《拯救地球和人类未来》,中国社科出版社 1993 年版,第 207 页。
② 孙周兴选编:《海德格尔选集》(下册),上海三联书店 1996 年版,第 1234 页。

山中发红萼。

洞户寂无人，

纷纷开且落。

——《辛夷坞》

杜甫歌唱过"开花的桃树"：

黄师塔前江水东，

春光懒困倚微风。

桃花一簇开无主，

可爱深红爱浅红。

——《江畔独步寻花·其五》

陆游歌唱过"开花的梅树"：

幽谷那堪更北枝，

年年自分著花迟。

高标逸韵君知否，

正在层冰积雪时。

——《梅花绝句·其二》

有趣的是，这些中国古代诗人与欧洲的那位西勒西乌斯在歌颂这些"开花的树"时，都总是关注到它们的自在、内在性：寂寞无主、自开自落，而不管他人知道与否。树为什么要开花？因为它是开花的树！它自己并不为了开花的宣传效应或市场价值。文学艺术家本身也就是一棵树，一棵饱含生命汁液的树，文学艺术作品就是他这棵树上开出的花，灿烂的精神之花。黑格尔在谈论古希腊的艺术时,曾把这种"内在性""自在性"看作艺术的真谛,他说这种艺术"是以自己给自身以意义的东西,从而也自己解释自身的东西,这种东西是精神的东西,精神的东西一般以它自身为对象"。①

这其实与德日进的"精神本体论"也是一致的,只不过德日进将其更进一步地置放在宇宙演化的投影下。

关于"开花的树",海德格尔说:在工业时代,当工具理性、实用主义成为一个时代的主导思想之后,树的天然本性就被破坏了、遗弃了,或者说被"障蔽"了,被隐匿在世界的幽暗之处。而树的"科学价值""实用价值"以及"商业价值"反被认作树的本性,甚至是唯一的本性,从而被哄抬到至高无上的位置上去。海德格尔抱怨说:"实际上,我们在今天宁可倾向于为了所谓更高的物理学的和生理学的认识而放弃开花的树。"②

在他看来,开花的树有两种面貌:技术时代中的人认为,在技术时代以前,开花的树才有面对我们而生存的权利,自生自长,开花结果;而在技术时代,对开花的树的这种权利的承认就成了一种幼稚的意见只有把树砍倒,纳入技术生产系统,取得某种效益,才是最实在的事情。这样,开花,作为树的第一种面貌,作为更本源的展现、更原始的真理、更基本的价值,反成了隐蔽状态,全被技术的效益所掩盖,被技术世界中的人所遗忘了。海德格尔还由此讲到自然生态的破坏:当人囿于技术的框架,只从技术的视野去看待一切自然事物,把天地万物只看作技术生产的原料时,那将意味着对自然环境的全面的破坏与毁灭。③

由于在工业社会中树的自身内在价值不被承认,"树"只有变作"木材"后才拥有价值,于是,自然界成片的树林被砍伐了。有人统计,在人类文明史的初期,地球上 2/3 的陆地上覆盖着森林,总面积达 76 亿公顷,如今只剩下不足

① 转引自薛华:《黑格尔与艺术难题》,中国社会科学出版社 1986 年版,第 36 页。
② 转引自宋祖良:《拯救地球和人类未来》,中国社会科学出版社 1993 年版,第 73 页。
③ 同上,第 72—73 页。

40 亿公顷,而且每年还在以 1500 万公顷的速度消失着。

原始森林被砍光后,人们造起了"人工林",又称"用材林",用材林的归宿依然是木材、木料。"森"变成了"林","林"又变成了"木","森—林—木",这就是树们在工业文明中不可逆转的命运。如果最后一根"木"的根须也被斩去,那么,"木"就变成了"十",那便是大自然留给人类的最后一个警诫:一个象征着死亡与寂灭的"十字架"!

庆幸的是,我们已经看到著名生态伦理学家罗尔斯顿综合自然与人类社会的不同需求,为树木、森林归纳出多达 10 种的价值域。其中起码有 4 种是和森林的内在的、审美的、精神的价值直接相关的:森林与大地一样,是一切生命的源泉;在森林中,人们感受到了"崇敬"的体验;丛林是上帝的原始住所①;森林是神圣的、近乎超验的;森林就是森林,它的存在就是它的意义。②诗歌、小说、音乐、绘画、书法、雕塑……它们就是人类精神世界的丛林,是人类生机、活力的象征,是精神生长发育的源泉,是对日常平庸生活的超越,是导引人们走向崇高心灵的光辉。

禅宗名偈:"郁郁黄花无非般若,青青翠竹尽是法身。"菩提树是精神之树;树要开花,是树的自性的绽放。四祖道信禅师有言:"百千法门,同归方寸;河沙妙德,总在心源。"这与前边讲到的德日进将"精神"视为宇宙的自性是一致的,足以给予我们的精神生态研究以深刻的启示。

6.5　栖居: 一个生态诗学的命题

"栖居"本是汉语词典中一个普通的字眼,意为"栖息、寄居"。"栖"字

---

① 菩提树是释迦牟尼得道成佛之所、杏坛是孔子讲学之所、漆树园是庄子的著书之所。

② 参见[美] H. 罗尔斯顿等:《森林伦理和多价值森林管理》,《哲学译丛》1999 年第 2 期。

倒也有些诗意,有着谢灵运诗中"鸟栖池边树"的意境。往远处说或许还能够和我们的祖先"有巢氏"扯上关系:"构木为巢室 袭叶为衣裳",留法的性学博士张竞生就曾主张在树上谈恋爱,今天的人们很容易想象出其中的浪漫。在大哲学家海德格尔的书中,"栖居"是他解读荷尔德林的一个关键词,一经翻译到中国,"栖居"在汉语界就变成一个丰蕴、优美而又幽深、艰涩的诗学术语。

"人诗意地栖居在大地上",这一命题是海德格尔借用荷尔德林的一句诗歌提出的,他说:

> 做诗才首先让一种栖居成为栖居,栖居是以诗意为根基的。①

> 诗人的诗意栖居先行于人的诗意栖居。所以,诗意创作的灵魂作为这样一个灵魂本来就在家里。②
>
> 而"居家"中的家乡存在就在于,诗意创作的灵魂逗留在"源泉"的近邻。③

海德格尔同时又特别强调:"栖居的基本特征乃是保护。"是有些费解。这里的保护即:"把某物释放到它的本己的本质中。"④这就是说,尊重自然之所以是自然。其中包括:接受大地之为大地,一任青山永在、绿水长流、草木开花结果、动物生长繁衍;接受天空之为天空,一任日月运行、群星游移、四季轮转、昼夜交替;接受诸神之为诸神,永远怀着期望,尊重神性隐而不显的运作,接受神的使者的暗示。哪怕在诸神缺失的时候也不放弃理想的追求;接受死

---

① 孙周兴选编:《海德格尔选集》(上册),上海三联书店 1996 年版,第 465 页。
② [德] 海德格尔:《荷尔德林诗的阐释》,商务印书馆 2002 年版,第 109 页。
③ 同上,第 110 页。
④ 孙周兴选编:《海德格尔选集》(下册),上海三联书店 1996 年版,第 1193 页。

亡之为死亡,积极面对死亡,勇于承受作为死亡的死亡,护送临终之人平安上路。是其所是,即自在;为其所为,即自由。承认对象的"所是所为",即尊重其自在、自由。"栖居"的基本特征是保护,这是一种从存在的根本意义出发的保护,一种精神性的保护,一种至高无上的保护。

按赵一凡教授的通俗解释:栖居(Wohnen)就是人与环境、与自然融为一体的祥和生存。① 诗意是人的存在根基,首先是诗人的存在根基。这样的"栖居"讲述的也还是人与其环境的关系,这就不能不说:栖居,也是一个生态学的命题。前边我们曾经说到,"生态学"的英文 Ecology 一词中原本含有"居所""环境""家园"的意蕴,"生态学是研究生物住所的科学,强调有机体与其栖息环境之间的相互关系"。② 而就其本意来说,生态学也可以说是一种关于"家园""田园"的学问。依照这一定义,中国伟大诗人陶渊明首创的"田园诗"也可以说是"生态诗",陶渊明也可以说是一位不逊于荷尔德林的伟大的生态诗人。那么,就让我们以陶渊明和他的诗歌为例阐释一下"诗意的栖居"的精神涵义与生态涵义。

陶渊明在不惑之年放弃官场生涯选择回归田园,不但从事辛苦的农业生产劳动,还要忍耐一时不济的饥饿与寒冷。他得到的是什么呢? 是对生死荣辱的解脱与超越,是身心的平静与和谐,是对天地万物的亲近与包容,是精神的自由与自在,是他自己并未渴求却实际上已经收获的后世人们对他的爱戴与尊崇! 这一切都可以概括为这是一位毕其一生都在追求"在诗意中栖居"的人,都在实践着"在诗意中栖居"的人。他的这条人生轨迹的完备表述应是:返乡归田—见素抱朴—纵浪大化—诗意栖居。

充满诗意的人生才是一种至为幸福的人生,一种沉浸于苍天大地之内的人生,一种有益于天地万物、无损于他人利害的人生。后人常谓,读陶渊明的

---

① 赵一凡:《从胡塞尔到德里达》,生活·读书·新知三联书店 2007 年版,第 158 页。
② [美] Eugene P. Odum、Gary W. Barrett:《生态学基础》,高等教育出版社 2009 年版,第 1 页。

诗文,可以让人忘贫贱、忘生死,可以让"驰竞之情遣,鄙吝之意祛,贪夫可以廉,懦夫可以立",①由此也可以见出陶渊明诗文中蕴含的恢宏的精神能量,这是秦皇汉武、唐宗宋祖、成吉思汗一拨英雄豪杰都不能替代的。

海德格尔在阐释那位欧洲 19 世纪的诗人荷尔德林时,所得出的结论竟与陶渊明的精神实质如此接近。海德格尔首先看重的是荷尔德林的那首长达 108 行的《还乡》诗:

> 回故乡,回到我熟悉的鲜花盛开的道路上,
>
> 到那里寻访故土和内卡河畔美丽的山谷,
>
> 还有森林,那圣洁树林的翠绿,在那里
>
> 橡树往往与宁静的白桦和山榉结伴,
>
> 群山之间,有一个地方友好地把我吸引。②

关于"故乡"和"家园"的涵义,海德格尔认定是这样一个空间:"它赋予人一个处所,人唯在其中才能有'在家'之感,因而才能在其命运的本已要素中存在。这一空间乃由完好无损的大地所赠予。"故乡的大地与天空是人与万物的"保护神","故乡最本己和最美好的东西就在于:唯一地成为这种与本源的切近——此外无它。所以,这个故乡也就天生有着对于本源的忠诚。"那么,返乡又是什么呢?"返乡就是返回到本源近旁。"③这与陶渊明的"返乡归田,返璞归真"简直如出一辙。海德格尔理解的荷尔德林诗中的故乡"家园天使"(Engel des Hausses)和"岁月天使"(Engel des Jahres),近似于中国古代哲学中的"天地"与"造化",或金岳霖先生在《自然与人》一文中所说的"自然神"。正是在这个意义上,海德格尔才判定:"故乡是灵魂的本源和本根",灵魂必须

---

① 萧统:《陶渊明集序》。

② [德] 海德格尔:《荷尔德林诗的阐释》,商务印书馆 2002 年版,第 13 页。

③ 同上,第 24 页。

首先在这一根基中栖居,就像树木一定要扎根于土地之中一样。这段"海德格尔式"的关于"诗人灵魂""诗意栖居"的表述,仍然可以从陶渊明的诗文中寻找到质朴、顺畅的诠释:"不慕荣利""质性自然""忘怀得失""守拙田园""长吟掩柴门,聊为陇亩民""纵浪大化中,不喜亦不惧"。陶渊明的"纵浪大化中",一如海德格尔的"天地神人四方游戏"。

如果还非要举一个实例来说明"诗人的灵魂如何诗意栖居在家里",那么就来体会一下陶渊明的这段夫子自道:

> 少学琴书,偶爱闲静,开卷有得,便欣然忘食。见树木交荫,时鸟变声,亦复欢然有喜。常言:五六月中,北窗下卧,遇凉风暂至,自谓是羲皇上人。(《与子俨等疏》)

这里,诗人写的显然是"居家"状态,这个家不仅是那八九间草屋,同时也包含了树木交荫、时鸟变声、季节更迭、旷野来风的故乡的大地与天空。此时"栖居"在北窗之下的诗人,远离俗世一切侵扰,放旷于大化流行之中,享受着造化的恩惠,身心皆与自然交融,此种体验直通伏羲氏、无忧氏、葛天氏、有巢氏的"本根"与"本源",人世间、普天下还有比此"诗意栖居"更值得留恋的境遇吗?

"诗意栖居",是人走向天地境界的通道,是人与自然、与自然神和谐相处的场域,是精神价值在审美愉悦中的实现,是人生中因而也是天地间的最可珍贵的生存状态,然而这种状态长期以来却被种种现实的、功利的、技术的、物欲的东西遮蔽了。海德格尔的"蔽",在佛教里则是"障",都是"天真"在"世俗"中的沉降。在当代人们的日常生活中,随着自然的消泯、诗的性灵的干涸,年青一代已不知栖居在诗意中是何等滋味。这里让我再引证两位"达人"关于"诗意栖居"的亲身体验,以期引发共鸣。

一位是中国明末清初的李渔,他在兵荒马乱的年头被迫丢开世间一切"正

常生活"后,得到的却是完全融入自然时的奇妙感受:

> 追忆明朝失政以后,大清革命之先,予绝意浮名,不干寸禄,山居避乱,反以无事为荣。夏不谒客,亦无客至,匪止头巾不设,并衫履而废之。或裸处乱荷之中,妻孥觅之不得;或偃卧长松之下,猿鹤过而不知。洗砚石于飞泉,试茗奴以积雪;欲食瓜而瓜生户外,思啖果而果落树头,可谓极人世之奇闻,擅有生之至乐者矣。后此则徙居城市,酬应日纷,虽无利欲熏人,亦觉浮名致累。计我一生,得享列仙之福者,仅有三年。①

这位中国的风流才子大约还不清楚,自己这番体验到的,差不多就是西方神话传说中亚当与夏娃时代的生活情趣了。

另一位是世界生态运动的先驱约翰·缪尔(John Muir),一位对大自然与人生充满深情厚爱的人,他在"田野考察报告"中写下了自己徜徉于大自然中时的葱茏诗意:

> 我们站在一座高山上,现在它已经是融进我们的身体里,使我们每一根神经都平静下来,它填充了我们周身的每一个毛孔,每一个细胞,在我们周围秀美的自然衬托下,我们肌骨的每一处似乎都变得像玻璃一样清澈透明,浑然是它不可分离的一部分,在阳光的照耀下,与空气、树木、溪流、岩石一起颤动——这是自然的一部分,既没有年老,也没有年轻,既没有疾病,也没有健康,只有不朽。②

缪尔还曾以优美的文字写下自己的体验:"大自然的祥和将注入你的身

---

① 李渔:《闲情偶寄》,作家出版社1995年版,第335页。
② 转引自[美]比尔·麦克基本:《自然的终结》,吉林人民出版社2000年版,第70页。

心,就像阳光注入林木一样。微风将给予你它们的清新,狂风将给予你它们的力量,而物欲与焦虑则像秋叶一样飘零而去。随着岁月的流逝,快乐的源泉在一个接一个地枯竭,只有大自然这个源泉永不枯竭。"①于是,"奇迹发生了。""一日仿佛千年,千年就是一日,以肉体存在的你也会得到永生。"②那便是有限的生命在瞬间抵达永恒! 这"一日千年、千年一日的肉体永生"不就是道家经典中孜孜以求的"神仙"境界吗? 从人类的天性上来看,西方人与东方人、现代西方人与古代东方人竟还保留了如此相同的诗情体验与价值认同,这不能不让我们深受鼓舞!

曾繁仁教授曾经从生态美学的角度阐释"诗意的栖居",他认为这不仅是"保护",同时也是"拯救":

> "诗意地栖居"即"拯救大地",摆脱对于大地的征服与控制,使之回归其本己特性,从而使人类美好地生存在大地之上、世界之中。这恰是当代生态美学观的重要指归。在这里需要特别说明的是,海氏的"诗意地栖居"在当时是有着明显的所指性的,那就是指向工业社会之中愈来愈加严重的工具理性控制下的人的"技术的栖居"。③

海德格尔认为"诗导致栖居成为栖居","诗"是人们得以在世间"栖居"的缘由,他在讲到"栖居"的同时还提出"筑居"(Bauen),二者可以合为一体:"通过什么我们获得栖居之地呢? 通过筑居。诗的创造,那允许我们栖居的诗的创造,便是一种类型的筑居。"④"筑居"也是劳作,但这种劳作是本真意义上的劳作,就像大自然本身的劳作,像日出东海、月沉西山、风动水上、春绿枝头一

① [美]约翰·缪尔:《我们的国家公园》,吉林人民出版社 2000 年版,第 40 页。
② 同上,第 64 页。
③ 曾繁仁:《生态美学导论》,商务印书馆 2010 年版,第 318 页。
④ [德]海德格尔:《诗·语言·思》,黄河文艺出版社 1989 年版,第 213 页。

样,是一种出于天然的劳作。

诗的写作成为筑居的过程,诗歌让人"诗意地栖居在大地上"。诗意是什么? 叶秀山先生曾经讲道:人类在大地上栖居即是人与自然同在,你"在"我也"在",人与自然都"自在","自在"即"自由","自由自在",诗意就是人与自然的自由自在地相处。[①]

李白的诗作《独坐敬亭山》,似乎可以看作人在天地间诗意栖居的一个妥帖的注脚:

> 众鸟高飞尽,
>
> 孤云独去闲。
>
> 相看两不厌,
>
> 只有敬亭山。

天空中的飞鸟、白云,大地上的山巅、峰峦,还有天地间的诗人,鸟飞任鸟飞,云去由它去,青山屹立,诗人独坐,在一片静谧中显现出各自独立的存在,却又一往情深地"相互"观照。没有功利、没有占有,甚至也没有思考,有的只是"神会",这就是美的存在,"诗意地存在"。李白通过写诗为自己的精神修筑起一方栖息之地。

这也就是诗与诗歌创作的价值所在。海德格尔既不同意把诗当作一种"文学行业",也不简单地认作"现实生活的反映",他强调的是:诗为人的存在奠基。对此,孙周兴教授的解释是:写诗系于诸神的暗示(Winke),是对诸神的原始命名,诗人的道说就是对诸神"暗示"的截获,进而把"暗示"暗示给诗人面对的民众,预言"诸神的消息"。海德格尔把诗人称作"半神"(Helbgott),

---

① 叶秀山:《何谓"人诗意地居住在大地上"》,《读书》杂志,1995 年第 10 期。

因为诗人在神与人之间,诗人把"神的消息"传递给人们。①

在生活中,人通过劳作建造居处。"两个黄鹂鸣翠柳,一行白鹭上青天。窗含西岭千秋雪,门泊东吴万里船。"诗圣杜甫的这首短诗,以前我们只说是一首描绘自然风光的诗作,岂不知更珍贵的是为人们营建一个栖居之所,透过门窗仰望天空、俯视大地。"栖居",显然是一个关于诗意如何切入生存的概念,一个人与自然如何美好共处的概念,一个"生态诗学"的概念。

---

① 参见孙周兴:《说不可说之神秘》,上海三联书店 1994 年版,第 191—194 页。

下卷

第 7 章　文学艺术家的个体发育

在前边的一些章节中，我们曾经讲到人们习惯于把文学艺术作品比作生物有机体。这里我们要具体分析的文学艺术家，其本身就是一个鲜活的生命有机体、实实在在生长于地球生物圈中的"生物"。不过，他们又是一些与众不同的"生物个体"，不但与其他种类的生物不同，即使与和他们同类的其他个体相比，他们也拥有许多特殊之处。

在社会分工颇为严格的现代社会中，"文学艺术家"是一个数量不是很大、色彩却十分夺目，甚至还多少披挂些神秘面纱的"种群"。尤其是真正优秀的诗人、小说家、音乐家、画家、雕塑家，如屈原、李白、苏东坡、曹雪芹、荷马、但丁、凡·高、罗丹、贝多芬、莎士比亚、托尔斯泰，就很像是珍稀植物、动物中的灵芝、雪莲、珙桐、桫椤、凤蝶、鳄蜥、黑鹤、朱鹮、儒艮、猞猁，是极其难得的，其生存发育往往需要特定的生境，往往有着自己的独特的生命演化过程。

地球上没有两片相同的树叶，地球上也从没有过两位相同的诗人、作家、艺术家。

作为一个文学教师，我从来不鼓励青年学子把人生理想定位在做一个"作家"或"诗人"上，因为我知道那成功的比例实在渺茫，而且偶尔出现的成功者,却又往往是在人们不经意的"边缘""冷僻"之处"冒"出来的。一些关于文学艺术的知识与理论不是没有用,而是单靠这些知识理论是产生不了作家、艺术家的,就像现代的化学工业界可以源源不断地、花样翻新地制造出那么多的奢侈消费品,却仍然生产不出一只真正的鸡蛋一样。据说电脑已经可以写诗、画画,可以通过程序编制推出成批的"诗人""画家"来,我相信如此生产出的艺术家只能是赝品。真正伟大的艺术并非取决于先进的技术,而且取决于个体的"伟大心灵"和"伟大人格"以及促生他们的时代环境。

比起电脑编码,我还是相信生态学的原则更接近揭示文学艺术家生长发育的奥秘。

7.1 文学艺术家的"生态位"

生态位(Ecological Niche)是经典生态学著作中的一个术语,指"维持一个物种生存的最低限度的生态结构和环境条件",即一种生物生存所必需的具体生境,由美国学者罗斯韦尔·约翰逊(Roswell Johnson)于1910年首次提出。在自然环境里,每一个特定位置都有不同种类的生物,其活动以及与其他生物的关系取决于它的特殊结构、生理和行为,故具有自己的独特生态位。其中包括基本生态位与实际存在的生态位。对于一种生物来说,其生态位可以包括以下因子:温度、湿度、食物、光线、空间、时间等。比如燕子喜欢阳光,蝙蝠偏爱黑暗;螃蟹喜欢潮湿,蚂蚱偏爱干旱;天鹅动辄飞越万里,麻雀永远守住一片屋檐;向日葵的寿命不足12个月,嵩阳书院内的两棵"汉柏"已经存活了数千年。这些不同物种的"生态位"显然是不同的。由于生态位的存在,各个物种往往"各守其位",并不相互争夺,比如螃蟹与蚂蚱、柏树与向日葵。

《世说新语》中有一则陈季方品评其父亲的文字:"如桂树生泰山之阿,上有万仞之高,下有不测之深,上为甘露所沾,下为渊泉所润。"这里讲的便是"桂树"的生态位。同时,以树喻人,赞美了他家老爹的高贵人格,揭示了这一人格的"生成"与他所处的"依山傍水""上沾甘露""下润渊泉"的"生态位"密切关系。

近年来,生态学家对生态位理论展开了新的探索,不但注重物种对于生态位的利用和占有,而且还关注到这一物种内部组织层次的不同,如年龄差异、性别差异;不但注重生态位中的"空间性因子",同时也注重"时间性因子"的作用;不但考虑到生态位实际被占据的部分,还考虑到潜在被利用的部分;不但要研究生态位对于物种生存的意义,还要研究"非生态位"对于物种存在的意义。所有这些,都将有益于对一个物种的生存状况做出更深入细致的描述。

一个文学家、艺术家的"生态位"比起一棵松树、一株桫椤、一头大象、一只猞猁的生态位要复杂得多,既有自然生成的,也有文化历史、时代精神的;既有时空的规约,更有个体内在精神的突破。所以我们在从生态文艺学的视野考察文学艺术家的成长发育时,不得不参照"生态位"的理论将"物种"的概念落实到"个体"之中。

首先,文学艺术家是一个拥有血肉之躯的人,一个生物性的存在,他必然也需要一切生命之物所需要的生存条件:空气、阳光、适当的温度、水分和营养。对于人来说那就是衣物、食物和住处,即我们通常所说的"物质生活条件"。

对于文学艺术家来说,不管他们自己的主观倾向如何,物质生活条件对于他们的创作来说并不是很重要的,甚至可以说是很不重要的。穿布衣草鞋的小说家写的不一定比西装革履的小说家差,住茅屋窑洞的诗人的灵感也不一定比住宾馆别墅的诗人少。穷得连面包也吃不饱的凡·高,在粗劣的画布上一样可以画出惊天动地的艺术珍品,而困在破庙里的瞎子阿炳凭着一把简陋的二胡拉出了人世间最美妙的音乐。记者曾采访福克纳,问他"什么样的环境最适合作家?"福克纳竟回答说:"艺术与环境无关,艺术家不在乎环境。"他这里说的"环境"是指"物质生活条件",因为他紧接着说:"作家不需要十分宽裕的生活条件,他只需要一支铅笔、几张白纸。我从来没听过接受别人的津贴能写出好的作品来。好作家忙着写作,从来不向基金会乞援。差劲的作家就会给自己找借口,说什么没有时间啦、生活拮据啦,其实是在骗自己。"①

相对于"物质生活条件",社会环境,尤其是社会的政治环境对于文学艺术家的影响要大得多。夏中义在谈论他对"文学生态"的见解时就曾突出强调:"国家意识形态"的严厉控制与"国家最高首领"的粗暴干预,往往对文学艺术家创造力起着压制或消解作用。其中他举了巴金的例子:

> 撇开"文革"中的"认罪书"与"文革"后的《随想录》,那么,巴金的文学生涯将近 40 年。前 20 年他写得又好又多,编就 14 卷文集,含《激流三部曲》《憩园》和《寒夜》;后 20 年却无大的建树。过于尖锐的反差。一位富于独创性的名家置身于曾经憧憬的新生活倒反而萎缩了。②

夏中义由此揭示出的原因是,除了"作家一时不熟悉新生活及其参与社会活动过多"外,对于领袖的"个人迷信的泛滥"与"极左宣传的政治高压",形成了十分不利于文学艺术家创造活动的生态环境。"巴金人格就这样在一派噤若寒蝉式的四面楚歌中,深身哆嗦地从心灵恐惧、政治崇拜滑向了自我贬值"。巴金自己后来也回顾说:"接连不断的运动仿佛把我放进一个大炉子烘烤,一切胡思乱想都光了,只剩下一个皮包骨的自己。我紧张、我惶恐,我只有一个念头:活下去。"

巴金的这一心态。对于经过历次政治运动,尤其是"文化大革命"的中国当代作家来说是很普遍的。记得 80 年代初,在上海的一次作家聚会上,我在讲到"心理空间"与"物理空间"的不同时举了这样一个例子:让一个人在操场

---

① 王诜编:《世界著名作家访谈录》,江苏文艺出版社 1991 年版,第 93 页。
② 夏中义:《艺术链》,上海文艺出版社 1988 年版,第 279 页。

里骑自行车通过一条 1 米宽、100 米长的跑道,几乎所有人都可以顺利骑过去。但如果把这条跑道架在两山之间的峡谷上,四周乱云飞渡、冷雾凄迷,脚下深涧万丈、怪石嶙峋,尽管仍旧是 1 米宽、100 米长,几乎所有骑车上道的人都将会跌进深涧。我当时的用意是要证明人是有"心理"的,"机器人"可以轻易通过,恰恰是拥有心灵的人类不行。当时在场的老一代作家茹志鹃接过我的话题进行了另一番发挥,她说:文艺界的领导应当为作家们创造一种宽松的、舒畅的创作环境,不要总是把作家们架在峡谷间的独木桥上,让人胆战心惊、惶惶不可终日。茹志鹃实际上说的是文学艺术家从事创作活动的"社会生态环境"。

在中外文学史上,由于社会动荡、政治黑暗、文化专制、言论不自由而扼杀掉许多文学艺术家的事例不胜枚举。但是,社会生态环境的好坏似乎并不总是文学艺术家成就大小的决定因素。中外文学史上,在社会动荡、生灵涂炭、政治高压、独裁统治下,反而成就了一些更加伟大的文学艺术家。屈原的文学光辉是在他被统治者流放之后焕发出来的;杜甫的"史诗"是在兵荒马乱、颠沛流离中写下的;司马迁的《史记》是在肉体受了"宫刑",心灵蒙受巨大创伤的情况下成书的;陀思妥耶夫斯基生活在俄国沙皇统治的最黑暗的时期,他本人曾以言论罪被判处绞刑,获赦后又服了四年苦役、六年充军,这些险恶血腥的社会的境遇,反而促成他一系列优秀作品的问世,使他成为享誉世界的伟大作家。茨威格面临的是希特勒的法西斯暴行,索尔仁尼琴面对的是斯大林、勃列日涅夫的极权政治,他们也都在文学创作中建立了自己的勋业。

由此看来,社会环境对于文学艺术家的影响并不能简单地理解。恶劣的社会政治环境可能会摧折掉一大批文学艺术家的创作生命,也可能使个别文学艺术家在历经折磨的同时成为文学原野上的参天大树。相反,安定、富庶的社会环境即所谓升平盛世,有可能促成一些大型艺术工程(多为建筑艺术、造型艺术、工艺美术)的建树,同时也会诱导一些诗人、作家、艺术家滑向平庸。

相对于文学艺术家置身其中的"物质生活条件"与"社会政治背景",民族的风俗习惯、文化传统、时代的价值偏爱、精神氛围对于一个文学艺术家的成长发育来说更具决定作用,我们可以将其概括为文学艺术家生态位中的"精神文化"因子。比如欧洲的文艺复兴运动与达·芬奇的绘画、米开朗琪罗的雕塑;德国的狂飙运动与歌德的小说、席勒的戏剧;中国的"五四"运动与鲁迅的《狂人日记》、胡适的"白话诗歌",都可以证明时代的精神导向对一个文学艺术家的影响。至于民族文化底蕴对于一个文学家、艺术家创作风格的影响,也是显而易见的。比如:德意志民族的深沉、内向,在荷尔德林的诗歌中表现为超验的睿智;法兰西民族的自由、奔放,在卢梭的小说中表现为天真的激情;印度宗教的古朴、玄妙,在泰戈尔的散文诗中表现为清纯的优美;俄罗斯民族的博大、凝重表现为托尔斯泰的开阔、雄浑;日本大和民族的压抑与敏感表现为川端康成的晦涩与忧郁。勃兰兑斯曾经说过:"有一种要素,外国人比本国人更易于觉察,那就是种族的标志。"在一些外国人的心目中,"花园"或者"园林",成了中国文化、中国文学的一种象征,这对于陶渊明、曹雪芹一类的文学家来说,倒也是贴切的。还有一些外国人这样看待中国,说"中国人都是在月亮里长大的孩子,他们用月夜的心说出极富有智慧、十分冷静的人文的话"。① 起码对于李白、苏东坡一类诗人而言,这样的赞誉是当之无愧的。

在一些欧洲人看来,中国人是一个热爱自然、亲近自然的民族,中国是一个诗与艺术的国度。由此推论,山川河流、森林草原、市井巷陌、旷野荒村也是"出产"文学艺术家的自然环境因素。

事实上也是这样。一个文学家、艺术家生长发育所处的自然环境、风物景观,将处处影响到他们的审美情趣、创作题材、创作技巧、艺术风格。比如作曲

---

① ［德］顾彬:《关于异的研究》,北京大学出版社 1997 年版,第 50 页。

家斯特劳斯与多瑙河的蓝色波浪；画家高更与南太平洋塔希提岛的热带风光；柯罗与枫丹白露的山峦丛林；小说家福克纳与密西西比河三角洲的丘陵河流、沼泽、浣熊、麋鹿、狐狸以及它的尘土与酷热；马尔克斯的那个坐落在加勒比海岸边，布满老屋、古道、精怪、鬼魂的阿拉戈塔小镇，所有这些，在上述作家、艺术家的创作生涯中都是至关重要的。在中国古代，一些文学的、艺术的流派，往往也是以地域划分、以地域为标志的，如"竹林七子""扬州八怪""江西派""竟陵派""桐城派"等。在中国当代文学艺术家中，湘西的山水对于沈从文，北京胡同对于老舍，黄山对于刘海粟，黄土高原对于石鲁，白洋淀对于孙犁，大运河对于刘绍棠，山东高密东北乡对于莫言，都是他们艺术生命的"营养生态位"。

至此，我们大约可以归纳出，文学艺术家生长发育的"生态位"应包括这样一些因素：自然风物景观、时代精神氛围、社会政治状况、文化传统习俗以及基本的物质条件。

从创作主体这方面讲，由于文学艺术家的年龄、性别、心理类型以及所从事的艺术门类的不同，上述因素在他们创作过程所占的地位与意义也不完全相同。在后面的一些章节中，我们还会论及这些。

7.2 童年生境

在生态学中，"生境"（habitat）又称"栖息地"，是生物个体或种群所处的特定环境，比一般说的环境更为具体，强调环境中的生态因子。小生境指生物个体周围很小的那个范围，如一棵树周围的土壤、气候、阳光、植被、伴生的鸟兽虫蚁就是它的小生境。

从心理学的意义上讲，除了遗传基因，儿童时代的早期经验在一个人个性的形成中发挥着极大作用。从出生到五、六岁这一人生最初阶段，一个人通过他和周围环境的交接吐纳、同化顺应，就不自觉地（甚至也是在大人不留意的情况下）形成了他个性的"最初的枢纽"，用教育理论家苏霍姆林斯基的话说，一个人在这一阶段已经"起草"出他的"人的初稿"。

对于一个文学家、艺术家的生长发育来说，早期经验更具有重大意义，它可以持久地影响到文学艺术家的审美兴趣、审美情致、审美理想。而如此重要的早期经验正是从一个文学艺术家童年时代所处的"生境"中获致的。童年时代来自环境中的刺激，哪怕是一些生活中的细枝末节，都会在儿童相对洁净的心灵中留下永不磨灭的印痕，进而化作一个文学艺术家的形象记忆、情绪记忆，成为他日后从事文艺创作的宝贵财富。正如托尔斯泰晚年对人诉说的："孩童时期的印象，保存在人的记忆里，在灵魂深处生了根，好像种子撒在肥沃的土地中一样，过了很多年以后，它们在上帝的世界里发出它的光辉的、绿色的嫩芽。"①

要为文学家、艺术家的童年生境归纳出几项普遍适用的法则，将是十分困难的，而且也许并无太大的意义。最好的作法应当是对某一位作家、艺术家进行细致深入的个案分析。鉴于本书的体例，这里我们只能用生态学的眼光扫描一下一些诗人、作家、艺术家的童年生境有什么突出的特点。

如果较多地翻阅一些文学艺术家的传记，就不难发现，在他们的童年生境中往往有两个因素在发挥看重大作用，一是自然环境，一是身边的女性。

自然环境对于作家童年心灵的濡染，我国的孙犁可以算是一个典型的例证。孙犁出生在一个世代务农的家庭，从小在滹沱河边的一个乡村长大。他的故乡是贫瘠的，风景却是美丽动人的：川流不息的滹沱河上白帆点点，蜿蜒曲折的河堤上绿柳成荫。春末夏初在麦苗地、油菜地里追逐小鸟；秋高气爽，芦花飘满湖边的小路；隆冬季节，在场院的磨坊里躺在晒干的柴草上闻着牛马粪的气味做着悠长的梦。月月岁岁，"黄雀在榆钱间飞动的身影，鹧鸡在白杨

---

① ［英］艾尔默·莫德：《托尔斯泰传》，北京十月文艺出版社 1984 年版，第 24 页。

上的鸣叫,苇咋儿在池塘里筑巢,大雁在水洼里啄食过宿",铸成了孙犁儿时的浓重乡情。① 正如孙犁自己所说的,"故乡的印象",对他来说,这些正像母亲的语言对于婴儿的影响一般,使他获益终生。

还有一些作家,并不出生在乡野,不能像孙犁那样在大自然中自由驰骋,反而受着他们"显赫"家庭中拥有高度文明教养的长辈们的约束、拘禁,被与大自然隔离开来,但儿童的天性总是更倾向与自然相通相融,他们可以冲破阻力、扒开牢笼,哪怕是仅仅扒开牢笼的一个"孔洞",来与大自然神交意会,那情景就显得特别动人。此时这些年幼的孩子从大自然中获得的灵感,对于他将来所从事的文学艺术创造活动就更具震撼力。像儿时的鲁迅,一时间逃过严师的监督,在一个荒废的园子里"亲近"了那里的"腊梅花""桂花树""蝉和蚂蚁""碧绿的菜畦""高大的皂荚树""紫红的桑椹""轻捷的叫天子""肥胖的黄蜂""人形的何首乌""珊瑚珠般的覆盆子"以及"蟋蟀""斑蝥"和"蜈蚣",留下了永久的美好回忆。一个普通的园子,却在三四十年之后,催生出《从百草园到三味书屋》这般优美的文学篇章。

法国作家罗曼·罗兰也是"体面"人家的孩子,加上体弱多病,从小被家人禁锢在他称作"鼠笼"的小院子里。正如后来他在《回忆录》中感叹的:"没有人比外省小城市里的一个市民阶级的可怜孩子更多地被剥夺接近大自然的机会了……他被紧闭在古老的市镇和古老的宅院的墙垣内。他没有权利到处游逛。"他说,伟大的大自然"只在它的边缘吸引着他":长夏之夜,倚在小花园平台的石井栏上,在矮牵牛花的花香中,俯视从下面深绿色运河的昏暗水面上静静驶过的船只。蝙蝠从额前擦过,万籁俱寂,却仍然没有任何细微的声音能逃过孩子那渴望着、戒备着的耳朵,从远处村落传来的犬吠,到几十里外隐隐的雷声。地面上的空间有限,那一钩寂寥愁惨的新月,那深邃幽微、繁星密布的夜空却为这个孩子提供了精神漫游的无限空间。

---

① 参见周申明、杨振喜:《孙犁评传》第一章,百花文艺出版社 1990 年版。

仅仅是这一角"大自然的边缘",就已经引起这个体质羸弱的孩子心灵上强烈的震撼,人为的禁锢在充满诱惑的大自然的召唤下,反而将这位未来的文学大师磨炼得更加敏感。①

类似的情况还发生在印度大诗人泰戈尔身上,只是他受到的看管和禁锢比罗曼·罗兰还要严一些:看管他的仆人为了清闲就把这个孩子放在一个舒适又安全的地方,然后在他的四周用粉笔画上一个圆圈,吓唬他若是迈出圆圈一步就会大难临头。孩子不敢越雷池一步,只能在圈子里面眺望外面的原野和椰林,从窗棂里望着池塘里波光粼粼的水面以及池边的那棵参天古榕。可怜的孩子就整天凝望着这棵大榕树,用目光追逐着枝叶间的阳光与阴影。后来他在一首诗中回忆道:

> 数不尽的细树枝低垂着,
>
> 噢,古老的榕树!
>
> 你像深思中的大仙一般日日夜夜屹立着,
>
> 你可曾记得那个孩子,
>
> 他的想象与你的阴影戏闹。

他说,那时候大自然对他来说就像一只"握紧了的拳头",伸到他的面前让他猜想:"里面有些什么秘密?"于是就像佛祖在菩提树下悟道一样,泰戈尔也在这棵大榕树前开悟了他的艺术天性和艺术想象力、艺术创造力。由这棵大树,他心中升起第一行诗句:

> 天上淅沥下雨,树叶婆娑摇。

---

① 参见《罗曼·罗兰回忆录》,浙江文艺出版社 1984 年版,第 1 节。

对于他来说,这是对诗歌魔力世界的第一瞥。人生天地间,天上地下,大树就是天地间的生灵,与人的生命同构。大树在这位伟大的诗人的一生中成了他诗歌生涯的守护神:"我在自己生活的漫长日子里,在我的知觉中,一次次谛听到雨水淅沥声和树叶婆娑声。"①

大人的约束、文明的禁锢终于未能扼杀掉这些儿童渴望与自然沟通的天性,世间才又多了几位伟大的文学家。

在文学艺术家的童年生境中还有这样一个较为普遍的现象,那就是往往有一位年长的女性温暖他的肌体,呵护他的心灵,涵养他的精神,而这些孩子与其父亲之间往往会发生冲突。萨特就曾使用诙谐的语调说:"要是我父亲活着,他就会整个身子压我,非把我压扁不可。幸亏他短命早死。"这也许正如我们在本书上卷中讲到的:女性更接近自然和天性,而男人却象征着权力和权威,文学艺术总是更倾向于亲近自然与天性、更倾向于对抗权力与权威的。

例子可以举出很多。霍华德·加德纳(Howard Gardner,前译加登纳)在其《艺术与人的发展》一书中讲道:

> 普鲁斯特和卡夫卡二人与他们父亲之间的关系对于他们来说便是非常起关键作用的。这两位作家儿童期并没有经验到对他们父亲的自居作用……另一方面,他们的母亲则是慈爱的个体,她们仔细照料孩子并听任他们去幻想。所以恋母情结便成了明显的倾向,并在心理上造成极大的影响。卡夫卡的父亲继续支配着他的心灵。这个非常痛苦的孩子写下了一封长达五十页的信,试图弄清为什么父亲的强大与成功和儿子的懦怯与孤独这一事实而深感痛惜……普鲁斯特对母亲的感情很深,因不能与父亲和谐相处而异常痛苦。但他采取了与卡夫卡相反的态度,他有意识

---

① [印度]克·克里巴拉尼:《恒河边的诗哲》,漓江出版社1995年版,第45页。

地把自己的个性转向作家或艺术家的个性,他开始搞同性恋,并力图当一名伟大的小说家。①

　　这个"女性"不一定都是母亲,也可以是其他的女性。对于马尔克斯来说,是他的"外祖母":"外祖母是一家之主,头脑里装满了神奇的传说和关于鬼魂亡灵的故事。对她来说,人、鬼、神之间并没有什么明确的界限……在外孙的心目中,外祖母好像也成了一个神话人物。"②可以说,这个"外祖母"早在马尔克斯开始写作生涯的许多年以前,就已经为他后来的文学创作注入"魔幻现实主义"的血液。

　　这位"女性"对于孙犁来说是他的"干姐"。干姐面目清秀,为人热情,擅长描花绣云,还喜欢读小说《红楼梦》,对于孙犁关爱备至。

　　这"女性"对于艾青来说是将他从襁褓中哺育成人的乡村贫妇、他的保姆"大堰河"。诗人那首成名作《大堰河——我的保姆》便是呈献给他的这位乳娘的:

　　　　呈给你黄土下紫色的灵魂,
　　　　呈给你拥抱过我的直伸着的手,
　　　　呈给你吻过我的唇,
　　　　呈给你泥黑的温柔的脸颜,
　　　　呈给你养育了我的乳房。

　　对于托尔斯泰来说,这位"女性"是他的一位"干姑姑",他祖母收养的一个女儿。托尔斯泰在书中多次回忆到这位"干姑姑":

---

① 　[美]加登纳:《艺术与人的发展》,光明日报出版社 1998 年版,第 325 页。
② 　朱景冬:《马尔克斯:魔幻现实主义巨擘》,长春出版社 1995 年版,第 6 页。

她有黑色绻卷结成的大发辫,黑玉色的眼睛和活泼有力的表情,她自然是很动人的。我记得她的时候,她已经四十岁了,但是我从来没有想到过她美不美。我一来就爱上了她的眼睛、她的微笑和她的暗色宽阔的小手,手上有力交叉的脉纹。

对于她,我有一阵一阵的热烈的温柔的爱。我记得有一次,那时我大概五岁,我怎样跟在她后面挤到客厅里的沙发上,她轻轻地用手抚摸我。我抓起她的手吻它,并且因为爱她而开始哭泣了。

托尔斯泰说:"塔吉安娜姑姑对我的一生影响最大。从我很小的幼年时代,她就教给了我爱的精神方面的快乐。她不是用言语教我这种快乐,而是用她整个的人,她使我充满了爱……她教给了我对一种从容不迫的、安静的生活的爱好。"[1]对于托尔斯泰来说,塔吉安娜姑姑给予童年时代的他的这种"爱",成了他一生艺术生涯的精神支柱。

7.3　逆境·风险·生存压力

标题中的三个词汇是我们在日常生活中时常讲到的,岂不知它们也是生态学中的重要术语。

"逆境"(Environmental Stress)亦称为环境胁迫,即对生物体生存生长不利的各种环境因素的总称。指干扰生态系统平衡、阻挠限制生物个体或种群生长发育的环境因子。与此相关,还有"逆境选择",即物种在典型的不利生境中表现出的生存对策。

"风险"(Ecological Risk)指在一定区域内,具有不确定性的事故或灾害对

---

① 〔美〕艾尔默·莫德:《托尔斯泰传》,北京十月出版社 1984 年版,第 15—16 页。

生态系统及其中的生物个体可能产生的不利作用,包括生态系统功能的损害,从而危及生物有机体的安全和健康、存活和延续。

"生存压力"(Survival Pressure)指生物体或物种承受的来自恶劣环境方面的不利因素。与此相关的"生存斗争"指在不利的环境条件下,生物为了维持生存、求取发展所采取的反抗方式。

简易的例子可以举出这样两个:

一、农药厂附近的蚊子肥又壮。农药厂散发出的气体、排泄出的废水对于蚊子的生存本来是不利的,是一种"逆境""风险",处于这恶劣环境中的蚊子要么渐渐衰弱、消亡;要么就必须发挥个体的最大优势,采取相应的对策,克服环境中的不利因素。于是,大难不死的那些蚊子必然是一些杰出的、优秀的蚊子,即生命力异常旺盛的蚊子。

二、闹市的老鼠最聪明。"老鼠过街,人人喊打",由这一谚语可以看出老鼠们在市区生活之艰难。加上现代科学武装下的消灭老鼠的战斗日益升级,这给老鼠的生存带来极大的威胁。然而,城市里的老鼠不但没有被彻底消灭,反而数量在增加。究其原因,除了城市中老鼠的天敌(蛇、猫、猫头鹰)大大减少之外,那就是这些老鼠在逆境中大大提高了它们的智商,增长了应付各种风险的才干,甚至已经通过基因遗传的方式将这些后来生成的聪明才干传给了它们的后代。

以上两则,谈"蚊子"与"老鼠",是生物学中的例子。人们讨厌这两种动物,但人们不可小觑了这些生灵的生存智慧和生存意志;况且,从现代伦理生态学的意义上讲,蚊子、老鼠的地位与可爱的蝴蝶、松鼠的地位是相等的。

在生态学的意义上,人也是如此。著名诗人曾卓曾经写下一首广为传颂的诗歌——《悬崖边的树》,一棵被"奇异的风"吹到了平原尽头、吹到了悬崖边缘的树,一棵孤独、寂寞而又倔强的树:

　　不知道是什么奇异的风

将一棵树吹到了那边

平原的尽头

临近深谷的悬岩上

它倾听远处森林的喧哗

和深谷中小溪的歌唱

它孤独地站在那里

显得寂寞而又倔强

它弯曲的身体

留下了风的形状

它似乎即将倾跌进深谷里

而又像是要展翅飞翔①

　　评论家说,这是一棵"身处逆境"的树,那"奇异的风",显然是它必须时时面对的"风险",还有那贫瘠的悬崖峭壁,也是它的生存必须承受的压力。然而,又恰恰是这些逆境中的风险与压力,才造就了它如此崇高的个性与优美的形象:像一只随时准备展翅飞翔的大鸟,并因而进入了曾卓的视野、进入了诗的境界,以诗的语言铸成永恒的意象。如果它是一棵"人工用材林"中的树,一棵在阳光、水分、肥料充足的环境下长成的树,它也许就不会获得如此奇绝的文学造像。如果进一步联想到诗人曾卓自己的情况,那时他正身不由己地被社会政治生活中的一股股"奇异"的风卷到了人生的"悬崖边上",生命时时有可能跌入万劫不复的深渊。但他并没有让"逆境"中的"压力"把自己的脊梁压断,而是冒着"风险",在孤寂与落寞中顶着逆风奋然向前。正如诗人在另一首诗中坦露的那种情景:

---

① 《曾卓文集》第 1 卷,长江文艺出版社 1994 年版,第 123 页。

在崎岖的路上跋涉

在荆棘丛中摸索

在深谷的峭崖边跋行

有时候——

我的手划伤了

我的脚肿大了

我的衣服撕破了

我跌倒了

躺在泥泞中

头上呼啸着风暴

炸响着惊心动魄的雷鸣……

但我总还是不能

停住我的脚步①

可以说,曾卓的那些永远闪耀着生命火焰的诗篇,就是他在"风险""逆境""生存压力"下,通过自己的抗争而建树起的"生命造型"。

与曾卓的《悬崖边的树》类似的,还有前面我们曾经提到的南宋诗人陆游的那首"幽谷里的梅"。幽谷里的梅花,缺少阳光、为冰雪凌侵,这些都是它生长发育的不利因素,但正是这种艰辛的环境才磨炼出梅花那虬曲苍劲的身躯与清冽芬芳的气息。

"曾卓与悬崖边的树""陆游与幽谷里的梅",是否都可以看作"生态文艺学"中的案例呢?

"选择的压力"本是达尔文生物进化论中的一个主导论题,选择的结果保留了强大的、能够适应新环境的个体,淘汰了荏弱的不能适应新环境的个体。

① 《曾卓文集》第 1 卷,长江文艺出版社 1994 年版,第 164 页。

达尔文似乎只强调了"生存压力"对于生物主体的淘汰和生物主体对于压力的适应,而忽略了生物主体对于生存压力的抗争以及由此激发的"创造"。草原上的兔子为什么跑得这么快? 是因为有狼,对于兔子来说,狼是一种无时不在的严峻压力,慢一步就会丢掉性命。

对此,贝塔朗菲解释说: 和世界万物一样,压力是个矛盾的东西。压力并不只是适应机制必须控制与中和的对生命的危险,它也创造更高的生命。如果生命在外界扰乱之后只是简单地回到所谓的内部自动平衡,它就永远不会比变形虫进步,而变形虫是世界上最会适应的物种西,它从原始海洋到今天已经存活了几十亿年,还是老样子。

贝塔朗菲接着补充了伟大的雕塑艺术家米开朗琪罗的例子: 当初,如果他顺应他父亲的指令去做羊毛生意,那么罗马的西斯廷教堂里就绝不会有如此宏伟的艺术巨制。当然,米开朗琪罗却会因此免去一生中因艺术追求带来的烦恼,多了些夜晚数钱的乐趣。

达尔文在强调客观外在环境对于物种个体的淘汰性选择的时候,忽略了另一种选择,即生物主体在环境中积极主动的选择,即"目的性的选择"。雅克·莫诺在达尔文忽略的地方进行了深入的开掘,他指出:"一个新的突变所遇到的选择作用的'初始条件'中,不可分割地同时包括了机体周围的环境,以及机体目的性器官的结构和性能这两个方面。"生物从两栖类向爬行类、鸟类、哺乳类发展进化,"这是因为最初有一条原始鱼'想要'登陆进行探索";现代的马如今"只用一个趾尖行走",是"由于古时候马的祖先要想生活在开阔的平原上",同时又能"逃避敌害的侵袭"。虽然说"进化上的重大转折点是同新的生态空间的侵入同时出现的",但是,"栖息在同一个生态龛(即生态位)里的不同的生物,同外界条件(其中一定也包括同其他生物)的相互作用的方式是完全不同的,是十分专一的"。① 在莫诺看来,鱼的进化、鸟的进化、马的

① 〔法〕雅克·莫诺:《偶然性和必然性: 略论现代生物学的自然哲学》,上海人民出版社 1977 年版,第 94 页。

进化以及人的进化，都和它们作为生物个体的主观上的"想要"相关，他还从细胞分子学内部遗传基因的"突变"中找到了这种"目的性"的依据。也有一些物种始终"冥顽不化"，比如"牡蛎"，两亿年前的"牡蛎"的形状连同它的风味，同我们今天吃到的牡蛎是完全一样的，它们并没有按照达尔文的进化论去"进化"自身。莫诺还指出这样一个规律："生物体的组织水平和对环境的自主性越高，目的性行为在决定选择的方向上所起的作用也就越大。"①照此看来，人，应当是位于这一"自主进化"阶梯的最高层。人类学的考古研究证实，人类的大脑容量，在距今不到 50 万年的时间内，由 1 100 毫升增至现在的 1 350 毫升，平均每 1 万年增扩 5.376 毫升。如果我们考虑到 50 万年对于生物进化史来说不过是一眨眼的工夫，我们就不能不承认人脑进化的速度是异常惊人的！为什么？就是因为人类太会"想"了！也就是前边章节中德日进曾经说过的，个体内在的心理活动加速了人类的进化，尤其是一旦人的思维获得了语言的形式后，其进化速度就获得了神迹般的效应。

以上是生物学家讲述的生物生理意义上的进化，人类的精神进化、人类个体的精神变异，人类中以操持语言、符号为本业的文学艺术家个体的精神意义上的发育过程比起以上论证的恐怕要复杂得多，也迅捷得多，若要深入探索这个领域的奥秘，仅靠生物生理学不行，还要借助心理学（比如"拓扑心理学"）或其他精神学科（比如精神哲学、心灵生态学）的研究。

这里我们只能粗略地概括出这样的结论：由风险、逆境构成的生存压力，固然会给文学艺术家带来身体上的、情感上的、精神上的种种苦痛，但最终还将通过文学艺术家主体的目的性选择发生作用。正如加德纳所说的：艺术家总是倾向于"先把自己铸入到一个强有力的、自信的个体身上去"。②这样，风险、逆境、灾难、苦痛，以及其他的一些偶发性的异变，诸如：罗兰从小

① ［法］雅克·莫诺：《偶然性和必然性：略论现代生物学的自然哲学》，上海人民出版社 1977 年版，第 94 页。
② ［美］加登纳：《艺术与人的发展》，光明日报出版社 1998 年版，第 319 页。

多病、济慈幼年失怙、贝多芬失恋、凡·高挨饿、陀斯妥耶夫斯基身陷死囚、司马迁蒙受宫刑、苏东坡贬谪海南、蒲松龄屡试屡败、曹雪芹家被查抄、鲁迅受辱于日本……才会化作文学艺术家个体发育过程中的积极因素，从而催促一个真正的文学艺术家的诞生。也正如尼采所说："痛苦使人变深刻，沉重使人变高尚。""唯有极度的痛苦，那种置身于绿枝火焰之中漫长的痛苦……可以使我们更加深刻。"①

7.4　个体风格与环境变异

风格，一般说来指文学艺术家的创作个性及其艺术作品的与众不同的特色。风格的形成与创作个性的形成是同步的，这是一个文学家、艺术家走向成熟的标志。风格的独具，往往也体现出一件艺术作品的独特的审美价值。刘勰在《文心雕龙》"体性篇"中就已经对文学的风格有着精辟的分析论证。他将以往的文章大体上分为八类不同的艺术风格：典雅、远奥、精约、显附、繁缛、壮丽、新奇、轻靡，其中各有褒贬。到了唐代，司空图继承了刘勰的风格理论，进而把诗歌作品的风格划分为二十四品，并一一做出形象的解释，而且多用大自然中的不同气象来比喻作品的不同风格，如：

> 荒荒油云，浑沦一气，寥寥长风，鼓荡无边，谓之"雄浑"；
> 风和日丽，桃花满树，波光粼粼，柳浪穿莺，谓之"纤浓"；
> 绿林野屋，落日气清，海风碧云，夜渚月明，谓之"沈箸"；
> 白云初晴，幽鸟相逐，眠琴绿阴，上有飞瀑，谓之"典雅"；
> 海山苍苍，天风浪浪，驭月乘风，吞吐大荒，谓之"豪放"，等等。

---

① 转引自《哲学译丛》1987 年第 5 期，第 66 页。

文学艺术作品风格的不同,就像大自然中的风物景色千变万化一样,几乎是无穷尽的。上述分类,只是大致的归纳,具体到某一位诗人、作家、艺术家,其风格还应该是独特的,犹如人的身体,永远是属于他自己的。在中国当代作家中,像鲁迅、沈从文、张承志、莫言,其文学语言的风格一眼就可以被人认出。一个文学艺术家风格的形成,意味着他的创作已经融入天地造化之中,已经成为精神天地中的一道别致的风景。

在西方,18世纪的法国文学家布封关于"风格理论"说过一句很有名的话:"风格即人。"其实,早在此前一千多年,刘勰就已经在其"体性"篇中把这个道理说得十分清楚:作品的风格是建立在作家、艺术家的个性之上,"各师成心,其异若面","吐纳英华,莫非情性",不同的风格,出自作家不同的心性、情性。他举例说:扬雄的作品之所以含蓄深刻,是因为他为人沉静;刘向的作品之所以志趣明白,是因为他性情质朴平易;司马相如的作品之所以浮华溢美,是因为他性情狂傲放纵;王粲的作品锋芒毕露,是因为他为人性急好斗……至于决定作品风格的作家个性是怎么形成的,刘勰也做了简洁的回答:一方面取决于先天的资禀,另一方面则取决于后天在一定环境里的习染与甄陶,这无疑也是正确的。

若要进一步揭示文学艺术家的个性与风格的奥秘,那将是非常复杂繁难的,那同时也是在揭示人的本性的奥秘。神经医学及心理学对此已经进行了大量研究,现代生态学有可能将这些研究成果综合起来做出系统的解释。

早在20世纪初,分析心理学家荣格就已经观察到人的个性在先天上存在着差异,从其基本"态势"上可以划分为"外倾""内倾"两大类型。外倾型的心理指向是周围的环境,内倾型的心理指向是自己的内心世界。外倾型的人积极活跃、热情主动、勇于控制征服他人;内倾型的人孤独冷漠、离群索居,善于反思探求自身。如果再作具体的划分,荣格把这两种"态势"与他归纳出的人类心理活动的四种机能"感觉""思维""情感""直觉"分别配置起来,就获得了八种心理类型。按照荣格的说法：

> 外倾思维型（extraverted thinking type），此类人头脑冷静、固执己见、目中无人、自视甚高；
>
> 内倾思维型（introverted thinking type），此类人敏感易怒、独来独往、倔强偏执、善于苦思冥想；
>
> 外倾情感型（extraverted feeling type），此类人热情奔放、情绪激烈、虚荣夸饰，喜怒无常；
>
> 内倾情感型（introverted feeling type），此类人外表冷漠、内心深情、神态忧郁、令人费解；
>
> 外倾感觉型（extraverted sensation type），此类人逃避现实、沉溺内心、思想平庸、行动迟缓；
>
> 内倾感觉型（introverted sensation type），此类人沉溺内心、自命清高、自制力强、行为被动；
>
> 外倾直觉型（extraverted intuition type），此类人勇于开拓、追求新奇、浮躁癫狂、三心二意；
>
> 内倾直觉型（introverted intuition type），此类人自我封闭、耽于想象、性情古怪、难以捉摸。

在荣格看来，科学家多出于"外倾思维型"，商人、政治家多出于"外倾情感型"，文学艺术家多出于"内倾感觉型"和"内倾直觉型"，而"内倾直觉型"有可能出天才的文学艺术家。[①]

荣格的说法太过具体，很难对号入座；中国清代学者龚自珍的"因性成才"论倒是显得更机动灵活：人的个性也类似自然界的生物，"怪者成精魅，和者

---

① 参见［美］卡尔文·S.霍尔、沃农·J.诺德拜：《荣格心理学纲要》，黄河文艺出版社 1987 年版，第 106—111 页。

成参苓,华者成梅芝,戾者成棘刺,朴者成稻桑,毒者成砒附","各因其性情之近,而人成材也"。这些说法,作为现象描述,是精彩生动的,作为理论,都未免粗疏浅露了。

现代生物科学的研究,已经深入到人类机体的细胞之内,乃至细胞内的分子结构之中:决定人类个体属性的最关键的东西,是人的遗传基因,以及一些激素、微量元素。比如缺碘会使大脑反应迟钝,甲状腺亢进会使人暴躁易怒,若是摘除了大脑前颞颥皮质下的"杏仁核",甚至可以使凶残的杀人犯变为文静的小猫。而遗传基因不仅决定了一个人的个头是高是矮、体形是胖是瘦、肤色是黄是白、毛发是密是疏、五官是丑是俊,同时还会决定一个人的感觉能力是敏感还是迟钝、反应速度是迅捷还是缓慢、情绪表现是激烈还是温和、思维方式是灵动还是迟钝、言语表达是伶俐还是木讷。有些人生来敏感于色彩光线,有些人生来敏感于声音节奏,有些人生来敏感于言语词令。像萨特,三岁的时候,右眼就丧失了视力,左眼也不是很好,这几乎就注定他难以成为一位画家。但他对语言文字的极为丰富的感受能力,使他在幼小的时候就产生一种强烈的冲动:通过写作为万物命名。也许,萨特的大脑皮层上那块"语言中枢神经"特别发达。

尽管生物科学已经取得了重大突破,但人的聪明才智并不等于大脑中碘的含量,爱情的质量也不等于内分泌物质的多少。基因改造工程有可能使一个运动员像马一样跑,像鹿一样跳,像熊一样有力,像猴一样灵巧,但不大可能再造出一个屈原、但丁、贝多芬、凡·高来,因为除了生物方面的原因,还有文化历史方面的原因,以及社会环境与精神环境方面的原因。对此,文化人类学、人类生态学也许能够做出更好的解说。

从生态学的观点看,个体总是生存在一定环境中的。对人来说,这个环境又包括自然环境之外的社会环境、文化背景、时代趋势、精神氛围。个体与上述环境构成一个相关互动的生态系统。个体之间的差异,环境之间的区别,个体与环境交往方式的不同,构成了人类社会如此奇妙玄奥的精神世界。

荣格早就指出，人类的生命个体中除了生理性、器质性的"遗传基因"之外，同时还存在着"文化性的、精神性的遗传基因"，即集体无意识在人类个体中的积淀。这些"集体无意识"是人类在一定环境中，在几百万年的演化史、几千万年、几万万年的生物进化史中反复积累下的经验，这是一些被模式化、典型化了的情境，荣格称之为"原型"，并认为这是一个人心灵的"始基"。比如：

"阴影"（The Shadow）：基于一个人的性别，影响着一个人与其同性别的人的关系。蕴含了人身上最多的动物性，生成最早且埋藏最深，能量最大活力最强，危险性最高，是心灵中一切高尚优美与一切丑恶卑鄙的源泉。

"人格面具"（The Persona）：基于从众求同的心理模式，自觉地扮演某一种角色，抑制自己的本能和天性来顺应环境、适应社会乃至迎合他人，以从中获得某种收益，这是一种心灵的"外貌"。

"阿妮玛"（The Anima）：男性心灵中的女性意象，是男性在长期追求女性、与女性相处并展示自身时形成的一种心理模式，而不是某一个女人的形象。荣格说："它是铭刻在男子生命的有机系统之中的原始之源的遗传因子，是女性所有祖先的印迹或者原形。"它表现为在男人身上隐含的某些女性气质，比如柔顺、任性、敏感。

"阿尼姆斯"（The Animus）：女性心灵中男性一面，是男性的祖先在女性生命中刻下的印痕，表现为女人身上隐含的男性气质，如刚强、耿直、顽皮。

"自性"（The Self）：一种无意识自我，一种追求秩序、统一、和谐、圆满的心理模式，试图统一人格中的各种矛盾的力量，形成一个坚实的整体，以避免错乱发生。荣格常以印度佛教中的宇宙图象"曼陀罗"来象征"自性"，并说它是一个"保护性的圆圈"，我在我的《精神守望》一书中也曾提到过"曼陀罗"，并把它看作佛教理想中的生态系统。

荣格心理学揭示的人类集体无意识领域像一个浩瀚无边的海洋,其中的"原型"多得数不清。但荣格同时又认为这些原型在一个人身上只是提供了"可能性","没有任何人可以避开这种统一原型的巨大影响",但是,"原型会采取什么样的进程表现自身,个体在实现其自身,个体在实现其目标的成功程度上人人各不相同"。① 这就如同"一粒种子发芽成长为一株植物"一样,它是成为一棵"悬崖边的树"还是"木材林里的树",是成为一株"阳台上的花"还是"幽谷里的花",又与它们各自不同的处境以及在不同处境中做出的不同选择有关。

"同一起源的个体由于内在或外在的原因而出现的性状差异",在生态学上叫做"变异"(variation)。因遗传原因引起的差异叫"遗传变异";因环境方面引起的差异叫"环境变异"。"橘生淮南则为桔,橘生淮北则为枳",说的原本就是植物随环境变化而发生的变异。

环境变异,往往也是文学艺术家的个性、文学艺术作品的风格生成的契机。南唐后主李煜的艺术生涯是一个典型的例子:前期的李煜,虽然是个弱国之君,但毕竟是一国之主,依然高踞龙位、颐指气使、雕栏玉砌、歌舞升平。这时期的词作,如《玉楼春》《喜迁莺》《阮郎归》《木兰花》等,虽也写恋情离恨,亦不过文人骚客的寄情声色,笔意不失温馨安逸,用语亦多明快晓畅。至于那些状写帝王奢华的词句,如"晚妆初了明肌雪,春殿嫔娥鱼贯列。笙箫吹断水云间,重按霓裳歌遍彻",铺陈排比,如数家珍,一派得意飞扬之色,其语势如高山流水、平岗走马,奔放如注。后期,国破家亡,这位满腹才华的诗人皇帝不得不"肉袒出降",成了赵宋王朝的阶下囚,被从莺飞草长的江城金陵押解到地处中原的异国汴梁。自然环境变了,社会地位变了,身份角色更是发生了"天上人间"的变化,这时李煜词的风格也随之发生了显著的变化。"教坊犹奏别离歌,垂泪对宫娥""离恨恰如春草,更行更远更生""梦里不知身是客,一

---

① [美]卡尔文·S.霍尔、沃农·J.诺德拜:《荣格心理学纲要》,黄河文艺出版社1987年版,第83页。

响贪欢""问君能有几多愁,恰似一江春水向东流"。其情哀婉愁苦、抑郁悲伤,其语亦如丝如缕、顿挫缠绵,论者以为"后主晚期,自抒其情,直用赋体白描,不用典,不雕琢,血泪凝成,感人至深"。[①]

由此看来,南唐李后主作为中国古代文学史中一位出类拔萃的诗人,从文艺生态学的意义上说也是一棵"橘子树",生长在"淮南"金陵的土地上时,他是散发出清芬甘美的"橘",流落到"淮北"汴梁之后,他便成了酸辛苦涩的"枳"。在不同的环境中,他的作品发生了"性状"的变异。与"橘枳"比喻不同的是,李煜在淮北结下的"枳",从文字艺术的尺度来说,却取得了更高的水准,那苦涩的"枳"是比"橘"还要珍贵的艺术精品。

7.5 "克隆"技术的隐忧

"克隆"是指生物体通过自体细胞进行无性繁殖,并由此产生与母体基因型完全相同的生命体。换一种通俗的说法,即通过技术手段再造一个完全相同的生命。相当于一觉醒来,世界上突然多出了一个你,一个完全重复了你的你! 从 20 世纪 50 年代起,科学家们先后克隆出来青蛙、鲤鱼、老鼠、骆驼、猪狗、牛羊。英国 PPL 制药公司的总裁宣布一次"克隆"五只小猪成功,该公司的股票价格当天猛升 56%,"克隆"很快进入一场全球竞赛。据报导,日本与美国合作的一个大学研究所已经把三位美国女人的卵巢切成碎片移植到九只日本老鼠的肚子里,直到克隆出了灵长类猴子的胚胎,距离克隆出人,只差一步之遥。宾西法尼亚大学的一位教授说,这个时间大约为 7 年,还有专家说那可能只需要 2 年的时间。据说,当时已经有人迫不及待地希望能够"克隆"自己,克隆实验室的大门前已经排起了长队:有企业老板,有小国君王,有自命

---

① 唐圭璋:《南唐三主词汇》。

不凡的各类"天才"。在中国,也有人奋起两臂欢呼所谓"克隆时代"的到来。

"克隆"也给更多拥有良知的现代人带来忧虑,有人甚至把它看作继"原子弹""核武器"之后,科学带到人间的又一个"魔怪"。这时人们才开始惊慌起来:真要是克隆出另一群完全相同的人来,那么人类的价值是增加了一倍,还是消减了一半呢?人们意识到,与任何科学技术一样,克隆在为人们带来许多福利的同时,也会威胁到基因的多样性、破坏生物进化的自律性、导致人类精神分裂、引发社会秩序紊乱,以及其他难以预料的祸端。人们开始在世界范围内严格禁止克隆人的实验。

就在那只被命名为"多莉"的克隆怪物小羊刚刚问世,我的学生黄侠撰写的一本谈论"文学的个性"与"语言的身体性"的书正准备出版,我曾在序言中写下这样一些话:

> "克隆时代"一旦到来,人群中必然出现许多完全相同的"身体",那时,人类身体的"不可替换性"将不复存在,黄侠所推崇的"身体语言"即使不会消失,其闪现的私密性光辉亦将暗淡下来。人的本质被换算为一组基因数码,人的语言或许真的可以达到结构主义语言学家孜孜以求的那种纯净而透明、普适而共有的最高标准,那时,也就是文学艺术的终结。①

比如,进入"克隆时代"后,由于一个人可以一次次地被复制,其寿命实际上便获得了"永生"的尺度,"个人"有可能成为不会死的生物。身体性、身体的个体性原本是文学艺术的根本属性。"献身"本是最高的身体语言,艺术家在无法守护语言的火种、无法在语言中澄明真理时,甚至不惜以发疯、自杀等残破肉体的方式完成其最终表达。而"克隆"的目的绝不是"献身""捐躯",而

---

① 参见黄侠:《语言的身体性》序言,中国人口出版社1998年版。

是企图占有更多的"身躯";不是"自我毁灭"而是"自我重复"。那么，立足于"向死而生"的存在主义哲学、存在主义诗学也都成了时过境迁的东西，文学艺术先就失去了生存的理由，所谓文学言语"对于生存困境的开启或拯救"便成了无的之矢。到了那时候，我真想不出个体的言语诉说还将从何处去寻找腾飞的动力与燃烧的火种。

张扬艺术家的个性与言语的个体风格，其潜在的愿望无非是以文学艺术对抗现代社会中日益横行肆虐的思想划一与话语专制；一旦到了"克隆时代"，生产哪一类人或不生产哪一类人将被集权者与科学家们决定，思想控制、话语控制将随着对人的控制的加强变得更加坚不可摧，人性将更加严密地被囚禁在"功利"与"实用"的牢笼里。一旦"克隆"盛行于人类社会，所谓艺术家的个性、文学风格，所谓屈原、杜甫、李白、李煜以及尼采、荣格、刘勰、司空图，都将变得失去意义和价值。梅洛·庞蒂曾说过："世界的问题也可以从身体的问题开始。"当"身体的问题"已经发生如此巨大的变异时，"世界的问题"还能不被改变吗？看来值得忧虑的不只文学艺术，还有人类自身。

第8章　文学艺术创造的能量与动力

钱谷融先生在《文艺创作的生命与动力》一文中提出了文学艺术的"动力学原则"：

> 一个作家总是从他的内在需求出发来进行创作的,他的创作冲动首先总是来自社会现实在他内心所激起的感情的波澜上。这种感情的波澜,不但激动着他,逼迫着他,使他不能不提起笔来;而且他的作品的倾向,就决定于这种感情的波澜是朝哪个方向奔涌的,他的作品的音调和力量,就决定于这种感情的波澜具有怎样的气势和多大的规模。这就是艺术创作的"动力学原则"。①

文章是在 1979 年的《文艺报》第 6 期上发表的,当时我还在郑州铁路局第五小学院子里的一个"师范班"教书,这篇文章对我起到了"振聋发聩"的作用,我抑制不住内心冲动给钱谷融先生写了一封信,谈了我读这篇文章后的感

---

① 钱谷融:《艺术·人·真诚》,华东师范大学出版社 1995 年版,第 143 页。

受。不久,便收到了钱先生的回信。由于这次通信,我与先生建立了近40年的师生情谊。

钱谷融先生的这篇文章,明确地提出了文学艺术创作中的"动力学原则",集中论述了文学艺术创作的能量与动力就是作家艺术家真挚充沛的"情感"。这并不是一个多么新奇的立论,却是一个朴素的真理。能量的活动与交流是维持一个生态系统运转的基本条件,我们既然把文学艺术活动视为一个生态系统,那么我们就必须认清推动这个系统运作的动力,即所谓"能量"。

早前,我在从事文艺心理学研究时,也曾经对文学艺术创作的奥秘做过一些探索,当时多半侧重于从文学艺术家的心理活动中求取答案,即所谓窥测"黑箱"中隐藏的秘密。作为作家大脑的"黑箱",其实并非孤立的存在,文学艺术家也不过是天地造化孕育出的"有机生命体"之一,文学艺术创造活动与整个地球生态系统内部的能量运动也应当有着有机的联系。那么,我们也许可以从一个更开阔的视野中,考察一下文学艺术创造的能量和动力。

8.1 物理能·生物能·精神能

"能量"(energy),在人们的意识中一般只是一个物理学概念:度量物质运动的一种物理量,即物质做功的能力,基本类型有:位能、动能、热能、电能、磁能、光能、机械能、化学能、原子能等等,这些不同形式的能量之间可以通过物理效应或化学反应相互转换。在物理学家看来,能量就是"做功"或"产生运动变化的能力"。在物理学家的视野里,小到原子内部,大到宇宙空间,从电梯载人上楼、活塞在汽缸中运动,到原子弹爆炸、人造卫星升空,都是可以精确测量、严密控制的能量的活动与置换。

后来,人们在"物理能"之外发现了"生物能"的存在。

所谓生物能(biomassenergy),就是以生物质为载体贮存的能量,主要成分是化学能,有称为生物化学能。生物质即生命体,包括所有的植物、动物、微生物。首先是植物,利用光合作用将太阳能以碳水化合物的形式贮存在自己体内,通过食物链又传输给动物,包括人类在内。俗话说"人是铁,饭是钢,一顿不吃饿得慌!"饭就是米面酒肉,就是植物与动物从太阳能中转化而来的"能量",吃饭就是补充能量。生物圈成为地球上最庞大的无所不包的能量流动系统,冬天下几场大雪,夏季刮几场风,青海的草原上还剩下多少野驴,北京的胡同里又多了几只乌鸦,巴黎的时装市场是否流行裘皮大衣,上海的家庭主妇篮子里买到什么青菜,全都关乎生态系统内的能量流动。专家统计,地球每年经光合作用产生的物质有1730亿吨,其中包括木材、粮食、油料、蔬果、牧草、家畜、鱼虾、蛋奶以及厨房垃圾、人和动物的粪便等。生物圈内蕴含的"生物能"相当于全世界能源消耗总量的20倍,而利用率却不到3%。能量开始进入生物学家的研究室,生态学家们试图把生物界的能量流动与转换运用定量的方式表达出来。

比如,在那"鸡栖于埘、鸡栖于桀"的诗经年代,鸡是在田野里放养的,处于自然状态时,母鸡下蛋生产的能量与它在田野里啄食谷粒、虫子消耗的能量大体相等而略有盈余;而在现代养鸡场中,母鸡几乎要天天下蛋,生产的能量较之诗经时代大大增加。但如今人们却要为鸡建造全天候的饲养场,要配制全营养的饲料,要架设输入饲料、输出鸡蛋的机械化传送带,还要招聘专职的训练有素的工人负责管理。这样,把烧制砖瓦、冶炼钢铁、加工饲料、水暖用电、培训职工以及职工为养鸡投注的时间和劳动都换算成母鸡下蛋的生物能量,据统计投入的能量已经是产出能量的2.85倍。养鸡场主倒是可以通过抬高鸡蛋的价格依然赚取利润,而地球生物圈却为此支出了沉重的代价。这笔账目尽管不是十分精确,但毕竟还是有据可查、有量可计的。在地球上的能源开始枯竭之际,如何合理开发利用"生物能",已经成为各国政府决策机构与经济生产部门关心的一件大事。

如果养的不是"鸡",而是"人",这笔账目就更难计量。一个孩子,从在母腹中成胎分娩,到牙牙学语,到绕膝嬉戏,到读书成才、长大成人,需要吃多少食品、喝多少水、穿多少衣服、住多少房子、乘坐多少次汽车火车、观看多少次电影电视以及住几次医院、拉多少屎尿、造多少垃圾,若是换算为能量,数量是惊人的,但总可以大略算计出来的。但"育人"毕竟不同于"养鸡",在一个人的出生、发育、成长过程中,做父母的要投入多少爱心、付出多少温情、负担几多思虑,承受几多忧患?"慈母手中线,游子身上衣。临行密密缝,意恐迟迟归。谁言寸草心,报得三春晖?"从自然生态学的角度看,"三春晖"是光照、太阳能,可以科学地测量;"寸草心"是植物,生物量,当然都可以焦耳(J)、卡路里(cal)为单位计量。然而这首诗中表达的却是"父母的爱"和"儿女的情",情爱是"能量"吗?又如何测量?

且不说测量,"情爱"究竟算不算地球生态系统中的"能量",在严谨的生态学家那里恐怕也还是个问题。如果不是能量,那么由母亲付出的促成孩子发育成长的这份情爱又是什么?母亲没有为此而"做功"吗?没有为促使孩子的"变化"而施展自己的"能力"吗?如果是能量,那么,母亲的"爱心",是属于哪个类型的能量?是热能、电能、光能、化学能?还是原子能?

"母爱",大约也不仅仅是"生物本能"所能够解释的,况且"生物本能"究竟是一种什么能也还说不清。

看来,在"物理学家的能""生物学家的能"之外,还存在着一种"能",一种个体内在心灵中发动的"能量",那就是"精神的能量"。文学艺术活动主要是一种精神活动,文学艺术家从事的是精神产品的创造活动,文学创造需要有充足的创造力。而精美的纸张、精湛的印刷术都不能保证一本诗歌拥有更高的品位;上等的画布,上乘的油彩都不能保证一幅油画的审美价值;精工制作的钢琴也不能保证弹奏出令人陶醉的音乐。真正的诗歌、绘画、音乐作品中必然蕴含着巨大的震撼人心的力量,那是精神的能量,是由诗人、画家、音乐家的心灵深处释放出来的精神能量。

这种"精神能量"存在吗？

德日进在其《人的能量》一书中,也将宇宙间的能量划分为三种形态：

混合能量：生物进化过程中由肌肉、神经系统组成的有机体内部逐渐积累协调起来的能量,比如农民工在建筑工地"搬砖""背水泥",相当于前边我们讲到的生物能量；

受控能量：是人的身体通过控制、操纵机械、仪器获得的能量,如工地上的板车、搅拌机、升降机的工作,属于机械能,也相当于前边讲的物理能；

精神能量：属于人的心理活动产生的能量。他说："精神能量仅仅局限于我们的内在自由活动领域,是我们的智力活动、情感和意志的能力。""它透过思考和热情来控制事物及其关系。"这种能量是实际存在的,却难以计量。①

三种能量之间有着密切的关系,界限并不严格分明,精神能量也可以转换成生物能量、机械能量。曾有人考察后得出结论,一位女士独自迷失在山林里,可能不到一周时间就会丧失生命；假若这是一位带着孩子迷失在山林中的母亲,她反倒能够坚持更长时间,甚至活着走出山林。因为这时她怀着作为母亲的爱、肩负着母亲的责任,这会使她焕发出更强烈的求生欲望、更顽强的求生意志、调动起更多样的求生本能与求生智慧,这就是精神能量在发挥巨大作用。在德日进看来,精神的能量既是道德的也是物理的,是"物理道德"的,是"宇宙能量的花朵",是"人类的共同的灵魂"。而精神能量中作为"最高级心理功能"与"最个性化现象"的是人的情感与爱,这恰恰也是文学艺术天才的策动力。然而,人们对此却有些置若罔闻：

> 吊诡的是,尽管(也许正因为)具有无处不在和强烈性的特点,爱(在此,我指的是"热情"这种严格意义上的爱)知道今天,还被排除在人的能

---

① ［法］德日进：《人的能量》,贵州人民出版社 2018 年版,第 107 页。

量的任何理性系统化之外。在经验上，道德好歹还在人类的维持与物质传播方面，成功地把其应用法典化了。可是，有谁因此严肃地想到过，在这种说不清道不明的力量(然而却是众所周知的天才、艺术和任何诗歌的策动力)底下，一股巨大的创造性冲动正在蓄势待发，以至于人只有在不仅遏制，而且转变、利用和解放了它的时候才能成为人？我们这个世纪的人，都渴望不让任何力量流失，渴望制服内心深处的原动力。今天，在这个方面，光明似乎开始呈现。像思维一样，爱一直在心智层(精神圈)里发展。①

弗洛伊德将"性爱"作为其学说的核心，断言性欲是人身上一种与生俱来的强劲的心理能量，它是生命的活力，是心理活动的动力，是人的一切行为的最终的驱策力，他将它称作"力比多"(libido)。他在《精神分析引论》中写道："我们认为这些性的冲动，对人类心灵最高文化的、艺术的和社会的成就作出了最大的贡献。"②弗洛伊德所说的"性爱"基本上还是一种"生物化学性"的能量，甚至可以通过调节身体里的某些激素加以控制。这种能量如果要进入精神层面还需要通过某些渠道加以"升华"。德日进所说的"爱"，则是一种精神的能量，是集"雅"与"善"为一体的"普世之爱"，是将人类凝聚成一个整体的宇宙能量，是地球精神圈运转的最高目标，其视野远比弗洛伊德恢宏。

德日进的著述中很少谈论文学艺术，在论及"精神能量"时却破例将艺术、诗歌作为"天才"的活动披露于众，倒是仿佛与弗洛伊德遥相呼应。德日进还将人的能量视为一种"特殊的流体"，称其为"意识张力"，这就更切近文学创作心理学中所说的"意识流"了。

----

① ［法］德日进：《人的能量》，贵州人民出版社 2018 年版，第 122 页。
② ［奥］弗洛伊德：《精神分析引论》，商务印书馆 1984 年版，第 9 页。

8.2　精神能量与创造力

借助力量、能量的运动阐发艺术创造的规律,并予以特别关注的,是尼采。他明显地倾向于把艺术的原则与生物学的原则联系起来,视艺术创造力与生物的"生殖力"为同类,将艺术创造活动中活跃着的能量视为一种生物性的能量,创作冲动即性的冲动。尼采的论述是热烈骚动、激情澎湃的,他那诗一般的话语,本身就充满了强劲的冲击力:

> 艺术使我们想起动物活力的状态;它一方面是旺盛的肉体活力向形象世界和意愿世界的涌流喷射,另一方面是借助崇高生活的形象和意愿对动物机能的诱发;它是生命感的高涨,也是生命感的激发。

> 审美状态仅仅出现在那些能使肉体的活力横溢的天性之中,第一推动力永远是在肉体的活力里面。清醒的人、疲倦的人、精疲力尽的人、干巴巴的人(例如学者)绝对不能从艺术中感受到什么,因为他没有艺术的原动力……

> 艺术本身就像一种自然的强力一样借这两种状态表现在人身上,支配着他,不管他是否愿意,或作为驱向幻觉之迫力,或作为驱向放纵之迫力。这两种状态在日常生活中也有所表现,只是比较弱些:在梦中,在醉中。①

---

① ［德］尼采:《悲剧的诞生:尼采美学文选》,生活·读书·新知三联书店 1968 年版,第 151 页,第 349 页。

尼采得出的结论是：艺术创造力与性力是同一性质的和力，"艺术家的创造本能和精液流入血液的份额"同值，"对艺术和美的渴望是对性欲癫狂的间接渴望"，"一个人在艺术构思中消耗的力和一个人在性行为中消耗的力是同一种力"。"假如没有某种过于炽烈的性欲，就无法设想会有拉斐尔……创作音乐也还是创造孩子的一种方式"，"艺术家按照其性质来说恐怕难免是好色之徒"，"贞洁不过是艺术家的经济学"。①

弗洛伊德在用他的精神分析学说阐释文学艺术创造时，遵循的也是"性欲决定论"，只不过强调"性欲"以及"性的能量"只有经过向更高层面的"升华"渠道，才能进入审美和艺术的境界。

罗洛·梅修正了弗洛伊德的理论，更强调"爱"的力量。他认为"性欲"的力量与"爱欲"的力量是两股不同质的力量：性欲是从后边推动人盲目行动的力，爱欲是从上边引导人飞升的力。性欲属于生物能量，爱欲显然是一种精神能量。

荣格也不同意把"生命力"等同于"性的能量"，他把支配人的包括艺术创造在内的高级活动行为的能量称作"心灵能"（Psychic energy），着重于从人的生命经验、人类的文化历史积淀方面加以解释："心灵能起源于人所经历的生活经验。犹如食物被生理性的身体消化，转换生成为物理性的或者生命的能量，人的生活经验也同样被心灵'消化'，转换生成心灵的能量"②荣格还举例说：生物性的能量表现为"饥、渴、性"，心灵性的能量表现为"奋斗、憧憬和向往"。如果考虑到人类在长达数百万年的进化过程中已经消化、积累了如此多的经验，那么，人类所拥有的这种"心灵能量"其蕴藏则是何等的丰富，那也是文学艺术家取之不尽、用之不竭的"精神能源"。在荣格看来，真正的艺术创造，实际上就是这些"幽魂"般的"心灵能"在诗人、小说家、艺术家身上显现。

---

① ［德］尼采：《悲剧的诞生：尼采美学文选》，生活·读书·新知三联书店1968年版，第354页，第363页，第350页，第362页。
② ［美］卡尔文·S.霍尔、沃农·J.诺德拜：《荣格心理学纲要》，黄河文艺出版社1987年版，第57页。

不过,荣格又认为:"精神生活在最深的根源上是不可理解的'某物'",①这使他往往陷入神秘论的沼泽。

美国当代艺术心理学家西尔瓦诺·阿瑞提(Silvano Arieti)努力尝试运用生物物理学、生物化学的最新发现来解释创造力这种精神能量的生成与传输。他认为,人类所独具的这种精神创造能力,与人类大脑的特殊构造有关。首先是"量"的优势,人脑大脑皮层上有150亿个神经细胞,每个神经细胞都是一个蓄电池,整个大脑像是一个"发电厂",其功率大约相当于一个10瓦的电灯泡;其次是"质"的优势,人脑大脑皮质上的每个细胞都拥有众多的"轴点"和"树突",通过神经元之间的电脉冲作用,可以用最快的速度接受多达2 000种的信息;第三,是神经元与神经元联系的选择性与随机性,人脑实际上是一个在结构上具有高度可塑性的整体,能量的传递又是在细胞的层面乃至分子、电离子的层面上进行的,符合海森伯的"测不准原理"。由于这三种原因,人类大脑才具备了近乎无穷无尽、神秘莫测的艺术创造能力。他打比方说:

> 可以把神经元比做音乐上的音符,只不过它们更加复杂、数量更多罢了。而正像同样的音符按照不同的组合构成不同的旋律一样,神经元按照不同的组合产生出了不同的形象和思维。②

阿瑞提对于人的精神以及人的文学艺术创造活动所做的"科学"解释,比起人的精神与艺术创造的实际情况来说,仍然是非常肤浅的。现在看来,仅仅希望在"细胞""分子"的层级上解开人类精神活动,尤其是文学艺术活动的奥秘是远远不够的。或许还要深入到"量子"的层级,深入到物质之外的"暗物质"的领域,这已经远远超出我们这本书的知识空间。

---

① 冯川编:《荣格文集》,改革出版社1997年版,第29页。
② [美] 西尔瓦诺·阿瑞提:《创造的秘密》,辽宁人民出版社1987年版,第499页。

我们还只能从心理学的角度介入生态文艺学的阐释。

比如"想象",就总是被人们说成是一种能力、一种力量、一种精神活动的能量或荣格所说的"心灵能量"。

在德国哲学家恩斯特·布洛赫看来,"譬喻""象征"这些"人类精神的特殊形式",都源发于人类的想象能力与乌托邦冲动,同属艺术活动、宗教活动的内在驱力。布洛赫把"乌托邦冲动"的实质,看作"欲望在现实世界的空缺",这同样也适合于艺术的想象。"欲望"的最深处是生物的本能,如食欲、性欲、安全的欲求与权力的欲求,与生物的机体活动、情绪活动密切相关;欲望的文化表现形式则有求知的欲望、交往的欲望、追求完善完美的欲望,那是一种精神的意向。"性欲的压抑"可以支配《牡丹亭》中的男女主角出生入死;食物的匮乏可以迫使汉乐府《东门行》中的那个男子铤而走险;由于对善的追求,基督自己走上了十字架。由此看来,欲望的力量还不够强大吗?

美国当代批评家威尔赖特(Philip Wheelwright)则把距离看作"想象"的必不可少的环境因素。当月亮离人们还是遥不可及的时候,月亮里才被想象出"玉兔、嫦娥、桂花树、广寒宫",当人们的足迹踏在月亮上之后,月亮成了月球,月球上只剩下了岩石和沙砾。所谓"距离产生美",那也是由于想象的介入,由于想象只有在一定的距离内才能发生。

意大利的维柯,在18世纪初期就已经感觉到理性主义的时代思潮对于艺术想象力的瓦解:"使这个时代僵滞的是一种哲学,它麻痹了心灵里一切来自肉体的功能,尤其是想象;想象在今天被憎厌为人类各种错误之母……有一种学问把最好的诗的丰富多彩冻结起来了。"① 维柯把科学的认知能力看作诗歌想象的对立面,并认为形象只有在天真纯朴的、混沌来分的心灵里才最为活跃,"推理力愈薄弱,想象力就愈雄厚",原始人与小孩子的"想象力特别生

---

① ［意］维柯:《致 G·D·安琪奥利书》,转引自《外国理论家、作家论形象思维》,中国社会科学出版社 1981 年版,第 24 页。

动"。

画家高更竭力强化了这一"原始主义"的倾向，他为了复活他的艺术想象力，便自我流放到南太平洋的一个荒岛上，与那里的居民生活在一起，并且宣布自己也成了一个"野蛮人"，开始"创造一个新世界"。他还激烈地主张："机器一产生，艺术就将消亡"，有人说摄影术的发展十分有利于奔马的绘画，他却立即宣告，他不稀罕这种发展，"我将退得更远，退到比巴底隆神庙上的马还要远……退到我幼儿时代的玩具上面，我的好木马上。"①这就是说，他不但要退回人类的原始，也要退回自己的童年。

还有哲学家认为，想象是对于未知的、陌生的、遥远的、新奇的东西的想象，想象也就是"心灵的冒险"，"心灵和外面世界的接触总带着几分冒险，这几分冒险就是想象。"②西方人讲：美与恐怖在大自然中交媾孕育伟大。中国古代传说：20 岁的美女庆都在阴风凄惨、雷雨交加的荒野中与一条狰狞的赤龙交媾，14 个月后，生下了理想的仁德圣君：尧。精神的受孕也是如此，艺术的想象也如此。

至此，我们大约可以归纳出这样的认识：想象，作为人的精神活动似乎总是一种与"匮乏"联系在一起的力量，一种总是与"原始""童稚""虚无""蒙昧""不安"相伴相随的力量。

大约正因为如此，"想象"在启蒙运动的那些思想家眼里，成了一种"愚妄"的力量，成了一位"疯婆子"。培根说它是人们走向理性的拌脚石；霍布斯说它不过是一种"正在衰减的感觉"，并提醒人们不要上当。在启蒙时代的理想主义取得胜利的地方，真正的艺术想象力也就渐渐式微了。

启蒙时代以来，人类社会显然变得"富足""成熟""现实""理智""安乐"了，与以往生存环境中的"匮乏""原始""蒙昧""险恶"相比，人类把它叫做

---

① ［美］赫谢尔·B.奇普编：《塞尚、凡·高、高更书信选》，四川美术出版社 1986 年版，第 96 页。
② ［美］杜威：《艺术的经验观》，转引自《外国理论家、作家论形象思维》，中国社会科学出版社 1981 年版，第 198 页。

"发展""进步"。后来人们渐渐发现,这种"直线性"的发展进步在破坏了地球的自然生态环境的同时,也抑制了人类精神的健康发展,其中就包括人的原始生命力的退化和艺术想象力的衰竭。

科技的进步,损耗了过量的大自然中的能源,却节存下过多的人类生命自身的内部能源;商业化社会,以规模宏大的商品形式的交换取代了人与人之间内心世界的交流。莎士比亚的罗密欧或王实甫的崔莺莺为了会见情人不需要再胆战心惊地跳阳台或爬墙头,只要打个电话,打个 BB 机。"悲剧"不会重演,节省下的"力比多"直接投入床笫间的"摸爬滚打"。现代的伯牙、子期们要想拥有音乐,也不必再摩顶放踵地去寻觅什么"高山流水""夕阳归舟",花上百把块钱,买几盒录音磁带,点几首卡拉 OK,立体声、多频道、彩色图像,便可以乐上一阵子。原先是要凭借生命的升华才能获得的东西,现在似乎凭着金钱就可以买到。但是,人的生命却在"方便""实用"中被缩短了过程,被限制了空间。"形而上"的升华途径被超消费的物欲文明截断了,"欲望"与"达成"之间仅只剩下实实在在的攫取,再不给艺术的想象留下丝毫的空间。

在法兰克福学派的理论家们看来,"想象力"的衰竭,构成了现代社会的一个显著的特点,"人们的想象,更不用说渴望,完全不同于已知生活形式的能力消失了"。[①] 而"想象力的衰竭",又是与现代社会中"乌托邦式冲动的干涸"同时出现的,因为它们本来就基于人类的同一种心理机制。霍克海默曾悲怆地揭示了乌托邦在现代社会的陷落:"现代社会的结构,保证使孩提时代的乌托邦幻想在青年的早期就暗淡失色。""现代社会结构"是否已经足以"保证"使人们不再拥有"童年",那"金色的童年""美丽的童年""如诗如画的童年"?后现代媒体生态学家波兹曼《童年的消逝》指出:在美国,当代儿童正在迅速成人化,超量信息将儿童迅速逐出他们本该拥有的乐园。生命还没有充分展

---

① 转引自〔美〕杰姆逊:《后现代主义与文化理论》,北京大学出版社 1997 年版,第 280 页。

开就已经结束。这令人想起菜市场里被催肥的鸡,鸡的生长期被人工缩短,那是人类自己"直奔目的"的结果,也是人类与生俱来的乌托邦精神的丧失。

继形形色色的许多乌托邦幻灭之后,生态学意味的乌托邦已经在当代人的精神空间中升起。美国生态批评家卡洛琳·麦茜特,在其《自然之死》一书中曾经揭示:存在另一种乌托邦,一种与工业社会相对的"有机社会乌托邦"。她强调,这种乌托邦"秉承自然与社会之连结的古代传统",是一个以生态哲学、生态伦理学为基础、自给自足、周而复始的生态社会——"生态乌托邦"。① "生态型乌托邦"将为干涸的乌托邦精神注入生命的活水,这就需要对人类自身"原始生命力"的再发现、再创造。正如罗洛·梅所说:"我们必须重新发现原始生命力,赋予它以一种适合我们当前处境,能够在我们时代生根开花结果的新形式。这对于原始生命力的现状,不仅是一种再发现,而且是一种再创造。""艺术几乎可以定义为与原始生命力进行协商的特殊方式。"②

8.3　灵感迷狂与自动写作

结合以上论述,文学艺术创造活动中的能量和动力,大致包括以下三个方面的来源:

一、生物性的本能欲望。在心理学家中,可以找到威廉·麦克杜格尔(William Mcdougall)这样的支持者,他认为"本能"是人的一切行为的最基本的动力,就像"发条"对于"钟表",火对于"蒸汽机"一样。③ 他所归纳出来的人类的本能有十几种之多,除了"食欲""性欲"之外,还有"逃避""搏击""厌恶"

① 参见[美]卡洛琳·麦茜特:《自然之死》,吉林人民出版社1999年版,第106页。
② 《罗洛·梅文集》,中国言实出版社1996年版,第145页,第148页。
③ 参见高觉敷主编:《西方近代心理学》,人民教育出版社1982年版,第236页。

"母爱""好奇""建造"等本能,以及相应引发的"恐惧""愤怒""拒斥""温柔""惊异""孤独""创造的冲动"等本能性的情绪。弗洛伊德单一地强化了"性本能"在人的行为中的作用,并且把文学艺术的创造以及人类的一切文化活动都不得看作"性欲能量"的升华。

二、文化历史性的原始意象积淀。荣格坚信,一个人在刚刚降生人世的时候,他的"大脑"就已经不是一块"白板",上边已经由他的千万代祖先在亿万年的生存斗争经验的积淀"画满了神秘的花纹",或许就像一块无限复杂的已经充了电的"集成线路板"。就像在个人的大脑中还存在着一个人,那是一个已经活了数百万岁、超越了时间和空间、法力无边的"集体人"。人的行为,包括人的文学艺术创造行为,都是由这位无形却强有力的"集体人"在冥冥中支使操纵的。

三、现实体验中的情绪记忆和情感积累。20 世纪 80 年代,我在发表的两篇文章《文学艺术家的感情积累》《文学艺术家的情绪记忆》中曾探讨过这些问题,认定文学艺术家的情感积累、情绪记忆是文学艺术创作中核心的能量和动力。情绪和情感,扎根于生命本能与心灵的无意识之中,是生命活力的蕴积。它自己或许是感性的、混沌的,像富含营养的沃土,却能够生长出茂盛葱茏的生物。正如罗素所说的:三种普普通通的感情:追求爱、探索知识、同情人类的苦难,却一直支配着我们的生活。又如雅斯贝斯所说的:三种情绪:奇异、怀疑、震惊,分别促生出亚里士多德的古希腊哲学、康德的近代哲学和尼采的现代哲学。其实这些感情和情绪也无时无刻不在支配、促生着文学艺术家的创作活动。

上述三种能量,第一种属于"生物能",第二、三种显然属于德日进谈论的"精神能"。下边,我们以"灵感迷狂"和"自动写作"为例,查看一下这些生命的能量与活力是如何在文学艺术创造活动中发挥作用的。

诗人、作家、艺术家大都体验过创作冲动,这是一种真实的心理活动。一旦这种创作冲动产生,作家似乎被一种力量催促着,身不由己,欲罢不能。大文豪苏东坡在《江行唱和集叙》中谈到他和弟弟苏辙、父亲苏洵两代三人的创作经验时就曾说道："为文者，非能为之为工，乃不能不为之为工也。"就像山谷里云雾的流动、草木的开花结果，都是充盈涌动的生命力的自然呈现，"虽欲无有，其可得耶?"还说他们父子写的文章虽多，却从来没有"作文之意"，都是"有触于中，而发为咏叹"，是在"不能自已"的心境下写出来的，而不是"勉强所为之文"。

苏东坡说得比较委婉。对于有些现代诗人来说，他们的创作冲动就更为冲动、狂野。有人说那就像春江涨潮、骏马奔腾，一股按捺不住的激情在胸中冲撞着、翻涌着、闹得人食不甘味，卧不安寝。有的人处于这样的冲动中，甚至胸口感到灼疼，眼睛湿润起来，脊椎都在一阵阵抽搐，真有点像是一个即将临盆、胎儿已在腹中躁动的妇人；更有甚者，竟像害了冷热病一样，已经到了神魂颠倒的地步。郭沫若曾经追述过他在"五四"运动发生那年的冬天，写作长诗《地球，我的母亲》时的情景：诗兴袭来迫使他打着赤脚卧倒在路边，把身体紧紧地贴在大地上，诗意如乱云飞渡般飘过心头，他几乎来不及记下那喷涌而出的诗句。诗写过了，那股冲动的劲头还没有下去，又帮助同学扛了两里路的行李。这种冲动真有点像恶魔一样折腾人，柏拉图把这种情景称作"灵感迷狂"。在古代希腊，这种"灵感迷狂"的情景似乎更经常地发生，在柏拉图的著作中有着许多论述，他相信其中有一种强大的力量在驱动着，他把它叫做"神力"：

迷狂，是由诗神凭附而来的。它凭附到一个温柔贞洁的心灵，感发它，引它到兴高采烈、神飞色舞的境界，流落于各种诗歌……若是没有这种诗神的迷狂，无论谁去敲诗歌的门，他和他的作品都永远站在诗歌的门外，尽管他自己妄想单凭诗的艺术就可以成为一个诗人。他的神智清醒的诗遇到迷狂的诗就黯然无光了。

迷狂也远胜于清醒,像古人可以作证的,因为一个由于神力,一个只由于人力。①

"神力",其实还是"人力",即潜隐在人身上的艺术创造力。这是在人的本能结构、文化积淀以及人生体验中早已经聚积下的能量,一旦触发,就像一点火星迸进一桶汽油中顿时燃起的熊熊大火,火光之中不但文学家的思维异常敏捷而畅达,文学家的感情更是显得如痴如醉、如癫似狂,简直就像鬼神附体一样。

在这种所谓的"灵感迷狂"状态下,文学艺术家对于自己正在进行着的创作过程并不都是自觉的、理智的、清醒的,天才的作家艺术家在创造他们的伟大的作品时尤其如此,作品简直就像是从作家艺术家的心泉中自然流淌出来的,甚至就像从母体内自然分娩出来的一样。于是,在古今中外的文坛上就流传着一种"自动写作"或"自动创作"的说法。比如中国清代画家沈宗骞在谈到美术创作的心境时说:"其不可遏也,如弓箭之离弦;其不可测也,如震雷之出地。前乎此者,杳不知其所自起;后乎此者,杳不知其所由终。不前不后,恰值其时,兴与机会,则可遇而不可求之杰作成焉。"②法国超现实主义作家布勒东(André Breton)大半辈子都在折腾"自动写作",然而"自动写作"却不是能够刻意追求的,所以他的努力并没有成功。

一位作家曾经告诉我:写作时,尤其是一部短篇或中篇小说的写作,只要开头第一句话写好了,对味儿了,和辙儿了,来神儿了,思绪、情致就会像打开了闸门的流水一般,喷涌不止。这时,他根本无须殚思极虑,精打细算,后边的写作就可以一顺百顺、淋漓酣畅地进行下去了。事后,连他自己也惊奇起来:我怎么会写下这么好的句子!这位作家的经验倒是真实的,不少讲小说作法的书上都记载着"文章开头难"的条规。看来,"开头难"不只是个文字技巧问题,难就难在

---

① 《柏拉图文艺对话集》,人民文学出版社 1963 年版,第 118 页,第 117 页。
② 沈宗骞:《芥舟学画编·山水·取势》。

给自己此时此地郁积、潜隐的"心灵能量流"开挖一个恰如其分的"泄洪口"。

作家艺术家的这一"心灵能量流"并不完全依靠他们的思维、智力、技巧、手段去拨动,由于它自身蕴积了巨大的能量,在创作心理定势上形成了一种强大的张力,犹如箭在弦上,水积渊中,岩浆在地层下翻涌,一旦机遇降归,便会向着既定的方向迸发、飞动,直达真理的彼岸,直上人类精神境界的顶峰。

具体剖析文学艺术创作中的"灵感"的运行图式可能仍然是困难的,但现象并不罕见。也许这就是人类把握世界的另一种方式,是人类创造文明同时也创造自身的另一种方式,伟大的文学家、艺术家、哲学家、宗教家始终在信守着它,甚至当代最伟大的科学家也谦恭地尊重它的存在,并把它与创造人类文明的科学方式统一起来。被誉为"量子物理学之父"的玻尔(Niels Bohr)曾写下这样一段话:

> 这种灵感是伟大的艺术创作通过指示我们地位中那种谐调的整体性的一些特点而提供给我们的。事实上,当在越来越大的程度上放弃逻辑分析而允许弹奏全部的感情之弦时,诗、画与乐就包含着沟通一些极端方式的可能性。[1]

8.4 高峰体验与变态心理

对于心理能量的活动方式,弗洛伊德更关注的是"压抑",而后继者马斯洛则更关注"宣泄"。弗洛伊德在对"压抑"的分析中看到的是更多的"变态心理",马斯洛在对"宣泄"的论证中提出了"高峰体验"的著名学说。对于从事文学艺术创造的诗人、作家、画家、音乐家来说,心理能量的压抑与宣泄总是激

---

[1] [丹麦]玻尔:《原子物理学和人类知识论文续编》,商务印书馆1978年版,第18页。

烈地交替进行着的,无论是"高峰体验"或是"变态心理",在他们身上表现的也总是更为突出。

马斯洛说,高峰体验(Peak experience)是一种同一性的感受,这是一种"全神贯注""如痴如醉"的精神状态,作为主体的人被知觉对象全盘吸引,甚至全部身心都融化到了对象之中。在这样的时刻,人有一种返归自然、与自然合一的感觉。

马斯洛说,高峰体验伴随着瞬息间莫大的情绪体验,这是一种销魂夺魄、心旷神怡的时刻,主体的内心充盈着欢乐与哀怜、感激与敬畏、崇敬与虔诚的情绪。这种情绪是那样美妙,是任何语言都无力表达的。

马斯洛说,高峰体验并不同于宗教的"神启",但与宗教的神秘体验有相似的地方。高峰体验并不只有天才可以感受到,它也可以在普通人的普通生活中不期然地出现,它可以来自男女之间情笃意浓的片刻,它可以来自母亲自然分娩后的微笑,它可以来自旅游途中的森林、海滩,它可以来自竞技场上运动员的奔驰腾越,它可以来自某一工匠得心应手的技术操作,它也可以来自科学家、哲学家对某一真理的突然领悟。但是,它更经常来自文学艺术家对于自然、对于生活、对于人的心灵的感受和体验,表现为一种审美的愉悦,一种创造的冲动,一种表现的激情,一种突然的颖悟,一种闪烁的灵感。马斯洛说:"高峰体验可以比作去拜访个人意义上的天堂",因此,这种"高峰体验"便被看作艺术创造的最好的心境。

马斯洛把"高峰体验"看作是身体内潜在能量的"完全的释放,全部的耗尽,彻底的满足",他有时甚至把它比作"性交过程",一次"完全宣泄和释放"从而达到"高潮"的性交,比一次半途而废的性交更有利于身体的健康,"当性交过程被打断时,人体内血液的流动便会出现紊乱。要是能够痛快地达到性高潮,情况便完全不同。所以,彻底的释放对于我们的身心健康都是必要的"①

---

① 〔美〕马斯洛:《洞察未来》,改革出版社1998年版,第8—9页。

马斯洛的"高峰体验"所强调的是一种"统一和谐""舒适畅心""静穆松弛"的体验,他说:"几乎在任何情况下,只要人们臻于完善,实现希望,达到满足,诸事顺心,便可随时产生高峰体验。"[1]"要做到松弛和善于感受,采取道家的态度,对万事万物听其自然,不加干涉",便可以接近高峰体验。

马斯洛的"高峰体验"更倾向于让人做一个自然人,顺其自然、贴近自然、融入自然,并且在融入自然时获得一种人生的价值感,这显然是一种臻于完美的"人类生态学"的理想。

遗憾的是现实生活中更多的时候情况并非如此,"高峰体验"在一个人的生活中往往只是电光一闪,昙花一现。生活是复杂的、漫长的、艰辛的,人生更多的是在"途中",而不是在"顶点"。在"高峰"与"高峰"之间布满了人生的狭谷深渊、激流险滩,也必须由每一个人自己去承受,那同样也是文学艺术家必须体验与表现的对象。马斯洛恰恰忽略了另外一种人生的体验,一种在生命与自然、个人与命运、正义与邪恶、高尚与苦难相互拼搏中折冲的体验,一种身处绝境、死而后生的体验,一种山崩于前、海啸于后、临危受命、力挽狂澜的体验,一种舍生取义、杀身成仁的体验。鲁迅就曾讲过生命在危险中的体验,他说:"危险?危险令人紧张,紧张令人觉到自己生命的力。在危险中漫游,是很好的。"[2]中国古典小说中描述的"林冲夜奔""秦琼卖马"那种抑郁苍凉的人生体验,也是可以成为审美的至高境界的。

依照马斯洛的理论,文学艺术创造的最佳境界是一种"高峰状态",而"高峰体验"又是有利于健康的一种身心状态,那么文学艺术家就应该是一些身体与心理都十分正常与健康的人,而事实却恰恰相反。在文学艺术家的行列中,心理失常、心理变态、患精神病症乃至自杀自戕的要超出常人许多倍(作为另一极端,我们不排斥文学艺术家中也有身心超常健康的),这大约与这些人在

---

① 林方主编:《人的潜能和价值》,华夏出版社 1987 年版,第 369 页。
② 鲁迅:《秋夜纪游》,1933 年 8 月 16 日《申报·自由谈》。

生活中、创作中的"低谷体验"相关,他们较之常人体验到了更多的压抑、郁闷、挫折、断裂、困顿、残缺、焦灼、疑虑、孤独、绝望,以至于激烈冲突着的心理能量像锁在笼子里的猛兽一样,颠覆了大脑中心理-生理机制的栅栏,从而陷入生命在人世上的悲剧。据国内外多种研究资料的综合报导,许多文学艺术家兼具了天才与疯子的两重身份。英国近代著名诗人布莱克、拜伦、丁尼生等都记载了自己饱受精神疾病煎熬的经历;欧洲近代杰出的作曲家舒曼、天才画家凡·高、女权主义作家伍尔夫等也程度不同地显示了精神病的症状;美国近现代众多的作家诸如惠特曼、爱伦·坡、马克·吐温、海明威、庞德等都被诊断为患了精神病症。这个名单似乎还可以一直排下去:尼采、荷尔德林、卡夫卡、茨威格、陀斯妥耶夫斯基、川端康成,还有中国当代画家石鲁、小说家萧红、诗人海子、顾城。

1992年,美国肯塔基大学的拉德维格博士发表了一篇很有影响的论文,该文对20世纪1005位著名作家、艺术家以及从事其他职业的著名人士进行了对比研究。文章指出:从事艺术工作的人士在自杀、精神失常方面的比例是从事商业、科技、公共事务人士的2至3倍。其中诗人是最常见的精神病患者,他们自杀的比例是常人的18倍。①

进一步深究文艺创作与心理变态,精神疾病的关系,学术界的意见并不一致。

早些时候,像特里林、加德纳都倾向于认为精神疾病与文艺创作并没有直接的关系,艺术的构思、计划、操作、实施靠的是一种"健康的心理机制",别的方面可以有病,恰恰这些方面不能有病。而真正的精神病人,如果病前不会画画,病后一般仍不会画画。凡·高之所以拼命作画,恰恰是因为他想摆脱那种孤独、困苦的生活,这种努力一旦失败,他才变疯、自杀。如此说来,心理变态和精神病症不是艺术创作的动因,而成了艺术创作的结果,艺术成了一种有损身心的行径。

---

① 转引自王家平:《文艺创作与精神疾病》,《文论报》1995年11月10日。

较晚近的研究,则又倾向于肯定"适度的精神病患"对于文学艺术创作的积极推助作用。我国学者吕俊华的态度更为激烈些,他几乎认定艺术创作就是变态心理的再现,把幻想、想象、潜意识都看作变态心理的内容,似乎有些扩大化了。

国外的一些病理学专家,通过大量临床测试,发现了精神病症与文艺创作的关系起码表现在以下这些方面:

> 从医学角度看,患狂躁性精神病的艺术家的情绪表现为警觉、敏感,反应强烈而迅速,他们以情绪、知觉、智力、行为的大幅度变化来接受外在世界的刺激。从某种意义上说,患普通抑郁症的艺术家是通过一副黑色的眼镜看世界,而患狂躁症的艺术家则透过一个绚丽多彩而支离破碎的万花筒看世界。
>
> 医学专家发现,轻度的精神疾病往往有助于形成和表现富有创造性的思想,能够不断地增强思维的流畅及其运作的频率。精神病人大多患有妄想症,他们的思维常常从一点疾速而流畅地移向另一点,他们还固执地坚信自己的观点的正确性和重要性。
>
> 专家们还发现,精神病人的言语经常是押韵的,他们惯于使用诸如头韵等能够引起丰富联想的词汇,他们使用古怪词汇的数量是正常人的 3 倍;经过训练,他们比普通人能更迅捷地找到同义词,并组成相关的词组。这一切都似乎表明,在患精神病期间,艺术家思维运行的频率和质量都得到了提高。虽然至今还不清楚在患病期间是什么东西引起了艺术家思想的质变,但是,这种跌宕起伏的思维状态,的确有助于独创性思想和大跨度联想的形成,能给缺乏戏剧性的日常生活注入富有创造性的内涵。[1]

---

① 转引自王家平:《文艺创作与精神疾病》,《文论报》1995 年 11 月 10 日。

同一篇文章中讲到的典型例证有：

> 罗伯特·舒曼的精神状态与创作产量之间有密切的关系：1840年和1849年，舒曼两度进入了精神狂躁状态，在这两年，他分别创作了乐曲24部和27部，是他一生艺术创作的两个高峰期；1833年和1854年，是舒曼具有自杀倾向的两年，他在这期间的创作量分别是2和0；1844年和1855年，舒曼的情绪进入低谷，他没写出任何音乐作品；1856年，舒曼死于精神病院。

> 尼采的精神崩溃的前两年多的时间里，奋笔写下《道德的谱系》《偶像的黄昏》《瞧，这个人》等七部作品，以及470封信件，40余万字的遗稿，这些作品中仅涉及的历史人物就达220多位。

这些例证就像尼采自己所说的：

> 正是那些例外的情形造成了艺术家，这些情形全都和病态深有亲缘和深相纠结，以至于看起来当个艺术家而又没有病是不可能的。①

至此，我们大约可以得出这样的结论：文学艺术家大量的、剧烈的精神能量的活动，尤其是情绪性的活动，是其精神失常、心理变态的原因；然而，心理在一定程度上失去常态，反而有利于他们挣脱俗见超常发挥自己生命的潜能，从而创造出独一无二、举世罕见的文学艺术作品来。不过，这种生命之火的熊熊燃烧，最后将耗尽文学艺术家的心力与体能，进而导致精神崩溃，终于由他们自己点燃的心灵火焰把自己烧成灰烬。

舒曼、凡·高、尼采都悲惨地死去了，天地间却永远留下了由他们的精神

---

① ［德］尼采：《悲剧的诞生：尼采美学文选》，生活·读书·新知三联书店1968年版，第358页。

结晶而成的艺术作品。对于一个作为艺术家的人来说,这是幸呢,还是不幸?

8.5 文学艺术与太阳

美国当代生态批评家威廉·鲁科特(William Rueckert)建议:"在文学与太阳之间建立起健康的联系":

> 自然界中所有能量都来自太阳。生物圈中的生命取决于阳光的持续流动。文学中所有的能量来源于创造性的想象,一幅画或一部交响乐中储藏着能量,很显然这里储藏的能量也不会用过一次之后就发生转化,并从人类群体中消失。能量从诗人语言中心和创造性想象流向诗歌本身,之后,又从诗歌流向读者。阅读显然是能量转换的过程,沿着这个独特的能量管道流动的能量满足了形形色色的人类饥荒包括文学饥荒。人类社会的生活就依赖源自想象和智慧的创造性能量的持续流动,这种流动可以被看作是人类生活所离不开的太阳。我们需要找到使用这个可再生能源的方法,使其源源不断地流向生物圈。我们需要在文学与太阳,在教授文学与保护生物圈之间建立某种健康联系。生态学的首要法则——万物相互关联——适用于自然,同样也适用于诗歌。互动的概念早在出现在批评领域之前,就已在自然界、生态学和诗歌中应用了。[1]

鲁科特把文学艺术活动中的能量流动置于太阳系与宇宙之中,这是一种宏阔的视野。为生态文明寻求宇宙论的基础,也已经开始受到更多人的关注。

---

[1] 摘自 William Rueckert, "Literature and Ecology," in Cheryll Glotfelty and Harold Fromm eds., The Ecocriticism Reader: Landmarks In Ecology, The University of Georgia Press, 1996, P. 109—110. (宋丽丽译)

美国天文学家卡尔·萨根(Carl Sagan)指出"生命的起源和进化,在本质上是与星体的起源和演化息息相关的。首先,构成人的物质以及使生命活动成为可能的原子,都是很久以前在遥远的红巨星上形成的……地球上的生命几乎都离不开阳光。例如,植物吸收光子后将太阳能转化成化学能,动物则以植物为养料。人类的种植活动只不过是利用植物作为媒介来获取太阳光而已。因此我们可以说,我们每个人都是以太阳作为能量来源的。"①

英国当代学者亚历山大(Jane Alexander),在她的书中赞美了古代中国人立足于宇宙视野的生存智慧:

> 对中国人来说,所有的生命都是一种能量,而能量是永远变化、流动的。伴随着大白天的太阳的能量与充斥在日落时的能量,是完全不同的。春天充满活力的能量和冬天寂寥的能量,也无法相比,就像森林与山顶的气息大为不同。为了使生命可以平顺、愉快而成功地流逝,我们就必须不断地变化,并尽可能随着地球和宇宙充满活力的能量来改变,而非去抗拒。这就像顺着缓动的流水来游泳,总比在一连串的激流中寻找方向要来得容易。②

我们的祖先遵循一年之内太阳运行的轨迹及向地球输送能量的变化,制定出二十四节气,雨水、惊蛰、谷雨、芒种、白露、霜降、大雪、小寒……人们的生活顺应地球上太阳能量的变化就能够使生命平安、祥和。且不说围绕四季变化、日落日出还创作出那么多优美的诗歌、音乐、绘画:七月流火、桃之夭夭、日出江花、枫桥夜泊、雨打芭蕉、雪中独钓……

1909年诺贝尔化学奖得主奥斯特瓦尔德(Friedrich W. Ostwald)是一位赋有艺术才华的科学家,他特别关注能量在生命体、人类心灵、社会文明中的存

---

① [美]卡尔·萨根:《宇宙》,吉林人民出版社1998年版,第237页。
② [英]亚历山大:《善待生命》,世界图书出版公司2000年版,第11页。

在与转化,他在书中写道:"有机体从何处得到它们为维持它们的不变的存在所需要的自由能,那么答案是,唯有太阳辐射提供这一供给。""有机体中的机制应该进行得有利于把太阳的辐射能转化为恒久的形式……于是,在光化学作用过程中,即在辐射能向化学能的转化过程中,我们认清了地球上生命的基础。"他进而判定,包括心灵在内的整个人类的意识生活,"从最简单的反射表现到最高级的心理行为中各种程度的内心活动,都是从相同的生化和生理的基础出发的、日益多样的和有意图的行为。"[1]他同时也坦率承认,要弄清楚能量在神经中的传播形式,尚有待于未来。如今,英国伦敦大学理论神经科学家卡尔·弗里斯顿(Karl Friston)正在将自由能原理运用到认知神经科学、人工智能等领域,已经在行为观察、幻觉、注意力、意识等方面取得一定的进展。

另一位诺贝尔物理学奖得主,超导物理学家布赖恩·约瑟夫森(Brain Josephson)推测有一种"宇宙智慧"存在,它是人类凭借自己的认识能力已经把握了的那个知识体系后边的"隐秩序",那才是宇宙的真正本质。人类智慧与宇宙智慧相通,并从宇宙智慧中获取灵感。这种智慧不是通过学习就一定可以获得的,通过修炼、静坐有时可以感悟到它。约瑟夫森似乎是把荣格的"原始意象"理论从人类史、生物史扩展到了地球史、宇宙史。这个"宇宙智慧"或"隐秩序",倒是更有些像是老庄的"道"和达摩的"禅"。自古以来,庄禅理念就进入了中国的文学批评领域。陆机《文赋》中写下的:"收视反听,耽思傍讯,精骛八极,心游万仞",这里的"八极""万仞",也就是古人心中的宇宙;这里描述的文学创作的心境,恍如在为诗人沟通"宇宙智慧"做心理准备。

有人猜测,人体内有一种现代物理学仍然解释不了的能量和信息,把它称作"虚粒子""灵子",是一种未知的辐射,或曰"生物射线"(Bioray)。说到底,这种能量仍然是与宇宙的整体性存在相关联的。[2] 天地间是否真的存在着这

---

① ［德］奥斯特瓦尔德:《自然哲学概论》,商务印书馆 2012 年版,第 128 页,第 129 页,第 132 页。
② 参见《中国人体科学》杂志,6 卷 4 期第 187 页,1996 年 11 月。

样的"能量库"和"信息源"？中国哲学家讲"宇宙即是吾心,吾心即是宇宙""赞天地之化育""与天地参",是否也体现了人与宇宙血脉相连、息息相关的感悟？文学艺术家在创造活动的巅峰状态往往"文章本天成,妙手偶得之",是否也是从天地间接受了充足的"生物射线""宇宙能量"呢？

拉兹洛试图依据量子物理学的理论,系统地提出了他的"全息隐能量场"的学说,在他看来,这个场是一个"亚量子层次上的真空零点场",它像是汪洋大海,而人们感觉到的这个有形的世界不过是浮现在上面的涟漪和岛屿。这个有形世界任何精微的动静都会迅速传遍隐能量场,并按全息记忆图式的方式留下永久的记忆。人脑与这个"全息隐能量场"保持着联系,并与它保持着信息、能量的交流和置换,"精神与量子真空的共舞把我们与周围的其他精神,与这个行星上的生物圈和超越生物圈范围的整个宇宙部联结了起来。它向社会,向自然界,向整个宇宙'开放'了我们的心灵。"①依照这一理论,人类种种高级的、玄妙的生命活动、精神活动,包括文学艺术创造活动在内,或许都可以作出解释了。只是这些理论还都处于"假说"阶段。

上述种种"理论",或可称作"宇宙生态人类学"。它们有一个共同特点,即都是把人类的精神活动纳入地球生物圈、纳入太阳系、纳入宇宙的整体系统中加以解释,假设地球、太阳和宇宙是一个有序、有智、有灵的存在,这对于"精神生态学"和"生态文艺学"的研究无疑是非常有利的;同时,它们又都把精神的活动认作"能量"与"信息"的活动,这大约也是不错的;进一步,他们把这种能量与信息的活动解释为一些未知的、神秘的"粒子"的运动或"隐形的秩序",那就无法考较了,在这个层面上谈论"精神",其实也和谈论"道""梵""禅""上帝"差不多了。

或许真如同德日进主张的,宇宙能量、人的能量的极致、顶峰就是"神"？

---

① 参见闵家胤、钱兆华编著:《全息隐能量场与新宇宙观》,陕西科学技术出版社 1998 年版,前言及第 265 页。

第9章　文艺欣赏中的信息交流

"信息"（information），被认为是人们在适应外部世界，并使这种适应反作用于外部世界的过程中，同外部世界进行互相交换的内容和名称。在物理学中，信息与物质是两个不同的概念，信息不是物质，信息本身也不具有能量，信息的存在与传递必须依托物质和能量。在大数据时代，信息又被视为数据处理的对象与结果。

在较早的时候，生态学界只知道生态系统内部存在着物质和能量的流动与循环，尚未认识到信息的交流和置换在系统内的重要意义。晚近的研究表明，在生物界发生的事情还要复杂得多。比如一只落在尘埃中的虱子如何捕捉到食物以补充自己体内所需的能量，信息其实在起到重大作用：虱子可以凭借一切哺乳动物皮腺部分发出的"丁酸"的气味感应到目标的存在，然后追踪这种信号爬过去，一旦感觉到人或动物体温的存在，它就更加兴奋，这时它只需要借助触觉找到皮肤的无毛处刺进自己的尖吻，就可以吸食到鲜血了。此时对象的气味与体温都是作为信息存在的。研究者发现，生态系统内由物质、能量组成的网络结构之外，还存在着另一种网络结构：信息网络。

这就是说在生态系统内除了物质流、能量流之外，还存在着信息流动。信息网络的完备性、重要性是随着生态系统进化程度、复杂程度的增加而增加的。[①] 信息交流在人类社会生态系统内比在自然生态系统内要复杂得多,重要得多。至于在人类的精神生态系统内,信息的交流所发挥的作用在一定意义上已经超过物质和能量的作用。这与贝塔朗菲论述"心理学和精神病学中的系统概念"时的结论是一致的:"除去生物需要的即时满足,人生活的世界不是事物的而是符号的世界","我们也可以说,区别出人类文化与动物社会的各种物质的、非物质的符号的宇宙是人类行为系统的一个部分,而且很可能是最重要的一部分"。[②]

至于作为"人类精神文化"的审美和艺术创造活动,对于信息的感受性该位居一切生物种群中信息交流和传递的"顶峰"。正如尼采所说:"审美状态具有丰富的传达手段,同时对刺激和信号具有高度感受性。他是生物之间进行交流和传递的顶峰,它是语言的源泉。"[③]尼采在这里说的"审美状态的传达手段",即艺术信息的交流与传递,是可以在一切生物种群中进行的。进一步说,艺术信息在生物圈内具有普适性。对于这一重大判定,尚未有深入的研究,但我们从许多现象上是可以得到证实的。比如,孔雀在求爱时会展露自己色彩艳丽的羽毛,如同人类炫耀华丽的盛装;夜莺求偶时会发出宛转悦耳的鸣叫,犹如人类向爱人献上的一首情歌。在蒙古游牧民族中从远古流传一种草杆制成的管状乐器楚吾儿(tsuur),吹奏出的声音呜咽、苍茫、悠远、深沉,部落的人相信这是自然万物本身发出的声音,是宇宙的声响与频率,可以与宇宙万物沟通交流。生活在阿勒泰群山中的乔龙巴特是现在的楚吾儿演奏传人,他说:"楚吾儿不仅感动人类,也感动动物,有时马群受惊四处奔跑,一听到楚吾儿吹出的声音就会安静下来。家里的牛羊、骆驼第一次当母亲,不愿意接触幼崽,只要一吹起楚吾儿,它们就流着泪去找自己的孩子了!"

---

① 参见马世骏主编:《现代生态学透视》,科学出版社 1990 年版,第 13 章。

② [奥] 路德维希·冯·贝塔朗菲:《一般系统论》,社会科学文献出版社 1987 年版,第 183 页。

③ [德] 尼采:《悲剧的诞生:尼采美学文选》,生活·读书·新知三联书店 1986 年版,第 358 页。

草杆制作的古老乐器楚吾儿发出的信息是音乐信息,也是宇宙信息,这或许就是古书中讲的"天籁"。所以,当现代科学技术在茫茫宇宙中寻找人类之外的生命体时,发送出去的信息竟然是一些乐曲,澳大利亚土著民歌《启明星》、中国古代琴曲《高山流水》,"嘤其鸣矣,求其友声",是天籁而不是一篇学术论文。

在这一章里,我们将侧重从文学艺术欣赏交流的角度,探讨一下信息的特征及其所发挥的作用。

9.1　艺术信息的特征

日常生活中我们知道人的面部表情是可以输出许多信息的,尤其是眼睛,即所谓"眉目传情",那么就让我们从"眼神"谈起。

生理心理学家赫斯(Eckhard Hess)曾经做过这样一个有趣的实验:他拿了一些画片,像洗牌一样将它们"洗"过,然后把这些画片举到自己的眼睛上方,随即叫来一位助手看这些画片,他自己看不到画的内容,只是盯着助手的一双眼睛。他说,当第七章画片出现时,助手的"瞳孔"突然明显的扩大。他拿起那张图片一看,是一张动人的女人的画像——当然,助手是一位男性。赫斯由此得出结论:瞳孔反应与心理活动密切相关,"从胚胎学和解剖学方面看来,眼睛是大脑的延伸。几乎就像是大脑有一部分可供心理学家直接观察似的"。他还提到,诗人与艺术家们说的"眼睛是心灵的窗口""眼睛是情绪的线索",以及"放肆的眼光""憎恨的眼光""贪婪的眼光""锐利的眼光"都是有道理的。他还说,"中国的珠宝商人留心观察顾客瞳孔变化的情况就知道他对哪件货样发生了好感、而肯于付出重金"。

这些例子还可以说明信息作用于人的大脑的一般情况:画片是信息源,眼睛是信息通道,大脑是信息接收器,而大脑对于信息的反馈又明显地通过

"瞳孔"的变化表现出来。

"画片"如果是拉斐尔、安格尔的杰作,"助手"如果是一位具有艺术欣赏能力的正常的人,这时的"瞳孔"放大,也许不仅仅是男性对于女性的轻度的"性兴奋",还应该有更复杂的东西在里面。不只是"画片",赫斯说他还曾以"音乐选段""口语叙述"作为信息源加以测试,都可以看到"瞳孔"的情绪性的反应变化。①

赫斯的生理心理学实验确证了人与艺术信息之间存在着接受反馈的活动机制,但对于大量存在着的艺术信息的活动来说,这一说明未免太简单了。比如,作为作息源的如果不是一幅单纯的女性人体,而是毕加索的油画《格尔尼卡》、贝多芬的《第五交响乐》、莎士比亚的戏剧《李尔王》、普鲁斯特的小说《追忆似水年华》,那么,"瞳孔"的放大或缩小又能说明什么呢?

艺术欣赏中还有着比"瞳孔"放大更剧烈的心灵震撼,比如高尔基在看了《万尼亚舅舅》的舞台演出之后,写信向契诃夫倾诉:"最近看了你的《万尼亚舅舅》,我像女人一样哭了,虽然我并不是神经质的人。您的戏使我茫然若失,像经过了一番揉捣,……我一边看着这戏中的人物,一边觉得自己正被一把钝的锯子锯着,锯齿在我心头重重地锯着,我的心在锯齿底下收缩,呻吟而郁闷,这对我是可怕的。"

在文学的阅读欣赏中还有着更复杂的"精神反馈",巴尔扎克著名的长篇小说《幻灭》中写到吕西安与大卫两个年轻人在印刷厂后边一个荒废的院子里读法国大诗人的作品《盲人》和几首挽歌,读到"要是他们不算幸福,世界上哪儿还有幸福?"两个朋友哭了,不由得捧着书亲吻,因为他们都有一股如醉若狂的爱情。这时的他们沉浸在诗歌的境界里,眼前的一切都变了:

葡萄藤的枝条忽然显得五色缤纷;破旧、开裂、凹凸不平,到处是难看

---

① 见[美] R. F. 汤普森主编:《生理心理学》,科学出版社1981年版,第343—351页。

的隙缝的墙壁,好像被仙女布满了廊柱的沟槽、方形的图案和浮雕,无数的建筑物上的装饰。神奇的幻想在阴暗的小院子里洒下许多鲜花和宝石。安特莱·特·希尼埃笔下的加米叶,一变而为大卫心爱的夏娃,也变为吕西安正在追求的一位贵族太太。诗歌抖开它星光闪闪的长袍,富丽堂皇的衣襟盖住了工厂、猴子和大熊的丑态。两个朋友到五点钟还不知饥渴,只觉得生命像一个金色的梦,世界的珍宝都在他们脚下。他们像生活波动的人一样,受着希望指点,瞥见一角青天,听到一个迷人的声音叫着:"向前吧,往上飞吧,你们可以在那金色的、银色的、蔚蓝色的太空中躲避苦难。"①

不过是书页上印制的几行白纸黑字,竟引起两位年轻人如此激荡的情感、奇妙的想象、精神的迅疾飞升！文学艺术的信息实在不同寻常。尽管由于微电子技术、光导纤维技术、遥感遥测技术的高度发展,人类社会已经进入了所谓的"信息社会",但至今却没有任何一台信息处理机器能够模拟出上述文学艺术欣赏中一瞬间的心理反应。其原因,一方面是文学艺术活动中的信息属性与信息交流模式具有自己的独特性;另一方面则是,现代的信息工业发展前进的道路在很大程度上与文学艺术创造的方向是背道而驰的,正像当年牛顿的光学理论与歌德的光学理论背道而驰一样。②

贝塔朗菲曾经谈到现代信息处理技术的主流趋向:消除那些因人的经验才产生的东西,消除特定的人的精神限制的东西,消除那些色彩、声音、气味、味道这些感性方面的"直觉形式",也就是说,在歌德那里备受关注的眼睛、耳

---

① ［法］巴尔扎克:《幻灭》,安徽文艺出版社 2016 年版,第 34 页。

② 1791 年歌德开始研究光学,并出版有专著。他的观点与牛顿的学说相对立,他认为由光线生成的颜色是赋有情绪色彩的,黄色诗人感到温暖,具有愉快、活泼性质;蓝色使人感到寒冷,令人沉静、感伤。物理学界从来不承认歌德的光学理论,但量子物理学家海森伯认为不能简单断言歌德与牛顿的对与错,他们探讨的是事物两个完全不同的层次。牛顿所研究的是客观实在,而歌德的学说立足于人的主观感受。基于量子力学等微观物理学里存在的一个事实,即无主观干扰的观察是不可能发生的,海森伯认为歌德的学说有着值得期待的未来。

朵、头脑,在现代信息科学那里只剩下了光线、声波、数码,"我们人类经验特有的东西逐渐消失。最终存留下来的只是数学关系的体系。"①这就是目前大众传媒热烈欢呼的"数字化时代"的到来。贝塔朗菲说正因为如此,"艺术、音乐、诗歌中创造性的衰微",便成了"我们时代反复出现的若干征兆。"②

审美信息或艺术信息注定是要与人的生物性本能活动、人的情绪活动乃至"人的精神活动"密切相关的,相对于科学信息来说它往往是直观的、感性的、混沌的、蕴藉的,同一种"红色",可以是玫瑰花朵的娇艳,可以是少女面颊的羞涩,还可以是我们心中某种适度的冲动和兴奋。苏珊·朗格曾说过:在莎士比亚的诗句里包含了我们绝大部分的感情。一旦把它们经过还原化的处理,就如同把屈原的《离骚》当作词素分析,把凡·高的《向日葵》当作光谱分析,它们马上就变得毫无意义。

凭借科学技术加以控制的信息,总是希望保持最大的确定性,而文艺欣赏中信息的模糊性、随机性、多样性不但是合理的,而且是宝贵的。同一支乐队演奏同一首乐曲,每一次演奏仍然可以有具体的差异,其中也许包含有难能可贵的即兴创造。

主体性是审美信息的又一特征。同一个信息源对于不同的信息受体可以产生千变万化的差异,如鲁迅说过的,同是读一部《红楼梦》,"单是命意,就因读者的眼光而有种种:经学家看见《易》,道学家看见淫,才子看见缠绵,革命家看见排满,流言家看见宫闱秘事……"③即使同一个人读同一部文学作品,比如仍旧是读《红楼梦》,年老时的阅读欣赏与年轻时会有很大的不同。在对于艺术信息的接受上,接受主体总是表现出更多的目的性与选择性,在自己固有的信息贮存基础上,在自己当下的心理定势中为外来信息打上自己个性与心灵的印痕,从而使信息的内涵变得更不确定。

---

① [奥] 路德维希·冯·贝塔朗菲:《一般系统论》,科学出版社 1990 年版,第 207 页。
② 同上,第 171 页。
③ 《鲁迅全集》第 8 卷,人民文学出版社 1987 年版,第 145 页。

关于艺术信息的性质和特征,日本学者川野洋在其《艺术信息的理论》一书中进行了有益的探索。他认为存在着两种不同的信息观:一是信息论的创始人申农(Claude Elwood Shannon)的信息观,一是控制论的创始人维纳(Norbert Wiener)的信息观。申农认为,信息源产生的信息是可以与信息源的熵相置换的。熵是信息源概率的不确定状态的尺度,熵的数量也就是信息源所能发生的信息量。符号诸要素的组织结构越是不确定、越无秩序,其熵越高,其能够提供的信息越多,信息与熵的指数成正比。而在维纳看来,信息是由信息诸要素之间的有序性、单一性、确定性、明了性决定的,越是结构单纯、秩序井然的结构,越是能显示出高信息,信息与负熵的指数成正比。

涉及诸多物理学术语,一般人很难理解。川野洋结合这两种信息观的不同趋向,试图以绘画为例加以说明。他说,西方古典主义的绘画的构成形态是明了的、意义是明确的,在描绘人的面部时,眼睛怎么画,口鼻如何安排,都受有明确的规则的制约,这种绘画在诞生以前就已经预先存在于画家的构思之中的,照维纳的看法,这样的绘画含有的信息是充分的。而在申农看来,这样的绘画却是平淡的,陈旧的。在西方现代派绘画中,对象固有的形态与结构被临时改变了,一些意想不到的符号因素被拼接在一起,带有很大的偶然性和即兴色彩。如凡·高的《星空》、毕加索的《亚威农的少女们》、赵无极的《25.06.86桃花源》,这种无序状态和不确定状态更能够激起人的艺术欣赏的想象力与创造,因而这样的绘画所提供的信息量才是充足的。而在维纳看来,这样的绘画却是含混不清、低劣的。

在川野洋看来,两种信息观念的对立实际上揭示了信息的二重意义。当信息作为一种外指向的讯号,借以说明它所指的某一外在事物时,它是作为"维纳的信息"存在的;当信息作为一种内在的标量,借以表现信息源自身的潜能时,它是作为"申农的信息"存在着的。

以艺术为例,这种信息的二重性在音乐中表现得最为突出。音乐可以以某人署名的作品方式存在着,即以乐谱的形式存在着。乐谱要表现的是它自身之外的、与自身性质不同的感情世界的信息,这种信息以一些明晰的符号、一些明确的组合规则记录下作曲家当时的心理状态。人们说"贝多芬伟大"时,主要是根据这些乐谱所传达出的信息而言。这些讯息必须是清晰的、明白的、确定的、有序的,不然,我们就无法得到一个"贝多芬"。但是,一般人光凭着读乐谱,即使把它们熟背在心,恐怕也不能满足他们感情上对于音乐的需求,人们还要去听演奏,去直接求助于贝多芬音乐的另一信息源:交响乐团。比起乐谱提供的信息来,乐团提供的信息要冗繁得多,不同的乐队在演奏同一支曲子时,都力图在音色、力度、配器、节奏等方面表现出自己的特色,而且有时还会出现一些临时即兴式的处理,为演出增添更多的声色。只有这样,我们才能得到一个现实的"贝多芬",一个活生生的"贝多芬"。这类不确定性、无序性信息的多寡,往往标志着一个乐队创造活力的高低。这里可以说,"乐谱的信息"就是维纳信息,"演奏的信息"则是申农的信息。

进一步,川野洋便把这两种性质不同的信息概念引到作为语言艺术的文学中来,他说,语言作为意义的传达来说,具备维纳的信息;语言作为实际的应用来说,又含有申农信息。他把前者称为"语义信息",后者称为"审美信息"。语义信息是解说他物的信息,是一种确定意义上的信息;审美信息是表现自身的信息,是一种不确定意义上的信息。①

对于文学语言的符号来说,"语义信息"和"审美信息"是两种必不可缺的层面。对于从事文学创造的人来说,要成功地运用言语这种符号,一是要有一定的运用语言文字的知识和技能,二是要有一个意蕴丰富的心胸。一是确定有序的,一是游移无序的。一部优秀的文学作品,就是由"语义信息"与"审美信息"、"有序状态"和"无序状态"共同编织成的一个符号世界。

文学的语言符号在信息的传递过程中,决不能忽略作为信息接受一方的读者的存在,读者的大脑并不是一台机械的收报机,也不是一架静等着作家来

---

① 参见［日］川野洋:《语义信息与审美信息》,《文艺研究》,1985 年第 6 期。

敲击的钢琴。现代心理语言学认为，倾听和阅读也是一种主动的心理行为，人们总是在自己的"心理定势"或"心理预结构"的基础上去接受迎面而来的言语信息，他们必然要在这一基础上去发挥自己的联想，索绪尔(Ferdinand de Saussure)把这一言语行为的"基质"叫做"每个人的语言内部宝藏的一部分，它们的所在地是在人们的脑子里"。① 文学语言符号所表达的审美信息注定是要在读者的主动接受过程中生成的，从而使文学语言符号所传递的信息达到最高的具体性、丰富性和统合性。

9.2　艺术欣赏的场效应

最早把文学艺术欣赏与"场效应"联系起来的，可能是柏拉图。他借苏格拉底之口，在回答伊安关于为何特别钟情于荷马的诗歌的提问时说，那不是一种技艺，而是一种灵感：

> 有一种神力在驱遣你，像欧里庇得斯所说的磁石，就是一般人所谓"赫拉克勒斯石"。磁石不仅能吸引铁环本身，而且把吸引力传给那些铁环，使它们也像磁石一样，能吸引其他铁环。有时你看到许多个铁环相互吸引着，挂成一条长锁链，这些全从一块磁石得到悬在一起的力量。诗神就像这块磁石，她首先给人灵感，得到这灵感的人们又把它递传给旁人，让旁人接上他们，悬成一条锁链。②

柏拉图在这里强调的是，在诗人的作品与欣赏者的感悟之间有一股神秘

---

① ［瑞士］索绪尔：《普通语言学教程》，商务印书馆 1980 年版，第 171 页。
② 《柏拉图文艺对话集》，人民文学出版社 1963 年版，第 7—8 页。

的力量,这力量还可以在许多读者之间传递,从而形成一个链环,一个开放的系统。柏拉图的这一关于文艺欣赏"磁力场"的表述几乎与他关于文艺创作的"灵感迷狂说"一样精彩、独到。

柏拉图这里用作隐喻载体的"磁场",与现代物理学中的场(fields)的概念已十分接近:场,是物质存在的一种基本形式,传递物体之间相互作用的动势和能量。量子物理学对"场"做出的解释是:场具有波粒二重性,若有若无,亦虚亦实,空无一有而涵盖万有,一种由关系构成的网络,一种充满强力的运动着的开放系统。

后来,主要是格式塔学派的心理学家们又把"场"的概念引入人的心理活动的领域,用场来解释一个整体内部各因素之间存在着的紧张关系,以及作为主体的人与其环境之间的复杂关系。一个心理场就是一种结构,一个充满张力的系统。比如,一张高桌,桌上一只苹果,桌下一个想吃苹果而够不着苹果的孩子,旁边的一只矮凳,就构成了一个充满了"紧张关系"的系统,一个弥漫着心理张力的"场"。如果这个孩子突然醒悟到可以把矮凳垫在自己的脚下,然后就能拿到那只让他垂涎欲滴的苹果,这就等于他将自己与桌子、矮凳、苹果整合到一个"力的图式"之中,他获得的就不止是那只甜美的苹果,还有他为自己的"发现"与"创见"产生的激动与喜悦的心情。场,实际上是一种关系的整合。

再后来,生态学也开始使用"场"的概念,把生物与生物之间,以及生物与环境之间,在一定的时间与空间范围内由于相互作用、相互影响而形成的功能系统叫做"生态场"(ecological field)。生物学家刘易斯·托马斯曾悉心地描述了他观察到的一种现象:一只独行的蚂蚁只不过像是"几根纤维穿起的一些神经元",看上去头脑空空,绝无思想;当众多蚂蚁汇成黑压压的一群时,它们就能够相互启发、相互呼应、相互合作干出许多了不起的事情来,仿佛一下子变成了一个能思考、善谋划、充满生存智慧的活物,这是因为众多的蚂蚁构成了一个"场",一个生态场。

在人体科学界,有人提出人身上有种"生物场能量",在修炼气功、瑜伽以及拥有特异功能的人身上表现尤为突出,这是一种与电场、磁场、引力场、量子场等物理场相关而又不同的场,它能够传递与人的生理、心理、精神相关的独特信息。

最近,还有人把"场"作为哲学的基本概念,"场"就是事物的相对相关性和为此相对相关性所依据的根源所在,是一种存在意义上的、比一般所说的包括科学含义的场在内的所有的场都更普遍、更彻底的"场"观念。中国道教的"太极图"与印度佛教的"曼陀罗"都可以看作"场"的象征。

柏拉图看重的诗歌欣赏的"磁场效应",又该做出怎样的解释呢?

语言作为一种符号系统,是人类社会特有的一种信息交流方式。语言交流的过程就是一个信息产生、传输、接受和加工处理的过程。它在人的大脑神经系统中加工处理,在人的社会通讯系统中发挥其功能效用。语言学家、文艺理论家罗曼·雅各布森(Roman Jakobson)曾把一个完整的语言传播过程按信息论的原理划分为六个相互联系的因素:(一) 信息发送者(作家、诗人);(二) 信息(作家要传达的全部意蕴);(三) 信息载体(声音或文字);(四) 编码规则(文体);(五) 上下文背景(语境);(六) 信息接收者(读者、批语家)。①这里,只要把这一系统中的语言符号换作其他艺术表现的符号,比如色彩、音符、节奏、动作、声响等,就一样适用于绘画、音乐、舞蹈等艺术种类的信息传播系统,只是对于文学艺术的实际存在状况来说,现有的信息理论、传播技术都仍然显得太简单粗糙,在文学艺术家、社会文化历史环境、文学艺术作品、文学艺术的欣赏批评者构成的这一"网络系统"中,发生的情况远为复杂,这是一种与心理学、生理学、物理学不无关系,而又较其远远难以分析、难以捉摸的"场效应"。

诗人、作家、艺术家与读者、欣赏者的关系似乎是明确的:一方是"信息

---

① 转引自《美学》第四期,上海文艺出版社 1982 年版,第 218 页。

源",信息的加工、处理、创造者;一方是信息的接受者。但接受者并不是被动的接受,他不但选择,同时也根据自己的心理定势对接收的信息进行加工,加工成符合自己口味,能够融入自己心灵的东西;而文学艺术家在创造自己的作品时就不能不预先感受到欣赏者的期待,随时矫正、增补自己发出信息的形式和内容。这在舞台表演艺术中最突出。剧场内,观众的数量、观众的成分、观众的情绪全都在影响着演员的演出,演员会随机根据观众的意向主动地或被动地调整自己表演的力度和情绪。"书面文学"由于在信息源与信息受体之间又多了一个"出版机构",作者与读者之间的沟通已经失去了即时性与直接性,而这种间接性、延缓性反而为诗歌、小说的阅读欣赏留下了更多的想象空间。

受局限更多的反倒是电影、电视,它们拥有的视听上的严格确定性同时也是它的局限性,演员与观众之间的互动已被"机器"隔开,比起剧场,尤其是小剧场,艺术欣赏的场效应已经被大大削弱。柯林伍德(Robin G. Collingwood)早在30年代就曾指出:"任何习惯于真实弹奏的音乐的人都非常不满意唱片的音乐,道理并不是因为机械复制的声音很差——借助于听者的想象力很容易加以补偿——而是因为表演者与观众脱离了接触,"这等于在艺术传播的系统内切断了十分重要的一条管道,这种情形"随着艺术的每一次新的机器化而更加严重了"。一些优秀的演员总是说,比起拍电视、电影,他们更喜欢演出话剧,说那才"来劲""过瘾"。柯林伍德当年曾经指出:现代流行的电影院娱乐为什么不能像文艺复兴时期那样产生新形式的"伟大艺术"呢,那是因为"在文艺复兴时期的剧院里,一方面是作者与演员之间的合作,另一方面是艺术家与观众之间的合作,这种合作是一种有活力的现实,在电影院里都不可能有这种合作"。① 如今,在个人的房间里一个人面对电视荧屏,更不会有这样的活力了。于是,在这样一个残缺不全的"生态场"中,一种更低档也更普及的艺术门类——"卡拉OK",也就应运而生了!

———————————

① [英] 柯林伍德:《艺术原理》,中国社会科学出版社 1985 年版,第 330 页。

在文学艺术的"生态场"中,不只是创造者与欣赏之间存在着相关的强力效应,创造者与创造者之间也存在着某种精神的感应。或相互倾慕、相互吸引、相互补益因而形成风格相近的艺术流派;或相互排斥、相互对立、相互驳难因而强化了各自的创作个性,由此形成不同的艺术风格。甚至还会有这样的情况出现:若干年之后,由于拥有某种风格、特性的文学家、艺术家的出现,反而会使已经亡故的某位文学艺术家重新放射出更加绚丽的光芒,比如李白之于屈原,陆游之于李白,汪曾祺之于沈从文,王安忆之于张爱玲。拉丁美洲魔幻现实主义大师马尔克斯在中国的风行与中国当代小说家莫言的创作风格引人注目也出于类似的效应。况且,更有所谓"互文"现象的存在,任何艺术家都会师法其他艺术家的风格,甚至采用其他艺术家用过的素材、用过的方法,莎士比亚的《哈姆雷特》中有《罗马喻世录》的片段的改编,贝多芬的《命运》交响乐中有改制的莫扎特的乐句,更不用说一枝梅花、数竿竹子在中国画家那里可以一代接一代的画下去了。

还有读者与读者、欣赏者与欣赏者之间的同声相应、同气相求,也往往是统合某种艺术氛围、艺术趣味、艺术时尚,乃至促成某种文艺思潮、某种时代精神的重要力量。信息传递的一个基本原则是"放大效应",即作为信息载体所花费的物质和能量,与它所调节调动的物质、能量相比是微乎其微的,即俗谓"以四两拨千斤"。文学艺术信息依托的质料不外乎是些文字、符号、色彩、音响,而它支配的能量则巨大到足以推动亿万民众的脚步,足以推动社会历史的车轮。在法国路易十六时期,一位名叫鲁热·德·利尔(Claude Joseph Rouget de Lisle)的工兵上尉谱写的一首赞美勇敢与自由的歌曲《马赛曲》,鼓舞千万民众团结一致、手握武器冲上前线,向巴黎进发,揭开了法国大革命的序幕。反动政府被推翻,新的法兰西共和国成立,《马赛曲》成为国歌,继续向世界传递强有力的信息。利尔并非专业作曲家,更不是声名显赫的伟大人物,仅仅因为这首仓促间写下的战斗歌曲,死后竟与拿破仑安葬在同一座陵园中。可以说,这是艺术信息显现的伟大力量。

9.3　体外灵思与艺术信息的生殖力

许多年来,我国思想界传播的关于"精神"的法定的解释,即精神是人类大脑的一种功能,大脑属高度进化的物质,精神是这种高级物质的属性,物质决定精神。人一旦死去,他的大脑停止活动,精神也就随之消亡,这叫做"人死神灭"。在中国古代,王充主张"人之精神犹物之精神也","人与物同,死而精神亦灭";范缜主张"神之于质,犹利之于刃……来闻刃没而利存,岂容形亡而神在?"这两位古人都曾被誉为"伟大的战斗的无神论者和唯物主义者",被给予了极高的评价。

精神与人的关系实际上要复杂得多。"锋利"固然是"刀刃"的属性,不能离开"刀刃"独立存在,精神是否就一定不能离开人的身体存在,体外是否仍有精神存在,仍然是一个值得探讨的问题。

关于"体外精神"的说法大约有以下几种情况:

一种是宗教的、巫术的乃至民间信仰的说法。认为在人类之外有着精神主体的存在,甚至主宰着人世的一切,如上帝、真主、佛祖;或认为人死灵魂不灭,化而为精灵,为鬼魅。这些只能划归信仰的领域,王充、范缜们驳难的也正是这种"体外精神论"。不过,即使在社会文明程度较高的德国,仍有18%的国民相信有"鬼",即使在科学高度发达的今天,也还不断有人想凭借"科学实证"的手段探求"灵魂"在体外的存在。对于这种说法,本书不拟多加评论。

另一种认为"体外"存有精神的说法是"无神论"的,或者认为大自然中存在着一种类似生命活力的元气、元精,是它化育了自然万物,赋予万物以生机、灵魂;或认为宇宙间预置着一种"绝对观念",一种宇宙精神,一种"结构秩序",万事万物都不过是这种"精神"在不同阶段上的呈现和演绎。前者为东方神秘主义哲学自然有机论的滥觞;后者为西方理性主义哲学逻辑分析论的源头。这两种古老的观念在面对"后现代社会"的今天,似乎又被充盈了新的活力,前者受到生态学界的欢迎,为"万物有灵论"开辟了新的解释渠道,尤为"深层生态伦理学"看重。后者却得到新物理学家的青睐,成了他们在量子物理学与宇宙物理学领域内求证"上帝"存在的一条通道。就像保罗·戴维斯(Paul Davies)在他的《上帝与新物理学》一书中所声明的:

> 很多关于上帝、人以及宇宙本质的宗教观念已被新物理学所破除,否认这个事实是愚蠢的。但是,我们在寻找上帝的过程中,也发现了很多确实的东西。例如,我们知道了宇宙中存在着精神,精神是一种抽象的、整体的组织模式,甚至可以离体存在。①

由实验室中寻找回来的"上帝"不一定能够得到梵蒂冈的认可,但"离体存在"的精神却得到了科学的强有力的支撑。不过,这种"体外精神"似乎是不以人的意志为转移的,它没有人的气息,也没有一点人情味,倒像是"铁面冷心"的"客观规律"。

第三种关于"体外精神"的说法,是由现代心理学提出的。

考夫卡(Kurt Koffka)在他的《格式塔心理学原理》一书中,开篇就批驳了"原始唯物主义"对于物质、生命、心理的区分是"武断"的,同时也拒绝了"生机论"对于自然、生命、精神的简单化措置。他希望将物质、生命、心理放在一个有机整合的系统中加以考察,从物质领域提取"顺序"的概念,从心理领域提取"意义"的概念,然后把它们放在同一个具体的环境内加以研究。所谓"格式塔",就是由相关的数量、秩序、意义组合的整体结构。这样一来,格式塔心理学就打破了心与物的界限,往物理世界注入了生命的,尤其是人的意愿和兴

---

① [美] 保罗·戴维斯:《上帝与新物理学》,湖南科技出版社1995年版,第250页。

致，从而表现出与科学实证主义不尽相同的立场。

此后，在艺术理论中，一些广有影响的主张，如苏珊·朗格的"艺术即人类情感符号的创造"，克莱夫·贝尔(Clive Bell)的"艺术即有意味的形式"，全部与格式塔心理学的主张一脉相承。照此推论，李白的诗篇、凡·高的画作、贝多芬的乐章、王羲之的书法、托尔斯泰的小说，就不仅仅是一定"数量"的文字、色彩、乐符、线条在一定"秩序"中的组合，在这一"组合"中必然还充盈着李白的豪放、凡·高的癫狂、贝多芬的沉郁、王羲之的俊逸、托尔斯泰的仁慈，那不就是这些诗人、小说家、画家、音乐家留在自己体外的灵思和精神！我很喜欢作家张承志说过的一段关于"小说本质"的话：

> 也许一篇小说应该是这样的：句子和段落构成了多层多角的空间。在支架上和空白间潜隐着作者的感受和认识、勇敢和回避、呐喊和难言，旗帜般的象征，心血斑斑的披沥。它精致、宏大、机警的安排和失控的倾诉堆于一纸，在深刻和真情的支柱下跳动着一个活着的灵魂。①

这段话可以作为"文学格式塔"的一个卓越的例证。这段话还可以使我们体悟到，在文学语言的构架中，如何负载着个人的精神内涵。

荣格是一位坚信在个人的身体之外存在着精神实体的心理学家。他曾竭力说服现代人，心灵或者精神并不是"肉体"的"次级表象"，"无须完全依存于肉体"，相反，"个人的灵魂必须从属于一个精神的世界体系"。② 荣格把这个个人体外的精神体系比作一位"集体人"，一个"结合了两性特征"，"超越了青年和老年、诞生和死亡"，"积累了人类几百万年的经验"，"几乎是永恒"的人，我们每个人的精神只是"集体人"精神的一部分。人类精神的这一取之不尽用

---

① 张承志：《美文的沙漠》，见《文学评论》1985 年第 5 期。
② 冯川主编：《荣格文集》，改革出版社 1997 年版，第 27 页。

之不竭的源泉，就是人类在进化过程中积淀下的集体无意识，它是精神的一些"基本图像"和"原型"。荣格认为这些精神的图像更多地在宗教、神话、梦境、习俗、仪典、文学艺术、古代文物以及原始部落、野蛮人群的生活中保留着，或许也已经烙印在人类的遗传基因上。他说："人类精神史的历程，便是要唤醒流淌在人类血液中的记忆而达到向完整的人的复归。"①在他看来，歌德的"浮士德"是这种复归，乔伊斯的"尤利西斯"是这种复归，尼采的"查拉图斯特拉"也是这样的一种复归。"富于创造性的作品来源于无意识的深处"，"伟大作家的作品比他个人的命运更具有意义"，"每一部伟大的艺术作品都是客观的和非个人性质的"，诗人的创作活动相当于灵魂附体，"诗人的个人生活对于他的艺术是非本质的"。②

荣格在个人心理之外，发掘出一个体外的、庞大的、永恒的精神体系，这是他对心理学做出的巨大贡献。但他无形中把这一体系夸大到绝对的、静止的地步，忽略了人类仍然持续地在社会文化的实践中创造着自己的历史、积淀着自己的经验，丰富着这一精神体系，这使他在对上述文学艺术问题的判断显得有些武断。在这方面，苏珊·朗格要比他更细致周严一些。在朗格看来，艺术作为一种富有情感的符号、富有意味的形式、与人类的情感、与生命的形式是一致的，它是开放的、运动的、生长着的，它一方面蕴含着人类百万年来积淀下的灵思和智慧，一方面也负载着文学艺术家个人在经验中萌发的直觉和感悟，从而为艺术的形式或符号灌注进自己的生气和活力。

同时还应当看到，从审美心理的意义上看，欣赏也是创造，欣赏者在对文学艺术作品进行审美观照的同时，也把自己的感触、联想、阐释、想象投注到艺术的形式与符号之中，从而提高了这些形式和符号的精神品位，丰富了它们的精神含量。在艺术创造与欣赏的过程中，符号、形式始终是一个充满强生命

---

① 冯川主编：《荣格文集》，改革出版社1997年版，第283页。
② 同上，第249—250页。

力、不断生长着、繁育着的"活体"。

我曾经以"文学言语符号"为例分析过这一"活体"。苏联心理学家维果茨基(Lev Vygotsky)从文学作品的整体意义上把每个语词都看作一个"活的细胞",这个"细胞"有它的相对稳定的、划一的、确切的"核",他把它叫作语词的"客观意义";同时,在一个语词中还包含有许多流动变化的、浑浊不清的、难以分解的、异常丰富的东西,像是围绕在"核"之外的一个"晕圈",他把它叫作语词的"主观含义"。其实,早在维果茨基之前,威廉·詹姆斯(William James)就已经注意到了语言中的这种"晕圈",他说,有声有形的语言所表示的只不过是人类意识的核心部位,而在语词的边缘和语句的空隙处还充塞着、弥漫着许多说不清的东西,"也许还有一千个模糊的东西"。维果茨基同样认为,语词的"主观含义"是语词在个人的意识中产生的全部心理事实的总和,包括个人的"爱好和需要""兴趣和动机""感觉和知觉""表象与记忆""意志和情绪",这是一个"人的意识的小宇宙",它几乎包笼了"生命在它自己的地平线上观照和体验到的一切"。语词只有在获得了感性的"主观含义"而不是单纯作为"概念"存在的时候,它才能够成为人类个体生命活动中的一个生气勃勃的细胞。由此看来,文学言语的创造与欣赏,不但是人类集体无意识的自然呈现,同时也不能不是一种个体的生命活动。

每一个欣赏者以个体生命投入的方式对于作品的阅读欣赏,实际上都是在为文本注入新鲜的生命汁液。从这个意义上讲,经过二百多年阅读欣赏后的《红楼梦》,要比曹雪芹刚刚写出来的时候丰厚得多,那可以看作是欣赏的效应,也可以看作是文学艺术符号"言语"自身不断地增殖,也是信息量的不断增值,那是人的精神与艺术的精神共同孕育的结果。

一位美国文学批评家指出:随着逻辑与抽象思维的发展,语言逐渐失去了它的情感职责,它的凝聚作用日趋没落,日益走向科学化。这个剥夺过程,使语言只剩下一具无血无肉的骨架。只在一个领域,语言仍然保留着"生活的丰满性"——艺术表现。如果有一天在"艺术表现"领域里也失去了个性的、情感的活力,艺术形式与符号的生产成了无动于衷的电脑复制,那便是人类身患"精神不孕症"的开始,艺术的生殖力也将因此中断。

9.4　冗余信息与艺术垃圾

伴随着信息与传媒技术的飞速发展,不少人欢呼地球人类已经进入到一个更高级的社会,即"信息社会"。这也引起许多人的担忧,他们同时看到的是信息社会带来的新的问题。

日本环境哲学家尾关周二认为,电子媒体在提高信息传递的速度与数量方面的确取得了惊人的成就,但人工符号环境的膨胀却进一步破坏了人与自然的一体感,使人失去了与自然的深刻的内在联系,使人的精神变得枯竭起来。他说:"电子媒体给信息通信带来质和量的飞跃,使人类主体的社会性和共同性得以发展,但它是抽象的、常常被异化的方式,同时又增加了人工符号环境。因此,如此下去,人与自然、人与人之间的活生生的感性的身体的联系反倒会变得淡化。不以这种活生生的人的自然发展为根基,而是使之萎缩、淡化,这样的信息通信的发展无论怎样把人的社会性、共同性以多种形式扩大到地球规模上,它也只能是失去人的主体性的、被异化的'社会性、共同性'的扩大,而难以成为适合于系统化的人的类型的再生产。"①

现代人似乎并不怎么理会学者们的警示,依然随波逐流沉浸在电子媒介制造的信息浪潮中,人的自然本性在电子脉冲的冲击下已经发生了意想不到的变化。媒体生态批评家尼尔·波兹曼指出,继亲情消逝之后是人的儿童时代的消失,现代传媒的超量信息已经将儿童逐出他们原有的乐园:

---

① ［日］尾关周二:《共生的理想》,中央编译出版社 1996 年版,第 83 页。

凭借符号和电子这样的奇迹，我们自己的孩子知道别人所知道的一切，好的、坏的，兼收并蓄。没有什么是神秘的，没有什么是令人敬畏的，没有什么是不能在大庭广众下展示的。确实，无论人们如何评价电视对年轻人的影响，如今的儿童比以往任何时候的年轻人都要消息灵通。

　　用我自己的一个比喻，这意味着当儿童有机会接触到从前密藏的成人信息的果实的时候，他们已经被逐出儿童这个乐园了。①

　　波兹曼还指出另一个恶果：与信息传播技术革命同步的是女性初潮提前，女性月经初潮的平均年龄已经由 14 岁提前到 12 岁，似乎还有更加提前的趋势。这对于个体的心理、社会风气、时代精神将产生何等影响，似乎还没有深入的研究。

　　热衷于环保事业的美国政治家戈尔也曾严肃指出：现代人已经被淹没在"信息之海"："我们现在面对着完全是一个自作自受的危机：我们淹没在信息之海中。我们已生产了过多的数据、统计、词语、公式、形象、文件、宣言，以致我们不能消化它们。我们没有尽力创造理解和消化已有信息的新方式，我们只是生产更多的信息，生产速度越来越快。"②他还说：信息技术正在改变人类感知世界的方式，改变人类头脑接受、记忆和理解世界的方式，从而改变人类自身。

　　这种改变是全方位的，20 世纪最重要的媒介思想家麦克卢汉（Marshall McLuhan）对于信息技术的滥用怀有更大的担忧，他指出，当下快速发展的信息运动，给予我们了解、预测和重新塑造我们的环境的力量，但电子媒介构成的文化价值的迅疾转换，也会造成人类自我身份的迷失，甚至遭受电子媒介的奴役。这种系统的传媒工具一旦被极权主义掌控操纵，就有可能"成为

---

① ［美］尼尔·波兹曼：《娱乐至死/童年的消逝》，广西师范大学出版社 2009 年版，第 252 页。
② ［美］阿尔·戈尔：《濒临失衡的地球》，中央编译出版社 1997 年版，第 171 页。

囚禁其使用者的'无墙的监狱'。"①因而,只有我们有机会夺回自己命运的控制权,真正懂得"如何使用媒介",而不是"媒介对我们做了什么"以及"媒介与我们一道做了什么",我们才有可能获得真正的舒适和幸福。

人类是"社会性动物",也就是高度交流性的动物。在传统社会里,信息与信息交流原本更像空气和水,是一种公共财富,一种共有资源。如今,通过互联网的传播交流系统,现代社会的信息全被资本掌控纳入商业运行渠道。由于金钱凌驾于是非之上,结果互联网非但没有真正成为增进人类相互交往、亲近、融会的桥梁,反倒正在朝相反的方向转变,变成了一种新的使人类相互疏远的手段。当社会处于大动荡、大变革时,为权力与资本操控的互联网常常助纣为虐,沦为撕裂人群、制造冲突的工具。互联网推送的超密集无差别的集束信息、自媒体一味放纵的众声喧哗、上市公司培植豢养的网络大 V,兴风作浪、兴妖作怪、隐瞒真相、误导方向,差不多总能把人间残留的一点善良与正义、亲情与友谊扫荡净尽!

极度膨胀的冗余信息,实质上又成了污染人的心灵、污染社会风气的精神垃圾。

垃圾,已经成了地球上严重的生态灾难。人类社会制造的垃圾越来越多并且越来越难以处理。据早些时候的统计,人类每年生产的垃圾已达 100 亿吨之多,新加坡每人每天人均产出垃圾 0.87 公斤,汉堡 0.85 公斤,罗马 0.69 公斤,纽约 2 公斤,北京大约 1 公斤。垃圾的数量在增加,内涵也在变化。在我童年的时候,我们那个城市的垃圾中除了炉渣、煤灰就是菜叶、菜根,偶尔夹杂一点陶瓷和玻璃的碎片,那时垃圾的颜色是灰色的,就像那时的照片是黑白的一样,单纯而又朴实。现在的垃圾真是丰富多彩、绚丽多姿:除了原先的那些成分外,又添加了塑料袋、尼龙、易拉罐、包装盒、废电器、烂沙发、建筑废料、工业废料,并且人们还已经成功地将垃圾抛撒到南极

---

① 参见[加拿大] 埃里克·麦克卢汉编:《麦克卢汉精粹》,南京大学出版社 2001 年版,第 242 页。

洲、北冰洋、珠穆朗玛峰和太空里去。地球生态系统内已经又多了一道"圈",那就是"垃圾圈"。

人们现在关注的还多是那些物质性的有形垃圾,还没有人去统计现代社会制造了多少"文化垃圾""思想垃圾""精神垃圾",其中也包括"艺术垃圾"。其实,就在大城市的垃圾堆中我们已经随处可以看到大量艺术品如何成了垃圾:彩绘生动的包装盒、包装袋,造型华贵的茶叶罐、咖啡罐、白酒瓶、葡萄酒瓶,印刷精美的报刊图册、日历月历、节庆贺卡,设计精巧的圆珠笔、打火机、剃须刀、甚至照相机在"一次性"的方便消费后便全成了垃圾,投放进这些物件中的艺术想象、艺术构思、艺术技巧也全成了垃圾。

以上这些,还只是一些有形的"艺术垃圾",一些已经被当作垃圾的"艺术垃圾"。其实在我们的生活中还存在着更多的无形的艺术垃圾,没有被当作垃圾实际上已经成为垃圾的垃圾。

一本小说引人入胜,一张唱碟动人心弦,马上就会有千百种盗版上市,畅销变成滞销,精品成为废品,艺术变成垃圾;武侠小说火爆、清宫影视热门,仿作仿制的东西一拥而上,大量伪劣产品成为艺术垃圾;更不要说出版商、制片人为了赶时尚、抢行市设计操作出来的那些"新潮文学""综艺节目""选美大赛""类型电影""肥皂电视剧",通过现代化的传播工具,挤满了互联网的各个网站、霸占了所有的影视频道,拼命向你的房间里倾泻、向你的头脑中钻挤,一不留神,你就会被塞进一脑袋的文学垃圾、歌舞垃圾、影视剧垃圾! 还有被称作现代最高艺术形式的广告,在疯狂的商业竞争下,其规模与其效益早已不成比例。为了促销产品而接二连三推出的所谓"更新换代",大多不过是借助外形设计、产品包装、广告宣传玩弄的障眼法,商业利用了艺术,艺术成了商业制造出来的垃圾。

还有那些以政府、企业举办的没完没了"大型庆典""娱乐晚会",一台接一台的奢华演出、满台堆金砌银、满眼光怪陆离、动辄演员上百上千、花钱往往百万千万,国民靠血汗积累下的资金,就像放焰火一样,三两个小时便统统化为云烟。还有,一首不错的歌曲,不厌其烦地重复一遍又一遍,那只能引起人们在精神上的疲劳,感情上的厌倦,带来负面的效应。

以前,我们所处的境遇可能是信息匮乏,现在,随着信息成为产业、商品,随着信息奔上"高速公路",随着信息网络在全世界的普及,我们面对的更多是信息的冗余。信息的匮乏可能会造成心灵的幽闭、内向,但同时也可能会保持心灵的清新、敏感;信息的富足可能会带来心灵的敞开、扩张,但过多的冗余信息也会使心灵变得壅塞、迟钝、麻痹。大观园里的林黛玉偶尔在"梨香院的墙角上"听了小戏子们排练时唱的几句《牡丹亭》,便不由得"心动神摇""如醉如痴","一蹲身坐在一块山子石上",仔细忖度后泪落如雨。而如今的一位女学生周末泡在"通宵电影院"里,一连看上多部言情片、宫廷片,并不会有林黛玉如此深沉细腻的感受。这是一种"信息冗余"下的心灵匮乏,现代社会为了填补这种匮乏便制造更多的信息,更多的信息冗余造成更严重的心灵匮乏,这就是现代人的心灵悲剧。

詹姆逊曾经剖析过诗歌和小说在工业社会中陷入的危机,并解释过那些"语言垃圾"是如何形成的:

> 在一个不断大众化的社会,有了报纸,语言也不断标准化,便出现了工业化语言中日常语言的贬值,农民曾经有过很丰富的语言,传统的贵族语言也是很丰富的,而进入了工业化城市之后,语言不再是有机的、活跃而富有生命的,语言也可以成批地生产,就像机器一样,出现了工业化语言。①

詹姆逊还说,福楼拜已经发现,在他那个时代语言就已经"被污染"了,人们的头脑中塞满了五花八门的程式化的语言,你根本无法找到一个恰当的表

---

① [美] 杰姆逊:《后现代主义与文化理论》,北京大学出版社 1997 年版,第 176 页。

达方法,当你自以为在独特地表达自己的个性和情感时,你使用的不过是些空话、套话、废话、陈词滥调!

> 我们不可能用语言来表达任何属于我们自己的感情,我们只不过被一堆语言垃圾所充斥。我们自以为在思维,在表达,其实只不过是模仿那些早已被我们接受了的思想和语言。①

现代高科技的传播机器源源不断地传递给我们的"冗余信息"首先毁掉的,可能就是文学赖以支撑的个体人的"语感"、个体的"话语含义",这恐怕才是文坛上流行"失语症"的重要病因。

不屈不挠的诗人、小说家由此舍弃了文学所长,向音乐、绘画中搜寻自我拯救的武器,马拉美、艾略特,还有庞德、里尔克都曾经为此进行实验。用詹姆逊的说法,普鲁斯特的《追忆流水年华》演奏的是室内音乐,乔伊斯的《尤利西斯》则是男中音的独唱。然而,当色彩和绘画、音乐和歌唱也全都被现代工业社会的信息处理及传播技术"成批复制"之后,诗人、小说家、画家、音乐家恐怕就再也无有立锥之地了。

艺术活动中的冗余信息就像日常饮食中过度的高营养物质一样,已经在人们的血脉中形成了稠密的高血糖和高血脂,它带来的病症是要命的脑血栓和心肌梗塞。

如果一个时代"喂养"给自己新生代成员的食物都是这样的"艺术垃圾""精神垃圾"。今后,会不会在人类社会中造出更多的"人的垃圾"即"垃圾一样的人"?种种迹象已经在海内外的青年群体中出现:他们追逐新时尚,依赖高科技,无休无止地追求新刺激,开名牌汽车,穿名牌服饰,翻阅印刷精美的风雅杂志,品尝最新花色的咖啡、冰激凌,玩最新推出的电子游戏机,周末打高尔

---

① 〔美〕杰姆逊:《后现代主义与文化理论》,北京大学出版社1997年版,第177页。

夫球,假期出国旅游,但自己却并不能挣来足够的钱,而是靠"啃老",剥削老爸、老妈辛苦攒下的积蓄,他们无力参与社会的竞争,又缺少一个成熟的自我,他们对自然的感觉在退化,他们中的男性趋向于女性化成为"小鲜肉",女性趋向于玩偶化成为"动漫控"。一旦失去足够的经济来源,只有彻底躺平,沦为这个消费社会中的废物,人类自我生产中的冗余产品。

第 10 章　文艺作品中的"自然主题"

前边我们曾经讲到,"人与自然"是人类面对的一个元问题,这个问题当然也会反应在文学艺术领域,"自然"历来都是人类文学艺术创造活动表现的重要主题。

被誉为"美国文明之父""美国的孔子"的爱默生(Ralph W. Emerson)说每一个自然事实都是某些精神存在的象征,自然的存在满足了人类灵魂对美的渴望:

> 自然对于人类,不仅仅是物质,还是过程和结果。万物相互作用,每时每刻都在为人类的福祉。风播下种子,太阳蒸发海洋,轻风将水蒸气送到田野,地球那侧的寒冰在这里化身为雨,雨水浇灌植物,植物养育动物。自然神圣的馈赠循环往复,哺育着人类。
>
> 有用的艺术是人类利用智慧对自然的馈赠进行再生产,或重新组合。①

---

① ［美］爱默生:《论自然》,中国对外翻译出版公司 2010 年版,第 6 页。

考察文学艺术作品中对于"自然"的表现，几乎是一个无边无际的问题，从三万五千年前欧洲岩洞里的野牛壁画到中国当代国画家李可染在宣纸上画出的水牛；从《伊索寓言》《圣经故事》到《诗经》《楚辞》；从陶渊明、谢灵运、王维、李白、苏东坡诗歌到雪莱、济慈、华兹华斯、荷尔德林、惠特曼的诗歌；从范宽、郭熙、马远到莫奈、塞尚、高更；从《高山流水》《二泉映月》《春江花月夜》到《天鹅湖》《春之祭》《蓝色多河》《田园交响曲》，这些不同时代、不同地域、不同种族，不同门类的诗人艺术家及其创作的作品中无不涉及"自然"的主题。自20世纪后半期以来，随着生态运动的蓬勃发展，更有大量以新的观念、新的视角，新的手法描绘"自然主题"的文学艺术品出现，要想对这些作品进行稍稍具体的分析都将是工程浩大的，决非我们这一章所能承当的任务。

面对这样一个异常繁复的现象界，我们只准备查看一下，文学艺术作品中"自然"这一主题在人类社会发展过程中的沉浮起落，看其是否有轨迹可循，同时也想探讨一下这种变化能给我们哪些启示，从而在自然、艺术以及人类精神生活之间寻求更明智、更美好的生存方式。

10.1 从混沌到谐振

"自然"最早作为"文艺作品"表现的主题，是在人类的原古神话中。那是，人类自己刚刚从丛林中走出来，虽说已经较其他生物具备了使用物质工具的双手，使用精神交往的语言，但依然匍匐在地面上，与大自然的原生态保持着血脉相连的关系。那时的人类，身体几乎像他的近亲猿类以及其他哺乳动物一样，仍然根植于自然之中，但率先萌生起来的精神世界又使他们把自然同化到自己的心灵中来。这时候，何为人，何为自然，何为神，何为天空、大地，在我们的这些原始祖先那里还是混沌一片。那时节，天、地、神、人是同一个世界、同一个真实存在的有机整体。这些，集中表现在那时的"神话"创造中。

据我国神话学家袁珂先生研究,在中国古代神话中,"混沌"本身也是一位神,一位浑浑噩噩、懵懵懂懂然而又辈分最高、历史最久远的神,相当于道教神话中的"混元天尊""盘古真人"。中国的"太阳神"是炎帝,他同时也是"农神",颈子上长着一颗牛头,火神祝融、水神共工、土神后土都是他的子孙,"精卫填海"故事中那位神奇的小鸟精卫就是他的小女儿。

谢选骏教授在论及"神形原始"与"神性原始"时,曾以古代埃及神话为例,所谓的"神",还保留着更多的自然属性,神的形象有许多就是禽兽、鱼类、植物,甚至无生物。埃及的太阳神荷拉斯是一只鹰,尼罗河神哈派是一头狼,孟斐斯城崇拜的亚庇丝神是一匹母牛。随着时间的推移,"人的要求"慢慢浸入这些被神化的动物,成了神的一部分,于是在埃及以及在其他地区,又出现了半人半兽、人兽同体的"神祇"。[①] 在第三章里我们已经列举了不少这方面的例子,这里就不再重复了。

不仅远古时代遗留下的神话,早年原始部落日常生活中的某些巫术、仪式、节日庆典活动,往往也是包孕文学艺术的母体,在这些活动中,人、自然、人的欲望、情感、意向也是混融在一起的。荣格曾经举过这样一个例子:澳大利亚某个土著部落的人们在演示"春之祭":

> 他们在地面上挖一个洞穴,洞穴为椭圆形。然后,他们在洞穴周围布满灌木丛,这样,它看上去宛若是女人的生殖器。随后,他们环绕这个洞穴跳舞,他们将长矛握在自己面前,模仿勃起的阴茎,当他们环洞穴跳舞之际,他们将长矛插入洞穴,高声地喊叫道"这不是洞穴,不是洞穴,而是女人的生殖器。"[②]

---

① 参见谢选骏:《神话与尼族精神》,山东文艺出版社 1986 年版,第 52 页,第 97 页。
② [美] 卡尔文·S.霍尔、沃农·J.诺德拜:《荣格心理学纲要》,黄河文艺出版社 1987 年版,第 78 页。

这当然不是真实的"性交"，而是象征性的性交仪式，有歌、有舞，已经进入了艺术的程序。那作为道具的"洞穴""灌木丛""长矛"，以及所指意义上的"女阴""阳具"都还是自然意义上的。这一仪式从现代人的眼光看来，似乎是淫邪的，但在这些原始人的心灵中，却是再自然不过的，就像春天到了把谷种播撒进土壤中一样，他们渴望的是后代的大量繁殖。也正是在这样的观念下，自然、艺术、人的意向合成了混沌的一体。顺便说一下，这些原始状态的人们在歌舞中使用的"乐器"，比如敲击的木棒、石块、兽骨、兽皮，弹拨的弓弦，吹奏的竹管也都还是取自大自然中物件和日常生活用具。他们脸上涂抹的种种"化妆品"，也都还是直接取自植物浆果、动物血液乃至白土、牛屎一类的自然存在，这种化妆品其实与鸟儿羽毛上的色彩、虎豹皮毛上的花纹相去还不是太远。

　　随着人类社会文明进程的加快，人从自然的层面上渐渐剥离出来，人与自然浑蒙的原始状态被打破了，人类渐渐意识到自己是天地间的一个独立的存在，自然也开始被分离出来成了围绕人类活动的"环境"。

　　但在近万年漫长的农业文明时代，人虽然已经独立于自然之外，但对自然的依赖仍然十分显著，土地依然是人类立足的根基，河流依然是人类发育的血脉，天空依然是人类仰慕的祈望，草木鸟兽依然是人类生命亲和的对象。人与自然在感性上依然处于一种相对、相关、相依、相存的期待之中，往昔的那种"混沌"此时已经化作虚幻中的圆满，为人类的精神乌托邦增设了充满吸引力的一极。此时的人类对包括天地在内的自然，既持有疑惧、敬畏的膜拜之心，又怀着亲近、依赖的体贴之情。直到这时，自然才成了人类自觉观照的审美对象，也正是在这一时期，自然作为文学艺术作品中的主题。只有在农业时代，以"自然""自然与人"为主题的文学艺术作品，无论是数量上还是质量上都达到了历史的顶峰。这是人与自然在艺术琴弦上高度"谐振"，那美妙的音韵旋律、神采风度已经成为后世不可逾越的极限。

　　在中国，这种"谐振"在《诗经》《楚辞》中已经发轫。

中国文学创作的基本思维方式、基本技巧手法"赋、比、兴"便充分体现了人与自然在文学艺术中和谐共振的关系模式。通常的解释，"借物以喻事谓之比"，"感物以起情谓之兴"；"比"乃寄情附事，"兴"为引物动情。这里的所谓物，更多的情况下指自然风物，从鸟兽草木，到风霜雨雪，到山川湖海，日月星辰；事乃人事，情乃人的心性，"外感于物，内动于情"，便是文学艺术创作中自然与人心的交感互动。"关关雎鸠，在河之洲。窈窕淑女，君子好逑"，前半写大河沙洲中一对水鸟的求偶鸣叫，后半写少男少女情怀初开的美好憧憬，已远非澳大利亚原始部落的人群在"春之祭"中对于性交动作的天真模拟。"风飒飒兮木萧萧，思公子兮徒离忧"，比兴手法在屈原的《楚辞》中被运用得更加娴熟、熨帖。由是，《诗经》中的《国风》与《楚辞》中的《离骚》便成了中国古代文学艺术精神的写照，被人们合称作"风骚"。

在以"自然"为主题的文学书写中，东晋时代的诗人陶渊明是一座历史的丰碑。陶渊明活了 62 岁，传世的作品并不多，为什么却在灿若星河的中国文学史中能够被誉为"千古一人"的伟大诗人？这是因为陶渊明的人生、陶渊明的诗歌始终能够与自然融为一体。他天性自然，崇尚自然，亲近自然，全身心地融入自然，自自然然地吟咏他心目中的自然。他开创的田园诗风，为人们在天地间的生存提供一个素朴、优美的范例。

以"风骚"精神为标志的中国古代文学，在"唐诗""宋词"中完成了它的最高成就的审美品格和艺术创造。

李白的诗："故人西辞黄鹤楼，烟花三月下扬州。孤帆远影碧空尽，唯见长江天际流。"诗句明白如话，琅琅上口。故人与高楼，烟花与春天，落寞与碧空，别意与江流——自然是经过人情浸染的自然，人情是弥漫于自然中的人情，整个诗篇交织着自然与人情的共鸣。

辛弃疾的词："明月别枝惊鹊，清风半夜鸣蝉。稻花香里说丰年，听取蛙声一片。七八个星天外，两三点雨山前。旧时茅店社林边，路转溪桥忽见。"这里写的可以说是古代的农业文明的缩影，诗行中透递出诗人对自然体贴入微的亲近,洋溢着庄稼人对于大自然丰厚赐予的感激。从生态学家的眼光看,诗中的描绘简直就是一个完整的生态系统,一个平衡和谐、有机运作的生态系统:其中有作为天体存在的星、月,有作为天气存在的风、雨,有作为大地存在的山、溪,有作为植物存在的树木、稻田,有作为动物存在的鹊、蝉、蛙,当然,其中也有着人类制造的"第二自然":茅店、小庙、村路、板桥,但一切都是如此的安详、温馨,如同海德格尔说的这是"人在自然中诗意的栖居"。也正是现实中的这种诗意,才孕育出辛弃疾这千古传唱的诗篇。在当下工业时代,即使在农村可还有谁去理会那被月亮移枝惊起的鸟鹊、那被清风吹送的夜半蝉鸣呢?

与唐诗、宋词相继崛起的,还有发轫于唐、兴盛于宋的"山水画"。与诗歌理论中的"外感于物,内动于情"相比照,中国山水画理论中的"要诀"是"外师造化,中得心源"。说到底,仍是主张作为环境的自然与作为主体的人的心灵之间的融会贯通,画画的人要将自然"吃"进自己的心灵中,要将自己的心灵"化"入自然中,首先达到人与自然的浑融,才有可能实现艺术的浑成。北宋画家兼画论家郭熙曾谈到山水画中"自然"与"人"的关系:"春山烟云连绵人欣欣,夏山嘉木繁阴人坦坦,秋山明净摇落人肃肃,冬山昏霾翳塞人寂寂。"[1]山色的自然变化与人的心灵活动总能够相互映照。清代画家石涛关于山水画创作的名言是"山川脱胎于予也,予脱胎于山川也……山川与予神遇而迹化也"[2]。这显然也是人与自然的相互包容,从而在绘画作品中产生共鸣与谐振。

10.2 从旁落到凋敝

随着人类社会发展的进程,文学艺术中人与自然的这种充满诗意的"谐

---

① (北宋)郭熙:《林泉高致·山水川》。
② (清)原济:《石涛画语录·山川章节八》。

振"，终于被破坏了。即使在被称作"诗的国度"的中国，在进入 15 世纪、即到了明代之后，诗歌也步步走向衰落。伟大的诗人不再出现，支撑诗坛残局的使命降临在"才子"身上，"前七子""后七子""吴中四子""风流才子"，作诗成了一种显摆学问和才智的文字游戏。一些达官贵人把诗歌从山野江湖搬进官场，一味"颂圣德，歌太平"，作为进阶与应酬的工具，名之曰"台阁体"，充当了权力机器的润滑剂。此时的山水画，也从荒山野水的大自然，转为精致小巧的梅兰竹菊、翎毛花果。

与诗歌的沉沦相对照，则是话本、小说、戏曲、鼓词这些叙事文学的兴盛，文学艺术的主题真正地集中在了"社会"生活，社会性的人成了文学艺术作品的主体。《金瓶梅》《牡丹亭》《三言》《二拍》《再生缘》《红楼梦》代表了这一时期文学的最高成就。这些文学全都侧重于表现城市阶层的日常生活，文学作品中反映社会生活内容肯定是更加丰富了，但在无意间却渐渐丢落了原本在"唐诗""宋词"中占据绝对意义的"自然"。当然，这些小说、戏剧中仍然会穿插关于"自然"的描绘，甚至是非常精彩的描绘，但从整体上看，"自然"不能再与人事人情取得对等的存在。在以后的一些"文学理论"著述中，"自然"仅仅被当作人物活动、事件发生的"环境"，由原先的"主角"降格为"仆从"，旁落到附庸的地步。这里就举我自己在 20 世纪 80 年代参与主编的一本书中的例子："环境，是文学作品中人物活动的舞台"，"写景为主题烘托气氛"，"写景体现人物的身份、个性"，"写景为展示故事情节的发展服务"等等。总之，自然，在这些叙事性文学艺术中成了舞台上的"布景"和"道具"。

叙事性的散文取代了本真意义上的诗歌，这在中外文学史上都被认作一个划时代的标志，这恐怕并非单纯的文体沿革，而是时代发生了根本性的变化。

在中国，自明代以来，城市的商品经济开始活跃起来，并带来许多社会的新气象，人们的兴致开始由自然转向市井，说书、唱戏、看小说成了供给市民消费的一种商业行径，甚至像冯梦龙这样的"高产畅销"作家也已经应运而生。

龚自珍在《病梅馆记》中,曾痛心于梅树的自然天性惨遭人类的荼毒,同时他也指出造成这一悲惨现象的原因是"商业",有人"以夭梅、病梅为业以求钱"、"以求重价"。在文学艺术创造活动中,商业行为也可以肆意地扭曲自然万物的天性。由于市民的文学消费趣味在于发家致富、金玉满堂,在于"洞房花烛夜"和"金榜题名时",庐山瀑布,江陵猿声,长河落日,大漠孤烟便渐渐从文学艺术的视野中退隐了。

即使真正具有文学操守的一些杰出作家,不肯随波逐流地去迎合时代的趋势,甚至站在审视批判的立场上从事写作,如吴敬梓揭露科场黑暗,李跀人鞭挞官场腐败,梁启超呼吁新世界的到来,作为文学家的他们却再也回归不到自然中去了。

伟大的曹雪芹在结束他那社会性的大悲剧之后,倒是让他心爱的主人公走出樊笼、走回天地之间,但那已经不是原先的"自然","白茫茫一片大地真干净",对于大观园里的人来说,那又是一片多么冷漠无望的景象!

20 世纪中期以后,中国大地发生了天翻地覆的变化,中国社会也在有意识地进行着改天换地的操作,工业化、现代化的进程日益加速,文学艺术被要求"如实地反映火热的社会生活",被限制在单一的为政治服务、为劳动生产服务的范围内。在社会生活中,当"自然"成了"进军"和"挑战"的对象时,文学艺术作品中的"自然",甚至连"配角"也当不上了,常常只能充当"反面角色"。

"石油工人一声吼,地球也要抖三抖!"倒霉的地球成了人们进军的对象,在大无畏的工人阶级面前吓得瑟瑟发抖。何曾料到,若干年过后,当石油工人的业绩普惠全球时,大气污染、地球升温也开始覆盖全球。雾霾、酸雨、极端天气,地球开始以暴烈的脾气向人类发起凶猛的报复。

1958 年大跃进时,有一首民歌《我来了》应运而生,有的文学史著中称它"艺术地显现了那个时代意气风发、斗志昂扬的劳动人民的心声:'天上没有玉皇,地上没有龙王,我就是玉皇! 我就是龙王! 喝令三山五岭开道,我来了!'"

这可真是一个"大写的人"，他骄横地认为他可以战胜自然力、取代自然力，高踞于自然万物之上。一位卓有才华的诗人当年也曾循着这条思路"喝令"过黄河，甚至旁及李白："责令李白改诗句：'黄河之水"手中"来！'"若干年后的结果已经清楚地显示出来：落入"人类手中"的黄河，一天天肮脏、枯萎、凋敝下去，不要说"清水清风走东海"，由于一年断流多半时间，就连黄水、浊水也已经走不进东海。而造成这严重恶果的原因之一就是人们建起的一道道拦河大坝，被世人美化为黄河扎上一条又一条的"红腰带"。

自然在现实文学艺术创作中扮演了如此倒霉可怜的角色，无怪乎在一个相当时期内，谁要是想吟唱一下"风花雪月"，自己先就羞于启口了。革命队伍中的诗人郭小川在某一个夜间发昏，情不自禁地望着星空向自然、宇宙发出几声由衷的敬畏和赞叹："望星空，我不免感到惆怅。说什么：身宽气盛，年富力强！怎比得你那根深蒂固，源远流长！说什么情豪志大，心高胆壮！怎比得：你那阔大胸襟，无限容量！"话刚出口，便又反悔，后边又唱起向自然进军、向宇宙进军的豪言壮语来："让万里天云的夜空，出现千千万万个太阳。"我们的祖先就已经知道"天无二日"的道理，远古神话中也知道"天上出现九个太阳"时，就会造成巨大的生态灾难，怎么能让夜空出现"千千万万个太阳"呢？这种景象也许只有爆发全球核大战时，美国、俄国把自己贮存的原子弹、氢弹全都抛向太空时才会出现，那当然不会是诗人的希望了。

由此可以看出，自然，在我们当代的文学作品中已经被糟蹋成何等模样。

以上，我们谈论的基本上都是中国文学史上发生的情况。在欧洲或在整个西方，由于文化传统不尽相同，社会沿革不尽相同，并不好简单地相比附。正如历史学家斯宾格勒指出的，"政治时代""文化时代""精神时代"对于东方和西方来说并不在时间坐标轴的同一点上，就"精神趋向"而言，欧洲的叔本华与古希腊的伊壁鸠鲁、印度的佛陀倒更可能是"同时代"的人。在西方文学艺术史中，"自然"的沉浮也有着它自己的轨迹。

人与自然的"混沌"，对于西方来说是在"伊甸园"的神话里，那时的亚当、夏娃还没有吃到"智慧的苹果",他们和园中的花木、飞鸟、走兽别无二样。在西方的文化艺术史中,人与自然的"谐振",古希腊的文学艺术是一个榜样。这种"谐振"既表现在那些优美的神话传说中,也表现在那些"精神气质"与"肉体肌理"完美结合的大理石人体雕塑中。在雅典、罗马的博物馆里,我总是惊异于那些具名或佚名的雕塑家将人的灵气续进大理石中,让顽石拥有了肌肤的弹性与温暖,而那些古老的石头又如何将时光的流彩呈现给人的生命!

在后来一个漫长的时期里,基督教的严密统治和教条主义神学的思维方式并没有给西方的文学艺术带来更多的辉煌。有学者指出"中世纪的艺术是讲故事的艺术",当然是讲好为巩固教会统治需要的"故事",艺术成为教会统治者宣教的实用工具,虽然色彩艳丽、金碧辉煌却形象僵硬呆板,工艺性多于艺术性,形式感大于美感,人物和自然景物全都被抽去了个性与活力,成为无有生命的共名与符号,也就完全背离了自然。直到文艺复兴运动兴起,意大利的艺术家们如达·芬奇、拉斐尔、米开朗琪罗、乔托、提香、波提切利等,打着"复古"的旗帜,将艺术重新扳回古代希腊、罗马的自然主义传统中来。

19世纪末,在塞尚、莫奈、凡·高、高更引领的印象主义画派出现之后,自然与人的心灵便在一个更高的层面上"谐振"出一曲恢宏的交响乐章。这些作家都一再宣称大自然才是他们的"神明",忠于自然就是忠于艺术,"自然精神"无一例外成为他们所有画作的主题。

塞尚说:"我愿沉醉于自然之中,与它一起,像它一样萌发,我愿具有岩石的独特的色调、山峦的明智的固执、空气的流畅和阳光的温暖……色彩是观念和神的可见的肉身"。凡·高接着他的话说:"我看见自然跟我谈话,告诉了我些什么,我已用速记写下。"①

高更对于自然的热爱更甚于印象派中的其他画家,他痴迷于原始自然风

① [美]赫谢尔·B.奇普编:《塞尚、凡·高、高更书信选》,四川美术出版社1986年版,第88页。

情，为此不惜辞去体面的银行工作、别妻离子独自一人漂泊到南太平洋的塔希提岛，与当地的土著居民生活在一起，他说："此刻我与天空的距离如此之近，只隔着头顶上漏兜树叶做的高耸屋顶，我猜想一定有壁虎沉睡在里边。睡梦中，我清楚地意识到自己处在自由的空间里，逃离了如同牢笼的欧洲，与自然为伴。""我变得和动物一样自由自在，所有属于人或者动物的欢愉，我都享受过了。我真正意义上逃离了虚假与迂腐，投入自然的怀抱。我变得清新寡欲，自然祥和，我不再受那些所谓文明道德的限制，没有功利与虚荣。"①在塔希提岛的日子里，他创作出以当地自然风物人情为主题的大量色彩鲜明、形象质朴、风格粗犷的艺术珍品，奠定了的世界大师的地位。

正是对"人与自然和谐共处"的追求，使塞尚、凡·高、高更在工业社会的喧嚣中为西方艺术打开一片新天地。而这块新天地，又多么像东方中国绘画艺术中崇尚的天人合一的境界。

东方与西方不同的是，当中国关于自然与人的传统艺术精神日趋凋敝时，中国社会的现代化进程则刚刚起步，就像一台火猛汽足的火车头刚刚驶出车站，人们对于工业化带来的物质的丰盛热情似火，将开发自然、利用自然作为自己奋斗的宏伟目标！而当西方关于自然与人的艺术精神再度复归时，技术与资本带来的负面效应已令人感到疑惧，让许多人开始反思、开始惊醒，西方社会现代化已在取得巨大成就之后重新受到人们的审视，就像斯宾格勒所说的：一个人为的世界成功了，却在毒害着自然的世界。

同一个时代不同国土上的人们面对的文化问题竟是如此的不同。回首 20 世纪，在我们只看到"电力"和"肉食"的地方，一贯以功利和理性自居的欧洲人反倒又看到了"瀑布"和"牛羊"，看到了"飞流直下三千尺"和"风吹草低见牛羊"。正是从这个意义上，塞尚、凡·高、高更以自然为主题的绘画艺术，都已经拥有了"现代生态学"的意义。

---

① ［法］高更：《生命的热情何在：高更的塔希提手记》，江苏文艺出版社 2016 年版，第 33 页，第 77 页。

10.3　生态文艺潮

　　自 20 世纪 60 年代以来,在现代化发展日趋高峰的西方社会,渐渐涌现出一些表现现代科学技术、工业社会发展造成严重生态灾难的文学艺术作品。继而,在一些文学艺术作品中强烈地表现出人应当与自然和谐共处、应当善待自然、亲近自然的良好愿望。美国女记者雷切尔·卡森的长篇报告文学《寂静的春天》,以深入的调查、生动的事例、翔实的资料,更以她那悲天悯人的情怀、催人泪下的笔调,揭露并控诉了"DDT"等农药对大地、海洋的毒化,对大地上的昆虫、海洋中的鱼虾、天空中的飞鸟的虐杀,以及这些工业时代的化学药剂如何成功地扼死了人类生存环境中生机,如何把一个有声有色的春天变成了荒凉死寂的春天。这本书出版后,一方面受到化肥、农药制造商的疯狂抵制和恶毒的诋毁,一方面受到了广大人民群众及一切有良知的人们的热烈欢迎和支持,很快在西方世界产生了轰动性的影响。书中揭示的生态学主题:"我们必须透过这些新颖、富有想象力与创造力的方式,尝试去解决和其他生物共享地球会产生的问题。"①正如她自己表示的,她是努力在"拯救生物界的美"。对此,保罗·布鲁克评论说:"雷切尔·卡森是个理性的、受过良好专业训练的科学家,同时也具有诗人的洞察力和敏感度。她对大自然有她引以为傲的深厚情感。知道得越多,她对大自然赞叹得就愈深。因此,她成功地使一本描写死亡的书成为对生命的礼赞。"②

　　《寂静的春天》作为一篇优美的报告文学,拉开了西方当代生态文艺舞台的大幕。从那时起,反映生态灾难、动物遭际、人与自然关系的文艺作品越来

---

① 〔美〕瑞秋·卡森:《寂静的春天》,晨星出版社(中国台湾)1997 年版,第 327 页。
② 同上,第 4 页。

越繁盛起来。体裁多为报告文学、科普随笔、摄影艺术,以及表现洪水、海啸、龙卷风、核电外泄、基因工程诱发的怪兽等生态灾难的电影、电视。

2008 年度的诺贝尔文学奖授予了法国作家勒克莱齐奥(Jean-Marie G. Le Clezio),他的一些代表性作品如《诉讼笔录》《沙漠》《寻金者》《战争》《乌拉尼亚》等,大多对现代工业文明持有强烈的逆反心理,专注于寻找与大自然的交流,在作者看来真正宝贵的不是作为物质财富的金银,而是深埋于内心深处的故乡和大自然中的海洋、星空。像《沙漠》中那位年轻姑娘,告别非洲到大城市马赛"寻求新生活",却受尽了城市现代生活的凌辱与折磨,最后返回祖先的故土荒野中,在澎湃的海潮节律伴奏下分娩出新的生命。勒克莱齐奥显然是一位背对时代主流、逆社会发展大潮、拒绝与主流文化合作、倡导人类文化的多样性的作家。也是一位极富生态精神的文学家,他的作品完全可以纳入"生态文学"的领域中来。诺贝尔文学奖授予勒克莱齐奥,也可以看做诺贝尔奖的生态意识导向。

中国当代学者程虹教授潜心于英美"自然文学"研究成绩卓著,不但出版了《寻归荒野》《宁静无价》等专著,还翻译出版了美国自然文学经典系列《醒来的森林》《遥远的房屋》《心灵的慰藉》《低吟的荒野》,为中国当代自然写作提供了参照。

其中女作家特丽·威廉斯(Terry Tempest Williams),是美国自然文学、生态批评及环境保护等领域颇具影响力的人物。她们家族常年生活在美国犹他州的盐湖湖畔,由于位于美国核试验基地的下风口,家族中的女性多半都患有乳腺癌。她的祖母、外祖母、母亲及六位姑姨都做了乳房切除手术。其中的几位最终都死于癌症。她本人也在 34 岁时被确诊为乳腺癌。盐湖岸边的女性们承受着乳腺癌的痛苦折磨,盐湖水不断地涨落使当地的鸟类受到严重威胁,人类的悲剧与自然界的悲剧同时上演。特丽在长篇小说《心灵的慰藉》中,将自己及其家族的经历与大盐湖水域鸟类保护的艰难过程联系在一起,用一种独特的视角将人与自然之间的亲密关系展示在人们面前。

我曾经到过美国西部犹他州的大盐湖,茫茫湖水一望无际,这里就是女作家特丽的家乡。我不由地想起那年在上海我与特丽夫妇会面的情境:特丽的丈夫布鲁克是一位诗人,来华时飞机上还在读《陶渊明的幽灵》。特丽将她亲自签了名的《心灵的慰藉》赠送给我,她说:我讲述这个故事,是为了抚慰自己受伤的心灵,是为了面对神秘浩渺的大自然,给自己找回一条回家的路。

　　在我国,此类生态文艺创作的兴起在20世纪80年代初,首先是在台湾,这大约是因为台湾社会工业化起步较早、程度较高,人与自然的冲突也更尖锐、急迫的缘故。而首倡此风者,竟也是三位女性作家,两位是70年代末由美国返台湾的马以工和韩韩,另一位是心岱,她们无疑都是接受了雷切尔·卡森的熏陶的。

　　马以工的《"九孔"千疮》,反映了由于养殖一种"经济价值"极高的"九孔蛤",官商勾结、联合地方势力,任意毁坏了台湾北部海岸美丽的海蚀平台,为"今人"的败家子作风扼腕长叹!

　　韩韩则把自己的深情投注到"水笔仔红树林"中,她向人们诉说:那里不仅是一片树林,而且"是一个家族、一个社会、一个终极群落、一个世界。我们几乎可以听到它们的生、老、病、死,可以嗅到它们的呼吸,它们的哭泣,它们的欢笑和它们的咆哮、哀伤。"这篇《红树林生在这里》,已经成了台湾环保史上的重要文献。

　　心岱发表在1980年的报告文学《大地反扑》,指责了人类不知餍足地残酷剥削自然,自然将以废墟和毁灭进行报复。"大地反扑"从此成为台湾环保运动中的一个警句。她的另一篇散文《向天地赎罪》,讴歌了一座山村的民众自发组织起来保护一条与自己世代相伴的山溪,坚决与往溪水里倾倒垃圾、电鱼毒鱼的人们做斗争的故事,把生态养育的希望寄托在了民间。

　　此后,台湾的生态文艺创作队伍一天天发展壮大起来,1991年由陈铭民发起推出的《自然公园》丛书,如今已出版各种体裁的作品30余部。其中杨南郡的《寻访月亮的脚印》《与子偕行》记述了他和妻子在台湾踏遍百岳千峰、寻觅失踪的古道、叩访隐逸的原居住民的经历，表现了他们对大自然、对原始文化的一往情深。散文家刘克襄热衷于台湾岛上鸟类的观察，创作出一系列充满爱心和诗意的文集，如：《旅次札记》《旅鸟的驿站》《山黄麻家书》等，不但传授给世人许多鸟类的知识，更教给人与自然万物交流融汇的心境与意向，发掘出人生的另一种深沉有致的价值观念。

生态小说的创作在台湾并不多见，陈映真在他的《台湾文学中的环境意识》一文中，详细介绍了台湾小说家宋泽莱在1985年创作的《废墟台湾》，这属于一部带有幻想性的"生态灾难"小说：2000年一次大地震使台湾的三座核电厂的辐射物质外泄，致使20万人丧生，水与大气全被浮尘、垃圾污染，农业、养殖业全部崩溃，瘟疫流行，台湾急剧沦为现代废墟，而生态废墟上又产生"废墟政治"，宗教政治化，政治独裁化，知识分子被驯化，黑社会被强化，台湾由此沦为人间地狱。书中描绘的场面令人触目惊心。陈映真在文章中也指出这部小说的艺术水准不算很高，因为这类灾难小说已渐渐形成某种套路。[①]

中国大陆的"生态文艺创作"，比起台湾来要略晚几年，而且也不像台湾那样集中，那样有意识地突出生态学的理念。1995年我参加了由王蒙、齐邦媛共同主持的在大陆威海召开的第二届"人与自然"的文学研讨会，会上台湾作家的发言论题比较集中，理念比较清晰，对生态文艺的探索有一定的深度；大陆的一些文学造诣很高、文学成就很突出的作家，谈起文学与生态来，显得很有些隔膜，他们的发言多半还停留在感性的、随机的阶段。一位宁夏的作家甚至喊出"欢迎到我们家乡来污染"的口号，在他看来经济发展才是一个地区的硬道理。

自20世纪90年代之后，中国大陆也很快掀起一股"生态文艺"的创作潮头，散见于文坛的表现"生态"题材的小说、诗歌、散文、戏剧、报告文学、电视专

---

① 陈映真：《台湾文学中的环境意识》，收入"人与自然——环境文学研讨会"（1995年，中国威海）论文集。本书论及台湾生态文艺时多有参考。

题片、摄影、漫画等文艺作品，其数量还是相当可观的。像《中国环境报》《绿色时报》这些环保和林业部门的"专业报纸"都开辟有生态文艺的副刊。一份名曰《绿叶》的生态文学刊物，已经连续办了多年，不但发表了大量表现人与自然题材的文艺作品，同时也对生态文艺理论的建设进行了认真的探索。由梁从诚先生主编的《自然之友》及自然之友书系之一《为无告的大自然》亦发表了许多情真意切、感人肺腑的报告文学。由曲格平先生与王蒙先生作首席顾问、高桦女士任执行主编的"碧蓝绿文丛"，汇集了近年来散见于全国各地的以生态、环境保护为题材的小说、散文、报告文学，已经出版了两辑六大卷，总计两千多万字，参与撰稿的作者几乎涉及当代文坛知名作者的大半，从中足可见出中国的生态文艺创作的大潮已在风起云涌。

但是，真正从生态学的立场出发，以生态学的世界观审视现代社会，并以作品本身的艺术魅力在国内文坛产生重大影响的作品依然是屈指可数的。可以作为典型案例的，有高行健的戏剧创作《野人》和徐刚的系列报告文学《守望家园》。

《野人》是一件"复调"作品，由人与自然、人与历史、人与人的多种矛盾交织在一起，有冲突，有和谐，构成一个充满张力的整体，这种结构本身就充满了生态学的意味。《野人》在不同主题的交错展开中，突出了现代人面临的一个共同的问题——生态环境问题：城市建设的急剧扩张，森林的无度砍伐，废气、废水、垃圾对人类生存环境的毒害，已经使人从外到内丧失了栖居的场所："那壮美的、宁静的、未经过骚扰、砍伐、践踏、掠夺，未曾剥光的、处女般的、还保持着原始生态的森林"再也难以寻觅。真正的文化底蕴被原始部落的"野人"看守在民间的庆典、宗族的仪式、山林的歌舞中，"野人"实际上是与自然相处和谐的淳朴的人；骄横地干预生态、疯狂地破坏自然的现代文明人才真正是"野人""野蛮人"！作者高行健是一位才华横溢的剧作家，他在《野人》中调动了古今中外戏剧艺术中各种各样的表现手段，使演出获得了巨大的成功，使人们接受了一场生动的生态教育课。

徐刚从80年代中期写作《伐木者，醒来》的长篇报告文学，便开始了他对人类生态环境的关注，开始了他为孤苦无告的大自然频频呼吁的创作生涯。他结集出版的六本关于生态保护的书：《最后疆界》《荒漠呼告》《流水沧桑》《根的传记》《神圣野种》《光的追向》，内容涉及植被破坏、水体污染、森林盗伐、野生动物偷猎、资源浪费、土地沙化等生态危机的方方面面；同时还表达了资源综合利用、社会可持续发展的生态理想。由于徐刚在从事生态文艺创作之前已经是一位颇负盛名的诗人，所以在他的这些作品中，既奔涌着诗人狂放的爱憎、闪烁着诗人锐敏的直觉，又透递出诗人细腻的观察、精微的描摹。作者诗化了他面对的山川、荒漠、森林、湖泊，也把自己化进他面对的自然，这在中国传统的艺术精神中，是一种至高境界。有人评论，徐刚的这些作品中始终贯穿着一条"绿色的情感纽带"，这情感就是对大自然的敬畏，对生灵万物的体贴，对人类社会前途的忧虑，对宇宙间生态平衡、秩序和谐的祈盼。正因为如此，他的这些充满事例和数字的文章读起来才使人心驰神往，就像是在倾听他诉说一部人与自然历史的哀伤诗篇。徐刚的这些作品中，时时传递出他代表人类向自然做出的忏悔，他在该书的后记中说："我甚至不厌其烦地写海浪、写树的根和叶、写鸟的鸣唱及翅膀，在这样的过程中似乎能使我影影绰绰地感到：人是什么？人算什么？假如没有多样化的生物物种，没有脆弱而美丽的生态平衡，苟延残喘之于人类，便算是幸运的了。"①这种比向"上帝"忏悔还要诚挚、还要真实、还要迫切的向着"自然"的忏悔，正是徐刚生态文艺创作的精神动力，也正是他的作品感人至深的力量的源泉。

　　世纪之交在中国涌现的优秀生态文学艺术作品还有张炜的《九月寓言》、郭雪波的《大漠狼孩》、姜戎的《狼图腾》、迟子建的《额尔古纳河右岸》、韩少功的《山南水北》、阿来的"山珍三部"（《三只虫草》《蘑菇圈》《河上柏影》）、叶广岑的《老虎大福》以及苇岸的散文、于坚的诗歌，还有王久良拍摄的良心环保专

<hr>

① 徐刚：《守望家园》·后记，湖南科技出版社1997年版。

题电影纪录片《垃圾围城》、李睿珺拍摄的故事片《家在水草丰茂的地方》。

值得一说的还有中国河南籍的大地艺术家王刚,他从艺四十年,怀着对大地的眷恋与敬畏努力探索一种源自泥土的艺术语言。早年的"老万系列",那一张张社会底层"草根"的面孔,既涌现出岁月的沧桑,又透递出土地的肌理。在新疆天山脚下,他领悟了狼的嚎叫,领悟了群山的呼唤,创作出气势恢宏的《大地生长》《大地凝视》系列。那些横亘在旷野上的人类的面孔,在日出月落、朝云暮雨中变化着自己的目光与脸色、表情与神采;春夏秋冬、寒来暑往,山野间的草木、昆虫、鸟雀、牛羊在"人"的身边吟唱、游走。艺术从大自然中获得了生机,大自然通过艺术再度闪现出灵光,艺术与自然一起在时间的流动中相依前行。应该说,王刚是一位真正为自然代言的生态艺术家。①

关于上述众多文学作品、艺术作品的命名,现在并未取得一致的意见。比如,在中国大陆一般称之为"环境文学""环境艺术";在台湾则称之为"自然写作""生态文章""环保文章";在日本称为"公害文学";在美国多称之为"自然文学""生态电影"……这些名目都有一定的道理,又都不尽如人意,已经在学界引发不少争论。

上边我们列举的一些生态文艺作品,仅仅是 20 世纪 60 年代以来的作品,在此之前,难道就没有生态文艺作品存在? 早在 19 世纪,当资本主义的生产方式开始与大自然、与人的自然天性发生龃龉时,就已经开始有人在自己的作品中捍卫自然的权利、维护人类的天性、指斥工业生产对地球生态环境以及人的自然天性的破坏。从这个意义上说,卢梭的《孤客漫步遐想录》、华兹华斯的《隐士》、惠特曼的《草叶集》、亨利·梭罗的《瓦尔登湖》、奥尔多·利奥波德的《沙乡年鉴》、法布尔的《昆虫记》都应当属于"生态文艺"的范围。而那时,"生态学"作为一门成熟的学科尚未出现。

在更久远的时代,一些敏感的诗人、艺术家就已经看到了人与自然冲突的

---

① 详见鲁枢元:《王刚,与大地共生的艺术家》,《文艺争鸣》2020 年第 8 期。

悲剧，已经满怀同情地站在自然一边。那么，古代希腊神话、伊索寓言中的一些篇章，《庄子》《列子》《淮南子》中的一些优美的故事，以及陶渊明的田园诗，范宽、马远的山水画算不算"生态文艺"呢。

问题还不止于此。如果考虑到"生态学"的范围也在日益扩大，"生态"问题早已从自然界延伸到人类社会的政治、经济领域、文化教育领域以及个人的精神生活领域，生态运动已触及当代社会人生的各个敏感部位，在这样的情况下，那些曾经表现了"社会生态""文化生态""政治生态""精神生态"的文学艺术作品算不算"生态文艺"呢？像龚自珍的《病梅馆记》，短短数百字，从语言符号表达的浅层意义上看，写了"梅树"被破坏了的"自然生态"；如果深入剖析下去，则揭露了文人学士被扭曲的"精神生态"，归根结底则又是由于已经彻底败坏了的清代末期的"社会生态"所造成的。许多优秀的文艺作品，都是从整体上反映着人在世界上的存在状态，理论家如果非要从中剥离出单一的"自然生态"来，反而是十分困难的。

文学艺术家似乎与"生态"有着天然的联系，在他们尚且缺乏明确的生态观念的情况下，他们凭自己敏感的直觉也可以写出对生态问题充满真知灼见的优秀作品来，甚至比某些明确标记上"生态文艺"的作品在品位上还要高出许多。比如艾特马托夫，这位出生于塔拉斯谷地一个牧民家庭的前苏联小说家，就是一位写大地、写大海、写动物的高手，尽管没有人称他为"生态小说家"，在他的小说《断头台》《风雪小站》中，其实是充满了生态理想和生态智慧。

青年评论家何向阳曾经从生态学的视野发掘出中国"新时期"小说家张承志、张炜、史铁生的作品中的生态意识。在她看来，张承志的《黑骏马》《北方的河》《绿夜》《金牧场》；史铁生的《我的遥远的清平湾》《我与地坛》；张炜的《三想》《九月寓言》都可以看作"生态文学"的名篇。她说：

生态小说又是大于环境小说的，其中的大悲悯使其轻易祛除了结构、故事甚至美文式的辞藻,只有与心理的严整与精神的内守相一致的对生命本体的尊崇和面对宇宙生命万物的质朴与谦逊。文化心理环境的重建工作的从容、冷静与勇敢使其介入一更大的环境问题……①

这个"更大的环境问题",在我看来,是属于"生态学时代"的重建的。我在1988年9月10日与张炜的一封通信中曾写下过这样的话:"大约从20世纪60年代,人类的一个时期已经结束了……一个尚没有确切称呼的新时代已经开始,这是一个大转折……新的时代追求将是物质和精神的平衡,经济与文化的平衡,技术与情感的平衡,人与自然的平衡。"②现在已经可以为这个大时代命名了,那就是生态时代。

通过上述分析,我们大约已经可以觉察到,仅仅承认以"自然生态保护"或"环境保护"为题材的文艺作品为"生态文艺",是非常狭隘的。"生态文艺学"作为一门系统的理论,不应当只是研究以生态为题材的文艺作品,而应当把生态学的视野投注在一切文艺现象上,凡是体现了生态观念、生态意识、生态精神的诗歌、散文、小说、音乐、绘画、雕塑、戏剧、电影,都可以纳入生态文艺学的视野,成为生态批评的对象。

10.4 园林艺术的启示

通常,我们在谈论文学艺术时,往往会遗漏一个艺术门类,那就是"园林艺术"。但如果我们在谈论"人与自然"的主题时,再忘记园林艺术,那就是不可原谅的。园林艺术是一门包容建筑、雕塑、诗歌、绘画于一体的综合艺术,在园

---

① 何向阳:《肩上是风》,中原农民出版社1999年版,第199页。
② 鲁枢元:《大地和云霓》,南海出版公司1996年版,第226页。

林艺术中,人与自然的关系得以直观、深刻、充分地展露。中国堪称园林艺术的渊薮,一位西方学者指出:"中国和日本确切地运用此种艺术,表现宗教与哲学的究极真理,与其他文明之运用文学、绘画、舞蹈以及音乐等等艺术的目的,完全是一样的。"①

"园林",在我看来就是"家园"与"山林"的有机整合。早先,人类散布于山林荒野中,为了生存,给自己规划出一块安居的处所,即"囿""圃""园",全带有"围"起来的意思;但人们又不甘于自我封闭,不能隔断天性中对于自然的思念,于是费心思又下气力把山石、湖水、林木、风光重新罗致自己的"围子"里来。"居家"与"在野"同时成趣,人与自然和谐相得,这便是"园林"内含的价值和意义。"园林"差不多就等于海德格尔梦寐以求的"栖居","园林艺术"应当是一条通向"诗意栖居"的林中之路。清代初年江南画家恽寿平曾记述了他在苏州拙政园中的感受,园林成了自然与人的心灵交相融汇的处所:

> 秋雨长林,致有爽气,独坐南轩,望隔岸横岗叠石峥嵘,下临清池,砌路盘纡,上多高槐、柳、桧、柏,虬枝挺然,迥出林表,绕堤皆芙蓉,红翠相间,俯视澄明,游鳞可取,使人悠然有壕濮闲趣。②

我国当代园林艺术家陈从周先生坚持认为,"造园之理,与一切艺术无不息息相通",一个时代的园艺作品,与那个时代的文学、美术、戏曲的审美感情是一致的,只不过表现的手法不同。他举例说:"文学艺术作品言意境,造园亦言意境,""诗有诗境,词有词境,曲有曲境。'曲径通幽处,禅房花木深',诗境也。'梦后楼台高锁,酒醒帘幕低垂',词境也。'枯藤老树昏鸦,小桥流水人家',曲境也。意境因情景不同而异,其与园林所现意境亦然。园林之诗情画

---

① 兰丝·罗斯著:《禅的世界》,志文出版社(中国台湾)1984年版,第139页。

② (清)恽寿平:《瓯香馆集》,卷十二。

意即诗与画之境界在实际景物中出现之。统名之曰意境。"①

2010 年夏天，美国长岛大学教授、前国际美学学会主席伯林特（Arnold Berleant）在苏州稍事逗留，我有幸陪他参观了苏州古典园林网师园、拙政园、留园、虎丘。伯林特对于网师园、拙政园的营造理念赞不绝口，认为苏州古代园林就是在城市生活中保存自然价值的一种良好方式，只是太贵族化、私人化了。他说若是在古代，我们恐怕都进不来。我告诉他，在中国，以往即使住在小街陋巷中的平民百姓，也总是喜欢在自家的庭院里植树、种花、养鸟，甚至还会养上一缸鱼，亲近自然是中国的传统文化，从贵族到平民一脉相系。②

高超的园林艺术，不仅要拥有峻嶒的山石、蓊郁的树木、清新的花草、曲折的流水、考究的楼台亭榭，给人以回归自然的感受，还要能够使人与天地神灵相沟通，悟出宇宙深处隐藏的奥秘，使人的精神处于一种无限开放、豁朗澄明的境界之中。这是一种近乎宗教的境界。段义孚院士就曾指出："中国的造园艺术是一门与绘画和诗歌十分相近的艺术。在这三种艺术形式当中，我们都可以找到萨满教、道教与佛教的影响因素。"③对照段院士的话，我们很容易在承德避暑山庄中找到萨满教的踪迹，在泰山景区发现道教的遗存。至于佛教的寺院，又称作"丛林"，其本身多半同时也是风景优美的园林。

日本京都的龙安寺，是一座建于 15 世纪的禅宗古刹，寺内有一处庭院式的"园林"。这园林只是高树矮墙下的一片铺满白沙、平如棋盘的开阔地，十五块铁褐色形状各异的石头，三块一组或立或卧、或偃或蹇分作五堆错落在皎洁的白沙上，白沙被僧人用竹耙耙出旋转律动的纹路，看上去像是云水上的岛屿、雾海中的峰峦，又像是偎依着的祖孙、歇憩着的禽兽。甚至，你也可以把它看作茫茫太空中缓缓漂游的天体。面对这座几乎省略去一切具象的"园林"，

---

① 陈从周：《说园》，同济大学出版社 1984 年版，第 55—56 页。
② 详见鲁枢元：《城市之忧与环境美学——记与美国环境美学家阿诺德·伯林特的一次学术交流》，《艺术百家》2010 年第 6 期。
③ ［美］段义孚：《恋地情结》，商务印书馆 2018 年版，第 193 页。

人们可以展开无穷无尽的想象，而它自己却是一个"纯朴的虚幻"。园艺家用几块石头一片白沙造出了一个道家、禅宗的"无"，又使人在"虚无"中生出了精神上的"万有"，它本身就成了一个"禅宗公案"；当然，我们也可以把它看作一个"优质的格式塔"，一种充满了心灵能量和宇宙信息的"场"。一位西方的佛学信徒谈到初临这方"园林"时的感触说："最好的比喻莫过于：无伴奏的巴赫乐章。"另一位热衷于东方文化的西方学者在试图对它做出阐释时说龙安寺这座庭园是："对于出生万法的真空所作的一种直接的游赏，对于天体数学所作的一种不经的处女拥抱……我们不必多想，就可以看出它的真正消息；它那种赤裸的单纯，它那种不对称的均衡，代表了究极事物的意义。"①

日本龙安寺的这个庭园似乎是古代艺术家的一件"超现实主义"的杰作，然而，它却抽象而又具象地概括出了园林艺术的精髓，这是一种人、自然、艺术、精神的有机整合，是天地间一种诗意的回荡。

在现代社会中，快速城市化、工业生产与商业运营正日益扭曲着园林艺术中"人与自然"的主题，即使在重视"园林化"建设的一些城市中，也在有意无意地破坏着园林艺术中诗的境界。陈从周先生在80年代就开始关注到"园林建设"中生态艺术精神与工业生产、商业经营之间的种种冲突："近年风景名胜之区，与工业矿藏矛盾日益尖锐。取蛋杀鸡之事，屡见不鲜，如南京正在开幕府山矿石，取栖霞山之矿银。以有烟工厂破坏无烟工厂，以取之可尽之资源，竭取之不尽之资源，最后两败俱伤，同归于尽。""古迹之处应以古为主，不协调之建筑万不能移入。杭州北高峰与南京鼓楼之电视塔，真是触目惊心。"他还指责泰山上建缆车，"匆匆而来，匆匆而去，"景游成了货运。一些著名的风景旅游区，已被所谓的开发商弄得不伦不类；高楼镇山，山小楼大，汽车环驰，飞轮扬尘，喇叭彻耳，俊鸟远飞，所谓"西湖汽车一日游"，必使西湖变得更加狭小，如此种种，既破坏了自然的个性，又瓦解了园林的神韵。说到最后，这位园

---

① 　兰丝·罗斯著：《禅的世界》，志文出版社（中国台湾）1984年版，第138页。

林艺术绝代大师不禁扼腕长叹："大好河山，祖国文化，将损毁殆尽矣。"①

令人庆幸的是，在新时代园林艺术界已经又有新人辈出，其中我所心仪的是北京大学建筑与景观设计学院教授俞孔坚，"景观设计"的眼界也已经比"园林艺术"更加开阔。在俞孔坚看来，景观设计学的核心是人与自然的创造性的和谐，通过景观设计需要解决的不只是视觉美的问题、城市风貌的问题，更重要的是要解决城市所面临的一切生态和环境问题，如内涝、噪声、热岛效应、城市中生物栖息地等。2021 年俞孔坚荣获第 3 届"柯布共同福祉奖"，他的突出贡献是将西方后现代建筑理念、东方古老园林艺术及当下生态学前言问题结合起来，为人类提供了一个安全、健康、舒适、优美的理想栖居环境。

园林艺术，是一种海德格尔哲学意义上的"筑居—栖居"。筑居，是身体在自然中的辛劳创造；栖居，是精神在天地间的诗意涵泳。这就是园林艺术给我们的启示。

对于现代社会的个人来说，要寻得一处"栖居"之所完全不须自己去辛苦"筑居"，找到"房地产公司"即可；室内的布置构划也不需自己动手动脑，交给"装修公司"即可。方便固然方便，却总不免住进别人为自己设计的框架内，"栖居"变成了"寄居"，而且全无了"筑居"过程中的诗意。明代的文化人李渔，也是一位园林艺术家，他曾得意于自己一生怀有两项"绝技"，一项是审辨音乐，另一项便是"置造园亭"。在他看来盖房、装修也像写诗、填词、画画、谱曲一样，充满了艺术创造的乐趣，务必发挥独创精神，"使经其地、入其室者，如读湖上笠翁（李渔之号）之书，虽乏高才，颇饶别致"。而且他还颇具生态观念，一贯以贫士、寒士自居，不耻下问，"耕当向奴，织当向婢"，一定要在节俭、质朴、素雅、清淡中见出大手笔，不像现代人富贵人家搞装修，拿成千上万的钞票往墙上贴。

其实并不只文人如李渔者才有此雅好，以往时代的一位普通农民，为了给

---

① 陈从周：《说园》，同济大学出版社 1984 年版，第 38 页。

自己,同时也是为子孙营造一处居所,往往也要付出长年的心力和智慧,甚至往往要从植树备材、挖土制坯开始做起。不要小看那一座农家院落,屋座何方、门开何处、庭院用石砌还是砖铺、围墙用竹篱还是垒土、门前种槐树还是榆树、屋后种枣树还是椿树、何处打井、何处安灶、何处置鸡窝鹅笼、何处设猪圈牛棚,以及贴什么对联、剪什么窗花、铺什么炕席、挂什么门帘也都要经过一番安排设计,那其中也都充满了生活的乐趣。

都市里的人们现在不是开始向往"自然"生活了吗? 我想恐怕人们只有挽起袖子流着汗水亲自从事这些劳作时,人才能称得上真正过起了"自然意义"的生活。现代都市里的人们,谁又能够呢? 现代人已经把这些过程全省略掉了,尽管他们依然在繁忙,在辛苦劳累。

第11章 文学艺术的地域色彩及群落生态

"恋地情结"（topophilia），是段义孚院士人文地理学中一个重要的术语，但他自己却说这个词语是他杜撰的，目的是为了广泛而又有效地定义人与大地的所有情感纽带。一个人从诞生伊始，凭着自己的视觉、听觉、触觉、嗅觉乃至味觉去感受、认知周围的环境，尤其是自然环境，诸如山丘、原野、江河、湖海、村落、田园、日月、季节、飞鸟、走兽……所有这些也哺育出他独特的感觉和直觉，累积下他的情绪与情感，形成他认知世界、反映世界的模式。其中也包括他的审美感受能力。

中国有句俗话，说"一方水土养一方人"，也可以视为恋地情结的成效，其中饱含着深刻的生态学含义。水，即江、海、河、湖；土，即丘、岗、原、埠。濒水而又高出水面的土地，便是远古人类最佳的生养栖息处所。这是经过大量的考古资料证实的：仰韶文化的前驱裴李岗文化遗址座落在双洎河与洧水交汇的"三角洲"上；龙山文化的城子崖遗址坐落在武源河边的台地上；山东大汶口文化遗址，南靠龙河，东依峄山，是水畔的高埠；杭州湾的良渚文化，遗址背倚邱城小山，面对太湖碧水；河姆渡文化遗址位于四明山与慈溪南部山地之间的一条河谷山原上，例子还可以举出很多。一方水土不但养育了一方人，也孕育出一方文化,其中包括文学艺术。文学艺术最初就是从这"水边高地"滋生出来的,《诗经》首篇:"关关雎鸠,在河之洲","河之洲"即水边的高地,"水土"之谓也。

有水有土的地方就有风、有云、有阳光、有月色、有雷电、有雨雪、有草、有树、有鸟、有兽。"水土",就是一个"生态系统",相对人类来说,就是一个"生态环境"。生活在这些"水土"中的先民,组成了一个个的"生态群落"。研究群落内部组成及其与外界环境条件相互关系的学科,叫"群落生态学"。任何种群(包括人类)的兴衰都依赖于自然环境和与其他种群之间的相互作用,并趋向于与其生境保持平衡。① 据有关专家对仰韶文化研究结果证明,与西方某些学者关于中国古代文明成因的专断不同,中国早期的农业文明并不像"两河流域"那样,是对自然征服控制的结果,而主要是对自然的选择与利用:临小河,环山丘,取水方便,容易开垦,又兼顾采集渔猎,中国早期的文明是在天人相当和谐的环境里成长的,中华民族源远流长的艺术精神,诸如阴阳谐生、温柔敦厚、和而不同、怨而不怒、哀而不伤、乐而不淫、简而不傲……最初便是在这样的群落生境之中孕育生成的。

文学艺术与"水土""风土"的关系是人与大地的关系,其最直接的呈现是在民间文学、民族艺术、乡土文学、地方文艺中,这又是一切文学艺术活动的根。在民间、乡土的丛林中,曾经繁衍生息数不清的文学艺术"物种",不幸的是,当现代人远离水土住进钢筋水泥架构起的高楼大厦之后,文学艺术的物种也在锐减,而保护这些"物种"并不比保护濒危动物大熊猫、长臂猿、藏羚羊、东北虎更容易。

11.1　丹纳的生态文艺观

法国 19 世纪美学家丹纳在中国是幸运的,因为中国最好的法文翻译家傅

---

① ［美］J. M. 莫兰、M. D. 摩根、J. H. 威斯麦:《环境科学导论》,海洋出版社 1987 年版,第 65 页。

雷在中国当时最好的一家文学出版社翻译出版了他的《艺术哲学》，书印得十分精美，配有精致的插图，而且一版再版。尽管如此，丹纳的美学思想比起稍先于他的叔本华、稍后于他的尼采以及与他同操自然主义观点的桑塔耶纳、同治艺术史的克罗齐来说，受到人们重视的程度都要差得多。其原因一部分固然是因为丹纳艺术哲学中实证主义、机械论的气息太重，影响了他的学术的深度；另一方面，从叔本华、尼采、柏格森到桑塔耶纳、克罗齐关心的都是"生命主体"在审美活动中的地位和意义，唯有丹纳是从生存"环境"方面来确定审美活动的本质和历史发展的，而在很长时间里，"环境"问题被大大简化了，甚至没有被纳入美学家的视野。如今，在生态文艺学领域，丹纳的文艺思想不应当再被冷落，他曾经为生态文艺学确立的那些基本的原则并不是无足轻重的。

傅雷在"译者序"中指出，"丹纳受十九世纪自然科学界的影响极深，特别是达尔文的进化论"。"在他看来，物质文明与精神文明的性质面貌都取决于种族，环境，时代三大因素"。"他又以每种植物只能在适当的天时地利中生长为例，说明每种艺术的品种和流派只能在特殊的精神气候中产生，从而指出艺术家必须适应社会的环境，满足社会的要求，否则就要被淘汰。"①在丹纳看来，艺术家就像一颗种子，它能否发芽、开花、结果，完全取决于它的环境，自然环境、社会环境以及时代的精神氛围——他有时将它叫做"精神气候"。而且在丹纳的美学学说中，"自然环境"似乎占据了最终的决定作用。他说"美学本身便是一种实用植物学"，这似乎并不只是一个比喻。

由于把艺术比照生物，丹纳的艺术哲学就必然呈现出整体论、系统论、有机论的特色。他强调：一件杰出的艺术作品就像一座园林中一根枝条上盛开的美艳的花，它绝不是孤立的，第一，它是属于艺术家的；第二，它是属于某时某地某一个家族或群落的；第三，它是属于包容了这个群落在内的风俗习惯、

---

① 〔法〕丹纳：《艺术哲学》，人民文学出版社 1981 年版，第2—3页。

时代精神以及自然状况的。丹纳解释说：

> 假定你们从南方向北方出发，可以发觉进到某一地带就有某种特殊的植物。先是芦荟和桔树，往后是橄榄树或葡萄藤，往后是橡树和燕麦，再过去是松树，最后是藓苔。每个地域有它特殊的作物和草木，两者跟着地域一同开始，一同告终；植物与地域相连。地域是某些作物与草木存在的条件，地域的存在与否，决定某些植物的出现与否。而所谓地域不过是某种温度，湿度，某些主要地形，相当于我们在另一方面所说的时代精神与风俗概况。自然界有它的气候，气候的变化决定这种那种植物的出现；精神方面也有它的气候，它的变化决定这种那种艺术的出现……精神文明的产物和动植物界的产物一样，只能用各自的环境来解释。[①]

为了印证自己的理论，丹纳详细分析了 17 世纪大画家鲁本斯（Peter Paul Rubens）与他生活的环境尼德兰地区之间的关系。

贡布里希（Ernst Gombrich）在他的《艺术发展史》一书中曾对鲁本斯的艺术风格做出这样的概括：他的画上有更多的动作，更多的光线，更大的空间，以及更多的兴高采烈的人物，他画的男男女女，无论是注视着丰盛水果的农牧神、正给孩子喂奶的和平女神、象征着丰饶富足的"肥胖女人"，都是他眼见心爱的那一类活生生的人。闪亮的头发，温润的嘴唇，华丽的绸缎，光洁的石阶，这些炫人眼目的画作从他的画室中大量倾泻出来。贡布里希赞叹说："他在安排色彩缤纷的大型画面和在赋予画面以充沛活力方面都有无与伦比的天赋。"同时他又感慨："试图分析鲁本斯怎样造成画面有欢快的生命力之感是枉费心机的。"[②]

---

① ［法］丹纳：《艺术哲学》，人民文学出版社 1981 年版，第 8—9 页。
② ［英］贡布里希：《艺术发展史》，天津人民美术出版社 1991 年版，第 223 页。

丹纳对鲁本斯"费尽心机"的分析是从"尼德兰"地区的"水土"开始的。

"尼德兰"的原意是"低地""湿地",包括了如今荷兰、比利时、卢森堡以及法国北部的一大片地区。丹纳说尼德兰的主要特征是"冲积土",仅此就构成了这一地区地形、地貌、居民及其事业以及物质与精神方面的许多特质。

那里的自然景色是潮湿而肥沃的平原,河流宽大平缓,空气清新滋润,原野四季常青,"灰白的天空经常有暴雨掠过,便是晴天也像笼罩着轻纱一般,因为湿漉漉的泥地上飘起一片片稀薄的水汽,织成一个透明的天幕,一匹雪花般的绝细的沙罗,罩在一望无际,满眼青绿的大地上"。

那里的物产是丰富的:充足的饲料喂肥了成群结队的牲畜,大量的乳类、肉类加上谷物和蔬菜,使居民有丰盛而低廉的食物。"那个地方是水生草,草生牛羊,牛羊生乳饼、生奶油、生鲜肉",正是这些东西再加上啤酒,养活了那里的人们。

尼德兰人的气质就是在这种"富足的生活与饱和水汽的自然界中养成的",包括他们那"冷静的性格""有规律的习惯""心情脾气的安定""稳健的人生观"、以及他们那知足常乐、贪图安逸的心理取向。

以上这些甚至还影响了尼德兰地区的城市风貌:红砖建造的房屋,全有着尖耸的屋顶,市街保养极好,人行道上还镶嵌着瓷砖,小酒店漆着浅淡柔和的颜色,门窗擦得雪亮,啤酒的黄澄澄的泡沫在式样别致的玻璃杯中溢漫出来。"所有这些日常生活的细节",都成了尼德兰日常生活中"心满意足与繁荣日久的标志"。

丹纳归结说:"气候与土地,植物与动物,人民与事业,社会与个人,无一不留着基本特征的痕迹。"而这也正是孕育了鲁本斯绘画艺术的天然环境与精神气候。对照前边我们引征的贡布里布关于鲁本斯绘画艺术风格的概括,我们不会再说丹纳的分析是"枉费心机"的,我们也不能不看到,从生态环境来解释艺术的奥秘是一条有效的途径。

11.2 鲁本斯之争与南宗、北宗

我们不妨循着丹纳的思路,进一步探讨一下艺术与环境的关系,以及文学艺术的地域色彩是如何形成的。

在鲁本斯去世之后,鲁本斯的追随者即所谓"鲁本斯主义者"与鲁本斯的反对者之间发生了一场激烈的争论。争论的焦点是,在绘画艺术中"色彩"与"素描"哪个更重要。

关于鲁本斯的这场争论发生在公元1671年,地点是巴黎法国皇家绘画雕塑学院。几乎与此同时,在东方的中国,由明代大画家董其昌发难掀起一场旷日持久的"南宗、北宗"的论争,争论的焦点是在绘画艺术中"用墨"与"用笔"哪个更重要。

这地处隔绝的两场争论竟是如此地相近、相通。

在中国的这场争论中,"北宗"一方被抬出的代表人物有唐与五代时期的李思训、荆浩、关仝,属"画院派",善画工笔山水,其美学思想是"重理路",其艺术格调是"精工具体""风骨奇峭""挥扫躁硬",其画法主刚,用笔多为钩斫,笔力遒劲。"南宗"一方推举出的代表人物是唐、宋时代的王维、董源、巨然,属"文人派",善画写意山水,其美学思想是"重情趣",其艺术风格是"裁构淳秀""古雅秀润""出韵幽淡",其画法主柔,用笔多为浅淡,腕力沉坠。

董其昌本人是"尚南贬北"的,他的一些追随者对"北宗"的贬诋更严厉,指责其"刻划工巧,金碧辉煌,始失画家天趣",同时又赞美"南宗":"下笔纵横,淋漓挥洒""风神秀逸,韵致清婉"。而"北宗"对"南宗"的指责也是严苛的,谓其"放纵失款,流蔽日甚",效仿者或失之"纤软空疏",或流于"浓浊甜熟"。从争论的结果看,自董其昌以来,"南宗"似乎是占了上风的,"画院派"日渐冷落,"文人画"风行世间。但争论至今也还没有停息,今人俞剑华先生就十分看不起董其昌,批评他的画"秀媚有余,魄力不足",只不过是凭借"官大气粗"才为一时之宗的。董其昌的人品的确有可非议之处,但"北宗""南宗"之间持续三百年的争议,已大大超出董其昌最初"尚南贬北""抑人扬己"的原意,而透递出更为丰富的文化涵义、美学涵义。

在欧洲,鲁本斯以及以他为代表的包括伦勃朗、哈尔斯(Frans Hals)在内的尼德兰画派,重天然、重整体、重色彩,重体积,重情绪,重氛围,恰恰与他们南部邻国意大利以波提切利、拉斐尔为代表的佛罗伦萨画派的风格形成鲜明的对比。这也可以看做文艺复兴时期欧洲的"南北之争",以佛罗伦萨为中心的"南欧画派"重形式、重线条、重理念、重规则,与"重用笔""重勾勒""重精工具体"的中国"北宗"画派比较接近;尼德兰地区的"北欧画派"笔法洒脱流畅、笔触流动自然、色彩明快饱满、画面整体感强,反倒有些像重用墨、重渲染、重情绪的中国"南宗",中国画讲究"墨分五色",其实是把墨色当色彩使用的。

至于尼德兰派与佛罗伦萨派的不同风格形成的原因,似乎不像中国那样陷入"宗派"的相互攻讦,丹纳在其《艺术哲学》中以各自不同的"自然环境"与"种族差异"进行了透辟的分析。

从种族上讲,丹纳认为尼德兰地区的日耳曼人较之佛罗伦萨的拉丁人,爱天然、爱真实甚于爱装饰性的、精心安排过的东西,他们可以"为了形式而爱形式,为了色彩而爱色彩","能够运用形体而不受拘束,用颜色而不流于火爆"。[①]

从自然环境上讲,丹纳认为尼德兰画派的细腻与美妙的色彩感觉是由于尼德兰地区"是一个潮湿的平原","地平线上一无足观,空中永远飘着一层迷蒙的水汽,东西的轮廓软化,经过晕染,显得模糊;在自然界中占主要地位的是一块一块的体积。一条吃草的牛,草坪上的一个屋顶,靠在栏杆上的一个人⋯⋯物体若隐若现,不是一下子在环境中突然呈现的,不是轮廓分明

---

① [法] 丹纳:《艺术哲学》,人民文学出版社 1981 年版,第 173 页,第 172 页。

的;引人注意的是物的体积(而不是线条),就是从阴暗到明亮的各种不同的强度,颜色由淡到浓的各种不同的层次……一刻不停地冒出半蓝不蓝的或是灰色的水汽,烟雾弥漫,使所有的东西在晴天也蒙上一条湿漉漉的轻纱"。"水的色调每半小时就有变化,忽而是浅蓝的酒槽色,忽而像石灰那样白,忽而半黄不黄,好比化过水的黄沙石灰,忽而像融化的煤烟一般乌黑,忽而又是沉闷的紫色……在这样的自然界中,重要的只是对比,和谐,细腻的层次,总括一句是色调的浓淡。"①丹纳的这些描绘,对于熟悉中国绘画史的人来说,一下子就可以想到王维的雪溪、惠崇的沙汀、董源的烟树、米友仁的潇湘云雨、黄公望的富春江水,这些画家全是"南宗"画派的首领和骨干。

丹纳又认为,佛罗伦萨画派的风格,是与意大利山区气候干燥,景色单调的自然风光相吻合的:"意大利的山区,给眼睛的印象只是一个灰灰黄黄的棋盘。在晴空万里、光明普照之下,地面和房屋所有的色调都隐灭了……普罗旺斯或托斯卡尼的风景,大地是一幅素描:单用白纸,木炭和像彩色铅笔一般清淡的颜色,就能整个表现出来。"②也正是由于这个原因,形成了佛罗伦萨画派强调素描、注重细节、结构明确、轮廓清晰的风格。

正如中国画论自明清以来推重"南宗"一样,丹纳给予尼德兰画派以更高的评价:"只有一个民族,靠着土地与特殊的气候,发展成一种特殊的性格,使他天生的擅长艺术,而且擅长某一种艺术。"③

其实,在中国古代的"南宗""北宗"之争中,也不乏持论平和公正之人,如清代的范玑:

> 宗派各异,南北攸分。方隅之见,非无区别。川蜀奇险,秦陇雄壮,荆湘旷阔,幽冀惨列。金陵之派厚重,淅闽之派深刻……或因地变,或为人

---

① [法]丹纳:《艺术哲学》,人民文学出版社 1981 年版,第 175 页,第 176 页,第 177 页。
② 同上,第 177 页。
③ 同上,第 181 页。

移。体貌不同,理则是一。然而灵秀荟萃,偏于东南,自古为然。①

范玑与丹纳的观点有些接近,也认为是"自然环境"决定了绘画的题材、风格、甚至方法、技巧。从总体上,他又是偏爱"南宗"的,这也与丹纳推崇尼德兰画派相仿。

清代的另一位画论大家沈宗骞同样也持"自然环境"决定论的观点,只是他持论更为周到公允一些,认为"南宗""北宗"的风格画技尽管不同,只要能够"得天地之正气",都可以创作出杰出的绘画。反之,不能以正确的态度对待自然,偏离了天地间的正道,无论"南宗""北宗"都会留下败笔:

> 天地之气,各以方殊,而人亦因之。南方山水蕴藉而萦纡,人生其间得气之正者,为温润和雅,其偏者则轻佻浮薄;北方山水奇杰而雄厚,人生其间得气之正者,为刚健爽直,其偏者则粗粝强横。此自然之理也。于是率其性而发为笔墨,遂亦有南北之殊也。②

徐复观先生的《中国艺术精神》一书中花费相当多的篇幅评述了"南宗""北宗"的历史公案,既承认南、北宗在绘画题材、风格、技巧上的差异,又不赞同董其昌"尚南贬北"的宗派主义作风,在仔细考查了王维、李思训、荆浩、董源的艺术实践后,做出如此判断:自然本身就存在着"阳刚之美"和"阴柔之美",艺术家只有"冥合于自然的统一生命,无限生命",发扬"独与天地精神往来"的精神,才能创作出真正具有独自特色的艺术作品。③ 这就是说艺术家的个性、艺术作品的特色与天地精神是一个有机统一体。

---

① (清)范玑:《过云庐画论》。
② (清)沈宗骞:《芥舟学画编》。
③ 徐复观:《中国艺术精神》,春风文艺出版社1987年版,第405页,第404页。

11.3 群落生态与地域文化

在 19 世纪与 20 世纪之交,西方文化学研究曾出现一个高潮,推出了诸如爱德华·伯内特·泰勒(Edward B. Tylor)、弗朗茨·博阿斯(Franz Boas)、鲁思·本尼迪克特(Ruth Benedict)这样一些著名的文化人类学家。这些学者关注的是个人精神过程与文化现象之间的因果关系,过于强调文化发生发展过程中主观的、内部的因素。直到 20 世纪 30 年代,在美国文化人类学家 J·斯图尔德的努力下,自然环境对于人类文化的意义才受到高度的重视,并在此基础上,建立了一门新的学科:"文化生态学"(cultural ecology)。斯图尔德认为,生态学的要义是主体对于环境的适应,对于大多数动物而言,适应是以发展自己的身体特征达成的;对于人类来说,这种适应则主要是靠文化的方式达成的。生态环境是不同类型文化背后的一个重要因素,它既是一个创造性的因素,也是一个局限性的因素。在一定条件局限下的创造,便形成了某一地区文化的鲜明个性。文化生态学要研究的是在一定自然环境下的文化的发生发展,以及人类通过文化活动与自然环境的调适过程。不过,具体分析起来,自然环境与人类文化的关系又是复杂的。更常见的是,在一定自然环境下形成的社会政治制度、经济生产方式对文化发生直接的作用。

在我国的文化研究中,常常以地域方位与自然条件的不同,划分出不同类型的文化,如:关陇文化、中原文化、齐鲁文化、秦晋文化、燕赵文化、吴越文化、巴蜀文化、荆楚文化、岭南文化、滇黔文化、青藏文化等。一个地区的自然环境决定或影响了这个地区的经济生产的方式、政治生活的形态,同时也塑造了这一地区人的性格风貌和精神气质,从而也就影响了这一地区包括文学艺术在内的文化的形式和内容。

比如,位于长江三角洲包括如今江苏、浙江大部分地区在内的"吴越文化”,这里地势平缓,河流纵横,湖泊散布,水网交错,气候温润,物产丰富,绿水青山,景色宜人。自然条件的优越,再加上自东晋以来士人南下,典雅深沉的“精英文化”与本土原有的自由天真的民间文化相结合,遂生长出一种独具特色的文化。胡朴安所编《中华全国风俗志》中说“南方水土柔和”、“负海枕江,水环山拱”,“山川浑深,土壤平厚”,“民生其间,多秀而敏”,“郊无旷土,多勤少俭”,“生人之性,亢朗冲融”,“矜名节,重清议”,“华而不佻,淳而不俚”,“士有陷坚之锐,俗有节概之风”。这里人的思想比较开放,学术比较活跃,“后生文词,动师古昔,而不梏于专经之陋”,①也正是因为如此,“吴越文化”中才涌现出工于辞章声律的诗人谢朓、沈约,精于水墨丹青的画家董源、巨然,文心雕龙的刘勰,二泉映月的阿炳,直到披坚执锐、铁骨铮铮的文坛斗士方孝孺、周树人。

与吴越文化迥然不同的“关陇文化”,又是另一番景象。据《中华全国风俗志》载:“地临边塞”,“石厚土薄,土寒风肃”,“地瘠民贫”,“地土沙碛硗薄,风高气寒,丰岁亩不满斗,故中人日仅再食,俗多俭啬”,在这样恶劣自然条件和贫困的生活环境中,养成了这一地区人们的另一种性格和气质:“民性浑朴,多尚简易”,“朴鲁少伪,质直淳厚”,“俭约朴素,崇俭黜华”,“刚毅任侠,勇敢磊落”。也正是有了这样的风土和人情,才产生了唐代“边塞”诗人高适、李颀。像高适的诗句:“千里黄云白日曛,北风吹雁雪纷纷。莫愁前路无知己,天下谁人不识君。”“山川萧条极边土,胡骑凭陵杂风雨……大漠穷秋塞草腓,孤城落日斗兵稀”;像李颀的诗句:“野云万里无城郭,雨雪纷纷连大漠。胡雁哀鸣夜夜飞,胡儿眼泪双双落。”如果是在“莺歌燕舞”“杂花生树”的吴越之地,是无论如何也写不出这类苍凉悲壮的诗行的。

当代文学史中著名的两个文学流派“山药蛋”和“荷花淀”,就是由不同的生态群落衍生出不同风格的文学艺术创作的典型。

---

① 胡朴安编:《中华全国风俗志》,卷二,广益书局 1923 年版,第 10 页。

"山药蛋派"的代表作家是赵树理，骨干分子有马烽、西戎、孙谦、束为、胡正。这个作家群的成员大都是土生土长的山西人，长年生活在晋西北的晋绥边区一带，有着大体相似的生活经历，出身于贫苦的农民家庭，多为共产党基层政权的领导干部，文化程度偏低，却拥有长期农村工作的丰富经验，作品中反映的多是农村农民的平凡事件，不雕琢，无粉饰，实话实说，通俗易懂，诙谐风趣，村朴自然，就像这块土地上盛产的"山药蛋"（马铃薯，土豆），出自泥中，一身土气，外观既无鲜艳的色彩又无光洁的表皮，但它却土色土香、可口实惠，是这个地区贫苦人家一年到头离不开的主食。

"荷花淀派"的代表人物被认作孙犁，成员有刘绍棠、丛维熙、韩映山等。这些作家多生活在冀中平原的白洋淀或滹沱河、大运河沿岸，文化程度高于"山药蛋派"，多出身于中小学教师，比起"山药蛋派"的农民作家，他们算"小知识分子"。这些作家同样也写农村生活，但更倾向于写家务事、儿女情、田园美，写人物的心灵世界，同时折射出时代风云。艺术风格清新质朴、简洁明净、优雅隽永、如行云流水，还真有些像白洋淀的荷花、芦苇，"水灵灵的充满生气"，既可观赏，又富实用。

"山药蛋派"与"荷花淀派"就大的地域区划而言同属"燕赵文化"，孙犁本人甚至可能还是山西的移民。但由于具体生境的差别，一派生于"山地"，一派生于"水乡"，一派是土壤里埋藏的"块根"，一派是波光里摇曳的"花枝"，"仁者乐山，智者乐水"，山地与水乡这两处不同的生态环境孕育出的"艺术物种"在形态上竟如此不同。

不同的生态群落并不一定形成显著的文学艺术派别，但不同地域的生态文化注定还是会对作家、艺术家的创造活动产生重大影响，包括其创作理念、审美趣味、题材选择、艺术语言的运用、独自风格的形成。

上世纪80年代一次作家聚会中，我曾凭着自己的直觉谈到对山西、山东、湖南作家的不同感受：山西作家成一善于在苍劲浑茫中游移着心性的灵光，李锐成功于在厚重的黄土中鼓胀着生命的强力，郑义简直就是太行、吕梁山间一匹孤独的野狼,声讨人世间的贫苦与不公。虽然他们的祖籍并不都在山西,他们的文学创作总是由于得益于秦晋黄土文化的感召。山东作家张炜的小说与他们不同,总是在悲天悯人、以天下为己任的情怀里散发出缕缕道德审美的芳馨,这或许是以儒教为核心的齐鲁文化熏陶的结果。而湖南作家韩少功虽然已经来到"海南经济特区"十年之久,他的小说中至今仍然以"潇、湘、沅、芷"流域的水土为创作题材,扑朔迷离、光怪瑰丽、幽微神秘的氛围也许与曾经产生了屈原的湘楚文化有着血脉相连的关系。

至于我的老家河南,中原文化与文学艺术的关系也是显而易见的。"中原"的地域概念是模糊的,大抵为西岳华山以东、东岳泰山以西、黄河中下游流域这么一大块平整的疆土,沃野千里,四季分明,交通方便,四通八达。横贯其中哺育了中华民族的黄河,既能造福,也能为祸,逢太平盛世,物阜民丰,繁花似锦;动荡时代,兵荒马乱,一片糜烂。"中原"由于位"中",所以在历史上经常是东、西、南、北征伐攻掠的战场,即所谓兵家必争之地。中原大地又多半无险可守,交战双方你进我退,你来我往,犬牙交错,拉锯不已,中原百姓不得不在夹缝之中求生存,日积月累便形成一种基于自我防卫的文化心态:内心封闭,消极竞争,随风摇摆,违心应变。风云变幻、反复无常的政治斗争环境,又锤炼出一批又一批机权多变、折冲樽俎、运筹帷幄、纵横捭阖的政治精英。春秋战国是一个权力重新分配、重新组合的波澜壮阔的大时代,这个时代的弄潮儿、时代英雄、掌权弄权的高手,几乎无一不是我们中原大地上的特产,如春秋时代的良相子产、战国时代的大将吴起、最先发起改革变法的李悝、挂六国相印的苏秦、为秦国富强奠定百年根基的商鞅、总理大秦帝国的李斯、被秦始皇尊为相父的吕不韦等。这个传统似乎一直绵延到清末民初的窃国大盗袁世凯。在中原这块土地上,"权力文化"显得特别兴盛,甚至成为一种集体潜意识,埋藏在知识精英的头脑深处。中原文坛上一些才华横溢的作家,特别容易响应政治对文学的召唤,接受权力对文学的检验。

如老作家姚雪垠先生,在上世纪70年代末以历史小说《李自成》轰动全国文坛,甚至波及海外。他就一再强调自己的写作是在最高领袖的关怀支持下进行的,写《李自成》是"为无产阶级专政的利益占领历史题材这一文学阵地"。于是,这部历史小说巨著为了迎合政治任务,越写越偏离了历史真实。他在刻画农民起义领袖李自成时,心中似乎还有另一个伟大领袖的模板。诚如论者所言:"他塑造李自成,把一个农民领袖写成一个无产阶级革命者就与历史背景不符。他大力歌颂高桂英、刘宗敏,把农民起义军写成八路军的翻版,也不是唯物主义的写法。""农民起义军中的大小头目,他们的爱憎都与领袖保持高度一致,个人服从大局,以自我牺牲来赢取集体胜利。"①或许由于作者用力过度,《李自成》终究难以进入《三国演义》《战争与和平》等世界名著之列,随着政治幕布的更换,小说的光彩也渐渐暗淡下来。

另一位历史小说家二月河,祖籍山西,常年在河南省南阳地区生活与工作,说得一口南阳话。他的五百余万字的清代帝王系列:《康熙大帝》《雍正皇帝》《乾隆皇帝》一时洛阳纸贵、朝野轰动,同时获得海峡两岸政界人物的激赏。接着改编电影电视,二月河的名字广为妇孺所知。《康熙大帝》面世之初,我与二月河曾有较多的过从,深为他刻画人物、讲述故事的文学天分所折服。不料,"清帝三部曲"很快就遭到无情的批判,有学者声言二月河伪造历史,站在统治者的立场写历史小说,赞美为帝王效忠的奴才,为帝王将相塑造光辉形象,迎合了国民期待明君圣主的低级愿望,是权谋文化、奴性文化的复辟。说实话,当初我并没有意识到问题如此严重,或许是因为我自己就是中原这块土地上芸芸众生中的一员,脑子里潴留有清除未尽的明君贤相思想。

在中原作家群中,李佩甫是一位身在底层、深谙"权力文化"的人,他在其长篇小说《羊的门》中曾写下这样的句子:"至于权力,那是每一个地方的男人都有向往的……""在这里,生命辐射力的大小是靠权力来界定的。"然而,比起较他年长的那些作家,深谙中原权力文化的他却致力于另一维度:对权力

① 曹正文:《听章培恒先生评点〈李自成〉》,《文汇报》2017 年 7 月 31 日。

文化阴暗面的揭露与批判。小说中的主角是村支书呼天成,官不大,却是一个收纳了所有权力操弄的典型:他是呼家堡"四十年不倒"的当家人,他在村中君临天下、权力无限、永远正确,牢牢地把村民控制在股掌之间。他用了四十年的时间,营建了一个巨大的关系网,确保了他呼风唤雨,左右逢源的神力。呼天成成了牧羊人,成了众人心目中的神,呼家堡的群众在它面前都成了羊。小说出版后反响强烈,一月之内五万册销售一空,同时也因为小说刺痛了现实生活中类似"呼天成"的人物,引来强力干预。

作为一位始终坚守在中原大地的作家,李佩甫从来也没有大红大紫,但比起中原那些红极一时的作家的作品,他的《羊的门》系列肯定具有更持久的生命力。

11.4 艺术物种在当代的灭绝

翻一翻文学艺术史的典册,我们会发现在我们这个民族文化中曾经生长孕育出如此繁多的"艺术物种",而且就在不久之前,比如五十年以前,一百年以前,它们还生机勃勃地散布在民间各地,呈现出各自不同的风姿和品貌,现在除了还能够在图书馆、资料库中查检到关于它们的记载和解说,在日常现实生活中它们中的大部分已经或正在绝种。以地方戏曲为例,据中国艺术研究院戏曲研究所1981年统计资料表明,当时全国尚有317个剧种,到了2004年只剩下275个,20年间竟有42个剧种消失了。曲种341种,如今能够继续活下来的仅剩180余种,尽管政府已经制定种种保护政策,戏曲艺术依然前景堪忧。

这些地方剧种和民间曲种的特点之一是地域性强。除了几个为数不多的大剧种、曲种,如豫剧、越剧、曲剧、评剧、苏州弹词、河南坠子能够在多个省份流布以外,大部分只能在一个地区乃至一县、一乡存活,与那块土地上的民族、宗教、节气、时序、风俗、习惯血肉相连，成为这个地区人们生活的一个有机组成部分。地域无疑是一种局限，但正由于有了地域的局限，这些戏曲、曲艺才又显示出浓郁的特色，拥有了自己与众不同的"文化遗传基因"。

这些剧种、曲种的第二个特点是自发性，许多演出都只有"业余剧团"，实际上是群众生产性活动之外的一种"自娱自乐"，土生土长、野生野长，就像山林旷野中的野生动物一样，是艺术天地中的"野种"，尚且没有经过现代商业社会的"驯化"。

将以上两点结合起来看，这些地方戏曲、民间曲艺更多地保留了戏曲艺术的天然属性，较多地保留了人类艺术天性的原生态。

上述两项统计资料中还已经显示出，某个剧种、曲种"基本失传""将近失传""已经失传"，说明这些"艺术物种"有的已经濒危，有的已经绝灭。我没有看到更新的统计数字，仅凭直觉，我感到艺术物种的衰减仍在加速进行。像那些仅只生存于数县数乡的小剧种、小曲种，诸如"牛娘戏""游春戏""竹马戏""碗碗腔""蛤蟆嗡""打鼓草""打春牛""莲花闹""耍花楼""太平歌""玉连环""鼓儿哼""莺歌柳"，恐怕都已经朝不保夕。

我熟悉的一些大剧种比如河南豫剧，大曲种比如河南坠子，也都是每况愈下。观众不但老化，而且越来越少，演员后继乏人，剧团、曲艺团经济困难，解散了一批，合并了一批，能够维持正常运转的已经不多。一些怀抱强烈事业心的表演艺术家虽上下奔走，四处呼告，无奈大势所趋，个人几乎是无能为力的。著名豫剧表演艺术家，中国文化部梅花奖得主王希玲女士曾经悲伤地对我讲，豫剧实际上已经被从城市中排挤出来，剧团只能到下边的县城或偏远的乡镇才能找到观众。是的，世界在城市化，城市在现代化，豫剧这个古老剧种跟不上这个时代的步伐。它原本就是从乡野中来的，最后仍回到乡野中去，到最后一片乡野也被"现代化""城市化"后，豫剧可能也就灭绝了。河南的一位著名的曲艺表演艺术家赵铮，在80年代初复出曲坛后，意气昂扬、雄心勃勃地要为"振兴河南曲艺"大展宏图。在政府的支持下先后举办三届"曲艺班"，培养出一批名震曲坛的青年学员,当时的《人民日报》《光明日报》《文艺报》都曾发表过言辞激烈的报导。十年过后,经她手培养的近百名学员,十之八九改行了,有的改拍电视剧,有的改唱流行歌,有的到婚庆公司充任司仪,有的到保龄球馆当了业务主管……

濒临灭绝的还不仅仅是"地方戏曲"和"民间曲艺",还有更多的属于传统的民间技艺的东西,如"民歌""民谚""民谣""民间故事""民间游戏""民间玩具"以及"砖雕""泥塑""蜡染""草编""剪纸""刺绣",还有"桃花坞""杨柳青""朱仙镇"的年画等等。它们内含的艺术精神是在它们的实用价值被现代工业取代的同时被取缔的,它们拥有的审美基因是在其娱乐价值被商品经济收买之后被阉割的。它们或者被灭绝,或者被豢养,就像被豢养在肉鸡生产线上的鸡一样,早已失去了其固有基因的真实意义。

"艺术物种"的迅速灭绝,即意味着艺术多样化的丧失。从目前情况看来,"电视"有可能"统吃"掉所有艺术物种,或把所有的艺术物种都纳入"电视节目"的生产流程。

有人或许会说,守着一台电视机,每天能看一看"综艺大观""曲苑杂谈"也就很满足了,何必再去光顾那些艺术的"野种"?这实际上是在提出一个问题:艺术物种的多样性以及保护濒危的艺术物种究竟有什么意义。

我们不妨参照一下保护领域为保护濒危生物物种所作出的解释:

一、在国家公园、森林、渔场保留野生动物是旅游和狩猎的需要,以满足人们的猎奇心理;

二、一些野生动植物可能具有目前人们尚未发现的实用价值、经济价值;

三、野生动植物中贮存了大量的生命基因,是一个天然的"基因库",而这正是改造、创新现有生命形成的先决条件,是创造力取之不尽、用之不竭的宝贵资源;

四、每个物种,不管它目前是否对人有实际用途,它在一个完整的生态系统中或生态系统间可能都在发挥着传递信息、转移能量的作用,有利于维护系统的生态平衡;

五、上述理由外,还有美学方面的价值,雄鹰在蓝天翱翔、天鹅在湖上遨游、梅花鹿在林间跳跃、蝴蝶在花丛翻飞,甚至狗熊的蠢笨、蟒蛇的恐怖、野草的蔓延、荆棘的丛生都能给人们一种美的体验。

六、没有理由的理由,每一个物种都有它自己存在的理由和权利,它应该受到保护,只是因为它是地球生态系统中的一种存在,就像上帝或佛陀的造物一样。①

艺术界的情况与自然界的情况不尽相同,但以上六点大体都可以对应起来。第一点,是一种实用主义在浅层面上的表现,然而有实效,比如:一些罕见的少数民族的传统歌舞,如今只能被"保存"在一些所谓"民族文化村"的旅游设施中。第二点,勉强举出的例子,有"陕北大秧歌",它原是陕北山民们节庆赛会时的一种游艺,现在却被北京胡同里的大妈用来作健身的体操。第三点,对于文学艺术的繁荣来说是至关重要的,各种民族的、民间的、地方的艺术形态,体现了生命的自然创造力,历来都是艺术创造的源泉。古代希腊神话曾经启示了欧洲一代又一代的小说家、戏剧家;中国《诗经》中的"国风"培育了历代众多的杰出诗人;如果没有众多的民间故事、传说,也就不会有安徒生的童话,蒲松龄的《聊斋志异》,马尔克斯的《百年孤独》;如果没有陕北民歌、河北民歌,就没有冼星海、马可、贺绿汀这些现代音乐家;如果没有日本的"浮世绘",就没有现代派绘画大师马蒂斯。老舍和王蒙都说过,他们的小说语言都曾经从民间的说唱艺人那里汲取过宝贵的东西。鲁迅则说他曾从中国民间绘画的"白描"手法中取得文学写作的技巧。这样的例子不胜枚举,一旦这些民

---

① 参见[美] J. M. 莫兰、M. D. 摩根、J. H. 威斯麦:《环境科学导论》,海洋出版社 1987 年版,第 258—261 页。

间的、地方的"艺术野种"完全灭绝,文学艺术的一个十分重要的创作源泉就枯竭了,文学艺术的发展就失去了足够的资源。第四点,对于文学艺术来说也是非常重要的。一个地区的文学艺术可能对那块土地上生息繁衍着的人们的精神生态系统起着微妙的调节作用。以鲁迅的小说《社戏》为例,那水上演出的一台"绍剧",其意义绝不只在演出本身,那舞台,那演员,那音乐唱腔、服装、灯火、道具与河汊两岸的豆麦和河底水草发出的清香,与乌篷船船头激起的潺潺水声,与水乡潮湿氤氲的夜气,与赵庄村外皎洁的月光,与从六一公公田里偷摘来的罗汉豆一起,构成十九世纪末期绍兴农村的一个有机完整的"生态系统",并深深地扎根在一个中国文学家儿时的情绪记忆里。第五点,不用多说了,那是显而易见的。第六点,涉及文学艺术批评的尺度,与这些"艺术野种"亦不无关系,在后边讲到"文艺批评"一章时,我们还会提及。

《人与文化的理论》一书的作者哈奇(Elvin Hatch)在介绍了文化生态学之后,引证斯图尔德的话解释说:

> 早在 1938 年时,斯图尔德写道:"在复杂的社会里,毋宁是社会上层结构的成分而不是生态环境,似乎日益成为进一步发展的决定因素。"包容着文化形态的条件逐渐地从环境转移到社会文化制度本身。一个政治上独立自主的原始村落所需适应的条件,性质上主要是生态的;但是乡民或民俗社区是一较大社会的一部分,国家制度遂构成该村落"环境"的重要部分。乡民不但必需适应气候、土壤等相关因素,而且也要适应大社会的立法、政治与经济体系。[①]

这段话的含义是极其丰富的,简单地说,那就是人类社会只有在它的相对"原始"的阶段,它的文化才会与自然生态发生密切的关系,而在一个更高的发

---

① [美] E.哈奇:《人与文化的理论》,黑龙江教育出版社 1988 年版,第 120 页。

展阶段,决定人类文化性质的就不再是"气候"与"土壤",而是"政治"和"经济",人类的环境,也将由"自然"变为"社会"。不过,人类社会如此发展下去必然是要付出代价的。由于世界经济的一体化、人类生活方式的同一化,所谓"民族文化""地域文化""民间艺术"将全部失去存在的根基,文化的多样化将不复存在,文学艺术物种的锐减乃至灭绝将成为一个必然的趋势。

究其原因,盖在于人类失去了它的"自然的生境",而被投放进一个"一体化""市场化"的世界之中。

第 12 章　文学艺术的价值：修补地球精神圈

这一章,我们试图从现代社会的消费观念探讨文学艺术的生态价值。

2000 年,英国社会学家迈克·费瑟斯通(Mike Featherstone)的《消费文化与后现代主义》在中国出版,很快引起学界的关注与反响。稍后,美学与文艺理论界便围绕"消费文化""日常生活审美化"引发一场争论。我凭一时冲动发表文章冒昧闯进这场论争,竟然激起一阵浪花。①

对现代性的反思及对资本主义社会制度的批判,往往表现在对于"消费观念"的审视。老一代的思想家如西美尔、舍勒、霍克海默、马尔库塞多是旗帜鲜明、态度激烈地揭露"消费主义"作为资本统治手段的卑污与贪婪;稍后,首批后现代学者如丹尼尔·贝尔、利奥塔、波德里亚、鲍曼则是以透彻的目光、敏锐的思想对其进行冷静的解剖、深刻的阐释,让"消费社会"的底里展露无遗。而在费瑟斯通这本书中,我感觉到另一种氛围,作者并不掩饰他对老一

---

① 鲁枢元:《评所谓"新的美学原则"的崛起——"审美日常生活化"的价值趋向析疑》,《文艺争鸣》2004 年,第 2 期。需要说明一下:文章原来的标题是《拒绝妥协——论"审美日常生活化"的价值取向》,本意也只是希望表明自己不情愿投身于红尘滚滚的时代浪潮之中,并非有意要批判别人。刊物编辑为了引人瞩目,突出"争鸣"的气氛,竟改为这样一个"冰冷生硬"的标题,让我一直忐忑不安。

代思想家的不满，认为他们的"精英主义论调"在现实面前显得"无能为力"，而自己则是站在"大众"立场上、与众同乐的。书中写道："艺术与日常生活之间的界限坍塌了，被商品包围的高雅艺术的特殊保护地位消失了……艺术已经转移到了工业设计、广告和相关的符号与影像的生产工业之中。""许多艺术家已经放弃了他们对高雅艺术和先锋艺术的信奉，转而为消费文化采取日益开放的态度。现在他们又向人们表达了去追随其他文化媒介人、影像制作人、观众与公众的意愿。""我们不再对广告的效果产生怀疑，不再对广告说服（或灌输）人们购买新产品的能力提出质疑，相反却对它在审美谱系中的位置表示由衷的祝贺。"①行文中似乎在号召莫奈去做媒介人、凡·高投靠广告商、高更撤离大溪地、罗丹去搞灯光秀，于是心头升起"我绝不妥协"的念头。我这一辈子亲身经历的"群众运动"太多，看到太多的"大众化"其实是"化大众"，是权力与资本对大众的愚弄。真正实现了"全球大众化"的不是什么伟大高妙的理论，而是由权力与资本联手打造并掌控的手机、互联网。某些标新立异的"后现代"，不过是凭借现代科技将资本主义的消费理念、消费功效推向极致。这使我联想起以前一个流行甚广的说法：生产玻璃的资本家总希望一场暴风雨将全市的窗玻璃全都打碎，这其实很难做到，因为他支使不动上天。现在的玻璃商家要精明实干得多，他可以将二氧化硅花样翻新地制造出各种玻璃制品，如人头马玻璃酒瓶、宝格丽玻璃香水瓶、施华洛世奇的高铅玻璃珠宝，让人们爱不释手、互相攀比、争相定购、财源滚滚。美学家、艺术家、广告商、策展人实实在在地介入了这一过程，自然也获得一份利润、拥有一份话语权。

这样的消费，在"物质消费"的层面之上，突显了"感官刺激""心情愉悦""身份提升""梦幻梦游"的"文化消费"，即所谓"审美快感的消费"。将人的感觉、直觉、意向、趣味加工制作成商品消费，从而更广泛地深入到民众

---

① ［英］费瑟斯通：《消费文化与后现代主义》，译林出版社 2000 年版，第 36—37 页。

的日常生活中，是一种更精致的消费主义。这样的"后现代"，贴切地说该是"现代社会的后期阶段"，一个科技更先进、经济更发展、商品更丰富、市场更繁荣、人们更会消遣享乐的社会形态。而我所期待的"后现代"则是一个与现代社会根本不同的社会，从知识体系到世界观都不同的社会，是现代社会之后的另一个时代，即生态型的后现代。因此，我对消费文化的看法更接近西美尔、马尔库塞、鲍曼们，甚至老子、孔子、伊壁鸠鲁们，于是就写下那篇《拒绝妥协》的文章。

在资本主义社会机制相当成熟、完善的欧洲，尤其是英国，民众相对比较理智，费瑟斯通关于消费文化的论述充满了自信与乐观，或许还是可以理解的；然而，像中国这样一个资源并不富足，科技仍欠发达，历来以清贫、节俭为美德的国度，由于近年来凭着辛勤劳作成为世界制造加工厂，刚刚挣来一些血汗钱，就立马张扬消费主义，一跃而成为地球上"奢侈消费的新型帝国"，这无论如何并非吉兆。法兰克福学派对现代社会的审视与批判，对于中国来说远未过时。

自英国工业革命始，近三百年来，现代社会历经机器时代、电气时代、信息时代，可谓变化巨大。但有一点是不变的，那就是市场消费的核心地位，"消费"越来越成为现代国家的"命根子"，如果消费激增，就意味着经济增长、国民富足、国力强劲；如果消费变缓，就意味着经济衰落、国民贫困、国家前景暗淡。政府的职责就是不断提升消费的指数，多多消费、快快消费才是社会发展进步的保障，"消费社会"差不多成了"现代社会"的同义词。波德里亚（Jean Baudrillard）对此很有些担忧，在其《消费社会》一书中，他担心人类如此消费的前景会步白垩纪末期恐龙的后尘。

鲍曼（Zygmunt Bauman）的名著《废弃的生命》开篇就从"消费"讲述他的"现代性故事"，他征引的是意大利小说家伊塔洛·卡尔维诺（Italo Calvino）虚构的那个"看不见的城市"中天天演绎着的"消费故事"：市民们热衷于享受新奇与不同的物品，每天早上穿从最新的衣橱里取出的全新的衣服、吃从最新的冰箱里取出的全新的罐头、收听从最新的收音机里播放的最新的广告,而昨天的所有这些东西已经被他们全部当作废品扔进垃圾车里。垃圾已经像群山一样包围了这座城市,街道上弥漫着浓郁的臭气和毒气。人们憎恶、恐惧这些垃圾,却无论如何不愿放弃对新奇东西的享用,不愿意放弃这些新奇物品给他们带来的欢喜。时光在狂喜与恐惧的交集下一天天过去,人们"不是保留了自己宣称的所热爱的和渴望的,而只是使垃圾不朽","这不只是技术问题。因为那些死去物品的灵魂从大地和水面升起,它们的呼吸预示着灾难"。① 杰出的文学家为杰出的思想家提供了绝佳的例证:这就是当下消费社会身患的顽疾、面临的危机。

2006 年秋天,在我的母校河南大学召集的"中英开封论坛"上,我有幸见到费瑟斯通教授,并当面向他请教:在消费意识与消费文化迅速向全球普及的同时,另一些"东西"也在迅速地覆盖全球,那就是大气污染、水体污染、资源枯竭、物种锐减、气候反常、怪病蔓延以及随之而来的民族冲突的升级、贫富差距的扩大、道德底线的失落、精神气质的沉沦、社会动荡的加剧。在探讨当下人类消费问题时,我们是否也应当同时关注到地球的生态状况。我建议在《消费文化与后现代主义》这本杰出的著作之后,还应当有一部《生态文化与后现代主义》的书。如同消费可以成为文化,文化可以用来日常消费一样,生态也可以成为文化,生态文化也可以为建设理想的后现代社会做出贡献。② 我的一些设想,后来都结集在《生态时代的文化反思》一书中。

这段引语写得够啰唆了,下边我们就来探讨一下:文学艺术的价值何在,文学艺术是否可以以消费的方式介入时代生活,文学艺术作为一种精神能量能够为地球生态解困发挥怎样的作用。

---

① [英] 齐格蒙特·鲍曼:《废弃的生命》,江苏人民出版社 2006 年版,导言,第 3 页,第 5 页。
② 周敏博士在《挑战全球知识——2006 年中英开封论坛综述》一文中写道:"鲁枢元的发言重点则是从两个方面向消费文化提出挑战:第一,消费社会不能为生态解困。第二,有意义的文化的生成并不全都能够纳入资本与市场的运营之中。"载《哲学动态》2007 年第 6 期。

12.1　价值颠覆与发展迷思

一百年前德国杰出思想家舍勒出版了《价值的颠覆》,二十年前欧洲的另一位思想家吉尔贝·李斯特(Gilbert Rist)出版了《发展的迷思》,两本书都在围绕价值问题对现代社会进行痛彻反思。是价值的颠覆导致发展的迷狂,还是迷狂的发展导致价值的颠覆?对照阅读两本书,反思过往、审视未来,对历史、对时代我们就可以获得进一步的认识。

舍勒在他的前期现象学研究中,曾经围绕信仰、哲学、科学三者之间地位的消长、关系的变化进行了多方面的剖析,从而得出了这样的结论:在古代,"哲学"是"信仰"的婢女,却又是"科学"的女皇。作为婢女和作为女皇都是哲学的荣誉。"经过一段漫长的时间,哲学由作为信仰的'自觉自愿的婢女'渐渐地变成了信仰的潜越者,并同时成为科学的婢女。"[①]在古希腊时期,信仰代表着绝对价值、终极真理,哲学是关于世界的基本的解释,科学只不过是关于具体事物的证实、实现某些目的的手段。自文艺复兴运动和启蒙运动以来,随着科学在实证、实用领域的节节胜利,信仰被指责为虚妄,上帝被宣布死去,尘世中现兑现的及时享乐取代了宗教中对于来世幸福的许诺,哲学抛弃旧主迎合新贵转而为科学的统治寻求合理性的依据。在舍勒看来,这是一次严重的价值取向的"颠倒":

> 我们很容易发现,哲学与信仰和科学之间的新型关系颠倒了欧洲精神形态曾经达到的真正关系,这种颠倒既深入彻底,又影响广远。

---

① ［德］马克斯·舍勒:《价值的颠覆》,生活·读书·新知三联书店,1997 年版,第 298 页。

使哲学成为一种与信仰为敌,甚至要取代信仰的"世俗智慧"(文艺复兴)和越来越成为"不是这种,便是那种"科学(如几何学、数学、心理学等)的低贱的奴隶和妓女,这样两种过程是同时进行的……只有作为信仰的"自觉自愿的婢女",哲学才能保持住作为一切科学的女皇的尊严;如果哲学胆敢充任信仰的主人,那么它必须成为"一切科学"的婢女,甚至奴隶和妓女。①

在舍勒看来,这个"颠覆"过程,还同时表现在道德领域、制度领域、历史领域以及艺术领域。在一个以"效率"和"进步"为尺度的社会环境里,体现不出效率的哲学和展示不出进步的宗教都沦为被冷落被淘汰之列,只有不断生产出大量物质财富与不断更新换代的科学,才有资格坐上"皇帝"的宝座。在这一社会生态的演替过程中,哲学变成了认知,宗教变成了迷信,科学变成了技术,伦理变成了纪律,经济变成了金钱,国家变成了机器,艺术变成了娱乐,连人类自身也变成了牟取利润的工具。这一切都是因为"工具的特殊的使用价值既被置于'生命价值'之上,又被置于'文化价值'之上"。"在现代文明的发展中,人之物、生命之机器、人想控制因而竭力用力学解释的自然,都变成了随心所欲地操纵人的主人;'物'日益聪明、强劲、美好、伟大,创造出物的人日益渺小、无关紧要,日益成为人自身机器中的一个齿轮。"②

艺术作为人的"最高使命"和"绝对需要"的地位,也就在这个过程中渐渐失去。所谓"日常生活审美化",也不过是让艺术与审美乖巧地让渡给大众化的市场做侍女。世界的"祛魅化"过程,也是世界的"非诗意化"过程。在这个过程中受到贬抑的,除了"上帝",还有"自然",还有作为人类内心神圣的"精神"。

---

① [德]马克斯·舍勒:《价值的颠覆》,生活·读书·新知三联书店,1997年版,第298—299页。
② 同上,第160—161页。

这种"价值的颠覆",最终结果是给现代社会的发展进步造成紊乱,给人类的历史进程带来贻误,这也是瑞士高等发展研究院李斯特教授多年来研究的课题,他的《发展的迷思》一书,试图揭开现代社会深层的病灶——"发展"。

"发展",如今已经成为世界各国进步的模式,一种世界未来观,一种正确的意识形态,一种操控全球政治经济实践的话语形态,"发展"是时代的主体,是历史的目的和命运,是地球上每个国家不可剥夺的权利,"发展"已经获得现代宗教的身份地位。尽管事实远非如此,联合国等国际组织推行的一系列发展计划,最终只不过是让一部分发达国家更发达,富有的人更加富有,国际间、一国之内,贫富差别越来越大。两百年来的高速发展,几乎耗尽地球资源,酿成全球生态灾难,制造了血流成河的战乱,却丝毫没有撼动"发展"的神圣地位。

思想家们关注更多的是"发展"对世道人心带来的变化,即现代人的精神状态的变化。

剖开来看"发展"的内核,原来是"经济增长"。"快速和可持续的经济增长"被认为是共同富裕的必由之路。人们看到的实际结果则是:经济的快速增长并没有改变落后地区的贫困面貌,世界性的生态危机倒是接踵而来。经济的快速增长与无节制的消费已经在资源、能源、环境、生态方面造成如此严重的灾难,人们却仍然坚信"只有通过进一步增长"才会解决这些危机。人类又是也会陷入此类的固执与愚妄。

经济增长的指标对于国家来说是国内生产总值,对于个人来说是"钱袋子",是个人收入的增加。李斯特指出,对于人类历史来说:

> 这是一场重大的革命,从此一切有了价格,不论是看孩子还是遛狗,而在美国降生的"新经济"则热衷于在整个家庭关系中推广"经济性"原则,并从此确立了婚姻经济学、家庭生产经济学、生育经济学,乃至利他主义经济学等。马克思曾怒斥"资产阶级撕破了笼罩在家庭关系上的温情

脉脉的纱幕,把这种关系变成了单纯的金钱关系","它使人与人之间的关系除了赤裸裸的利害关系,即冷酷无情的'现金交易'之外,再也找不到任何别的关系了。"

商品的统治正在无休止地扩大,侵入一切社会关系,从此每个人不得不学会"出卖自己",这近乎一种普遍的卖身制度。①

西美尔说:"什么东西有价值"的问题越来越被"值多少钱"的问题所代替。社会发展的核心与动力由"经济增长"进而体现为可以量化计算的货币,价值完全体现为货币数量的增殖,"社会经济"变成"货币经济",操弄货币流通量的金融业由此成为现代社会发展、经济增长的枢机。往昔宗教崇拜的是上帝,现代宗教崇拜的是金钱。商场中流行的一句话:顾客是上帝。顾客口袋里如果没有了金钱,还会是"上帝"吗?

这正是我们这个时代令人疑虑的特征,不安与不满的深刻根源。由于货币经济的原因,这些对象的品质不再受到心理上的重视,货币经济始终要求人们依据货币价值对这些对象进行估价,最终让货币价值作为唯一有效的价值出现,人们越来越迅速地同事物中那些经济上无法表达的特别意义擦肩而过。对此的报应似乎就是产生了那些沉闷的、十分现代的感受:生活的核心和意义总是一再从我们手边滑落;我们越来越少地获得确定无疑的满足,所有的操劳最终毫无价值可言。我并不想断言:我们的时代已经完全陷入这样的一种精神状态。但是我们的时代正在接近这种状态,而与此相关的现象是:一种纯粹数量的价值,对纯粹计算多少的兴趣正在压倒品质的价值,尽管最终只有后者才能满足我们的需要。②

---

① 〔瑞士〕李斯特:《发展的迷思:一个西方信仰的历史》,社会科学文献出版社 2011 年版,第 13—14 页。
② 〔德〕西美尔:《金钱、性别、现代生活风格》,学林出版社 2000 年版,第 8 页。

世界生态运动的一大收获，是让更多人开始领悟到"自然的蒙难"与"人心的沦丧"是现代社会发展理念的偏差酿下的两个要命的恶果。其中一部分人开始从"发展的迷思"中醒悟过来，一部分人试图将"颠倒的价值"再"颠覆"过来。这当然不是折回旧路，而是在反思反省现代工业化道路、回顾古代农业社会基础上的重新寻觅，去其糟粕，取其精华，寻找到一条真正有益于全体地球人类的"发展道路"。李斯特将这条道路称作"后发展"。

"后发展"，又是一个类似"后现代"的含糊概念，还等待不同心思的人来认领。李斯特说：后发展论者志在"终结既具有欺骗性有危险的'发展'概念和实践"，从而创造一种"介乎现代化与传统之间的新的生活方式。"①而新的生活方式一定是建立在新的价值观念基础之上的，那么，现代化的哪些价值观念有待于我们改变呢？

正如马克思所暗示的，在"现金交易"之外，我们还应该看到存在着亲情、友情关系，在对金钱的欲求之外，还有对苍穹的仰慕、对道德伦理的敬畏。

如西美尔断言的，纯粹计算的兴趣不应压倒品性的价值，货币表达的经济价值之外还有更值得珍贵的价值。在舍勒的书中，造物的和谐、爱的俯就、少女的羞涩都是无法用数量表达的意义，都是价值更高的意义。

李斯特提醒人们，商品的统治正在无休止地扩大，侵入一切社会关系；一切社会关系正在整合为单一的金钱关系。务必要恢复"社会交流的多元化"，不只是"物流""金流"，还有同情与博爱的交流，想象与梦幻的交流。

李斯特还指出，必须对"贫困"概念做出新的价值判断，"生活方式的简朴性与市场体系的扩张说造成的'现代化的贫困'"不应混为一谈。②

不同的价值标准下，贫困的含义也是不同的，一个富豪缺少的不是货币，而是家庭的温暖和朋友的真诚，从感情上说他就是一个贫困者，俗谓"穷得就

---

① ［瑞士］李斯特：《发展的迷思：一个西方信仰的历史》，社会科学文献出版社 2011 年版，第 240 页，第 241 页。

② 同上，第 215 页。

只剩下钱了"。网络上时时见到的所谓"炫富女",尽管披金戴银,精神上是一个极度匮乏者。明代传奇故事中的性工作者杜十娘坚执情义无价,毫不吝惜地把一箱子珠宝倾入长江里。"贫"与"富",作为语言符号,其"意义"与"感知"都是需要深入阐释的。

联合国一家研究机构在 1990 年发布的《人道世界发展报告》中提到:"简朴的生活水平可能伴随着高质量的生活,反之,高质量的生活可能因为高收入水平而变糟。"①正如西美尔津津乐道的,经济的发展,财富的增长,至多不过是通往终极目的的桥梁,人还应该继续前行,而不能停留在桥上。

这也是下边我们希望探讨的问题。

12.2　低物质能量消耗的高品位生活

联合国这家研究机构报告中肯定的是一种简朴而又高质量的生活,这也就是我多年来倡导的"低物质能量消耗的高品位生活"。

让我们先来来看看什么是"高物质能量消耗的低级生活"。下边是一个极端然而真实的事例:

广西亿万富豪徐某,2013 年春天带领同伙分乘三辆汽车多次到广东省雷州市,花费 144 万元购买三只由境外走私进来的老虎。电击后当场宰杀,将虎骨、虎肉、虎血分装在泡沫箱和塑料桶内运回南宁家中,邀请同伙烤虎肉,喝虎血、饮虎骨酒。事发后徐某被判刑有期徒刑 13 年。徐某因为赶上房地产开发商潮而暴富,暴富后染上赌博恶习,之所以吃老虎肉,据他交代一是为了强身壮体,二是为了赌场好运。为了这些荒谬无稽的生活目的,残害了珍稀的自然资源、白抛掉 300 万元财产,落了个身陷囹圄。

① 参见[瑞士]李斯特:《发展的迷思:一个西方信仰的历史》,社会科学文献出版社 2011 年版,第 192 页。

徐某的"高消费"显得十分粗俗,容易为人不齿。胡润富豪榜上公布的中国富人的生活却令众人艳羡不已:上海、北京有别墅,美国、欧洲有豪宅,腕上有名表,座下是名车,衣食住行、吃喝拉撒平均每天消费 30 万元。样板树立起来之后,奢侈消费便成为一种社会导向,一种生活时尚,首先起而响应的是青少年一代。据《南方周末》2019 年 5 月 23 日发表的调查文章披露:中国奢侈品消费者已占据全球个人奢侈消费市场的 33%,是日本的 3 倍,远超欧洲的18%、美国的 22%。而消费者的年龄相比于其他发达国家年轻 10 岁至 20 岁,中国已经迅速展开奢侈品低龄化消费的现代性跃进。据文章作者解释说,奢侈消费成为青少年一代表达自我的生活方式;成为一种"在审美和思考中获取快乐的能力",奢侈消费在青年一代身上已经形成一种"亚文化"。这俨然就是费瑟斯通界定的后现代消费文化了。文章作者最后得出的结论竟然是:中国年轻人的这一现代性飞跃,"引领世界前沿的朝气、憧憬、热情和冲击,正构成一种强大的力量……不仅是他们对未来乐观的最好理由,也正是我们对于未来充满信心的最好理由。"①这似乎为"厉害了我的国"又添补了一例佐证!我真不知面对"低龄化奢侈消费者"中 60% 的"啃老族",面对中国青年高达20% 的失业率,作者的自信从何而来? 我怀疑作者就是某个奢侈品公司的雇员。

希望通过奢侈品消费来装扮自己的身份、从中获取快乐,不过是奢侈品市场培育出的一批"绣花枕头",如果是凭靠"啃老",那就是败家子式的废物。

且不说"奢侈性消费",即使被现代人日益追求、日益攀升的日常消费,已经够让人惊心动魄了!

多年前的一份资料显示:在美国一个普通公民一生中的消费为:6 000 公斤汽油、70 000 公斤煤炭、500 000 公斤石料、5 100 公斤塑料、19 740 公斤钢铁、700 公斤铜、350 公斤锡、300 公斤锌、1 500 公斤铝、26 000 公斤谷物、8 468 磅肉

---

① 参见《南方周末》2019 年 5 月 29 日署名文章《奢侈品消费低龄化:90 后现代性跃进》。

类、17 500 公斤鸡蛋，还有 115 双鞋子、250 件衬衫、750 个电灯泡、26 800 个易拉罐，与此同时制造 110 000 公斤垃圾。现在看来，这些数字反而显得保守了。据艾伦·杜宁在 1992 年出版的书中披露，更多的物质，包含生产它们时投入的能量，是被"一次性消费"之后白白扔掉的。例如，每一年中英国人要扔掉 25 亿块尿布，日本人扔掉 3 000 万个一次性相机，德国人扔掉 500 万件家用器具，美国人扔掉 750 万台电视机，全世界每年扔掉的瓶子、罐头盒、塑料纸箱 20 000 亿个。更严重的问题是这种"高消费"的发展趋势，已经发达的国家还在拼命追求更高速度的发达，尚未发达的国家已经把发达国家的生活方式确立为自己的楷模，努力向"高消费"看齐，甚至还要"赶超"过去。记得一位著名学者略带嘲讽地说"俄国人和中国人不过是现在还很穷的美国人，他们都想迅速地发家致富"，而"物质极为丰富"的美国似乎已经到达了共产主义的最终阶段。[①]

英国伯明翰大学文化研究中心创始人霍加特(Richard Hoggart)曾经指出："一种健康的、淳朴的生活方式正在逐步被堕落的消费主义文化所取代。"[②]地球已经负担不起如此饕餮、近于疯狂的人类。有人根据太阳向地球输送的能量和地球生物圈内有效的生物量计算得出，地球在正常情况下所能负荷的人口是 80 亿，如果按照美国人对物质能量的消费标准，地球只能养活十亿人。而目前地球上的人口已经达到 79 亿，几近临界点。任何高超的技术和高明的管理面对这种"持续发展"的势头，都将无济于事。

难道不能从人类自身内部调整一下追求目标吗？幸福生活的获得，一定要以大量物质的占有、大量能量的损耗、大量商品的消费为代价吗？这种"高物质能量"的消费就一定能换来高质量的生活吗？贝塔朗菲得出的恰恰是相反的结论："在生活富裕和高标准的时代里，生活会变得没有目标和意义。"一

① 参见［意］吉奥乔·阿甘本：《敞开：人与动物》，南京大学出版社 2019 年版，第 12 页。

② 转引自莫少群：《20 世纪西方消费社会理论研究》，社会科学文献出版社 2006 年版，第 19 页。

个"病态社会"的症候是:"为人们提供了丰富的生物需要,但却使人的精神需要挨饿。"①

早先曾有生物学家做过这样一个恐怖的实验:一只蜜蜂被放在满满一碟蜂蜜前,蜂蜜开始贪婪地吸食蜂蜜,然而这只蜜蜂的肚子已经被切掉多半,这只蜜蜂仍然快乐地、不住口地吸食着蜂蜜,蜂蜜却从敞口的肚子里汩汩流出。此时的蜜蜂对于外物已经失去理性的判断,对于自己也失去应有的审视。那位在房间里已经囤积了 2.7 亿现金人民币还在不住手地贪污受贿的政府官员不就是这样的一只蜜蜂吗? 而处于消费社会中的人,不同程度上都是这样的一只蜜蜂吗? 消费了那么多的蜂蜜,却于自己的生存丝毫无补。

有没有可能寻找到一种"低物质能量消耗的高品位生活"?"重于外者而内拙",注重内在精神生活的人,对于外部物质生活总是较少依赖,而文学艺术及日常审美情趣正是精神生活的重要内涵。在中国古代,为后人垂范的仍旧是万代师表孔夫子:

> 一箪食,一瓢饮,在陋巷,人不堪其忧,回也不改其乐。贤哉,回也!

> 暮春者,春服既成,冠者五六人,童子六七人,浴乎沂,风乎舞雩,咏而归。夫子喟然叹曰:"吾与点也。"②

这是孔夫子赞扬他最喜欢的学生颜回与曾点的两段话,前一段讲的是"低物质消耗",后一段讲的是"高品位生活"。"低物质消耗",犹如当下倡导的"低碳生活";而"高品位",则是指超越物质与金钱之上的生活内涵,一种有情、有思、有信仰、有艺术感受、有哲学思考的生活,即诗意地栖居在大地上。

---

① [奥] 贝塔朗菲、[美] 拉威奥莱特:《人的系统观》,华夏出版社 1989 年版,第 25 页,第 28 页。
② 《论语·雍也》;《论语·先进》。

两段话生动而又充分地体现了孔子的人生理想：过俭朴的生活，追求心灵内在的充实与愉悦；亲近自然，从审美中发现人生的真谛。

在两千多年的农业社会里，孔夫子的教导已成为中华民族的优良传统，尤其在文学艺术家的人群中得以继承发扬。从能量消耗上讲，文学艺术的生产可能比任何一种农业生产、工业生产耗能都少。而一个"文学人"在物质和能量方面的消费则比任何一个"工业人""商业人"的消费都要俭省得多。

陶渊明的典型诗句："弊庐何必广，取足蔽床席"，"耕织称其用，过此奚所须"，"园蔬有余滋，旧谷犹储今。营己良有极，过足非所钦。"正因为不追求"过足"的生活消费，他才有足够的闲暇"清吹与鸣弹""登高赋新诗""奇文共欣赏，疑义相与析"，过起逍遥自在、充盈畅快的生活。苏东坡官场沉浮多年后，老来的最大愿望则是："几时归去，作个闲人。对一张琴，一壶酒，一溪云。"陆放翁，"细雨骑驴入剑门"，没有乘小轿车，没有排放一路的二氧化碳、二氧化硫，并不影响他留下一路优美诗篇。元末明初的大画家王冕，终生不仕，携妻孥隐于九里山，种地养鱼、植树造林，吟诗作画，自食其力，自得其乐。曹雪芹喝稀粥、吃咸菜、食不果腹、衣不蔽体，照样写出千古绝唱《红楼梦》，创造的精神财富不可计量。在高度工业化、商业化的大都市，一个普通公民消耗的物质和能量已经是陶渊明、曹雪芹们的十倍、百倍，且不说能够为历史做出多少奉献，自己获得的快慰和愉悦又能比这些诗人、艺术家多上几分呢？

外国作家中也不乏此例。小说家托尔斯泰，为全世界的几代人提供了丰盛的精神食粮，自己到头来只是一袭布袍、一根拐杖，随风化解在俄罗斯的田野林间。丹麦的那位可爱的安徒生先生，没有上过高速公路，没能睡过豪华宾馆，一辈子孤独地守护着自己那颗善良、纯净的心，却为世界的孩子们写下那么多优美的童话。

一个人的一生是否活得有价值、有意义，并不以他消耗的物质财富为依据。佛陀曾经开导一位养尊处优而百无聊赖的富商子弟："如果生活得简单健康，而不被余年贪求所奴役，你是可以体验到生命的奇妙美好的。你向四周观望吧,你可以看到树木在薄雾里吗?它们不是很美丽吗?月亮星星、山河大地、阳光鸟语和淙淙山泉,都是宇宙间可提供无穷快乐的现象。"①低物质消耗的高品位生活,这也是佛教经典中教义乃至戒律。南怀瑾先生曾详细介绍过旧时佛教僧人的衣食住行:

> 衣,不过三件,多了就要施舍给别人。做衣服的布料甚至是别人扔掉的破布剪裁拼接起来的,名曰:"百衲衣"。
>
> 食,一天一顿饭,至多两顿饭,而且多是粗茶淡饭,一律素食。
>
> 住,随遇而安,茅屋、草庵、土穴、岩洞,甚至树下、旷野皆可安身,没有被褥时,草织的蒲团也可以坐上一夜。
>
> 行,"芒鞋斗笠一头陀",有时草鞋也没有,就打赤脚。

这种"苦行"的简朴,一般人难以忍受,也不必大家都来效仿。僧人之所以能够忍受、乐于忍受,是因为他们拥有自己的信仰。高洁的信仰、简朴的居行、自然的环境、灵敏的艺术感受力如果能够融渗在一起,那将是一种最高的生活境界。

我曾在深山的一座破庙前看到几位比丘尼在挥锄耕耘一片玉米地,庵堂的楹联上写着:"殿堂无灯凭月照,庵门不锁待云封。"得道高僧心境空明澄澈,与天光云影浑然一体,因此"灯油"也省了,"锁钥"也省了。物资、能源都节省了,污染也就不存在。是信仰的力量、精神的充实削减了对于外在物欲的追求,精神能量的升华替代了物质能量的泛滥。这不就是一种低物质能量高品位的生活方式吗?

梭罗相信,多余的财富只能够买多余的东西,人的灵魂必需的东西,是不需要花钱买的:

---

① [越南]一行禅师:《故道白云》,线装书局 2007 年版,第 83 页。

大部分的奢侈品,大部分的所谓生活的舒适,非但没有必要,而且对人类进步大有妨碍。所以关于奢侈与舒适,最明智的人生活的甚至比穷人更加简单和朴素。中国、印度、波斯和希腊的古代哲学家都是一个类型的人物,外表生活再穷没有,而内心生活再富不过。①

　　诗歌和艺术堪称"众妙之门",文学艺术以及审美感受提供给人们的舒适愉悦,一点也不逊于锦衣美馔。在文学艺术创作与欣赏的过程中,人们就能够从心理上以及生理上感受到那种奇妙的"幸福"。一些文艺心理学的著述中曾经具体描述过艺术创造及鉴赏产生的生理-心理层面上的快感:耳聪目明、浑身清爽、呼吸顺畅、精神饱满、激情冲荡、心绪昂抑、神思勃发,充满了精神上的优越感和接近于骄傲的自信心,神魂颠倒、灵感迷狂、似梦非梦、如痴如醉、甜蜜的战栗、美妙的震撼……人的整个机体、感官全部投入艺术之中,心脏的跳动、血液的流动、呼吸的频率、肌肉的张弛随之变化,压抑的心情因此得以敞开,精神的懈怠因此得以振作,淤积的块垒因此得以排遣,机体的不适因此得以化解。这样的感受实在是千金难买的。

　　1987年11月12日,凡·高的一幅《鸢尾花》在美国纽约卖了5 390万美元,然而这还不是凡·高作品的最高售价。1990年5月,凡·高的另一幅画《加歇医生肖像》被一位日本大亨以8 250万美元的价格购去。而两幅画消耗的物质只是一点画布,一点颜料,或许还要加上贫苦画家的一点伙食费,购买土豆、洋葱、面包的一点开销,加在一起也许不值几个美元,剩余的一亿多美元全是凡·高艺术精神的价值。然而,凡·高的艺术精神值得上亿美元吗?或许更多,或许根本无法用金钱换算。有钱人可以用亿万美元收购凡·高的作品,却不能拥有凡·高创作这些作品时的心境和体验。凡·高在世时一贫如

① ［美］梭罗:《瓦尔登湖》,吉林人民出版社1997年版,第12页。

洗,然而在他的内心世界里却拥有这么多的真、善、美,拥有一座五彩缤纷的精神乌托邦！一贫如洗的凡·高又是一位世界上最富有、最幸福的人。

也许是物极必反,当奢侈与豪华成为世界风潮之际,在北欧,在美国,在日本,已经响起了过"简约生活""慢生活"的呼声,一些人怀着使徒般的虔诚和毅力投身到"简朴运动"中去。不必花费更多的时间去挣钱,降低商品消费的欲望,要学会把"商品消费"改为"时间消费";不重物质重品质,在读书、徒步旅行中享受优美和兴致;走出城市到乡村,像中国宋代诗人欧阳修那样,寻找"富贵之乐"以外的"山林之乐","百啭千声随意移,山花红紫树高低。始知锁向金笼听,不及林间自在啼"。稍加推究我们便不难发现,这种"休闲""简朴"的生活不但倾向于与自然亲近、结盟,并且总是得到审美体验和艺术感受的支撑。在中国古代,陶渊明式的散淡、王冕式的清贫、曹雪芹式苦寒都是靠他们高雅的审美情趣、高尚的艺术追求支撑的。对于常人或"大众"来说,美国生态学家艾伦·杜宁(Alan Durning)的设想应该更具说服力:

> 接受和过着充裕的生活而不是过度地消费,文雅地说,将使我们重返人类家园:回归于古老的家庭、社会、良好的工作和悠闲的生活秩序;回归于对技艺、创造力和创造的尊崇;回归于一种悠闲的足以让我们观看日出日落和在水边漫步的日常节奏;回归于值得在其中度过一生的社会;还有,回归于孕育着几代人记忆的场所。也许亨利·戴维·梭罗在瓦尔登湖边潦草地书写在他笔记本上的文字说出了一个真谛:"一个人的富有与其能够做的顺其自然的事情的多少成正比。"①

杜宁曾经发出的世纪之问:"多少算够?"看似普通的四个字,却是向打着历史规律旗帜的发展进步观、向万众一心的经济无限增长诉求、向各个国家的

---

① [美]艾伦·杜宁:《多少算够》,吉林人民出版社1997年版,第113页。

首脑追逐的强国梦泼出的一瓢冷水！问题很简单,地球资源有限,如此的生产消费却步步提升,持续显然难以为继。然而现实又很复杂,"落后就要挨打"的似是而非的逻辑让谁也不敢放缓增长的速度,本来可以拯救世道人心的文学艺术如今显得格外微弱无力,人类不知到哪个世纪才学会衡量多与少、进与退、重与轻、贵与贱,从而走出社会发展的迷思。

12.3　艺术消费是精神的再创造

　　当年我在海南大学教书时,学校的一位政治领导并不是学术圈里的人却为学术鸣不平,在一次闲聊时他说出这样一句话让我感动至今：中国的书籍还是太便宜,一本书的价钱抵不上一盒香烟！那是 1994 年,刚刚出版的陈忠实的长篇小说《白鹿原》定价为人民币 12.95 元,而一包中等价位的香烟就要20 元。2012 年由人民文学出版社出版的布面精装、8 幅彩图、5 幅长款插图、共计近 700 页的纪念版《白鹿原》,定价为 39 元;如果按照 15% 的高版税,作者从这本书中收获约 6 元钱。此时的一包普通型软包装中华烟的零售价在 60元以上。我不清楚从商业价值角度如何算清这笔账目,从文化市场角度如何算出这笔账目,从精神创造活动角度又该如何计算。

　　按照贝塔朗菲的说法,价值理论成了当下哲学与行为科学中最困难、最含混、最有争议的领域。幸福在于价值的实现。价值则表现为人的主动的选择,而选择则又受制于不同的人生观念,在观念的背后,则依然是人的需要和欲求。幸福,最终还是取决于人的欲求的满足的方面和程度。

　　而所谓"幸福"与"价值"的领域又是如此宽广。如果把它比做电磁波谱(Electromagnetic Spectrum),价值光谱系列的问题就出在"可见光"上。电磁波谱的波长从千米到分米、厘米、毫米、忽米、微米,人的肉眼可以看见的电磁波,即可见光,仅仅是整个波谱系列中很小一段。打个比方,就像全程京广铁道线位于郑州火车站内的这么一小段。在可见光的电磁波之上,有微波、无线电波、红外线;在它的下边,有紫外线、伦琴射线,伽玛射线。人们历来相信"眼见为实",被物质化、科学化、技术化的人的眼光只死死盯住"可见光",即可以用货币加以度量的那一段,国际社会例行用来衡量一个国家一个社会发展水平的标尺,国内生产总值(GDP),便是以美元、日元、英镑、马克、卢布或人民币核算的。人们忽视了在"可见光"的上面与下面还存在着人们肉眼看不见的"红外线""紫外线"。美元或马克能够用来衡量一个国家的经济增长、国民的货币增收,却无法核算一个国家文化水准、道德水准、安全程度、团结程度,无法衡量一个社会中人民的教养、情操、理想、信念、尊严,一个民族的精神状态、情绪体验。古斯塔夫·豪克在谈及世纪末西方社会的精神状况时曾经指出:"价值刻度表的缺少造成可怕的平衡失调"。关于"生活质量"的研究在西方一些发达国家已渐渐成为一门学问,成为社会学、心理学、经济学、生态学综合关注的对象。富裕的物质生活不仅不再是道德行为的切实保障,也不再是幸福欢悦的唯一来源。如果精神的提升落后于物质的繁荣,如果精神仅仅变作达成物质目的的手段,人将沦为物的奴隶,作为万物之灵的人类将失去自己的灵气和灵魂。

当现代社会发展为完胜的消费社会时,人们认定文学艺术品也是商品,文学艺术的创作也欣赏也应该实施产业化,应纳入商品经济的运营。

这样的理解是有严重缺陷的。

文学艺术是商品吗?就文学艺术创作需要花费一定的劳动时间,需要一定的心力、体力,需要一定的技巧技艺,需要一定的物质材料(包括印刷、复制、包装、运输),需要一定方式的贮存保管而言,它可以成为有价值的商品,可以按照市场的规则操作运营,比如唱一支歌可以卖多少钱,演一出戏可以卖多少钱,写一首诗或画一幅画可以卖多少钱。

但从本质上讲,文学艺术是生命的升华,是心灵的震颤,是精神的感性显现,是形式化了的白日梦幻,是一种心境,一种意象,一种情绪,是民族文化的积淀，是人与人之间最真诚的沟通交往，从这个意义上说文学艺术又是无法进行成本核算、无法准确标示价格、无法等价进行交换的。"烟花三月下扬州"，七个普通汉字的简单组合，可能是李白的脱口而出，按其投入的可计算的劳动值多少钱？可能不值三钱银子；按其给一个城市做了上千年的"广告"，该值多少钱？可能不啻百万美元；按其提供给一代又一代人的审美感受又值多少钱？那就无法计算了。正因为无法计算，一个画家出名前的一幅作品几十块钱没人要，一旦成了名家同样一幅画可以拍卖到几十万、几百万。在我看来，这样一些价格恰恰证明文学艺术作品不符合商品生产和营销的一般规律，文学艺术作品不是一般的商品。

文学创作不同于一般的物品制作，艺术消费也不等于一般的商品消费。《现代汉语词典》中只把"消费"一词限制在对于"物质财富"的消耗上，不是没有道理的。鉴于"市场经济"已成为一个"时代"，文学艺术作品以及其他精神产品纷纷走进市场，我们姑且也沿用一下"艺术消费""精神消费"，但必须强调它们与一般物质产品的消费是不同的。

艺术消费作为精神活动，拥有最广泛的"共享性"。一罐牛奶、一块面包、一双皮鞋、一只枕头或许只能一个人、一家人受用；诗人写下的一首词、作曲家创作的一首歌，却可以被亿万人传唱、千百年传唱，而且传得人越多传得越久远，就越有价值。佛罗伦萨城市广场上的大卫塑像，千百年来供成千上万的过往游客免费欣赏，那是这座艺术雕刻的荣光，也是这座艺术名城的荣光。现代的诗人、作家、作曲家、歌唱家已经开始知道"捍卫"自己的"版权"，这也许是一种时代的进步。但在我看来，针对从中牟利的盗版行为加以惩治或许是必要的，而严格的"版权所有"，对于文学艺术作品来说是不可能的，也是不必要的，除非你不让人传抄、传唱甚至传阅、传听，这样同时也就禁锢了作品的影响、缩减了艺术的价值。

艺术消费作为精神活动还拥有奇妙的"复效性"。30块钱买一箱罐装饮料，一周内喝光，剩下十几个空罐，多了一堆垃圾；300块钱买一件时装，一年后不再时髦,压在箱底成了废品。30块钱买一部《宋词选》或《草叶集》,却可以常读常新,不时会有新的感受、新的冲动、新的启迪、新的发现。同一首诗,同一个人,少年时、青年时、晚年时读它,春天里、秋天里读它,阴天里、晴天里读它都会有不同的效应。300块钱买一部齐白石或约甘松(Boris V. Ioganson)的精美画册,自己欣赏了一生之后还可以留给儿子、孙子,一代代将从中看到各不相同的意蕴和情趣。一件时装的有效期可能只有一年半载,一件艺术品的使用期可达百年千年。作为商业行径,艺术品的这种"耐用性"并不受商家与大众欢迎,受欢迎的倒是那些"一次性消费"的"艺术品",比如电视肥皂剧、掌机电玩游戏、歌厅流行曲、鸡汤励志小说,那其实是凭借艺术包装起来的商品,那才是"真正的商品"。

更重要的,艺术作为"消费",它还有一般商品消费所不具备的"互动性"。所谓"艺术消费"的过程,实际上就是一个"艺术欣赏"的过程。艺术欣赏不会使一件艺术品因此而"损耗",像是吃"肯德基",咬一口就少一块,吃过了也就没有了。艺术作品在你"消费"它的时候,反而同时要把本来属于自己经验中、记忆中、个性中、情绪中、观念中的某些东西投注到艺术作品中,与艺术作品提供的情景和意蕴融渗在一起,发生通感,发生共鸣,只有这样你才能够"消费"它,也就是"欣赏"它。这样的"消费",同时又是"创造",是对于一件艺术作品的再创造。你在欣赏一件艺术品时,你可以由这件作品的激发,加入许多属于你自己的东西,从而也使它成为你自己的,正如俗话所说的"有一千个读者就有一千个哈姆雷特",有一万个读者,也会有一万个林黛玉。

如此说来,一件艺术品在它的被"消费"过程中并不像炸鸡腿那样,越吃越少,反而会越"吃"越多,越"消费"越"增值"。一部《红楼梦》自它诞生之日起,被人们阅读(相当于"消费")了二百多年后,它的内容反而是越来越丰富了,光是阐释《红楼梦》的书,已经比《红楼梦》厚出几十倍、上百倍,真的实现"一本万利"了。

具体情况可能还要更复杂些。比如,吃美国的肯德基炸鸡,吃荷兰的烤乳猪，或者使用日本松下公司的电器，并不要消费者自己变成鸡，变成猪，变成松下公司的员工；而欣赏文学艺术作品却不一样，一个真正在"消费"《红楼梦》的读者，或一个真正在"消费"《高老头》的读者，"消费"《包法利夫人》的读者，"消费"《约翰·克利斯朵夫》的读者，自己就仿佛要成为贾宝玉或林黛玉，成为高老头、包法利夫人、约翰·克利斯朵夫。当然，它又是属于你自己的贾宝玉、林黛玉、高老头、包法利夫人……这就是"消费"中的"移情""共鸣""互动"，是"精神性消费"中一个独特而又弥足珍贵的"再创造原则"。由于这一原则，"精神消费"拥有了一切"物质消费"所不具备的优势："产出"大于"投入"，"盈余"大于"损耗"，"资源"反复"利用"，而且基本上不生成垃圾。只有在文学艺术生产领域，才真正的存在着"可持续的增长与发展"。

以上，我们是在"商业社会"的话语方式内议论"艺术消费""精神消费"的，其实，从艺术和精神的本来涵义说，它们都不是"消费"，而只能永远属于"创造"，一种绝对个人意味上的创造。处于艺术欣赏状态中的任何一个人，此时此刻他就是"艺术家"；任何一个能够真正欣赏荷马的人，他自己就成了一个荷马！

"时代不同了！"这是我们常常说的一句话，然而人们遭遇的这个时代很可能是一个糟糕的时代、败坏的时代。

鲍曼将工业时代后期称作"消费时代"，以与"生产时代"区别开来，他指出时代的本质已经发生变化。"消费"原本只是为了维护人的生存所需，自古就存在。而在当下这个消费时代，消费成了"主义"，消费成了人生的目的，消费的高低、多少成为身份的象征，人们为消费而消费，消费主导了社会的经济，也主宰了社会的"发展进步"，生产者成为对消费的诱惑者，消费者成为生产者诱惑的对象，经济提升的动力是"再次购买、大量购买、不断购买"，"与其说经济增长取决于国家生产力，不如说取决于消费者的热情与活力"。① 而这种"热情与活力"唤起的竟然是人性中深潜的"审美体验""审美情趣"，"审美"

---

① 参见［英］齐格蒙特·鲍曼：《工作、消费主义和新穷人》，上海社会科学院出版社 2021 年版，第 33 页。

这种持续的、强烈的欲望和激情成功地被消费时代的资本利用、掌控,成为消费时代的"内燃机",求标新立异、求花样翻新、求赏心悦目、求出众超群,"审美原则"成为销售原则,这也就是"日常生活审美化"的奥秘所在。在日常生活中,审美体验、艺术鉴赏不再拥有前边我们所讲的内涵,不再拥有精神创造的永恒性,而是"用过即扔",城市周围的垃圾山里便又多了一种垃圾:"艺术品垃圾"。在这样的时代,美的属性已经发生改变。对此,鲍曼评论说:

> 唤起欲望的能力,这是消费生活中最愉悦的阶段,比欲望得到满足更令人陶醉。根据这些能力的差异,所有的人、物、事件被标记在地图上。最常用的地图是美学的,而不是认知的或道德的。[①]

这就是说,消费时代用作商品化的审美已经被成功地与"认知""道德"剥离,人性中那个"真善美"的精神统一体被删除了"真"与"善"的内涵。失去真与善的"美"只是徒有其表的美,它的归宿只能是城外的垃圾山!

记得在我的儿童时代,家里有一只茶叶筒,暗红色,上边的图案已经看不清楚,那是我们家唯一的一只茶叶桶,父亲总是把从杂货铺买来的一包"高末"小心翼翼倒进筒内,饭后便从筒内取少许茶叶泡一壶散发着茉莉花气息的香茶,直到我大学毕业,这只茶叶桶还在使用,少说已经用了十八年!如今,时代变了,在我们小区的垃圾站经常可以看到丢弃的茶叶筒、茶叶盒、茶叶罐:纸质的、木质的、竹质的、陶瓷的、金属的,形制各异、制作精美、色彩娇艳、图案优雅、赏心悦目,然而顷刻便成为垃圾。在我心中永驻的还是那只破旧的、不显眼的暗红色的茶叶筒,永远在我的少年时代温馨的回忆中荧荧闪现。而被现代生活迅速消费掉的那些材质、技术、工艺、审美,其价值一是营销的成功与利润增收,一是物质的无端损耗与生态系统的超负荷运转。

---

① [英]齐格蒙特·鲍曼:《工作、消费主义和新穷人》,上海社会科学院出版社 2021 年版,第 41 页。

在号称"消费社会"的现代社会中,"消费"实际上已经成为社会控制个人生活、剥夺个人自由、瓦解个人精神性存在的一种"合理"而"有效"的策略。文学艺术领域也已经出现了这样的情形:作家艺术家成了公司签约的雇员,读者观众成了文化商人的顾客。"顾客就是上帝",文化商人对他服务的"上帝"作出毕恭毕敬的承诺,悉心迎合当下时尚和大众口味,从而培养出属于他的一群消费者,名之曰"粉丝""追星族"。早先人们从善良愿望出发提出的"文艺大众化""文学艺术为广大人民服务"的崇高目标,今天却在文学艺术产业化、商业化中实现了,烂片、渣片秒杀"文艺片","小鲜肉""娘娘腔"完败电影艺术家。文化消费市场并没有给纯正的文学艺术作品、严肃的文学艺术家留下多少生存的空间。

依照尼尔·波兹曼的说法,电子传媒的大众化消费是从塞缪尔·莫尔斯(Samuel Morse)发明电报开始的,不到两百年时间,互联网、电视、手机的迅速普及已经将儿童促变为成年人,儿童与成年人生活在同一个知识文化、娱乐消费的时空之中,男孩子的性成熟、女孩子来例假的时间就是随着电视、手机的普及逐年提前的。用波兹曼的话说:人类的童年消逝了。他大约没有想到,童年的缺失毕竟是人性中自然属性的缺失,如今由这一缺失正在驱使成年人沉溺于对于童年时期的回溯中,渴望找补回来失去的童年。于是,消费市场开始大量倾销为成人生产的"玩具",扭蛋、盲盒、手办、机甲、BJD娃娃,这些本应是孩子们的玩具,如今却成了成年人沉迷的"潮玩"。据统计,行业核心消费人群即将突破1亿人。先是儿童向着成人的冒进,后是成人向着儿童的退化,人们其实已经走进电子市场的怪圈、消费主义的陷阱不能自拔,而电子消费市场在这一过程中却"赢了两次"!健康人性遭受如此蹂躏,消费主义的同盟军广告产业仍在极力鼓吹:热衷"潮玩"的人群是"个性前卫、引领时代、注重精神需求"的新一代,商家将为这些时代精英做好悉心周到、即时创新的服务。

人类社会的进程总是复杂多变的,什么事情都会发生。商品生产、市场消费、互联网、大数据都是必要的,都具备或黑或白多方面的效应。要紧的是我们不能一味地随波逐流,放弃对于现实的审视、反省、研究、批判。在即将到来的生态时代,任何"价值学说"都应该放在"地球生态""宇宙精神"的整体肌理中加以审核。

立足于"服务"的文艺理论,或许本身就应当受到审视。

"服务论"并不是现代社会才有的,"先王以是经夫妇、成孝敬、厚人论、美教化、移风俗",显然是封建帝王的"服务论"。威廉大帝二世也曾讲过"艺术应当提高人民"的话。纳粹德国的希特勒,中国"文革"时期的"四人帮"都是文艺"服务论"的积极倡导者——这是从政治层面的分析。从美学的意义上讲,"服务论"属于"功利论",对此,文艺史上历来都是存有争议的。马克思就曾经提出过这样的警告:"作家绝不把自己的作品看作手段。作品就是目的本身,""诗一旦变成诗人的手段,诗人就不成其为诗人了。"①况且,文学艺术的欣赏接受过程也不是一个被动的依靠别人为自己服务的过程,像请人为自己理发、搓背一样。要知道,就人类的生命与精神而言,在许多情况下是不能由别人代你"服务"的,就像别人不可能代替你兴奋或者悲哀,不可能代替你交友或恋爱,不可能代替你去做梦,不可能代替你在临终弥留之际去面对死亡的召唤。世上有一些事情是必须自己身体力行的,居高临下地代人包办不得。文学艺术就是这少数事情中的一种,这是一个自慰、自救、自我印证、自我实现的过程。正如基尔凯郭尔所说的,在审美过程中,"人类直接地是其所是"。套用一句我们上面引述过的话来说:人们不是接受荷马的服务,而是要自己成为荷马。

奥斯卡·王尔德说:"艺术永远不要作为大众化(迎合大众的口味)的尝试,而是正好相反:大众应当努力使自己成为艺术家。"②

霍克海默指出:"艺术正是通过摆脱为虚假的普遍性服务,才能忠实地反映下层人民的事业,反映真正的普遍性。"③

---

① 《马克思恩格斯全集》第1卷,人民出版社1958年版,第87页。
② 转引自[德]赫伯特·曼纽什:《怀疑论美学》,辽宁人民出版社1990年版,第131页。
③ [德]马克斯·霍克海默、特奥多·威·阿多尔诺:《启蒙辩证法》,重庆出版社1990年版,第126页。

摆脱商业消费的强大逻辑,发挥个人的创造精神,高扬生命的本真价值,寻求与自然、与他人和谐相处的生存的境界,文学艺术才可能走出自身的困境、同时为拯救地球的生态困境另辟一条途径。

12.4 修补地球精神圈

德日进在地球生物圈之外发现了"精神圈"。"精神圈"让地球发现了自己的灵魂,我们的星球由此跨越一道神圣的"门槛",点燃了人的潜能,放大了人的历史存在,促进人积极主动参与自然与自身的创造。"精神圈"的主要表现形式为科学、宗教、哲学、教育、文学艺术。"精神圈"中的"精神",是一种推动人类进步、统合、向善、向上的力量。一种内在的自我组合力。德日进说这不是他的臆造,而是宇宙内在运动的方向。[1]

意大利当代哲学家、美学教授阿甘本(Giorgio Agamben)在人类的诞生、人性对动物性的超越等问题上看法与德日进相近。但是,德日进是一位乐观主义者,他那宏大的宇宙精神学说坚信人类终归要走向神圣光辉的顶点。阿甘本则是一位忧患主义者,他担心现代人已经偏离进化的轨道,科学技术的滥施与物质消费的沉溺将使人倒退回动物,甚至成为非兽非人的怪物。[2] 事实可能更接近阿甘本的判断,自我膨胀的现代人悖逆了精神运动的方向,打乱了精神圈的秩序,污染了精神圈的圣洁,持续发展很可能已经走进死胡同。

以科学技术为武器的工业革命对自然的节节胜利,使人类的占有欲极度膨胀;由物理学世界观衍生的经济决定论把人对物质财富的拥有看作是拥有幸福的唯一源泉。于是,在本来属于精神空间、心理空间的活动领域,已被物

---

① 参见[法]德日进:《人的未来》,贵州人民出版社 2018 年版,第 169 页,第 190 页,第 213 页。
② 参见[意]吉奥乔·阿甘本:《敞开:人与动物》,南京大学出版社 2019 年版,蓝江译序第 26 页。

质和金钱淤积填塞。一些不能够用数学、物理学标定、核算的价值观念,比如友谊、爱情、正直、诚实、自尊、自信、崇高、敬畏,或者以其无用而被抛弃,或者以其有用而被金钱收购。人类精神的火炬在物质的滔滔洪水中暗淡下来,现代人在消耗了巨量的物质与财富的同时,反倒引发许多严重的问题。巨量的冗余消费正在迅速耗尽地球宝贵的自然资源,制造出有史以来最严重的生态灾难;高消费引发的生产竞争、市场竞争、金融竞争,已经在人与人、国与国、民族与民族之间注入"仇恨的福音";物质主义、消费主义致使现代人类精神萎缩、心灵干涸。当人类在拼命消耗宇宙间的"物理能"时,人类自身内在的"精神能量"却日益贫瘠,生活中的诗意荡然无存,生活品位在日益低俗化。在新旧世纪之交,西方的思想家史华慈、中国的思想家王元化都对"脱缰野马般失控的消费主义与物质主义"表现出深深的忧虑,在他们的生命弥留之际,几乎同时发声:"消费主义造成的精神真空将席卷整个人间世界,这个世界不再令人着迷。"

美国当代作家詹姆斯·莱德菲尔德(James Redfield),在他的小说《塞莱斯廷预言》中,警策地向美国民众指出:人们对物质生活的关切已演变成一种偏执。我们沉湎于构造一种世俗的、物质的安全感,来代替已经失去的精神上的安全感。我们为什么活着,我们的精神上的实际状况如何,这类问题慢慢地被搁置起来,最终完全被消解掉。现在该是从这种偏执中觉醒,反省我们的根本问题的时候了。[①]

阿尔·戈尔指出:我们对地球以及社会生活的体验方式是由一种"内在的生态规律"来控制的,现在的问题是,在"科学和技术革命"的冲击下,人类的这一"内在生态规律"严重地失去了平衡,人们在"物"的丰收中迷失了"心"的意向,更深层的生态危机发生在人的精神领域。他断言:"环境危机就是精神危机。"[②]需要培养一种崭新的"精神环保主义"![③]

---

① [美]詹姆斯·莱德菲尔德:《塞莱斯廷预言》,昆仑出版社1996年版,第29页,第31页。
② [美]阿尔·戈尔:《濒临失衡的地球》导论,中央编译出版社1997年版,第2页。
③ [美]阿尔·戈尔:《濒临失衡的地球》,中央编译出版社1998年版,第191页。

现代工业社会超速发展的三百年，人类在一手造成了地球生物圈种种危机的同时，也给地球精神圈遗留下种种偏执和扭曲、空洞和裂隙。人类精神的偏执、破碎，导致地球生态系统的失衡、断裂；而地球生态的恶化，则又加剧了人类精神的病变，这就是人类纪的人类面临的凶险的顽症！

英国历史学家阿诺德·汤因比明确指出："要根治现代社会的弊病，只能依靠来自人的内心世界的精神革命……唯一有效的治愈方法最终还是精神上的。"①

中国"五四"时代的启蒙思想家杜亚泉虽然并不具备清晰的生态学理论知识，面对刚露端倪的消费奢侈化，就发出警告："吾国之鹤，已毙于物质的弹丸之下矣！"②杜亚泉不相信仅仅依靠"科学"与"实业"就可以救中国，继而提出"精神救国论"："盖近数十年中，吾国民所得倡导之物质救国论，将酿成物质亡国之事实，反其道而蔽之，则精神救国论之本旨也。"③

1924年春天，印度诗哲泰戈尔来中国访问，也曾发表"精神救世"的宏论。他告诫中国年轻人：物质文明就好比食物，精神文明相当于阳光，阳光不能当饭吃，但没有了阳光也就长不出健康的食物，对社会发展起到指导作用的应该是精神而非物质。④泰戈尔还一再表白自己的心迹，他希望在人间建设一个"理想时代"，这是一个超越了现代社会、注重精神生活、注重"道德培育"与"灵魂修养"的时代，一个"精神战胜物质"的时代。⑤

一些建设性后现代学者也指出：人类面临的生死存亡，主要还不是外部环境的极限，而是人的内在限度引发的管理失当、恶性竞争、刚愎自用、鼠目寸光，社会生态被严重扭曲。这些学者希望把文化因素、精神因素置入当代社会

① ［英］汤因比、［日］池田大作：《展望二十一世纪》，国际文化出版公司1985年版，第566页。

② 许纪霖、田建业编：《杜亚泉文存》，上海教育出版社2003年版，第366页。

③ 同上，第33页。

④ ［印］达斯（S. K. Das）：《泰戈尔：在中国的讲演》，转引自王邦维、谭中主编：《泰戈尔与中国》中央编译出版社2011年版，第93页。

⑤ ［印］泰戈尔：《巨人之统治及扑灭巨人》，《晨报》1924年5月11日。

面临的生态问题之中，从而使"生态学"闪烁出精神的光辉，使"后现代"映照上理想的色彩。

文学艺术，作为人类内在的一种情感活动、想象活动、精神创造活动，作为人类言语符号活动的一个特殊场域，显然是"精神圈"的重要组成部分，修补地球"精神圈"，无疑也应当是文学艺术在人类纪的使命。拉兹洛认为，文学艺术活动与美学经验能够帮助人们恢复在追逐财富与权力过程中丧失的整体意识。

文学是什么？文学就是良心，就是同情，就是关爱，就是真诚，就是你的呼吸、你的心跳，你的眼泪、你的笑容，就是你的不着边际的想象、不切实际的憧憬。语言是人类存在的家，而"诗"就是语言存在的家。文学性就是诗性，那是人类原始生命的出发点，同时也是人类精神提升的制高点。不幸的是，沉溺于尖端技术和市场经济中的现代人，已渐渐丢弃了自己出发时的故乡家园，也已经渐渐迷失了自己曾经神往的崇高理想。唯有发自人类生命"最深处"与"最高处"的文学、诗歌以及其他艺术形式，才能为滞留在中途的现代人回溯人性的源头、展望人类的前程。那才是人类完善完美的生存。

文学艺术，并不只是一种职业一门技能，还应当成为一种人生态度，这意味着独立自主、自得其乐、自我完善。艺术还应当成为一种生存境界，一种流连忘返，沉迷陶醉的高峰体验。艺术本质上是肯定、是祝福，是生存的神话，是人们的自我救治、自我保健。无论你从事的是什么职业，国家总理、公司经理、大学教授、工程师、泥瓦匠、理发师、厨师、饭店服务员、摆地摊的小商贩、种庄稼种菜农民，只要你能够走进这样一种人生境界，你的生命就是富足的、健康的、美好的、充满诗意的。在我看来，这就是文学艺术的生态学价值，也是文学艺术为人类提供的最高价值。依旧是海德格尔那赞美诗一般的咏叹："在真正欢乐而健朗的人类作品成长的地方，人一定能够从故乡大地的深处伸展到天穹。天穹在这里意味着：高空的自由空气，精神的敞开领域。"①一个诗歌遭遇

① 孙周兴选编：《海德格尔选集》（下册），上海三联书店1996年版，第1234页。

冷落、遭遇鄙弃的时代，绝不是一个健全的时代、正常的时代。因而，当下的这个富足的时代注定是一个贫乏的时代。救治这个时代的精神贫乏，进而修补地球破碎的"精神圈"，不能指望什么"世界贸易组织"或"国际金融机构"，那应该是文化的使命、文学的使命，诗的使命。

诗人就是"自然人生"与"自由精神"的化身，中国伟大诗人陶渊明被誉为"诗人中的诗人"。作为对"精神救世""精神环保"的回应，多年前我选择了陶渊明作为自己的研究对象，希望将这位伟大的自然主义诗人推荐给头脑发热发昏的当代人，为当前过于物质化、功利化、金钱化的人类社会，为当下饱受攻掠、濒临崩溃的大自然，为这个精神生活日益沦落颓败的时代，召回一个率真、素朴、清洁的灵魂，一个能够召唤现代人重新体认自然、与自然和谐共处的灵魂。《陶渊明的幽灵》出版不久荣获第六届鲁迅文学奖，北京大学乐黛云教授在第一时间发来贺电说："这是我们精神共同体的胜利！"

时值今日，当现代工业化的道路已经走到尽头，当人与自然的割裂已经使得自然生态濒临崩溃、社会生态充满凶险、精神生态日渐沉沦之际，当代的一些社会精英重新举起精神救世的旗帜，希望以精神资源的开发替代对自然资源的滥用，以"艺术消费"取代一部分冗余的"物质消费"，以审美愉悦的快感取代物质挥霍的享乐，以调整人类自身内在的平衡减缓对地球日益严重的压迫，由此维护地球精神圈的健全与平衡，为人类开辟一片更为稳妥、安全、祥和、美好的生存空间。

12.5　规避"数字化"风险

写下这个标题还是 20 年前，那时我使用电脑不久，《生态文艺学》初版的二十多万字就是我自己在电脑上一字字敲出来的，比起先前手写方便多了。那时，电脑、手机、互联网还不够普及，但我还是隐约感觉到数字化时代暗藏的

风险,于是写下这一节文字:

现在的人们谈论"电脑"几乎与中世纪的人们谈论"上帝"一样频繁,由"电脑"许诺给人们的"未来世界",比"上帝"许诺给信徒的"天堂世界"还要美妙。对此,我一直心存疑虑。

不久前我看到一则消息,去年(1999 年)一年,美国的企业主仅从电子邮件的营业额中捞取了 1 270 亿美元,44 岁的美国微软公司总裁比尔·盖茨已经为个人挣得了 1 000 亿的家产,诱惑得现任英国女皇、73 岁的老太太也炒作起"网络公司"的股票生意。至此我多少有些明白,这电脑式的上帝、未来学的天堂,恐怕就是那些电脑大亨制造的神话。

我们并不否认计算机、网络通讯给现代社会带来的方便,甚至我们还可以承认这是继蒸汽机、内燃机、电动机出现之后,社会经济生活的又一次革命。尽管这样,它们也不应该成为主宰人类命运的上帝,与此相关的"数字化"的未来也不会成为人类社会的天堂。相反,"网络化"与"数字化"引出的弊端已经令人不可小觑,人类社会因此而潜埋下的危险,更不能不让人忧虑。

容易看得到的是那些"小玩闹"似的捣乱,诸如某个少年"黑客"拆解了美国五角大楼的信息密码,某个电子嬉皮士往一家超市的网站扔进大量垃圾,某个年迈的"色狼"在网上施放烟幕,网住了十五岁的花季少女。这些姑且不论,任何事物都会有它的一些负面的东西。

还有一些"隐忧",可能会闹出天大的乱子。互联网专家、美国政府顾问埃丝特·戴森女士说:"利用因特网的人的权力已经超过了他们的政府,想控制因特网发展的人,也是试图管理全世界的人。"①这个试图管理全世界而又有手段管理全世界的人如果是一个希特勒、东条英机式的人

---

① [德]《经济周刊》杂志,2000 年 2 月号。

物呢？据说，在网络时代做一个希特勒式的人物要容易得多。那么，第三次世界大战就注定将是另一种结局。就连美国总统顾问委员会主席、著名计算机专家比尔·乔伊也心事重重地说："我历来认为，制造出更加可靠、具有多种用途的软件将会使世界更加安全。如果我意识到将会出现相反的结果，那么我在道德上就有义务停止这方面的研究。我现在可以想象这一天将会到来。"①乔伊个人的研究或许可以停止，已经被打开的潘多拉的魔盒会那么轻易地被合上吗？这些可能出现的乱子尽管是要命的，但由于它只是一种"可能"，我们仍可以暂且搁置不议。

更深层的危害，可能将是针对"人性的存在"以及"人生的意义"这些领域展开的。即计算机在人类传统文化进程中造成的断裂、在人的精神世界引发的震荡。继海德格尔之后对"技术哲学"曾进行深入探究的赫尔曼·迈耶尔指出"最大的危险是通过技术帝国主义，人们被剥夺了他们的个性、自由、人性"，"现代技术不可避免地导致'意义的危机'"，与这种技术相伴随的，将是人的传统的丧失。②

由西方现代科学技术掀起的声浪日益高涨的"计算机统治""数字化生存"，很可能是自亚里士多德以来一直推进的理性与感性相剥离、逻辑与想象相排斥、认识与情绪相对峙、人与自然相对立的思维模式、行为模式的极端表现。从那时到现在，也许已经接近最后决战的时刻。从目前看，稳操胜券的似乎是"数字"与"计算机"，最后的战果是数字的逻辑形式取代人的真实的感性的生存，而且是一种巧妙的取代；计算机操纵的电脑支配绝大多数地球人类的生活、编制人生的意义，而且是模拟"艺术的"编制。实际上由跨国资本发动和推进的这场"时代变革"，即使在那些贫穷落后的发展国家中也诱发了普遍的乐观情绪，人们都在渴望着网上购

① ［美］《有线》杂志，2000年4月号。
② 转引自［荷兰］舒尔曼：《科技时代与人类未来》，东方出版社1995年版，第142页，第146页。

物的便利,等待着网上旅游的乐趣,祈盼着网上交友、恋爱、甚至进行所谓"性抚摸"的激动,向往着早一天住进天堂般、仙境般由电脑操纵的"电子小屋",所有这一切显得比当年的宗教信徒还要虔诚。一些高智商的软件编制专家向信徒们许诺,不久的将来,数字网络和微型电子装置将覆盖整个地球,一切人、一切物都将通过网络连接在一起,人类将住进另一个由网络制造的时间和空间,学校将不存在、教室将不存在、舞台将不存在、钢琴将不存在、画布将不存在,一切有体积有重量的东西都不存在。你只在网络上就能看到老师、找到朋友、读到小说、欣赏到舞蹈和戏剧,如果你高兴的话,也可以亲自画出油画、弹出钢琴,当然,那都不再是实体,而是一些由数字操纵的电子束制作出的光线、声响、色彩,一个虚拟的世界。

电脑专家们只是闭口不谈,在这样一个虚拟的世界里,人生还会是真实的吗?人性还会是实在的吗?况且,这还是一个由他人通过软件程序的编制安排下的一个虚拟!

当年,我采编的这些潜在的问题还都是外国的,是可能存在的。二十年过去,这些问题都已经像沙尘暴一般,席卷全球,横扫神州大地。据权威部门统计,由于网络技术不断更新换代,日益深入经济与社会生活,数字化由此进入"井喷"时代。截止 2020 年 12 月,中国网民规模为 9.89 亿,人均每周上网时长 26.2 小时;手机网民规模为 9.86 亿,网民中使用手机上网的比例为99.7%。2020 年全年,移动互联网接入流量消费达 1 656 亿 GB,手机上网流量达到 1 568 亿 GB。事实证明,数字化、网络化已经成为资本运营与权力操控的工具。北京大学新闻与传播学院胡泳教授指出:"二十年前,我们对互联网所怀抱的种种乌托邦式的幻想,包括全人类知识的共享、观点和视角自由交流的市场、四海之内皆兄弟的友谊,到如今似乎都已渐渐转为噩梦般的威胁,比如虚假信息、信息茧房、网络成瘾、极端主义、仇恨言论等。"问题已经不是预估的风险,而成了现实的灾难;深受其害的人们已经无可规避,而是奈何不得。

我没有这方面的专门研究,即从日常生活中感觉到的一些事,也足以触目惊心了。

网络暴力的滥施,从人肉搜索到匿名攻击,人人都可能成为被攻击的对象,人人都可以成为攻击者,社会充满暴戾之气。大数据令人无所遁形,身陷囹圄;在战场上,卫星定位系统可以实施精准打击,千里之外取人首级。

互联网为电子诈骗大开方便之门,较之传统诈骗手法多变,防不胜防,成本极低,危害甚烈,行为隐秘,破案不易,严重地毒化了世道人心。据中国公安部公布,2016 年破获的电信诈骗案件有 11.9 万多起,抓获了 8.8 万多犯罪分子。

社交媒体的普及,让网络成为不同人群相互羞辱谩骂、攻击打压的格斗场。看似众声喧哗,往往是瓦釜雷鸣、正不压邪、小人得志、劣胜优汰。至于贪官勾结奸商,操弄网络散布谣言、蛊惑人心、打压异己、分裂族群,则是一般百姓难以窥测与想象的。

互联网产业化、商业化、垄断化正在以信用卡、支付宝、外卖、团购、物流等方式迅速占据国计民生的各个领域,欲望刺激、冗余消费、物质损耗远远超过传统的商业运营。"无形之手"伸向各个家庭日常起居的所有方面,在你享受无微不至的关切的同时,你已经成为资本奴役与驱使的劳工。

最令人担忧的,还是互联网、大数据给人类的精神生态带来的污染与戕害。如今青少年学生的课外阅读、民众的业余学习多半来自互联网,在流量经济的诱导下,"快餐式文化"成为国民"精神食粮"的主要来源,戏剧性、争议性、娱乐性、消遣性、猎奇性甚至暴力、色情话题总是吸引更多的"眼球",严肃认真的阅读、独立自主的思考、深度缜密的探究为"碎片化阅读""巨量书写""高频交流"取代。我每天打开电脑,荧屏首页照例是几条政治宣传文字,接着便是扑面而来、躲闪不及的八卦、绯闻、谎言、段子、杂趣、秘事、电子游戏、广告倾销。精神文化的空间化为一地鸡毛、一潭浑水。我常想,我们难道就用这些东西来"喂养"我们的民族？长此下去，人就不能不变为阿甘本所说的"怪物"。

互联网冲击掉的恰恰是作为人的内在根基的"思的状态"，亦即生命的天真、自然的状态。对于诗人、作家、艺术家来说就是丢失了自己对于天地万物本能的亲近体贴，对于审美现象天真的体验感悟，对于文学书写、艺术创造倾之身心钟情眷恋。

面对这个缤纷斑斓、瞬息百变的数字化虚拟世界，我在这里更愿意强调一下艺术感性与质感的魅力，文学艺术活动与人、与自然亲密的血缘关系。

李白、杜甫的诗歌，不只是一些字符音节、句式语义，它们还是中国独特的象形文字，它们还是李白、杜甫独特的人生阅历、微妙的体验、鲜明的个性、饱满的情绪；它们最好应当用湘妃竹作杆、鸡狼毛作锋的毛笔，用松木油烟作墨、用端溪之石作砚，用王羲之的行草书法书写在洁白柔韧的宣纸上，再钤上以寿山石治印、以朱砂粉作泥的篆章，经过装裱匠人的一番劳作，庶几才能够真正视为唐代大诗人李白、杜甫的作品。

以此类推，画油画，一定要画在亚麻织成的质朴的布面上；画国画，最好用那些由植物或矿物制作成的颜料：花青、藤黄、石绿、石黄、朱砂、赭石、胭脂；唱"信天游"，最好是站在陕北黄土高原秋日的蓝天、白云下；泥塑，就一定要弄上两手黏黏的泥水；木刻，就一定要看到刀下"噌噌"的木屑；烧陶，就一定要亲手把泥坯送进燃烧着的炉窑；打铁，就要挥起臂膀抢起大锤在砧子上砸它个火花四溅！此时的审美给予人的是一种切实的、感性的、情绪的、亲历的、整体的、浑然的、从大脑皮层到手指尖及脚后跟的全方位体验。这时，艺术作为人的一种生命本真的活动，才显示出它救治文明偏颇、人性干涸的无穷魅力。在面临"互联网""数字化"带来的新的风险和灾难的当下社会，唯一可以救助人类的，恐怕就是人类天性中蕴含的这种审美冲动、审美体验与文学艺术的创造精神了。

在《超越语言》一书中，我曾经说过，人类的思维曾经在原始的幽晦不明的状态中持续了许多万年。后来，思维便在语言的层面上出现了第一次岔道：一条道路的路牌上标写着"心灵性""情绪性""意象性""游移性""模糊性""直觉性"；另一条道路的路牌上则铭刻着"概念性""逻辑性""实证性""确切性""稳定性"。一是艺术思维的语言，一是科学思维的语言。人类进入近代社会以来，由于科学技术给人类社会带来了巨大的福祉和利益，科学技术的行为方式也日益增值、倍受人们推崇，而人类的艺术潜能、艺术冲动、艺术欲求渐渐被当做原始落后、幼稚荒谬的东西受到冷遇。"计算机""大数据"只是大大推动了人类社会在这条单行道上疾驰的速度。一切偏离与风险都是早已经潜埋下的。

许多人希望在这条标志着"科学技术"的单行道上跑得快些、快些、更快些，问题或许就会解决。这未免有莽撞之嫌，欧洲有句成语："人越是在迷路的时候跑得就越快"。况且，整个人类的命运、自然的命运也是不好拿来给"科学"做尝试的。

我同意荷兰学者舒尔曼（Egbert Schuurman）在《科技时代与人类未来》一书中的建议：

> 除非人们普遍允许他们的精神繁荣的利益取得优先于物质繁荣的利益的地位，否则所有将被提出来用以防止计算机统治的措施都不会有任何真正的效果。①

文学艺术是"精神繁荣"中最容易显示成效的一个方面，高扬"文学艺术"的精神价值，也许是我们规避"计算机统治"、化解"数字化风险"的智慧的选择。

到头来人们会发现，诗歌、艺术也许比数字更可爱，更有价值。

---

① ［荷兰］舒尔曼：《科技时代与人类未来》，东方出版社1995年版，第378页。

第13章 文艺批评的生态学视野

    评论家在纷纭复杂的文艺现象中能看到什么,取决于他的视野;而视野又为他的观念所决定,其中包括他的宇宙观、世界观、文艺观。

    不久前我写了一本评论蒲松龄的《聊斋志异》的书,①在写作过程中我发现以往的学者几乎都是在社会政治领域解读《聊斋》,强调作品的人民性、阶级性、斗争性、进步性。高度评价蒲松龄借助花妖狐鬼故事反映了封建统治者的专横跋扈、揭露了封建官僚制度的贪腐邪恶、抨击了封建科举制度的荒谬与残酷。同时也表达了人民群众的愤怒心情与复仇心理,歌颂了人民群众反对封建礼教、追求理想爱情的美好愿望。这些研究成果显然受到以往时代精神、政治氛围的左右,至今仍然拥有一定的现实意义。

    几乎没有哪位学者从生态学的视野评论《聊斋》,我自己读了一辈子《聊斋》,也只是在从事生态文艺学研究之后才开始从生态批评的视野重新解读这部中华民族的文学经典。

    由于拥有了生态学的观念,有了生态批评的视野,于是我在《聊斋》的字里

---

① 鲁枢元著:《天地之中说聊斋》,中州古籍出版社 2022 年版。

行间,在蒲松龄的文学创作生涯中,处处都看到了"生态"。如"天地与我并生,万物与我为一"的有机整体宇宙观;善待万物,并不单以人类的尺度衡量万物存在的价值观;蒲松龄并没有现代人那种"人类中心"的观念,而总是站在"宽容、厚道"的立场上善待其他物种;他从不曾像利奥波德那样对"大地伦理学"做出过周到的论证,但他深知乡土与田园是他安身立命的根基,也是生灵万物相依共存的家园。他不具备现代生态女性主义的理念,却能够以"温和、柔软、博爱"的心肠与女性相知相交。

蒲松龄是一位扎根于乡野民间、生长于皇天后土之中的杰出文化人;《聊斋志异》是一部写在天地大屏幕上的文学巨著,书中人类与其他动物、植物悲欢交集、生死与共的故事,正是中华民族传统生态文化菁华的艺术呈现! 一部《聊斋》,不但是属于人类的,也是属于大地旷野的,属于生灵万物的。《文心雕龙》里写道:"文之为德也大矣,与天地并生者何哉!"《聊斋志异》的伟大,是因为它是与天地并生的精神之花,是蒲松龄的"生态精神"绽开的文学奇葩。

我对蒲松龄及其《聊斋志异》的生态文艺学的解读,倒是在两位著名作家这里得到印证与支撑,他们都是《聊斋志异》的忠实读者、蒲松龄的追慕者、继承发扬光大者。

一位是蒲松龄的山东老乡莫言,荣获诺贝尔奖之后满世界讲《聊斋志异》,他说对他影响最大的不是马尔克斯而是蒲松龄,蒲松龄是一位古代环保主义者,《聊斋志异》排斥"人类中心",提倡爱护一切生物,告诫人类不要妄自尊大,要在大自然中学会与其他生物平等共处。

一位是我的河南老乡阎连科,他断言:《聊斋志异》的伟大在于写"乡土",几乎所有聊斋中的经典故事都离不开乡村的荒野、茅舍、明月、蒿蓬。书中支撑起整体建构的狐狸、鬼怪和异物,皆来自林野与荒郊。蒲松龄的文学创作触及世界生态运动中的核心——"人与大地的关系""生灵万物与大地的关系",充满大地伦理学的精义。

至于这两位作家为什么能够深刻感触到《聊斋》的生态意蕴,这是因为他们都出生在农村的贫寒之家,自幼割草放牛、捡粪拾柴火,养育他们的是旷野中的山川土地,他们与蒲松龄是血脉相连的。这或许又是一个生态文艺学研究的课题。

在这一章里,我们对生态批评的来由、内涵、尺度即未来的走向做一些分析,仅供大家从事生态批评实践时参考。

13.1　自然的缺席

众所公认,20世纪是一个文艺理论极为繁荣的时期,各种各样的"学说""主义"令人眼花缭乱,种种文艺思潮、文艺流派如江河四溢、汹涌澎湃。有人统计过,在20世纪产生过一定影响的文艺主张就有百种之多,诸如:形式主义、结构主义、象征主义、表现主义、未来主义、立体主义、印象主义、实验主义、实用主义、超现实主义、新写实主义、功能主义、新理性主义、达达主义……20世纪80年代,曾经有两部介绍西方文学批评流派的书在中国文坛产生过广泛的影响,一本是英国学者杰弗逊(Ann Jefferson)编著的《现代西方文学理论流派》,一本是美国著名文学理论家韦勒克撰写的《西方四大批评家》。韦勒克选为代表的四大批评家是克罗齐、卢卡奇、瓦莱里、英格尔登。四个人可以分为两大类:前两位属"内容派",侧重从作家艺术家的心理状态和文学艺术作品反映的社会生活内容来揭示文学艺术的奥秘;后两位属"形式派",希望从语言符号、形式结构方面阐释文学艺术的属性。杰弗逊列举的文艺批评流派"俄国形式主义批评""现代语言学批评""英美的新批评""结构主义批评""精神分析批评""马克思主义的批评",其中精神分析批评属心理学批评,马克思主义的批评主要是社会学批评,这两种批评流派都注重文学艺术所表现的内容:或人的主观心灵世界,或社会现实生活。"形式主义批评""语言学批评""结构主义批评"都倾向于把文学艺术作品看作一个封闭自足的系统结构加以研究,批评的对象是符号与符号之间的关系、叙事的方式、结构的功能。"英美新批评"则介于二者之间,侧重于从"文本"自身出发通过"细读"发现作品所拥有的意义。在这两本书被介绍到我们国内以前,长期在我国文艺批评界中占主导地位的基本上是一种"社会政治批评",把文学艺术看作现实社会生活的反映,看作一种用形象的手法反映现实社会生活的意识形态。而"现实生活"又被明确地圈定在"阶级斗争""生产斗争""科学实验"的范围内。在这样的批评框架中,"自然"在最好的情况下是充当人类进行创造历史活动的舞台,更经常的则是作为"攻克"和"夺取"的对象。

通观以上这些广为流播、影响巨大的批评流派,它们批评的视野内有语言、符号、形式、结构、文本、文体,有阶级政治、生产劳动、科学技术、意识形态,甚至还可以包括进读者、观众,却唯独没有了"自然"。无论是在"社会生活",还是在"人的心灵"中,还是在"艺术的结构"中,"自然"都缺席了,成了一个近在眉睫的"盲点"。

不错,在这些流派出现之前,曾经有过以丹纳为代表的"自然主义批评",而丹纳很快就成了人们嘲笑的对象,他的学说被认为是一种"陈旧的""过时的"理论。后来,又曾出现过过托马斯·门罗的"新自然主义",遗憾的是门罗与丹纳一样,都在赞美"自然"的同时,又把"自然"关进实证主义、实用主义、科学主义的牢笼里面,这反而又成了人们贬抑"自然主义"的把柄。其实,俄国形式主义批评与英美新批评的实证主义色彩也是很浓重的,在现代文艺批评的王国内却比丹纳、门罗的自然主义享有高得多的声誉。说到底,人们对"自然主义文学批评"的冷淡恐怕还是出自人们对"自然"的漠视。而"新批评派"们对形式、文体、技巧这些实证、实用性的"人工"项目的热衷,却成了人们争相效仿的楷模。这或许真如丹尼尔·贝尔指责的:"甚至艺术也变得像高技术一样:文学中的新批评在小说大师们追求技巧革新的情况下应运而生;对表面和空间予以新的强调的抽象表现派绘画也表现出自己的复杂意向。"①由此看来,"自然"在文学批评中的缺席,也是20世纪痴迷于高新技术的那种时代精神造成的。在科学技术耀眼眩目的光芒下,曾经容光焕发的"大自然"在文学艺术家的目光中早已经黯淡下来。"自然"被"科学"从文艺批评界放逐出去,不要说批评家,就连一些在文坛上负有盛名的小说家,也不愿意为"自然"多写几个句子。

到了20世纪后期,随着人类面临的生存困境日益紧迫,纷纷扬扬的"纯粹文学批评"的尘埃或泡沫渐渐落定,文学批评开始走出"批评的实验室",走进现实世界来,正如美国批评家米勒指出的:

> 事实上,自1979年以来,文学研究的兴趣中心已发生大规模的转移:从对文学作修辞学式的"内部"研究,转为研究文学的"外部"联系,确定它在心理学、历史或社会学背景中的位置。换言之,文学研究的兴趣已由解读(即集中注意研究语言本身及其性质的能力)转移到各种形式的阐释学解释上(即注意语言同上帝、自然、社会、历史等被看作是语言之外的事物的关系)。②

这位米勒先生还多少带着些偏激情绪对喧嚣一时的"新批评"进行了"秋后算账":"新批评灾难性地缩小了文学研究的范围。"新批评对于解读行为的过分苛刻的要求,令人一想到阅读和欣赏就畏葸不前,就精疲力竭。

自20世纪70年代以来,那些精致的模式化批评走上"极致"之后,批评的视野开始转移到符号与文本之外的广阔天地之中,在这次"大转移"中,涌现出以凯伦·沃伦为代表的"女性主义批评",以萨义德(Edward W. Said)为代表的"后殖民主义批评",以福柯为代表的"文化心态史批评"和以马尔库塞为代表

---

① [美] 丹尼尔·贝尔:《资本主义的文化矛盾》,生活·读书·新知三联书店1992年版,第144页。
② 转引自[美] 拉尔夫·科恩编:《文学理论的未来》,中国社会科学出版社1993年版,第121页。

的西方马克思主义美学批评。这些批评运动或从性别的角度审视工业社会对人的自然天性的压抑、剥夺;或从捍卫民族文化的立场抨击所谓"世纪经济一体化"的殖民主义本质;或揭露资本主义的理性观念、秩序法则对人的自由与尊严的戕害;或高扬艺术的批判精神抵制人的异化、解放人的本能,恢复潜藏在艺术和审美中的创造性和超越性,从而建设一个真正美好的理想社会。上述这些批评虽然并不就是"生态学批评",但在它们的批评锋芒闪烁处,已经开始重新恢复"自然"在批评中的位置,已经为"生态学批评"扫平前进的道路。马尔库塞作为海德格尔的高足,就曾在《审美之维》中为"自然"大声疾呼:

> 人类与自然的神秘联系,在现存的社会关系中,仍然是他的内在动力。

> 艺术通过让物化了的世界讲话、唱歌、甚或起舞,来同物化作斗争。

> 艺术不可能让自己摆脱出它的本原。它是自由和完善的内在极限的见证,是人类植根于自然的见证。

> 隐埋在艺术中的这种洞见,或许会粉碎对进步的笃信。但是,它也可以具有其他意向和其他实践目标,这就是说,在增长人类幸福潜能的原则下,重建人类社会和自然界。①

至于"女性主义批评",正如我们在前边已经指出的,早已经与"生态运动"结为神圣的联盟,重建男人与女人、人类与自然之间的公正而又和谐的关系,已经成为"女权运动"和"生态运动"的共同使命。

---

① [美]马尔库塞:《审美之维》,生活·读书·新知三联书店 1989 年版,第 223 页,第 227 页,第 245 页,第 257 页。

女性批评、后殖民批评及现代性反思的批判哲学，已经为自然的复出、自然的复魅清理了思想的空间，以人与自然为核心的生态批评运动也就应运而生。

13.2 生态理念与批评的尺度

批评，首先是一种权衡、度量，那就需要一种尺度。

在已有的文艺批评中，"真实"可以是一个尺度，"真诚"也可以是一个尺度；"英雄""崇高"可以是尺度；"荒诞""幽默"也可以是尺度；"疏离化""陌生化"可以是尺度、"老百姓喜闻乐见"也可以是尺度。现在，"畅销"甚至也可以成为一个尺度了，成为一些批评家或褒或贬的口实。

尺度的后边是理念，即批评者对于批评对象的意义的定位。而理念的获得，则又是基于批评者对批评对象的价值所做出的判断。那么，就让我们先来看一看"生态""大自然"在一个生态文艺学批评者心目中的意义和价值吧。

在我国当代的美学教育中，人们始终被告知：美，包括自然美在内，都是人类社会实践和社会生活的产物，"自然无所谓美丑，因为自然的美丑对于人才有意义"。理由是：其一，只有人类才能够作为审美的主体；其二，自然"没有什么预期的自觉的目的"。[①] 总而言之，"美"是人类的专利。应当说，这是典型的人类中心主义在"审美领域"的表现。这两点理由其实是站不住脚的，第一点，可以用庄子式的话语"子非鱼，子安知鱼不能审美"来回答，没有多少道理可讲；第二点，事实已证明自然界中人之外的其他生物——比如某些鸟类、某些哺乳动物也会出于预期的目的，展示自己的"艺术天才"，从事自己的

---

① 杨辛、甘霖：《美学原理》，北京大学出版社 1983 年版，第 129 页。

"审美创造"。我国学术界关于"自然美"的主导思想,实则来自黑格尔对于"自然美"的贬抑,关于这一点,前边我们也已经做出过解释。

在一个生态哲学家看来,美的本质则完全是另一种情形。汉斯·萨克塞在《生态哲学》一书中明确指出:

> 美不仅是主观的事物。美比人的存在更早。蝴蝶和鲜花及蜜蜂之间的配合都使我们注意到美的特征,但是这些特征不是我们造出来的,不管我们看见还是没看到,都是美的。我们也注意到动物对美也是有感受的。恩斯特·海克尔认为蜂鸟的色彩斑斓的羽毛是与母鸟的敏感和高雅的审美力有关的。爱情使这些身上装饰着那无与伦比的羽裳。把进化中物种的产生仅仅用繁殖后代来阐述也是讲不通的……观察自然的大师阿道夫·波特曼曾经谈到过生物的自我表现,这就是实现自己的天资。①

紧接着,萨克塞又批评了"人类中心"的观点。他说:

> 把人视为宇宙的中心,这种学说虽然容易让人理解,但这毕竟是一种粗糙的推断。对自然的考察使我们详细地看到人是整体中的一个成员。整体怎能只为其中众多成员中的一个而存在,即使这个成员是最杰出者?把人类视为宇宙中心之说完全忘记了自然。②

从逻辑上讲,承认"自然美"是一种客观存在,与承认大自然拥有自己"内在价值"一致。当代的那些"深层生态伦理学家"的基本理念全都是建立在这

---

① [德]汉斯·萨克塞:《生态哲学》,东方出版社1991年版,第58页。
② 同上,第59页。

一点上的。正如罗德里克·纳什（Roderick F. Nash）在《大自然的权利》中介绍的：

> 环境伦理学的更激进的含义在于，它认为大自然拥有内在价值，因而也至少拥有存在的权利。这种观念有时被称为"生物中心主义""生态平等主义"或"深层生态学"，而且，它把一种至少是与人相等的伦理地位赋予了大自然。它的对立面是"人类中心主义"，后者认为人类是所有价值的尺度。①

比如对动物的保护，一种人认为只应当保护那些对人类有益的动物，只应当保护那些濒危的动物，为了人类的利益、或人类后代子孙的利益去维护自然生态的平衡，这种"保护"是有条件的，是功利的，是工具、手段性的；另一种人则认为万物有灵，动物有它自己的生存权利，一切有生命的东西都应当受到尊重，甚至大自然中的一切，包括山脉、河流、天空、大地在内都体现了宇宙间一种神圣的和谐，它们只对地球生态系统负责，它们的存在都应当受到尊重，它们的完整性、稳定性都应当受到维护，即使人类迫不得已要损伤到它们时，也应当怀着敬畏之心，谨慎为之，这种"保护"则是无条件的、超功利的，并且已经接近了信仰与审美的境界。于是，以"生态系统为核心"还是仍旧以"人类为中心"，就形成了环境保护运动中的"深绿"与"浅绿"的两派意见，有称作"深层生态学"与"浅层生态学"。两派的对立又是显得很严重，"深绿"指责"浅绿"是"工具主义"，"浅绿"攻击"深绿"是"反人类"，这种理念的分歧与争论时常会表现在文艺评论中，影响到对于诗歌、小说、音乐、美术、影视作品的评价。

从文学艺术的特殊性看，"深层生态学"与美学、文艺学更为接近，当然，与

① ［美］罗德里克·纳什：《大自然的权利》，青岛出版社1999年版，第9页。

怀特海、德日进、柯布这些拥有神学背景的思想家也更为接近。海德格尔也是一位这样的思想家，他曾借助荷尔德林的诗歌引发出："自然"就是"神圣"的显现，"神圣"是"自然"的本质，而作为"自然"表现出形态的天光、大地、岁月、家园就是"存在"，他的关于"存在之思"与荷尔德林的关于"自然之诗"是一致的。① 承认了自然有其存在的内在价值，其实就已经距离"万物有灵论"不远了。古老的"万物有灵论"在历遭"唯物主义""人类中心"以及现代科学技术的沉重打击后仍然没有泯灭，反而在当代生态学运动中再度"死灰复燃"，并且已经开始发出新的光和热，这多少有点让人惊奇。

旧时的"万物有灵论"是滋生于隐喻与想象的土壤中的，带有浓重的神话甚至迷信色彩。复出的"万物有灵论"，是在现代生态运动的感召下面世的，日渐深入人心的"生态精神"为其更换了新鲜的血液，使它闪现出更多的道德与审美的光辉。较之旧有的"万物有灵论"，它不再特别强调动物、植物、山石、土地、天空、河流也像人一样拥有意志和思维，而是更多地强调"大自然"是一个有机整体，受宇宙间统一法则支配。这个统一的法则，也可以叫做"自然精神""宇宙精神"，相当于东方古代哲学中的"道"和佛学中的"般若"。在这个意义上，人与自然万物之间存在着一种精神联系。

人与万物，在这个统一的生物圈、生态场中的地位是平等的，如果说人类是其中进化得最好的生物，人类就应当自我意识到这一点，自觉地发扬、巩固自然万物之间的"亲情"与"博爱"，主动地向自然万物奉献自己的敬意与爱心。道德可以帮助人类这个最有可能打乱生态系统的物种进行自我节制。为此，美国生态史学家小林恩·怀特(Lynn White Jr.)表白："我们可以感觉到我们与一条冰川、一个原子微粒或一块螺旋状星云之间的友好情谊。"② 史怀泽也曾说过："有道德的人不打碎阳光下的冰晶，不摘树上的绿叶、不折断花枝，

---

① 参见孙周兴：《说不可说之神秘》，上海三联书店 1994 年版，第 200—201 页。

② 转引自[美] 罗德里克·纳什：《大自然的权利》，青岛出版社 1999 年版，第 114 页。

走路时小心谨慎以免踩死昆虫。"①这里的怀特简直就是一位诗人,这里的史怀泽简直就是一位圣徒。用他们自己的术语表达,这是一种"宇宙的风度"和"精神的礼节"。

毋庸讳言,现代生态运动越是趋向深入,它就越是有可能与世界宗教运动并行不悖。这或许是因为生态运动所关心的根本问题越来越接近宗教曾经面对的问题,如"绝对价值"与"终极关怀"和由此生出的"神圣意义"。

"巡天遥看一千河""上穷碧落下黄泉",人们利用先进的科学技术寻遍太阳系、银河系和银河之外能够观察到的其他星系,迄今为止,像地球这样的星球只有一个。像地球这样拥有生命的星球只有一个,像地球这样进化出人类生命的星球,更是只有一个。据有人推算(尚不知根据为何),宇宙间出现生命的概率是 10 的 200 次方分之一到 10 的 400 次方分之一。② 地球拥有生命和人类,这差不多已经可以看作一种"神迹"了,而地球上的人们对此已经熟视无睹,只有那些从天外归来的宇航员,在观看了太空中过多的淡漠和死寂之后,方才感觉到生命的珍贵,能感觉到"地球拥有生命"这本身就是近乎"绝对价值"。

而日益逼近的生态灾难,使人类面临所谓"末日审判"并非只是一则宗教的神话故事。生态问题,同时也成了一个"终极关怀"的命题,而超出其他一切问题拥有的局部的、暂时的意义。美国天文学家卡尔·萨根在为那部影响巨大的电视系列片《宇宙》撰写的解说词中写道:"至今尚无迹象表明,地球以外存在更高的生命。这使我们不由得怀疑,像我们这般的文明是否总是轻率地、不可逆转地走向自我毁灭。从宇宙空间观看地球就无所谓国界了。假如地球是一个脆弱的蓝色发光体,在群星的辉映下正在衰变成一个不显眼的光点,那么种族主义、宗教主义和大国沙文主义就难以维持了。"③从这个意义上讲,

---

① 转引自[美] 罗德里克·纳什:《大自然的权利》,青岛出版社 1999 年版,第 73 页。
② 马世骏主编:《现代生态学透视》,科学出版社 1990 年版,第 1 页。
③ [美] 卡尔·萨根:《宇宙》,吉林人民出版社 1998 年版,第 325 页。

"地球生态系统"也就取得了与"上帝"差不多等值的表述。(当然,我们也不可忘记人们曾打着"上帝"的旗帜干下多少违背上帝意志的行径,今后也必然会有人打着生态名义干下大量破坏生态的事情。)尤其是当我们把生态当作一种普泛存在于自然中的"精神"看待时,生态问题就更具备了"终极关怀""绝对律令"的意义,起码是在象征的意义上,已经达到了"神圣"的品级。

把道德的基础建立在宗教、神话之上,也许并不一定就比建立在科学、技术之上更糟糕。据说,希特勒在奥斯维辛集中营里所做的惨绝人寰的"人种试验",也是以"科学"为依据的,谁能保证不会再出现一个真正掌握了现代高科技(比如遗传工程)的纳粹分子,以"科学的名义"再来一次更彻底的"奥斯维辛"呢!

现在看来,关于生态学的理念,与其说符合科学,不如说更接近宗教和艺术。刘小枫有一则关于艺术本质与宗教精神的评论,堪称精辟:

> 一切伟大的艺术在本质上都是宗教性的;艺术是爱慕存在之荣耀的行为。如果宗教之维从艺术上消失,艺术的敬慕就必然会坠入对感官的肤浅崇拜,成为对自然性肉身的肤浅迷恋。如果艺术作品丧失了精神的维度,丧失了神圣的光照,艺术就会死亡。[①]

宗教般的信守已经给当代生态运动增添了精神的光芒,而蓬勃展开的生态运动也已经开始为宗教灌注新的活力。甚至还已经流露出这样的迹象:为了维护生态理念的纯正无误,人们将不惜对某些宗教教义做出某些重大修正。

有趣的恰恰是基督教在当代生态运动中扮演了尴尬的角色。

原因是上帝曾经纵容了人类的"自我中心主义"。在《圣经》"创世纪"第一章中明明白白记载着"上帝"的指示:"凡地上的走兽和空中的飞鸟,都必须

---

① 刘小枫:《走向十字架的真》,上海三联书店 1994 年版,第 400 页。

惊恐惧怕你们。连地上一切昆虫并海里的一切的鱼，都交付你们手中。凡活着的动物，都可以作为你们的食物，如同我赐给你们的蔬菜。"在这里，"人类中心""人类至上"、人与自然的对立、对抗，以及"荒野"与"天堂"的对抗(实为自然与城市的对抗)全都是被这位"上帝"敲定了的。恰恰是在基督教徒们看不上眼的东方古老宗教中，或是在一些被称作"愚顽不化"的美洲、非洲、澳洲的土著民族的宗教或神话里，人与自然之间反而展现出一幅更亲切、更友爱、更优美的生态图景。19世纪中叶，一位名叫西亚特尔(Seattle)的印第安人酋长就曾发布过这样一些训示："悬崖峭壁、水草地、小马，还有人，统统属于同一个家族，""所有事物都是联系在一起的，就像血缘把一个家族联系在一起一样。"①另一位名叫斯摩哈拉(Smohalla)的酋长则声明："你要我剪割草地，制成干草并将它出售，成为像白人一样富裕的人！但是我如何敢割去我母亲的头发？"②在一些西方学者看来，这些印第安人的言论与中国传统文化中"天人合一""万物一体""自然无为""赞化天地"的思想是完全一致的。于是，像小林恩·怀特这样的生态学家就决心借助东方的、原始的生态观念，来改造西方人心目中的"上帝"。怀特曾向全世界宣告，"基督教是所有宗教中人类中心论色彩最浓的宗教"，如果不反对"那种认为大自然除了为人服务而外，没有任何存在理由的基督教信条"，人与自然的关系就不会出现任何有意义的改变。③

　　生态伦理学家罗尔斯顿曾经指出：我们的价值观念是否以自然为友的？不同的评价尺度支配者我们对自己行为的思考：

　　　　一部分我们原先以为是文化中好的东西，原来是由于我们用了很荒唐的评价尺度。我们文化的一个很重要的原则，是说统治自然是对的。

---

① 转引自[美] 罗德里克·纳什：《大自然的权利》，青岛出版社1999年版，第142页。
② 转引自[美] 卡洛琳·麦茜特：《自然之死》，吉林人民出版社1997年版，第32页。
③ 转引自[美] 罗德里克·纳什：《大自然的权利》，青岛出版社1999年版，第107—108页。

由于这条原则,即使在世界观发生变化的情况下,我们也只是修改我们统治自然的理由,以维持这种伦理:统治自然的原则可以是基于一神教,也可以是以科学为基础。①

利奥波德早前就在《沙乡年鉴》中说过:"如果没有一种智识重心、忠诚、情感和信念方面的内在变化,我们的道德观上的重大变化就永远不会完成。"②在利奥波德看来,"生态意识"要比"环境保护""资源合理使用"的范围大得多,而且立场、出发点往往也是截然不同的。"生态意识"是一个将带动宗教和伦理、法律和民俗、哲学和文学艺术一起转动变化的原动力。

毫无疑问,生态意识,或生态理念中那些基本的要素,已经开始影响当代人的文学艺术创作,并渐渐成为文学艺术批评的重要尺度。

13.3　生态批评的内涵

关于"生态文艺学"的名目,我在本书的"自序"中已经做了些解释。这里还要多说上几句。对于这一用语,我所见到的国内出版的三种辞书中皆有解释,不过,它们列出的条目均叫做"文艺生态学"。

在我看来,"生态文艺学"与"文艺生态学"在侧重点上是多少有些不同的,前者的研究是落实在"文艺学"上,属于文艺学的一个分支学科;后者则落实在"生态学"上,属于生态学的一个分支学科。我们在这本书中所能够做到和已经做出的,显然属于前者。但细审三本辞书中对"文艺生态学"的阐发,与我们的研究方向并无大的差别,三本书所持的观点也比较一致,只是文字的表

---

① ［美］霍尔姆斯·罗尔斯顿:《哲学走向荒野》,吉林人民出版社 2000 年版,第 234 页。
② 转引自［美］罗德里克·纳什:《大自然的权利》,青岛出版社 1999 年版,第 87 页。另见［美］利奥波德:《沙乡年鉴》,吉林人民出版社 1997 年版,第 199 页。

述略有不同。

一是由文艺学家鲍昌主编的《文学艺术新术语词典》,其中写到:

> 文艺生态学是研究人类生存的自然环境、社会环境及其他各种因素同文学艺术进行交互作用的科学。它把人类看成是世界总生命网的一部分,人类同生存的自然环境、社会环境,在生物层上建立起来的文化层之间,有着互相影响,互相作用的互生关系……文艺生态学的基本目的,是对于自然、社会、人类、文化等各种变量同艺术生产的关系进行分析研究,找出艺术发展、艺术分布、艺术消亡的各种规律,并找出文艺生态平衡的可行办法。①

另一部是由生态学家安树青主编的《生态学词典》,文字要简略得多:

> 文艺生态学(art ecology),从人、自然、社会、文化等各种变量关系中,研究文艺的产生、分布以及发展规律的一门学科。②

第三部是由古远清主编的《文艺新学科手册》,主编也是一位文艺学家。这本书中对文艺生态学的解说更详细些,除了对概念的界定与上述两本书基本相同之外,编者还补充了一些特别有价值的见解:

> 文艺家不仅要以社会的、文化的尺度,而且也要用自然的尺度去求真、善、美。
> 关于自然环境因素对文艺的影响,文艺生态学从下列四个方面加以考察:一,文艺的产生和发展,同周围的自然生态质量有密切的关系。自

---

① 鲍昌主编:《文学艺术新学科词典》,百花文艺出版社 1987 年版,第 14 页。
② 安树青主编:《生态学词典》,东北林业大学出版社 1994 年版,第 289 页。

然生态的变化,常常会引起文化的变迁和兴衰;二,文艺创作活动与其他生命活动一样,一开始也是以自然界为对象的。这种亲自然的倾向,至今还保留在创作活动中;三,自然环境因素对社区作家群的形成,对作家、艺术家的作品形成独特的艺术风格和风貌,有很大影响;四,自然环境对社会读者、观众的审美情绪和审美情趣也会发生影响。①

其中"安本"因过于简略且不作评论;"鲍本"与"古本"对于"文艺生态学"的注释似乎表现出一个共同的倾向,那就是把"生态问题"仅仅局限于"环境问题",而"环境"所"环绕"的主体和中心,当然还是"人类"。与当前生态学的发展趋势相比,其"人类中心"的意味还是比较明显的。另外,他们在行文中都把"文艺生态学"当作斯图尔德创建的"文化生态学"中的一个分支学科,且与"文化生态学"同时兴起于 20 世纪 40 年代至 50 年代,那恐怕也是一种望文生义。生态文艺学至今仍处于艰苦的草创时期,而它从尼采、怀特海、德日进、贝塔朗菲、海德格尔、梭罗、利奥波德这些哲学家、美学家、生态学家那里汲取的营养,要多于斯图尔德。

至于"生态批评",按照国际上通常的用法,一般指的是"关于文学的评论与研究",我在本书中将其范围扩大了,以文学为主,同时会涉及其他艺术门类,甚至还外溢到整个人文领域。用严格的学术规则衡量,这当然是不严谨的。不过,虑及生态学自身的多元化、包容性、跨学科现实,我的"违规"也许还是可以理解的。

加拿大英属哥伦比亚大学教授加拉德(Greg Garrard)在其《生态批评》(Ecocriticism)一书中,对"生态批评"所下的定义是:"在人类文化史的长廊中,通过对'人类'这一概念的批判性分析,来研究人类和非人类的关系。"他还说生态批评的内涵是"将'生态学中的问题'转换成'生态问题',前者属于科学

---

① 古远清编:《文艺新学科手册》,华中理工大学出版社 1988 年版,第 51—52 页。

的领域,而后者则属于社会、文化领域。"①他说这应该是"生态批评"最广义的概念。我想,我在本书中使用的"生态批评",就其内涵而言,也该属于这一宽泛的概念。

"名"与"实"的贴切相符总是很难的,重要的还是内容。本书中关于生态文艺现象以及文化现象的研讨,已经断断续续说了许多话,这里我想试一试梳理一下前边讲述过的内容,看能否从中得出一些梗概,作为这门学科建设的共识,同时也作为开展生态文艺批评可兹参考的前提:

一、自然万物之间存在着普遍的联系,大自然是一个有机统一的整体,有着它自己运动演替的方向。从日月、星辰、风雨、雷电、山川、河流、森林、土地,到包括人类在内的一切有生之物——动物、植物、微生物,都是这个整体中合理存在的一部分,都拥有自己的价值和意义,都拥有自身存在的权利。最终,它们只服从那个统一的宇宙精神。

二、人类是地球生物圈内进化阶梯上提升速度最快的生物,在有限的范围内或许可以说"人是万物之灵",但这只能意味着人类对于维护自然在整体上的和谐、完美担当着更多的责任,而不应成为它为了一己的利益,尤其是为了那些已经显得很不正当的利益去无度地劫掠、挥霍大自然的根据。

三、人类目前面临的巨大的生态灾难,完全是人类自己一手造成的。生态恶化决不仅仅是自然现象,自然生态的恶化与当代人的生存抉择、价值偏爱、认知模式、伦理观念、文明取向、社会理想密切相关。自然领域发生的危机,有其人文领域的深刻根源。生态问题,决不单单是一个技术或管理问题,更是一个伦理问题、哲学问题、信仰问题,同时也是一个诗学的、美学的问题。

---

① Greg Garrard：*Ecocriticism*, Routledge, 2011 - 8 - 25；ISBN：9780415667869.

四、不能忽视人的自然性，人与自然的一体性。人类依然是自然之子，大地依然是文学艺术创作的源泉，大地的真实存在只有在诗性的语言中得以显现。现代社会中自然的衰败与人性的异化是同时展开的。人与自然的冲突不仅伤害了自然，同时也伤害了人类赖以栖息的家园，伤害了人类原本质朴的心。呵护自然同时也是守护我们自己的心灵。如果我们不能以同情的、友爱的、审美的目光守护一块绿地、一泓溪水、一片蓝天，我们也就不能守护心中那片圣洁的真诚、那片葱茏的诗意。

五、绝不能把"全球化"单单看作"全球经济一体化"，更不能为了"全球经济一体化"继续破坏"全球生态一体化"。现代社会生态状况的严重失衡，不但表现在自然生态的失衡，还表现在文化生态、精神生态的失衡。人类社会的健康发展，光有资本和市场不行，还必须有高于资本和市场的"绝对需要""最高使命"，那就是地球生态系统的安全与完整。文学艺术既不能屈从于权力的淫威，也不该一味听命于资本和市场的支配，而应当在自然与社会、物质与精神、资本与人性种种"二元对立"中发挥自己独具的调谐制衡作用。

六、人类的精神不仅是"理念"、"理智"或"理性"，还是人性中一心向着完善、完美、平衡、和谐的情绪、意向和憧憬，它甚至也不只局限于人的意识，它同时还是宇宙间一种形而上的真实存在，是自然的法则、地球生物圈的生机与活力。随着"人类纪"的到来，人类的精神已经成为地球生态系统中的一个重要的变量，精神生态已成为地球生态系统中的一个重要的组成部分。艺术的价值在于它的精神的价值，真正的艺术精神应认同于生态精神。艺术的生存，或曰诗意的生存，是一种"低物质消耗的高品位生活"，是人类有可能选择的最优越、最可行的生存方式，有望重建人与自然的本真关系。

七、生态时代的文艺批评是一种理想主义的文艺批评，忧患中不丧失信念，悲凉中不放弃抗争，绝路上不停止寻觅，志在"重建宏大叙事，再造深度模式"。现代社会爆发的世界性生态危机,其实就是以启蒙理性为核心的西方主流文化思想的危机。在矫正西方现代文化灾难性倾斜的同时,深入发掘中国传统文化中的生态精神,从而建设生态时代的新的美学、新的文艺学是完全可能的。

八、生态批评是一种更看重内涵的文艺批评,它决不只是一些概念、规则、结构、模式,它更是一种姿态、一种情感、一种体贴和良心、一种信仰和憧憬。美国生态史学家小林恩·怀特曾说:"我们可以感觉到我们与一条冰川、一粒亚原子微粒或一块螺旋状星云之间的友好情谊。"伟大的史怀泽也曾说过:"有道德的人不打碎阳光下的冰晶,不摘树上的绿叶、不折断花枝,走路时小心谨慎以免踩死昆虫。"那是一种"精神的礼节"和"宇宙的风度"。那也应当是生态批评家们应当具备的品德和风度。

九、与生态批评结为紧邻的,该是女性批评、后殖民批评。当然,生态批评并不拒斥包括形式主义批评在内的其他各种类型的文艺批评,因为生态学的一个基本原则就是"多元共存"。生态批评反对的只是粗暴的工具主义和贪婪的功利主义,那是因为它们同时也是生态精神的腐蚀剂,是一种窒息人类审美发现与艺术创造的毒化剂。[①]

13.4　绿色学术的话语形态

按照亚当·斯密的说法,现代学科的分类是由工业社会的劳动分工促成的,幕后的推手是生产的效益与资本的利润。以理性主义为核心的现代科学技术变成了工业社会政治经济运作的基石,现代科学技术所依赖的概念思维、逻辑分析、严格的学科界限、清晰的专业分工也就成了这个时代崇尚的认知方

---

① 原载《学术月刊》2001 年第 1 期,略有订正。

式与思维方式。现代社会通用的学术规范,无疑也是在这一时代背景之下建立起来的。

自西方启蒙运动以来,在科技革命巨大成功的刺激下,"科学主义"之风吹遍学术界的各个领域。不仅自然科学、社会科学要"科学化",在人文学科领域,"科学化"一时间也成了哲学、历史学、心理学、文艺学、美学的努力方向。自然科学学术论文的书写方式也就成了所有学术文章书写的模板。"概念清晰""推理周延""论点正确""论据确凿""论证客观""结构匀称""语言简洁",先归纳,后演绎;先分析,再判断,务求科学,不得有丝毫的模糊。学术论著的写作被视为一个高度理性的、从现象到本质的概念形而上运思过程,一个个体语言同质化的操作过程。

现代社会的学术形态,不过是牛顿物理学与笛卡尔理性主义哲学世界观固化而成的一种书写习惯。在牛顿的物理学知识系统中,人和自然都不过是一种按照固定法则和定律运转的装置或器械。这些法则和定律就是"物之理",对于这些法则定律的归纳和论证就是"科学"。人是富有理性的动物,唯有人可以认识、证实、把握这些法则和定律,首先是自然界的法则和定律,并进而利用其征服自然为人类造福。在这一知识系统中,即使是活生生的人,也必须服从严格的科学定律。知识与价值无关,知识的客观性是科学的唯一保证。"科学"就是实证,经验的实证或逻辑的实证,科学成了判定知识真伪的法官;"理性"成了获取知识、同时也营造福利的工具,甚至成了人性的全部内容。

但到了20世纪中期,人类社会历史的天幕渐渐发生根本性的转换。一种被称作"生态学世界观"的知识系统开始替补牛顿-笛卡尔式的"物理学世界观",人们的认知体系与价值观念都开始发生显著的转变。"盖娅假说"让地球拥有一个"生理性的身体",地球成了一个"活物"。贝塔朗菲断定:"生物规律比物理规律更具有普遍性。"[1]这样,我们就不应当继续使用物理学的"科

---

[1] [奥]路德维希·冯·贝塔朗菲:《生命问题》,商务印书馆1999年版,第202页。

学"定则来规约生物学、生态学的知识系统。跨世纪的生物学家埃德加·莫兰认为人类不能只有"技术的面孔""理性的面孔","应该在人类的面孔上也看到神话、节庆、舞蹈、歌唱、痴迷、爱情、死亡、放纵……",应当建立一门"人与大自然的普遍科学",这门科学应当同时包容文化领域与精神领域的问题。[①] 在这样的形势下,学术研究领域的思维方式、话语形态是否也应该做出相应的改变? 生态时代既然是一个不同于以往的新时代,是否也应该拥有适应自己时代的学术观念,学术感悟,学术体验,学术话语,学术风格,即一种新型的"绿色学术形态"。

很早以前,歌德在其诗剧《浮士德》中曾经写下"一切理论都是灰色的,唯生命之树常青"的格言。这位伟大的诗人兼思想家已经洞悉到他所置身的那个时代的"理论的弊病"。如今,在充满生机与活力、以"生命""生命活动"以及"生命与生命之间的关系"为研究对象的生态学领域,其学术形态也必然应该是青枝绿叶、郁郁葱葱的"生命体",其话语形态也应该更贴近生命,更具朝气与活力。在生态时代,彻底疗救"理论灰色弊病"的时机已经到来!

即使退一步看,生态学领域还有一条共识的道理:物种的多样性才是一个系统稳定发展、持续生长的保障。在学术研究、学术著述领域,是否也应该多几条写作的路径、多几种学术文章的形态呢。鉴于当下中国学界日益贫瘠与荒漠的学术生态,促使学术的绿化、促进绿色学术的养育,更多了一层现实意义。

在生态精神辐射到的一些学术领域,所有经典的著述似乎从来都不是灰色的,而总是生机勃勃、绿意盎然。梭罗的《瓦尔登湖》、法布尔的《昆虫记》、缪尔的《我们的国家公园》、卡森的《寂静的春天》、利奥波特的《沙乡年鉴》、史怀泽的《敬畏生命》、洛夫洛克的《盖娅:地球生命的新视野》、罗尔斯顿的《哲学走向荒野》、马古利斯的《生物共生的行星》、萨根的《宇宙》、麦茜特的《自然

---

① ［法］埃德加·莫兰:《迷失的范式:人性研究》,北京大学出版社 1999 年版,第 180 页。

之死》、波伦的《植物的欲望》、托马斯的《脆弱的物种》《细胞生命的礼赞》、戈尔的《濒临失衡的地球》，以及媒体生态学家波兹曼的《童年的消失》《娱乐至死》等等，这些影响深远的著作，显示的完全是另一种学术境界、学术风貌。在这些著述中，充满了主观视角、自我体验、个人情愫、瞬间感悟、奇妙想象，案例的举证多于概念的解析，事件的陈述优于逻辑的推演，情景的渲染胜过明确的判断，随机的点评超越了旁征博引的考据。这些看似不规范的学术著作，既深潜于经验王国的核心，又徜徉于理性思维的疆域，全都成了生态文化研究领域公认的"学术经典"，即"绿色学术"经典。

首都经济贸易大学程虹教授长期从事生态文学批评理论研究，我看到她的书里谈到一个说法：叙事学术（narrative scholarship）。她说这个说法最初是由美国内华达大学的斯科特·斯洛维克（Scott Slovic）教授提出的，是指"通过讲述故事给文学批评注入活力"，"清晰易懂的故事叙述可以产生最中肯、最动人的学术话语"。① 程虹女士对于"叙事学术"这一学术形态显然持赞赏态度。

我很同意她的看法。斯洛维克是与我交往比较多的一位西方学者，我的一位青年朋友、东南大学的韦清琦教授则是研究斯洛维克的专家，我曾就此向他请教。清琦回信说，这个"narrative scholarship"（叙事学术），当初就是他翻译的，比较拗口，其实指的是生态批评家常用的写作方略，即用叙述、叙事，来替代通常的文论写作，与"叙事学"并不一样，没有特别高深的地方。或许正是因为不"特别高深"，才被我们喜欢"故作高深"的学界专家忽略了。或许它可能启迪一个新时代学术研究话语方式的诞生，即生态时代的绿色学术话语。这个为生态批评家、理论家们钟情的"叙事学术"虽不高深，在我看来与中国古代先哲孔子的《论语》、庄子的《南华经》的文体、写作方略却是十分相似的。说《论语》《南华经》既是文学经典又是哲学经典，大概不会有争议。

---

① 程虹：《美国自然文学三十讲》，外语教学与研究出版社 2013 年版，前言 ii。

接到清琦教授的来函，我再次查证了斯洛维克的书。斯洛维克在他的这本书中写道：

> 当我在 1994 年前后首次使用"叙事学术"一语来描述我在生态批评写作上的尝试时，我是希望以叙事或者"故事"为手段，将我的批评或理论评述置于生活经验领域内。

> 与透彻的解说相结合的故事叙述，能够产生最有魅力、最犀利的学术话语。

> 我们不能让自己的学术研究退化为一种干枯的、知识分子的高级游戏，毫无活色生香可言，根本脱离了实际经验。在说故事的过程中分析、解释文学——或者讲述你自己的故事，然后再展示出与世界的接触是如何塑造你的对于文本的反映形式的。①

斯洛维克主张写作不仅要依靠头脑，还要发自肺腑，将个人化的故事叙述与学术性分析结合起来。在他看来，忽略了个人动机，忽略了个体学者开展研究的内驱力，这种研究就是有缺陷的，就是空洞的。"叙述学术"可以将情感和理性完美地结合起来，因而具备了双倍的审美说服力。

随后，清琦教授又为我补充他新近发现的一则资料："土著原生文化与西方文化的一个重要差别是：西方文明世界对于自然的知识是'表象'（representational）的，而土著文化对自然界的知识是'具象'（presentational）的。"对此，他的解释是："表象"对客观世界是一种间接的、借助符号的指涉；而"具象"则是直面世界的，与世界有着更亲近的距离甚或零距离，那是面对世界的一种图像化的描

---

① ［美］斯科特·斯洛维克：《走出去思考》，北京大学出版社 2010 年版，第 247 页，第 35 页，第 29 页。

述。会心的读者自然会从这感性的语言下边触摸到那个理性的内核。生态批评写作话语广泛采用的"叙事学术",同样也是一种更倾向于"具象"化的话语形态,是与生态学研究对象更贴近的一种写作方略,是现代学术的返璞归真。

最近,韦清琦教授又为我提供一篇有力的佐证:利奥波德写作《沙乡年鉴》时,最初设想是十三篇系列论文,然而他过去的一个学生及出版商对他施加了影响,希望他通过添加个人化的见闻轶事而亲身介入其写作。他的那位学生说,通过个人叙事来展现他本人的态度是如何发生变化的,这能使他的观念更具说服力。出版商也一再督促其使用更多的叙事策略而非说理,利奥波德最终采纳了他们的建议,《沙乡年鉴》于是便呈现出独自的生机与魅力。由此可见,偏重叙事策略应是生态学术领域由来已久的话语风格。①

综上所述可以得出这样的结论:一、叙事、讲故事也可以成为一种"研究话语"、一种"学术话语",而且是一种"犀利"的、"动人"的"学术话语";二、这种学术话语,是生态批评家"常用的写作方略",一种更贴近研究对象的话语形态。

斯洛维克在撰写他的这本《走出去思考》时,显然也是遵循了他提出的"叙述学术"这一原则的。他在与中文译者韦清琦对话时还特意提出:"我希望读你所翻译的《走出去思考》的读者能受到启示,重新思考他们对于学术写作与文学写作之间的关系的评判……所谓'叙事学术'的写作方式,实则为一种合乎逻辑的策略,用以探索文本体验、世界万事之间的联系。"②这便给生活在中国学术语境之中的韦教授提出了一个大大的难题:如果我们大学文科的博士、硕士论文全都比照"叙述学术"去写,如何能够通得过导师的审核!导师的学术论文如果揉进个人的哀乐与文学的联想,又怎能通得过学术机构死死把守的关口!不得不做出的抉择是:要么困顿牢笼,要么改变规则。

---

① 参见: Marti Kheel, *Nature Ethics: An Ecofeminist Perspective*, Rowman & Littlefield Publishers, Inc. , 2008, p. 116.

② [美] 斯科特·斯洛维克:《走出去思考》,北京大学出版社 2010 年版,第 246—247 页。

在已经来临的生态时代,我们的学生,或许还包括我们的学者、专家、教授不妨听一听梭罗的建议:人们不但要在课堂的语法教科书上学习语言,还应该向天空与大地、向田野和森林学习语言。

"绿色学术"的话语形态,应该是一种后现代的学术话语形态。其内涵与表现方式究竟如何,还有待于深入探索。

13.5 生态冲突与社会正义

从目前的情况看来,与生态问题对人类生活界、思想界造成的震撼相比,还是与世界上人们对于生态问题密切关注的程度相比,文学艺术对于生态问题的反应都仍嫌不足。这似乎与文学艺术总是关心重大题材、总是关注激烈冲突的传统并不相符。或许这是因为工业文明、商业文明已经驯化了我们大多数诗人、小说家、画家、作曲家,使他们无形中已经转移了自己的视线,甚至对于发生在自然界的冲突、上演在生态系统内的悲剧已经视而不见,无动于衷。

就当前地球生态系统中已经展现出的种种生态冲突而言,它所波及生活面的广阔性、涉及问题的复杂性、对人类精神文化领域影响的深刻性,以及对立各方斗争的尖锐性、发展趋向的不可确定性、运动变化的微妙性,既不亚于古希腊的特洛伊战争、也不亚于中国东汉末年的三国纷争,这是一场真真切切的"世界性大战"。

生态冲突由来已久。人类在地球上的出现,人与自然的对立加剧了生态冲突的上演。人类社会进入工业时代以来,人口剧增,消费日涨,生态冲突愈演愈烈,已经到了生死存亡的临界线。生态冲突的加剧,生存竞争中的道德水准下降,精神视野的萎缩,已经为人们世代追求的社会正义带来更普遍、更深重的伤害。

关于"社会正义"(social justice),早在柏拉图的对话录中就有所论辩。以往的解释总以人类的经济生活为核心,即公平并富有同情心地分配经济增长的果实,类乎"有福共享"。美国政治哲学家罗尔斯在其《正义论》中强调,社会正义涉及的两个原则是权利与义务、利益与责任的公平分配,原则的制定仍然是以人类的经济活动、物质利益分配为核心的。恩格斯也曾指出:正义不过是"现实的经济关系的意识形态化、美化的表达。"①牛津大学政治学教授戴维·米勒(David Miller)对此还曾开列出一张"利益"的清单:金钱和商品,财产、工作和公职,教育、医疗、儿童救济金和保育事业,荣誉和奖金,人身安全、住房、迁移以及休闲机会等,其分配的过程主要依靠社会制度的运作。② 说到底,以往人们谈论的社会正义,其伦理学的根基都是建立在人类经济活动的框架之中的。

面对日益严重的全球性生态危机,社会正义的内涵已经在不断扩大,从人类社会扩展到地球生物圈,从单纯的经济问题扩展到人与万物生存的各个方面。2020 年世界社会正义日,国际劳工组织就曾指出要实现社会正义,消除不平等,减少贫困和应对气候变化,唯一的路径是以人为本的同时还要以地球为本。国际劳工组织号召人们团结起来为地球发声、为社会正义日发声。在学术界,在"社会正义"之外,已经出现了"生态正义""环境正义"的提法。三者之间其实是相互重叠的,生态的"不义"、环境的"不义"差不多总是社会的"不义"造成的,呈现出来的结果,也总是社会矛盾加深、人与人的关系恶化、人的内在精神的羸弱与凋敝。

如大气升温、地球变暖、热岛效应,让城市地面温度高达 70 度,穷苦人为了生计仍然不能不冒着酷暑炎热到工地劳动,回到家中至多是电风扇前吹吹风。而这时富贵人家却乘坐波音 777 飞到海边浴场、山上别墅避暑去了。追

---

① 转引自[英]戴维·米勒:《社会正义原则》,江苏人民出版社 2008 年版,序言第 3 页。
② [英]戴维·米勒:《社会正义原则》,江苏人民出版社 2008 年版,第 9 页。

根究底,大气升温则又是富贵人士巨量消费地球资源酿成的。富人制造的生态灾难却要让穷人承受,这显然是不公平的,贫富之间的对立,不同阶层之间的隔膜与仇视将与日俱增。

据英国《经济学家》杂志报导,欧洲的高尔夫球传输到亚洲受到近乎病态的崇拜,已经不再仅仅是一种运动,也不仅是一种身份的象征,而成了一个现代精英的"超大型符号",彰显了过度张扬的阶级区分。一座高尔夫球场占用数百公顷的土地,每天需用3 000吨水,等于15 000人的用水量,它还需要不停的喷洒化肥、农药、除莠剂,既破坏了自然植被,又影响了农业发展,并使周围农村的年轻人沦为大亨们鞍前马后小心侍奉的奴隶——"球童"。疯狂的商业化炒作,又使球场绿茵成为政商勾结、特权横行、政治腐败的渊薮。一个小小的白球,在权力球杆的击发下,轻而易举地穿过自然生态、社会生态、精神生态的道道防线,冲突也就由此拉开序幕。1993年,亚洲各国代表在马来西亚成立了"全球反高尔夫联盟",并继"4月22日地球日"之后,将"4月29日"定为"全球反高尔夫球日"。

还有更为悲惨的例子。2003年,中国云南金鼎锌业有限公司在兰坪县设厂从事铅锌矿开采,不法商人与贪官、黑社会相互勾结获取巨额利润,个个赚得盆盈钵满,而当地的整个山脉被挖得伤痕累累、满目疮痍。由于公司随意排污,当地的空气、水源被严重污染,山林、农田被毒化,庄稼长到一半就枯死掉,水果没有成熟就掉落地上,蔬菜中铅、锌、镉的含量超标。附近村庄的儿童百分之八十患上血铅病,导致大脑与神经系统永久性损伤,身体发育缓慢、智商变低,贫血失眠,甚至导致癫痫、死亡。村民们屡屡上诉、自发反抗却得不到支持与保护。公司对外宣传说已经给村民们发放了补偿款,村民说每人千余元的补偿远不够看病吃药。[①]

在非洲肯尼亚首都内罗毕城区堆积的一座座垃圾山,恶臭无比,却是附近

---

① 见《环球时报》2015年6月26日报道:《中国锌都血铅之殇》。

贫民窟许多孩子们的衣食来源,孩子们靠在这里捡垃圾卖钱,换取一天的口粮。捡垃圾的孩子们在垃圾中发现一种被称为"工业胶水"的黄色液体,闻了之后很刺激,仿佛打了鸡血一般情绪兴奋,精神躁动,甚至忘却了饥饿。贫苦的孩子们平时没有任何娱乐,就以此振奋精神,而这种"工业胶水"却能够让人上瘾,引发慢性中毒。记者说如今在内罗毕街头,随处可以看到一些孩子拿着一个黄色液体的瓶子拼命地嗅着不肯撒手。这些孩子眼神空洞,嘴流涎水,脸上浮动着令人毛骨悚然的怪笑,浑身爬满蚊虫,走路摇摇晃晃,宛如行尸走肉。垃圾山,本是消费社会中富裕阶层尽情享受生活之后的废弃物;垃圾围城,本是经济增长、社会发展的副产品,福祉全部让有钱人拿去,灾难却留给了穷人和穷人的孩子,这又是何等的不公与不义!

至于人与自然的冲突,仅仅围绕着人类"吃饭"的问题,就已经表现得淋漓尽致,然而却被人们自私自利、唯我独尊的心态遮蔽了。素食主义者、纽约市立大学张嘉如教授对这一话题有精到的研究。她犀利地指出:21 世纪的饮食美学将人类的"吃"这一"原始性日常生理行为"加以美化,吃出种种花样,其目的不仅仅是为了"掩饰人类低级的生理需求和粗俗的饮食欲望","吃的审美化更是以享受及品味之名掩盖了新自由主义意识形态背后无止境的贪婪、欲望和残忍"。文中列举了一些"吃的审美化"的例子:将鲨鱼的鳍切割下来烧制成"鱼翅汤";从活着的驴子身上割下肉爆炒生煎。一道名为"活炝河虾"的菜肴,趁着虾还在活蹦乱跳时吃进口中。日本料理中将活的青蛙开膛破肚,用叉子挑着还在抖动的心脏生吞下去。我可以补充一个例子:有人说在广州酒宴上吃过一道菜,是把刚刚出生不久的小老鼠蘸酱吃下,小老鼠还在发出唧唧叫声!张教授将这些归结为"残忍胃口美学",在当代消费文化中随处可见。这种做法并非为了满足人的饮食的生理需要,而是寻求一种刺激,一种耸人听闻的饮食视觉体验方式,具有取悦食客的附加价值,商家也由此获得更丰厚的利润。张教授劝导世人"要理解我们作为食物链最上层的物种,并不表示我们就可以如同暴君一样对其他物种为所欲为"，以关爱动物、关爱生命为出发点，应该倡导的是"道德饮食美学"。张教授捍卫的显然是"生态正义"。①

在人与动物之间实际上发生着的冲突，还要复杂得多。人类的不义，人们为了自己的口腹之乐，滥吃滥喝，残害了鸡鸭、牛羊、山龟、蟒蛇、猕猴、穿山甲、土拨鼠，已经屡屡遭受动物们的报复，疯牛病、禽流感、埃博拉、猴痘、非典、新冠层出不穷的怪病无不与人类曾经虐杀的动物相关。动物们的报复甚至更加惨烈，从2019年开始蔓延至今的"新型冠状病毒"，连续三年来闹得飞机停飞，火车停运，高速公路关闭，工厂停产，学校停课，封城、封村、封户，娱乐、饮食、旅游等行业一时接近于归零，上千万人丧失生命，全球化市场经济遭受重挫，人类费尽全力营造的现代社会系统在小小的病毒面前竟显得如此脆弱。这场人与病毒的冲突既是生态冲突，也已经波及人类社会的政治、经济、文化、国际关系的各个方面。所谓疫苗注射、核酸检核、静默管理、封村封户，都不是解决问题的最终办法，只有实行了生态正义、社会正义，才是实现生态和谐、社会和谐的最佳选择。

生态冲突也表现在"代际公平"方面，即人们必须保证自己的后代能够与自己公平地享用自然资源，包括清新的空气、肥沃的土壤、适宜的气候、充沛的矿产资源。在这些方面，现代人恰恰为了自己当下的奢侈与豪华，肆无忌惮地挥霍地球上宝贵的自然财富，不负责任地将生态灾难留给自己的后代，就像那些极端自私自利的人信奉的"自己死后哪怕洪水滔天"！格里芬在他的《生态危机》一书中告诫现代人："维持地球上的生命，保护我们孩子的讲来，这不仅是我们的任务之一，更是人类说面临的最重要的伦理和实际问题。如果我们不立即采取行动来遏制气候变化，我们的孩子和孙子就会继承一个濒临死亡的世界。"②

---

① 张嘉如：《闻其声，不忍食其肉——从"残忍胃口美学"到"关怀饮食美学"》，《美与时代》（下），2016年第10期。
② ［美］格里芬：《空前的生态危机》，华文出版社2017年版，第251页。

生态冲突甚至也发生在"天国",生态史学家小林恩·怀特向《圣经》中的上帝挑战,希望上帝在当代的生态事实面前认错,收回自己的成命,不再把人对大地上的生灵万物当做理所当然的消费对象。怀特向上帝的发难曾引起"卫道者"的反感与抵抗,洛杉矶的天主教大主教罗伯特·德怀尔(Robert Dwyer)指责怀特想把纽约、芝加哥都变成"荒野",是野兽的朋友、人类的敌人。另一位叫理查德·诺伊豪斯(Richard Neuhaus)的主教干脆宣布一切试图捍卫大自然、削弱人的权利的生态主义分子都是"异教徒",注定要受到上帝的惩罚。

如果说怀特挑战的只是意识形态领域里的上帝,那么利奥波德挑战的则是现代农业和林业;雷切尔·卡森挑战的则是现代化工集团;西方一些更激进的生态斗士,曾发誓要拆除一切大河上的水库、水坝,解放被束缚的河流!这些人都曾遭遇现代社会利益集团的围攻打压,美国的化工集团财阀声称要悬赏收取卡森女士的性命。

令人骇怪的还有一种打着环境保护、生态健康的旗号实施社会不义的恶行。在中国的某些农村,地方政府下达行政命令,为了治理雾霾、防止大气污染、增加蓝天的出现率,竟不允许乡村农民在田里燃烧秫秸、麦秆,禁止城镇居民在家里烧柴、烧煤、蒸馍、炸丸子,违反者没收煤、柴、炊具,拆毁炉灶,甚至罚款、拘留、法办。中国农业文明五千年的历史中,还从没有听说因为烧柴、烧煤、烧秫秸污染了空气。如今雾霾弥天,明明是过度的汽车制造业、房地产开发业造成的,这些产业的生产不但不受限制,反而受到鼓励年年扩产、增产。而就在禁止民众烧柴、烧煤的同时,沿海某市官方组织了一次横跨海陆5公里立体空间的大型烟火燃放会,调动了9艘长76米、两千吨位的轮船作为施放烟花的载体。4万多个点火头保证所有烟花弹精确按时燃放,共燃放各种类型烟花3万5千余发,时长3分40秒,让黄海变成了一片燃烧海洋。对比乡村正在查禁乡民们烧柴做饭、不惜掀翻民居的炉灶,这绝不是什么值得骄傲、光荣的事情。

如今，围绕生态冲突发生的悲剧，以及闹剧，几乎每时每刻都在世界各地上演。澳大利亚生态批评家凯特·瑞格比（Kate Rigby）指出："对于生态批评家而言，对自然的辩护是与对社会正义的追求紧密联系在一起的。"[①]在人文生态学领域，人们的行为必须和信仰保持一致。生态批评家在保护世界生态环境安全的同时，切不可忘记为捍卫社会的公平正义发声。

2018 年春天，我在美国洛杉矶克莱蒙大学城参加第 12 届国际生态论坛，开幕式当天晚间，"柯布共同福祉奖"的颁奖晚会上请来一支当地的小乐队。乐队是业余的，由大学退休的老教师组成，看上去最年轻的成员也已经六十岁开外，堪称银发一族。男女成员共八人，乐器也不复杂，吉他、口琴、大提琴、非洲鼓。队员们上场，令全场观众眼前一亮：他们的装束既不是交响乐队的黑白肃穆，更不是披头士的光怪离奇，而是一水的荷叶绿衬衫，恍若玉树临风。这时我突然明白乐队的名字为何叫"采摘者"，做果园里的农工是这些老人们的心愿，那该是对于工业化之前的农牧时代的向往与回归。这显然是一支以绿色环保为理念、以绿色生存为理想的生态小乐队。队员们站定，担任队长同时又是词、曲作家的詹姆斯·曼雷老爷子致开场白。他特别强调：我们可不是什么歌星，我们是艺术家、生态艺术家！

演奏开始了，鼓声震荡，琴声幽咽，几件简单不过的乐器却传递出和谐的音响，交织成一片音乐的磁场。八位"艺术家"边奏乐，边歌唱：齐唱、合唱、轮唱、男女声混唱，八个人竟能唱出四个声部来，时而如泣如诉，时而壮怀激烈，听众们全都沉浸在这音乐的境界中。其中一首歌曲的名字为《图瓦卢》：

> 蓝色圣湖、多彩的珊瑚砂
>
> 彰显您曼妙的身姿

---

① Kate Rigby, "Ecocriticism", in Julian Wolfreys ed., *Introducing Criticism at the 21st Century*, Edinburgh: Edinburgh University Press, 2002, P.155.

奈何冰川消融

海水猛涨漫上岸

呼呼旋风为你悲恸

纤纤珊瑚枯死在暗礁中

海水日益变暖

昔日鱼群云集,如今渺无踪影

图瓦卢、图瓦卢

蓝色海洋里的小岛

图瓦卢、图瓦卢

你的生死存亡要由我们决定!

　　人们知道,歌曲中的"图瓦卢"是南太平洋的一个小小的岛国,平均海拔只有4.5米,由于大气升温、冰川消融、海平面上升,图瓦卢的国土时刻有沉入海底的危险。图瓦卢资源匮乏,土地贫瘠,当地居民生活贫困,吃一顿米饭都是奢侈,急剧恶化的地球生态灾难却早早地袭击到这个贫弱的国家,使其百姓的生活雪上加霜,面临灭顶之灾。图瓦卢领导人曾考虑举国搬迁到其他国家,但遭到发达国家的一致拒绝。当西方记者来岛上采访时,一位名叫 Mitiana Trevor 的当地居民愤怒地说:"我觉得,地球上60亿人都应该向我们说抱歉。"记者和翻译一时无语,反应过来后几乎同时向她说"sorry"。不正是世界上所有大国、强国、厉害国贪婪无度的高消费污染了地球、污染了大气,方酿成了地球升温、海平面增高的生态灾难吗?而这灾难却首先转嫁到无辜的、贫弱的国家和民族身上,这又是"世界级别"的不公不义!"你的生死存亡要由我们决定",这种自省、自责的态度,就是矫正错误的第一步,让我对这群老人肃然起敬。

　　在接下来的一首歌中,这些业余的生态艺术家们又唱到:

倾听冰川的破裂

感受气温的上升

地球在哭泣

已经没有时间妥协

迫不及待

时不我待

快快改变

还不算太晚！

这歌声无疑是在呼吁人们不要再等待，不要再观望，快快投入到拯救地球同时也是拯救自我的实践行动中来！

压轴的一支歌曲，是由这支穿绿衫的"白人"乐队唱出的非洲黑人踏上新大陆后的民歌，歌声中充满对未来的祈望："我心有微光，我要让它闪亮。照亮全世界，照耀我每天，这是爱的光芒，是创世的新光……"生态无国界，物种与物种之间也没有截然的界限，新时代应该是生态和谐的世纪，创建新世纪靠的是我们每一个人内心发出的光芒，那是博爱之光、友善之光，是对地球、对万物、对所有生灵的友爱之光。

二十一世纪初，生态批评家斯洛维克写了一本书：《走出去思考》，倡导生态批评家应当关注蓬勃发展的世界环境保护运动，关注社会正义问题，投身于地球生态养护的实践，为社会改革、社会转型有所贡献。他似乎天性里拥有行动主义的使命，他在和该书的译者韦清琦教授的对话中说：

> 对关乎社会正义问题——包括女性主义、社会阶级、以及种族身份——感兴趣的学者长期以来一直笃信，他们对文学以及其他形式的艺术的研究应该不仅仅是一种学术活动。

我并非一副脱离了肉体的大脑,一个从不离开办公室或大学图书馆的思考者,相反,我把大量时间花在斗室之外的世界里,体验着自然和社会的现实。①

斯洛维克说到做到,踊跃介入维护生态正义的社会实践始终伴随着他的学术研究生涯。如当年他曾致函美国可口可乐首席执行官,对其公司在印度以及世界其他地区实施水资源私有化、给当地水系造成污染的现实提出控告,表示自己从此拒绝消费他们公司的产品,还将利用在世界各地讲学之便,发起对该公司的抵制活动,直到他们纠正自己的错误。

以上,我们罗列了众多的发生在当今世界上的"生态冲突"以及日渐高涨的"生态正义""社会正义"的呼声,看上去似乎在为文学家、艺术家们搜集创作的素材,这不是我们的本意,我们只是想提醒一下文学家艺术家们对于生态题材的关注。我相信,随着生态运动的蓬勃发展,生态文艺思想会日益深入人心,生态文学艺术的创作将会一天天走向繁荣。

---

① 韦清琦:《生态批评家的职责:与斯科特·斯洛维克关于〈走出去思考〉的访谈》,《外国文学研究》2009 年,第 4 期。

第14章 文学艺术史：生态演替的启示

　　尽管人们已经编写了许许多多文学史、艺术史，但在一个根本的问题上仍然存有争议，那就是文学艺术是否真正拥有自己的历史。从一些已经出版的、并且已经产生广泛影响的文学艺术史著中，我们不难发现它们在编史的原则、出发点以及对"历史"的认识上依然存在着根本性的分歧。

　　1997 年出版的由张炯等人主编的《中华文学通史》，坚持把"社会生活"作为文学历史发展的内在动力和基本内涵，认为文学的发展与社会的发展尽管不完全同步，却是在一个方向上运动的，而且这种运动总体上是进步的、向前的。"随着人类文明的不断进步，不仅人们的思维情感越为复杂和细腻，语法更加细密，词汇与语符文字也不断增多，而且随着社会实践的不断拓展，人们的审美视野也不断扩大，文学作为审美意识集中体现的一种艺术，它把握世界的创作题材也越来越广阔。这也自然地要求文学文体有多品类的发展"，"在这过程中，文学观念和文学理论也必然或先或后会发生越来越深刻、越来越走向更科学的演化与递嬗"。①

---

① 张炯、邓绍基、樊骏主编：《中华文学通史》，第 1 卷，华艺出版社 1997 年版，第 15 页，第 7 页。

先此一年出版的由章培恒等人主编的《中国文学史》，持论显然不同。编者明确地认为社会生活并不能成为衡量一篇文学作品价值高低的标准："文学发展过程实在是与人性发展的过程同步的。""作品越是能体现出人类本性，也就越能与读者的感情相通"，因而也就愈能打动人心，愈加具有文学价值。而且不但是文学作品的内容，包括"导致文学形式演进的诸因素中，人性的发展仍占有极其重要的地位。"①

早在 1928 年，胡适在新月社出版的《白话文学史》中站在科学实证主义的立场上，认为生产工具的进步决定了社会的进步，语言文字是文学的工具，白话相比文言是语言工具的进步，语言的进步也就决定了文学的进步，因此白话文学对于文言文学来说是划时代的进步，白话文学史即是一部文学进步史。

以上三种文学史著对于文学发展的动力和内涵虽然做出了不同的判断，但在"文学发展进步"这一命题上则又是不存在疑问的。

黑格尔的包括诗与文学在内的美学史观与此又不相同，他认为诗与艺术只是人类童年时代的事情，到了现代社会，随着人类的成年化，诗和艺术反而将走向衰落。

我国古代的刘勰倾向于认为文学艺术在"文体名理"方向是不变的，变化的只是"文辞气力"。基本法则是永垂于"风""骚"乃至更为远古的唐尧、虞舜时代的文学经典中的。刘勰虽然也讲"歌谣文理，与世推移"，但在文学史观上他并不是一个"进步论"者，反而总是认为最高的艺术成就仍然在古代。

胡兰成继承了刘勰的衣钵，1977 年他在台湾出版的《中国文学史话》，认定自然的法则也是文学的法则，真正的文学，都应该能够与自然"素面相见"。自然就是神，离自然最近、即离神最近，才是最好的文学；古人离自然

---

① 章培恒、骆玉明主编：《中国文学史》上卷，复旦大学出版社 1996 年版，第 19 页，第 26 页，第 46 页。

最近,古人的文学最好。现代人已经和自然隔断,远离神了,现代社会中的诗意与文学精神就愈来愈稀薄。胡兰成不但不承认文学的进步,反而主张"文学退步论"。①

1947 年春,林庚在厦门大学任教时曾出版过一部《中国文学史》②。认定中国文学是诗性的、女性的、原野的、田园的、和谐的、中庸的,这与中国的象形文字与农业生产密切相关。林庚以"诗性逻辑"为准绳,将文学史比作一个人的生命过程,唐代诗人王维是中国文学艺术青春时代的峰巅,"中国的文化到宋代已现出衰老,到明代则直是堕落"。③ "诗至宋代已是强弩之末,清代当然也不能有所成就。清末虽由学唐转由学宋,也只是循环的模仿而已。"④林庚也不是一位文学史进步论者,他以诗为心,以心写史,这样的书写更贴近生命与自然,因此也更贴近文学。不过,也有人说他的文学史自我抒情太多,压根就不像是史学著作。

20 世纪初在俄国以及英美兴起的"形式主义"批评,认为文学发展过程中真正起变化的是"文体"和"形态",或"文学的类型","文学类型史无疑是文学史研究中最有前途的领域",⑤他们的持论与胡适相近,与刘勰、黑格尔以及林庚、张炯、章培恒们又截然不同。

由以上现象我们可以看出,"文学艺术史"依然是一个"问题",一个复杂的、意见纷纭的问题。

殊不知到了 20 世纪,连历史学本身也成了问题。在中国,世纪初梁启超、顾颉刚倡导"新史学",以中国传统史学为革新对象,追随 19 世纪西方史学主流"兰克学派"重史料史实、重客观公正、以科学态度与科学方法治史。不料,

① 参见胡兰成:《中国文学史话》,上海社会科学出版社 2004 年版,第 20 页,第 70 页。
② 2005 年春,我撰写《陶渊明的幽灵》时曾在多家图书馆找此书未获。最终托友人在上海某图书馆查到,馆方收取"珍本保管费"连带复印费共计 600 余元,如此图书馆将读者当作"消费者",颇具商业眼光。
③ 林庚:《中国文学史》,鹭江出版社 2005 年版,第 372 页。
④ 同上,第 390 页。
⑤ [美] 韦勒克、沃伦:《文学理论》,生活·读书·新知三联书店 1984 年版,第 301 页。

"兰克学派"在它的发源地欧洲却已经遭遇反思与质疑,以汤因比、布罗代尔、沃勒斯坦为代表的一批新进历史学家在爱因斯坦相对论世界观的启迪下,扬弃了理性主义、本质主义的时空观念,将历史视为一个文化的网络,一个有机整体,一具"历史的肉体"。历史研究具备了无穷尽的阐释性,史著书写具备了某种意义的诗性,历史学与文学创作的绝对界限已经被打破。

在本书的开始,我们就曾强调"文学艺术"与"生物"之间有很大的可比性,那么在这一章我们就借助生态学中关于"生态演替"的理论,查看一下关于"文学艺术史"这一问题的解释,是否还有其他思路?

14.1 文学艺术是否拥有历史

不少人认为文学艺术并不拥有历史,理由是:真正的文学艺术作品都具有永恒的审美价值,永远的生命力,不会随着时间的推移而减少它的感人的魅力。

像艾略特(T. S. Eliot)就曾明确地指出:"艺术从不会进步",真正的艺术不会成为过去,不同时代的艺术是并存的。艺术的题材当然也会有发展变化,但"这种发展决不会在路上抛弃什么东西,也不会把莎士比亚,荷马,或马格达林时期(欧洲西南部旧石器时代晚期)的作画人的石画,都变成老朽。"①

恩斯特·布洛赫也持有与此相似的看法,在他看来,文学艺术"是某种游移于某个时代的思想意识之上的东西。"他把它称作"文化的过剩"(cultural surplus)。"当某个时代的社会基础和意识形态已经衰亡时,惟有这种过剩经受了时间的考验而永不衰败,并作为一种根基载负精神之果而向着将来延伸。

---

① 《艾略特诗学文集》,国际文化出版公司 1989 年版,第 3 页。

重要的文学艺术作品因此具备了"伟大和永久的魅力"。①

此外，像马尔库塞、汤因比都曾做过类似的表述。马尔库塞说："艺术勇敢地反对一种铁血式的进步观念。"汤因比说过："文化领域不存在线性发展理论，甚至不存在进步。"

我自己在内心深处，也倾向于这些人的意见。多年前，我曾在一篇文章的末尾写道："文学艺术天地中，有些方面的东西可能是随着社会的发展而发展的，但有些东西始终都是一个初始混沌的'原点'，这个原点差不多就是文学艺术的魂魄，必须固守。"我甚至还担心随着社会的发展会出现文学艺术的倒退："那就是社会发展了，人们反倒距离这个文学艺术的'原点'、这个人类文化精神的家园愈来愈远。"②

依照常识而言，"历史"就是已经成为过去的事件和现象；"历史"还意味着在时间的纵轴上事物的发生发展过程；甚至，"历史"对不少人还意味着进步，一个由简单到复杂、由幼稚到成熟、由低级到高级的提升过程。比如，汽车、火车普及以后，牛车、马车在城市里就成了"过去"；中华民国成立之后，皇帝就成了过去；交通工具由牛拽马拉到蒸汽机、内燃机、电动机、核动力推进飞机轮船，可以说是一个由简单到复杂不断进步的过程，所有这些，对于文学艺术来说都是不存在或不明显存在的。李白的出现并不能使屈原成为过去，陆游的出现也并不取代李白的地位，李白与陆游的出现反而会使得屈原更加显赫、光彩。李白的那首《静夜思》，虽然句式简单，但并不因为后边有了复杂句式的宋词、元曲、明清小说而丧失它的完善完美。宋代之后，不管国画艺术推出了多少画家、多少流派，依然不能取代张择端《清明上河图》的独特价值，即使在一千多年后的今天，它依然给人以清新如初的审美感受。对于科学技术而言，情况就大不相同了。如果不是专门研究科学技术史的，那么，大学的数

---

① 转引自董学文、荣伟编：《现代美学新维度》，北京大学出版社1990年版，第198页。
② 鲁枢元：《大地与云霓》，《文艺报》1987年7月11日。

学系就不必再去攻读《周髀算经》,物理系也不必再去细研牛顿的《自然科学的数学原理》,而且,由于另一位物理学家爱因斯坦的出现,牛顿在物理学界独一无二的地位显然就被动摇了。

一边是对"文学艺术是否拥有历史"的质疑,一边又仍然编写了那么多的文学史、艺术史,对此又将作何解释呢?韦勒克在他的《文学理论》一书中专辟"文学史"一章进行了辨析。在他看来,写一部既是文学艺术同时又是历史的书,几乎还从未有人达到过这一目标。他认为,有人写出了历史,但只是文学作品中反映的社会生活的历史,或思想工作的历史,而没有写出"文学";有人写出了文学,却只是把文学家、文学作品按编年顺序加以罗列,稍加评点,并没有写出"历史","缺乏任何真正的历史进化的概念"。"前者不是'艺术'史;而后者不是艺术'史'。"①从韦勒克的分析中似乎只能得出这样的结论:文学与历史不兼容,"文学艺术"和"历史",是"鱼"和"熊掌"二者不可得兼,文学艺术史家命中注定要像"拉封丹的驴子"那样,在"两堆干草"之间进行难以选择的选择。甚至包括勃兰兑斯和贡布里希这样杰出的、为众人瞩目的文学史家、艺术史家也逃不出韦勒克画下的这个怪圈。

但韦勒克却自认为拥有比"拉封丹的驴子"高得多的智慧,他自信如果按照他对"文学本质"的界定,就可以写出一部"最有前途"的文学史来。韦勒克的文学理论在 20 世纪后期的英美文学界产生了重大影响,但质疑声也始终不绝于耳。

14.2 矫枉过正与舍本求末

勒内·韦勒克在《文学理论》一书中采取了这样的策略:首先,他把强调

---

① ［美］韦勒克、沃伦:《文学理论》,生活·读书·新知三联书店 1984 年版,第 290—291 页。

文学艺术独特个性、永恒性、不可重复性,因而无法建立普遍法则的主张称作"主观主义的方法",是"反科学的",应属被排斥之列;其次,他又把从"作家个性""社会环境""心理素质""时代精神""历史背景"诸方面探讨文学艺术发展规律的研究方法称作"外部研究",认为并没有触及文学的本质内涵。韦勒克左右开弓,将强调"文学性"的感悟式的文学批评贬为"主观臆断",将强调"历史性"的实证性的文学批评讥为"隔靴搔痒",那么韦勒克强调的是一种什么批评呢?

在韦勒克看来,文学的本质既不是作品中反映出的社会环境、历史文化方面的内容,也不是作家的心态和性情,文学的本质是作品自身存在的方式,即:文体、模式、结构,一个由符号组成的有机系统。真正的文学批评就是对这个"符号系统"的细心琢磨,一部真正的"文学史",也就是对于这一符号系统形成过程的追溯和概括。不同的文学类型最终都可以归纳为同一种文学的结构(韦勒克说这一结构共分 8 个层面),依照这些条理分明的原则,便可以对纷杂无序的文学艺术现象做出近乎科学的描述。韦勒克并不隐讳,他的理论来源于俄国十九世纪末的"形式主义批评"。相对于韦勒克极力贬抑的那些"主观的、内容的批评",这是一种"客观的、形式的批评"。正因为它把可以把握的"形式""符号系统"作为批评的内容,它的批评才更容易显示出"客观性",于是,也就获得了接近"科学"的品位。

韦勒克的这套"形式主义"的类型分析理论构想,对于消解以往的主观批评中"天马行空"式的随意性以及内容批评的"对号入座"式的机械反映论来说,都是具有矫正作用的。像克罗齐,在全力鼓吹他的"直觉论"时就不无偏激地声称:对艺术作一切美学分类的企图都是荒谬的,"讨论艺术分类与系统的书籍若是完全付之一炬,并不是什么损失"。[①] 相对于克罗齐的专断,韦勒克的"类型分析"的确不失为观察研究文学艺术现象的一条途径。韦勒克的问题

---

① 〔意〕克罗齐:《美学原理·美学纲要》,外国文学出版社 1983 年版,第 125 页。

是把"形式""结构"完全封闭了、抽空了、绝对化了,这样的形式结构就必然成为一个失去个性、失去生命的、僵死的甚至虚假的东西。把作品看作一个"符号系统",是正确的,但这个系统一定是一个开放的系统,一个存在于一定环境和传统中的系统。这样,就不能切断作品与作家艺术家个性的联系,就不能切断作品的形式与作品涉及的包括自然环境、时代精神、民族特色在内的这些所谓的"外部事物"的联系。那么,要写一部文学史光凭批评家从作品本身的符号系统中"细细琢磨"就远远不够了。

这里我们可以举一个绘画方面的例子。如果严格按照"形式主义"批评的科学方法去精心"解读"一幅伦勃朗的油画或一幅敦煌壁画,最后得出的结论只能是不同波长的光的组合。如果要将这些"光的组合"理解为"意象的隐喻",那么就必然还要回到具体的感性的现象世界和"主观的"价值和意义的领域。

日本色彩学大师城一夫曾在《色彩史话》一书中对"跳蚤色"进行过独到的"色彩史"分析。他说,"跳蚤色"实际上表达了18世纪法国宫廷贵族的审美情趣。18世纪的法国是一个"女性化社会","旗手"就是路易十五的情妇蓬帕杜夫人。这个时代的氛围是"轻松、享乐",这个时代的审美境界是"富足、纤细"。人们都在追求一种精致的享受,"如今的色彩刻度可分成数百种,就如同享受有数千种差别一样",跳蚤虽小,在它的身体上仍可以区分出蚤身、蚤头、蚤背、蚤腿甚至是蚤腿的大腿和小腿、内侧与外侧的不同颜色。似乎只有从这细微色彩的品评能力中,才能显示出各人的心性之高雅、地位之优越。于是各种层次的深褐、淡紫、暗黄、肉色成了那个时代的人们最热衷的颜色。单单对于"肉色"的品味,当时巴黎人的"艺术鉴赏力"也是惊人的,他们能津津乐道地说出老婆的肚子与修女的腹部、妓女的大腿与姑娘的屁股在色调与纯净度上的差别,乃至在气息与质感上的差别。这种流行的色彩时尚,造就了18世纪一种独特的艺术风格——史称"洛可可"(Rococo)。对此,城一夫归纳说:"路易十四的死,打破了充满巴洛克那种苦重的威严奇想风格的框架,去除了巴洛克充满调和与统一的基本法则,而被女性的旨意、情感和热情所支配,开始了一个新的时代。威严被优雅所替代,厚重被轻快所替代,浓烈被清淡所替代,苦难被喜悦所替代,洛可可就像一只轻松华贵的小鸟飞上了天空。"①杰出的艺术史家贡布里希将其概括为一句话:这是一种快乐的轻浮。

城一夫与贡布里希对于欧洲艺术史中"洛可可风格"的描述,依然是植根于那个时代的文化环境与价值取向之中的,其中也不乏他们自己的价值判断,这大约仍然不会合乎韦勒克的要求。但如果割舍了这一切,仅仅对"跳蚤色"做形式的、结构的、类比的分析,岂不又过于学究化了吗?

因此,韦勒克的矫枉过正很快便招来人们对他的批评。有人嘲笑说:他的《文学理论》一书在大学课堂上被奉为"圣经"的同时,却把许多大学师生培养为"伪新批评家"。

在形式主义批评领域另一位辛勤的耕耘者,是苏联列宁格勒大学教授、高产理论家莫伊谢伊·卡冈(Moisei S. Kagan),我国曾翻译了他于1972年出版的《艺术形态学》。

卡冈的艺术类型学从本体论的意义上将艺术分为三类:时间艺术、空间艺术、时间-空间艺术;从符号学的意义上又将艺术分为另外三类:再现艺术、非再现艺术、再现-非再现艺术;然后又将这两组艺术类型相交叉,共得出九种不同类型的艺术:语言艺术、音乐艺术、语言创作和建造创作综合体;造型艺术、建造艺术、造型创作和建造创作综合体;表演艺术、舞蹈艺术、表演创作和舞蹈创作综合体。他自己认为,这九种艺术门类囊括了历史上形成的一切艺术活动形式。

比起韦勒克的"形式主义",卡冈的"形式主义"显示出以下不同的特点:

卡冈更强调形式的物质属性。他认为"以艺术物质存在形式的差异为基础的艺术分类的本体论原则,应该成为首要的和原初的分类原则","艺术作品

---

① [日]城一夫:《色彩史话》,浙江人民美术出版社1990年版,第113页。

首先作为某种物质结构——声音、体积、颜色、斑点、词汇和动作的组合"而存在着。

他由此做出的第二个推断是：社会的进步，科学技术的进步，社会的高速发展，对文学艺术的创新起到决定性的推动作用。这表现为科学技术的进步为艺术创造提供了新的物质材料、新的制作技巧、新的复制工艺和传播工艺，于是一些旧的艺术种类被淘汰了，一些新的艺术种类应运而生。随着社会的发展，专业化程度越来越高，艺术摆脱原始时代的混沌状态，成为专门的生产部门和行业，以符合现代社会的种种需要。正因为如此，卡冈对原始艺术以及与原始艺术贴近的民间艺术评价不高，其理由便是原始人不能明确地"区分物质和精神，自然和人，现实和幻想，实践和想象"。① 卡冈的这一观点不但与海德格尔而且与黑格尔都截然不同，在卡冈看来，似乎只有在"启蒙运动"和"工业革命"之后，随着物质的丰富、科技的发展，高级的艺术形式才得以产生，文学艺术创造的繁荣时期才真正到来。

卡冈的理论显然是在苏联的国家意识形态框架中解释文学艺术史的，物质生产是精神生产的基础，科学技术进步是文学艺术进步的前提，文学艺术的发展史与人类社会的发展史是谐调一致的。用心不能不说是良好的，可惜这样的"谐调一致"完全脱离了文学艺术的本真属性，可谓之舍本求末，距离文学艺术的真实状况比韦勒克更远。他在详尽地剖析文学艺术的物质形态时，捡到的不过是一些皮毛，而丢失的恰恰是文学艺术的精神和灵魂。

14.3 "生态演替"与"新时期文学"

本书中我们讲述了许多方面的回归，这里我们是否也可以尝试一下"理论

① 参见［苏］莫·卡冈：《艺术形态学》中译本前言，生活·读书·新知三联书店 1986 年版。

的回归"？

自 20 世纪初以来，文学艺术理论的生产比文学艺术创作的生产似乎还要高涨，理论的派别多于艺术的派别，理论的更新换代更是频繁于文学艺术本身的更新换代（如果真有这样的"更新换代"的话）。正如一位欧洲批评家自己袒露的，在现在的这个商业化时代，甚至"理论"也感染上了"商品"的性质，只要能自制一个精巧的模式，只要能标上新奇的色彩，只要能凑上当下人们的胃口，那么就可以一批一批地制作出来。理论家也并不希望自己的理论始终见效，正如生意人不希望自己的货物真的经久耐用一样，即使成了"一次性消费"，也挣足了人们的眼球。

20 世纪批评理论的泡沫或许就是这样制造出来的。

那么，我们就不妨撇开一些光彩夺目的新理论、新方法，由此回溯过去，查看一下那些"老理论""旧方法"中是否还有真正能够给我们以启迪的激情和智慧，比如我们在前边曾经讲述过的柏格森的生命哲学及其直觉主义批评，丹纳的历史哲学及其自然主义文艺批评。

韦勒克的《文学原理》曾在 20 世纪后期大行其道，不知何故，韦勒克对于将生物学运用到文学批评中来是如此的深恶痛绝，首先拿丹纳开刀。他在这部书中多次提到"生物学的方法"，讲到有理论家提出以自然界"物种"的进化比照文学类型发展的设定，文学类型和自然界的物种一样，一旦达到某种极致，就必然枯萎、凋谢，最后消失掉。在我们看来，这个比喻并不难理解，比如在中国古代文学史中，"赋"这种文学类型，在汉代达到极致后就日趋衰落，作为一种文体它的生命已经完结了。然而韦勒克却轻蔑地说这"明显地只是一个奇特的比喻"。① 他还恨恨地说："我们就必须抛弃在文学发展和从生到死的封闭进化过程之间作生物学的类比的观点，这种观点并没有绝迹，近来又在

---

① ［美］韦勒克、沃伦：《文学理论》，生活·读书·新知三联书店 1984 年版，第 295 页。

斯宾格勒和汤因比那里复活了。"①在我们看来,斯宾格勒和汤因比并没有错,这种"复活"恰恰证明了生物学的方法在解决社会人文问题时也可以表现出强劲的生命力。

众所周知,现代量子物理学中的一些极其重大的突破,就是科学家向生物学界借取智慧的结果。在工程技术方面,生物学的贡献更为突出:人们仿照蝙蝠的超声波发明了雷达,仿照萤火虫的尾巴发明了日光灯,仿照苍蝇的触角发明了宇宙飞船里必不可少的气体分析仪,人类的这种神操作被堂而皇之地称为"仿生学"。那么,人文学科如果向生物学求取一些援助,为什么就不可以呢。

韦勒克的良苦用心是:撇开时代、历史、地域的限制,立足于文学内在的"自我推动的辩证过程",在无时间性的共时结构中建构纯粹的文学"价值体系",从而达成一种"客观公正"的文学史写作。

韦勒克厌恶的生物学的研究对象"生物"是有历史的、分地域的、讲因果的,"种瓜得瓜,种豆得豆",韦勒克看重的不是这个瓜生长发育的过程,他是要将瓜剖开研究。为了研究,做个"切片"(无时间性的共时结构)在显微镜下观察是可以的,也是必要的,但切片毕竟不等于活体,活体总是要活在阳光下、土地中的。一部文学作品不仅仅是"文本",还是作家心灵的产物,而作家不仅仅是一个"符号",还是一具血肉之躯,一个生命有机体。文学作品可以视为活物,从环境与过程的意义上加以研究。地域和历史可以进入作家、作品内部,成为作家及其作品血脉。退一步说,评论家即使做到了将一位作家、一部作品与时代、地域切割开来,评论家本人也总是避不开时代对他的映照、地域对他的浸染。像韦勒克本人,如果把他的理论里的英美地域色彩和20世纪初分析哲学的时代色彩全都清洗掉,那还会剩下什么呢?

韦勒克曾指责丹纳低估了艺术的真实和价值,没有真正认识到作家的天

---

① 〔美〕韦勒克、沃伦:《文学理论》,生活・读书・新知三联书店1984年版,第295页。

才及其作品超出历史的独特价值。① 殊不知,丹纳所讲的地域、民族、时代正是文学艺术天才跨越具体时空的踏板,没有这个踏板,天才的自由升空、平步青云是不可能的,无论是莎士比亚、歌德、卡夫卡,还是陶渊明、蒲松龄、曹雪芹。

我们可以尊重凭借"解剖"、"切片"进行研究的生理学家,也应该尊重像法布尔那样在特定环境的生活过程中观察研究活体的生物学家、生态学家。文学史的书写还有待于丹纳与韦勒克的相互结合。

这里我们希望尝试一下,能否将"生态演替"的生态学观念运用到对于文学史现象的解释中来。

生态演替(ecological succession)是生态学中的一个重要概念,指一个生态系统受环境压力遭到破坏,压力撤去后所进行的恢复过程。

比如,大地上一片自生自长的原始森林,森林中有乔木、灌木、野花、野草以及各类藤蔓植物,林子中还有各种各样的昆虫、飞禽、走兽,在正常的情况下,这些植物、动物相依相存、相克相生,各自在一定的"生态位"上依照自己的天性存活着,"鱼翔浅底,鹰击长空","百花齐放,百鸟争鸣",整个林子显得生机勃勃、欣欣向荣,成为一个发展完善、运转有恒的生态系统。

突然一天,整个林子遇上了严酷的外来压力,这些压力可以是火灾、水灾、虫灾,或持久的干旱,或龙卷风,一时间万木萧疏、百花零落,整个生态系统陷入崩溃状态,丛林遂被夷为平地。

破坏也许来自人类的生产活动,比如毁掉森林种庄稼,毁掉原生林改种人工林,生物的多样性不复存在,单一的种植破坏了生态系统的稳定性,破坏了一个地区的水土,耗尽了土地的肥力,日久终于化为一片荒漠,一片寸草不生、万籁俱寂的荒漠。

这情形就很有些像极"左"路线与政策对于中国文艺界的长期摧残,到了"文化大革命"期间,中国文学艺术的丛林承受的生存压力已足以使它完全毁

---

① 参见[美] 韦勒克:《近代文学批评史》(第4卷),上海译文出版社2009年版,第41页。

灭。像《西游记》《红楼梦》《聊斋志异》《牡丹亭》《水浒》这些文学的"参天古木"，全被一火烧去；像巴金、沈从文、曹禺、老舍、艾青、张爱玲、赵树理、丁玲这些现代文学界的"大树"，或被剥夺了从事创造的艺术生命，或者连肉体的生命也一并夺去；各省市文联、作协中的那些"乔木""灌木"也全部被扫荡；就连中小学生中那些热爱文学艺术的"小草"们，也往往被视为异类遭到封杀。用"文化革命旗手"江青的话说，这叫"烧荒"。中国的960万平方公里的土地，在全部砍伐掉原有的文学艺术丛林之后，只让"种植"八个被称作"样板"的"革命现代戏"和两部被称作"楷模"的长篇小说。中国文学艺术的荒漠就是这样形成的，这与自然界丛林变荒漠的过程真是太相像了。

按照"生态演替"的学说，一个被毁坏掉的生态系统承受的"风险"与"压力"一旦撤除，它将努力恢复曾经拥有的那种生态景观，这并不是出于别人的希望或号召，而是出于自然本身内在的生命涌动。

在一片近乎死寂的荒漠中重新滋生起生命的翁郁和蓬勃，那是一个艰难却又激动人心的景象。下边是我们从一部生态学著作中摘引下来的、一个被毁灭过的林地生态系统再度复苏并走向繁荣的演替过程：

在弃耕后的那年，荒野被一些先锋物种侵入。这些物种包括：蟋蟀草、蒺藜、豚草和小白酒草。第二年，这些植物被紫菀所代替，再过一年，这些植物又几乎被通常称作须芒草的禾草群落所接替。然后，演替的速度较慢，须芒草持续20年之久。在此期间，该禾草地逐渐地被松树苗侵入。其后，松树长大并把须芒草覆盖。此后，橡树和山胡桃苗在松树下逐渐生长，当松树老朽而死后，它们就被这些阔叶树、橡树和山胡桃所代替……

当植被改变时，动物可获得的隐蔽场所和食物的类型也在变化。结果，当演替过程进行时，其中的动物数量和类型也相应的更替。（由最初的蚂蚁、蟋蟀、黄蜂、蚱蜢、麻雀、野兔、鼹鼠，到蛇、鹰、狐狸、灰狼、麋鹿、棕熊……）

自然环境也随着演替的过程而变化。树林遮住地面并减弱风速,树冠下与森林外的气候相比有很大不同。气温的波动减小,树冠下的土壤和空气中的湿度也比森林外大。

当演替进行时,由于植物和动物的作用,土壤变得肥沃。植物根系从土壤中吸取养分,并把它们结合于自身的组织中。当植物和动物死亡,分解者(指微生物)将它们分解并把养分又释放到土壤中。蚯蚓和蚂蚁这类穴居动物将残余腐殖质搬入土壤的深处⋯⋯并使土壤保持空气和水的能力增加。[①]

这一"生态演替"在大自然中自生自发展开的全过程大约需要 150 至 200 年。至此,一个新的"顶级的"生态系统又重新形成并开始了卓有成效的运转。

生态学家描绘的一个森林生态系统在惨遭破坏后的复苏过程,很容易让人联想起中国的"文化大革命"浩劫过后,在"新时期"中文学艺术界的"复苏"。

1976 年的政治斗争推翻了"四人帮"的文化法西斯统治之后,文艺界的生存压力在很大程度上得以减轻,荒废已久的文学艺术园地上又开始萌动生机。

最先露出地面的是诗歌和美术。开始是天安门广场上群众自发的诗歌创作,接着是一批在历次政治运动中受到制裁的诗人试探着发出自己的声音,人们称他们是一群"归来的诗人",他们自己也把刚刚写下的诗篇称为"归来的歌",在这些歌中,他们抚摸着往日的伤痕,吟诵着复归后的感慨与欢悦。接着一大批新生的诗人像"雨后春笋"一样迅速覆盖了裸露的地面。从舒婷、顾城、多多、北岛、杨炼、食指、江河,到海子、梁小斌、王小妮、徐敬亚,据有人统计,短短的十几年中,中国"现代主义"的诗派就涌现出六十八个之多,如:"非非主义""日常主义""莽汉主义""后朦胧派""后崛起派""大学生派"等。其他文

---

① [美] J. M. 莫兰、M. D. 摩根、J. H. 威斯麦:《环境科学导论》,海洋出版社 1987 年版,第 36 页。

学艺术门类的情况也大抵如此,比如小说创作,显得同样异常活跃。由最初破土而出的"伤痕文学""反思文学",到相继绽放新枝的"改革文学""知青文学""寻根文学",以及很快接受了西方现代派文学影响的"新潮文学"迅速蔓延,在荒芜已久的中国文坛上显出一派林林总总、郁郁葱葱的繁茂景象。与此同时,与文学艺术相关的理论界、批评界、读书界以及意识形态领域的"空气"和"土壤"也都发生了相应的趋于良好的生态变化。一大批作家的名字在这场"拓荒"运动中给国人留下深刻的印象,如:王蒙、刘心武、张贤亮、茹志鹃、汪曾祺、张一弓、张抗抗、史铁生、王安忆、张承志、韩少功、阿城、张炜、贾平凹、路遥、莫言、铁凝、残雪、刘索拉、王朔等等。

沈从文的文学创作从 20 世纪 30 年代枝繁叶盛、硕果累累,到 50 年代之后枝叶枯萎、近乎寂灭,再到 80 年代他的弟子汪曾祺的花开千朵、香飘万里,似乎就是文学界的一次生死轮回。

20 世纪 70 年代,中国文学艺术的复苏,与诗歌创作同时走在时代前列的还有美术,1979 年初秋在中国美术馆外公园的铁栅栏上举办的"星星画展"显示了中国美术界的浴火重生。随后在全国范围掀起的"八五新潮",在一片荒芜中新一代的美术家如雨后春笋般涌现,开创了中国美术百年来从未有过的繁荣局面。我这个美术界的局外人还曾发表文章为之欢跃、呐喊。①

中国"新时期"文坛自上世纪 70 年代末开始的这种"生态演替"过程已经近半个世纪,在新的生态景观中是否已经长出几棵高大伟岸的松树和橡树,哪些人有可能成为丛林中的鹰隼和虎豹,哪些人终究不过是草莽中的兔子和狐狸,甚或只是螳螂或放屁虫(那也是生态系统中必不可少的),还有待文学艺术史家的甄别、核验、研究、总结。

生态学在讲解"生态演替"时还曾发出过这样的提问:"自然能够消除所有的损伤吗? 也就是说,给以足够的时间,演替在任何情况下都能修复所有的

---

① 鲁枢元《黄土地上的视觉革命》,《美术》,1986 年第 7 期。

干扰、重建原来的顶级群落吗?"回答是:"并非总是如此,修复过程是有限度的。干扰可能如此严重,环境变化可能如此重大,以致使演替向新的方向进行,永远也不能再重复原来的顶极群落了。"①黑龙江五大连池市在 1720 年曾有火山爆发,三百年过去,原野上仍旧铺满一眼望不尽的火山石,如同凝固的黑色海洋,只有一些小草在岩石缝隙中挣扎,尚无更多的生命迹象。这片遭劫的原野若要完成生态演替过程,或许还要千年以上!

文学艺术以及由此扩及的人类的精神生态领域的境况也是如此,已经被破坏掉的,实际上很难完全修复。人类对于自己精神领域的这片丛林更要珍惜爱护、更应谨慎从事,不要轻易地"烧荒"或"改造"。所谓"退耕还林""退田还湖"之类的拨乱反正,都是有一定局限的。人类在生物进化的阶梯上已经攀登到"顶级",只要肯放弃近三百年来养成的骄横自大的坏脾气,虚心向大自然学习生存的智慧,就有可能在进一步的"生态演替"中选择新的途径、新的方式创新的"生态景观"。

14.4　文学艺术史的生态学启示

"洛阳宫阙当中州,城上峨峨十二楼",这是唐代诗人张籍赞美当时的"东都"洛阳的诗句;"琪树明霞五凤楼,夷门自古帝王州",这是金代诗人李汾笔下歌咏京城开封的诗句。如果说这些诗句与关中平原的水土流失、生态恶化有关,人们一时会感到语塞。

"秦时明月汉时关,万里长征人未还。但使龙城飞将在,不教胡马度阴山。"这是唐代边塞诗人王昌龄的名篇;"死去原知万事空,但悲不见九州同。王师北定中原日,家祭无忘告乃翁。"这是南宋爱国诗人陆游万古流芳

---

① ［美］J. M. 莫兰、M. D. 摩根、J. H. 威斯麦:《环境科学导论》,海洋出版社 1987 年版,第 36 页。

的"绝命诗"。如若说这两首诗歌与当年的地球变冷有关,人们也许会感到好笑。

然而,对于上边两个事例,生态学家却可以讲解得头头是道。

关于第一个例子:

> 黄河中下游生态环境恶化……植被破坏,水土流失,黄河泛滥,旱涝频发,使农业生产陷入困境,粮食产量不能保证供应大量人口和庞大的封建帝国上层建筑正常运转的需要。隋唐两代都建都于陕西关中平原的长安,这是当时政治军事斗争的历史原因所促成的。由于生态破坏长期积累,导致京畿附近的经济区生产萎缩,粮食供应就不得不依赖于从东南地区的远道运输。这种客观要求迫使隋唐两个朝代的统治者,费尽苦心要打通从东南通向关中的航道。唐代为疏通三门峡险段的航运,耗费巨资在峡谷的一侧开凿"开元运河",目的也在于保证把大量粮食运入关中。隋炀帝、武则天、唐玄宗都曾长期"幸东都",使洛阳成为第二首都。原因就在于洛阳位于三门峡之东,漕运便捷,可以避开粮食运输的险段,供应能得到保证。这是生态环境变化引起经济衰落再影响到政权政治决策的过程。到唐朝灭亡,已经没有哪个强大的政治集团能凭借政治权力继续抵消这种生态经济影响,强行在关中维持其统治中心。因此,五代的梁朝、周朝以及后来的北宋把首都建在开封,其地已与富庶的东南地区相距不远。①

这就是说,洛阳、开封有幸被唐、宋的统治者选定为"陪都""首都",能够建设成诗人们赞美的繁华与壮观的大都市,其深层原因竟是长安所在的渭河流域、关中盆地因人口剧增引发的生态状况恶化。

---

① 刘国城等:《生物圈与人类社会》,人民出版社 1992 年版,第 84 页。

关于第二个例子,生态学家们指出:

生态环境的变迁对民族矛盾也有潜在的影响。在中国历史上北方少数民族的兴衰进退,汉族与少数民族之间的战争或和平交往,多次交替出现。这个过程与气候变迁、生态环境变化有没有关系呢?20世纪30年代,美国地理学家G.B.葛理石提出,中国历史1 500多年间,北方游牧民族多次入侵,可能与气候变迁有关。干旱地区的缺雨很可能引起游牧民族推向比较湿润的腹地。近年王恩涌先生著文,指出1 700年来气温的降低时期与北方少数民族入侵长城以南,占据北方或建立全国性政权,在时间上大致同步。竺可祯先生用物候为主要标志来追溯我国5 000年来的气候变迁,确定出一条距今温度的变化曲线。另外一些研究工作者从第四纪堆积物、孢子花粉、动物的历史分布以及现代冰川进退等各方面进一步证实了竺可祯先生的结论。从这个曲线可以看出:从公元3世纪到6世纪末是一个低温时期,比现今平均气温低1—1.5℃左右;甚至有低2℃的年代;从11世纪后期开始直到20世纪初,是一个有较大波动的寒冷时期,其中12世纪以及14世纪前后各一段时间和17世纪中期,温度比现今低1.5℃以上,其他时间比现今温度低1℃左右。据竺可祯对晋和南宋降水状况的研究以及张丕远、龚高法对16世纪以来中国气候变化的研究,在寒冷时期我国北方气候比常年干旱。一般说,南北距离110公里左右,平均气温可以相差1℃。假如气温降低1℃,水热状态、植被特点就相应地向南推进110公里。如果考虑到气温降低引起干旱程度的增强,那么草原界限可向南迁移约200公里。这样,寒冷时期气温的降幅就足以使草原北界明显收缩,而有的地方草原南界可退到长城以南。这意味着长城以北放牧面积减少。对于北方以游牧为主的少数民族的统治者、贵族、奴隶主,这种生态形势会加强他们南侵的动机,原有的民族矛盾会因此而进一步激化。

公元 4 世纪到 6 世纪后期将近 300 年时间北方少数民族在华北、西
北建立十六国和北朝政权,公元 12 世纪到 14 世纪中期女贞人在华北建
立金政权以及蒙古族入主中国创立元朝,公元 17 世纪中期满清入关建立
清朝,都是在寒冷时期,这种同步关系恐怕不是偶然的。①

参照生态学家们这些有理有据的分析,我们方才恍然大悟:为诗人王昌
龄所忧虑的西北少数民族的"胡马"、为诗人陆游所痛恨的女真族的"金兵"们
的"步步近逼",原来是和那个时期的地球温度变冷后地表植被的"步步南移"
密切相关的。

20 年前,本书举出上述两个例子,目的在于提醒文学艺术史家,在自己的
研究工作中别忘了还有"自然"的存在。最近,在美术界有人尝试运用生态学
观念对宋徽宗的旷世之作《雪江归棹图》进行阐释,认为北宋晚期气候变迁是
北宋中晚期雪景题材剧增的重要原因,从而将气候变迁、天象灾异、绘画书法、
君臣博弈与气候史、政治史、美术史融会起来加以研究。令人欣喜的是,在美
国,这一跨学科的研究,正在催促"生态艺术史"(ec-art history)这门新学科的
诞生。②

这里我们要提出一个对于文学艺术来说更切近的问题,那就是:一个时
代、一个民族对于自然的态度是敬畏、尊奉、亲近、友善,还是敌对、蔑视、进而
攻掠、强占?这可能更为直接地影响到一个时代、一个民族的文学艺术的性质
和形态。

城一夫在他的《色彩史话》中注意到了这一点。他指出:欧洲文化圈对待
自然的基本态度是"克服自然",因而其对于艺术形式的审美要求是"体积感"
和"力量感",所用基本素材是"石",大理石,传统的主要艺术门类是"圆雕";

---

① 刘国城等:《生物圈与人类社会》,人民出版社 1992 年版,第 86—87 页。
② 参见彭慧萍:宋徽宗《雪江归棹图》,并不只是一幅单纯的雪景图_腾讯新闻。

而中国、日本文化圈对待自然的根本态度是"融入自然",审美趣味在于流动变化的"线",用于艺术创造的基本素材是"木",松木、柏木、檀木、黄杨木,主要艺术门类是绘画、佛像;近中东,像伊朗、伊拉克、阿拉伯、阿富汗这些国家构成的文化圈,对待自然的态度是"加工自然",审美趣味是"平面感",所用基本素材是"土",主要艺术门类是烧陶、陶板浮雕、图案。①

城一夫的论证尽管是粗疏的,但他把"对待自然的态度"看作艺术史的一个出发点,却是颇有识见的。而现代社会中的多数文学史、艺术史都忽略了这一点。

以往的史学家,仅仅把生产力的发展、阶级之间的斗争、社会制度的更替,看作社会进步的标尺,从而也看成文学艺术进步的标尺,几乎从来不把"自然生态的演替"计入社会进步的"成本核算"。现在看来,如果一个社会的生产力高度发达,社会的管理也十分周严,社会财富大量聚集,人均收入逐年提高,但却已经耗尽了大量地球资源、灭绝了人类之外的其他物种、空气污染、土地沙化、气温逐年升高、怪病接踵袭来,人心贪得无厌、人际关系冷漠,这样的社会恐怕很难再说是"进步"的了。

在已经成为遥远过去的古代社会,生产力低下、物质供应有限、社会管理松散、个人财富聚集也并不是很多的情况下,人们也并不一定就像我们现在想象的那样,终年生活于"水深火热"之中。也许,那时的人一生中感受到的幸福也并不一定比一个现代人少,那时的人一生中感受到的无奈和焦虑也并不一定比一个现代人多。杜宁指出,幸福生活的真正条件并不复杂,即以下三个方面的协调:融洽的社会关系、相应的工作保障和足够的闲暇时间。而这不需要过多的金钱与财富。② 对照杜宁的说法,"幸福生活"的"源泉"原本在陶渊明这里,请看他的这首题为《移居·之二》的诗:

---

① 参见[日] 城一夫:《色彩史话》,浙江人民美术出版社 1990 年版,第 22 页。
② [美]艾伦·杜宁:《多少算够》,吉林人民出版社 1987 年版,第 22 页。

春秋多佳日，登高赋新诗。

过门更相呼，有酒斟酌之。

农务各自归，闲暇辄相思。

相思则披衣，言笑无厌时。

此理将不胜，无为忽去兹

衣食当须纪，力耕不吾欺。

况且，一个社会的道德感、想象力、审美情趣、精神向往、文学艺术创造力，都不是简单的"发展"二字可以囊括的，更不是一种线型的，尤其是那种直线型的"发展"观所能描述的。

在生态学界，无论是天气的变化、物种的进化、生态系统的演替，那种一往无前的发展模式实际上是很罕见的。有发展、也有长期的停滞——就像我们前边提到过的"牡蛎"，两亿年来也没有进化过一步。当然，如若从宇宙或我们这个星球诞生以来的"发展"看，总的趋势倒是"命定"了的，但那恰恰不是"发展"，而是最终将走向衰变、走向寂灭。不过，人类在自己的有生之年尚且可以将此结果"悬置"起来，依然不妨用"发展"的话语来谈论人类社会面临的问题。只不过当我们已经明白了自然界的"发展"真相后，我们的目光就不应再那么狭窄、那么短浅了。

很早以前的农民在种庄稼的时候，就懂得大自然中没有"直线发展"的例子，他们运用"休耕"或者"轮耕"的方式让土地休养生息，让土地轮换"地力"，以求取与自然的和睦相处。他们还知道注定要有"大年""小年"的起伏，今年丰收荔枝，明年丰收橙子那几乎是一种说不清的"天意"。这也许是天地之间那个神秘的"生物钟"在摇摆！

堺屋太一的《知识价值革命》一书中，曾谈到发生在人类社会历史以及文学艺术历史中的这架"生物钟"。他仔细地论证了这样一个观点：在人类历史的进程中，"物质主义"与"精神主义"是相对地起伏涨落着的，像"钟摆"一样。

在一个"精神主义"的时代，人们崇尚宗教文明，注重心灵的充实和精神的提升，相应蔑视金钱和物质财富的聚敛；在一个"物质主义"的时代，人们崇尚科学技术，注重功利和实效，更看重个人现实的幸福和享乐。他还认为，这种时代精神在深层是由那个时代的生态状况，尤其是自然资源的状况决定的。而这种时代精神更为敏感的表现形式则是文学艺术，尤其是那个时代的视觉艺术——美术。"精神时代"的美术是象征的、抽象的、浪漫化的；"物质时代"的美术是写实的、具体的、理性主义的。

在原始时代曾表现出了极端的象征性，有时又是抽象的美术，从古代社会初期开始迅速的转向写实化了。这一变化说明，人们把事物作为客观物体进行观察，并且不夹杂个人主观因素将其再现出来的合理的、写实的精神此时已占据了优势地位。

相反，人们一看到古代文明衰退的预兆，美术界的写实手法很快的衰落下去，并转向了形式化、象征化。中世纪穆斯林美术所表现的抽象图案，可以说是这一社会印象性的、暗示性的精神结晶。

在被称为现代化的各种现象之中，美术的写实化要比宗教和科学的变化先走一步，并且比政治和技术的变化早得多。这绝不是偶然现象。现代化的根源，可以说就在于客观地观察并认识理解事物的合理主义精神。当然，这一观察是从对外表的观察开始的。并且，产生了如实地描绘出这一观察结果的心情，写实美术由此兴旺起来。

但是，在这美术的世界里，从十九世纪末开始，已经显露了写实美术衰落的蛛丝马迹。印象派的画家们所作的一系列名画，其主观性要大于客观性，其印象性要强于合理性。二十世纪初，由康定斯基和波洛克发展起来的抽象画，已经进入了印象造型的境地。这些天才的作品确实具有一种高贵的美感。然而，它也就因此而脱离了现代化时代的具有朴素的合理主义精神的原则。

在赞赏这些奇异美的二十世纪的美术界的精神之中,存在着与产生并培育了所谓合理的、客观的工业社会的现代精神不同的其他因素。具有最敏感的感觉的人们,在社会性、经济性束缚最少的领域里,早在百年以前就开始看到了超工业化社会的动向。如同在教会和中世纪诸侯的势力还十分强盛的十五世纪末,文艺复兴的天才们就创造出了精湛的写实美术一样。

在美术世界发生的这一现象,现在正在向所有艺术领域和生活文化领域扩展。无标题的音乐、分不出情节的电影、幻想性的照片,以及尽管既不方便也不华丽但却极其昂贵的时兴衣料和十分闷热的蓄长发及蓄胡须风尚的流行,等等,这些现象都包含了对合理主义精神的反动和超工业性的思想。

现在,在看到八十年代的变化的时候,我们可以明确地说:"新的社会来临了。"①

堺屋太一关于人类历史的具体分期,不一定能得到所有人的同意,但他指出的人类历史上"物质主义"与"精神主义"的左右摇摆、往复更迭类乎生态演替,发人深思;他所预告的在"现代化社会"之后,一个更看重"精神"的时代即将到来,也是让人振奋的,尽管他所说的"精神"的内涵与我们并不完全一致,但毕竟一个"新的社会"就要到来了。

综上所述,在对文学艺术史观的重新审视中,我们是否已经获得了这样一些启示:与人类社会生活中的政治、经济、伦理、宗教诸因素一样,"自然"的因素在文学艺术史的研究中也应当受到高度重视;文学艺术史与生态系统演替

---

① [日]堺屋太一:《知识价值革命》,生活·读书·新知三联书店 1987 年版,第 110—112 页。

可能拥有更多的相似性。"直线的发展论"、"简单的进步论"对于描述文学艺术的历史都是不适宜的;文学艺术作品本身可以成为一个完整的"形式结构"或"符号系统",但它必然是一个开放的系统,存在于一定的自然、社会、精神环境之中,存在于文学艺术家与文学艺术欣赏者的心理活动中,一部完整的文学艺术史不能无视于这些内容。

在这一章中,限于作者个人的才识,也限于文字的篇幅,我们只能对文学艺术史的书写做一些浮光掠影的议论。应当说,在这个问题后边存在着更大的学术背景,那就是崛起于20世纪30年代之后的"史学革命"。"新史学"中的两个突出的生长点,一是由法国历史学家费尔南·布罗代尔提出的"长时段",一是由法国历史学家马克·布洛赫(Marc Bloch)力倡的"心态史"。在布罗代尔看来,历史可以从"短时段"上查看,也可以从"长时段"上审视。从"短时段"看,一场场战争,一位位英雄,一个个朝代,"你方唱罢我登场""此起彼伏如转轮",历史像一个"万花筒";而从"长时段"上看,从一个民族的风俗、心态、生产方式、价值观念上看,历史的演进又是异常缓慢的——简直就是"似乎不动的历史"。然而,布罗代尔认为,恰恰就是这些长时段的因素,才是推动历史的"内在力量"。不用再多解释,"文学艺术"显然属于历史的"长时段"因素。

在以布洛赫为代表的"心态史"学者看来,历史不仅仅是经济、政治、军事史,人们的风俗、习惯、游戏、庆典以及价值偏爱、伦理取向、宗教选择乃至想象、梦幻等等,对于历史整体的作用并不次于技术的发明、政体的改革、税收的多少、人口的增减。也无须再多作解释,"文学艺术"显然又是"心态史"的重要研究对象。

"新史学"研究视野的开拓,也为"文学艺术史"开拓了新的思路。按照法国"新史学"家雅克·勒高夫(Jacques LeGoff)的说法:"新史学"又是在这样一个更宏阔的学术背景下出现的:自20世纪中期以来,一些新学科渐渐在更大的范围内普及,其中十分突出的就有"社会学""人类学""生态学""符号学"等;一些传统学科纷纷被添加上"新"、"现代"、(现在则是"后")之类的修饰词,充实了新的、时代的内容;学科之间跨越界限,促进大量跨学科研究活动的开展,不但有人文学科内部的跨越,还有人文学科与社会科学乃至自然科学之间的跨越,导致"历史人类学""心理语言学""社会生物学"以及"文化生态学"诸学科的出现。①

我们这本书里集中谈论的"生态文艺学",也应该属于这一学术大背景中展露的一种学术景观。

原本局限于自然科学框架内的"生态学",在介入人文学科之后,竟显示出如此巨大的"颠覆"力量。用现任布罗代尔研究中心主任伊曼纽尔·沃勒斯坦的话说:它迫使"各种价值重新回到了学术分析的中心舞台上",它有可能同时促成了"哲学的回归"!②

如果真是这样的话,我们在这本书中,把生态学观念作为考察文艺学现象的一种尺度,以期引起人们对于诗学、美学、艺术哲学的反思,引起人们对于文学艺术现象的再度评判,也就不算是过奢的期待了。

---

① 参见[法] 勒高夫等人主编:《新史学》,上海译文出版社 1989 年版,第 2—3 页。
② [美] 华勒斯坦等:《开放社会科学》,生活·读书·新知三联书店 1997 年版,第 71 页。

初版后记

　　最初并没有想到要写一部《生态文艺学》的书，但在我计划要写的《精神生态学引论》中，"文学艺术与精神生态"将是非常重要的内容，并且多年来我已经注意在收集这方面的资料。中国社会科学院 STS 研究中心主任殷登祥先生与天津社会科学院研究员徐恒醇先生主编一套"生态文化丛书"，丛书中一定要有一本《生态文艺学》，经北京的我的朋友杜书瀛研究员、陶东风教授的推荐，这任务就落在了我的肩上。

　　书的名字原定为《回归之路》，只把"生态文艺学"作为副标题，内心其实是在回避做成一门"学科"的艰巨和沉重，并试图借助文学的笔法偷懒、取巧，把研究与写作变得轻松一些。没想到主编未能容情，坚持要写成《生态文艺学》，于是就写成了现在的这个样子，学理上、心理上的准备不足自不在话下。

　　一想到这本书有可能是"生态文艺学"学科在中国的第一部专著，就更是让我头上冒汗、心中深为不安。不过，世上的许多事情都不是想好了才做起来的，况且我自己也曾向人们近乎炫耀地表白过：我一生的治学，就像一棵生长着的树，什么时候从什么地方冒出一根枝条来，自己也说不清。现在把它用在这里，恰恰可以自我解嘲了，并且还是一个"生态学"式的自我解嘲。

说过这些为自己开脱的话,我还是真诚地希望本书能够得到各方人士的批评指正,希望通过大家的一道努力,把"生态文艺学"这门学科早日建设起来。

徐恒醇先生在我写作此书的过程中曾多次来信、来电指教、磋商并提供有关资料、代为翻译了本书的英文目录;陕西师范大学教授畅广元先生在"生态文艺学"的学科构想与建设方面提供了许多切实可行的创意;陕西人民教育出版社曾提供方便邀我前往北京商讨"丛书"的写作,责任编辑王方女士还曾亲赴海南与我交流此书写作、出版的意见。对于这些给我以实际帮助的朋友们,我再次表示深深的感谢。

鲁枢元

2000 年 5 月 2 日于海南大学

新版后记

　　新冠疫情连绵不绝已经三年,这本旧著的修订多在社区封控、静默管理、核酸查验的日子里,楼前的女贞、香樟青翠欲滴,一对斑鸠倒是能够自由地在墙里墙外飞来飞去。

　　按照德日进的说法,人之为人是因为唯有人才具备反思、反省、自我审视、自我纠错的能力。这场旷日持久、蔓延全球、惨烈肃杀的瘟疫不但是一场全球性的生态灾难,也是一场文化灾难,一个知识人应该进行深刻的反思,从对一座丛林、一只蚂蚁、一种病毒的反思到对一个国家、一种体制、一片社区、一位受难群众的反思,而生态学的视野可以成为我们进行反思的重要途径。

　　从本书初版面世,至今二十二年过去。世界生态批评浪潮日益高涨,国民的生态保护意识有所加强,有关生态文化的出版物层出不穷,现实生活中提供的各类素材目不暇接,这为我的修订工作提供了许多有利条件。但也正因为可以参照的东西太多,也给修订带来取舍上的困难。还是佛祖的那句话:"弱水三千,取一瓢饮。"我只能够写下我自己能够理解的、乐于接受的。修订大约用去一年多的时间,补充及改写了近20万字,约占全书篇幅的一半以上。我学识有限,但我确实尽力了。

在我从事生态批评、生态文艺学研究的道路上,两位同一研究领域、较我年长的学者余谋昌先生、曾繁仁先生,给予我诸多扶持与栽培;中国生态保护的先行者梁从诫先生、著名作家王蒙先生、著名学者乐黛云先生都曾对我的研究工作给予热情的鼓励与指导。

1995 年,我在海南大学成立精神生态研究所并筹办《精神生态通讯》,得到时任社科中心主任的曹锡仁先生的大力支持。

2002 年我调入苏州大学,组建"生态批评研究中心",生态文艺学研究进入关键时期,我的研究工作得到主管文科教学的田晓明副校长的高度重视。

十多年前,我有幸受邀参与联合国教科文组织"人与生物圈计划"中国委员会的工作,得以参与许多大型田野考察活动,为我的生态文化研究获取较多的感性知识与实践经验。我做出的一点点细微成绩,竟受到委员会主席许智宏院士的表彰,让我感动不已。

2015 年我从苏州大学退休后,得到黄河科技学院及我的母校河南大学的聘任,先后在郑州、开封两地建立"生态文化研究中心""生态文化研究所"。在两所学校的支持下,我的研究工作不但因此得以继续下来,还打开了新局面,做出一些以往不容易做到的事情。也就是在这一时期,在旅美学者王治河教授、樊美筠教授的无私协助下,成立了"后现代与生态文化研究中心",与美国"中美后现代发展研究院"建立了密切联系。

新世纪开端,奉改革开放所惠,与海外同行学者的往来、交流增多,开阔了我的眼界,给我原本相对封闭的学术空间增添了许多讯息和能量,本书中多有提及。我相信,异己的文化就如同身体中的微量元素,有时只需要一点点就可以产生意外的生物化学作用,保障新陈代谢过程的健康运转。在长年对外学术交往中,我得到诸多通晓外国语言的专家与朋友或口译或笔译的帮助,令我感激不尽。他(她)们是韦清琦、王治河、樊美筠、张来民、周敏、李勇、黄逸民(中国台湾)、张嘉如(美国)、孟祥春、王晓华、程相占、王诺、陈红、刘蓓、丁永祥、胡志红、宋丽丽、刘丽丽、潘华琴、梅雨恬、胡艳秋、徐聪、张昭希等,在此一并感谢。

此书的修订出版,还曾受到华东师范大学出版社王焰社长的关心。浙江文艺出版社上海分社社长曹元勇博士投入了格外的心力,确保此书以如此精美的面貌面世。对此,我要再道一声感谢!

就在我赶写这篇后记时,美国著名建设性后现代思想家大卫·雷·格里芬因病去世,享年83岁。我读过他的一些著作,还曾在2012年山东大学生态美学国际研讨会上相聚,在我的印象里,他是一位仪表堂堂、热情温和的学者。实际上却又是一位思想激进、文字犀利、政治意识强烈的生态斗士。他对美国社会的批判非常尖锐,对中国的现实生态政治却多有赞誉,往往出乎我的意料。

在那次会议上,格里芬对于中美合作遏制大气变暖尚且怀有一定的信心;十年过后,国际形势发生巨大变化,中美两个大国之间的合作遇到重重障碍,关于遏制大气升温、全球变暖的进程踟蹰不前,未来黯淡无光。格里芬在那次会后出版的《空前的生态危机》中叹息:人类在将来的几十年里,生活到底是不愉快的,或根本就无生活可言。① 这与本书中提到的一些先哲、先贤们的感受是一致的,连美学都加入助纣为虐的时代浪潮中,这个世界很难变得好起来。

"一个技术上先进的社会居然在实质上选择自毁,这似乎是不可想象的。但这却正是我们正在干的事。"格里芬将此归结为"傻瓜当权""政治的失败"。人,包括政治领导人,常常干傻事,甚至在危险变得明显时,却仍然因循苟且我行我素。②

德日进从他立足的宇宙学的长时段看,相信前途是光明的,地球人类在未

---

① 〔美〕格里芬:《空前的生态危机》,华文出版社2017年版,第15页。
② 同上,第218—219页。

来必然会遵照自然发展的规律联合一致、在雅善与友爱的促进下凝聚成一个命运的共同体,眼下的黑暗时期正预示着曙光的必将到来。

我们别无选择,我们只有相信曙光在前,尽管前方很遥远,让我们一代接一代地努力下去。

姑苏城外暮雨楼

2022 年 12 月 28 日

附录一
常见生态文化名词浅释

（按词语字数、汉语拼音首字母顺序排列）

变量（variable）：在某一过程中或在某些条件下促使系统内发生变化的因素。

共生（mutualism）：两种不同生物之间所形成的紧密互利关系。动物、植物、菌类以及三者中任意两者之间都存在"共生"。在共生关系中，一方为另一方提供有利于生存的帮助，同时也获得对方的帮助。两种生物共同生活在一起，相互依赖，彼此有利。倘若彼此分开，则双方或其中一方就无法生存。

和谐（harmonious）：系统内的各个组成部分在一定条件下相辅相成、相反相成、互利互惠、互补互生、平衡发展的状态。

环境（environment）：围绕人类生存的空间中可以直接或间接影响人类生活和发展的各种自然因素的总称。对人的心理发生影响的环境则称为心理环境。

寄生（parasitism）：一种生物依赖另一种生物提供水分和养分而生存的现象。提供水分养分的生物体称寄主或宿主（host），依赖寄主才能生存的生物称寄生物（parasite）。寄生物与寄主的关系为寄生与被寄生的关系。

净化（purify）：清除杂质使物体达到纯净的过程；哲学中也指节制低劣本

能或欲望以维护纯真天性的过程。

竞争(competition)：动物在个体间、群体间或物种间为争取食物、生存空间或遮蔽物等需要而发生的冲突。在同种动物不同成员间的竞争称为种内竞争，常表现为直接的冲突和侵犯形式；不同种动物个体间的竞争，称种间竞争，最常见的是某种动物所利用的生存资料被其他物种成员所取用而发生的冲突。

克隆(clone)：克隆是指生物体通过体细胞进行的无性繁殖，以及由无性繁殖形成的基因型完全相同的后代个体；通常是利用生物技术由无性生殖产生与原个体有完全相同基因的个体或种群。

绿党(green party)：20世纪70年代欧洲生态运动兴起时催生的政党，绿党提出"生态优先"，基本主张是：生态永继、草根民主、社会正义、世界和平。20世纪后期开始由欧洲扩散到美洲、澳洲、非洲、亚洲，世界各地许多国家都成立有绿党。绿党的宗旨明显与传统的资本主义政党、传统的社会主义政党都不相同，它代表的是政治上的弱势团体或少数族群，在西欧大部分国家成为平衡左、右翼政治力量格局的重要力量。绿党积极参政议政，反对核试验，反对经济生产破坏生态环境，倡导建立生态保护区，推动了全球生态环境保护运动。

生境(habitat)：生物物种生存繁衍完成世代生活史所要求的生存条件及其他生态因素的环境条件的总和。

生态(ecology)：指生物的生理特性、生活习性，也指生物对自然界的依赖、适应状态。学科意义上的"生态"源于古希腊文字，意指家园(house)或者栖息地。原本指生物在一定自然环境中的生存和发展状态，渐渐扩及生物体在一定社会环境、文化环境中的生存状态。

适应(adaptation)：细胞和由其构成的组织、器官因内、外环境中各种有害因子的刺激作用而产生的非损伤性应答反应。心理学中主体通过一定的调节对客体的顺应，乃心理发展的动因。

突变(mutation)：一个基因内部结构发生的可遗传变异。狭义的突变专指基因突变,也称点突变,它通常可以引起一定的表现型改变。由基因突变而引起表现性状突变的细胞或个体,称为突变体。广义的突变还包括染色体畸变。

物种(species)：生物分类学的基本单位。物种是互交繁殖的相同生物形成的自然群体,与其他相似群体在生殖上相互隔离,在自然界占据一定的生态位。一个物种由共同的祖先演变发展而来,是生物持续演化的基础。

休闲(fallow)：在可种作物的季节或全年,对耕地采取只耕不种或撂荒来养地的一种方式。主要作用是有利于土壤积蓄水分、减少作物对土壤水分养分的消耗、潜在养分矿化为作物可利用的有效养分。休闲又指在工作之外的时间里通过文娱活动、体育锻炼或休息静养等方式调节身心状态以达到体能恢复、身心健康的生活方式。

植被(vegetation)：在一定地区内,覆盖地面的植物及其群落的总称。地球表面每个地带或每个地区,都有一定类型的植被。地形、气候和土壤等环境条件的差异,是导致植被具有各式各样的类型及其分布特点的重要原因。

自然(nature)：广义指具有无穷多样性的一切存在物,与宇宙、物质、存在、客观实在等范畴同义,通常分为非生命系统和生命系统;狭义的自然指与人类社会相区别的物质世界,即自然科学所研究的无机界和有机界。又指存在于宇宙万物之中,保持宇宙万物内在平衡的一种属性。在中国古代,"自然"是《道德经》中的重要概念,意为"自其然也"、宇宙间无以名状的自在体。引申为原本如此、自然而然。

精神圈(noosphere)：是法国古生物学家德日进的重要哲学论著《人的现象》中的关键词。指在以往生态学划定的岩石圈、水圈、大气圈、土壤圈、生物圈之外,存在着的一个由人类的情感、意志、思维、智慧、愿望、信仰构成的"圈",即"精神圈"。精神圈是地球演化的高级生成物,是普遍物质生出的"精神之金",是地球披上的一层"新的皮肤"。地球"精神圈"对于生态美学、生态文艺学更是一个不容忽略的存在。

栖息地（habitat）：物理和生物的环境因素的总和，包括光线、湿度、居处等，所有这些因素一起构成适宜于生物居住的某一特殊场所。它能够提供食物和防御捕食者等条件。各种生物总是按照自己适合的环境条件来选择栖息地。

人类纪（anthropocene）：由诺贝尔奖获得者、荷兰大气化学家保罗·克鲁岑提出，被认为是一个全新的地质时期。这一时期的开始以 1784 年瓦特发明蒸汽机为标志。从那时起，人口的急剧增长、人类活动能力的快速增强，已经成为改变地球物理、化学、生物实际状况的主要因素。人类甚至还把自己的力量投放到太空与太阳系。人类纪的出现标志着人类文明的发展已经改变了传统的根据地层和古生物划分地质时期的格局。

生态场（ecological field）：生物与生物之间以及生物与环境之间相互作用形成的充满势能的时空范围，是由光、温度、水、二氧化碳、营养成分等物质性因子相互作用生成的空间。

生态村（ecological village）：最早由丹麦学者罗伯特·吉尔曼（Robert Gilman）提出——生态村是以人类为尺度、人类的活动不损坏自然环境为原则的居住地。生态村坚持健康地开发利用资源以维持社区的持续发展。

生态位（ecological niche）：又称生态龛，指在生态因子变化幅度中，能被生物占据、利用或适应的部分环境。美国学者罗斯韦尔·约翰逊于 1910 年首先提出这一名词，用以描述同一地区不同物种可以占据环境中的不同位置。

生态学（ecology）：德国生物学家恩斯特·海克尔于 1866 年定义的一门学科。是研究生物体与其环境（包括生物环境和非生物环境）以及生物体与生物体之间相互关联、相互作用的学科。系统论、控制论、信息论的引入，促进了生态学理论的发展。

生物量（biomass）：某一时间内、某一单位面积或体积的栖息地内生物群落中所有生物的总的个数及总的重量（干重、包括生物体内所存食物的重量）。

通常用 kg/m² 或 t/hm² 表示。

生物圈(biosphere)：地球上所有生命体活动的领域,包括生命体与其生存的环境。生物圈由35亿年前生命起源后逐渐演化而来,是生物界与水圈、大气圈及岩石圈、土壤圈长期相互作用的结果,是地球上生命物质与非生命物质的自我调节系统。它是地球的一个外层圈,其范围大约为海平面上下垂直约10公里,对于地球来说只是薄薄的一层。生物圈内物种繁多,人类已经成为地球生物圈中占据统治地位的物种,对生物圈造成巨大影响。

生物体(organisms)：拥有生命的个体,包括动物、植物、微生物。其共同的物质基础是：都含有蛋白质和核酸。其共同的结构基础是：除病毒等少数种类以外,生物体都是由细胞构成的。病毒不具备细胞结构,需要依赖于寄主细胞才能进行繁殖。

生物钟(biological clock)：生物生命活动具有周期性变化的现象,亦称"生物节律"。由于生物体的这些生命活动具有"时间性",故称为"生物钟"。

食物链(food chain)：由生产者和各级消费者组成的物质与能量运转序列,是生物之间食物关系的体现。

田园诗(bucolic poem)：诗体名。传统社会中歌咏田园生活的诗歌,多以自然风物与乡土景色及农民、牧人、渔夫等的日常生活为题材。创作的原动力是人们对质朴、率真的感情的追求和对与城市生活相对应的田园生活的渴望,多赋有乌托邦式的理想。欧洲古代的田园诗由古希腊诗人忒俄克里托斯首创,兴盛于19世纪欧洲以济慈、华兹华斯、柯勒律治为代表的湖畔诗派。在中国,东晋诗人陶渊明为田园诗体的开创者,后为王维、苏轼、陆游等唐宋诗人发扬继承。

有机体(organism)：泛指一切有生命的、能实现生命活动过程的生物个体,包括微生物、植物和动物。从最低等、最原始的单细胞生物到最高级、最复杂的人类。

原生态(original ecology)：文化艺术界借用生态学理念的一种表达方式,

指产生于民间的、原始的、散发着乡土气息而没有被专业人士特意修饰、雕琢的表演形态,包含原生态唱法、原生态舞蹈、原生态歌手、原生态大写意山水画等。

自然美(natural beauty):以往人们认为自然美的本质特征是人的本质力量在自然事物中的感性显现,是自然性与社会性的统一。从生态美学的立场看,美是自然界的天然属性,各种自然事物其自身的质料、质地、结构、色彩、光泽、形状等均可以呈现出美的现象。人类可以发现、感受、审视自然界的美,但自然美的存在并不是依赖人的意志、人的实践而存在的。物理学界中如日月、潮水、彩霞、矿石;生物学界如植物的花朵、昆虫的肤色、鸟类的鸣叫、兽类的犄角都具备自在的美的法则与元素。

地球升温(global warming):即全球变暖。由于人们大量燃烧化石燃料,如石油,煤炭等,产生大量二氧化碳等温室气体,这些温室气体对来自太阳辐射的可见光具有高度透过性,而对地球发射出来的长波辐射具有高度吸收性,从而大量吸收地面辐射中的红外线,形成温室效应,导致气温上升、地球温度不断升高、全球气候变暖。

盖娅假说(gaia hypothesis):以古希腊神话中的大地女神"盖娅"命名的一种假设学说。20 世纪 60 年代,英国科学家詹姆斯·洛夫洛克将地球比作一个自我调节的有生命的有机体以说明生命体与自然环境——包括大气、海洋、植被、极地冰盖之间存在着复杂连贯的相互作用。这些相互作用的结果使地球保持着适度的稳定状态,以使生命持续生长繁衍下去。对于地球来说,这种体内平衡,即通过内部调节维持自身和谐的现状,近乎生命体的内在机能,从这个意义上说,"地球是一个活物",地球像一位伟大的母亲,养育着万物的生长。"假设"现已基本上被证实是存在的,已经成为西方环境保护运动和绿党行动的一个重要的理论基础。

公害文学(environmental literature):"公害"一词最早见于日本 1896 年的《河川法》中,指河流侵蚀、妨碍航行等危害,现用来泛指各种污染源对社会公共环境造成的污染和破坏。公害文学即是一种以揭露、批判污染环境和破坏生态的行径为主要内容,以唤醒人们环境保护意识为主要目的的文学。

环境保护(environmental protection):一般指人类为解决现实或潜在的环境问题,协调人类与环境的关系,保护人类的生存环境、保障经济社会的可持续发展而采取的各种行动的总称。其采取的方法和手段,有工程技术的、行政管理的,也有经济的、宣传教育的等。

环境污染(environmental pollution):自然环境中混入了对人类或其他生物有害的物质,其数量或程度达到或超出环境承载力,从而改变环境正常状态的现象。具体包括:水污染、大气污染、噪声污染、放射性污染、重金属污染、荷尔蒙污染等。

荒野哲学(wilderness philosophy):由罗尔斯顿在《哲学走向荒野》中明确提出,其中的主要观点有:荒野是一切生命形式和人类文化的根源、是人以外的众多生命形式的家园,同时也是人类精神的家园。荒野哲学使得人们更加关注生态环境,关注自然界的稳定、美丽、完整,关注曾经作为人类掠夺对象的自然界的价值、权利,试图从哲学的高度重建人与自然的关系。

极简生活(minimalist life):针对消费社会人们物欲极度膨胀提出的一种生活方式,主张对日常生活用品做"减法",去除对繁冗奢华的生活物质的占有,力倡在减少物质消耗的条件下过上简便舒适、井井有条的生活。

精神环保(spiritual environmental):由于人们对物质生活的追求已成为一种偏执,而力求通过构造一种世俗的、物质的安全感来代替已经失去的精神上的安全感,精神问题已经被消解掉。针对这种状况,阿尔·戈尔指出:人们对地球以及社会生活的体验本是由"内在的生态规律"控制的,在"科学和技术革命"的冲击下,人类的这一"内在生态规律"严重地失去了平衡,人们在"物"的迷恋中迷失了"心"的意向,更深层的生态危机发生在人的精神领域:"环境危机就是精神危机"。因此需要通过改变自我,通过培养健全、良好的精神内涵,调整人与自然的关系,实现环境安全、地球安全的目的。

精神生态(spiritual ecology)：人类在地球"精神圈"中的生存状况。人的存在,可以划分为三个层面：生物性存在;社会性存在;精神性存在,分别体现为人与自然的关系、人与他人的关系、人与自我内心世界的关系,于是人类的生存便拥有自然生态、社会生态、精神生态三个层面。精神生态的内涵为人类精神(情绪、思维、意志)活动与其所处自然环境、社会环境、文化环境的相互关系。精神生态研究有益于现代人精神的健康成长、有益于人与自然的关系的和谐相处,从改变人类自身的角度为拯救地球生态危机提供一条可供参考的思路。

精神污染(spiritual pollution)：与意识形态领域所说的"精神污染"不同,生态批评中的精神污染指人类社会的生态失衡、环境污染正在不知不觉中向人类的心灵世界、精神世界迅速蔓延。越来越严重的污染发生在人类自身内在的"精神污染"：科技主义对于人的健康心态的侵扰、商品经济对于人的质朴情感的腐蚀、消费文化对于人的心灵渠道的壅塞等。精神领域内这种生态学意义上的污染,随着集成电路、生物工程的开发,"人的物化""人的类化""人的单一化""人的表浅化""意义的丧失""深度的丧失""道德感的丧失""历史感的丧失""交往能力的丧失""爱的能力的丧失""审美创造能力的丧失"也在日益加剧。比利时生态学教授迪维诺在70年代初就曾讲到"在现代社会中,精神污染成了越来越严重的问题",当代人的许多精神问题,都是随着社会发展同步俱来的,"精神污染"在这里是个超越了国度、民族、阶级、意识形态的概念。

警示电影(warning film)：一种针对生态灾难具有警醒、启示作用的电影类型。其表现的内容涉及生态危机、人性危机、科技和经济发展的后果、工业化和城市化进程的影响诸多方面,通过展示生态灾难带来的巨大危害,给受众提供视觉和心理上的巨大冲击,使得他们反思灾难形成的原因,并对人类本性及社会机制进行思考,寻求人与自然矛盾的根源及解决办法。

科学主义(scientism)：一种把自然科学理论作为整个哲学基础,把科学技术视为解决人类面临的一切问题的唯一手段的思想观念。科学主义将科学当作信仰，其本身就是矛盾的。

理性主义（rationalism）：17、18 世纪在欧洲发展起来的哲学传统，以笛卡尔、斯宾诺莎、莱布尼茨为代表，又称"唯理论"。它以数学作为知识的模型，否认感觉经验的可靠性，认为具有普遍必然性的知识都只能从某个自明的第一原理推演出来，与强调宗教信仰、道德情感、心灵交流等非理性的见解相对立。坚信严密的逻辑思维是获得真理的唯一途径，也是人的存在的本质所在。相信现象之下总是存在着本质决定因素，而本质就像数学题的正确答案一样，是唯一的。因此，理性主义多有专断倾向。

绿色写作（green writing）：写作者怀着强烈的生态整体性意识，凭借个性化的"绿色语言"（green language）描述田园、山林和荒野等人类生存环境的文学范式。其作品主要反思由于人类行为导致的人与自然的不平衡关系，认为自然环境是人类历史与自然发展史紧密相连的永久在场。绿色写作的最大特点是作者聚焦环境恶化、生态危机等现象，以反思人类行为为主，字里行间流露出强烈的批判光芒与忧患、愤慨之情。

人地关系（man-land relationship）：人类活动与地理环境的相互关系，自人类起源以来就已经存在，随着现代社会的发展，各地区的自然结构和社会经济结构在不断改变，地理环境对人类社会的影响和反作用也日益增强，导致人地关系全面处于剧烈的对抗中。如何协调人地关系，并促使人类社会不断和谐地发展，是现今人地关系研究的核心。

人类中心（anthropocentrism）：一种以人类为世间万物中心的学说。古希腊哲人普罗塔哥拉的"人是万物的尺度"表达了最早的人类中心思想，即站在人类的立场上观察、衡量一切事物，夸大了人改造世界的能力，颠倒了人与自然界的关系。具体表现在以下三个方面：（1）在人与自然的价值关系中，人类是主体，自然是客体，价值评价的尺度始终掌握在人类的手中，所谓"价值"皆是指对于人是否有用；（2）在人与自然的伦理关系中人是目的；（3）人类的一切活动都是为了满足自己生存和发展的需要,一切都应当以人类的利益为出发点和归宿。

社会生态(social ecology):人类社会和自然环境相互作用的生活状态,主要表现在人与人之间的关系上。社会性的人与其环境之间所构成的生态系统被称为社会生态系统,而研究这一系统的学问被称为社会生态学。社会生态学是一种从社会角度对生态问题进行考察的学问,强调生态问题的根源在于社会制度,并将生态问题与社会问题综合起来进行研究,试图在人与自然、社会与自然的相互作用中制定一种新的社会生活方式。

生生美学(esthetics of "creating life"):生态美学的中国传统形态,产生于丰厚的中国传统文化土壤之中,具有明显区别于西方美学的中国气派与中国风格。以"天人合一"的文化传统为文化背景,以阴阳相生的古典生命美学为基本内涵,以"太极图示"的文化模式为思维模式,以线型的艺术特征为艺术特性。生生美学反映了中国人特有的生存与审美方式,它是一种有生命力的艺术与美学,已成为当代美学特别是当代生态美学建设的重要资源。

生态冲突(ecological conflict):生物圈内生物体与其环境及其他生物体之间发生的矛盾、对立、争斗,主要表现在人与自然环境之间。工业社会以来,人与自然之间的关系恶化,冲突日益激烈,成为严重的社会问题。生态冲突也表现在国家、民族、社区、不同阶层之间由于生态问题发生的冲突,以及人类代际之间潜伏的生态隐患。

生态价值(ecological values):价值属于关系范畴,指客体能够满足主体需要的效益关系,是表示客体的属性和功能与主体需要间的一种效用、效益或效应关系。由于互为主体的关系,价值也总是相对的,比如蜜蜂与花朵的关系,就采蜜与授粉的不同效用而言,主体与价值的产生都是相对的。生态价值主要包括以下三个方面:(1)地球上任何生物个体,在生存竞争中都不仅实现着自身的生存利益,同时也为其他物种和生命个体的生存创造条件。即任何一个生物物种或个体的存在,对其他物种或个体的生存都具有积极意义。(2) 地球上的任何一个物种及其个体的存在,对于地球整个生态系统的稳定和平衡都发挥着作用,即贡献一定的价值。(3) 自然界整体的稳定平衡是人类生存的必要条件,因而对人类的生存具有"环境价值",而人类的盲目活动则会给自然界带来"负价值"。

生态伦理(ecological ethic):生态伦理即人类处理自身与其周围的动物、植物、自然生态环境的关系的一系列道德规范,是人类在进行与自然生态有关的活动中所形成的伦理关系及调节原则,表现出人类对自然生态系统的道德关怀,其中也蕴藏着人与人的道德关系。生态伦理学是研究人与自然之间道德关系及受人与自然关系影响的人与人之间的道德关系。其中有深浅程度的不同,俗谓"深绿""浅绿"。浅绿赞成保护动物、环境和大自然,最终还是为了人类自己的利益;深绿认为这些被保护的对象本身就拥有存在的权利与价值,人与其他自然存在物都应该为地球生物圈整体的安全、健康负责并做出贡献。

生态美学(ecological aesthetics):一门研究人与自然生态环境的审美关系和维护、创造生态环境美的科学,也是美学分支学科之一。生态美学主张突破"人类中心"论,认为人类应尊重、敬畏大自然的规律和内在价值,以人与自然、生态环境的和谐相处,共存共荣为价值导向,以人与自然生态平衡、协调的审美状态为审美取向,以保护人与自然生态这种生命共同体的和谐、稳定和美好为历史使命。生态美学强调审美主体内在与外在自然的和谐统一性,审美不是主体情感的外化或投射,而是审美主体的心灵与审美对象生命价值的融合。生态美学主张审美主体将自身生命与对象的生命世界和谐交融,生态审美意识不仅是对自身生命价值的体认,也不只是对外在自然审美价值的发现,而且是生命的共感。生态美学是当今世界新兴生态文化的组成部分。

生态农业(ecological agriculture):利用生态系统即生物体与环境、生物与生物之间,在物质循环和能量转化过程中建立的一个互相依存、互相制约、多层次、多序列、多结构的完整网络——以内部的物质循环和能量转换来提高产量的农业制度。生态农业作为一门学科来研究,在世界上仅有 20 多年的历史,它既吸收了传统有机农业的优点,又扬弃了石油农业的弊病,在生产过程中各种资源得以循环、持续使用,有效地保护了生态环境,所以又称作"持续农业"或"环境农业"。

生态批评(eco-criticism):20 世纪 70 年代在美国萌生的一种文学和文化批评潮流,主要探讨文学与自然环境之间的关系,是长期以来的环境问题和生态问题在文学研究领域的映射。生态批评作为一个新的批评体系,既有文学批评,也涵盖其他艺术门类的评论,甚至已经渗透到整个文化研究领域,通过独特的生态视角重新思考和审视人与自然、与生态环境的关系。生态批评以生态整体主义哲学为核心思想,以实现生态系统的整体利益为最高目标。

生态平衡(ecological equilibrium):在一定时间内生态系统中的生物和环境之间、生物各个种群之间,通过能量流动、物质循环和信息传递,相互之间达到高度适应、协调和统一的状态。也就是说当生态系统处于平衡状态时,系统内各组成成分之间保持一定的比例关系,能量、物质的输入与输出在较长时间内趋于相等,结构和功能处于相对稳定状态,在受到外来干扰时,能通过自我调节恢复到初始的稳定状态。在生态系统内部,生产者、消费者、分解者和非生物环境之间,在一定时间内保持能量与物质输入、输出动态的相对稳定状态。

生态时代(ecological age):工业时代之后人类社会的发展进入的一个新的历史时期。与工业时代的知识体系、世界观念、社会发展理念相比都产生了根本的区别。最基本的特点是从生态学的世界观出发,将人类与自然视为一个统一的有机整体,生态养护与经济生产协调发展,人类通过改变自己的精神世界以达成人与自然的和谐共处、共生共荣。

生态危机(ecological crisis):生态环境被严重破坏,使地球上的诸多物种受到伤害,人类的生存与发展受到威胁的现象。在多数情况下并不是一般意义上的自然灾难,而是由于人类盲目和过度的生产活动所引发的环境质量下降、生态秩序紊乱、生命维持系统瓦解,是生态失调的恶性发展结果。生态危机有其发生和发展的过程,这种危机在潜伏时期往往不易被察觉,但危机一旦形成,在较长时期内难以恢复,甚至不会恢复。因此,当它还处在潜伏状态时就应该提醒人们警觉起来。

生态文化(ecological culture):崇尚自然、敬畏自然、将人类与自然视为一个整体、力促人类社会与自然共生互存、和谐相处的文化。是人类根据人与自然生态关系的需要和可能,最优化地解决由生态冲突反映出来的思想、情感、观念、意识的总和。生态文化的形成,意味着近代以来人类统治自然的价值观念的根本转变,标志着以人类为中心的价值取向朝着以地球生态系统的安全为最高利益的价值取向的转变。

生态系统(ecosystem):英文缩写 ECO,指在自然界的一定的空间内,生物与环境构成的统一整体。在这个统一整体中,生物与环境之间相互影响、相互制约,并在一定时期内处于相对稳定的动态平衡状态。生态系统的范围可大可小,相互交错,最大的是生物圈,包括了地球上一切生物及其生存环境。小的如一片森林、一块草地、一个池塘、热带雨林中的一段朽木都可以看作是一个生态系统。一个生态系统由非生物性的物质和能量与有生物体扮演的生产者、消费者、分解者组成,正常情况在系统内发挥各自的作用,形成生态系统的自我调节能力,以保持自身稳定运转。生态系统是开放系统,为了维系自身的平衡与稳定,生态系统内始终进行着物质循环、能量交流、信息传递,否则就有崩溃的危险。生态系统是生态学领域的主要结构和功能单位,属于生态学研究的最高层次。

生态陷阱(ecological trap):一种修辞学中的隐喻,以陷阱比喻那些预伏的生态祸患、始料不及的生态灾难。而这些灾难多是由于人类自己的观念与行为酿成的,人们却浑然不知。

生态压力(ecological stress):一方面,指危及生物个体或种群的生长和生殖的外界干扰(如寒冷、干旱或饥饿等)及其所产生的生理效应;另一方面,指危及生态系统稳定性的外界干扰(如人口增长、资源短缺或环境污染等)及其所产生的效应。当外界生态压力超过系统调节能力时,便可能破坏系统内的生态平衡,导致生态系统的结构紊乱、功能失调、生物量下降和生物生产力衰退等严重后果。

生态演替(ecological succession):随着时间的推移,一种生态系统类型被另一种生态系统类型替代的顺序过程,是生物群落与环境相互作用导致生境变化的过程。引起生态系统演替的外因有自然因素和人为因素。自然因素有海陆变迁、火山喷发、气候演变、森林大火、虫害鼠害、外地动植物侵入等;人为因素有砍伐森林、开垦草地、开山采矿、恶性渔猎、滥施化肥农药等属于人为因素。这些因素或单一或综合发挥作用而引发一个生态系统的颠覆性变化。演替趋向可分为进展演替和逆行演替。在地球诞生生命后几十亿年里,各类生态系统一直处于不断地发展、变化和演替之中,对生态演替的理解有助于对自然生态系统和人工生态系统进行有效管理,还可以促进退化的生态系统的恢复。

生态哲学(ecological philosophy):一门新兴的哲学,以生态学为核心观念的世界观,是用生态系统论的观点和方法研究人类社会与自然环境之间的相互关系及其普遍规律的学科。倡导人和宇宙的精神统一性,维护自然界的和谐性和完整性,对人类社会和自然界的相互作用进行综合的哲学研究。生态哲学反对不加节制的工业发展、技术统治的理性主义、大都市主义,以追求人与自然和谐发展为目标。生态哲学还曾影响到西方政治团体"绿党"的建立。

生态正义(ecological justice):指个人或社会集团的行为符合生态平衡原理,符合生物多样性原则,符合全球意识及世界人民保护环境的愿望,符合"只有一个地球"的全球共同利益,符合互生互利的人类共同福祉,符合为子孙万代保护环境的可持续发展观。

生态足迹(ecological footprint):也称"生态占用"。特定数量人群按照某种生活方式所消费的自然资源、生活物资与能量,以及对其废弃物处理所消耗的资源与能量,可以用生物生产性土地(或水域)的面积来加以衡量。好比一个人的粮食消费量可以转换为生产这些粮食所需要的耕地面积,他所排放的二氧化碳总量可以转换成吸收这些气体所需要的绿色植被的面积。就如同一具承载着相当分量的物质消费的人体,践踏在大地上留下的脚印。消耗资源的多寡不同,脚印的大小、深浅也就不同。比如,富有的美国人是肥胖大汉,贫困的津巴韦人是瘦弱小孩,踏在土地上的"足迹"自然不同。

生物群落(ecological community):相同时间生活在同一区域或环境内的生物种群的聚合体。群落内的生物具有一定结构和功能,并且相互依存、相互制约。德国学者默比乌斯(K. A. Mobius)1877年最先应用"生物群落"一词。

诗意栖居(poetic habitat):出自荷尔德林的诗句,是海德格尔倡导的一种存在方式。"栖居"指人的生存状态,"诗意"指通过诗歌等获得心灵的解放与自由,"诗意地栖居"旨在通过人生艺术化和诗意化来抵制科学技术所带来的个性泯灭以及生活的刻板化和碎片化。诗意可以抵制现代技术将世界同一化;抵制人和自然脱节,感性和理性脱节,人成为被计算的物质。在市场经济快速发展的当代,人生好像变成了叔本华比喻的"钟摆":在痛苦与无聊之间往复摆动,终日为生存而劳作,欲望得不到满足时就会痛苦,当欲望得到满足时就感到无聊。叔本华给出的排除这一困境的答案就是艺术创造,通过人生艺术化和诗意来抵制工业文明带来的个性泯灭及生活的刻板化和碎片化。

温室效应(greenhouse effect):大气保温效应的俗称。大气能使太阳短波辐射到达地面,但地表受热后向外放出的大量长波热辐射却被大气吸收,这样就使地表与低层大气温度增高,因其作用类似于栽培农作物的温室,故名温室效应。自工业革命以来,人类向大气中排入的二氧化碳等吸热性强的温室气体逐年增加,大气的温室效应也随之增强,已引发了包括极地冰川融化、海平面升高在内的一系列极其严重的生态问题。

物种灭绝(species extinction):泛指植物或动物的某个种类不可再生性地消失、绝迹,表现为种内最后一株植物或最后一只动物的死亡。化石记录表明,地球上的物种至少经历了五次大灭绝,当下正面临第六次生物大灭绝。当代的大灭绝是由人类的数量急剧增长、超常活动引发的环境污染、生境破坏造成的。

消费主义(consumerism)：这里所谓"消费"并不是传统意义上人们对生活用品的需求与满足，而是指人与物品之间的一种特殊关系。消费主义是物质极为丰富前提下人们处理物与人的关系的一种观念，消费主义将刺激消费、大量消费视为社会经济发展的命脉与动力，物品的价值不再是它的实用价值而是交换价值。消费成为公民的生活目的与存在方式；消费的目的不再是实际生活需求的满足，而是它们的符号象征意义。不断刺激人们的消费欲望，快速满足并及时转换人们的消费心态，成为资本快速套利的奥秘。消费主义的逻辑是：生活中的一切都可以成为消费品，消费面前人人平等，公民的基本权利需要透过消费获得，积极的、巨额的消费者（如 VIP 金卡持有者）才能成为这个社会的好的公民，才有权享受社会供给的一切优级服务。

自然生态(natural ecology)：自然界存在的生物群落与其生活环境相互作用、相互制约所构成的统一整体。这个整体中也包括人类成员作为生物体与其环境构成的复杂存在。自然生态系统中包括四个基本组成部分，即非生物环境——光、气、土、水和营养物质等；生物的生产者有机体——绿色植物；消费者有机体——草食动物和肉食动物以及杂食动物；分解者有机体——食腐生物及微生物。自然生态有着自在自为的发展规律，且物种与物种之间具有一种相互依存的关系。

自然文学(natural literature)：把自然作为书写对象、以自觉的生态意识反映人与自然关系的文学作品，重在表现自然的坚韧与野性、爱与美、神秘与传奇等特征，强调人对自然的尊重。自然文学关注的不是自然本身，也不是自然背景中的人，而是人与自然的关系，这种关系，一方面是自然对人类的影响（物质、精神），另一方面是人对待自然的态度、人在自然中的行为。自然文学是一种关于美的文学，具有慰藉心灵、完善人格、普及自然知识等功能。

自然选择(natural selection)：生物在自然界的生存竞争中适者生存、不适者被淘汰的现象,最初由达尔文提出。自然环境对生物种群施加的影响制约并塑造着生物的个体变化与个体差异。适应生存条件的物种通过一代代的繁殖使他们的基因得以流传和扩展;而那些不适应生存条件的物种的基因,则在这样的漫长的过程中逐渐消失,看似自然选择了能够适应它的生物。自然选择的结果就是创造出了琳琅满目的物种,从低级到高级,从简单的菌类到充满智慧的人类,不同等级的生物得以共存。

自然哲学(philosophy of nature):一种以抽象的思辨方法提供自然界整体知识的哲学学说,也是现代自然科学的前身,主要思考人面对的自然界的哲学问题,包括自然界和人的关系、人造自然和原生自然的关系、自然界的最基本规律等。以德国的谢林哲学和黑格尔哲学为代表,他们将自然哲学看作用思辨方式考察自然界的创造过程,是高于一切经验自然科学之上的绝对的知识体系。

自然主义(naturalism):一种文艺思潮和创作方法。兴起于 19 世纪下半叶至 20 世纪初的法国。其理论的哲学基础是实证主义。主张文学艺术忠实地模仿自然,在客观生活现实面前不带任何政治、道德倾向,保持中立态度。强调把人物放到不同的环境中,以便测出人的情感在自然法则决定下的活动规律;认为生物学的规律决定着人物的心理、性格、情欲和行为,文学艺术作品应该着重探索人物生理上的奥秘,企图以自然规律特别是生物学规律解释人和人类社会。

城市生态学(urban ecology):20 世纪中期以来社会学家研究有关人与其他生物以及城市社区自然环境相互作用的一门学科,其核心课题是搞好城市的生态环境。它首先关注城市土地的合理使用,提出向心、扇形和多核心等街区设计,目的是便利交通,方便工作和生活,使住宅区处于优美环境之中。城市生态学家还提出了居民教育、邻里互助和社区服务的措施,同时,城市政治经济、人口问题和城乡关系也是城市生态学关注的内容。

反人类中心(anti-anthropocentrism):世界生态运动中日渐流行的一种思

潮,具有浪漫的、理想的色彩,存在多种争议。从现实的原因看,反人类中心观点是在全球性的环境和资源危机背景下提出来的,认为人类中心主义是生态破坏和环境污染的罪恶之源,人类必须对自身的历史与行为做出反思。它表达了人类在宏观和长远的高度上重新建立人与自然和谐关系的愿望,在警醒人类敬畏、尊重、爱护自然方面具有深远意义。

后现代浪漫(postmodern romance):王治河、樊美筠在《第二次启蒙》一书中将"诗意的生存"看作一种后现代的浪漫,认为后现代浪漫主义者推重精神生活,不向现实屈服,敬畏自然,热爱自然,希望过一种崇尚自然的简朴生活。后现代浪漫主义者是一些"能够细细品味自然的人",又是一些"人性丰赡、呵护精神尊严的人"。在现代人生活领域,形式不一的后现代浪漫已经暗潮涌动,开始为当代人营造新的生活情调和新的生活风格。

景观生态学(landscape ecology):介于景观学与生态学等学科之间的一门综合性学科,主要研究景观尺度上的生态学问题,特别是人类活动与景观的相互作用和相互协调问题。景观生态学力图为协调人类与景观的关系做出贡献,从人类生态学的角度探讨和解决一些根本性问题,如目前人类在景观生态系统中处于什么地位;改变景观或改变人类自身使人类处于合适地位的途径;未来人与景观的关系怎样发展才不至于导致景观功能退化等。

罗马俱乐部(club of Rome):一个研究未来学的国际性民间学术团体,同时也是一个研讨全球问题的智囊组织,成立于1968年,总部设在罗马,主要发起人是奥雷利奥·佩切伊博士(Aurelio Peccei),其成员是来自世界上46个国家的100名学者。罗马俱乐部主要探讨一些世界性的问题,如富裕中的贫困、环境的变化、杂乱无章的城市扩张、有限的自然资源与社会的可持续发展等等。其研究引起了关于人类社会未来发展前途的理论大讨论,对启发人们重视经济、社会与生态环境的协调发展起到了重要的思想先行作用。

绿色 GDP(green GDP):指在现有的国内生产总值(GDP)中扣除资源的直接经济损失,以及为恢复生态平衡、挽回资源损失而必须支付的经济投入后的生产总值。包括以往从不打入预算的空气、阳光等自然资源以及环境污染给社会造成的损失,在绿色 GDP 中都要计算在成本之内。绿色 GDP 能够较全面地反映经济增长与自然环境和谐统一的程度,显示出国民经济增长的纯净程度;绿色 GDP 占 GDP 比重越高,表明国民经济增长对自然的负面效应越低,经济增长与自然环境和谐度越高。"绿色 GDP"的提出,是为了校正传统 GDP 的缺陷,在关注经济增长的同时,关注自然生态环境的保护。

民族生态学(ethnoecology):从生态学角度研究民族共同体的形成、发展及其与自然生态环境之间关系的边缘性学科,兴起于 20 世纪 50 年代。民族生态学注重从整体上把握一个民族与环境的关系,包括民族的生产生活方式、行为习惯、道德准则、宗教信仰等文化因素与生态环境的关系;探讨各民族适应和利用生态环境的途径和特点;生态环境对各民族生存、发展的影响,以及研究各民族维护生态平衡的方式和民族生态系统的运行机制等。

人类生态学(anthropo-ecology):应用生态学基本原理研究人类及其活动与自然和社会环境之间相互关系的科学。着重研究人口、资源与环境三者之间的平衡关系,涉及人口动态、食物和能源供应、人类与环境的相互作用,以及经济活动产生的生态问题,并试图提出解决上述问题的方法。从地理学的角度,即从人地关系论出发,人类生态学主要研究人类与环境的相互作用机制和全球生态效应;从社会科学角度出发,人类生态学则注重于生态经济学研究。社会生态学、环境心理学有时也被纳入人类生态学的研究范围。

生态金字塔(ecological pyramid):用生物有机体个体数目、生物量或直接用能量来描述能量沿食物链流动逐级递减的图形,又称营养金字塔。生态系统中食物网虽然复杂,但食物链上的营养级一般不多,因为能量在食物链上各营养级间传递时,由于食物选择、粪尿排出、呼吸等多种原因的损耗,使通过各营养级的能量逐级递减。生态金字塔有三种主要类型,即数目金字塔、生物量金字塔和能量金字塔。

生态经济学(ecological economics):是经济学与生态学相结合而形成的

一门新兴学科,属于经济学的一个分支。它以经济系统与生态系统相结合的生态经济系统为研究对象,从经济学角度研究生态经济系统的结构、功能,阐明经济系统与生态系统之间相互作用的规律,即生态经济规律。该学科研究的主要内容是:探讨人类社会经济与地球生物圈的关系,寻求解决当前世界面临的人口爆炸、粮食匮乏、能源短缺、自然资源减少和环境污染五大问题的方法等。在全球化时代,生态经济学必然涉及国际市场与世界金融贸易等问题。

生态三分法(ecological trichotomy):将生态学研究划分为自然生态、社会生态、精神生态三个不同的层面,以便于分别探讨人与自然、人与人以及人与自我三个领域的问题。人类在对自己的世界做出解释的时候,无论是东方还是西方,无论是哲学界、心理学界还是宗教界往往会自觉不自觉地采取"三分法"。对应人类这一物种拥有的自然属性、社会属性、精神属性。关于人类的生态学研究大体上也可以这样划分:以人类与自然界的关系为研究对象的"自然生态学"、以人类社会的政治、经济生活为主要研究对象的"社会生态学"、以人的内在的情感生活与精神生活为研究对象的"精神生态学",自然、社会、精神作为一个关系整体中的三个层次,三者之间有着极为密切的联系,但三者之间绝不完全等同,不能相互取代。目前,生态三分法已经成为国内文艺批评领域常用的一种分析作家艺术家、文学艺术作品的常用方法。

生态三重性(ecological threefold):法国当代哲学家、心理学家加塔利于1989年出版了《三重生态学》一书,书中论证了生态学的三重性:"精神生态学""社会生态学"和"自然生态学"。加塔利游牧于精神分析、哲学、政治、美学、文学等多个领域,认为要规避日益严重的生态危机就须关注不断生成的主体性、持续变异的社会场、处于再造过程中的环境,这三点横贯精神、社会、自然三个领域,由此生成了他的"生态三重性"体系。加塔利的生态智慧关乎生态、关乎伦理、关乎人类主体艺术化、审美化的生存方式,被称为"伦理美学范式庇护下的生态智慧"。

生态文艺学(ecological literature and art)：透过现代生态学的视野对文学艺术现象进行观察、分析、批评、研究的一门学科，也是日益严峻的生态困境、日益高涨的生态运动在文学艺术研究领域的反映。生态文艺学提醒人们，自然不仅是人类赖以生存、发展的物质财富的来源和生产活动的空间，更是人类审美关照的对象、民族文化的根源和一个人心灵的家园，把文学艺术作为一个生态系统放在整个地球生态系统中加以探究，从而扩大了文艺学研究的视野。生态文艺学还认为，自然的衰败与人的精神的沦落是同时展开的，文学艺术将在拯救地球生态危机的同时拯救自身。中国的生态文艺学研究在借鉴西方当代文学批评理论的同时，更注重对于本土传统文化精神的发掘与继承。

生态心理学(ecological psychology)：心理学新兴的分支之一，研究生存环境因素和人类心理行为之间相互作用的一门学科。即在正常或异常心理与行为的发展变化中，研究作为构成生命空间的自然、社会、文化、环境变量和个人敏感性之间相互作用的领域。生态心理学不像传统心理学那样往往只重视人际关系的作用，它更重视的是自然环境、社会环境中具体的情境对人的心灵活动、心理行为的影响。

生态政治学(ecological politics)：又称"绿色政治学"(green politics)，是综合了政治学与生态学研究的学科，重在考察人类生态与社会政治系统之关系。其研究的主要内容包括：人类政治行为对生态系统的影响，国家、国际组织在全球性生态危机中的责任，环境公害与国家纠纷，地球资源与国际关系，环境保护主义思潮对政治事务的影响，保护全球生态环境的国际合作等。

生物圈Ⅱ号(biosphere 2)：是20世纪90年代初美国在亚利桑那州北沙漠中建立的一座微型人工生态循环系统，相当于人工仿制的一个小型地球生物圈。生物圈2号在密闭状态下进行生态与环境研究，帮助人类了解地球生物圈是如何运作的、人工建造的生物圈有无可能取代自然生物圈。实验结果是失败的,证明了在现有的科学技术条件下,人类离开了地球将难以永续生存,地球目前仍是人类唯一能够信赖的维生系统。

文化生态学(cultural ecology):是西方人类学从生态学角度对文化做出一般性解释的学说,也是美国新进化主义人类学理论的重要组成部分,其代表人物是美国人类学家斯图尔德。文化生态学重视文化与自然的关系及其历史性的展现,认为任何文化都适应着特定的生态环境,表现出地域性的变异,因此,在本质上也都是多线进化的。还认为生态环境制约和影响着每一文化的一般形貌,判断和理解一种文化必须在它与其生态环境的相互关系中才能够展开。

文艺生态学(literary ecology):为美国学者斯图尔德于 20 世纪 40 年代提出的"文化生态学"的一个分支,是研究人类生存的环境与文艺之间相互作用的新兴交叉学科。文艺生态学主要从人、自然、社会、文化等诸种变量的关系中去探讨文艺产生、分布和发展的规律,研究自然环境和社会环境诸因素的互相作用及其对于文艺现象的制约与影响。由于它所涉及的领域十分宽泛,常常借助文化学、生态学、社会学、人类学、文艺学、环境科学诸多学科的原则与方法。文艺生态学与生态文艺学研究的侧重点有所不同,研究的对象多有交叉重叠。

物种多样性(species diversity):动物、植物和微生物种类的丰富性,是人类生存和发展的基础,也是生物多样性的简单度量。在生态学中,物种多样性是以一个群落中物种的数目为衡量的指标,既包括群落中现存物种的数目,也包括物种的相对多度(即均度)。物种多样性的程度取决于地理条件、动植物区系的历史和特点,以及人类对群落的干预程度。一个系统内物种的多样性与这个系统的稳定程度成正比。研究物种多样性对于探索高产的群落结构、保持生态系统的稳定性具有重要意义。

有机整体论(organic holism):建设性后现代主义的主要代表人物大卫·格里芬的理论核心,是一种不同于现代性的新的思想范式,意在调谐科学技术与人文精神的对立,恢复主体性在自然存在的地位,强调自然的整体生态性。有机整体论作为蕴含在后现代主义中的思维方式,把人类社会与生态环境视为一个有机整体,细化了生态世界观的具体目标,为后现代主义理想的社会建设提供一种具体的实践渠道。

宇宙生态学(cosmoecology):一门研究当代太空探索实践中宇宙环境对地球生物影响的学科,又称为"太空生态学"。其关注的主要问题为:宇宙中特有的失重、无声、振动、极端高低温、节律变化的环境,对地球生物的生长发育、繁殖遗传、生物色素和生物行为等方面的影响及对应策略。

增长的极限(limits to growth):罗马俱乐部 1972 年发表的一份研究报告中提出此一观点。报告认为由于世界人口增长、粮食生产、工业发展、资源消耗和环境污染等基本因素的运作,全球经济增长将会在 21 世纪某个时段内达到极限,继而得出要避免因超越地球资源极限而导致世界经济崩溃的最好方法是限制增长乃至"零增长"的结论。该观点对经济发展与环境关系的论述,具有十分重大的积极意义,其中所阐述的"合理的持久的均衡发展",为孕育可持续发展的思想萌芽提供了土壤。

宗教生态学(religious ecology):借鉴生态学相关理论和方法研究宗教的一门交叉学科。瑞典人类学家、宗教史学家胡尔特克兰茨(Äke Hultkranz)研究发现自然环境以及人口资源对宗教信仰产生很大影响,他着重研究宗教生活中与保持自然原貌、维护生态平衡有关的各种观念、学说、仪轨、禁忌等。此后,宗教与生态的关系受到更多人的关注,如美国学者托马斯·贝里(Thomas Berry)精辟地指出生态危机本质上是信仰危机,所以应该从根本上变革传统的宗教信仰,被誉为著名生态神学家。而美国生态史学家小林恩·怀特认为"生态学为我们提供了从宗教角度理解我们自己的存在、其他存在物以及存在本身的新视野",并站在生态学的立场上对《圣经》中"人类中心"的思想提出挑战,引起轩然大波。

建设性后现代(constructive post-modernism):20 世纪 70 年代,在美国兴起

的建设性后现代主义理论,代表人物有小约翰·柯布和大卫·格里芬等。他们运用怀特海的有机过程哲学,通过对现代性的质疑和反思,对后现代主义中的怀疑主义和虚无主义进行批判,提出具有批判性和建设性的哲学思想。建设性后现代反对人类中心论,认为地球是自然形成的有机整体,各系统之间彼此依赖,人类并非地球的中心,只是作为地球系统的子系统而存在,主张在人与自然的关系上超越二元对立。基于对西式现代化种种弊端的深刻反思,建设性后现代致力于探索一条既避免踏入西式现代化覆辙,又整合传统与现代优秀资源的超越现代社会之路。建设性后现代理论的创建者深信中国是地球的希望所在,认为在抵抗当今各种霸权主义、实现后现代转向进程中,中国扮演着一种独一无二的领袖作用。

绿色和平组织(green peace organization):一个国际性的民间环境保护组织,由加拿大和美国的一些环境保护主义者发起,1971 年成立于加拿大,现已发展成为世界上影响最大的环保组织,其分支机构散布全世界,自主性较强。该组织的宗旨是:保护濒危动物,防止环境污染和提高人们的环保意识。主要通过非暴力不合作方式,抗议世界各地对生态环境的污染和破坏,尤其反对核试验和对鲸鱼、海豹灭绝性的捕猎政策,借助公众舆论压力改变政府相关政策。

生态帝国主义(ecological imperialism):当代资本主义国家将生态危机转嫁给发展中国家,对这些国家进行生态掠夺的行径。由于生态矛盾对资本主义制度来说是不可能解决的,所以这一制度又企图通过对广大发展中国家实施生态掠夺来转嫁和缓和矛盾,这就形成了"生态帝国主义",世界上现行的资本强国在一定程度上都具有生态帝国主义倾向。

生态女性批评(ecological female criticism):一种新兴的批评理论,其鲜明的口号为"自然是个女性主义话题"(Nature is a feminist issue)。在生态危机日益严重的背景下产生,它关注的是对女性的统治和对自然的统治之间的关系,其核心观点是西方文化在贬低自然和女性之间存在着某种历史性的、象征性的关系。生态女性批评号召打破父权制的价值观,解放女性和自然,最终实现人与自然、人与社会及男女两性之间真正平等和谐的社会。新近的研究范式是"交叠性研究","生态"与"女性"作为关键词已经不再停留于字面意义,而是延异为一种转喻,将种族、性别、阶级、生态正义问题放在一个整体框架中,全面地、相互联系性地进行审视与研究。

生态社会主义(ecological socialism):针对当代资本主义社会生态危机,结合马克思主义理论,提出的旨在建立一个生态平衡、人与自然和谐发展的未来社会的理论,产生于20世纪70年代的生态运动中,90年代成为引人瞩目的左翼社会思潮。主张人与自然应和谐统一,认为资本主义制度是生态危机的根源,指出绿色社会是社会主义的本质特征,只有生态原则和社会主义相结合,才能超越当代资本主义和社会主义的模式,构建一个人与自然和谐的社会模式,从根本上解决生态危机。

宇宙精神学说(cosmic mind):由思想家德日进提出的一种学说,主要内涵为:破解了物质与精神二元对立的传统法则,认为宇宙从诞生伊始就拥有生机与生命力;强调生命演化的复杂过程是宇宙自身的心智化由细微向丰蕴的内在运动;人类由于具备了自我意识、反思、反省的能力而超越了其他生物,代表了宇宙演化的最高水平;个体从本能进入思想的飞越,在生物圈之外生成了"精神圈";而集"雅""善"为一体的"普世之爱"是将人类凝聚成一个生命共同体的宇宙能量;人类的未来也必然遵循大自然的进化规律,向着整体化迈进。德日进的宇宙精神学说可以视为"宇宙视野中的人类生态学",它破解了主客二分认识论,确立了人与地球万物共生共荣的整体论,同时也为生态美学进一步筑牢了根基。生态美学所看重的生命的关联性、互动性,审美的亲和性、和谐性,艺术活动的整合能力、创造能力,以及符号意识如何打造人类健康美好的生活等等,都可以在德日进的学说中寻获有益的启示。

大众传播生态学(mass communication ecology):一种基于生态学的大众传播学,主要研究大众传播活动与环境之间的关系。传播生态首先是一种视角,一种从生命有机体的假设出发的对媒介、信息及传播活动过程与关系的观照。其次,传播生态也是一个将传播学与生态学、经济学、社会学、符号学等相关学科进行综合研究的交叉领域。大众传播生态学的基本理念是秉持达尔文生物进化论和拉马克遗传基因理论的思想,认同进步主义的历史观,强调"自然选择""生存竞争""路径依赖"与"环境协同"。

马克思主义生态学(marxist ecology):马克思主义理论体系中的生态学思想的总和。马克思主义生态学既包含了对经典马克思主义中生态学思想的整理挖掘和提炼融会,也体现了不同时期马克思主义理论家和学者从马克思主义基本理论出发,借鉴和吸纳生态学的思想理念,妥善处理人与自然的矛盾、促进人与自然协调发展所做的理论建树。后世的马克思主义理论家和学者提出或重新阐释的马克思主义理论中所蕴含着的生态学思想,也属于马克思主义生态学的组成部分。

人与生物圈计划(man and biosphere program):联合国教科文组织自 1971年起在世界范围内开展的一项大型国际合作项目。其目的在于通过全球性科学研究、培训及信息交流,为生物圈自然资源的合理利用与保护提供科学依据,同时为各国自然资源的管理培养合格的专门人才。该计划所提出的具体研究课题多达数千个,为当前世界自然资源与环境研究以及地球生物圈的养护实践奠定了基础。中华人民共和国人与生物圈国家委员会(Chinese National Committee for man and the Biosphere Programme. UNESCO,简称"中国 MAB")建立于 1978 年,秘书处设立在中国科学院,定期出版刊物《人与生物圈》。

附录二
中国古代生态文化成语辑录

（按汉语拼音首字母顺序排列）

抱朴守拙 "抱朴"一词，出自《老子·十九章》："见素抱朴，少私寡欲。"素为不染之丝，朴为不雕之木，抱朴为怀抱清纯自然；"守拙"出自陶渊明诗句"守拙归田园"，意为在田园中固守清贫生活。寓有低物质消费中保持纯真天性、追求诗意人生的意味。与此相近的成语有"怀素抱朴"。

赤子之心 语出《孟子·离娄》下篇："大人者，不失其赤子之心者也。"赤子，即初生婴儿。赤子之心比喻纯洁善良的心地，是品格高尚的人士具备的心性与品格。

大成若缺 语出《老子·四十五章》："大成若缺，其用不弊。"大成，人格的完善；缺，事物的缺欠。完美的人格并不一味追求占有，事事留有余地，人生主动留出一些空白，生命才会持久不衰。

道法自然 道家自然哲学的一个重要命题，语出《老子·二十五章》："人法地，地法天，天法道，道法自然。"意为人取法于地，地取法于天，天取法于道，道无所取法，道性自然，自己如此。这一命题，是老子伦理思想的根本指导原则，揭示了整个宇宙的特性，囊括了天地间所有事物的根本属性，认为宇宙天地间万事万物均效法或遵循"自然而然"的规律。其实质在于杜绝一切人为，因应物之自然；其目的在于教导人们控制非分的欲望，回归自然状态。

否极泰来 《周易·否》："否之匪人，不利君子贞，大往小来。"《周易·泰》："泰，小往大来，吉亨。"否，卦名，不吉；泰，卦名，大吉。"否极泰来"表示任何事物都不是直线发展的，是循环往复的，物极必反。厄运、坏事到了极点，就必然会向好的方面发生转化，好运、好事就会到来。

负阴抱阳 语出《老子·四十二章》："万物负阴而抱阳，冲气以为和。""阴阳"是标志事物矛盾对立统一的概念，老子认为无论在自然界与社会中的万事万物都存在相反相成的两个方面，诸如高下、前后、生死、难易、进退、正反、智愚、巧拙、强弱、刚柔、兴废、损益、凶吉等。老子用"万物负阴而抱阳"这一提法表达看似矛盾对立的两方，其实又是相克相生地存在于一个整体之中的，表现了老子有机整体论的思维方式。

鼓盆而歌 语出《庄子·至乐》："庄子妻死，惠子吊之，庄子则方箕踞鼓盆而歌。"表达了庄子对生命的认知，人的生和死是气的流变结果，如四季的运行更替，如日出日落、花开花谢，皆出于自然。一如陶渊明诗中"有生必有死"，死亡是回归自然，既无忧亦无喜。如此达观，才是至乐的境界。

花妖狐鬼 泛指《聊斋志异》中的创作题材。蒲松龄在他的这部卓越的短篇小说集中写人类之外的生物，似乎并不比人类少，尤其以植物的精灵如牡丹、菊花、荷花、海棠，动物中精怪如狐狸、白兔、香獐、蟒蛇，旷野中的孤鬼冤魂见长，统称为花妖狐鬼。如果用生态学的专业术语评价，即"书中的生物量很充足"，蒲松龄并不是一个人类中心主义者。书中的花妖鬼狐故事蕴含着充盈的"万物有灵"精神，有益于我们与自然万物建立起精神层面的联系，做一个质朴平和、真诚善良的人。

祸福相依 语出《老子·五十八章》："祸兮福之所倚，福兮祸之所伏。"比喻得失无常，坏事可以引出好的结果，好事也可以引出坏的结果。进一步理解，也可以说世上并没有绝对好的事，也不会有绝对坏的事，好事之中已经包含有向其反面转化的因子；坏事中也隐含有转向好事的苗头。

进道若退 语出《老子·四十一章》："明道若昧，进道若退。"这里的"道"既是道路，又可以理解为轨迹、规律，意指看上去的一往无前的光明大道，也许是不明的、后退的。后退的、不明的也并不就是坏的。结合前边一章中所说的"反者道之动"，"反"即"返"、"回归"，回归往往意味着反省后的前进。尼采、舍勒、西美尔、施特劳斯、海德格尔等西方哲学家对于现代社会的反思，常被称为"回归哲学"，盖基于此。

清净无为 语出《说苑·君道》："人君之道，清净无为，务在博爱，趋在任贤。"清神静心，顺应自然，不以人力强为。原指道家顺应自然的无为思想；也指儒家博爱的仁政，后泛指一切听任自然不以人力强为的思想，也作"清静无为"。

柔能克刚 语出《三国演义》第六十回："柔能克刚，英雄莫敌。"克，即战胜；刚，即刚强。意思是指以柔弱的手段能够制服刚强的人。仍旧源自《老子·三十六章》"柔弱胜刚强"。以往把"弱肉强食"视为自然界普遍的丛林法则是错误的，一个当下的例子便是细微弱小的病毒竟然可以把某些骄横的强权人物"欺侮"得狼狈不堪。所以，在自然界、在人类社会，"倚强凌弱"都是不明智的。

善待万物 友好地对待自然界中的山水、草木、昆虫、禽兽及一切，爱护地球这一人类赖以生存的家园。道教与佛教都认为人们善待万物，即有善报；虐待万物，即有恶报。"善待万物也就是善待自己"。史怀泽倡导的"敬畏生命"，与中国古训"善待万物"均属现代生态伦理学的范畴。

上善若水 语出《老子·八章》："上善若水，水善利万物而不争。"意指道德高尚的人如同水一般，水善于滋润养育万物而不与万物相争，而且总是甘居人下。这是道家重要的为人处事准则之一，人在与人相处、与自然相处时要保持谦恭的姿态，善于"处下"，如同江河"处下"才能汇聚百川。同时这也是道家对国家管理者所做的训导：统治者不能自高自大、刚愎自用、唯我独尊、一意孤行，那样只会流失民心、流失民众的信任，让自己处于孤立无援的地步。

生生为易　语出《周易·系辞上》："日新之谓盛德,生生之谓易。"乃《周易》的核心内涵,也是中国古代宇宙论的核心内涵。生生不息、循环往复、革故鼎新是万事万物产生、化育的本源,也是自然界本身新陈代谢的演化过程。而这种演化又是有序的,这种有序化的演化包涵着生命的目的性。天地万物都是由自然界给予的,这种生生不息的天地造化就是自然界本身的进程。中国古代生生为易的思想与怀特海的有机过程哲学原理拥有许多相似之处。

世外桃源　出自东晋陶渊明《桃花源记》,诗文中描绘的是一幅原始农业社会的日常情景:斗转星移,春华秋实,人们尊重自然、顺遂自然,日出而作、日入而息,不劳智慧,不设官府,不交赋税,生活简朴,邻里和谐,男女老少怡然自乐,过着平静、愉悦的生活。这也是老子的理想社会:道法自然,圣人循道治国,以百姓心为心,轻税薄赋,休战息兵,利而不害,为而不争,知足常乐,宁静和平,民风淳朴,家庭和谐,社会稳定。这样的生活在现实中已经不存在,因此有人批判说这是一种逃避现实、消极颓废的空想。梁启超却认为这是对回归自然的渴望,是理想的社会组织,可以称之为"东方乌托邦";朱光潜则说"桃花源是一个纯朴的乌托邦";这其实就是美国生态批评家麦茜特在其《自然之死》一书中向往的农业型、田园式的乌托邦,即"生态乌托邦"。

天人感应　中国古代关于天人关系的哲学思考,认为天与人之间是可以相通互感的。西汉董仲舒吸取阴阳五行、五德终始等理论,将"天人感应"说系统化。此观点认为天是自然与人世至高无上的主宰,有意志、有情感、能感知并干预人事。自然界出现的灾害或某种罕见的异象,是天对人的谴告或表彰;人能感知天意,并能通过自己的行为影响天意,改变天意,并由此改变自己的境遇。金岳霖先生将中国古代哲学中的"天"解释为"自然神",那么,天人感应就可以理解为自然与人之间发生的交感,亦即相互作用。这在人与自然的交往中无疑是存在的。

天人合一　中国哲学中关于天人关系的一种观点,战国时子思、孟子首先提出这种理论,西汉董仲舒又进一步发挥这一思想,指出"天人之际,合而为一"。"天人合一"强调"人道"与"天道"的合一,即人事是自然的直接反映,人事和自然的和谐统一;人与自然宇宙、社会事物二者同源同理,同步消长,共同构成一个有机联系的整体,构成相互依赖的和谐平衡、协调统一的关系。天人合一的观念是中国古代关于宇宙生态认知的基石。

天人之际 指天与人之间的关系。从先秦时代直到清代末年一直是中国传统思想文化中探讨、辩论的重要课题,且始终存在两种不同的观点:天命论者认为天人相通,人受制于天,将天作为历史发展的终极原因,表现为神意史观;非天命论者认为天人相分,不承认天能干预人事,突出人在自然前面的地位,强调历史变化中人的主导作用,表现为人本史观。在长期农业社会中,前者占据主导地位;而后者倒是与欧洲启蒙理性有诸多类似之处。

天施地化 语出《道德经章句》:"天施地化,不以仁恩,任自然也。"意为天地施化于万物生长繁衍,但天地并不以此为对万物的仁爱与恩典,天地只是任自然行事而已。在此强调的是万物生长发育依循的是普遍的自然法则,是自在,是存在的本身。

万物一体 《老子·四十二章》中说"道生一,一生二,二生三,三生万物",万物皆为"道"的显现。《庄子·齐物论》中也说"天地与我并生,而万物与我为一"。宇宙是一个整全的生命体,万物之间存在着普遍联系,万物一体呈现了中国古代宇宙创生论、整体论的思想,也体现出人与万物共存共生的生态观念。这种观念很接近德日进的宇宙精神学说,也可以为全球"人类命运共同体"的构建提供某些文化思想资源。

万物有灵 也称作"泛神论""物活论"。相信宇宙内的所有事物如动物、植物、日月、星辰、山川、河流等都具备生命征兆,都拥有内在的心灵与精神。这一观念最早出现于原始社会,由于当时生产力极端低下,人类对自然界严重依赖,对自然力量十分敬畏,将自己的心灵透射到万物之中并对之敬重、崇拜。1871 年,英国人类学家泰勒将万物有灵定义为"灵魂的信仰",并将其确定为所有宗教的根基。"万物有灵"是人类最早的宗教观念。

五行生克　五行学说是古代中国的重要哲学思想,以日常生活中常见的五种物质金、木、水、火、土为元素,作为构成宇宙万物及各种自然现象生灭演化的基础。五行学说认为宇宙中各种事物和现象的发展、变化都是这五种不同属性的物质相生相克、周而复始运动的结果。如金生水而克木,水生木而克火,木生火而克土,火生土而克金,土生金而克水,可以视为质朴的系统论。若五行之间的生克关系失常,事物的协调性便会遭到破坏,系统停止正常运转从而出现反常现象,在自然界表现为自然灾害,在人体则表现为疾病,在社会生活则表现为动乱。

物与民胞　语出北宋思想家张载的《西铭》:"乾称父,坤称母,予兹藐焉,乃浑然中处。故天地之塞,吾其体;天地之帅,吾其性。民,吾同胞;物,吾与也。"翻译成白话:天是我的父亲,地是我的母亲,我个人虽然藐小,却能够与天地浑然一体。天地间的生机与精气生成了我的身体与性情,所有人都可以视为我的同胞,其他物种都应该是我的亲密伙伴。张载的这段话,生动地体现了生态学的第一法则:世界是一个运转着的有机整体,万物之间存在着生生不息的普遍联系,从日月、星辰、风雨、雷电、山川、河流、森林、土地,到包括人类在内的动物、植物、微生物、一切有生之物,都是这个整体中合理存在的一部分,都拥有自己的价值和意义,都拥有自身存在的权利,共同为地球生态系统健康、和谐地运转承担责任、做出奉献。

物壮则老　语出《老子·五十五章》"知和曰常。知常曰明。益生曰祥。心使气曰强。物壮则老。谓之不道,不道早已。"是在阐述养生的道理,分为正反两个方面。一是知和知常,待人和气、尊重常识,则有益健康;一是贪生纵欲(益生)、任性使气、逞强施暴就会招引来祸殃(祥,这里意指妖孽)。一味追求壮大、强大,一旦过分强壮就会死亡,这也是自然界的一般规律。

阴阳和合　出自《周易·系辞下》:"阴阳合德,而刚柔有体。"天地分阴阳,天地配以阴阳和合,才有万物的生长发育;男女分阴阳,男为阳、女为阴,孤阴不生,孤阳不长。人与自然、人与人、人与自身的和谐是自然法则:人与自然交恶天塌地陷,人与人交恶社会动荡,人与自己的身心交恶则精神错乱、命运多舛。这种强调阴阳相容、相渗、相生、相谐的哲学观,对中国古代审美文化产生了深远影响。

阴阳互根 又称作"阴阳相成",为道家哲学观点。阴阳所代表的是性质对立的事物或状态,如天与地、上与下、动与静、寒与热、虚与实、散与聚等等。互根是指相互对立的事物之间的相互生成、相互依存,任何一方都不能脱离另一方而单独存在。相互对立的双方均以对方的存在为自身存在的前提和条件,相互化生、相互为用、相互排斥的同时又相互吸引地共处于一个运动变化的统一体中。

欲速则不达 语出《论语·子路》:"无欲速,无见小利。欲速则不达,见小利则大事不成。"欲,即想要;达,即达到。意指违背自然规律和社会发展的规律,一味求快,激进、冒进、贪图眼前的利益,反而做不成大事,达不到预设的目的。

知白守黑 语出《老子·二十八章》:"知其白,守其黑,为天下式。为天下式,恒德不忒。恒德不忒,复归于无极。"这段话被视为老子玄德大道的最高境界。白与黑看似对立双方,白是彰显的事物,黑是潜隐的事物,二者是对立统一的,就如地球上有白昼也有黑夜一样。现代心理学证实人的心理结构中有显在意识,也有潜在意识,犹如海上冰山水面上的明亮部分与海面之下的幽暗部分;现代物理学发现宇宙间不但存在着我们能够测试到的物质与能量,还存在着我们尚且感知不到的"暗物质""暗能量"。黑与白的交互存在,是宇宙间的真实图景、基本模式,即"天下式"。这已经在中国古代道家的"太极图"中得以形象再现。圣贤之人法天则地,也会将知白守黑作为自己人生的准则,在对立的双方之间寻求共存与平衡。陶渊明的一生之所以能够在穷通、荣辱、贫富、显隐以及生死、醒醉、古今、言意之间身心和谐,意态从容,就是因为他身体力行地实践了"知白守黑"这一中国古代自然主义的哲学精神。"知白守黑"不仅是天地万物孕育演化的基本"法式"与"模则",也是人生在世安身立命、自我完善的最高境界。

知止留余　"知止"语出《老子·第四十四章》："故知足不辱，知止不殆，可以长久。"意为知道满足就可以免受屈辱，知道适可而止就不会遭遇危险，知足知止就可以长久永续。"留余"出自南宋留耕道人的《四留铭》："留有余，不尽之巧以还造化；留有余，不尽之禄以还朝廷；留有余，不尽之财以还百姓；留有余，不尽之福以还子孙。"意为做事要留有余地，不冒进、不走极端，营造宽松气氛。

知足常乐　在《老子》一书中，"知足"凡四见，"知足之足"、"知足者富"、"知足不辱"、"祸莫大于不知足"，这里的"足"，主要指一个人对于物质生活的"满足度"。与当下消费社会的宗旨相反，老子主张人要抑制自己对于物质、金钱的欲望，减少消费的需求，这样就会时时感到满足，就会实现心灵的富有与精神的满足，就是一个心情爽快、愉悦的人。反之，如果物欲太盛，贪得无厌，永不知满足，就将大祸临头、距离受损受辱不远了。

周而复始　语出《文子·自然》："十二月运行，周而复始。"周，即转一圈。复始，即重新开始。周而复始一词形容循环往复，不断地周转。中国古代的时间观与天体运行密切相关，属于圆周型、循环型的而不是直线型的。

无为无不为　语出《老子·三十七章》："道常无为而不为，侯王若能守之，万物将自化。""无为"是顺其自然，不妄为，不乱作为；"无不为"是自然可以做到的远比人力做到的多。不乱作为，顺应自然之所为，就等于把所有事情都处理好了。文明社会里，掌权者（王侯）自以为圣明对自然干预太多，制造了许多麻烦与困境，老子这里有矫枉纠偏的用心。无为，并不是什么事都不做，而是要人们顺应自然做事。

（孙亚楠、张昭希辑录、编写）

附录三
生态文艺学参考文献

1. ［法］卢梭：《一个孤独漫步者的遐想》，巫静译，上海人民出版社 2007 年版。

2. ［德］黑格尔：《自然哲学》，梁志学等译，商务印书馆 1980 年版。

3. ［英］达尔文：《物种起源》，舒德干译，北京大学出版社 2018 年版。

4. ［德］马克思，恩格斯：《论文艺和美学》，杨炳编，文化艺术出版社 1982 年版。

5. 刘小枫选编：《舍勒选集》，上海三联书店 1999 年版。

6. ［德］狄尔泰：《精神科学引论》，艾彦译，译林出版社 2014 年版。

7. ［德］尼采：《悲剧的诞生：尼采美学文选》，周国平译，生活·读书·新知三联书店 1986 年版。

8. ［法］柏格森：《创造进化论》，肖聿译，译林出版社 2011 年版。

9. ［德］海克尔：《宇宙之谜》，袁志英译，上海译文出版社 2014 年版。

10. ［美］爱因斯坦：《爱因斯坦文集·第三卷》，许良英等译，商务印书馆 1979 年版。

11. ［英］怀特海：《科学与近代世界》，何钦译，商务印书馆 1959 年版。

12. ［英］怀特海：《自然的概念》，张桂权译，中国城市出版社 2002 年版。

13. ［美］菲利浦·罗斯：《怀特海》，李超杰译，中华书局 2002 年版。

14. ［瑞士］荣格：《荣格文集》，冯川译，改革出版社 1997 年版。

15. ［法］丹纳：《艺术哲学》，傅雷译，人民文学出版社 1983 年版。

16. ［法］列维·布留尔：《原始思维》，丁由译，商务印书馆 1981 年版。

17. ［德］奥斯特瓦尔德：《自然哲学概论》，李醒民译，商务印书馆 2012 年版。

18. 孙周兴选编：《海德格尔选集》，上海三联书店 1996 年版。

19. ［奥］贝塔朗菲、［美］拉威奥莱特：《人的系统观》，张志伟译，华夏出版社 1989 年版。

20. ［法］德日进：《人的现象》，李弘祺译，新星出版社 2006 年版。

21. ［法］德日进：《人的未来》，许泽民译，贵州人民出版社 2018 年版

22. 王海燕编选：《德日进集》，上海远东出版社 2004 年版。

23. ［德］西美尔：《金钱、性别、现代生活风格》，顾仁明译，学林出版社 2000 年版。

24. ［德］西美尔：《时尚的哲学》，费勇译，文化艺术出版社 2001 年版。

25. ［美］乔·奥·赫茨勒：《乌托邦思想史》，张兆麟等译，商务印书馆 1990 年版。

26. ［美］列奥·施特劳斯：《自然权利与历史》，彭刚译，生活·读书·新知三联书店 2003 年版。

27. ［德］雅斯贝斯：《时代的精神状况》，王德峰译，上海译文出版社 1997 年版。

28. ［美］丹尼尔·贝尔：《资本主义文化矛盾》，蒲隆等译，生活·读书·新知三联书店 1989 年版。

29. ［法］莫诺：《偶然性和必然性：略论现代生物学的自然哲学》，上海人民出版社 1977 年版。

30. [丹麦] 玻尔:《原子物理学和人类知识论文续编》,郁韬译,商务印书馆1978年版。

31. [奥] 薛定谔:《自然与古希腊》,颜锋译,上海科学技术出版社2002年版。

32. [英] 柯林伍德:《自然的观念》,吴国盛等译,华夏出版社1999年版。

33. [德] 霍克海默,阿多尔诺:《启蒙辩证法》,洪佩郁等译,重庆出版社1990年版。

34. [美] 马尔库塞:《审美之维》,李小兵译,生活·读书·新知三联书店1989年版。

35. [加] 威廉·莱斯:《自然的控制》,岳长岭译,重庆出版社1993年版。

36. [美] 苏珊·朗格:《艺术问题》,滕守尧译,中国社会科学出版社1983年版。

37. [美] 埃里希·弗洛姆:《人类的破坏性剖析》,李穆译,世界图书出版公司2014年版。

38. [英] 汤因比:《人类与大地母亲》,徐波译,上海人民出版社2001年版。

39. [英] 以塞亚·伯林:《启蒙的时代》,孙尚扬等译,译林出版社2012年版。

40. [法] 利奥塔:《后现代状态》,车槿山译,南京大学出版社2011年版。

41. [美] 萨义德:《文化与帝国主义》,李琨译,生活·读书·新知三联书店2016年版。

42. [美] 艾恺:《世界范围内的反现代化思潮》,贵州人民出版社1991年版。

43. [德] 豪克:《绝望与信心》,李永平译,中国社会科学出版社1992年版。

44. [法] 福柯:《规训与惩罚》,刘北成等译,生活·读书·新知三联书店 2012 年版。

45.［美］雷舍尔：《复杂性：一种哲学概观》，吴彤译，上海世纪出版集团 2007 年版。

46.［意］吉奥乔·阿甘本：《敞开：人与动物》，蓝江译，南京大学出版社 2019 年版。

47.［英］格雷戈里·贝特森：《心灵与自然：应然的合一》，钱旭鸯译，北京师范大学出版社 2019 年版。

48.［美］达利、柯布：《为了共同的福祉》，王俊等译，中央编译出版社 2017 年版。

49.［英］吉登斯：《现代性的后果》，田禾译，译林出版社 2000 年版。

50.［美］杜赞奇：《全球现代性的危机》，黄彦杰译，商务印书馆 2017 年版。

51.［以色列］尤瓦尔·赫拉利：《人类简史》，林俊宏译，中信出版集团 2017 年版。

52.［美］卢西恩·普赖斯：《怀特海谈话录》，周邦宪译，商务印书馆 2020 年版。

53.［美］维克多·罗：《怀特海传》，杨富斌等译，商务印书馆 2018 年版。

54.［美］小约翰·柯布：《柯布自传》，周邦宪译，华文出版社 2018 年版。

55.［法］埃德加·莫兰：《迷失的范式：人性研究》，陈一壮译，北京大学出版社 2000 年版。

56.［比］迪维诺：《生态学概论》，李耶波译，科学出版社 1987 年版。

57.［美］J. M. 莫兰、M. D. 摩根、J. H. 威斯麦：《环境科学导论》，海洋出版社 1987 年版。

58. 马世骏编：《现代生态学透视》，科学出版社 1990 年版。

59. 曲格平主编：《环境科学词典》，上海辞书出版社 1994 年版。

60. 刘国城等著：《生物圈与人类社会》，人民出版社 1992 年版。

61. 常杰、葛滢编：《生态学》，浙江大学出版社2001年版。

62. ［德］汉斯·萨克塞：《生态哲学》，文韬等译，东方出版社1991年版。

63. ［美］哈迪斯蒂：《生态人类学》，郭凡等译，文物出版社2002年版。

64. ［美］伯林特：《环境美学》，张敏等译，湖南科技出版社2007年版。

65. ［美］梭罗：《瓦尔登湖》，徐迟译，吉林人民出版社1997年版。

66. ［美］梭罗：《梭罗集》，陈凯等译，生活·读书·新知三联书店1996年版。

67. ［美］罗伯特·D.理查德森：《梭罗传》，刘洋译，浙江文艺出版社2020年版。

68. ［美］奥尔多·利奥波德：《沙乡年鉴》，侯文惠译，吉林人民出版社1997年版。

69. ［美］段义孚：《恋地情结》，志丞、刘苏译，商务印书馆2018年版。

70. ［美］雷切尔·卡森：《寂静的春天》，吕瑞兰等译，吉林人民出版社1997年版。

71. ［美］加里·斯奈德：《禅定荒野》，谭琼琳等译，广西师范大学出版社2014年版。

72. ［法］阿尔贝特·史怀泽：《敬畏生命》，陈泽环译，上海社会科学出版社2017年版。

73. ［美］霍尔姆斯·罗尔斯顿：《哲学走向荒野》，刘耳等译，吉林人民出版社2000年版。

74. ［美］欧文·拉兹洛：《人类的内在限度》，黄觉等译，社会科学文献出版社2004年版。

75. ［美］大卫·雷·格里芬编：《后现代精神》，王成兵译，中央编译出版社1998年版。

76. ［美］大卫·雷·格里芬：《空前的生态危机》，周邦宪译，华文出版社2017年版。

77. ［美］阿尔·戈尔：《濒临失衡的地球》，陈佳映译，中央编译出版社 1997 年版。

78. ［美］查尔斯·哈珀：《环境与社会》，肖晨阳等译，天津人民出版社 1998 年版。

79. ［美］巴里·康芒纳：《封闭的循环》，侯文蕙译，吉林人民出版社 1997 年版。

80. ［美］林恩·马古利斯：《生物共生的行星》，易凡译，上海科技出版社 1999 年版。

81. ［美］斯科特·斯洛维克：《走出去思考》，韦清琦译，北京大学出版社 2010 年版。

82. ［法］科罗德·阿莱格尔：《城市生态·乡村生态》，陆亚东译，商务印书馆 2005 年版。

83. ［英］詹姆斯·拉伍洛克：《盖娅：地球生命的新视野》，肖显静、范祥东译，上海人民出版社 2007 年版。

84. ［美］菲利普·克莱顿、贾斯廷·海因泽克：《有机马克思主义》，孟献丽等译，人民出版社 2015 年版。

85. ［美］刘易斯·托马斯：《脆弱的物种》，李绍明译，湖南科技出版社 2011 年版。

86. ［美］约翰·贝·福斯特：《生态危机与资本主义》，耿建新译，上海译文出版社 2006 年版。

87. ［英］戴维·佩珀：《生态社会主义：从深生态学到社会正义》，山东大学出版社 2005 年版。

88. ［巴］何塞·卢岑贝格：《自然不可改良》，黄凤祝译，生活·读书·新知三联书店 1999 年版。

89. ［美］卡洛琳·麦茜特：《自然之死》，吴国盛等译，吉林人民出版社 1999 年版。

90. ［美］罗德里克·弗雷泽·纳什:《大自然的权利》,杨通进译,青岛出版社1999年版。

91. ［美］比尔·麦克基本:《自然的终结》,孙晓春等译,吉林人民出版社2000年版。

92. ［美］塞尔日·莫斯科维奇:《还自然之魅》,庄晨燕译,生活·读书·新知三联书店2005年版。

93. ［美］唐纳德·沃斯特:《自然的经济体系》,侯文蕙译,商务印书馆1999年版。

94. ［美］保罗·霍根等:《自然资本论》,王乃粒等译,上海科学普及出版社2000年版。

95. ［法］波德里亚:《消费社会》,刘成富、全志刚译,南京大学出版社2000年版。

96. ［英］齐格蒙特·鲍曼:《废弃的生命》,谷蕾等译,江苏人民出版社2006年版。

97. ［瑞士］吉尔贝·李斯特:《发展的迷思:一个西方信仰的历史》,陆象淦译,社会科学文献出版社2011年版。

98. ［美］艾伦·杜宁:《多少算够》,毕聿译,吉林人民出版社1997年版。

99. ［美］尼尔·波兹曼著:《童年的消逝》,吴燕莛译,广西师范大学出版社2004年版。

100. ［美］迈克尔·波伦:《植物的欲望》,王毅译,上海人民出版社2003年版。

101. ［英］基思·托马斯:《人类与自然世界》,宋丽丽译,译林出版社2008年版。

102. ［美］劳伦斯·布伊尔:《环境批评的未来》,刘蓓译,北京大学出版社2010年版。

103. ［美］格伦·洛夫:《环境批评的未来》,胡志红等译,北京大学出版社 2010 年版。

104. ［美］格蕾塔·戈德等编：《生态女性主义文学批评》，蒋林译，中国社会科学出版社 2013 年版。

105. ［法］贾克·阿达利：《噪音》，宋素凤等译，上海人民出版社 2000年版。

106. ［英］约翰·布莱金：《人的音乐性》，马英珺译，人民音乐出版社2007 年版。

107. ［法］保罗·高更：《高更艺术书简》，张恒等译，新星出版社 2010 年版。

108. ［美］欧文·斯通：《渴望生活——梵高传》，常涛译，十月文艺出版社 2008 年版。

109. ［日］小野泽精一：《气的思想》，李庆译，上海人民出版社 1990年版。

110. ［德］阿尔弗雷德·霍农、赵白生主编：《生态学与生命写作》，中国社会科学出版社 2016 年版。

111. 李镜池：《周易探源》，中华书局 1978 年版。

112. 陈鼓应：《老子注译及评介》，中华书局 1985 年版。

113. 陈鼓应：《庄子今注今译》，商务印书馆 2007 年版。

114. 杨伯峻编撰：《列子集释》，中华书局 1979 年版。

115. 苏兴编撰：《春秋繁露义证》，中华书局 1992 年版。

116. 刘勰著：《文心雕龙注释》，周振甫注，人民文学出版社 1983 年版。

117. 陶渊明著，逯钦立校：《陶渊明集》，中华书局 1979 年版。

118. 陆机著，张少康编撰：《文赋集释》，人民文学出版社 2002 年版。

119. 钟嵘著，曹旭注：《诗品笺注》，人民文学出版社 2009 年版。

120. 章锡琛：《张载集》，中华书局 1978 年版。

121. 石涛：《石涛画语录》，人民美术出版社 2017 年版。

122. 胡朴安编著：《中华全国风俗志》，广益书局 1923 年版。

123. 杜亚泉：《杜亚泉文存》，上海教育出版社 2003 年版。

124. 辜鸿铭：《中国人的精神》，海南出版社 1996 年版。

125. 汤用彤：《魏晋玄学论稿》，中华书局 1983 年版。

126. 梁漱溟：《梁漱溟全集》，山东人民出版社 2005 年版。

127. 金岳霖：《道·自然与人》，生活·读书·新知三联书店 2005 年版。

128. 贺麟著：《文化与人生》，商务印书馆 1999 年版。

129. 宗白华：《美学散步》，上海人民出版社 2014 年版。

130. 方东美：《生生之美》，北京大学出版社 2009 年版。

131. 钱穆：《庄老通辨》，生活·读书·新知三联书店 2002 年版。

132. 胡兰成：《中国文学史话》，上海社会科学出版社 2004 年版。

133. 孙作云：《中国古代神话传说研究》，河南大学出版社 2003 年版。

134. 费孝通：《乡土中国》，生活·读书·新知三联书店 2020 年版。

135. 钱谷融：《散淡人生》，上海教育出版社 2001 年版。

136. 蒋孔阳：《先秦音乐美学思想论稿》，人民文学出版社 1986 年版。

137. 王元化：《九十年代反思录》，上海古籍出版社 2000 年版。

138. 许倬云：《这个世界病了吗?》，上海文化出版社 2014 年版。

139. 薛华：《黑格尔与艺术难题》，中国社科出版社 1986 年版。

140. 张世英：《天人之际——中西哲学的困惑于选择》，人民出版社 2007 年版。

141. 汤一介：《瞩望新轴心时代》，中央编译出版社 2014 年版。

142. 蒙培元：《人与自然——中国哲学生态观》，人民出版社 2004 年版。

143. 余谋昌：《生态哲学》，陕西人民教育出版社 2000 年版。

144. 余谋昌：《生态文化论》，河北教育出版社 2001 年版。

145. 曾繁仁：《生态美学导论》，商务印书馆 2010 年版。

146. 曾繁仁：《生态美学：曾繁仁美学文选》，山东文艺出版社 2020 年版。

147. 杜维明：《对话与创新》，广西师范大学出版社 2005 年版。

148. 尚杰：《归隐之路——20 实际法国哲学的踪迹》，江苏人民出版社 2002 年版。

149. 滕守尧：《艺术与创生——生态式艺术教育概论》，陕西师范大学出版社 2002 年版。

150. 曾永成：《文艺的绿色之思》，人民文学出版社 2000 年版。

151. 董学文：《中国当代文学理论（1978—2008）》，北京大学出版社 2008 年版。

152. 宋祖良：《拯救地球和人类的未来》，中国社会科学出版社 1993 年版。

153. 李小江：《后乌托邦批评：〈狼图腾〉深度诠释》，上海人民出版社 2013 年版。

154. 王治河、樊美筠：《第二次启蒙》，北京大学出版社 2011 年版。

155. 樊美筠等：《柯布与中国》，中央编译出版社 2021 年版。

156. 吴国盛：《现代化之忧思》，生活·读书·新知三联书店 1999 年版。

157. 程虹：《寻归荒野》，生活·读书·新知三联书店 2001 年版。

158. 彭锋：《完美的自然》，北京大学出版社 2005 年版。

159. 王诺：《生态与心态》，南京大学出版社 2007 年版。

160. 苇岸：《大地上的事情》，中国对外翻译出版公司 1995 年版。

161. 徐刚：《伐木者，醒来》，吉林人民出版社 1997 年版。

162. 资华筠，王宁：《舞蹈生态学》，文化艺术出版社 2012 年版。

163. 卢辅圣：《书法生态论》，中国美术学院出版社 1992 年版。

164. 朱志荣、朱媛：《中国审美意识通史》（史前卷），人民出版社 2017 年版。

165. 刘成纪：《自然美的哲学基础》，中国社会科学出版社 2020 年版。

166. 程相占：《生生美学引论》，山东文艺出版社 2021 年版。

167. 王晓华:《生态批评——主体间性的黎明》,黑龙江人民出版社 2007 年版。

168. 徐国源:《当代传媒生态学》,上海三联书店 2000 年版。

169. 刘文良:《绿色与安全:生态包表设计论》,江苏凤凰美术出版社 2018 年版。

170. 王耘:《复杂性生态哲学》,社会科学文献出版社 2008 年版。

171. 张嘉如:《全球环境想象:中西生态批评实践》,江苏大学出版社 2013 年版。

172. 张平:《音乐与生态文化》,浙江文艺出版社 2019 年版。

173. 胡志红:《西方生态批评史》,人民出版社 2015 年版。

174. 韦清琦,李家銮:《生态女性主义》,外语教学与研究出版社 2019 年版。

175. 汪树东:《中国现代文学中的自然精神》,黑龙江人民出版社 2005 年版。

176. 马治军:《道在途中——中国生态批评的理论生成》,学林出版社 2016 年版。

177. 常如瑜:《荣格生态文艺思想研究》,商务印书馆 2016 年版。

鲁枢元出版的相关著述

《精神守望》(学术随笔集),东方出版中心,1998 年版,2004 年新版。

《生态文艺学》(论著),陕西人民教育出版社,2000 年版。

《猞猁言说》(论集),社会科学文献出版社,2001 年版。

《蓝瓦松》(散文集),海燕出版社,2001 年版。

《生态批评的空间》(论著),华东师范大学出版社,2006 年版。

《心中的旷野》(随笔集),学林出版社 2007 年版。

《陶渊明的幽灵》(论著),上海文艺出版社,2012 年版,2021 年修订版。

《天地之中说聊斋》(论著),中州古籍出版社 2023 年版。

《生态时代的文化反思》(讲演与访谈),东方出版社 2020 年版。

《文学与生态学》(论集),学林出版社,2014 年版。

《黄河史》(主编),河南人民出版社 2001 年 5 月版。

《精神生态与生态精神》,主编,南海出版公司 2002 年版。

《自然与人文——生态批评资源库》(上、下册),主编,学林出版社 2006 年版。

《走进大林莽》,主编,上海文艺出版社 2008 版。

《生态文化研究资源库》(上、下卷),主编,哈尔滨出版社 2022 年版。

《精神生态通讯·合订本》(内部交流刊物)

《生态文化研究通讯·合订本》(内部交流刊物)

英文版著作 *The Ecological Era and Classical Chinese Naturalism: A Case Study of Tao Yuanming*. SPRINGER, 2017.

一本书打开一个世界

欢迎订购、合作

订购电话：0571-85153371

服务热线：0571-85152727

KEY-可以文化　　浙江文艺出版社　　京东自营店

关注 KEY-可以文化、浙江文艺出版社公众号，

及浙江文艺出版社京东自营店，随时获取最新图书资讯，

享受最优购书福利以及意想不到的作家惊喜